DU MÊME AUTEUR

Aux Éditions Gallimard

L'ABYSSIN, 1997, prix Goncourt du premier roman, prix Méditerranée.

L'AVENTURE HUMANITAIRE, 1995, collection « Découvertes Gallimard ».

Chez d'autres éditeurs

LE PIÈGE HUMANITAIRE, Jean-Claude Lattès, 1986, « Poche Pluriel », 1992.

L'EMPIRE ET LES NOUVEAUX BARBARES, Jean-Claude Lattès, 1991, « Poche Pluriel », 1993.

LA DICTATURE LIBÉRALE, Jean-Claude Lattès, 1994, « Poche Pluriel », 1995.

En collaboration

ÉCONOMIE DES GUERRES CIVILES, avec François Jean, Hachette, « Hachette Pluriel », 1996.

MONDES REBELLES, avec Arnaud de la Grange et Jean-Marc Balencie, Michalon, 1996.

SAUVER ISPAHAN

SAUVEZ ISRAËL

JEAN-CHRISTOPHE RUFIN

SAUVER
ISPAHAN

roman

nrf

GALLIMARD

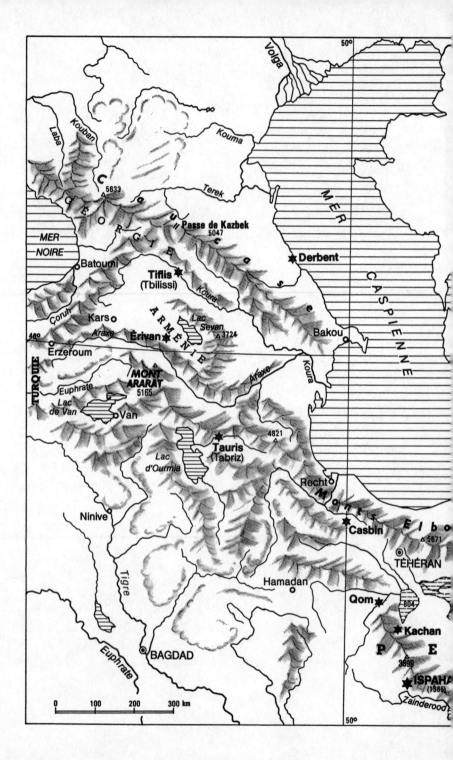

I

NAISSANCE
D'UN MENSONGE

CHAPITRE 1

Nul ne pouvait pressentir l'imminence d'un scandale. Le caravansérail royal de Kachan était encore à cette époque la plus belle de ces immenses auberges où les voyageurs, leurs serviteurs et leurs montures pouvaient trouver la sécurité et le repos sur les dures routes de l'Orient. Il avait été construit cent ans plus tôt sur ordre du grand roi Abas, libérateur de la Perse. La tradition rapportait qu'en visitant les cuisines du caravansérail, Chah Abas avait eu la satisfaction de voir le couvercle des marmites, sur le feu, se soulever de deux pouces à son passage, afin de lui témoigner la soumission des objets inanimés autant que des êtres humains. Depuis lors, l'établissement n'avait cessé d'aveugler de sa splendeur les voyageurs qui y pénétraient. On y respirait la paix et rien, en ce début d'août 1721, ne pouvait laisser prévoir qu'elle allait être brutalement troublée.

Bien sûr, la veille au soir, tout le monde avait souri en observant l'arrivée d'un Franc misérable et d'aspect singulier. Il était difficile d'imaginer un équipage plus réduit : en dehors de lui-même, le voyageur ne pouvait compter, pour panser sa vieille mule, que sur un seul serviteur, un Mongol bancal, minuscule. Son visage plat, hideux pour les Persans que le seul passage de Tamerlan avait prévenus contre les tribus des steppes, était usé de rides épaisses et agrémenté au menton de trois ou quatre poils gris, robustes et tortillés

15

comme des torons de sisal. Autour de ses mollets, des fourreaux de chiffons étaient noués par de vilaines lanières de vache. Le maître n'était guère plus présentable. Le premier soir, on ne l'avait vu qu'à la lumière des chandelles et il avait fait en sorte de ne point trop découvrir ses traits. Il gardait la tête enfoncée dans le col relevé de son habit. Un feutre large laissait son visage dans l'ombre. Ses vêtements étaient usés et très sales mais il ne paraissait pas désireux de les quitter. D'ailleurs, à en juger par le volume extrêmement réduit de ses bagages, il était probablement incapable d'en changer. Vers les dix heures, sans que nul n'eût entendu sa voix, on l'avait vu traverser silencieusement la cour. Pour gagner son appartement, il avait pris la précaution de contourner le perron central, que les Persans nomment le *mâh tâb*, c'est-à-dire le mire-lune, car ils ont coutume de s'y asseoir à la nuit pour contempler la fraîche lumière de l'astre. Les désœuvrés du soir firent entre eux quelques commentaires sur cette silhouette bizarre : l'étranger était affecté d'un curieux embonpoint de hanche et ses culottes, que les Francs portent ordinairement serrées, étaient taillées bouffantes. Mais les Persans sont pour la plupart résignés aux singularités des étrangers. Leurs difformités témoignent de la corruption produite sur l'être humain par les viandes impures que le Prophète a eu la sagesse d'interdire et dont ces mécréants se repaissent ignoblement.

Tout le monde avait bien vu arriver aussi, ce même soir, deux marchands persans qui revenaient vers la capitale avec un train de mulets chargés de gros ballots ficelés. Ceux-là, les habitués du caravansérail les connaissaient au moins de vue, particulièrement le plus jeune, qui portait le nom béni d'Ali. Ce grand garçon dans la force de l'âge avait parcouru la Perse en tous sens, vers Kandahar et Herat chez les Afghans, vers le khanat de Khiva où se vendent les esclaves, à l'ouest vers Basra sur l'Euphrate et à l'est jusqu'à l'Inde et aux terres du grand Moghol. Il avait été bien près d'atteindre La Mecque et ce musulman zélé se promettait d'y parvenir une prochaine fois.

Ali et son compagnon plus âgé avaient dîné tranquillement, tout en jetant de brefs coups d'œil en direction de l'étranger qui s'était assis à l'écart. Mais rien ne devait se passer avant le lendemain et l'on en était là quand, à l'heure de la sieste, survint l'occasion favorable.

Dans la grande cour carrée qu'encadrait une double rangée d'arcades brisées, le soleil faisait vibrer sur le sol l'éclat de porphyre blanc. Une douce torpeur, à cette heure de l'après-midi, avait gagné les hommes et les bêtes. Allongés sur des tapis posés à même les dalles, à l'ombre des avant-chambres aux murs revêtus de parqueteries, les voyageurs, silencieux, somnolents, écoutaient sans se lasser le son pur des jets d'eau qui clapotaient, aux quatre coins de la cour, dans les bassins de marbre rose. Le ciel lui-même, sans nuages et sans oiseaux, n'était plus le complice de la fournaise du dehors mais un lointain et délicieux couvercle de faïence fraîche.

C'est le moment où l'étranger, relâchant quelque peu sa prudence, osa paraître à l'étage, tête nue et en chemise, pour prendre l'air. Il était accoudé au balcon à colonnettes qui dominait la cour et tendait avec volupté son visage au soleil.

Ali, allongé sur le tapis d'Ardebil qu'il emportait toujours dans ses voyages, se souleva sur un coude et posa la main sur le bras de son camarade pour l'éveiller.

— Regarde !

Le voyageur portait les cheveux longs, ramenés en arrière par un nœud de ruban, selon la mode des perruques du temps. Pourtant, il ne semblait pas que ce fût une perruque, mais plutôt ses cheveux véritables, épais et plantés bien en avant. Est-ce ce détail que saisit Ali ou put-il distinguer de si loin les mains potelées, les poignets fins ?

— Voilà deux jours que je te le dis, chuchota Ali à l'adresse de son compagnon mal réveillé.

17

L'étranger, qui promenait son regard sur la cour et les arcades, croisa, brillant à travers la pénombre, les yeux d'Ali qui le fixaient. Il eut un sursaut. Rapidement, il se recula du parapet et disparut dans son appartement.

Ali, convaincu par cette retraite précipitée que ses soupçons étaient fondés, se leva d'un bond et pria son compère de l'attendre. Il longea les arcades, monta à l'étage et s'arrêta à la porte de l'étranger. Selon l'usage des caravansérails, celle-ci n'était pas close et l'on pouvait pénétrer dans l'antichambre, un portique carré de dix pieds d'espace couvert d'un demi-dôme. Le pauvre harnachement de la mule y était empilé dans un coin. Dans l'air confiné planait une odeur écœurante, sortie des capitons de la bricole, l'odeur de sueur concentrée qui émane d'un vieil et sec animal incapable de transpirer autre chose que son sang et le suc de ses entrailles. Le Mongol, assis sur un ballot de jute, semblait abruti par cette inhalation. Avant qu'il ait pu faire un geste, Ali était à la seconde porte et l'ouvrait. Dans la grande pièce voûtée qui faisait le corps de l'appartement, l'étranger se tenait debout, près du fond, à contre-jour, appuyé à la grande cheminée.

Déjà le Mongol, avec une force étonnante pour un corps si frêle, saisissait Ali par le bras, mais l'étranger fit un signe au valet, qui recula.

Le marchand avança de deux pas dans la pièce. Sur un autre signe, le Mongol se retira et ferma la porte. L'étranger désigna un banc de pierre contre la paroi et invita le Persan à s'asseoir. Ali refusa d'un geste et, sans détourner de l'étranger son regard brûlant, il lui demanda en farsi :

— Entendez-vous notre langue ?

Le voyageur secoua la tête.

— Le turc ?

— Fort peu, répondit l'étranger dans cet idiome avec une prononciation très défectueuse.

Il ajouta qu'il savait mieux l'arabe.

18

Sa voix était mal placée, comme si l'émotion l'eût faussée, à moins qu'elle ne fût volontairement forcée hors de son registre naturel.

— Eh bien soit, dit Ali, nous parlerons arabe.

Son regard brillait toujours. Le silence se prolongea tandis qu'ils s'observaient sans bouger.

— Que me voulez-vous ? dit enfin le Franc.

— Ce que je veux ? reprit Ali avec un inquiétant sourire. Je veux... simplement vous proposer de venir au hammam avec moi.

L'étranger tressaillit.

— Le bain de ce caravansérail est un des plus agréables du pays. Nous y serons à l'aise pour parler, pendant qu'un esclave nous massera et que des femmes répandront sur nos corps un lait de rose.

— Je vous remercie de cette invitation, dit enfin le voyageur en montrant le plus grand trouble. Elle me touche beaucoup et fait de moi votre redevable serviteur. Toutefois...

— Toutefois ?

Le sourire d'Ali était de plus en plus menaçant, mauvais et, sans ciller ni détourner le regard, il approchait lentement du voyageur qui bafouillait.

— Toutefois cela m'est impossible. D'abord, il me faut l'avouer, je suis pauvre. La coutume veut que l'on puisse honorer celui qui vous gratifie d'une telle invitation par un présent en retour... Hélas ! je n'aurais pas la ressource de le faire.

— Laissons cela. Vous êtes mon hôte, vous dis-je. Tout le plaisir et l'honneur seront pour moi et s'il est un redevable, c'est celui qu'un étranger comble de sa présence.

— Non, non, c'est impossible, vous dis-je. J'ai... fait un vœu.

— Celui de ne point vous laver ? dit doucement Ali sans cesser de sourire.

Il se tenait maintenant tout près de l'étranger. À mesure

qu'il examinait plus commodément ce petit nez, la carnation délicate de cette peau où se creusaient les rides fines et nombreuses de l'âge, ces joues soyeuses, la conviction d'Ali s'affirmait et, avec elle, le trouble de son interlocuteur.

— Mais enfin, Monsieur, dit celui-ci en tentant de prendre une ultime contenance de révolte qui fit tout à fait dérailler sa voix et sonna faux, pourquoi tenez-vous tant à m'entraîner au hammam ?

— Pourquoi ? gronda Ali en faisant un dernier pas. Pourquoi ?

Blême, pétrifié, le voyageur vit alors le marchand élever les deux mains et agripper fortement le col de sa chemise de batiste. Tout autre aurait pensé que son agresseur allait refermer les poignets pour lui serrer la gorge. Mais l'inconnu eut un pressentiment différent et ferma simplement les yeux, en pensant : « Tout est perdu. »

— Pourquoi ? répéta encore Ali en lui parlant tout près du visage.

Alors, dans un grand bruit d'étoffe déchirée, il écarta violemment les bords de la chemise du voyageur, découvrant une gorge nourrie aux mamelons bien larges.

— Mais, cria-t-il en sorte d'ameuter tout le caravansérail, pour être bien sûr que vous êtes une femme.

*

Les villes européennes sont d'abord des espaces, verts ou non, des rues, des places, des trottoirs, d'où émerge la masse des bâtiments, plus ou moins groupés. Une ville de l'Orient, au contraire, est un tissu compact de constructions, continu et si dense qu'on y distingue à peine l'étroit coup de lame des ruelles. À de rares endroits, cette étoffe se perfore et apparaît, encerclé, circonscrit, l'espace d'un jardin ou d'une place plantés de hauts arbres. Ispahan, qui était à l'époque la capitale de la Perse, semblait participer également de ces deux traditions. Le centre de la ville était occupé par le Char Begh, un immense espace de verdure qui rappelait l'Europe. Les Persans se figurent le Paradis comme un jardin : tel était le Char Begh, un paradis offert sur terre à ceux qui avaient montré assez de vertu pour que Dieu les rendît riches. Dans le Paradis du ciel, dit-on, deux cours d'eau frais se croisent en un bassin central et délimitent quatre jardins, qui figurent les quatre côtés du monde. De même le Char Begh était-il découpé en quatre par le croisement à angle droit du fleuve Zainderood et d'une avenue rectiligne qui l'enjambait par un pont de trente-trois arches. De ce pont, le Char Begh ne donnait à voir qu'une harmonie de verdure aussi dense que les parcs de l'Europe, un entrelacs de jardins et de saussaies où dominaient les peupliers et les tilleuls. Les plus beaux palais de la Perse construits pendant le dernier siècle par les rois safavides s'y dissimulaient, non pas entre cour et jardin, comme à Paris, mais entre jardin et jardin, d'une façon charmante. L'ensemble dégageait une impression d'élégant désordre et de simplicité. Ce naturel n'avait d'égal que l'immense et perpétuel effort que déployaient chaque jour les jardiniers pour l'obtenir.

Hors de ce lac intérieur de verdure, la ville était conforme à la tradition de l'Orient. De beaux édifices, palais ou mosquées datant pour la plupart des temps de la domination turque et mongole, y étaient encore disséminés, pourvus de vastes patios et parfois de véritables jardins intérieurs. Mais, enserrés dans des ruelles tortues, ils tournaient dédaigneusement aux passants un dos de brique sans fenêtre. Quelques rares maisons, situées en bordure immédiate du Char Begh, participaient de ces deux mondes, celui des parcs ouverts et celui des murs enchevêtrés. L'une d'elles, qui n'était ni la plus belle, ni la plus grande, ni la plus richement meublée, était surtout célèbre par son savant jardin et ses fêtes. Les Persans l'appelaient la maison de Mirza Poncet. L'homme qui l'occupait était un Franc que ses éminents services entouraient du respect et de l'affection généraux. Chacun savait dans la capitale que ce Jean-Baptiste Poncet, fort honorable apothicaire et médecin, était arrivé à cheval, quinze années plus tôt, presque sans le sou, après avoir traversé la Palestine et la vallée de l'Euphrate. Chacun savait aussi qu'il avait amené avec lui sa femme, à tout le moins celle qu'il présentait comme telle et qui se prénommait Alix.

La rumeur avait couru un moment que le médecin avait enlevé la jeune fille et même qu'elle se serait prêtée de vive force à cette capture, au point de se rendre coupable d'un homicide. Mais, pendant ces premières années, ni Poncet ni sa femme ne firent la moindre confidence sur ce point et ils s'abstinrent prudemment de toute relation avec la colonie diplomatique des Francs. Le grand nombre d'étrangers à Ispahan, dont une majorité d'Anglais et de Hollandais, fournit l'occasion d'autres scandales et d'autres enquêtes. Les Persans n'en apprirent donc jamais plus. Leurs soupçons vinrent seulement nourrir en eux un surcroît de sympathie pour un homme qui s'était peut-être montré coupable d'une telle ardeur en amour. Car la passion, en Orient, ses pleurs, ses gestes fous, et jusqu'à ses assassinats, est regardée comme la plus belle des choses du monde.

La réputation du médecin, la gaieté et l'hospitalité de sa maison emportèrent peu à peu tous les restes de méfiance.

Alix avait pris une grande part à cet apprivoisement. Dans un pays où les femmes étaient confinées au harem, elle avait le privilège d'aller librement partout et tenait chez elle maison ouverte.

Peu après son arrivée à Ispahan, elle avait mis au monde une fille. Mais cette grossesse ne semblait pas l'avoir affectée. Elle gardait la même silhouette gracieuse et volontaire qu'à vingt ans, les mêmes yeux bleus limpides. Elle montrait autant d'élégance lorsqu'elle s'habillait de voiles souples, à l'orientale, que lorsqu'elle portait des robes européennes, chargées par la mode de corbeilles et de paniers. La plupart du temps, elle allait d'ailleurs vêtue simplement de tenues de chasse, veste courte, bottes et culottes de velours avec lesquelles elle montait à cheval comme un homme.

Dans ce pays où toutes les monnaies d'or du monde, ducats, thalers, écus, étaient fondues aux frontières et frappées à l'effigie du roi de Perse, la maison d'Alix était le centre d'une alchimie contraire : l'or s'y dissolvait sitôt entré, transformé en mets fins, en vaisselle précieuse, en fêtes et en feux d'artifice. Rien ne pouvait mieux disposer les Persans en faveur d'Alix et de Jean-Baptiste que de les voir vivre à l'unisson de ce pays à l'apogée de son raffinement, menacé de toutes parts, et qui semblait faire de sa décadence en route l'aiguillon de ses plaisirs du moment.

Cette existence sereine fut brutalement bouleversée par un coup de théâtre. À la mort de Louis XIV, tout Ispahan fut stupéfié d'apprendre que le régent de France en personne entretenait une correspondance avec Jean-Baptiste Poncet. L'ambassadeur l'avait découvert en ouvrant — comme il s'en était attribué le droit — le courrier officiel destiné à ses administrés. On sut ainsi que Poncet était invité à venir à Versailles pour entretenir le régent sur l'Abyssinie, où il s'était jadis rendu en ambassade. Lorsque Poncet était rentré de cette mission, vingt ans plus tôt, celui qui n'était encore que le duc de Chartres n'avait pas eu le temps de le rencontrer mais s'était enthousiasmé pour ses Mémoires. Les Persans furent piqués d'une vive curiosité en apprenant que cet apothicaire qui leur était si familier avait pénétré jusqu'au cœur d'un royaume fabuleux d'Afrique et ensuite rencontré Louis XIV. Ils étaient en outre flattés que Poncet, pouvant opérer ces comparaisons, eût finalement préféré entre tous le séjour d'Ispahan.

Quant à la colonie franque, elle fit enfin la relation entre le Poncet de Perse et l'homme qui, vingt ans plus tôt, avait gravement outragé le corps diplomatique en enlevant la fille du consul de France au Caire. Fort heureusement, le crime était ancien et, de surcroît, monsieur de Maillet, qui avait subi ce préjudice, n'était plus au service des affaires étrangères : quelques années après le fâcheux enlèvement de sa fille, le consul de France au Caire avait fait paraître un livre de philosophie, étrange, incompréhensible aux gens raisonnables et qui avait paru si scandaleux aux autorités ecclésiastiques qu'elles l'avaient formellement condamné. Depuis sa révocation par le roi, nul ne savait d'ailleurs ce que le pauvre homme était devenu et si même il vivait encore. Ces révélations n'eurent donc pas de suites malheureuses pour Poncet sinon qu'il dut répondre aux invitations de toute la ville pour conter la fabuleuse histoire qui avait fait de lui pendant un temps un Abyssin.

Alix et Jean-Baptiste s'étaient livrés bien volontiers à cet exercice du souvenir. Tout cela les renvoyait à leur jeunesse qui n'était plus. Ressusciter ces moments, fût-ce pour d'autres, c'était sentir de nouveau l'ardeur des braises enfouies. Hormis eux-mêmes, tous les personnages de cette histoire lointaine avaient disparu, étaient morts peut-être. Cette pensée seule assombrissait leur humeur quand ils faisaient ces récits. Ils sentaient à la fois le bonheur d'être ensemble, d'avoir partagé ces temps heureux, de pouvoir en faire renaître les joies et en même temps le chagrin d'avoir perdu la trace de ceux qui donnaient vie à ces heures merveilleuses.

C'est à peu près à cette époque qu'ils accueillirent chez eux un jeune Anglais de treize ans, dont les parents étaient morts en explorant l'Asie centrale. Jean-Baptiste correspondait depuis longtemps avec eux sur des sujets de botanique car ils étaient membres d'une société savante de Liverpool. Quand il fut tout à fait certain, par les témoignages concordants de plusieurs voyageurs, qu'ils avaient été massacrés, George fut officiellement regardé comme un nouvel enfant de la maison.

La vie, après ces péripéties, reprit son cours. Alix et Jean-Baptiste, sans se l'avouer, furent soudain effrayés de voir s'ouvrir devant eux le temps d'une quiétude infinie. Ils n'allaient pas jusqu'à penser que le bonheur ne les rendait point heureux. Mais leurs joies, leurs peines, leurs espoirs, en un mot toute leur vie, étaient désormais, et quoi qu'ils fissent, voilés d'une persistante nostalgie.

Tout aurait pu en rester là, si, par un jour d'été paisible et semblable d'abord aux autres, une étrange et troublante nouvelle n'avait été communiquée à Jean-Baptiste.

CHAPITRE 2

Parmi ses clients de marque, Jean-Baptiste Poncet comptait un seigneur persan appelé le nazir, charge qui répondait à peu près à celle de grand surintendant dans une cour occidentale et le haussait au rang de prince. Il était maître de tout ce qui appartenait au roi et qui était considérable. Il disposait, par exemple, des quelque trois cents maisons que le monarque possédait en propre dans la capitale et qu'il attribuait au gré des faveurs à tel ou tel courtisan ; il levait les taxes royales et veillait à ce que fût payé tout ce que l'on devait à la couronne en fait de commerce, d'amendes ou d'obligations. Bien entendu, le nazir prenait sa part sur ces fonds chaque fois qu'il pouvait le faire sans trop de bruit. Seule la crainte du roi l'empêchait de devenir le plus grand concussionnaire du monde. Néanmoins, il était déjà fort riche et fort puissant.

Poncet se rendit chez ce seigneur ce matin-là à pied car rien ne lui plaisait comme de traverser le Char Begh au petit matin. L'ombre des grands érables plantés en ligne le long de l'avenue verdissait l'eau de l'étroit canal qui coulait en son milieu. On entendait murmurer les petites cascades qui en morcelaient le cours en autant de bassins frémissants et obscurs. À ces premières heures où piaillaient les oiseaux et claquaient les persiennes ouvertes par des bras endormis, il semblait qu'une ville s'éveillait en même temps qu'une forêt, après la tendre nuit qui les avait mêlées.

Le médecin balançait toujours au bout du bras la même valise en cuir, remplie de fioles de remèdes, qui ne l'avait pas quitté depuis Le Caire. Ses cheveux laissés longs étaient encore bouclés et à peine moins noirs que jadis. Une longue pratique de l'Orient lui avait enseigné une politesse toute de forme qui n'entamait en rien sa liberté d'allure et de pensée.

Comme il arrivait à l'entrée du palais, il sentit, dans l'air déjà tiède de cette pointe du jour, des odeurs fragiles et plaintives de jasmin qui montaient du jardin. Un brillant équipage était stationné devant les écuries et une dizaine de serviteurs richement vêtus déambulaient silencieusement tout autour.

— Le Premier ministre est en conciliabule avec mon maître, dit le garde qui avait accueilli Jean-Baptiste à la grille.

— Fort bien, je reviendrai demain.

Il voyait avec plaisir s'ouvrir la perspective d'un temps libre et d'une longue promenade.

— Non, non, il a bien insisté pour que vous entriez.

Sans attendre la réponse, le domestique conduisit le médecin jusqu'à un petit pavillon, à l'écart, dans le jardin ; une pièce d'eau bordée d'une rocaille et de jacinthes l'entourait presque de tous côtés. Jean-Baptiste resta là près d'une heure, pourvu de thé et de biscuits, en regardant onduler le dos noir des carpes dans l'eau verte du bassin.

Enfin, on le mena dans une salle basse, presque en rez de chaussée, où le nazir l'attendait assis sur un tapis de soie. L'homme portait une barbe courte sur les joues et le menton tandis qu'à la façon en vogue chez les Persans de Géorgie il laissait sa moustache si longue qu'il aurait pu la retrousser sur l'oreille. Sa large tunique de brocart cachait mal un embonpoint considérable mais qui semblait fait autant de muscles que de graisse en proportion d'une charpente robuste de montagnard. Ses mains énormes, aux larges poignets, étaient posées sur ses genoux comme des outils remisés au bord d'un champ. Parmi les paysans, beaucoup ne se haussent dans la société que par l'effort de plusieurs générations. Mais

27

quelques-uns parviennent d'eux-mêmes au sommet par le seul emploi des qualités simples qui leur faisaient maîtriser les taureaux et vêler les génisses. Dans toutes les cours et à toutes les époques se rencontrent des exemples d'un tel mélange de rudesse et de flatterie, de grossièreté et de raffinement. Au principe de cette alliance, on trouve en général la ruse, et le nazir, s'il avait eu à vendre quelque chose, aurait pu monnayer la sienne toute sa vie sans risquer de l'épuiser.

— Mon cher ami, commença le nazir dès que Jean-Baptiste fut accommodé, le Premier ministre me quitte à l'instant et nous avons conféré d'une nouvelle bien singulière.

Jean-Baptiste ne fut pas autrement étonné que le nazir le consultât sur une question politique. Depuis qu'il le soignait et avait gagné sa confiance, ce seigneur s'ouvrait souvent à lui de préoccupations personnelles et de questions qui parfois regardaient l'État.

— Voilà, il s'agit simplement de vous, mon cher Mirza Poncet.

— De moi ! Mais en quoi ma personne peut-elle préoccuper le grand vizir ?

La matinée était déjà bien avancée et le soleil devait être maintenant très haut dans le ciel. Pourtant l'ombre du jardin gardait une fraîcheur exquise ; la mosaïque de faïence bleu et rouge, sur les murs, était illuminée par les reflets du bassin. Le nazir fit signe à l'un des serviteurs, qui vint leur offrir sur un plateau ciselé deux verres de vin de Chiraz. Cet intermède réserva un silence dans la conversation, pendant lequel le Persan parut chercher un début convenable pour ses explications.

— Vous savez sans doute, reprit-il, que de nombreux étrangers viennent désormais sur nos terres et que nous leur réservons le meilleur accueil. Le roi lui-même interdit qu'on touche à un seul de leurs cheveux. Bien qu'ils professent d'autres religions et qu'ils aient des mœurs que nous réprouvons, ils sont nos hôtes sacrés.

Jean-Baptiste s'effraya de ce début. Avait-il moindrement enfreint les lois de l'hospitalité persane, lui qui, depuis quinze ans, restait toujours un étranger ?

— La plupart des voyageurs font ici du commerce ; d'autres, les mêmes parfois, se prétendent chargés de missions officielles à notre cour et nous tâchons de démêler le vrai du faux de leurs dires. D'autres enfin sont des religieux et en tant que tels, j'insiste, ils peuvent séjourner sur cette terre d'une autre foi. En un mot, nous acceptons tout, à l'exception du mensonge et de la débauche éhontée.

Le nazir prit une gorgée de vin puis, en tournant doucement son verre, il regarda avec un visible plaisir le liquide doré retomber avec lenteur sur les parois de cristal.

— Voici ce qui est arrivé, poursuivit-il. Un jeune marchand de notre nation, fort pieux et bien au fait des mœurs de l'étranger, a pris des soupçons à l'endroit d'un voyageur franc qu'il a suivi sur deux étapes, jusqu'au caravansérail de Kachan.

Jean-Baptiste, bien que dérouté par ce début, opina poliment.

— S'étant résolu à vérifier le fondement de ses soupçons, notre jeune marchand a finalement découvert que le soidisant voyageur était en vérité... une voyageuse.

— Une femme !

— Il le semble, dit le nazir un peu gêné, et cette expression se marqua sur son rude visage par une soudaine rougeur au nez.

— La chose est pourtant facile à voir.

— Sans doute, mais n'oubliez pas qu'il s'agit d'une étrangère. Même en cette circonstance et devant l'évidence de la trahison, nos gens se sont honorés de leur retenue... Tout ce qu'ils savent est qu'elle a une large poitrine. Ils n'ont pas poussé plus loin leurs constatations.

— Donc, un voyageur à large poitrine a été arrêté à Kachan, résuma Jean-Baptiste en tâchant de garder son sérieux.

— Oui. Et cette femme, à moins qu'il ne s'agisse de

quelque monstre semblable à certains de nos eunuques, en qui la nature paraît s'être amusée à dérouter le bon sens et la pudeur, cette femme, dis-je, est actuellement entre nos mains.

— À Ispahan ?

— Non, à Kachan toujours, à la caserne de la garde royale. On lui a réservé une cellule, disons plutôt une suite car elle est, à ce qu'on m'a dit, pourvue de tout. On ne l'a même pas privée de son horrible valet mongol.

— Un valet mongol ! Diable ! s'écria Jean-Baptiste. Et qu'allez-vous faire de cet attelage peu banal, j'en conviens ?

— À vrai dire, nous sommes fort embarrassés. Le marchand qui a procédé à l'arrestation, s'il a montré une louable vigilance, n'a pas été aussi discret qu'on aurait pu le souhaiter. Le bruit commence à se répandre ici même, dans le bazar, qu'une espionne travestie a cherché à abuser de notre mansuétude. Vous connaissez l'état actuel du royaume.

Le nazir jeta un bref regard autour de lui, comme pour s'assurer que les serviteurs étaient à distance suffisante pour ne pas l'entendre. Se penchant vers le médecin, il murmura :

— L'an dernier, les Kurdes en révolte sont arrivés presque jusqu'ici. Ces chiens d'Afghans se sont saisis de Herat et rien ne peut les en déloger. Une autre de leurs tribus s'agite à Kandahar ; on la dit même prête à marcher sur nous. Pendant ce temps-là, les Turcs ont pris Erivan en Arménie et se demandent, tout comme les Russes, quelle partie de notre empire ils vont encore croquer. Il se rencontre beaucoup de gens ici, en particulier chez les plus pieux des chiites, pour affirmer que nous devrions jeter dehors tous les étrangers qui vivent sur notre sol et se rendent complices de nos voisins.

Puis, encore plus bas :

— Il est plus facile de s'en prendre aux autres que de reconnaître ses propres faiblesses…

Poncet porta son verre à ses lèvres afin de ne pas avoir à fournir la moindre expression. Il savait combien la cour de

Perse est semée de grands dangers, parmi lesquels le plus terrible est sans nul doute une « confidence ».

— Le Premier ministre, que je quitte à l'instant, poursuivit le nazir, n'est au fond pas mécontent de cet incident. Vous savez que depuis son pèlerinage à La Mecque il n'y a pas de serviteur de la foi plus zélé que lui. Il trouve le roi bien trop faible et serait assez heureux de saisir l'occasion pour lui forcer la main. Son idée est bien simple : il veut faire juger et condamner cette femme comme espionne. Sa décollation serait publique. En faisant couler ce peu de sang, le Premier ministre espère faire trembler et faire fuir beaucoup d'étrangers, tout en apaisant ceux des musulmans qui murmurent contre le régime et l'accusent de faiblesse.

Le robuste nazir s'était péniblement redressé, ses deux vastes poings posés sur le marbre du sol pour tenter de changer l'appui de ses fesses. Avec certains physiques, songeait Jean-Baptiste, il est bien préférable de naître dans des civilisations qui ont adopté le fauteuil...

— Et en quoi puis-je contribuer à ses desseins ? demanda-t-il.

— C'est fort simple. Vous comprenez qu'avant de condamner cette femme comme espionne, il faut absolument nous assurer de deux choses : tout d'abord qu'elle est bien une femme, car son délit repose précisément sur ce mensonge. Ensuite, qu'elle n'est pas une véritable espionne. Nous sommes prêts à faire un exemple mais pas au prix d'une brouille avec l'une des puissances qui font commerce avec nous et que nous cherchons à ménager.

Poncet reconnaissait bien là les principes en vigueur à la cour, où la subtilité poussée à l'extrême dépassait le compromis pour verser dans la faiblesse, avec les désastreux résultats que l'on pouvait observer.

— Voilà, dit le nazir en tendant, presque à bout de bras, l'un des côtés de sa moustache. J'ai proposé votre nom au Premier ministre, que votre renommée avait déjà atteint et qui l'a accepté volontiers. Vous partirez donc dès que possible pour Kachan. Il faut moins de trois jours pour s'y rendre. Vous serez officiellement chargé de visiter ce voyageur jusque dans son intimité afin de pouvoir en affirmer le genre. Vous êtes de sa nation, il n'y aura ainsi point d'offense.

Jean-Baptiste s'inclina.

— Je ne saurais me soustraire à une demande de Votre Excellence.

— Parfait, dit le nazir, et il entreprit dans un même souffle de se relever, ce qu'il parvint à faire en s'agrippant vigoureusement à la balustrade.

Une fois debout, il entraîna Jean-Baptiste avec lui dans le jardin pour le raccompagner. Après quelques pas, il fit station à l'ombre d'un sagoutier, serra le bras de Jean-Baptiste comme pour le maintenir immobile, et ajouta à voix basse :

— Le Premier ministre l'ignore mais, à mon avis, vous pouvez nous en dire beaucoup plus sur cette femme — car je ne doute pas que c'en soit une. Je compte bien, grâce à vous, être éclairé sur ses projets, savoir si elle est chargée d'une mission, de quelle nature et pour le compte de qui. Mais cela, vous ne le direz qu'à moi, à moi seul. Il faut bien que je retire quelque profit de la faveur que je vous fais.

Poncet comprit que cet emploi serait sans doute fortement rétribué et que le nazir ne manquerait pas de se servir au passage.

— Je remercie Votre Excellence de m'avoir désigné à l'attention du grand vizir pour une telle mission. Mais dites-moi seulement une chose : qu'est-ce qui vous permet de penser que je puisse traverser les desseins de cette femme qui m'est inconnue ?

— Écoutez, Poncet, ma faveur n'est pas ce que vous croyez. Vous ne recevrez pas un sou pour cette intervention. Mais parce que vous êtes mon médecin depuis dix ans et que je vous estime dans cette fonction, j'ai seulement voulu vous rendre un grand service. Ce service n'est pas de parler de vous au grand vizir, mais plutôt de lui cacher autre chose qui vous concerne et qui me paraît compromettant.

Un mouvement de serviteurs, derrière eux, indiquait que l'on était en train de desservir le pavillon. Le nazir jeta un coup d'œil dans cette direction puis, s'approchant encore davantage de Jean-Baptiste, au point que celui-ci sentit frotter contre son nez les noirs poils de la considérable moustache, il lui chuchota ces quelques mots :

— Cette femme a donné votre nom à l'esclave que j'ai envoyé pour l'interroger. Elle prétend vous connaître. Personne d'autre que moi n'en est pour l'instant informé. Mieux vaut que je sache rapidement qui elle est et si sa capture peut vous compromettre.

CHAPITRE 3

Chaque fois qu'il quittait Ispahan pour chevaucher dans ses environs, Jean-Baptiste éprouvait de nouveau physiquement les raisons de son amour pour ce pays. La parenté entre les paysages de Perse et ceux de l'Abyssinie était si évidente, ils exerçaient sur lui un si semblable attrait qu'ils devaient encourager là quelque secrète harmonie de son âme. Ces provinces de l'Iran, comme l'Éthiopie, qu'il avait découverte jadis, étaient également formées de hauts plateaux encadrés de montagnes enneigées, à des latitudes où le soleil règne, éclaire et réchauffe mais sans troubler l'air limpide des hautes terres. La faible distance entre les montagnes et la mer les préserve de ces vents chauds, comme le sirocco, qui rendent l'atmosphère étouffante et malsaine. À Ispahan, le climat est si sain que le métal poli le plus brillant peut rester exposé à l'air sans être jamais attaqué par la rouille.

Sur ces terres drapées dans leur superbe altitude, des hommes fiers avaient préservé des dynasties millénaires, sans cesse menacées, souvent abattues, jamais englouties, car elles sont le cœur et la raison d'être de ces peuples. En Abyssinie comme en Iran, le désir de rejoindre une religion universelle se trouble du refus de perdre la singularité de ses dieux propres. De là vient sans doute que ces pays de solitude sont aussi des pays d'hérésie. Les Persans sont musulmans mais chiites, comme les Abyssins sont chrétiens mais coptes : c'est leur façon de n'être ni tout à fait en dehors du monde ni tout à fait au milieu de lui. Il faut avoir senti la familiarité de ces hauts plateaux avec le ciel pour le comprendre.

Jean-Baptiste galopait sur un cheval turcoman prêté par le nazir, qui l'avait tiré pour les circonstances des écuries royales. Au soir du deuxième jour, il entrait déjà à Kachan. C'est une ville qu'il connaissait bien pour y avoir été appelé souvent à cause des scorpions. L'abondance de ces animaux dans la cité est célèbre dans tout le pays. Les habitants prétendent qu'un talisman préparé jadis par les astrologues aurait quelque peu conjuré cette malédiction et rendu les scorpions plus rares. À ces conjurations générales s'ajoutent des protections particulières, celle par exemple qui est proposée aux étrangers. Aux portes de la ville, on voyait chaque matin des voyageurs alignés, qui déclamaient d'une voix forte, à l'adresse des venimeux invisibles : « Scorpions, je suis un étranger et vous ne me toucherez point ! » Cette formule est censée les immuniser.

Mais malgré toutes ces précautions, deux ou trois fois dans l'année, Jean-Baptiste était appelé à Kachan pour une piqûre particulièrement grave ou parce qu'un grand personnage en était la victime.

En arrivant au palais royal, où était détenu celui ou celle qu'il devait voir, il fut accueilli par un digne vieillard qu'il connaissait bien pour avoir soigné deux de ses filles qu'un même scorpion, entré dans leur chambre, avait piquées en une seule nuit. L'homme était un akhound, c'est-à-dire un lettré préposé à chanter tous les vendredis les louanges de Mohammed et de ses compagnons. Son grand âge, sa piété et une cécité presque complète l'avaient distingué pour qu'il gardât l'encombrant étranger sur le sexe duquel la cour de Perse s'interrogeait.

— Ah ! Poncet, s'écria le vieillard quand le jeune esclave qui lui servait de coureur eut annoncé le médecin. Je suis bien aise que ce soit vous qu'on ait désigné pour cette tâche.

Au moins, on peut être certain que vous vous en acquitterez sans scandale. C'est que le personnage est rien moins que commode. Qu'il soit homme ou femme, je n'en voudrais pas dans ma maison. Il — ou elle — ne veut rien avaler, de peur sans doute qu'on ne l'empoisonne. À part l'envoyé du nazir, personne n'a réussi à lui tirer un mot d'explication.

— Sait-on au moins à quelle nation il ou elle appartient ? demanda Jean-Baptiste, que cette question avait préoccupé pendant le voyage.

— Dans ses bagages, on a découvert un livre qui a tout l'air d'être une Bible et qu'un des docteurs de la medressa a reconnue comme écrite dans la langue des Français.

— Un Français, donc, dit Poncet, songeur.

— Et qui s'adresse à nous dans un arabe qui est en toute expression semblable à celui que l'on parle en Égypte.

« Ce sera donc quelqu'un que j'ai connu au Caire », pensa Jean-Baptiste, sans voir décroître sa perplexité. Au cours des cinq années qu'il avait passées dans cette ville, il avait fait tant et tant de rencontres qu'il était vain d'interroger sa mémoire.

— Le mieux, dit-il, est que je voie tout de suite le prisonnier.

— Attention, avertit l'akhound, souvenez-vous que ce voyageur n'est pas encore un prisonnier. Officiellement, nous le retenons ici pour le protéger contre ceux qui pourraient vouloir tirer vengeance sur sa personne. C'est pourquoi je vous recommande tout particulièrement d'agir sans violence.

— Il n'est pas dans mes habitudes de bousculer ceux que l'on me confie.

— Oui, mais, dit finement le vieil homme, s'il refuse de se soumettre à votre examen ?

— Nous verrons bien. C'est à moi de lui persuader qu'il y va de son intérêt. Puis-je commencer ?

— Je n'y vois pas d'inconvénient, dit le vieillard, malheureusement il est déjà tard, le soleil est couché.

— Eh bien, vous avez des lampes, je suppose ?

— C'est qu'il n'en souffre aucune de son appartement ! Ce monstre ni homme ni femme, la malédiction de Dieu soit sur lui, ne s'éclaire qu'à la lueur de la lune, ce qui, à mon avis, laisse présager quelque sorcellerie. Je ne voudrais pas qu'il vous arrive malheur.

— N'ayez pas peur. Faites-moi conduire et je réponds de tout.

L'akhound, à regret, frappa dans ses mains pour appeler son esclave. Le jeune garçon parut à l'instant.

— Dariush, prends un candil et conduis cet aga auprès du voyageur.

Puis, se tournant vers Poncet :

— Vous faut-il des instruments ?

À l'évocation de cet examen, le pieux vieillard laissa paraître une rougeur au-dessus des joues mangées d'une barbe grise. On suppose aux Persans plus de liberté de mœurs qu'ils n'en ont et cela au motif qu'ils peuvent épouser plusieurs femmes et même contracter des mariages temporaires. Or le nombre ni la fréquence ne changent rien au mystère des choses du sexe. L'homme qui impose à ses épouses la clôture devient lui-même le plus étranger à leur monde et le plus empêché de rien partager jamais de leurs secrets.

Jean-Baptiste tapota la mallette qu'il avait déposée à son côté et, faisant signe que tout cela était son affaire, insista seulement pour être conduit sur-le-champ.

Le vieillard le laissa partir sous la conduite de l'esclave. Ils traversèrent plusieurs cours, gravirent deux escaliers, l'un, monumental, conduisait aux appartements du roi, et un second, dérobé, de dimensions modestes, menait à l'étage dans l'aile des écuries. Un long corridor alignait une enfilade de lourdes portes fermées.

Cette aile était déserte. Enfin l'esclave s'arrêta devant deux portes qui se faisaient face de chaque côté du couloir.

— Le valet est de ce côté-là, dit-il.

— Mène-moi tout de suite au voyageur.

— Alors c'est ici.

L'esclave manœuvra péniblement une grosse serrure, tira un long verrou ; la porte bien graissée pivota silencieusement et s'ouvrit sur la fraîcheur d'une grande salle tout à fait obscure.

— Donne-moi le candil et attends-moi dehors, dit Poncet.

La lourde lampe de métal au bout du bras, il avança de quelques pas dans la vaste pièce. La vive lumière de la flamme ne trouvait rien à quoi s'accrocher dans l'obscurité. Au lieu de donner à voir quelque chose, elle aveuglait plutôt Jean-Baptiste, qui pourtant la tenait haut devant lui. Il entendit la porte se refermer et l'esclave tirer le verrou.

— Où êtes-vous donc ? dit-il en français, et il se tournait de tous côtés.

Venue du coin le plus obscur de la pièce, une voix chuchota :

— Éteignez cette lumière si vous voulez me voir et laissez vos yeux s'accoutumer à l'obscurité.

Poncet souffla la mèche. En effet, au bout de quelques instants, la lune, que l'on voyait nettement à travers une lucarne ronde, baigna l'espace d'une clarté bleue qui laissait deviner les meubles et la silhouette du voyageur.

— Asseyez-vous ici.

Jean-Baptiste vit que l'akhound avait eu le bon goût de pourvoir la cellule de meubles européens. Il saisit une chaise et le voyageur prit place en face de lui, de l'autre côté de la table.

— Êtes-vous français ? dit l'inconnu à voix haute, et Jean-Baptiste tressaillit en l'entendant.

— Oui.

— Moi aussi.

Était-ce par Dieu possible ? Dans ces intonations Jean-Baptiste croyait bien reconnaître, surgie du lointain de tant d'années…

— Connaissez-vous, dit encore l'inconnu, le docteur Poncet ?

Jean-Baptiste se leva d'un bond. Il était livide et se sentait glacé par une vive émotion.

— Mais, hésita Jean-Baptiste, c'est moi !

Alors l'inconnue, dressée elle aussi, eut un instant d'émoi puis se jeta dans ses bras en s'écriant :

— Oh, comme je suis heureuse !

— Françoise ! Françoise ! murmura Jean-Baptiste en la tenant serrée contre lui.

Françoise du Caire, Françoise la fidèle servante qui avait réconforté Alix pendant le long voyage de Jean-Baptiste vers l'Abyssinie. Françoise qui avait aidé les amants à s'enfuir et avait partagé avec eux les peines et les dangers de cette rébellion. Françoise enfin qui était partie pour la France avec maître Juremi, l'ami si cher, dont Jean-Baptiste était inconsolable. Voici qu'elle revenait au bout de quinze ans de silence, quinze longues années de la plus complète absence.

Pendant ce temps, l'esclave était retourné auprès de l'akhound, comme celui-ci le lui avait recommandé. Au bout d'une demi-heure, le vieillard le renvoya voir où en était le médecin. Le jeune garçon tira le verrou et appela dans l'obscurité.

— Mirza !

— Eh bien ? dit Poncet avec humeur.

Il s'était rassis et, sans lâcher les deux mains de Françoise qu'il tenait serrées dans les siennes, il avait entamé avec elle une conversation passionnée.

— Mon maître m'envoie vous demander si l'opération est faite, chuchota le petit valet.

— L'opération ?

— C'est le mot qu'il a employé…

— Ah ! oui, dit Jean-Baptiste en riant. Eh bien… j'avance. Va lui dire seulement cela : j'avance.

L'esclave partit porter cette énigmatique réponse au vieillard, qui faisait les cent pas dans son office.

— C'est un miracle de vous avoir enfin trouvé, reprit Françoise dès qu'ils furent seuls.

— Trouvé ! Vous me cherchiez donc... Ce n'est pas le hasard qui vous a conduite ici ?

— Oui et non, car c'est bien le hasard, il y a quelques mois, qui m'a fait découvrir que vous étiez à Ispahan mais depuis je n'ai plus eu qu'un seul désir : vous rejoindre au plus vite. Au fait, ajouta-t-elle avec une soudaine inquiétude, Alix ?

— Elle est avec moi, aussi belle que vous l'avez connue. Prenez garde à ne pas la faire défaillir de bonheur quand elle vous verra.

— Oh, Jean-Baptiste, comme je suis heureuse et comme j'ai hâte de la voir !

— Et... Juremi ?

— C'est une bien longue histoire...

— Mais, dites-moi tout de suite, est-il... bien vivant ?

— Bien vivant, certes, tout au moins la dernière fois que j'ai pu le voir, ce qui remonte au début de cette année. Mais, Jean-Baptiste, c'est cela que je suis venue vous dire : il est en grand danger et vous seul pouvez le sauver.

— En danger ! Mais comment, où donc ? Oh ! Françoise, racontez-moi tout cela du début.

Françoise commença à s'expliquer mais dans le fil de son récit mille questions lui venaient sur Alix et sur Jean-Baptiste. Quinze ans de ces quatre vies, quinze ans d'aventures et de joie, d'épreuves et de contentement ne pouvaient sortir paisiblement. Leurs confidences se mêlaient. Ils répondaient à une question par une autre et entrecoupaient leur récit de larmes sans que rien de bien clair en sortît.

Près d'une heure avait passé. L'akhound, à chaque fois qu'il renvoyait l'esclave, obtenait la même réponse.

— Il avance. Il avance ! Fort bien, grognait le pieux lettré avec de plus en plus d'humeur. Et tu me dis qu'ils sont dans l'obscurité. Hum ! Je ne craignais rien de Poncet, qui m'a l'air d'un honnête homme. Mais, qui sait ? Quel sortilège n'a pas déployé ce djinn ! Nous cherchons s'il est homme ou femme. Moi, je ne serais pas étonné qu'il dispose en vérité de

40

plusieurs sexes pour égarer les âmes les plus pures… Dariush ! Écoute-moi bien : tu vas retourner là-bas mais cette fois tu vas tirer le verrou le plus silencieusement possible et entrer dans la chambre, comprends-tu ? Prends garde à ne céder à aucune séduction : il t'en coûterait la vie ! Mais accoutume-toi à l'obscurité et regarde. Regarde bien. Je veux savoir ce qu'ils font.

L'esclave s'exécuta en tremblant. Sous l'influence de son maître, il était nourri de craintes magiques et cette situation lui paraissait vraiment pleine de maléfices. C'est en invoquant Ali et l'imam Reza qu'il se glissa dans la cellule. Il était encore tout tremblant lorsqu'il revint vers l'akhound.

— Alors ?

— Eh bien… Oh ! mon maître, croyez bien que personne ne peut vous rapporter plus fidèlement ce qu'il m'a été donné de voir.

— Vas-tu enfin parler !

— Voilà… ils se tiennent par la main et… ils pleurent.

— Ainsi, dit le vieillard abasourdi, est-ce là ce qu'il appelle avancer ! Ils pleurent ! Le pauvre médecin est sous le charme, cela est sûr. Sa raison n'y aura pas résisté. Ce monstre est dangereux, Dariush, je te l'affirme et le Premier ministre a vu juste : nous ne serons tranquilles qu'après l'avoir proprement décapité.

CHAPITRE 4

Au grand galop, sur la route d'Ispahan, Poncet n'était plus le même. Dans la plénitude de la maturité, il retrouvait soudain une exaltation de jeunesse. Françoise était revenue. Elle était prisonnière, en danger, condamnée peut-être. Et Juremi, vivant, perdu quelque part, avait besoin de son aide. Il fallait les secourir.

Jean-Baptiste était sûr qu'Alix, tout comme lui, s'enflammerait en entendant ces nouvelles. Il craignait même de sa part quelque action d'audace si elle apprenait que Françoise était captive si près d'eux. Aussi décida-t-il, dès son arrivée, sans prendre de repos ni se changer, de se rendre directement chez le nazir. Jean-Baptiste se présenta à la grille sur son cheval tout en sueur et dansant sur lui-même comme s'il n'arrivait pas à arrêter son galop. Crotté, le visage encadré par une barbe de trois jours, le voyageur fut conduit jusqu'à un salon et se laissa choir sur un tapis meublé de coussins roses. Bientôt le nazir parut.

Il mit un genou à terre, puis l'autre, lentement, et finit de s'affaler, assis en tailleur, en poussant un gémissement.

— Eh bien, dit-il, qu'avez-vous découvert ? Est-ce une femme ?

— Votre Seigneurie, il ne peut y avoir là-dessus aucun doute.

— À la bonne heure ! Le Premier ministre sera heureux de

savoir qu'un supplice est envisageable. Il a bien besoin de cela, au point où il en est, le pauvre homme.

— Hélas ! quelques circonstances vont rendre, je le crois, cette exécution impossible.

— Impossible ! Qui donc est cette femme ?

— D'abord, êtes-vous sûr que personne ne peut nous entendre ?

Les deux hommes étaient assis près d'une des colonnes qui soutenaient les arcades du patio. Des serviteurs allaient et venaient, pieds nus sur les dalles de terre cuite. Le nazir gardait encore en mémoire l'exécution d'un des favoris du roi, un conspirateur, qu'un de ses esclaves avait trahi. En dépit de l'effort que ce mouvement lui imposait, il se releva et entraîna Jean-Baptiste près de la fontaine jaillissante qui coulait au milieu du jardin. Assis sur le rebord de marbre, ils pouvaient surveiller toutes les directions et leurs voix étaient couvertes par le sourd clapotis des jets d'eau.

— Vous pouvez parler. Surtout, ne me laissez dans l'ignorance de rien. C'est un ordre, Poncet.

Jean-Baptiste s'était préparé en chemin à ces aveux délicats. Il savait qu'il lui était impossible, sans la condamner, de révéler la véritable identité de Françoise. Une ancienne servante sans le sou, femme de proscrit de surcroît, ne pèserait pas lourd face aux raisons d'État qui commandaient de l'exécuter. La seule recommandation du médecin ne suffirait en rien à l'épargner et la malheureuse, sans défense, ferait le sujet idéal d'un supplice. Il fallait trouver autre chose. Mais quoi ? On ne pouvait faire de Françoise un personnage officiel de France ou d'un autre pays d'Europe : les ambassadeurs de ces États seraient consultés et s'empresseraient de démentir. Alors ? Jean-Baptiste avait retourné l'affaire en tous sens le long du chemin, sans rien trouver. Heureusement, au tout dernier moment, lorsqu'il franchissait les portes d'Ispahan, il avait eu une idée. Elle lui avait d'abord paru énorme. Puis il s'était dit que les dés étaient jetés. Courageusement, il plongea dans sa fable.

— Vous me connaissez assez, Monseigneur, pour savoir que je ne veux rien vous dissimuler. La vérité est pourtant terrible, presque incroyable. En tout cas, je vous la livre sans détour. Voici ce que j'ai appris. Cette femme est... la concubine du cardinal Alberoni.

Ayant lâché ces mots, pour le meilleur ou pour le pire, Jean-Baptiste se sentit envahi d'une délicieuse sensation. Un mensonge ! Il ne s'était pas offert ce plaisir depuis bien longtemps.

— La concubine du cardinal Alberoni ! répéta le nazir, raidi et comme frappé d'une foudre.

— Elle-même, murmura Jean-Baptiste en cillant, comme s'il était bouleversé par une apparition.

Que cette femme fût la concubine d'un cardinal n'était évidemment pas de nature à étonner un Persan. La chasteté était considérée parmi ce peuple non comme une vertu mais plutôt comme une chimère, une de ces entités fabuleuses que l'on évoque en sachant pertinemment qu'elles n'existent pas. Mais que ce cardinal fût Alberoni, voilà qui était autrement singulier. Alberoni ! L'homme qui avait dominé la politique européenne au cours des cinq dernières années. Né italien, ce prélat habile était devenu le conseiller puis le Premier ministre du roi d'Espagne, auquel il avait fait épouser une fille de son premier maître, le duc de Parme. Quand il avait été bien assuré de sa puissance, Alberoni avait lancé toutes ses forces contre l'Autriche dans le dessein de libérer l'Italie du joug impérial. Sur son ordre, les troupes espagnoles avaient débarqué en Sicile. La France, l'Angleterre, la Hollande s'étaient alliées contre cette invasion. Du coup, les Turcs, les Écossais stuaristes et les Suédois, tous hostiles à l'Autriche et à l'Angleterre, avaient apporté leur concours au cardinal, pour le suivre finalement dans la défaite. Les Écossais repoussés d'Angleterre, les Suédois battus par les Russes, les Turcs défaits par le prince Eugène avaient en 1718 accompagné la déroute des Espagnols en Italie. La chute du cardinal Alberoni était dès lors inéluctable et le roi d'Espagne l'avait expulsé l'année suivante.

Ce feuilleton avait tenu le monde en haleine jusqu'à son dénouement. Dans le vide laissé par la mort de Louis XIV, Alberoni, par son audace, avait occupé, cinq ans durant, la scène glorieuse de l'Histoire. Le grand homme était désormais un proscrit. Il se cachait quelque part, errait on ne savait où, redevenu le simple fils de jardinier qu'il était, à moins qu'il ne fût en train de préparer sa revanche et quelque coup d'éclat. Ses favoris, ses alliés, ses serviteurs devaient être réduits à la même triste condition de clandestins et d'émigrés. Quant à ses concubines, s'il en avait — et comment, au faîte d'une telle puissance, n'en aurait-il pas eu ? —, il n'était point surprenant qu'elles allassent chercher refuge à l'autre bout de la terre, en se dissimulant.

— Vous en a-t-elle donné des preuves ? dit le nazir, moins pour marquer son incrédulité que pour conforter la conviction qu'il s'était immédiatement formée.

— Votre Excellence n'ignore pas que j'ai voyagé en France et en Italie.

De l'affaire d'Abyssinie, quand elle fut connue à Ispahan, les Perses avaient surtout retenu que Jean-Baptiste s'était rendu à Versailles pour y rencontrer le roi de France. Cet antécédent lui donnait un crédit d'autorité dont il n'avait jamais abusé mais sur lequel il lui parut opportun, cette fois, de tirer.

— Aviez-vous rencontré le cardinal ?

— À Parme, oui, lors de mon passage dans ce duché.

— Sa concubine était-elle avec lui ?

— À vrai dire, Monseigneur, nous touchons là une chose qui est d'ordre sacré puisqu'il s'agit de confidences faites à un médecin. Toutefois, je me vois contraint de révéler ce secret professionnel pour en protéger un autre, qui est, celui-là, un

45

secret d'État, à savoir la présence de cette personne dans ce royaume. Eh bien, oui, je vous dirai que c'est tout précisément pour soigner cette concubine, qui ne cherchait point alors à dissimuler son sexe mais seulement son état, que son éminence m'avait convoqué.

— Ne me dites pas, Poncet, que vous vous êtes rendu coupable de cet ignoble attentat contre Dieu qu'est un avortement.

— Alors, je ne vous le dis pas et je laisse à Monseigneur le soin de conduire lui-même son imagination.

Chaque peuple place où il le veut ses attendrissements et ses dégoûts. Les Persans, que l'infanticide, pourvu qu'il fût discret, ne choquait guère, s'offusquaient gravement des moyens employés pour mettre un terme à une grossesse. Sans doute voyaient-ils l'ordre du monde moins menacé par la disparition, au fond courante, d'un être né que par une intrusion sacrilège dans le mystère féminin de la génération.

— Et vous l'avez formellement reconnue ?

— N'est-ce pas vous-même, Monseigneur, qui m'avez fait l'honneur de me confier que cette personne s'était recommandée de moi ? Oui : elle m'a reconnu et je l'ai reconnue.

Le nazir, pour masquer sa perplexité, leva son large bras et entreprit de se gratter la nuque. Ses ongles laissés longs faisaient contre la peau le bruit âpre d'une scie sur une bûche. Ce geste, outre qu'il échauffait sans doute ses pensées à l'heure où de l'à-propos était exigé de lui, avait la vertu de lui rendre bien sensible le point où s'abattrait la hache s'il venait à prendre, dans une affaire délicate et risquée, une décision propre à entraîner sa disgrâce.

Jean-Baptiste, devant qui son mensonge prenait vie, s'effrayait déjà un peu d'en être devenu la créature. Mais il n'était plus temps de reculer. Il anticipait seulement les pensées du nazir afin de le mener sur une pente convenable.

— Bien sûr, dit Jean-Baptiste tout soudain, il ne s'agirait

pas que quelqu'un s'avisât de publier l'identité de cette malheureuse.

— L'ambassadeur de France serait pourtant bien intéressé par une telle prisonnière et Dieu sait la somme qu'il serait prêt à payer pour qu'on la leur restitue, suggéra finement le nazir.

— Pardonnez-moi d'avancer une opinion différente de celle de Votre Seigneurie. Il me semble que les Français n'accordent plus guère d'intérêt à cette affaire. L'essentiel était Alberoni : il est vaincu. Ils ne poursuivront aucune vengeance sur sa concubine sauf à vouloir faire rire d'eux-mêmes. Au contraire, dès que vous aurez fait connaître officiellement la présence de cette femme ici, ce sont vos voisins qui risquent de tirer un fort mauvais parti de l'affaire.

— Comment cela ?

— Mais... il me semble que dans la position délicate où est le royaume aujourd'hui, Russes et Turcs ne cherchent les uns et les autres qu'un prétexte pour vous attaquer. Les Russes demanderont qu'on leur livre cette femme. Si vous refusez, ils feindront d'y voir un acte hostile, et diront que vous protégez un complot, puisque Alberoni était l'allié de leurs ennemis suédois.

— Et si nous la leur livrons ?

— Alors les Turcs, cette fois, prétendront que vous faites cause commune avec l'Autriche et la Russie. Ils viennent de subir des revers en Europe. Ibrahim Pacha serait heureux de redorer son blason sur votre dos. En somme toute la prudente politique de neutralité du Premier ministre serait ruinée. Au lieu de n'avoir à combattre que les Afghans, vous seriez pris entre deux ou trois feux.

Quittant la nuque du nazir, la puissante main s'abattit sur l'épaule de Poncet, qui manqua d'être projeté tout à fait dans le bassin.

— Votre raisonnement est fort juste et il rejoint en tout point mes propres conclusions, dit-il.

47

Dans le silence qui suivit, Jean-Baptiste sentit pourtant trop de mélancolie encore chez son interlocuteur pour être pleinement confiant. Le Persan ne se résolvait pas à arrêter une conduite où son intérêt n'avait point sa part. Pour faire relâcher Françoise, il fallait suggérer quelque profit à venir.

— Alberoni, dit-on, n'est pas parti d'Espagne les mains vides, insinua Jean-Baptiste doucement.

— Ah ! Oui ?

— Le roi d'Espagne ne s'est résolu à sa disgrâce que pour céder aux exigences des vainqueurs mais il aime son ministre et il ne l'a sûrement pas dépouillé.

— Et où aurait-il mis tout cet or, s'il est en fuite ?

— Un Italien n'ignore rien à la banque et au crédit. Alberoni peut voyager partout vêtu d'une simple tunique, les changeurs florentins lui compteront, où qu'il soit, la somme qu'il leur demandera.

Le nazir connaissait bien cette engeance. Tout le long de la route vers les Indes, à Ispahan même, étaient installés ces auxiliaires insaisissables du commerce, italiens ou juifs, auxquels il fallait parfois faire appel pour combler les trous du trésor de l'État.

— Bon, Alberoni est encore riche... et alors ?

— Alors, Monseigneur, dit Jean-Baptiste avec feu, montrez le véritable et adorable visage de votre nation et de son souverain : accordez à cette malheureuse femme la liberté et le respect de son anonymat. Autorisez-la à résider en Perse et interdisez-lui seulement de quitter le pays sans votre accord. Je suis sûr qu'elle sait où est son amant. Elle lui rendra compte de ces bienfaits, lui fera savoir à qui elle les doit ; il saura les récompenser. Si d'aventure il est en position de la faire venir auprès de lui, là où il s'est installé, vous serez à même de négocier avantageusement les conditions de ce départ.

Le nazir resta réservé un instant puis, avec une vivacité exceptionnelle pour ce grand corps, il agrippa Jean-Baptiste et trottina avec lui sur le gravier de l'allée.

— Dites-moi, Poncet, dites-moi sincèrement, lui chuchotat-il à l'oreille, je comprends que le jugement est délicat puisqu'en somme vous êtes de sa connaissance et presque un ami pour cette femme...

Poncet se récria. Le nazir le ramena près de lui en faisant entendre quelques petits claquements de langue.

— Bon, pas un ami, comme vous voudrez, mais peu importe. Soyez sincère. Est-elle encore... désirable ? Pensez-vous qu'Alberoni ferait un effort, un véritable effort, vous me comprenez, pour la récupérer ?

Jean-Baptiste était fort satisfait. Ce gros mérou était solidement ferré à l'hameçon qu'il lui avait lancé. Il fallait seulement prendre bien garde à ne pas trop tirer sur la ligne. Le nazir verrait sûrement Françoise. Elle avait passé la soixantaine et, bien que Jean-Baptiste la trouvât toujours belle, d'une beauté bonne, qui venait du dedans, de ce qu'il savait d'elle et qu'il apercevait derrière le détail de ses traits vieillissants, il était à craindre que le Persan ne la jugeât, lui, fort cruellement.

— Je puis seulement vous dire qu'Alberoni lui était très attaché quand je les ai vus et elle ne m'a point laissé entendre qu'elle était aujourd'hui brouillée avec lui.

— Oui, oui, c'est entendu mais répondez-moi : est-elle encore une femme désirable ?

Jean-Baptiste n'hésita pas longtemps. Une idée se présenta, il la saisit :

— Désirable ? dit-il Comment vous expliquer, vous savez... pour un cardinal...

— Oui, dit le nazir en secouant sa grosse tête pour marquer sa conviction, vous avez raison ; il est vrai que ces gens-là n'ont pas le sens commun.

Il se redressa, lâcha Jean-Baptiste, et reprit l'air solennel qu'il ne quittait pas d'ordinaire. Sa conduite était arrêtée.

— Rentrez chez vous, dit-il à Poncet, dont il paraissait

découvrir seulement la fatigue et la saleté. Je vais tenter de ranger le Premier ministre à ces vues.

Lorsqu'ils furent parvenus à la porte des écuries, où attendait le cheval zain de Jean-Baptiste, le nazir eut une dernière exclamation d'inquiétude :

— J'oubliais un point essentiel : ces mollahs qui voudraient que nous fassions un exemple, que vont-ils dire si nous la libérons ? Nous ne pouvons tout de même pas publier la raison de notre clémence.

Jean-Baptiste, qui avait relâché son attention, cherchait vainement une réponse. Ce fut le nazir qui la conçut.

— Bah ! lâcha-t-il en tournant les talons, nous trouverons bien quelqu'un d'autre à décapiter.

CHAPITRE 5

Françoise arriva en fin d'après-midi, saluée par les clameurs de milliers d'oiseaux qui piaillaient dans le couvert d'un grand sycomore. Toute la famille était réunie dans la cour, Alix en tête. Les deux femmes se regardèrent un instant en silence, quittant leurs rêves et reprenant pied, l'une et l'autre, sur le dur sol du présent. Quand elles se furent reconnues, par-delà le temps, ses épreuves et ses traces sur la chair, elles s'embrassèrent en pleurant. Ce ne fut pendant de longues minutes que des larmes de joie, des rires, des émotions. Tout le monde s'empressait autour de l'arrivante.

Fort éprouvée par son voyage, Françoise eut besoin rapidement de s'asseoir. On l'installa sur une chaise longue de rotin, au frais d'une terrasse ouverte sur le jardin, qu'abritait une treille de glycine. Alix voulut sans attendre lui présenter sa fille :

— Elle s'appelle Saba, en souvenir de l'Abyssinie. Avouez-le, Françoise, n'est-ce pas moi à seize ans !

Il fallait tout l'aveuglement d'une mère pour le croire et Françoise sourit avec indulgence. Il était possible qu'en effet quelque ressemblance existât entre les traits de la mère et ceux de la fille. Mais elle était rendue invisible par la manière dont ce dessin avait été coloré. Les cheveux d'Alix avaient une teinte blonde, avec quelques discrets reflets sombres. Saba était rousse, d'un roux sans vergogne, qui claironnait sa couleur et en déclinait toutes les nuances. Tirées en queue de cheval, ces flammes rouges encadraient le visage de Saba comme une colère. Toute réservée, grave et calme qu'elle fût par son caractère, la jeune fille, avec les yeux noirs comme des charbons qui lui venaient de son père et cet embrasement de crinière qui jetait ses tisons en petites taches sur sa peau, avait cette beauté qui impose le silence. Françoise l'embrassa et sentit un grand courant de tendresse passer entre elle et cette enfant farouche.

Alix cherchait George, l'enfant adoptif, qui était pourtant tout à l'heure dans la cour. Au moment d'être présenté à Françoise, il s'était sauvé au fond du jardin. Jean-Baptiste l'y découvrit et le ramena, tremblant et rouge jusqu'au front. Le pauvre garçon fit un salut fort gauche, ne sachant pas s'il devait aller jusqu'à s'agenouiller. Françoise considéra avec indulgence ce beau garçon timide qui portait ses dix-huit ans dans le désordre d'un corps partagé entre les âges. Sa haute taille, la large charpente de son buste étaient déjà celles d'un homme. Mais à la proue de cette longue carène pointait un petit visage mince encadré de cheveux blond clair, avec des finesses d'enfant, tout frémissant des moindres alarmes. Quand les présentations furent faites, Françoise appela le valet mongol qui l'avait accompagnée et, en le prenant par la main, elle le fit venir au milieu du cercle.

— Et voici Küyük, qui ne parle pas notre langue mais beaucoup d'autres. C'est un homme précieux et à qui je dois la vie.

Küyük s'inclina au terme de cette présentation sans marquer la moindre expression ; son visage éteint était labouré de rides fines, profondes et rectilignes comme des estafilades. Là-dessus, on apporta trois grands plats ronds en majolique remplis de pilo, qui est du riz cuit à l'étouffée avec de la viande de mouton ou du poulet ; l'un était accommodé au jus de grenade, l'autre au citron, le dernier au safran. Jean-

Baptiste servit un vin mousseux du Fars tout à fait semblable à du champagne.

Bien plus tard, dans le grand salon, autour d'un feu qui tiédissait l'air de la nuit, Françoise eut enfin le loisir de s'expliquer calmement sur son aventure et le sort de Juremi.

— Quand nous nous sommes quittés à Saint-Jean-d'Acre, en sortant d'Égypte, après l'enlèvement d'Alix, vous rappelez-vous que, Juremi et moi, nous partions pour la France ?

— Combattre avec les camisards, dit Jean-Baptiste.

— C'était l'idée de Juremi. Il ne supportait pas d'être un proscrit. Il est retourné avec ses frères protestants et je l'ai suivi. Peut-être un jour aurai-je le temps de vous raconter ces terribles années... Mais tout cela est loin et je veux aller droit au but : les camisards ont été écrasés. Nous avons bien failli périr. On nous a avertis à temps et nous sommes partis pour l'Espagne puis l'Angleterre. Juremi connaissait le pays et la langue. Nous avons trouvé sans peine un paisible emploi de bûcheron et une place de couturière.

— À Londres ? osa demander George, et il rougit jusqu'aux yeux.

— Non, mon enfant. Il est vrai que c'est ton pays. Dans le Surrey. L'endroit était vert, très calme, et nous pourrions y être encore. Mais Juremi, après toutes ces années d'aventure, n'a pas goûté cette paix plus de six mois. Il est devenu mélancolique. Vous le connaissez : il a besoin d'employer sa force. Elle est intacte, figurez-vous. Il a toujours la même allure de bahut ; il n'a pas perdu un cheveu ni un poil de sa barbe. Sauf que maintenant, ils sont tout gris. Mais au milieu de ces cendres, il y a ses yeux qui brûlent toujours.

À cette évocation, Françoise laissa couler silencieusement deux petites larmes qui s'accrochèrent aux ailes de son nez et qu'elle ôta d'un côté puis de l'autre avec la pointe de son index.

— Enfin, je vous disais, reprit-elle, qu'en Angleterre il m'a fait bien peur. Il ne mangeait plus, se languissait, parlait de sa vie passée, lui qui ne regardait jamais en arrière. Vous lui manquiez beaucoup, Jean-Baptiste, et cela, je pouvais le comprendre car moi aussi j'aurais bien aimé avoir de vos nouvelles. Mais chez lui le souvenir tournait à la rumination. Avec sa grosse douceur de brute, il me paraissait bien capable de manigancer en silence un geste désespéré.

— Pourquoi ne nous avez-vous pas écrit ? coupa Jean-Baptiste.

— Où cela ? Nous ignorions où vous étiez. Les recherches que j'avais faites en France pour savoir quelque chose étaient restées vaines. Il était sûr que vous n'étiez plus chez les Turcs, mais alors où ? En Russie, en Chine, dans les Indes ? Comment savoir ? Non, il nous fallait nous débrouiller seuls. C'est là que j'ai eu une fâcheuse idée. J'avais pour cliente l'épouse d'un financier suédois. Cette brave femme m'entretenait des malheurs de son pauvre pays. Vous savez que du temps de Charles XII la Suède avait été fort prospère et même conquérante. Tant qu'ils s'en étaient pris à leurs petits voisins de Pologne, du Danemark ou de Courlande, les Suédois n'avaient connu que des victoires. Mais un jour ils avaient attaqué la Russie et s'y étaient épuisés. Depuis lors, Charles XII était mort et tout le monde était tombé sur le dos des vaincus. Je raconte cela à Juremi, pour l'intéresser à autre chose que son désespoir. Je lui dis que bientôt il n'y aurait peut-être plus de Suède. Le voilà qui s'enflamme. Ces protestants en détresse le bouleversent. Pas tant parce qu'ils sont protestants ; cela suffit juste à lui assurer qu'ils ne le mettront pas dehors s'il vole à leur secours. Non, son souci est qu'ils soient en détresse. Il aime les causes désespérées. C'est ainsi. Et je ne vois pas pourquoi il a tant de goût à se battre, lui qui n'accepte jamais d'être vaincu mais ne se supporte pas non plus parmi les vainqueurs…

— Ainsi, vous êtes partis pour la Suède, dit Alix. C'est une folie. Ne pouviez-vous pas l'en empêcher ?

— Ma chère Alix, dit tristement Françoise, vous savez bien

54

que nous autres femmes devons nous interdire d'exprimer nos noirs pressentiments. Ils n'ont que rarement évité les tragédies mais c'est constamment qu'on nous blâme ensuite de les avoir provoquées par nos alarmes. Comment, d'ailleurs, aurais-je trouvé le courage de traverser les projets de Juremi quand je le voyais si gai, tout ressuscité à l'idée de quitter la compagnie des moutons pour retrouver la fraternité et l'action. Sitôt arrivé à Stockholm, les Suédois, dont l'armée était en pièce, lui ont confié un régiment.

— Mais il ne parlait pas leur langue, objecta Jean-Baptiste.

— Pas un mot et d'ailleurs c'est un idiome que l'on ne peut acquérir si vos parents ne vous ont pas façonné la gorge tout exprès. Mais pour faire la guerre, paraît-il, il n'est pas nécessaire de s'expliquer trop à fond. Il criait ses ordres en arabe pour l'attaque, en turc pour la manœuvre et en italien pour le repos. Les soldats l'adoraient.

Ils rirent, mais doucement, pour ne pas réveiller Küyük, qui s'était assoupi près du feu.

— Moi, poursuivit Françoise, je suis restée à Stockholm et je n'ai jamais vu autant de noir. Le ciel était sombre vingt heures par jour, tout comme l'eau du port que je contemplais de ma fenêtre. Et les nouvelles que j'apprenais étaient bien noires aussi car la guerre se poursuivait de tous côtés et contre une multitude d'ennemis. Cette poix, tout autour de moi, avait fini par déborder sur mon âme et j'ai presque été soulagée quand on est venu m'apprendre la nouvelle...

— Il est blessé ?... s'écria Jean-Baptiste au comble de l'inquiétude.

— Je ne crois pas. Mais voici tout ce que je sais. Juremi avait été chargé de conduire son régiment contre les Russes. Son mauvais caractère, que les autres appellent de la bravoure, l'avait désigné pour ce front désespéré où les combats avaient lieu à dix contre un. En décembre, ils sont arrivés au contact des Russes, et le cinq de janvier...

— Cette année ?

— Oui, il y a maintenant huit mois, le cinq de janvier donc, il est repoussé avec son corps de troupe dans une cuvette enneigée. Le fond de cette combe était occupé par l'étendue plate d'un lac gelé. Le froid était terrible. Derrière chaque sapin, dans les bois tout autour, les Russes avaient placé un tirailleur. Il était impossible d'allumer des feux sur le lac sauf à risquer de précipiter les hommes dans les eaux glacées. Il n'y avait aucune issue. Heureusement, d'ailleurs, car Juremi se serait jeté dans la moindre brèche s'il en avait existé une et y aurait trouvé la mort. Il s'est rendu le second soir à un général russe qui parlait le français. Dans cette guerre absurde pour lui, où il entendait mieux ses ennemis que ses soldats, il a pu enfin tenir une véritable conversation. Je sais tout cela par deux coursiers suédois. Les Russes les ont laissés repartir porter ces mauvaises nouvelles à l'arrière, pour amollir un peu plus la résistance faiblissante des derniers combattants.

— Donc, il est tombé aux mains des Russes, dit Jean-Baptiste, qui commençait à dégager des conclusions simples pour l'action à venir.

— C'est la seule chose certaine.

— Ils ne l'ont pas…

— Fusillé ? dit Françoise en montrant qu'elle avait le courage de prononcer le mot resté sur les lèvres de Jean-Baptiste. Non. Ce n'est pas la pratique des Russes. J'en ai acquis la certitude par des dizaines de témoignages.

— Alors, qu'en ont-ils fait ?

— Il est prisonnier sans doute, mais où et dans quelles conditions ? Je l'ignore absolument. Je me suis dit que je n'apprendrai rien de plus en restant à Stockholm et c'est pour cela que je me suis mise en route. La vie ne nous avait guère permis d'amasser des économies : j'ai pris tout ce que nous avions et qui n'était pas grand-chose. J'ai acheté un petit équipage, dont l'essentiel était la mule que vous avez vue et qui m'a finalement fait bon usage.

— Et Küyük ? demanda Saba, qui suivait avec passion le récit de Françoise.

— Küyük ? répondit-elle en souriant à la jeune fille. C'est le hasard qui me l'a envoyé. Il faut vous imaginer ce que pouvait être Stockholm dans la déroute. On y voyait toutes sortes de fuyards, de blessés, des enfants égarés. Ce Mongol dormait dans une remise, au pied de la maison que j'habitais. Dans la journée, il faisait un petit feu sur la neige et y cuisait ce que les cuisiniers lui jetaient. Je suppose qu'il avait été enrôlé dans les armées du tsar et capturé par les Suédois au cours d'une précédente campagne. Il parlait un peu leur langue mais surtout celles de la Russie et des hordes asiates. Les gens l'appelaient le chaman et semblaient s'en défier. Je me suis dit qu'il pourrait m'être utile et que c'était de surcroît une bonne œuvre de le ramener chez lui. Il m'a suivie quand je me suis mise en route au début de février.

— Habillé en homme ? dit Alix.

— Oui, c'est une drôle d'idée, n'est-ce pas ? Je l'ai souvent regretté par la suite, surtout quand je suis arrivée dans ces contrées où les hommes et les femmes s'éloignent beaucoup les uns des autres par l'apparence. Dans l'Europe du Nord en guerre, c'était une prudence bien aisée : les hommes se rasent et portent les cheveux longs.

— Nous n'avons reçu ici que de lointains échos sur cette guerre, dit Jean-Baptiste, mais il me semble qu'elle n'est pas terminée. Les Russes n'ont pas encore signé la paix avec la Suède. Comment avez-vous pu quitter le pays ?

— Par la Pologne. J'ai pris l'apparence d'un pèlerin catholique et je me suis dirigée vers Chestochova pour visiter la Vierge noire. Et figurez-vous, dit-elle en riant, que j'ai été assez désespérée, moi qui ne suis guère portée sur les dévotions, pour aller prier cette sainte mère. Et elle dû sentir mon désarroi car elle m'a exaucée !

— Exaucée ! Comment cela ? s'écria Saba.

— Eh bien, d'abord, en interrogeant les pèlerins venus de

l'Est, j'ai compris qu'il y aurait pour moi de grands dangers à entrer en Russie sans motif clair ni papiers. En d'autres temps, cela ne m'aurait peut-être pas arrêtée. Mais... comment dire ? Je ne me suis pas senti la force d'affronter seule de telles difficultés. Alors, il y eut cet autre miracle. Un homme avait eu les jambes brisées par une diligence dont une roue s'était détachée. Il venait prier à Chestochova pour retrouver l'usage de ses membres. On le portait dans une litière et cinq domestiques prenaient soin de lui. L'un d'eux, qui parlait français, me dit que son maître était très riche et qu'il avait gagné sa fortune en Perse par le commerce qu'il y faisait depuis vingt ans de montres et de bijoux. Le pauvre homme se lamentait chaque jour de ne pouvoir y retourner car il connaissait là-bas le seul médecin qui eût été capable de le guérir. Je demandai son nom. C'était vous.

Tout le monde s'émut de cette coïncidence. Alix fit servir de nouveau du vin mousseux. La conversation se dispersa en commentaires, en questions, et chacun voulut donner son avis. Seul Jean-Baptiste restait silencieux et songeait aux démarches qu'il allait entreprendre dès le lendemain.

CHAPITRE 6

L'ambassadeur de la Moscovie, appelée désormais Empire russe, que Jean-Baptiste n'avait encore jamais rencontré, était connu pour ne rien savoir faire simplement. Tout à l'image du gouvernement qu'il représentait en Perse, il affectait des manières occidentales sans en avoir encore, ni lui ni surtout ses serviteurs, la tradition. Si bien que ce diplomate était un hôte redoutable, chez qui il était toujours dangereux d'être traité.

Poncet en fit l'expérience. Il était à peine installé sur un sofa qu'un domestique russe, géant sorti des bois, absurdement vêtu d'une livrée rouge trop étroite et qui n'avait pas quitté malgré la chaleur ses bottes doublées de mouton, trébucha sur un tapis et répandit sur les genoux de l'invité le contenu d'une tasse de thé et d'un compotier de sorbet.

— Quel âne ! hurla Israël Orii, l'ambassadeur, en bourrant le malheureux moujik de coups de canne.

Jean-Baptiste aspergea son habit bleu avec une eau louche qu'un autre Moscovite lui présenta dans un bassin d'argent. Enfin le calme revint. L'ambassadeur, qui venait de laisser paraître la plus indécente expression de colère, reprit l'air satisfait et bienveillant qu'il affectait toujours, la tête appuyée sur le haut dossier de son fauteuil sculpté qu'encadraient deux aigles de bois.

— J'en arrive au fait, Excellence, dit précipitamment Jean-

Baptiste, qui redoutait qu'on vînt lui enduire les genoux d'un nouveau plat. Il s'agit d'un de mes très bons amis, le plus cher à mon cœur et à celui de mon épouse. Il était, au Caire, mon associé dans l'art de guérir par les plantes. Son adresse à composer les remèdes n'a point d'égale et sans lui mes soins ne valent pas moitié de ce qu'ils pourraient.

Israël Orii clignait des yeux pour marquer son approbation. Cette mimique de sérénité lui paraissait sans doute conforme à l'idée qu'il se faisait de la majesté. Mais, ne pouvant contenir son naturel, il battait impatiemment la mesure de son pied.

— Cet ami cher que la vie nous avait ôté, je viens d'en recevoir l'assurance, est à cette heure chez vous, sur les terres de votre empereur.

— Voilà une excellente nouvelle, dit l'ambassadeur en français de sa voix nasillarde et chantante. Savoir que les meilleurs hommes de l'art, les artisans, les savants, les artistes convergent aujourd'hui vers notre grand pays, me réjouit le cœur.

— C'est que, ajouta Jean-Baptiste avec une certaine hésitation, il converge, certes, mais... comment dire ? Il est plutôt convergé.

Israël Orii fit une grimace qui marquait son étonnement. Son visage était laissé glabre conformément à la nouvelle mode imposée par Pierre le Grand qui souhaitait donner à son peuple une apparence moderne. Ses traits mobiles et ses grands yeux brillants outraient ses expressions à la manière d'un mime.

— Je veux dire, précisa Jean-Baptiste, que l'honneur de venir en Russie, qu'il éprouve certainement, n'est pas le fruit de sa propre décision. Il a été fait prisonnier dans des conditions malheureuses. En somme, et c'est la raison de ma visite, cet homme est l'objet d'une affreuse méprise.

Il entreprit alors, à l'intention de l'ambassadeur, qui avait de nouveau posé la tête sur son nid d'aigle et qui gardait les yeux mi-clos, de raconter sous un jour favorable l'épopée de Juremi. En résumé, le protestant n'avait eu d'autre intention que de rejoindre pacifiquement ses amis en Perse. Les Suédois l'avaient enrôlé contre son gré. Il s'était laissé volontiers capturer par les Russes, en sachant qu'il trouverait autour du tsar une civilisation clémente et la possibilité de poursuivre librement son chemin.

— Qu'attendez-vous de moi ? dit enfin Israël Orii avec un fin sourire.

Jean-Baptiste connaissait l'habileté de l'homme : tout Ispahan avait eu l'occasion d'en être le témoin et souvent la victime. Il était le premier ambassadeur digne de ce nom envoyé par les Russes. Avant lui, seuls des marchands plus ou moins pittoresques s'étaient enveloppés de cette qualité pour obtenir des privilèges et parfois transmettre des messages. Les Persans avaient la bonté de les recevoir comme des ambassadeurs mais ils les tenaient pour gens de peu. Le comble avait été atteint une vingtaine d'années plus tôt. Un des diplomates s'était rendu célèbre à l'occasion d'un banquet donné par le roi. N'ayant pas voulu boire moins que les Persans et n'étant pas accoutumé aux alcools sucrés de l'Orient, le malheureux avait été pris d'une nausée, qu'il avait soulagée dans sa toque d'astrakan. Le roi le vit et le désigna du doigt. Désespéré d'avoir commis une faute d'étiquette en se présentant nu-tête, le soi-disant ambassadeur s'était recoiffé précipitamment, oubliant ce que contenait son chapeau...

En envoyant Israël Orii avec toute la pompe nécessaire, Pierre Ier avait voulu rompre avec ce passé ridicule. Mais nul ne pouvait ignorer qu'un tel homme en un tel endroit ne se contenterait pas de représenter sa nation et aurait la mission de travailler à ses intérêts. La Russie convoitait des territoires dans le nord de la Perse et peut-être toute la Perse elle-même, qui lui aurait assuré un accès aux mers libres du golfe Persique. Les Français voyaient avec inquiétude la Russie poser ses pions dans la région et avaient eu un coup de génie à l'arrivée d'Israël Orii. Quelques nuits d'insomnie avaient fait discerner à l'ambassadeur de France que le nom de ce Russe d'origine géorgienne, Israël Orii, était l'anagramme de « Il sera roi ». Le Français, radieux, se promena à la cour pour révéler cette troublante coïncidence et exciter la méfiance contre l'envoyé du tsar. Malheureusement, il ne parvint qu'à faire sourire et à augmenter le prestige d'Israël Orii, que les Persans crurent volontiers destiné à être roi. « Après tout, disaient-ils sereinement, il y a bien d'autres endroits sur terre où il peut le devenir. »

Un homme de cette trempe pouvait tout, pourvu qu'il y vît son intérêt. Jean-Baptiste prit une longue inspiration puis osa formuler sa demande.

— J'ai pensé, dit-il, que Votre Excellence pourrait transmettre une requête à la cour du tsar quant à mon malheureux ami, pour faire valoir son innocence et la justice qu'il y aurait à lui rendre la liberté.

— Mon cher Monsieur, dit posément l'ambassadeur après avoir intérieurement délibéré, je n'ai qu'une envie et elle est de vous satisfaire. Hélas, ce que vous me demandez est tout simplement impossible. Les immenses victoires de mon maître, Pierre le Grand, ont confié à ses glorieuses armées le souci de milliers, que dis-je ?, de millions de captifs. Dans sa bienveillance, l'empereur ne souhaite pas les priver de leur liberté. Il les fait donc conduire dans des endroits négligés de notre vaste pays, où ils peuvent s'employer, tout en gagnant leur vie, à accroître la prospérité générale. Aucune administration, croyez-moi, ne tient le compte de ces étrangers. Ils passent, voilà tout. Nul ne les juge ni ne les condamne. L'œuvre de l'État se borne à leur désigner un séjour et à le leur faire atteindre. La conséquence de la liberté où nous les laissons est que nous ignorons tout de la suite de leur destin.

Israël Orii vit que cette réponse produisait sur Jean-Baptiste une évidente déception. En homme bien informé, qui entretenait nombre d'espions à la cour, le Russe avait immédiatement appris l'affaire de la concubine d'Alberoni et savait que Poncet l'avait recueillie chez lui. Il y avait là une piste à ne pas lâcher car elle mènerait peut-être à quelque conspiration qu'Alberoni manœuvrait sans doute d'où il était. L'homme dont Jean-Baptiste venait demander la grâce y était probablement mêlé. L'ambassadeur devait laisser une porte ouverte.

— Je vois à quel point mon impuissance vous navre, reprit-il, et je sens bien que cette affaire est fort douloureuse pour vous. Croyez-moi, je veux vous aider. Laissez-moi réfléchir. Oui, oui, j'aperçois décidément une manière de vous faire progresser.

L'ambassadeur, en distillant ses phrases de l'air le plus calme, entendait faire monter une tension qui donnerait plus d'importance à sa conclusion. Hélas, à ce moment délicat, un des énormes serviteurs russes qui ne cessaient, quoique sans motif, d'aller et venir dans la pièce heurta une statue qu'une pénombre habile laissait supposer de marbre mais qui, en se brisant mollement, se révéla un plâtre. L'incident ruina l'effet du diplomate qui, impatient de pouvoir s'expliquer une fois pour toutes avec son personnel, acheva rapidement :

— Une seule solution, disais-je : vous rendre en personne en Russie chercher des témoignages concernant votre ami, le retrouver et le ramener vous-même.

— Mais, pensez-vous qu'on m'y autoriserait ?

— Je puis... vous remettre une lettre de recommandation pour notre cour. Elle vous permettrait d'atteindre un haut fonctionnaire, voire, s'il est disponible, le ministre lui-même. La seule chose que je ne saurais vous garantir, évidemment, c'est la sécurité. Pour vous rendre jusque chez nous, il vous faudra traverser des contrées rien moins que paisibles...

Jean-Baptiste ne s'attendait pas à cette proposition. Elle était pourtant prévisible et logique. Il avait bien pensé qu'il devrait remuer ciel et terre en Perse, envoyer des coursiers, convaincre des diplomates ou des ministres. Mais aller lui-même chercher Juremi... Pendant ces années sédentaires, il avait fini par chasser peu à peu de son esprit toute idée de voyage, de risque et d'aventure. Le mot de l'ambassadeur lui donna un léger vertige, qui n'était pas désagréable.

— Eh bien, dit-il en hésitant, pourquoi pas, en effet, si c'est la seule solution...

— La seule, confirma Israël Orii. Encore n'est-elle point sans risques.

Jean-Baptiste sentait son cœur battre lourdement et les coups de ce fantôme, au-dedans de lui, disaient assez ce dont il avait secrètement envie.

— Excellence, préparez-moi cette lettre, s'il vous plaît. Je vais voir quels arrangements je peux prendre...

— À l'instant, dit l'ambassadeur, et il s'avança vers un secrétaire.

— Non ! s'écria Jean-Baptiste, si impatient qu'il n'aurait pu rester dix minutes de plus sur cette chaise. Il m'est impossible d'attendre... Des malades, hélas... des soins urgents...

— Je comprends. Dans ce cas, envoyez-moi quelqu'un prendre ce courrier tout à l'heure, demain, quand vous voudrez.

Jean-Baptiste remercia chaleureusement et c'est lui, cette fois, qui, en partant à grandes enjambées, trébucha sur un tapis.

Heureux de sa propre habileté, Israël Orii regagna son cabinet en sifflant une chanson de pêcheur de la mer Noire. Il prit une plume et, tout chaud encore de son inspiration, rédigea deux lettres. La première était le sauf-conduit demandé par Poncet, qui le présentait comme un médecin d'Ispahan. L'autre, plus longue, détaillait son histoire, ses mœurs et l'affaire Alberoni. Il la scella, inscrivit le destinataire, « M ***, chef de la police du tsar », et la jeta dans une cassette où était rassemblé le courrier secret destiné à Moscou.

*

Jean-Baptiste rentra directement chez lui, tête baissée, les deux poings enfoncés dans les poches de son habit, triturant des graines séchées, ses clefs et quelques morceaux de papier qu'il avait l'habitude d'y oublier.

Il traversa le jardin sans même prêter attention à Françoise, qui y était allongée, à l'ombre, en compagnie de Saba. La jeune fille, à sa manière silencieuse et discrète, avait entouré Françoise et pris en quelques jours auprès d'elle la place de confidente que sa mère occupait autrefois au Caire. À voir l'air préoccupé de Jean-Baptiste, elles comprirent qu'il valait mieux ne pas interrompre ses sombres ruminations et elles le laissèrent passer.

Il alla d'abord dans son laboratoire. George s'y employait à une distillation. Le garçon avait reçu de ses premiers parents des rudiments de botanique, qu'il approfondissait sur le matériel de Jean-Baptiste. Il y montrait des dons véritables. Mais il était si sérieux, si plein d'une naïve confiance dans les sciences, les progrès de la raison que Jean-Baptiste s'épuisait à lui opposer une conception poétique du monde des plantes et de ses rapports secrets avec les êtres humains. En tout cas, aujourd'hui, Jean-Baptiste n'était pas d'humeur à affronter cette compagnie. Il referma la porte et gagna cette partie du jardin qui était derrière la maison. Un des côtés était planté de simples et l'autre réservé pour la roseraie. Jean-Baptiste prit un sécateur suspendu près de la porte et entra dans le carré des plantes médicinales. Il était cultivé en bandes étroites couvertes de touffes odorantes, les unes fraîches, d'autres sarmenteuses. Il passa cette petite armée en revue sans découvrir rien de suspect à couper, à arracher, à fendre. D'ailleurs, le pauvre jardin n'avait fait de mal à personne. Au bout de quelques minutes, il jeta le sécateur à côté d'un châssis et alla s'asseoir sur une borne de pierre qui servait à poser des seaux. Il était là, les bras croisés, l'air furieux, quand Alix entra dans le carré.

— Je te cherchais, dit-elle.

Elle portait une robe bleue en coton sergé, lâche à partir

de la taille, qu'elle resserrait avec les mains pour passer sans s'accrocher dans l'étroite allée.

— Alors, dit-elle quand elle fut près de lui, que t'a dit cet ambassadeur ?

— Il ne peut rien faire.

— Tu vas y aller toi-même.

Le ton d'Alix était tout à fait neutre. Il n'exprimait ni une question, ni un doute, ni un reproche. Peut-être seulement une intuition. Jean-Baptiste lui jeta un bref coup d'œil de surprise et de curiosité.

— Tant pis, grommela-t-il. Juremi est un vieux bonhomme, maintenant. Il ne voudrait pas lui-même qu'on en fasse trop. J'ai essayé. C'est impossible. Il faut s'y résigner.

Alix le regardait en formant un léger sourire mais il fuyait ses yeux. Elle le prit par la main et, après avoir forcé une légère résistance, elle l'entraîna derrière elle. Ils sortirent du jardin des simples et allèrent jusqu'à un banc de pierre, dans la roseraie, où ils purent s'asseoir côte à côte. Elle garda les mains de Jean-Baptiste dans les siennes. Il ne quittait pas son air boudeur.

— Écoute-moi un instant, dit-elle doucement. Tu le sais bien, Jean-Baptiste : les événements disposent de nous pour presque tout. Les rares fois où il nous revient de décider librement, nous n'avons pas le droit de vouloir autre chose que le bonheur. Eh bien, le bonheur, nous ne l'aurons pas si tu restes. À chaque moment de ta vie, tu te reprocheras de ne pas avoir secouru Juremi et tu nous en voudras de t'avoir retenu. Je déteste l'idée que tu partes, Jean-Baptiste, mais tu vas partir.

Cette roseraie, à la manière persane, ne comportait point d'allée ; un gazon serré, que les domestiques coupaient aux ciseaux, couvrait le sol jusqu'au pied des fleurs. Sur ce fond cru, le visage clair et les bras nus d'Alix, sa gorge tendue sous la fronce du décolleté flottaient entre le terrestre et le céleste, l'humain et le végétal. Jean-Baptiste la regarda et, saisi d'une

violente émotion, la serra contre lui. Il était le premier d'ordinaire à chasser la mélancolie, comme on refuse de porter une
couleur qui ne vous va pas. Alix, cette fois, avait montré plus
de vigilance que lui ; elle venait, en lui rappelant l'essence
même de leur amour, de le ramener à l'optimisme et à la
volonté. Bien sûr, il était indécent de montrer trop de joie à
l'idée de partir. Il n'était pas moins ridicule de cacher qu'il
l'avait déjà décidé et elle l'avait fort bien compris. Donc, il
partirait, il ramènerait Juremi et au bonheur de le sauver
s'ajouterait celui de retrouver Ispahan.

Déjà il sentait tous les bienfaits de cette décision. D'abord
en regardant Alix, en respirant son parfum, en frôlant sa
nuque douce de ses lèvres, il découvrait cette disposition de la
mémoire particulière à ceux qui vont partir et qui comble
leur esprit des choses les plus insignifiantes et qui seront
demain les plus précieuses.

Il fit encore, mais dans une tout autre humeur, mille objec
tions sur les inconvénients que son absence causerait.
Certaines étaient d'ordre pratique : allait-elle manquer de
ressources ? Que ferait-elle si la situation politique se troublait ?
Alix répondait sérieusement à tout cela. Elle continuerait de
livrer les remèdes aux clients pour lesquels Jean-Baptiste laisserait des prescriptions ; elle surveillerait les dépenses de la
maison et sans lui les fêtes et tout le train extraordinaire se
résumeraient à rien. En cas de troubles en Perse ? Pourquoi,
demanda-t-elle crânement, continuait-elle à s'entraîner à
l'équitation et à l'escrime ?

Et puis, il venait une dernière objection, qu'il formula tendrement : n'allait-elle pas trop souffrir d'être séparée de lui ?
Elle dit qu'elle souffrirait plutôt de le retenir.

Quand elle y pensa, par la suite, elle se dit qu'elle n'avait
peut-être pas avoué toute la vérité, faute de la voir encore
bien clairement. Bien sûr, pour se déterminer, elle avait
d'abord pensé à Jean-Baptiste, à la nostalgie qu'il avait de
l'Abyssinie et des voyages, à son amitié pour Juremi, à sa

liberté. Mais plus tard et peu à peu, elle avait senti que ce retour de temps troublés, aventureux, incertains comblait en elle quelque désir secret qu'elle ne s'avouait pas. Françoise auprès de Saba et Jean-Baptiste parti, elle se sentit soudain libérée comme mère et comme épouse. Quelle femme, saisie si jeune par un amour heureux et qui ne s'est point interrompu, ne rêve-t-elle pas de retrouver, si peu que ce soit, l'émoi d'une première jeunesse encore inaccomplie, où la liberté ne consiste pas encore seulement à faire le bonheur d'un autre ?

CHAPITRE 7

À l'extrémité du grand espace sombre des jardins du Char Begh, les trente-trois arches du pont qui enjambait le Zainderood étaient éclairées par le reflet de la lune sur la rivière. La plupart des maisons construites sur le pont et qui servaient d'échoppes dans la journée étaient closes. Seuls quelques étals faisaient luire la peau tendue de leurs beaux fruits sous la lumière des quinquets suspendus. Il était dix heures passées quand, bondissant le long du côté le plus obscur du pont, une ombre le traversa silencieusement. À en juger par sa haute taille, on pouvait deviner qu'il s'agissait d'un homme et les bottes souples qui le chaussaient étaient celles d'un étranger. Pour le reste, le passant ne laissait rien voir, enveloppé qu'il était dans une cape de feutre dont même sa tête était couverte. Les marchands persans n'y prêtèrent aucune attention. Une fois franchi le pont, la silhouette prit sur la droite et s'enfonça dans un dédale de rues étroites, le faubourg arménien de Julfa.

L'homme s'y dirigeait aisément malgré l'obscurité. Il marcha presque dix minutes sans croiser personne. Enfin, il s'arrêta devant un mur très haut, duquel dépassaient les branches d'un grand mûrier. Une petite porte cloutée le perçait ; le passant la heurta trois fois avec le pommeau de son épée. Par la grille d'un jardin, une voix tremblante demanda en chuchotant :

— Êtes-vous sûr de ne point avoir été suivi ?

— Certain, Monseigneur.

— Chut ! Pas ce mot, je vous en supplie.

La porte s'entrouvrit et l'inconnu pénétra dans une pièce totalement obscure au fond de laquelle s'encadrait un rectangle blafard. L'hôte et son visiteur gagnèrent cette ouverture et débouchèrent dans un large patio planté de quatre citronniers. Tout autour s'ouvraient des pièces où l'on entendait se mouvoir des ombres et geindre des enfants. Une seule salle était éclairée : la sourde lueur d'une lampe à huile y tenait péniblement les ténèbres à l'écart. Un tapis rouge et un plateau de cuivre étaient posés par terre. Le visiteur fut invité à s'asseoir. Son hôte, qui prit place en tailleur en face de lui, était âgé, presque un vieillard. Il était vêtu d'une mauvaise soutane en coutil bleu. Ses cheveux étaient tressés en couronne autour de sa tête et son visage était orné d'une courte pointe de barbe. Avec cela, des traits fins d'oiseau, un nez long, pointu, et surtout de petits yeux mobiles, avides et craintifs.

— Croyez-moi, dit-il, ce n'aurait pas été pour vous, Poncet, qui m'avez déjà sauvé la vie deux fois avec vos remèdes, je n'aurais pas pris ce risque.

Jean-Baptiste, qui avait révélé son visage dès l'entrée en ôtant son châle de feutre, eut un fléchissement de tête respectueux :

— Merci, Monseigneur.

— Chut ! Quittez cette habitude de m'appeler ainsi.

— N'êtes-vous plus Nersès, le patriarche des Arméniens ?

— Silence, vous dis-je ! Bien sûr, je le suis et c'est pour cela que je dois me cacher comme un misérable.

— Depuis si longtemps que je ne vous ai vu, Mon..., Monsieur, je ne pensais pas vous trouver dans cet état. Que s'est-il donc passé ?

— Il s'est passé, mon ami, ah ! vous êtes sans doute le dernier à l'ignorer, dit le vieillard en se pinçant nerveusement le haut du nez, il s'est passé que notre malheureuse Église paie le prix d'être isolée au milieu de gens qui conspirent à la ruiner. Les Turcs d'Istanbul exigent de nous de l'argent et, comme nous ne pouvons point payer, les Persans se sont chargés de lever un impôt sur nos fidèles afin de nous permettre de rembourser cette dette. Mais les monstres encaissent dix pour ne nous laisser qu'un. Si bien que tout le monde est mécontent : les Turcs parce que nous leur devons des sommes ; les Persans parce que nous avons fait des dettes chez les Turcs, et nos frères parce que c'est eux qui finalement sont volés. Vous n'imaginez pas les menaces qui se profèrent contre moi et m'obligent à me cacher de la sorte.

Poncet prit un air navré, tout en réprimant un sourire. Il connaissait fort bien l'origine de ces malheurs. L'Église arménienne de Perse était dans une situation fort singulière. Le patriarche tenait son emploi du roi mahométan auquel il payait sa charge à prix fort. À lui ensuite de se rembourser en vendant, à son profit, les charges inférieures, depuis les vertabiets, qui sont à peu près nos évêques, jusqu'aux derders, clercs qui remplissent les fonctions de prêtres séculiers. À l'extrémité de cette chaîne, les fidèles étaient les derniers payeurs : ils achetaient les grâces et les offices de cet onéreux clergé. Aucune Église ne pratiquait la simonie avec aussi peu de vergogne. Tout se vendait : les reliques, les bénédictions, les sacrements et jusqu'à l'arrangement des mariages quand ce n'était pas les adultères. Parmi tous les sous-produits de la foi, l'article le plus lucratif était les huiles bénites dont le peuple faisait un large emploi comme amulettes et médicaments et que les prêtres vendaient fort cher.

— Pardonnez-moi, dit Jean-Baptiste, mais il me semble avoir entendu dire que vous auriez peut-être précipité votre ruine en allant chez les Turcs pour...

— Eh bien, coupa le patriarche, qu'y voyez-vous de mal ? Oui, je suis allé chez le grand seigneur pour demander justice. Mon frère — je dois bien appeler mon frère ce chien capable de dévorer sa propre mère —, mon frère, dis-je, le patriarche arménien de Jérusalem, nous faisait une concurrence éhontée en bénissant les huiles sacrées pour moitié prix. Je suis allé exiger des Turcs qu'ils nous reconnaissent nos droits, à nous les Arméniens vivant en Perse et qui avons par tradition la garde de tous les grands sanctuaires d'Arménie. Il serait légitime qu'à ce titre nous ayons l'exclusivité pour vendre aux fidèles de notre peuple, où qu'ils résident, des huiles d'une qualité spirituelle incontestée et qui, par conséquent, doivent se payer un peu plus cher.

Jean-Baptiste avait déjà fait l'expérience au Caire, avec les coptes, de ces trafics d'huiles sacrées. Il n'en était pas autrement étonné. La seule chose qui pût le stupéfier était l'aveu si naïf que faisait ce prélat de sa dévorante âpreté au gain.

— Et c'est pour obtenir cette décision du sultan que vous vous êtes ruiné de la sorte ?

— Comprenez-moi, Poncet, j'investissais. En obtenant le monopole des huiles, six mois me suffisaient pour tout rembourser et même au-delà.

Le patriarche marqua un instant de silence comme s'il eût suivi dans la pénombre le convoi chargé de richesses qu'il avait imaginé. Puis il parut revenir à lui et son visage prit l'expression d'une extrême contrariété.

— Pouvais-je me douter que les Turcs allaient prendre mon or en acquiesçant à tout ce que je demandais, et que dès le lendemain de mon départ, écoutant mon faux frère de Jérusalem, ils annuleraient le firman qu'ils m'avaient octroyé ?

Ce sursaut de colère fut suivi d'un abattement qui affaissa le vieil homme sur son coussin.

— Que faire, Poncet, que faire ? haletait-il.

— Je ne sais pas, moi… priez.

— Oh, s'il vous plaît, nous parlons sérieusement…

La lampe crépitait et ce petit bruit liquide rappela à Jean-

Baptiste qu'il avait soif. Il regretta que la ruine du vieil homme, venue au secours de son avarice, ne lui permît pas de donner à boire à ses invités.

— Quelle chaleur ! dit Jean-Baptiste en ôtant sa tunique et en ouvrant le col de sa chemise. Quelle sécheresse !

Mais ce diable de vieillard, lui-même sec comme un fagot, ne paraissait pas vouloir comprendre.

— Vos prêtres catholiques sont les seuls, à vrai dire, à m'avoir un peu soutenu, ajouta-t-il sombrement.

À Ispahan, Jean-Baptiste, que ses expériences passées avec les jésuites et les capucins avaient rendu prudent, s'était bien gardé de fréquenter les congrégations. En Perse, elles étaient divisées, pour ce qu'il en savait, entre les capucins italiens et les augustiniens portugais.

— Sont-ils vraiment tout à fait désintéressés ? hasarda Jean-Baptiste.

— Vous voulez dire qu'ils veulent nous convertir ? Ah ! c'est une plaisanterie ! Non, voyez-vous, ils y ont renoncé. Nous les avons découragés. Ils y sont parvenus cent fois et cent fois les nôtres sont revenus à leur croyance. C'est ainsi : on nous emmène à Rome, nous nous prosternons devant le pape, nous mettons de l'eau dans notre vin de messe et nous disons le credo. Ils nous croient attrapés. C'est seulement qu'au fond de leur cœur les Arméniens sont polis : ils ne contredisent pas les gens chez eux. Mais sitôt rentrés ici, nous envoyons le pape au diable, nous oublions le credo et nous buvons notre vin sacré tout pur, bien rouge comme l'était le sang de notre Seigneur. Non, croyez-moi, les Romains n'accordent plus la moindre créance à la conversion d'un Arménien. Ils préfèrent nous prendre tels que nous sommes.

— Pourquoi vous soutiennent-ils, alors ?

— Sans doute parce qu'ils font front avec les autres chrétiens de ce pays de musulmans. Peut-être entendent-ils utiliser nos malheurs pour servir leurs propres desseins, que j'ignore. Savez-vous ce que certains d'entre eux m'ont dernièrement conseillé ? De faire appel au roi de France pour qu'il menace la Perse et le grand seigneur des Turcs d'intervenir s'ils persistent à nous étrangler comme ils le font.

— Malheureux ! N'en faites surtout rien, s'écria Jean-Baptiste.

— Il est vrai que vous avez été chargé, dans le temps, d'une mission de cette nature pour les Abyssins, dit le vieillard qui se remémorait soudain l'affaire.

— Croyez-moi, dit Jean-Baptiste en secouant la tête, j'en ai assez vu pour vous affirmer que le roi de France ne fera rien. Au cas où il se déciderait à quelque démarche auprès des Persans, cela ne suffirait pas à vous protéger mais serait plutôt de nature à vous nuire gravement.

— Oui, c'est ce que disent les augustiniens. Je croyais que c'était par jalousie des capucins, qui sont à l'origine de cette idée. Oh ! mon Dieu, mon Dieu ! gémit le patriarche, qui par cette exclamation interpellait moins le ciel qu'il ne soulageait son âme inquiète. Vous êtes mon dernier espoir, Poncet. Quel secours puis-je laisser espérer à mes compatriotes ? Ils ne veulent plus payer et sont prêts à se venger dès demain sur ma personne des misères que leur font endurer les Persans.

Jean-Baptiste jusque-là n'en était pas encore venu à l'objet de sa visite. Il avait préféré écouter le vieillard, sachant ce qu'il avait à lui demander mais pas encore comment il le rétribuerait pour ce service. En l'entendant gémir, une idée lui vint.

— Monseigneur…, commença-t-il.

— Chut, fit le patriarche faiblement, sans mettre la moindre énergie dans ce reste de prudence.

— … le roi de France ne fera rien pour vous, non plus que le tsar de Russie ni l'empereur d'Autriche. Pourtant, il est un homme en Europe qui peut trouver son intérêt à vous secourir, un homme puissant, même si sa position est aujourd'hui délicate…

— Qui ? Poncet, qui donc ? haleta le vieillard, que cette lueur d'espoir avait en un instant ranimé.

— Cet homme était le Premier ministre de l'Espagne, d'où il s'est momentanément éloigné mais pour y revenir plus puissant encore.

— Le Premier ministre d'Espagne, vous ne voulez pas dire... Alberoni ?

— Lui-même.

— La coalition qu'il a menée contre l'Autriche n'a-t-elle pas été vaincue ?

— Justement, Monseigneur, il a besoin d'alliés, particulièrement en Orient d'où, je le sais, il veut mener sa reconquête.

Le patriarche était tout à fait dressé sur son séant. Un soudain besoin d'y voir clair le prit.

— Holà ! cria-t-il en frappant dans ses mains pour appeler une invisible domesticité. Qu'on nourrisse cette lampe qui se meurt. Vite ! Et du thé pour nous réveiller un peu.

Des silhouettes commencèrent à s'agiter dans l'obscurité de la cour.

— Mais dites-moi, Poncet, poursuivit-il en se penchant vers le médecin, ce cardinal, cet Alberoni, est-il riche ?

— S'il l'est ? Il l'est plus que vous ne pouvez l'imaginer. Tout son avoir est chez les Médicis et il est encore, bien que secrètement, le maître de l'Espagne.

Déjà une vilaine servante, aux doigts boudinés et sales, habillée en bohémienne, posait deux petits verres devant eux qu'elle remplit d'un fond de thé. Jean-Baptiste était à ce point pris de soif qu'il voulut boire trop vite et se brûla. Le vieillard aspira bruyamment une gorgée et, à la grande admiration de Poncet, l'avala sans en paraître incommodé. Sans doute ses chairs, au-dedans, étaient-elles aussi boucanées que celles du dehors.

L'amertume du breuvage fit grimacer le patriarche et il prit de nouveau l'air abattu.

— Oui, dit-il avec langueur, encore faut-il pouvoir approcher ce monsieur.

Pour le coup, ce fut Jean-Baptiste qui regarda autour de lui d'un air inquiet et prit une voix basse pour dire :

— Personne, vous m'entendez, Monseigneur, personne ne doit le savoir mais, à vous, je peux le dire : la concubine du cardinal est chez moi.

— Sa concubine ! s'écria le patriarche d'un air indigné.

Il n'était pas étonné, bien sûr, que ce prélat catholique eût une femme mais on ne pouvait l'empêcher de réprouver qu'il ne l'eût pas prise régulièrement, comme la sienne, devant Dieu. Cependant, l'Arménien chassa très vite cette idée morale qui n'avait guère sa place dans cette conversation et revint au fait.

— Ainsi, vous pensez que par l'intermédiaire de cette femme... ?

— Justement, Monseigneur, voilà pourquoi je vous ai demandé cet entretien de manière si urgente.

Le patriarche, qui n'avait en tête que ses affaires, avait tout à fait oublié que Jean-Baptiste était à l'origine de cette rencontre.

— Je dois bientôt me rendre en Europe, continua Poncet, pour faire tenir un message au cardinal.

— Vous ?

— Moi, car sa concubine, que j'ai soignée autrefois, ne saurait avoir confiance en personne d'autre pour faire parvenir un courrier à un homme si considérable.

— Ainsi, vous savez où il se trouve ?

— Je sais comment parvenir jusqu'à lui. Pour cela, néanmoins, j'ai besoin d'aide.

Puis, après un temps :

— De votre aide, Monseigneur.

— De la mienne ! fit le patriarche en se reculant.

— De la vôtre. Rassurez-vous, c'est fort simple. Voici : je voudrais être baptisé selon vos rites.

— Êtes-vous devenu fou ? Allez-vous me demander à votre âge de vous circoncire ?

— Non, non, il n'est pas question que je devienne vraiment fidèle de votre Église. Il me suffit d'en recevoir l'attestation écrite de votre main et authentifiée de votre sceau.

— Et pour quel usage, je vous prie ? demanda le patriarche, soudain soupçonneux. Vous êtes un homme libre, vous pouvez circuler où bon vous semble sans avoir à emprunter une autre identité.

— En Perse, bien sûr. Mais songez qu'il me faut aller beaucoup plus loin et d'abord traverser l'Empire des Turcs, où mon nom, malgré le temps, continue d'être associé à de fâcheux incidents.

— Je comprends, dit le patriarche, et en effet il venait de concevoir les termes de l'accord que le médecin lui proposait. Ainsi, à supposer que je vous confie ces pièces, vous vous engageriez à porter une requête de ma part au cardinal. Est-ce bien cela ?

Jean-Baptiste n'eut point la bassesse d'opiner, à haute voix, à cette dernière proposition du patriarche. Il se contenta de cligner des paupières en un signe d'intelligence que le vieillard prit pour un acquiescement. Un silence scella ce contrat sans paroles.

— Écrivez votre lettre, Monseigneur, et préparez mon certificat, conclut Jean-Baptiste. Je passerai le chercher demain matin.

— Certainement pas ! Revenir ici en plein jour ? Pour me faire découvrir ! Non, non, je vous ferai tenir moi-même ce papier par un messager de confiance.

Ils se quittèrent sur ce marché, heureux l'un et l'autre. Jean-Baptiste n'avait guère douté en venant voir le patriarche d'obtenir ce qu'il voulait. Il pensait cependant payer ce service d'un prix plus exorbitant et avec des délais d'une longueur propre à faire monter l'enchère. L'affaire s'était réglée au mieux. Tout était prêt, désormais. Il venait d'obtenir le sauf-conduit qui le protégerait des Turcs ; le Mongol qui devait l'accompagner avait préparé les montures. Il se donnait encore une semaine pour mettre tout en ordre et partir. Cela lui laissait le temps d'arriver en Russie avant l'hiver. Il était soulagé et sifflotait gaiement dans les rues désertes.

Pendant ce temps, le patriarche, qui avait fait éteindre toutes les lampes sitôt le visiteur parti, était monté s'étendre sur le toit en terrasse de sa maison. Là, les yeux ouverts sur la nuit étoilée d'Ispahan, il rêvait d'un grand homme drapé de mauve, qui lui souriait.

CHAPITRE 8

L'audience de Françoise auprès du roi de Perse était fixée au lendemain. Elle devait s'y rendre en compagnie du nazir, qui avait obtenu, en figurant à cette présentation, l'assurance de voir reconnaître ses mérites. En dehors de lui, seul le Premier ministre assisterait à cette entrevue puisque l'identité de la fameuse concubine devait rester secrète. Or, quand les deux officiers envoyés par le nazir entrèrent dans la maison de Poncet, ils annoncèrent qu'ils étaient chargés de conduire au palais non seulement Françoise mais aussi son hôte, le médecin franc, que le roi désirait connaître. Cet ultime changement sema le trouble dans la maison. Il fallut réveiller Jean-Baptiste, qui était rentré fort tard de sa visite chez le patriarche et dormait derrière les lourds rideaux en soie sauvage de son pavillon. Quand ils arrivèrent enfin chez le nazir, celui-ci se montra vivement contrarié par ce retard. Ce n'était pas que les Persans eussent une trop stricte religion de l'heure. Le temps n'est pas chez eux une marchandise et nul ne songerait à l'économiser. Mais, dans la circonstance présente, un trop grand délai pouvait avoir de fâcheuses conséquences. Le nazir le leur expliqua avec humeur pendant qu'ils se rendaient au palais.

— Toute la question, dit-il à voix basse, est de savoir si le souverain aura déjà bu. Par ce beau temps fort sec, et puisque à cause de vous il est presque onze heures du matin, je crains qu'il n'ait déjà pris quelque chose.

— Vous redoutez que cela ne l'endorme? demanda prudemment Jean-Baptiste.

— L'endorme! Il s'agit bien de cela! Tout au contraire, dit le nazir en pointant un gros doigt menaçant sur la poitrine de Jean-Baptiste, il n'est jamais si furieux que quand il est dans cet état et cela à proportion de ce qu'il a absorbé. Le risque, dans ce cas-là, est qu'il s'en prenne au Premier ministre. Ce pauvre Hootfi Ali Khan est un homme très pieux, comme vous savez, et qui s'est juré de ne pas boire une goutte d'alcool. Le roi l'apprécie et reconnaît quand il est à jeun ses immenses qualités. Mais dès qu'il ne l'est plus, il ne peut supporter de voir son Premier ministre rester sobre.

Ainsi éclairés sur les arcanes du pouvoir, les visiteurs furent annoncés au palais. Jean-Baptiste y était déjà entré plusieurs fois car le roi de Perse ne se dissimule guère et de nombreuses occasions sont données de l'apercevoir. Mais ces visites avaient toujours eu lieu dans l'anonymat de grandes réceptions.

Instruit par l'expérience, Jean-Baptiste avait pris soin, à Ispahan, de se tenir à distance prudente des grands personnages, à l'exception de quelques-uns. Il avait surtout espéré que la Providence le garderait d'avoir jamais à soigner le roi lui-même. Les excès de ce monarque le rendaient imprévisible dans ses faveurs comme dans ses châtiments. Poncet connaissait deux musiciens qui, pour avoir eu le malheur de faire entendre au souverain des mélodies qui lui avaient déplu, avaient eu les mains coupées.

Le palais royal était un édifice qui, à son abord, n'avait rien d'impressionnant. Les Persans ne conçoivent pas la majesté dans l'ordre de la verticale. Leurs édifices se dressent rarement vers le ciel et gardent une hauteur modeste. En revanche, ils reconnaissent le pouvoir à son étendue : les palais, chez eux, doivent être vastes et plus ils occupent de surface, plus celui qui y séjourne affirme sa puissance. Ils sont ainsi composés d'enceintes et de jardins, chaque enceinte en enserrant une autre, plus petite, et ainsi de suite jusqu'à la résidence du roi. Les architectes semblent avoir emprunté leur plan à la nature, par l'imitation de l'oignon ou plus poétiquement de la rose, dont le cœur précieux est protégé par des couches concentriques de pétales. À vrai dire, dans le palais, le cœur extrême, le plus inaccessible et le mieux protégé, est constitué par les femmes, puisque au sein même de la résidence royale se referment encore les cercles concentriques du harem.

Jean-Baptiste et Françoise ne demandaient pas à pénétrer si profond. Au passage de chaque enceinte, ils ressentaient même un petit pincement d'angoisse.

Le raffinement des galeries et des jardins allait croissant à mesure qu'ils avançaient. Le dernier, attenant à la résidence du roi, était presque entièrement planté de roses. Le climat d'Ispahan leur était si favorable, l'habileté et le nombre des jardiniers si remarquables qu'elles triomphaient en taille, en variété, et en splendeur. On en voyait de toutes sortes, grimpantes, en arceaux, en buisson, en tapis, en cascade ; certaines denses et soyeuses comme des pompons, d'autres larges, charnues, entrouvertes sur des intimités de satin. Leur parfum, dans cette enceinte close, était si violent qu'il eût à lui seul enivré un souverain plus tempérant.

Depuis que la dynastie safavide avait chassé les Turcs du pays, cent ans plus tôt, la race des rudes guerriers du début avait fait place peu à peu à une cour délicate. Elle n'était plus guère préoccupée que d'une conquête : celle de plaisirs toujours renouvelés, de jouissances inédites. Les rois avaient concentré dans leurs palais tout ce que les pays voisins et l'Iran même produisaient de plus beau en matière d'orfèvrerie, de soierie, de tapis ou de musique. La seule vue de ces temples du goût rassurait les souverains ; il leur semblait bien improbable que des barbares pussent un jour franchir ces murailles sans tomber à genoux d'admiration avant de parvenir à la dernière. Et pourtant les tribus afghanes commençaient à descendre de leurs montagnes...

— Aï ! grinça le nazir à l'oreille de Jean-Baptiste, on nous conduit au pavillon du vin.

La plupart des palais, notamment celui du roi, comportaient un pavillon spécialement réservé à la consommation d'alcool, ce qui n'interdisait nullement d'en absorber dans les autres pièces. La Perse produisait beaucoup de vin et de fort bon ; malgré l'interdiction de la religion, il s'en buvait énormément. Les Persans justifiaient cette passion par leur amour pour la poésie ; ils affirmaient y puiser une inspiration propre à mieux goûter les vins mystiques de Hâfez et de Saadi.

Parvenus à l'entrée du pavillon, les visiteurs furent annoncés par le chef de la garde personnelle du roi, un jeune officier à l'air noble et grave, impeccablement mis dans son uniforme blanc soutaché d'or. Le roi les attendait dans la vaste pièce en compagnie du seul Premier ministre. Ce digne vieillard qui portait une barbe épaisse, très large, et la moustache courte à la mode des mollahs rigoristes, était assis sur un tapis en contrebas de l'estrade royale. Il avait l'air navré et le regard dans le vague. Tout autour de lui, entre des coussins jetés en désordre, des reliefs de libation jonchaient le sol : verres encore à moitié pleins, flacons colorés, coupes de fruits. Les courtisans et les danseurs avaient dû être priés peu avant de quitter la place pour garder la discrétion de cette audience. Mais on ne pouvait avoir aucun doute : les craintes du nazir étaient fondées, le roi n'était pas à jeun et cela se vérifiait d'un coup d'œil.

Hussein, souverain de la Perse millénaire, n'était en rien conforme à ce que l'on pouvait attendre du descendant de Cyrus le Grand. Debout sur son estrade, il regardait les visiteurs d'un air mécontent. Mais sa petite taille n'impressionnait guère et moins encore son visage allongé, dévoré par deux gros yeux verts et mal soutenu par une barbe malingre et duveteuse. Ce naturel insuffisant servait de portemanteau à une tunique de brocart d'une extraordinaire richesse, couverte sur le devant d'une quintuple rangée de brandebourgs de soie incrustés de perles. Un turban savamment noué, beige ocellé de noir, doublait le volume de sa tête et élevait désespérément vers le ciel, comme le bras d'un noyé, une aigrette à reflets bleus. Cette élégance ne sauvait rien. Au contraire, l'écart entre les étoffes riches et la pauvre physionomie qu'elles enveloppaient était insupportable à la vue. Le souverain paraissait d'ailleurs s'en rendre compte et portait ces richesses avec débraillé. On était presque attendri par les efforts désespérés de cet homme pour affirmer sa liberté de la seule façon qui lui fût permise : en tachant salement sa tunique et en essuyant ses mains grasses sur le rebord de son turban.

Devant un tel spectacle, il fallut que le nazir donnât l'exemple pour que les visiteurs se rendissent compte que l'heure n'était point à l'apitoiement mais à la prosternation.

— Majesté, dit le nazir avec la maîtrise du courtisan accompli, permettez au plus insignifiant de vos esclaves de s'agenouiller devant vous. Puisque Votre Majesté a bien voulu se souvenir de son serviteur en l'honorant de la confidence d'un de ses précieux désirs, voici, prosternés comme il convient, deux étrangers qui se font l'écho de l'immense gloire de Votre Majesté, telle qu'elle se répand chaque jour dans tout l'univers.

Jean-Baptiste jeta au nazir un coup d'œil admiratif. C'était sobre et bien dit. Le plus étonnant était que ces gracieusetés, récitées avec onction, sortaient naturellement d'un individu que l'on eût mieux imaginé au fond de ses montagnes à couper du bois.

Le roi hocha la tête et à ce signe le nazir s'autorisa à continuer :

— Rendant ici grâce et hommage à Votre Majesté, voici la bégum Françoise, très adorable favorite principale de Sa Sainteté le cardinal Alberoni, Premier ministre de l'Espagne, actuellement hors de ce pays et qui témoigne, partout où il se rend, de sa soumission et de sa fidélité à Votre Majesté.

Il termina cette tirade hors d'haleine et reprit bruyamment son souffle. Françoise, qui n'entendait pas le persan, eut moins de mal à garder son sérieux. Elle salua le plus gracieusement qu'elle put. Jean-Baptiste remarqua avec attendrissement que, malgré son âge, elle faisait de touchants efforts pour plaire. Il crut même discerner dans son expression une certaine volupté à porter la belle robe de taffetas qu'Alix lui avait prêtée et qu'elle avait retouchée elle-même les jours précédents.

— Et voici, ô vénérable lieutenant du vrai Prophète qui est en paradis, osant paraître devant Votre Majesté, le seigneur Poncet, médecin européen, la fleur à vrai dire des médecins et des Européens, qui se jette à vos pieds sublimes dans l'espoir d'en approcher la magnificence.

Puis, tourné vers Poncet, il chuchota :

— Eh bien, allons, qu'attendez-vous ?

Jean-Baptiste considéra lesdits pieds sublimes, serrés dans des mules tachées de confiture et de boisson. Il se demanda un instant s'il devait aller jusqu'à leur offrir ses lèvres. Une longue pratique de l'Orient lui avait enseigné que ces gymnastiques mondaines, humiliantes en Europe, étaient en réalité tout à fait compatibles avec la préservation de sa dignité. Quelque bizarres ou incommodes qu'elles parussent, elles n'étaient que des convenances arbitraires comme le port du chapeau ou de la moustache. En Perse, tant que le roi était le roi, tout le monde acceptait de bonne grâce de lui lécher les pieds, si telle était la règle. Les mêmes pouvaient lui trancher tout aussi respectueusement la gorge le lendemain.

Heureusement, le souverain, devinant les délibérations de Jean-Baptiste, esquissa un petit pas en arrière, comme pour se prémunir d'une morsure. Tout se termina par une prudente mais sincère génuflexion.

— Prenez place, dit le roi avec assez d'amabilité.

Sa mauvaise humeur concernait décidément le Premier ministre et non ses visiteurs. Il frappa dans les mains et fit servir ses hôtes.

Deux esclaves noirs d'une taille considérable, torse nu, apportèrent un plateau chargé de verres en cristal de Venise d'une extraordinaire finesse et de carafons de baccarat taillés, pleins de liquides ambrés, jaune clair et rouge vif.

Françoise, le nazir, Poncet enfin, servis dans cet ordre, acceptèrent avec plaisir de goûter cet assortiment de vins du Fars et de Géorgie. Le roi suivit le transvasement du breuvage en marquant un touchant attendrissement. Quand les esclaves se présentèrent devant le Premier ministre, celui-ci tenta de décliner discrètement leur offre mais le roi le vit et s'indigna :

— Comment ? s'écria-t-il. Passe encore que tu ne boives pas en ma seule compagnie. Je tolère même que tu ne te joignes pas à mes amis pour le faire, tu gâterais leur bonne humeur. Mais avec des étrangers, tout de même !

— Votre Majesté, gémit le vieillard en s'inclinant, depuis mon pèlerinage...

— Et quoi ? Et quoi, ton pèlerinage ? Vas-tu cesser de nous rebattre les oreilles avec cela. Qu'a-t-il appris là-bas ? poursuivit le roi en prenant l'assistance à témoin, qu'on ne boit pas de vin à La Mecque ? La belle trouvaille. Il n'y en a point. Les malheureux n'ont sous la main que d'infâmes jus de dattes. On comprend que le Prophète ait eu la sagesse de leur en interdire l'usage.

Il fit signe aux esclaves de revenir à la charge.

— Allons, du blanc ou du rouge ?

— Votre Majesté !

Le vieillard élevait les deux mains pour supplier. Les autres convives étaient affreusement gênés. Pourtant, même dans une pareille humiliation, ce ministre gardait un fond d'air si venimeux et laissait paraître tant de haine contre le monde en général et contre les étrangers en particulier qu'on ne pouvait le voir sans plaisir être taquiné de la sorte.

— Un homme qui ne boit pas est triste, dit sentencieusement le roi. Croyez-vous que Dieu ait créé les hommes tristes ? Croyez-vous qu'il lui plaise d'avoir, tout comme moi hélas, cette figure de carême devant lui chaque jour ? Non, je l'affirme. Ce breuvage n'a point été disposé sur la terre pour que nous le négligions.

Ce disant, il haussait devant lui son beau verre et en admirait les reflets purs. Puis, mêlant le plaisir du goût à celui de la vue, il en avalait une gorgée.

Bien vite, le souverain parut tout à fait hors de lui et l'assistance, muette de stupéfaction, n'osait plus le moindre geste. Après quelques dernières invectives à l'adresse du Premier ministre, une douce torpeur gagna heureusement Hussein. Il se cala sur son coussin et déclara :

— Une fois de plus, ma bonté aura le dessus, chien sobre, et que j'ai fait ministre pour me damner. Je vais encore t'écouter patiemment pendant que tu troubles par tes rabâchages de jeûneur ma réflexion d'homme inspiré. Eh bien, allons, qu'attends-tu ?

Le Premier ministre, jugeant la tempête passée, prit lentement la parole. Il décrivit de la manière la plus favorable pour lui la découverte de l'identité de Françoise et rappela la décision qui avait été prise de lui accorder l'hospitalité en Perse sous condition qu'elle ne chercherait pas à en sortir.

Le souverain hocha la tête pendant cet exposé et fit mine deux ou trois fois de saluer poliment Françoise. Le nazir tenta, par deux phrases alambiquées, de se mettre également en valeur dans l'affaire.

— Il suffit ! dit le roi en marquant sa lassitude. J'ai compris. Vous m'avez bien servi tous les deux et vous serez récompensés.

Jean-Baptiste, qui l'observait attentivement, ne put s'empêcher d'éprouver une grande compassion pour ce petit roi.

Aucun homme au monde n'était moins au fait pour remplir cette charge. Celui-ci n'avait pour ses semblables aucun de ces désirs de possession, de haine ou d'envie qui sont le courant nécessaire pour faire tourner la roue du pouvoir. Il était faible et désintéressé ; on lui demandait d'être fort et avide de vouloir et de décider. En déroulant autour de lui son molleton brumeux et doux, le vin était la seule chose qui lui permît de relâcher cette tension. Grâce à cet antidote, son visage apaisé, sous le turban qui avait glissé vers l'oreille, prenait l'aspect mélancolique et privé d'amour qu'il devait avoir eu dans son enfance.

Jean-Baptiste en était là de ses apitoiements lorsque la conversation vint sur lui. À une question du roi, le nazir répondit que Poncet était médecin. Dans le passé, il avait voyagé en Afrique, pour traiter le négus d'Abyssinie, puis en Europe où le cardinal Alberoni avait compté parmi ses clients.

— Et pourquoi ne m'a-t-il jamais soigné, moi ? dit le roi en se redressant.

— Mais, Majesté, bredouilla le nazir, vos médecins...

— Sont des ânes ! Et tous d'ailleurs à la solde indiscrète de celui-ci, ajouta-t-il en lançant un coussin à la face du Premier ministre.

Puis, en se levant, il dit à l'adresse de Poncet :

— Venez avec moi, ils n'ont pas besoin de m'entendre parler de mes faiblesses. Je préfère qu'ils les découvrent eux-mêmes. Cela me donne un peu de répit avant qu'ils n'en profitent pour me tuer tout à fait.

Il entraîna Jean-Baptiste par le bras jusqu'à l'une des parois à claire-voie du pavillon ; un seringat blanc grimpait sur ses lattes, répandant une odeur sucrée. Le conciliabule dura cinq longues minutes. Le roi fit au médecin l'aveu de ses pituites et de douleurs qui, avant les repas, lui tenaillaient les entrailles.

— Pouvez-vous soulager cela ?

— Majesté, je crois que oui.

— Avec des plantes ?

— En effet.

Le roi se tourna un instant vers les autres et cria :

— Et ces pourceaux qui m'ont laissé souffrir !

Puis vers Poncet :

— Combien de temps vous faut-il pour préparer les remèdes qui me guériront ?

— Mais... deux jours peut-être.

— Et combien de temps devrai-je prendre ce traitement ?

— Ordinairement, je le conseille pour trois mois.

— Soit, dit le roi avec une grimace. Pourvu qu'il ne soit pas trop amer ! Encore une chose : selon vous, le vin est-il...

— Dangereux pour vous ?

— Oui, confirma rapidement le roi.

Son visage était si suppliant que Jean-Baptiste, de nouveau, en fut attendri.

— Modérez-vous, si vous le pouvez, Majesté, mais il serait plus dangereux encore d'y renoncer d'un seul coup.

Une expression d'infinie reconnaissance se peignit sur les traits du malheureux monarque. Il rayonnait de joie, en revenant vers les autres, suivi de Jean-Baptiste.

— Ce médecin est un génie, dit-il. Tu auras cinq cents tomans de récompense pour me l'avoir amené, nazir. Et vingt coups de fouet de punition pour avoir tant tardé. Quant à vous, mon cher docteur, je vous attends, comme nous avons dit, dans deux jours avec mes remèdes. Pendant les trois mois suivants, vous logerez au palais. Apportez vos affaires et annulez tous vos autres clients. Vous ne sortirez pas d'ici. Je veux vous avoir sous la main nuit et jour. Si je m'accommode de vos soins, vous serez à vie dans cette charge et je vous couvrirai d'or. Sinon...

CHAPITRE 9

Sur le toit de la maison de Jean-Baptiste était construit, selon la coutume d'Ispahan, un édifice triangulaire que les Persans appellent bandgeer, c'est-à-dire happe-vent. Grâce à cette sorte de cheminée à l'usage inverse, le moindre souffle d'air, de quelque côté qu'il vienne, entre dans la maison les jours d'été et y apporte sa fraîcheur. La silencieuse assemblée qui était éparpillée ce soir-là, assise et recueillie, dans le vaste bureau de Jean-Baptiste, écoutait haleter dans le happe-vent une bise du nord-est, épuisée par sa course à travers les déserts du Khorassan.

Sur la table de travail du médecin étaient posées deux lettres cachetées et revêtues de sceaux. L'une était celle de l'ambassadeur russe, qui avait été, comme promis, apportée par un commissionnaire dans l'après-midi. L'autre était un acte de naissance établi au nom de Jean-Baptiste par le patriarche arménien.

Jean-Baptiste se balançait d'avant en arrière sur deux des pieds d'un petit fauteuil et ne quittait pas des yeux les documents.

— Rien ne manque, dit-il avec humeur en se levant et en déambulant dans la pièce. Et me voici pourtant consigné ici.

Françoise et Alix, assises sur un étroit sofa, gardaient chacune un bras sur l'accoudoir et le menton dans la main.

— Après tout, je vais parler comme les Persans, c'est peut-être un signe, dit Jean-Baptiste. Quelque chose dans le ciel nous indique le chemin et ne veut pas que Juremi soit sauvé.

— Vous êtes-vous mis aussi à la superstition ? demanda Françoise avec moins de réprobation que de surprise.

Sa longue fréquentation du protestant l'avait prévenue contre ces pratiques. Pourtant, sans l'avouer jamais à son terrible compagnon, elle-même, dans les moments de danger ou de détresse, cherchait parfois un réconfort dans la lecture des présages.

— Ah ! s'écria Jean-Baptiste, qui avait compris cette phrase comme un reproche. Vous avez raison, Françoise, j'entends d'ici le formidable rire de Juremi à qui on explique qu'il va mourir parce que les astres nous ont fait des signes contraires...

Il se remit à sa table.

— Il n'empêche que je ne vois pas comment je pourrais me soustraire à la volonté de ce roi. Bien sûr, il est faible et n'a même pas les moyens de défendre son pays contre l'étranger. Mais ce qu'il lui reste de pouvoir suffira bien à m'écraser, moi qui ne peux compter sur aucun secours, et à me pourchasser où que je sois.

De nouveau, le sourd rugissement du vent prit possession de la pièce.

— Alors... fuir ? dit Jean-Baptiste comme pour lui-même. Il faut deux ou trois semaines à des voyageurs chargés pour atteindre les limites de l'empire, c'est plus que suffisant pour qu'on me rattrape.

Dans un fauteuil, près de la porte d'entrée, Saba était assise et regardait silencieusement le sol. Jean-Baptiste eut un sourire d'attendrissement en passant devant elle puis il reprit sa réflexion.

Dans le silence, on entendit alors une voix grave et un peu tremblante prononcer lentement ces mots :

— Il faudrait mourir...

Tous levèrent la tête avec stupeur et cherchèrent qui avait

parlé. George se tenait debout près de la porte. Malgré la pénombre où il s'abritait, on le vit rougir quand les regards se tournèrent vers lui.

— Que veux-tu dire, George ? demanda Alix en colère.

Le jeune Anglais, que sa timidité soustrayait à tout échange un peu tendre, ne laissait pas à Alix la ressource d'être naturellement aimante avec lui. Elle éprouvait une grande difficulté à communiquer avec cet être farouche.

— Rien... dit le garçon, qui se troublait car il avait parlé sans réfléchir qu'on allait l'interroger.

— Si, si, développe ta pensée, s'écria Jean-Baptiste, qui avait bondi sur ses pieds et montrait une joyeuse excitation en allant vers le jeune homme.

Il prit les autres à témoin, et ajouta d'une voix forte :

— Il y a une belle idée, là-dedans. Mourir ! Il a raison. Il a raison.

— Mais enfin, Jean-Baptiste, explique-toi ! dit Alix en pâlissant.

— C'est-à-dire, il faudrait seulement faire semblant, bredouilla George.

— Je l'entendais bien comme cela, dit Jean-Baptiste, qui lui donna en passant une affectueuse tape sur le bras.

George sourit en se raidissant tant il était sensible au moindre contact physique. Jean-Baptiste revint au centre de la pièce, près du flambeau qui était posé sur le dessus de cuir du bureau.

— L'idée de George est excellente. À vrai dire, il ne peut s'en concevoir de meilleure : l'émotion d'avoir vu le roi, vous comprenez. Et puis, je ne suis plus tout jeune. Le cœur... Me voici décidé : je meurs ce soir !

Les femmes laissèrent échapper un cri.

— Quelle horreur ! dit Saba.

— Mais non, ne prenez pas les choses au tragique. Aussitôt mort, je renais. Me voici transfiguré en... un pauvre pèlerin arménien qui va visiter sa famille chez les Turcs.

Jean-Baptiste riait. Il était tout à coup délivré.

— Quand même, dit gravement Alix au bout d'un long moment, ne crois-tu pas que cela fait un peu trop de mensonges ? Françoise et Alberoni ; le patriarche arménien et ta fausse identité ; maintenant ta mort... Il faut penser que tu reviendras. Comment dénouerons-nous tout cela ?

— Alberoni ne viendra pas chercher Françoise ici ; le patriarche d'Arménie n'en est pas à un mensonge près puisqu'il en fait le commerce. Quant à ma mort, eh bien, il sera toujours temps d'aviser quand je serai de retour. Mon sentiment est que ce roi, s'il continue à ce régime, ne me survivra pas de beaucoup. Son successeur n'aura aucune raison de se préoccuper de savoir si je suis vivant ou mort.

— Et s'il survit ? dit Alix.

— Oh ! mais que de questions ! À chaque jour suffit sa peine. Laissez-moi mourir tranquille aujourd'hui ; nous verrons plus tard comment je peux ressusciter.

Quelque frayeur qu'elle conçût de ce projet, Alix vit qu'elle ne l'en ferait pas démordre. Jean-Baptiste persista dans son idée ; il accepta pourtant, puisqu'il devait seulement se rendre chez le roi le surlendemain, de rester dans ce monde vingt-quatre heures encore. Son départ aurait lieu le lendemain soir.

Pendant toute la journée, les préparatifs furent menés discrètement. La famille déambulait, le mouchoir à la main, triste à périr. Et celui qu'elle pleurait devait se contenir pour ne pas chanter de joie.

*

Fort tard pendant cette première nuit, Jean-Baptiste était encore à son bureau, où il mettait de l'ordre dans ses papiers. La fenêtre était grande ouverte sur le jardin dont l'obscurité ne laissait rien voir des plantes que des reflets d'étoile sur le vernis des feuilles.

L'excitation de Jean-Baptiste était à peu près retombée. Une humeur paisible et joyeuse le gagnait et il en goûtait la paix en rêvant avant d'aller dormir.

Tout à coup, il sursauta. George était debout devant lui, raide et crispé de son audace.

— Tu m'as fait peur, George, je ne t'ai pas entendu entrer.

— S'il vous plaît, je voudrais vous parler.

Le jeune homme n'appelait jamais par un nom propre son père adoptif. Dire « père », c'eût été trahir le souvenir de ses vrais parents, auxquels il pensait encore avec tendresse, sans se résoudre à les croire morts. Mais « Jean-Baptiste » était un nom trop libre, qui ne s'accordait pas avec le respect gourmé que montrait George devant l'autorité. À vrai dire, ni l'un ni l'autre n'avaient jamais trouvé le ton juste. Le jeune homme répondait à la familiarité de Jean-Baptiste par des raideurs de militaire à l'appel. Et, pour s'adresser à son père, il ne disait jamais que « s'il vous plaît ».

— Eh bien, assois-toi et parle, dit Jean-Baptiste le plus affectueusement qu'il put.

George resta debout.

— Irez-vous seul, demain ? demanda-t-il.

— Non, j'emmène Küyük, le valet de Françoise, qui parle les langues du pays et peut m'être utile.

George avait calculé au plus juste l'emploi de son maigre courage. C'est tout entier qu'il le jeta en une seule phrase et dit d'une voix blanche :

— Demain, je partirai avec vous.

Jean-Baptiste fixa le jeune homme qui tenait les yeux grands ouverts devant lui, comme s'il fixait l'obscurité, au-delà des murs, sur un horizon imaginaire. Quel étrange caractère ! Jean-Baptiste se leva et, tout en laissant George à sa vigie silencieuse, il déambula les mains derrière le dos, autour de la pièce.

Le ton plaisait à Jean-Baptiste : « je partirai » et non « je vous demande de partir... ». Dire qu'il avait mis si longtemps lui-même à estimer ces mots à leur prix ; il avait dû faire le détour par l'Abyssinie pour concevoir que la liberté ne se demande pas mais qu'elle se prend. Ce diable de gamin avait trouvé d'instinct la bonne direction. On le sentait habité d'une ardeur violente, qu'il tenait en respect sous le fouet de sa timidité ; il était certainement prêt à partir quoi qu'il arrive. Si Jean-Baptiste n'acceptait pas, le garçon trouverait un autre moyen, s'enfuirait peut-être, mais ne renoncerait jamais... Rien que cela donnait envie d'accepter.

Tout de même, se dit Jean-Baptiste. Voyager avec un être auquel il est si difficile d'adresser la parole ! Au moment de prendre mon élan, c'est un bien pesant boulet que je scelle à mon pied.

Tournant dans la pièce, il voyait maintenant George de dos, toujours immobile. Le pauvre ! Ses parents étaient deux savants enragés et passablement fanatiques, qui l'avaient entraîné dans leur folie d'exploration. Il était sans doute habité par le désir touchant de suivre leur exemple jusqu'à rencontrer le même destin. Mieux valait qu'il découvrît le monde avec un homme qui pouvait lui en enseigner l'usage et ne cherchait point à le quitter.

C'est vrai, pensa Jean-Baptiste, et cette idée le mit de bonne humeur, il ne se rencontre pas de mort plus vivant que moi ! Allons, nous viendrons bien à bout des raideurs de ce cuir neuf. Le voyage l'usera et, si nous retrouvons Juremi, ce vieux bougre fera le reste.

Il fit le tour et revint en face de George.

— Tu ne figures pas sur le passeport du patriarche, dit-il sévèrement.

Le jeune homme se montra plus à l'aise sur ce terrain où il n'était plus question de sentiments. Ses réponses, du reste, étaient prêtes.

— Il suffira de me tondre les cheveux en croix. Nous dirons que je suis un novice qui attend de devenir profès.

J'aurai si bien l'apparence d'un prêtre qu'on ne me demandera rien : les passeports de ce peuple sont pour les laïcs.

— Tu ne parles pas l'arménien, dit sévèrement Jean-Baptiste.

— Mes parents m'en avaient fait acquérir quelques notions, pour préparer notre voyage, ainsi que le turc et le persan. Je peux l'écrire ; quant à parler, nous dirons... que je suis muet.

Puis en baissant les yeux car cette riposte ressemblait fort à une attaque, il ajouta :

— D'ailleurs il me semble que vous ne le parlez pas non plus...

Jean-Baptiste quitta son humeur de contentement. Un instant, il regretta d'avoir accepté d'emmener un garçon dont l'esprit pénétrant lui causait souvent de l'irritation. Ses questions, toujours pertinentes, manifestaient une logique et une rigueur qui le mettaient souvent en défaut.

— Non, je ne parle pas l'arménien, dit Jean-Baptiste avec impatience. Mais, à la différence de toi, mon persan est tout à fait celui d'un indigène. Parmi les chrétiens qui habitent l'est du pays, on trouve des Arméniens qui ont oublié leur langue. J'affirmerai venir de là.

La remarque de George l'avait mis de mauvaise humeur et, en même temps, parce qu'elle était pénétrante, elle lui faisait reconnaître l'utilité d'avoir avec lui un tel caractère.

— Eh bien, dit-il vivement, qu'attends-tu pour courir à Julfa acheter de la toile comme en portent les pèlerins arméniens. Tu n'es pas connu dans ce faubourg. Il suffira de dire aux tailleurs que c'est pour une fête travestie.

George restait immobile, craignait de ne pas avoir tout à fait compris.

— Fais faire deux habits et que le tien soit simple comme il sied à un novice, dit Jean-Baptiste en se retournant vers la fenêtre pour couper court à la conversation et ne pas avoir à subir quelque maladroite explosion de contentement qui aurait pu jeter ce diable de garçon à ses pieds.

*

Jean-Baptiste mourut le lendemain soir. Les domestiques avaient été alarmés vers la fin de l'après-midi par les gémissements et les cris que le médecin poussait, allongé sur un tapis, au frais d'une terrasse. Pour nouer dans l'esprit des spectateurs de sombres associations d'idées, il s'était placé sous un fuchsia en fleur, qui faisait pleuvoir sur lui ses gouttes mauves comme un sang empoisonné. L'agonisant se tenait la poitrine et crachait dans un vase opaque à long col.

Entre deux cris, il désignait des albarelles sur une étagère : Alix en tirait gravement les remèdes qu'elle lui faisait boire. Comment les pauvres domestiques auraient-ils pu savoir que ces pots ne contenaient que des tisanes et que le mourant était désaltéré de ses cris feints par d'apaisants mélanges de verveine et de camomille ? Lorsque toute la maisonnée eut été témoin de ces scènes, Alix voulut rester seule avec sa fille et Françoise en compagnie du malade. Servantes de cuisine, valets, palefreniers reçurent mandat pour des courses en ville et l'on compta fermement sur leur indiscrétion pour répandre la funeste nouvelle.

Au soir, leur maîtresse, pâle, au-delà des larmes, leur annonça que Jean-Baptiste était à l'extrémité. Pendant ce temps, dans un pavillon à l'écart, caché par une charmille, Saba coupait en tremblant quatre mèches en croix sur la tête de son frère. S'étant enveloppé du costume qui lui avait été confectionné l'après-midi, un fourreau de bure rêche à longues manches, George sortit par une porte du jardin et se fit annoncer, caché par son ample capuchon, à l'entrée principale comme confesseur. Alix le reçut gravement et l'emmena auprès du malade. Pendant ce temps, Saba tressait les cheveux noirs de Jean-Baptiste en couronne tout autour de sa tête à la manière arménienne. Cette coiffure le rend méconnaissable. Tout alla par la suite très vite. À l'heure où ne veillait plus qu'un vieux garde, le groupe fit une petite cérémonie au fond du jardin dans l'enclos des roses. Toute la liturgie consista à retourner un carré de terre fraîche, au milieu du gazon, et à poser dessus une croix de bois.

Aucun Persan ne s'étonnerait le lendemain qu'Alix, vivant à Ispahan depuis si longtemps, ait adopté pour ensevelir son mari la coutume musulmane qui commande d'opérer avec promptitude et la nuit même, comme ses compagnons l'avaient fait pour Mohammed. Nul n'eut jamais à savoir non plus que le confesseur, qui était venu seul, était reparti avant l'aube en compagnie d'un autre Arménien qui dissimulait son visage.

Le lendemain, tout était en ordre ; le deuil fut officiellement proclamé dans la maison. Les apparences étaient d'autant plus conformes à un décès authentique que le chagrin des survivants était réel. Peu de défunts, après avoir consenti au sacrifice de quitter cette terre, ont été aussi sincèrement pleurés que Jean-Baptiste, qui ne s'était pourtant même pas donné cette peine.

II

VERS LA CASPIENNE

CHAPITRE 10

Le serviteur mongol de Françoise avait rassemblé à la sortie d'Ispahan deux mules chargées du pauvre nécessaire des voyageurs. Tous trois dissimulèrent sous leur tunique assez d'or pour faire face aux frais du voyage et compléter, s'il le fallait, leur train. Quant à la malle de remèdes, Jean-Baptiste avait passé le reste de la nuit à la préparer. Il la ficela dans des ballots de jute sur la croupe de sa monture. Le misérable équipage se mit en route dès les petites heures du matin. Dans la direction qu'ils prenaient, la première étape était Kachan, d'où Jean-Baptiste avait ramené Françoise. Il gardait encore en mémoire la vitesse du cheval qui l'y avait conduit, rapide comme le fameux Bucéphale d'Alexandre, auquel, d'après le nazir, les montures persanes sont apparentées ; le pas des mules n'en paraissait que plus désespérément lent. La liberté dont il avait écouté la musique légère et joyeuse ces derniers jours reprenait son vrai visage, qu'il avait oublié : celui d'un long effort aride dans l'immensité.

Des milliers de sources coulaient des montagnes, arrosant la plaine fertile couverte de vignes et d'habitations. Chah Abas le Grand avait jadis fait construire un mur gigantesque entre deux escarpements pour retenir les eaux. Ils montèrent lentement jusqu'aux rives paisibles de ce lac. Vues d'en bas, les montagnes creusées de rides avaient semblé accompagner de leurs larmes l'âme triste des voyageurs. Mais dès qu'ils eurent atteint les eaux vertes où se reflétait, avec ce ciel sans nuage, le mauve de la bruyère et des chardons qui étaient le seul couvert de ces alpages, une joie pure s'empara d'eux. Jean-Baptiste, accoutumé déjà à la lenteur, était ému et délicieusement étonné par ces retrouvailles avec la terre, ses merveilles inattendues et le lent déroulement des surprises qu'elle réserve à ceux qui l'aiment.

George n'était sorti d'Angleterre qu'avec ses parents pour ce voyage austère vers la Perse, vêtu du riding coat que les Français prononcent redingote — et ce mot même suffit à égayer un peu ce sinistre habit. Était-ce le trouble de porter pour la première fois de sa vie un déguisement, l'ivresse de quitter les demeures des hommes qu'on voyait encore dans les vallées pour gagner le séjour des vents et de l'azur, ou simplement la fierté d'être seul avec Jean-Baptiste, et son égal ? Le jeune homme, en tout cas, ressentait un émoi qu'un autre, moins prévenu, aurait appelé du bonheur.

À Quom, le dixième jour, ils avaient complété leur équipage. La ville sainte où Moussa apporta jadis les dogmes d'Ali était le lieu d'innombrables sanctuaires où tout le monde, des humbles mendiants aux savants du chiisme, des rois de Perse aux simples pèlerins, s'employait à célébrer le Prophète et son gendre. Sans doute ces actions de grâce n'étaient-elles pas encore suffisantes puisque la ville avait été détruite à maintes reprises par des invasions, des inondations et des tremblements de terre.

Quand ils y parvinrent, elle était reconstruite avec magnificence et renommée pour son industrie, notamment ses excellents savons et ses poteries blanches. Ils se munirent de ces articles pour accréditer leur identité de voyageurs arméniens dont il n'était pas d'exemple qu'ils s'abstinssent de trafiquer. Quant aux lames d'épée, qui étaient les plus solides de toute la Perse, ils en choisirent trois bonnes, légères et bien effilées, et les dissimulèrent dans leurs paquets pour leur propre usage, au cas où ils feraient de mauvaises rencontres.

À vrai dire, cette prudence n'était pas encore d'actualité car ils ne croisaient sur les chemins et dans les villes que des personnages de bon aloi. Le danger véritable, tant qu'ils étaient proches de la capitale, était plutôt d'être découverts et reconnus. Plusieurs fois, ils crurent être dévisagés d'une façon très insistante.

— Ce valet mongol, dit un jour George, est déjà passé par ici quand il est venu avec Françoise. C'est lui qui éveille les soupçons.

L'explication était probable. Küyük avait une face que l'on n'oubliait pas. Tant que rien n'était découvert à Ispahan, ils étaient tranquilles. Mais si quelqu'un était à leur poursuite, tout déguisement devenait inutile avec un compagnon qui les désignait aussi nettement. Ils décidèrent par prudence de cheminer de nuit. À Casbin, la première ville qu'ils rencontrèrent, ils dormirent dans les immenses caves où les habitants puisaient l'eau que de longs canaux souterrains apportaient des montagnes environnantes.

Ils passèrent sans encombre dans le pays des Mèdes avec ses pâturages vert cru et ses eaux courantes. Le dernier endroit où l'autorité du roi de Perse s'exerçait encore suffisamment pour les menacer était la grande ville de Tabriz, que les Francs appellent Tauris.

Pour y parvenir, ils durent d'abord franchir un large fleuve puis gravir une montagne où la boue, en hiver, rendait le passage si difficile que de larges chaussées de pierre, les seules de tout le pays, avaient été édifiées pour éviter aux voyageurs le désagrément des à-pics. Ils virent dans ces montagnes et dans les forêts en contrebas quantité de daims et de tétras, que les Persans ne chassent point au contraire des aigles que les paysans de la région capturent avec des éperviers dressés, et dont ils aperçurent plusieurs couples. Ils n'avaient guère le loisir de converser, tant le chemin était rude et les laissait essoufflés. Jean-Baptiste l'avait d'abord regretté mais aux rares moments où il voulut partager une émotion, il put mesurer avec humeur tout ce qui le séparait de son sérieux fils. Comme ils arrivaient en haut du dernier col, les toits plats et les minarets de Tabriz leur apparurent et au loin, dans une brume verte, la ligne pure du lac d'Ourmiah. Jean-Baptiste poussa un cri d'admiration, et entendit avec découragement ce seul commentaire de George, tout rougissant :

— Si seulement j'avais un anémomètre, je pourrais mesurer la vitesse de ce vent.

Après ces longues journées dans la nature ou cachés, comme des oiseaux de nuit, dans les anfractuosités des villes, ils éprouvaient le besoin d'un gîte plus humain. À Tabriz, ils décidèrent de demander l'hospitalité à des moines portugais. Ce séjour leur semblait moins périlleux qu'un caravansérail d'Arméniens. Il était du reste fréquent que les pèlerins de ce peuple, sujet aux divisions, aux querelles et aux jalousies des marchands, préférassent le voisinage d'une autre communauté. Les Portugais les accueillirent sobrement mais avec chaleur. Le soir, ils leur servirent un copieux repas où étaient accommodés des œufs, des laitages, un excellent poisson du lac, et des viandes d'agneau qui restituaient dans leur chair souple le parfum des fleurs et des herbes fortes que ces animaux avaient broutées au long de leur courte et tendre vie. Le tout était arrosé par ce vin épais, délicieux, le plus violent du monde peut-être, que l'on fait avec un petit raisin doré appelé chahoni, c'est-à-dire royal.

Quand ils eurent terminé, trois augustiniens bien larges et aux visages graves vinrent s'asseoir avec eux et manger des pistaches.

— Avez-vous bien goûté ce dîner ? demanda poliment le plus âgé de ces bons moines.

— Certes oui, par Nersès notre patriarche ! commença Jean-Baptiste, un peu échauffé par les boissons et trop heureux de montrer à George qu'il n'était point pris au dépourvu par son rôle. Plût à Dieu que saint Grégoire dans sa fosse eût été nourri de tels mets ; il serait toujours parmi nous.

— Certainement, dirent les moines en hochant la tête. Pourtant si ce grand saint professait aujourd'hui la doctrine que vous lui supposez, sans doute n'aurait-il pas mangé avec vous ce soir.

— Et pourquoi donc ? dit Jean-Baptiste en regardant autour de lui comme pour prendre à témoin ses deux compagnons, l'un supposé muet, et l'autre décidément mongol, donc également incapable d'opiner.

— Notre-Dame-d'Août ! dit subitement le plus âgé des Portugais en pointant le doigt vers une madone accrochée au mur au-dessus d'eux.

— Notre-Dame-d'Août ? fit Jean-Baptiste en prenant peur.

Puis, il se souvint de Murad, le cuisinier arménien qu'il avait ramené d'Éthiopie et sur le modèle duquel il se guidait secrètement pour tenir son rôle. Murad marquait les jeûnes de sa religion en geignant seulement qu'il se damnait. Ainsi, les jours où il était supposé s'abstenir de chair et de vin, aliments auxquels son appétit ne lui permettait jamais de renoncer, on l'entendait pousser de profonds gémissements. Il revint à Jean-Baptiste qu'il soupirait ainsi les mercredis et vendredis de toutes les semaines de l'année, de même qu'en dix autres occasions liturgiques : Noël, Trinité, Transfiguration, etc. Parmi les dix semaines de plaintes de Murad figurait Notre-Dame-d'Août.

— Mon Dieu ! s'écria Jean-Baptiste en feignant la plus grande confusion. Serions-nous à Notre-Dame-d'Août ? Ah ! quel malheur ! Voyez, mes frères, comme les voyageurs deviennent étrangers à eux-mêmes et pèchent par une coupable ignorance.

— Vous ne l'ignoriez pas, dit avec calme le chef des augustiniens. Quand vous êtes entrés ici, je vous l'ai dit moi-même : « Bienvenue et que la fête de Notre-Dame vous transfigure ! »

— Ainsi vous l'avez dit ! fit Jean-Baptiste en ouvrant de grands yeux qu'il jetait de tous côtés.

George regardait ses genoux et le Mongol, l'air absent, tiraillait l'un des cordages qui lui servaient de barbe, en exhaussant un petit cône de peau bistre fort dégoutant.

— Écoutez, dit le moine en approchant son banc, et il sembla à Jean-Baptiste que les deux autres resserraient également leur cercle, je ne souhaite pas vous faire commettre le péché de mensonge, qui est horrible pour nous comme pour vous. Admettez simplement l'évidence.

Être pris si près du départ, à peine sorti de Perse ! pensa Jean-Baptiste, et il entrevit les funestes conséquences de son retour à Ispahan, le châtiment du roi, la ruine de sa famille.

— Allons, nous vous le disons simplement : avouez.

Que pouvaient-ils bien vouloir, ces trois austères vieillards avec leurs barbes bouclées si mal peignées qu'on aurait dit des bonnets de feutre posés sur le bas de leurs visages ? Jean-Baptiste était sur le point de se jeter à leurs pieds en leur racontant tout et en priant miséricorde quand celui des moines qui avait l'autorité reprit la parole :

— Puisque vous ne voulez rien dire, c'est moi qui parlerai. Vous ne respectez plus les jeûnes. Laissez-moi vous affirmer que vous avez raison.

Ce n'était que cela, pensa Jean-Baptiste en regardant le moine sans oser y croire.

— Oui, vous avez raison, répéta l'augustinien, car ces pénitences en nombre ne sont que des usurpations, imposées par ceux qui ont entrepris de vous détourner du véritable message de Jésus-Christ.

Une conversion ! Voilà toute l'affaire et Jean-Baptiste ressentit tout à coup la chaleur d'un immense soulagement que le vin lui fit monter immédiatement au visage. Ces catholiques romains avaient peut-être renoncé à convertir les Arméniens, comme le prétendait le patriarche, mais si la Providence leur en envoyait trois, bien pauvres et bancals, venus de provinces éloignées et assez faibles pour désobéir à leur tradition, la tentation était trop grande pour ces disciples de la Propaganda Fide.

Les Portugais prirent le relais l'un de l'autre pendant deux heures pour faire valoir avec feu les avantages du papisme.

Jean-Baptiste, heureux, mangeant des pistaches et acceptant le vin sucré que les moines pour l'encourager ne lui comptaient pas, consentit à tout. À minuit, le teint aduste et le pas hésitant, il emmena ses compagnons se coucher dans la plus rigoureuse orthodoxie, en bénissant Innocent XIII, Notre-Dame-d'Août et Vasco de Gama.

Le lendemain matin, s'étant enquis très sérieusement du nom et de la résidence du beylerbey, les deux faux pèlerins et leur écuyer mongol firent part aux moines de leur intention d'aller sur-le-champ déclarer leur changement de confession à l'autorité mahométane, comme la loi leur en faisait l'obligation.

Le malheur voulut qu'ils se perdissent en route. Bien que les pauvres Portugais eussent refait cent fois jusqu'à la nuit le chemin entre leur couvent et le palais du gouverneur, ils durent se résoudre à déplorer la perte prématurée de ces trois nouveaux fidèles.

Tandis que la chapelle des augustiniens retentissait d'inconsolables complies, les malheureux damnés couraient au plus grand trot de leurs mules à travers les montagnes, vers le nord. Ils voulaient quitter au plus vite cet Azerbaïdjan que les Persans tiennent pour le pays du feu et où des peuplades ignicoles appelées Guèbres montrent encore aux voyageurs un endroit d'où sourd le feu minéral et souterrain qu'ils adorent. Pour Jean-Baptiste, il s'en était fallu de peu que ces flammes n'eussent été celles de l'enfer et il fut bien aise pour s'en délivrer d'atteindre les eaux fraîches du fleuve Araxe. À cette saison, il n'était pas trop impétueux. Ils le franchirent sur un bac et abordèrent sur une rive où l'autorité du roi de Perse n'était plus guère reconnue.

Chah Abas, toujours lui, dans sa grande sagesse de conquérant, savait qu'il serait difficile de tenir l'Arménie. Il avait donc pris soin de ruiner tous les villages autour de la frontière entre cette province et le reste de la Perse. En sorte que si les Turcs pouvaient parfois s'emparer d'Erivan et de sa province, comme ils venaient tout juste de le faire, leur avancée ne menaçait pas directement la Perse, que protégeait cette vaste bande de terres désolées.

La petite troupe de Jean-Baptiste s'avança sur ces étendues de poussières sombres et mouvantes, funèbres vestiges de volcans morts. Les villages détruits portaient eux aussi la marque du feu, mais allumé par l'homme. Pour rendre le spectacle plus terrible encore, de lourds nuages moites, venus de la mer Noire, assombrirent le ciel et lâchèrent même quelques grosses gouttes qui trouaient la cendre comme une chair morte.

Jean-Baptiste fut envahi si profondément par la mélancolie des lieux qu'il faillit presque décider le retour. Après tout, il était encore temps. Il pensait à Alix et à Saba avec infiniment de tendresse et une douloureuse nostalgie.

Pendant qu'ils traversaient un de ces champs de ruines qui avait été un village, quelques habitants hirsutes s'approchèrent d'eux. Depuis que l'Arménie était revenue aux Turcs et que la guerre devenait de nouveau probable, rares étaient les voyageurs qui s'aventuraient seuls sur ses routes et plus rares encore les diacres arméniens. Les pauvres paysans vinrent demander à Jean-Baptiste la faveur de bénir ces huiles dont ils faisaient un usage si courant, particulièrement pour appeler le bonheur et la prospérité, ambitions qui dans un tel lieu auraient pourtant dû paraître hors d'atteinte. George eut la surprise de voir son digne père s'exécuter. Jean-Baptiste, qui avait eu tant à souffrir de l'obscurantisme et s'honorait d'avoir contribué jadis en Abyssinie à en limiter les effets, commença avec un naturel qui l'étonna lui-même à marmonner des formules liturgiques imaginaires. Les paysans reçurent les onctions bénites avec une reconnaissance qui les transfigurait. Ils insistèrent pour payer ce service. À Jean-Baptiste qui refusait, ils firent comprendre que l'efficace de ces traitements était à proportion du sacrifice qu'ils devaient consentir pour l'acquérir. Les faux pèlerins encaissèrent finalement ce tribut et purent reprendre leur chemin.

Vaguement honteux de s'être malgré lui livré à ce trafic, Jean-Baptiste s'irrita de se sentir enveloppé par le silence réprobateur de George.

Faute de trouver les mots pour se justifier, il nourrit une colère silencieuse qui eut un mérite : elle chassa complètement sa mélancolie. Quand pointa à l'horizon le mont Ararat, Jean-Baptiste était revenu tout entier au désir d'atteindre Erivan au plus vite et de se rapprocher de Juremi.

CHAPITRE 11

Loin des tempêtes que l'influence des paysages faisait lever dans les têtes des voyageurs, à Ispahan tout était parfaitement calme. Le nazir, le Premier ministre et le roi lui-même avaient été informés dès le lendemain de la disparition de Jean-Baptiste Poncet. Mais ils n'eurent ni l'audace ni même seulement l'idée de voir autre chose dans cette tragédie que la signature authentique du destin.

Le roi, d'ailleurs, ces jours-là, quitta tout à fait la boisson pendant une courte semaine à la suite d'une résolution matinale qu'il avait d'abord proclamée comme définitive. Il pleura d'abondance les jours suivants et fut fort abattu. Des scènes touchantes se déroulèrent, que les coulom-cha, c'est-à-dire les esclaves du roi, qui sont à peu près nos gentils-hommes de cour, dissimulèrent tant qu'ils le purent. Le récit s'en répandit malgré tout au-dehors. Hussein demanda pardon à son Premier ministre en lui baisant les pieds et prit l'engagement solennel de faire éventrer mille tonneaux de vin dans la capitale. Le deuxième jour, son zèle faiblit. Le roi fit discrètement savoir au chef de sa garde personnelle qu'il suffisait pour le moment de crever les barriques en haut et non en bas. L'holocauste se borna à répandre dans l'air le bouquet des vins mais non le liquide lui-même.

Le jeûne, en se prolongeant, accrut à l'extrême l'irritation du monarque, qui distribuait largement les condamnations à mort sans en éprouver le moindre délassement. Il consultait ses devins et astrologues dix fois par jour. Le favori d'entre eux, un mage nommé Yahya Beg, en profita pour faire aboutir une basse vengeance contre le général en chef des armées, qui était son beau-frère et qu'il détestait. Il persuada le roi que ce militaire, pourtant loyal, ourdissait un complot dont la marque était fort visible dans les astres. Le roi fit envoyer des coursiers pour ramener le traître à la capitale et le mettre à mort.

Les jours suivants firent passer le souverain de la furie à un abattement total. Le Premier ministre jugea bientôt possible de lui faire signer le décret expulsant les religieux chrétiens et limitant la liberté des étrangers dont il rêvait depuis si longtemps. Hélas, comme il entrait au palais avec ce texte en main, le Premier ministre eut le désagrément d'entendre des tambourins et le grelot des danseuses, et il comprit qu'il arrivait trop tard. Le vin coulait à flots et le roi, rose, l'œil et le geste vifs, jeta sa pantoufle au ministre en déchaînant les rires des courtisans.

La soirée fut si charmante que nul n'osa communiquer au roi les deux nouvelles qui parvinrent à la capitale cette nuit-là : en exécution de ses ordres, son meilleur et, peut-on dire, son seul général n'avait plus sa tête. Mahmoud, le chef des Afghans rebelles, avait franchi la frontière à l'est avec quarante mille hommes.

*

Alix, pendant ce temps, remplissait bravement sa tâche de jeune veuve. Les premiers jours, elle n'eut aucun mal à prendre une figure d'enterrement. Le départ si brutal de Jean-Baptiste l'avait bouleversée. L'absence de son mari était moins douloureuse que le sentiment de ne pas avoir fait suffisamment provision de ces aliments du souvenir que sont les derniers aveux et les longs murmures d'adieu.

111

Ce fut donc bien sincèrement qu'elle pleura avec ses innombrables visiteurs. Son antichambre rassemblait des femmes du monde, voilées ou non, des diplomates, toute une kyrielle de Persans de différentes origines et même des religieux. Cette procession mêlait ses larmes feintes à celles, authentiques, de la fausse veuve, que Françoise et Saba assistaient à tour de rôle.

La première semaine passée, le temps connut un de ces regains de chaleur qui sont familiers à Ispahan ; le vent du désert séchait tout et jusqu'aux larmes d'Alix. La nuit, il fallut sortir les lits de toile dans le jardin, pour respirer. Ces veillées, sous le ciel étoilé du haut plateau, prirent un tour si gai dans cette compagnie de femmes que bientôt des rires clairs remplacèrent tout à fait les sanglots.

Les matinées, en comparaison, devenaient insupportables. Alix retournait à son deuil comme le galérien à son banc. Elle fit publier qu'elle recevrait encore deux jours puis observerait un recueillement solitaire. Au soir du second jour, épuisée par les condoléances, elle avait déjà quitté son uniforme de veuve quand on lui annonça une dernière et impromptue visiteuse.

Alix accepta de mauvaise grâce et vit entrer une petite femme couverte de deux voiles qui la dissimulaient jusqu'aux chevilles. Ils ne lui laissaient voir le monde qu'au travers d'une grille de dentelle presque aussi serrée qu'une étoffe pleine. Même voilées, les Persanes laissaient d'ordinaire apercevoir le plus qu'elles pouvaient de leurs mains, de leurs chevilles et de leurs beaux yeux. Celle-ci devait être d'une pudeur tout à fait extraordinaire.

— Sommes-nous seules ? demanda la visiteuse d'une voix qu'assourdissaient les toiles qui l'enfermaient.

Alix en avait chaud pour elle.

— Voilà, personne ne nous dérangera, dit-elle après avoir fait signe à toutes les servantes de quitter la pièce.

Elle vit alors le petit fantôme se trémousser et faire glisser

112

successivement, par-dessus sa tête, ses deux housses. Alors apparut aux yeux d'Alix un spectacle charmant et bien inattendu. De l'austère silhouette s'était dégagée une toute jeune femme, fine et gracieuse comme une miniature. Ses yeux immenses, tout à fait noirs, souriaient d'eux-mêmes et l'étrange façon, un peu de biais et par en dessous, qu'elle avait de poser le regard lui donnait une expression malicieuse et complice. Elle portait ses longs cheveux noirs en tresses fort compliquées et tenues par une manière de diadème de perles. Sa robe, coupée simplement et laissant sa gorge très à nu, était en soie rouge ornementée d'oiseaux d'or dont les yeux comme le bec étaient faits de rubis balais et d'émeraudes de vieille roche. Alix marqua sa surprise par une exclamation.

— N'ayez pas peur, dit la jeune fille en trottinant vers son hôtesse et en lui prenant les mains.

Elle avait de longs doigts légers, dont un seul, l'annulaire gauche, portait une bague que son poids avait entraînée vers la paume ; on n'en voyait que l'anneau d'or blanc.

— Depuis plusieurs semaines, reprit-elle, je voulais venir vous voir mais malheureusement, ce... deuil...

Elle avait dit cela en plissant un peu ses grands yeux, ce qui lui donnait l'air de rire tout à fait.

— Eh bien, je vous en prie, dit Alix en se reprenant, asseyez-vous.

Elle-même se plaça sur un sofa, au milieu de la pièce. C'était un meuble étroit, à deux places, construit à la mode nouvelle de la Régence, sur un plan de Jean-Baptiste. Au lieu de se poster en face, comme l'avaient fait avant elle tous les visiteurs, la jeune fille vint s'asseoir à côté d'Alix en rassemblant d'un joli geste la robe de soie et sa doublure empesée qui crissa en se froissant.

— Voilà, dit-elle en se tournant vers son hôtesse qui rougit de la sentir si près. Je m'appelle Nour Al-Houda.

— Comment ! vous seriez... s'écria Alix en se relevant.

Mais la jeune fille l'arrêta d'un geste ferme.

— Oui, la femme du Premier ministre. La quatrième et dernière. Sans doute avez-vous entendu parler de notre mariage, il a été célébré voilà trois mois, continua la jeune fille avec un petit air appliqué. Eh bien oui, je suis sa femme. J'ai un contrat tout à fait régulier, un moutaa — ce que vous appelez un bail, je crois — de quatre-vingt-dix-neuf ans. Quand il sera à son terme, nous verrons à le renouveler.

En imaginant ce vieillard avec sa longue barbe, sa cruauté et son air faux, et en voyant la délicate enfant qu'elle avait à son côté, Alix eut un instant de vertigineux dégoût.

Devant la stupeur d'Alix, Nour Al-Houda éclata de rire, dévoilant une denture régulière et fort blanche.

— Allons, je sais ce que vous pensez, dit-elle en se penchant vers Alix. Le grand vizir, ce vieillard sinistre et méchant avec... moi.

— Mais... non... bafouilla Alix.

— Comment non ! Ah ! Mais je vais croire que vous me voulez du mal. Imagineriez-vous un instant ses doigts secs avec leurs ongles louches frôler ceci.

Et elle fit le geste de caresser sa gorge lisse que la robe gonflait encore depuis qu'elle était assise. Elle rit, d'un rire clair d'enfant.

— Ne vous inquiétez pas, dit-elle simplement et comme pour changer rapidement de sujet, j'ai mis longtemps à céder à ses avances, comme il sied à une personne intéressante. Je ne l'ai finalement autorisé à me prendre que dans l'obscurité la plus absolue. Le pauvre en conçoit tant de plaisir qu'il serait bien en peine de découvrir que c'est une servante nubienne, au demeurant fort experte en cet art, qu'il tient dans ses bras, pendant que je dors tranquillement à l'étage...

— Mais, dit Alix, si captivée qu'elle ne songeait même pas à s'étonner d'une telle confidence de la part d'une inconnue, n'avez-vous pas peur d'être découverte ?

— Non, non, dit négligemment la jeune fille. S'il lui

arrivait de voir un jour celle qu'il étreint, je vous jure bien qu'il ne lui viendrait pas à l'idée de l'épouser à ma place. Et s'il savait que je l'ai trompé, il ne m'en désirerait que plus. Que voulez-vous, le pauvre homme m'aime.

Et en effet, qui voyait un visage si charmant et la grâce espiègle de ce sourire ne pouvait s'empêcher de les aimer tout de suite.

Après cette étrange entrée en matière, Nour Al-Houda bondit sur ses petits pieds et fit un tour dans la pièce en effleurant les rideaux ponceau et un grand bouquet d'hémérocalles. Puis elle vint se planter devant Alix.

— Vous aimez le rouge, n'est-ce pas ? demanda-t-elle.

— Oui. Le rouge... le rose, dit Alix en se troublant.

— Ce ne sont pas des couleurs de deuil, dit Nour Al-Houda, l'œil toujours de biais mais fixe et qu'Alix crut menaçant.

Elle cherchait encore quoi objecter quand la jeune fille quitta cette pose austère et reprit son grand sourire et son air de malice.

— Allons, ne vous inquiétez pas, je sais tout et cela m'est bien égal.

— Tout ? Que voulez-vous dire ?

— Eh bien tout, fit distraitement la jeune fille, qui paraissait mettre son attention sur un bourdon attiré par la corolle des grosses fleurs.

— Mais...

Nour Al-Houda reprit sa place sur le sofa, avec une expression boudeuse d'enfant qui imite une colère de grande personne.

— Allons, allons, soupira-t-elle, ne m'obligez pas à vous dire ce que nous savons l'une et l'autre. Que votre Jean-Baptiste n'est pas mort, qu'il n'y a personne et pour cause dans sa tombe, qu'à cette heure-ci il galope vers la Russie sous un déguisement d'Arménien... Enfin, que voulez-vous savoir d'autre ?

Alix était muette d'étonnement.

— Bon, écoutez-moi, mettons les choses bien au point,

toutes les deux. Je suis votre amie. Jean-Baptiste Poncet m'a soignée quand j'étais toute petite et n'a jamais voulu rien recevoir de ma famille, qui était fort pauvre. Nous sommes des Circassiens, et mes grands-parents ont traîné leurs roulottes vers la Perse voilà un demi-siècle. Des nomades, des musiciens, des danseurs, oui, voilà ce que sont mes parents et ce que j'étais aussi jusqu'à ce que je m'unisse à mon cher mari. Vous connaissez la règle chez les Persans : s'ils épousent, ils effacent les origines ; l'esclave devient maîtresse et la danseuse une grande dame. Mais vous voyez que le malheur me poursuit. La fortune me donne maintenant les moyens d'être reconnaissante envers le médecin qui m'a sauvée, et il choisit ce moment pour disparaître.

— Mais, comment avez-vous su... ? demanda Alix qui commençait à se détendre.

— Ne vous préoccupez pas de cela. Nous autres bohémiens, nous sommes un peu magiciens, un peu devins. Nos frères couchent dans les rues, ce qui leur fait voir et entendre bien des choses. Mais ce que je sais, nul autre que moi ne le sait ni ne le saura. Je vous donne ma parole.

Elle dit cela en prenant les mains d'Alix dans les siennes et vraiment il était impossible de ne pas la croire sincère.

— Chère Alix, reprit-elle vivement, je ne vous connaissais pas mais vous êtes comme je l'imaginais et à vrai dire je vous aime déjà. À mon avis, nous allons pouvoir toutes les deux nous rendre de grands services.

Nour Al-Houda, toujours vive comme une gazelle, avait déjà joint le geste à la parole et embrassé son amie sur les deux joues.

— Oui, de grands services, reprit-elle. Tenez, je peux vous dire par exemple que ce fameux cardinal Alberoni, dont s'est recommandée votre amie, a perdu son mystère. Le nonce du nouveau pape, qui est arrivé la semaine dernière, a confirmé que ce cardinal s'était réfugié à Rome, ce dont, paraît-il, on se doutait. Le nazir va certainement essayer de tirer parti de cette résurrection.

— Mon Dieu, dit Alix navrée, ne vont-ils pas laisser Françoise en paix avec cette affaire ?

— Tranquillisez-vous : nous verrons bien ce qu'ils préparent et vous tâcherez de prévenir ces complications. Il y a sans doute mille autres dangers dont je peux avoir connaissance avant tout le monde et dont je vous avertirai s'ils se précisaient.

Alix, toujours aussi étonnée et qui luttait contre un dernier reste de méfiance, la remercia.

— Ne vous sentez pas quitte pour autant, dit Nour Al-Houda. Moi aussi, j'ai besoin de vous. Les choses ne sont pas simples depuis que je suis une femme riche. Je suis surveillée, suivie. Vous avez vu l'eunuque qui attend dans votre vestibule ? Il m'accompagne partout. C'est parfois bien fâcheux, croyez-moi. Car le mariage n'empêche pas d'aimer, qu'en pensez-vous ?

CHAPITRE 12

Le mont Ararat, en forme de bonnet de nuit avec son pom-pon blanc et ses plis grisâtres, est un lieu si triste qu'il est bien difficile de croire, si vraiment l'arche de Noé s'y est posée après le déluge, qu'aucun passager ait eu envie de descendre à une si désespérante escale. Mais enfin les Arméniens l'affirment ; ils prétendent aussi que l'arche est toujours intacte au sommet de cette montagne. Dieu, selon eux, empêche quiconque de la gravir ; à mesure qu'on approche du sommet, le sol s'enfonce, comme s'il était liquide.

Jean-Baptiste et sa petite troupe, éprouvés par la fatigue, ne se souciaient guère d'aller vérifier là-haut ces croyances. D'autant que, si la présence de l'arche était hypothétique, celle de tigres et de loups était avérée dans ces parages. Ils laissèrent donc l'Ararat à distance et, le contournant, traversèrent Nacchivan, qui était en ruine aussi et d'un aspect effrayant. Plus loin, ils rencontrèrent quelques villages de chrétiens romains convertis plusieurs siècles avant par un dominicain italien qui leur avait fait là un bien dangereux cadeau : depuis, ces malheureux subissaient les persécutions de tous, chrétiens d'Arménie et musulmans. Enfin, ils arrivèrent en vue d'Erivan. Là cessaient les ruines. Ils purent de nouveau dormir sous le couvert d'un caravansérail de pierre, aux murs énormes, mais dépourvu de tout confort. Il fallait néanmoins s'acquitter de ce droit que l'on appelait sercolphe, c'est-à-dire cadenas, dont le montant était rendu exorbitant par les événements en cours. Sauf à ces détails, la guerre n'était que fort peu visible. Pouvait-on même parler de guerre ? Deux empires essoufflés s'étaient de nouveau échangé cette province inaccessible où il fallait l'occasion d'un déluge pour se rendre aisément. Ni les Persans ni les Turcs ne semblaient goûter beaucoup ces paysages austères, quand ils avaient les uns et les autres à leur disposition chez eux des côtes hospitalières et des plateaux fertiles. Les voyageurs, en entrant à Erivan, n'y virent aucune destruction récente qui aurait pu laisser penser qu'on s'y était battu. L'armée turque avait l'air d'accomplir plutôt une transhumance qu'une campagne. C'étaient partout des chariots de paille et de fourrage tirés par des bœufs aux cornes sciées qui n'avaient en rien l'air martial. À voir la mine sombre des arrivants, on pouvait se demander qui était le vainqueur. Les Persans, en quittant la ville, étaient sans doute bien aises d'aller se mettre à l'abri dans leurs douces terres. Ils laissaient volontiers en cadeau aux arrivants les brumes glacées d'un interminable hiver et ces insupportables chrétiens qui se considéraient ici chez eux. Vers le centre de la ville, aux abords du fortin et de la citadelle qu'il protégeait, l'activité militaire prenait un peu plus d'apparence. Cette forteresse était entourée de trois murailles en briques d'argile, munies de créneaux, qui formaient un rempart étroit et irrégulier à la manière orientale. Désertée par les Persans qui s'étaient approprié ses huit cents maisons, elle était désormais aux mains des Turcs. Tout autour, l'immense dédale des bazars et des mauvaises habitations des Arméniens étalait sa toile continue jusqu'à une colline où s'élevaient l'évêché et la grande cathédrale nommée Katoghiké. Vue d'en face, sur la hauteur de cette colline, la forteresse paraissait n'être que l'étroit ghetto où les Arméniens confinaient ces Persans ou ces Turcs, peu importait, qui étaient assez enfants pour s'imaginer les avoir conquis.

Le travestissement des voyageurs leur conféra dans la ville un parfait anonymat. Personne ne les interrogea sur leurs activités et les Arméniens, tout occupés à de frénétiques besognes de commerce, ne montraient guère de curiosité pour quiconque n'avait pas l'apparence d'être solvable et même riche. L'arrivée des Turcs était sans doute une excellente affaire ; une armée qui s'installe a besoin de tout et les Arméniens étaient accoutumés depuis longtemps à faire profit des défaites comme des victoires.

Le Mongol fut laissé au caravansérail pour garder les bagages tandis que Jean-Baptiste et George allèrent en ville glaner des renseignements utiles. Par où devaient-ils poursuivre leur route ? Sous quelle identité et avec quel prétexte ? Y avait-il à craindre la guerre plus au nord, vers le Caucase, qui les séparait de l'Empire russe ? Ne pouvant interroger aucun Arménien, faute de connaître la langue, ils allèrent rôder du côté des Turcs, à la forteresse et dans des maisons de thé qu'ils fréquentaient. George fit valoir qu'il entendait assez le turc pour surprendre lui aussi d'utiles conversations. Il proposa de se séparer de Jean-Baptiste afin qu'ils soient plus discrets et augmentent leurs chances d'apprendre quelque chose d'intéressant. Ils se donnèrent rendez-vous le soir sur les marches de la Katoghiké.

Jean-Baptiste avec ses cheveux noirs en couronne autour de la tête, sa barbe poussée au long du voyage et qui lui creusait les joues, le hâle de sa peau venu au soleil des marches en montagne pouvait tout à fait passer pour un véritable Arménien. Il ne sentait pas la moindre curiosité autour de lui. Ayant acheté deux poulets au marché, qu'il tenait par les pieds, ailes battantes et la tête en bas, il alla par les ruelles du bazar en proposant cette bruyante marchandise mais sans intention de la vendre. Il arriva jusqu'à la forteresse, vit qu'on y laissait pénétrer les marchands dans la journée et s'y engagea. Dans les ruelles, Jean-Baptiste croisa nombre de soldats turcs vêtus de vestes bleues matelassées et portant sur la tête, malgré le beau temps et l'absence de combat, leur lourd casque en forme de poire prolongé sur la nuque d'un rideau en cotte de fer. Comme toutes les armées de l'Empire ottoman, celle-ci mêlait les peuples les plus divers, recrutés au gré des conquêtes et des captures, du Tartare au Slave, de l'Asiate au Phénicien, tous réunis dans ce même dandinement satisfait d'hommes qui marchent en portant des armes.

Jean-Baptiste parvint à une grande place et là, assis sur un banc en pierre, laissa ses poulets reprendre pied sur le sol et picorer paisiblement devant lui dans les interstices des dalles. Il vit passer un lourd canon, traîné sur un chariot et destiné aux remparts. Au cours de l'après-midi, plusieurs groupes de janissaires, à cheval pour la plupart, firent parader leur bonnet blanc et leurs airs féroces. Quoiqu'ils fussent visiblement habités du désir de paraître importants et pressés, ils ne semblaient pas moins désœuvrés que leurs soldats.

Au fil des conversations qu'il pouvait surprendre entre ses voisins, des Turcs qui, comme lui, goûtaient simplement l'oisiveté et la douce tiédeur du lieu, Jean-Baptiste apprit deux choses : tout d'abord, les préparatifs militaires que l'armée ottomane menait si doucement n'étaient pas dirigés contre les Persans, dont tout le monde jugeait la faiblesse extrême. C'était au nord et à cause des Russes que les Turcs paraissaient former les plus grandes craintes et cela n'était guère encourageant. L'autre nouvelle était l'arrivée, la veille, d'un grand chef envoyé par le sultan pour commander les opérations. Ce Daoud Pacha était un Franc renégat qui s'était fait turc et accumulait les triomphes pour le compte de la Porte. À cinq heures, satisfait de sa pêche, Jean-Baptiste sortit de la citadelle, fit cadeau de ses poulets à un gamin nu-pieds et morveux qui détala en courant, et prit le chemin de la cathédrale.

Il n'avait pas fait cinquante pas qu'il aperçut George. Le jeune homme marchait la tête découverte, le capuchon baissé sur les épaules et tenait le regard au sol. Jean-Baptiste mit un instant à comprendre qu'il avait les mains liées derrière le dos, que les deux Turcs qui l'accompagnaient étaient ses gardiens, bref qu'il était captif. Il suivit le groupe à distance jusqu'au fortin de Queutchy-cala, qui fait un avant-poste à la citadelle et où les janissaires et leurs chefs avaient pris leurs quartiers. Assuré que ses geôliers y faisaient entrer George, Jean-Baptiste courut au caravansérail, prit la lettre du patriarche arménien, et retourna en courant au fortin. Il se présenta à la porte.

— Que veux-tu, toi ? lui dit rudement le factionnaire turc qui tenait ses deux mains de géant serrées sur sa lance.

— Voir mon ami, qui vient d'être arrêté par erreur.

— L'espion russe ?

— Non, non, ce n'est pas un Russe ni encore moins un espion. Nous sommes de pauvres pèlerins arméniens qui nous rendons à Van et j'ai ici les papiers…

Le grand Turc haussa les épaules et fit de mauvaise grâce un mouvement de côté pour libérer la porte.

— Va expliquer cela aux janissaires.

Jean-Baptiste entra. La cour était mal tenue et encombrée de chevaux. Sous leur harnachement damassé, de couleurs vives, les bêtes étaient crottées et elles piétinaient une litière rare qui tournait au fumier. Les officiers qu'il croisa le regardèrent d'un œil mauvais. Heureusement, il n'eut pas à chercher longtemps et aperçut George enchaîné à une colonnette de pierre. Trois hommes étaient devant lui et semblaient l'interroger.

— Il ne répondra pas, dit vivement Jean-Baptiste en s'approchant.

Les trois hommes se retournèrent et leur chef eut une exclamation :

— Que nous veut celui-là !

Jean-Baptiste frémit en voyant cet homme. Il n'était pas de taille imposante, tout au contraire plutôt petit mais sa barbe, rare et rousse, encadrait un visage venimeux auquel était suspendu, comme le sein d'un cyclope, un goitre énorme et tendu. C'était sans doute un de ces montagnards capturés tout enfants aux confins des Alpes par les armées turques et élevés durement, nourris de navets à l'ordinaire et de butin à la guerre, pleins de crainte pour leurs maîtres, de rancune pour leurs parents et de haine pour la paix et le bonheur, qui avaient fait la force de cet empire avant qu'il n'en devînt lui-même la proie.

— Voici ses papiers, Monseigneur, dit Jean-Baptiste en s'inclinant et en tendant à la brute la lettre au sceau du patriarche. Cet homme est mon compagnon. Il est innocent mais ne peut le proclamer car il a perdu l'usage de la parole. Voilà pourquoi, d'ailleurs, nous sommes en pèlerinage.

Le janissaire considéra avec dégoût le rouleau que lui tendait Jean-Baptiste. Comme il crut y reconnaître un parchemin, il fit signe de l'éloigner. Sa religion lui faisait regarder comme une souillure le contact des bêtes impures, vivantes ou mortes.

— Ce document vous autorise-t-il à espionner notre armée ? dit-il avec un sourire mauvais.

— En aucun cas, très noble aga.

— Alors, pourquoi ce chien que voici et auquel, je te le jure, point ne sera besoin de pèlerinage pour récupérer la parole et même, selon moi, une forte voix, oui, pourquoi s'est-il autorisé à suivre nos soldats, à tendre l'oreille vers eux et à se montrer si curieux ? D'ailleurs, regarde-le. As-tu jamais vu un Arménien avec ce poil et ces yeux ?

En disant cela, il arracha d'un coup sec une touffe de la tignasse blonde de George, qui fit une grimace de douleur.

Jean-Baptiste commença une pénible réfutation, mais le janissaire ne l'écoutait pas. Depuis un instant, il était attentif à une rumeur qui enflait à l'entrée du fortin et qui éclata bientôt en une grande agitation dans la cour. Un détachement de cavaliers coiffés de gros turbans jaunes et vêtus de cottes pénétra dans le fortin, dont les murailles résonnèrent du bruit énorme et creux des sabots non ferrés. Les cavaliers entouraient un personnage auquel la plus grande déférence était marquée. Le dignitaire lâcha ses larges étriers, descendit de cheval et s'engouffra dans le bâtiment sans que Jean-Baptiste ait aperçu de lui autre chose qu'une large barbe grise et un manteau de nankin jaune.

Cette apparition souleva beaucoup d'émotion chez les trois janissaires, qui manifestèrent le plus grand empressement à rejoindre le nouvel arrivant. Sur un ordre de leur chef, deux gardes se saisirent de Jean-Baptiste, détachèrent George de sa colonne et les conduisirent au sous-sol, dans un cachot.

Les prisonniers passèrent là une nuit terrible, dans une obscurité complète, seuls, affamés et assoiffés, assis sur un sol anguleux et humide, le basalte même sur lequel étaient posées les fondations de la redoute. George se contint jusqu'au milieu de la nuit puis finalement libéra ses sanglots.

— C'est ma faute, répétait-il au milieu des larmes. C'est ma faute !

Jean-Baptiste était sincèrement apitoyé. En lui-même, il se disait qu'il avait été bien dur depuis le départ avec ce garçon, qu'il ne lui avait guère apporté de considération ni de soutien. Et pourtant il était courageux, dur à l'effort, généreux. Était-ce sa faute, après tout, si ses parents lui avaient farci le crâne avec ces idées de science, cette foi naïve dans le progrès qui, joints à son caractère timide et respectueux, le rendaient parfois irritant ? Et puis, c'était un enfant, après tout.

Il le prit dans ses bras et, peut-être à cause de l'obscurité qui adoucissait sa pudeur, George supporta ce contact sans se raidir et même en s'abandonnant à des sanglots plus amers encore. Puisqu'ils allaient mourir, il tenait à dire à Jean-Baptiste combien il le remerciait de l'avoir recueilli. Il parla longuement des jours heureux qu'il avait coulés dans le jardin d'Ispahan, des heures passées dans le laboratoire, de ses jeux avec Saba.

— Et puis, tenez, puisque c'est la fin, je dois vous confier un secret, Jean-Baptiste.

C'était bien la première fois qu'il osait l'appeler par ce nom. La mort, décidément, lui faisait faire des progrès.

124

— Un secret terrible. Écoutez-moi.

Dix fois, il s'apprêta à parler. Dix fois, il buta sur un invisible obstacle. Jean-Baptiste l'apaisa et lui dit de réserver cet aveu pour le matin, quand il aurait dormi. « Que peut-il bien avoir à m'avouer ? » pensait-il.

La nuit avançait. Après quelques secousses d'effroi et un dernier sanglot, George s'était endormi sur l'épaule de Jean-Baptiste.

Bah ! pensa celui-ci, à cet âge on se croit coupable de tout. Il m'a peut-être seulement cassé un alambic, ou autre chose du même genre.

Et comme le chagrin d'un autre l'avait détourné du sien propre, il s'endormit paisiblement.

CHAPITRE 13

Dans la Rome de cette époque, la Piazza Navone, édifiée sur les ruines du stade de Domitien, était livrée au désordre et à la puanteur d'un immense marché aux victuailles. Les groupes sculptés par le Bernin avaient renoncé à purifier ces lieux de leurs grandes eaux ; avec leurs bras enroulés, leurs yeux effarés, de grands sursauts de torse, les géants de pietra serena avaient plutôt l'air de résister à un naufrage, et de fuir, dans une horrible mêlée, la marée montante des agrumes et des viandes écorchées.

Par-delà les siècles, l'humanité semblait condamnée en ce lieu à célébrer une troublante orgie de génie et d'entrailles. Les façades rigoureuses du Bernin servaient d'écrin aux nourritures les plus crues de l'animal humain, comme jadis les empereurs, au milieu de somptueux gradins de marbre, contemplaient des luttes sanglantes de gladiateurs et de fauves.

Non loin de cette place, et semblant en prolonger l'ignominie, la rue Dell'Orso était occupée par des hôtels où tous les plaisirs étaient offerts aux voyageurs, sauf peut-être le repos. Sur cinq étages de guingois s'élevait l'un de ces établissements, qui portait le nom mystérieux et ridicule d'auberge du Taureau Qui Rit .

Puisque seule la médiocrité est haïssable, cet hôtel, à sa manière, pouvait s'enorgueillir de mériter plusieurs superlatifs : il était le plus mal tenu, le plus insalubre, et le plus mal fréquenté de toute la ville de Rome, qui pourtant ne manquait pas de candidats à ces distinctions. Outre cela, il offrait la commodité d'être presque vis-à-vis le château Saint-Ange, cet élégant index que le Vatican pointe avec une réprobation complice, en direction de la ville et de ses corruptions.

Le tenancier des lieux, un certain Paolo, avait sans doute jugé prudent, en quittant ses Pouilles natales, de ne pas emporter sa cervelle : ses cheveux noirs bouclés étaient posés directement sur la ligne de ses sourcils ; on n'aurait pas pu passer un doigt entre les deux. Sa barbe, du même crin, tentait de rejoindre les autres toisons en gagnant jusqu'aux paupières inférieures. Au demeurant, le pauvre homme était fort doux et paraissait souffrir de son physique impitoyable. Chaque rencontre avec lui-même, le matin dans le miroir, prenait, par frayeur sans doute, la sauvagerie d'un combat de rue. Paolo en sortait tout couturé et le sang n'était pas encore sec que le poil avait déjà repoussé.

À ce degré d'hirsutisme, il n'effrayait plus. Les clients ne payaient pas et ses aboiements les faisaient sourire. Plus d'un avait eu envie de lui caresser la tête, pour le calmer. Tonina, la servante de la maison, qui était assez jeune et vive pour bondir à temps et éviter les coups de patte, était la seule à s'y laisser parfois aller. L'indulgence dont elle bénéficiait avait, d'ailleurs, une autre raison. Certains clients n'étaient pas attirés par la modicité de l'hôtel, mais plutôt par les charmes de la jeune fille. Ressemblant trait pour trait à la Madone des Pèlerins, Tonina était trop heureuse de pouvoir distribuer sur la terre un peu de ces béatitudes que le Caravage avait données à désirer par sa fresque. Elle était en cheville avec le sacristain de Sant'Agostino, qui ouvrait aux visiteurs les plus exaltés la voie de cette immédiate et onéreuse incarnation.

Paolo passait ses journées dans une niche au pied de l'escalier. Au mur, derrière lui, étaient disposées deux rangées de clous marqués de numéros. Mais aucun locataire n'aurait eu l'imprudence d'y laisser sa clef.

La chaleur était déjà forte en cette matinée de septembre, et il se tenait là, affalé sur son petit comptoir de pin quand un homme entra furtivement dans l'hôtel.

— Eh ! Paolo, déjà couché !

— Imbécile, te crois-tu drôle ?

L'homme approcha du comptoir et s'y accouda. À son accent, on entendait qu'il venait aussi du Sud. Mais les générations, chez lui, au terme d'innombrables vendanges de sang, avaient finalement tiré ce petit blanc maigrelet, à la peau ambrée, du miel dans le sourire, à l'arrière-goût acide et, pour tout dire, pas franc.

— Il est là-haut ?

— Sans doute.

— Réponds ! dit le visiteur en frappant fermement de la paume sur le comptoir.

— Écoute, Mazucchetti, je ne suis pas ton mouchard, compris ? Oui, il est là-haut. Maintenant, laisse-moi.

L'homme blond alla jusqu'au débouché de l'escalier en colimaçon, jeta un coup d'œil en haut de la volée des marches et revint prestement vers Paolo.

— Dis-moi ? fit-il le plus doucement qu'il put. Selon toi, lui en reste-t-il ?

— Oooh ! Mais cela suffit, à la fin, je…

Le dénommé Mazucchetti, vif comme l'éclair, avait saisi le tenancier au collet. Comme celui-ci n'avait pas la ressource de hausser les sourcils, il marqua sa stupeur en ouvrant la bouche.

— Je… Je n'en sais rien, moi. Il me semble que oui… Peut-être pas grand-chose… Mais, la semaine dernière, il a reçu un courrier de France. Il est allé chez un changeur et depuis il m'a payé ce qu'il avait de retard.

— Tu vois que tu sais, dit Mazucchetti en lâchant sa proie. Bon, avec un peu de malchance, nous allons nous voir encore quelques fois.

— C'est un plaisir, dit sombrement Paolo en arrangeant son col.

Mais déjà le visiteur était dans l'escalier et grimpait quatre à quatre jusqu'au dernier étage. Il prit un couloir obscur, buta dans un seau malodorant et frappa doucement à une porte mince dont les fentes laissaient paser la lumière du jour.

— Entrez. Ah ! c'est vous, Mazucchetti, il était temps. Ma montre marque dix heures cinq.

— Nous avions dit dix heures.

— Justement, ce n'est pas dix heures cinq. Enfin, asseyez-vous.

Mazucchetti prit place sur une petite chaise de paille. Son hôte préféra rester debout, accoudé au rebord de la fenêtre ouverte, par où venaient les cris de Tonina, qui houspillait un amateur de clair-obscur.

— Mazucchetti, venons au fait. Un homme de mon rang ne saurait se dérober à la contemplation, fût-elle doulou-reuse, de la vérité. Voilà : nous arrivons au bout de notre enquête.

L'homme qui parlait était un vieillard plein d'une énergie, une rage peut-être, qui l'habitait tout entier. Il avait quitté le superflu des graisses, des muscles et des cheveux pour aller à un essentiel fait de beaucoup d'os et d'un peu de peau. La coquetterie n'était plus là mais la coupe de sa longue veste et de ses culottes en était le lointain vestige. Tout cela râpé par les lavages, ravaudé, mince jusqu'à la trame, habillait à peine des manières de grand seigneur que révélaient pourtant ses moindres gestes.

— Oui, à la fin, vraiment, reprit le vieillard. Si je n'obtiens pas maintenant justice du pape, je partirai. J'ai usé mes dernières ressources. Vous le savez. Peut-être avez-vous l'in-dulgence de ne point me croire. Vous avez tort. Je n'ai plus rien.

Une vilaine corneille vint se poser sur le rebord de la fenêtre, regarda les deux hommes avec frayeur et repartit.

129

— Alors, j'attends. Vos dernières nouvelles ?

— Peu de chose, hélas, monsieur le consul, dit l'Italien un petit sourire au coin de ses lèvres étroites. Rien que cette semaine, j'ai visité trois secrétaires, un protonotaire et deux évêques. C'est beaucoup. À chaque fois, j'ai évoqué prudemment votre ouvrage, qu'ils connaissaient. Tous condamnent ce *Telliamed*...

— L'ont-ils lu ! s'écria monsieur de Maillet en frappant du pied les tomettes disjointes.

— En tout cas, la raison qu'ils invoquent est toujours la même. Vous contestez l'âge de la terre, tel qu'il est fixé par la Bible, et vous niez que les êtres aient tous été créés en même temps.

— Écoutez, Mazucchetti, hurla le vieillard indigné mais avec une voix cassée bien pitoyable. Je vous l'ai démontré cent fois jusqu'aux principes : mon livre n'est que la méditation d'un honnête homme. J'ai vu, en me promenant en Égypte, une falaise éloignée de tout rivage et j'ai constaté qu'étaient incrustés dans la pierre... des coquillages.

— D'où vous en avez déduit que la mer s'était retirée au cours des âges, je sais, je sais, dit Mazucchetti, dont le pied tapotait d'impatience.

— Et tout mon système vient de là ! D'un fait incontestable. Demandez à ces cardinaux de quitter leurs palais et de m'accompagner sur une plage. Je me fais fort de le leur faire constater : la mer descend.

— Voilà plus de dix ans que j'exerce ce métier, repartit Mazucchetti sur un ton aigre où perçait beaucoup de mépris. Vous ne trouverez personne qui soit plus introduit que moi dans les affaires vaticanes : j'ai fait divorcer des princes et bénir des hérétiques. Mais s'il s'agit d'emmener des cardinaux aux bains de mer, trouvez quelqu'un d'autre.

Monsieur de Maillet parut touché par la menace que contenaient ces paroles. Il recula, s'assit sur une chaise et fouilla nerveusement dans sa poche pour en tirer un vieux mouchoir de dentelle qui ressemblait à une charpie.

— Ne m'abandonnez pas, Mazucchetti, je reconnais vos mérites. Mais tout de même, depuis le temps que vous me promettez une audience avec le Saint-Père...

— Est-ce ma faute, à moi, dit l'Italien avec hauteur et tout à fait décidé à jouir de son triomphe, si le pape a changé cette année ? S'il a fallu recommencer toutes les démarches du fait qu'Innocent XIII a une autre cour et d'autres favoris.

— Non, bien sûr. Mais comprenez qu'il est de la plus haute importance pour moi de faire lever cette condamnation papale avant ma mort. J'attends seulement que vous me disiez s'il existe encore une chance, une seule, que je parvienne jusqu'au souverain pontife ?

Les entremetteurs qui opèrent dans les parages du Vatican sont sans doute les aventuriers au monde les plus dépourvus de toute illusion et de toute pitié. D'un côté viennent vers eux des pécheurs enfoncés dans leurs vices, leurs trahisons mais qui, dégouttant de toutes les corruptions du siècle, ont pourtant préservé cette part d'idéal et de pureté qui leur fait croire en une possible miséricorde du ciel. De l'autre, ils servent les ministres de Dieu, élus pour l'éternité aux faveurs divines, qui n'ont pas renoncé aux voluptés dont les entrailles du monde sont gorgées et ils se chargent de les leur acquérir dans la plus grande discrétion. Il s'agit de savoir faire rendre aux uns comme aux autres jusqu'à la dernière once de leur or.

— Oui, dit Mazucchetti gravement. Il y a encore une chance.

— Diantre ! hoqueta le vieillard, qui était déjà debout. Dites-vous vrai ? Oh ! vraiment, Mazucchetti, m'autorisez-vous à reprendre espoir ?

— De grands espoirs, dit l'aventurier avec un faux détachement.

— Parlez. Parlez donc.

— Je ne puis entrer dans les détails. L'affaire doit rester secrète. Sachez seulement que le nouveau pape a tout bouleversé et qu'apparaît dans son entourage un nouveau personnage, sur lequel, pour le connaître un peu, je compte fort. Mais…

— Mais ?

— Il faudra y mettre le prix.

— Combien ? dit le consul en tremblant.

— Disons, dans les mille écus.

— Horreur ! s'écria monsieur de Maillet, mais où les trouverai-je ? Je n'ai rien, Mazucchetti, plus rien.

L'entremetteur laissa durer ces cris en regardant paisiblement par la fenêtre, comme on attend, en fermant une porte, qu'un nourrisson s'endorme. Monsieur de Maillet n'avait en vérité plus le sou. La somme qu'il avait reçue récemment avait été dès son arrivée engloutie par des dettes. Toutefois, il espérait encore que parvienne chez un changeur romain le prix de la vente d'un petit bois que sa femme, décédée à leur retour du Caire, possédait près de Metz. Cette somme s'élèverait à mille écus à peu près — l'entremetteur avait visé à l'instinct mais fort juste. Ensuite, le vieillard n'aurait décidément plus rien. « Si je veux jamais revoir la France, je dois absolument épargner cet argent. » Mais à quoi servirait de revoir la France, insinuait une autre partie de lui-même, si c'est pour la quitter vers l'enfer. Après avoir beaucoup gémi, tourné dans la pièce, débattu intérieurement ce dilemme, monsieur de Maillet s'arrêta en face de l'Italien.

— Êtes-vous certain, je dis bien certain, et je vous demande d'en prendre l'engagement sur l'honneur — l'honneur ! —, du pouvoir de cet homme auprès du Saint-Père ?

— Il sera, Excellence, votre dernier mais solide appui !

— Mille écus, dit monsieur de Maillet. Pas un de plus.

Au ton du vieil homme, l'expert comprit que le fond était atteint. Il accepta.

*

Quand deux gardes vinrent tirer les prisonniers de leur cachot, un beau soleil d'été était en possession du ciel. Les pierres du fortin en paraissaient moins noires et la robe isabelle d'un cheval, au milieu de la cour, réjouissait l'œil comme une caresse de la nature. Tant qu'à mourir, mieux valait que ce fût par beau temps et que la dernière image fût bleue. Voilà ce que pensait Jean-Baptiste, étourdi par la lumière et plutôt affamé en sortant de sa geôle. À son côté George était encore tout ensommeillé. Ses taches de son sur le nez, sa croix de cheveux en bataille sur son crâne rasé et ses grands yeux bleus écarquillés lui donnaient l'air d'un mannequin de porcelaine.

Les gardiens ne leur avaient lié ni les mains ni les pieds, et Jean-Baptiste, en passant devant la galerie qui ouvrait vers l'extérieur du fortin, eut un moment l'idée de s'y précipiter en courant. Mais la porte était loin, la cour pleine de soldats et ils étaient très affaiblis. Mieux valait se résigner au destin. On les conduisit dans une autre aile, où étaient entrés les dignitaires la veille et qui devait abriter le corps des officiers. Les gardes se trompèrent d'abord de porte, leur firent rebrousser chemin, monter un escalier. Tout était à la fois précipité et confus. Soldats et officiers ne quittaient pas un air affairé, criaient des ordres, se heurtaient dans les couloirs. Seuls les captifs semblaient délivrés de ces alarmes.

Après avoir ouvert par erreur plusieurs portes, les gardes finirent par les introduire dans une grande salle mal éclairée par des vitraux verts qu'obscurcissait encore un plafond de cèdre noirci de fumée.

Assis au centre de la pièce, le dignitaire aperçu la veille ne laissait voir par-dessus les têtes que son large turban blanc. De nombreux groupes où prédominaient les janissaires atten-daient, sans ordre, en discutant vivement et à haute voix que leur affaire fût soumise à l'arbitrage suprême du grand homme.

Il se passa plus d'une heure avant que vînt le tour des deux faux Arméniens. Jean-Baptiste serrait la main de George pour le consoler et s'étonnait de voir le pauvre garçon sourire, résigné à subir un si bref et si tragique destin. Enfin, dans une bousculade, on les poussa jusqu'à une étroite clairière ménagée dans les groupes. Ils tombèrent à genoux sur un tapis, aux pieds du vieillard qui disposait de leurs têtes. Il était vêtu d'un ample cafetan de soie orné de mandorles fleuries, vert sur rouge. L'entrebâillement des deux hémisphères que formaient sa barbe grise et son turban blanc laissait apercevoir un visage épais où un nez strié de mauve, raide et long comme un grenadier, s'interposait entre deux yeux mobiles et rieurs, qui jetaient du feu.

— Qu'ont-ils faits, ces deux-là ? dit-il dans un turc fort incorrect, avec des intonations de Franc.

Jean-Baptiste osa relever la tête et, dans l'urgence de cette situation désespérée, fouetta sa mémoire comme un attelage.

— Ce sont des espions russes, dit un janissaire qui se tenait droit à côté du vieillard.

— À mort ! À mort ! criaient des voix.

— Russes, vraiment ? Ont-ils des papiers ?

— Oui, Effendi, fit Jean-Baptiste, qui avait pu conserver sur lui le rouleau signé du patriarche. Et il le tendit au vieillard.

Tandis que celui-ci en scrutait les lignes, Jean-Baptiste le dévisageait avidement. Le texte était écrit en persan. Le dignitaire secoua la tête pour montrer qu'il n'y comprenait rien.

— Ils suivaient les soldats et écoutaient secrètement leurs paroles, résuma le janissaire. Ce sont des espions.

— Qu'avez-vous à répondre ? dit le vieillard d'un air las.

Et il était bien apparent qu'il avait déjà jugé.

Alors, Jean-Baptiste, saisi d'une inspiration soudaine, se redressa et, regardant le magistrat bien droit dans les yeux, lui dit en français :

— Comment se porte votre goutte, Effendi ?

Les janissaires, qui ne comprenaient point ces mots, firent silence et le vieillard parut saisi d'une violente curiosité.

— Ma goutte, répondit-il en usant du même idiome, mais elle se porte fort mal. Prétendez-vous la soulager ?

— Cela ne vous avait pas si mal réussi la dernière fois, dit Jean-Baptiste en souriant.

Puis il ajouta :

— À Venise.

— À Venise... Il y a bien...

— Oh ! Vingt-cinq ans, au moins. Le temps passe. Nous étions jeunes.

Le vieil homme se dressa soudain de toute sa masse, prit Jean-Baptiste par la main, le releva et, à la grande stupeur des Turcs, lui donna une puissante accolade en s'écriant :

— Poncet !

CHAPITRE 14

Certains hommes, doués pourtant d'immenses qualités, ont pour destin d'être ruinés par cet ennemi venimeux, aussi sûrement mortel pour eux que pour les autres, qu'ils portent dans la bouche : leur propre langue.

Le marquis d'Ombreval avait payé fort cher cette malédiction des diseurs de bons mots. Toute sa vie, il avait été immédiatement sympathique à ses semblables pour aussitôt, cédant au plaisir suprême de les prendre comme sujets de ses épigrammes, les blesser d'autant plus irréparablement qu'ils s'étaient complètement découverts.

Cadet d'une excellente famille de Lorraine, il s'était engagé dans les armées au service de Louis XIV, où sa bravoure et son intelligence l'avaient distingué. Hélas, il avait répondu à la remontrance d'un ministre par une insolence qui lui valut huit jours d'arrêts. Il quitta le même jour la prison et la France. Après un passage à Venise, où Poncet l'avait connu, il avait offert ses qualités au prince Eugène, qui avait eu l'occasion de les apprécier d'en face. Mais cette brillante carrière entreprise chez l'empereur prit fin sur un mauvais calembour, rapporté à qui de droit et qui valut au marquis d'être cassé. Il repartit pour la France qu'il venait de combattre pendant quatre ans, obtint pourtant son pardon, avant de pécher encore selon sa manière. Poursuivi par des haines mortelles d'amis devenus tous ses ennemis, il n'eut bientôt d'autre ressource que de mettre sa bravoure au service des Turcs, qui lui confièrent l'organisation de leurs armées. C'est ainsi qu'il devint Daoud Pacha. La mauvaise pratique qu'il avait de la langue ottomane le contraignit à en faire d'abord bon usage. Mais dès qu'il put assez la maîtriser, ce fut pour retomber dans son vice et calomnier le grand vizir. Le sultan avait fait preuve de clémence et l'avait seulement exilé vers l'est en lui confiant le soin d'administrer l'Arménie, récemment conquise.

L'apparition de Jean-Baptiste, qu'il considérait à Venise comme un ami, faisait à d'Ombreval un double plaisir : d'abord, elle lui donnait une compagnie dans cette province éloignée ; ensuite et surtout, cette amitié ayant l'âge de vingt années, elle venait démentir et comme venger l'impossibilité où avait toujours été le marquis de se prévaloir de relations cordiales dépassant les quinze jours.

Assis sur des tapis autour d'un plateau de cuivre, au premier étage du fortin où Daoud Pacha avait sa résidence de campagne, ils célébrèrent leurs retrouvailles en remplissant des coupes de porcelaine avec le contenu d'un flacon opaque sur lequel était inscrit « Eau minérale de Carbonnieux ». C'était un graves blanc très sec que le voyage n'avait pas ébranlé.

— Il faut faire attention ici, dit d'Ombreval en désignant la carafe. Les Turcs ne sont pas les Persans et ils n'ont pas d'indulgence pour ceci. À vrai dire, ils veulent seulement que les apparences soient sauves.

— Ainsi vous voilà mahométan ? fit Jean-Baptiste qui ne se souvenait pas du marquis comme d'un homme excessivement porté à observer les lois d'une religion.

— Je n'étais guère chrétien, je ne suis pas plus islamite. On exagère la rigueur de tout cela... Mon métier est de servir et je prends l'uniforme de mes maîtres. Ah ! Poncet, quel dommage vraiment que je ne vous rencontre pas à Istanbul : vous verriez mon palais, c'est l'un des plus beaux de Top-Hana. Au petit matin, quand le soleil donne sur les eaux de la Corne d'Or, avec tous les minarets qui, en face, sortent du couvert des peupleraies et le reflet gris des dômes de plomb, c'est à se damner.

Il prit son verre, le but d'un trait et ajouta :

— D'ailleurs, c'est ce que je fais.

Il fit raconter à Jean-Baptiste le détail de ses péripéties et l'objet de son voyage. D'Ombreval se souvenait vaguement d'avoir croisé Juremi à Venise, à peu près au moment où il s'était associé avec Poncet dans le métier d'apothicaire. Ils évoquèrent ces souvenirs avec nostalgie et Daoud Pacha interpellait souvent George en lui disant : « Ah ! mon petit, quelle époque ! Quelle grande chose que l'Europe ! », et il essuyait une larme. Deux serviteurs apportèrent un plateau de brochettes fumantes dont ils se servirent à la main.

— Franchement, dit d'Ombreval, en qui la nourriture et le vin faisaient monter une douce volupté, la vie n'est-elle pas assez drôle ! Vous êtes assis là avec votre natte autour de la tête qui vous donne l'air d'une repasseuse, celui-ci a la moitié des cheveux qui lui manquent et moi, avec mon gros turban et ma chasuble, je commande au nom du Grand Turc ! Il y a des jours où je me demande si je rêve. Encore, à Istanbul, je puis me donner quelque illusion : j'ai meublé ma maison comme mon château de Lorraine, et je reçois toute une société qui vous ferait douter que Constantinople soit tombée. Mais ici... ?

— Croyez-vous que la guerre ait lieu bientôt ? demanda Jean-Baptiste, auquel ces épanchements de vieillard ne faisaient pas oublier les nécessités du voyage. Nous avons laissé toute une famille à Ispahan.

— La guerre ? Avec les Persans ? Non, pas de côté-ci, en tout cas. Nous sommes à Erivan parce qu'il faut bien que quelqu'un tienne cette maudite résidence de Noé. Les Persans sont trop faibles. Si nous n'étions pas là, ce serait les Russes ou je ne sais qui. Mais vous connaissez les janissaires, soi-disant l'élite de cette armée : ils sont chiites. Oui, c'est une chose étrange mais la secte des Bechtachi à laquelle ils appartiennent est dans le dogme d'Ali. Le Grand Turc, dont ils sont le rempart — quand ils ne l'égorgent pas comme l'an dernier —, est un sunnite de la plus pure eau. Allez y comprendre quelque chose ! En tout cas, cela ne leur donne guère d'ardeur pour combattre le roi de Perse, qui partage la même croyance qu'eux. Non, je vous l'affirme : nous n'irons pas plus loin.

Étirant ses jambes devant lui, Daoud Pacha eut une grimace de douleur.

— À vrai dire, Poncet, nous ne pouviez pas mieux tomber. Cette goutte ne me lâche plus et, avec ce climat de montagne, elle me met à la torture.

— Nos remèdes sont dans un caravansérail à l'entrée de la ville ; le serviteur qui nous accompagne en assure la garde.

— Je vais dire qu'on les fasse chercher et vous allez vous installer ici. Ce fortin est bâti en grosses pierres froides et humides mais on y trouve de meilleures salles que celle où l'on vous a d'abord accommodés. Un mois de ce régime vous remettra complètement d'aplomb et d'ici là vous m'aurez guéri.

— C'est une joie, cher marquis, de vous avoir retrouvé, et nous avons encore bien des choses du passé à évoquer. Mais puisque nous sommes libres grâce à vous, je crois que nous allons repartir le plus vite possible. Je vous ai dit qu'il nous faut atteindre Juremi avant l'hiver.

— Comme vous voudrez, dit d'Ombreval, un peu déçu mais se gardant d'insister.

Cette rencontre par-delà les années avait quelque chose de rare et de précieux. Le marquis se faisait par avance une grande joie de proclamer à Istanbul : « Figurez-vous que j'ai rencontré dans l'Est un ami que j'ai depuis vingt ans. » Mieux valait ne pas prendre le risque de ruiner cette occasion en la prolongeant.

— Il me semble dans tous les cas que vous devriez quitter ce déguisement, dit-il. Ici même, il vous rendra suspect et je ne peux recevoir longtemps, sans faire murmurer, des gens travestis comme vous l'êtes.

— C'est qu'il m'est arrivé quelques ennuis dans le passé, sur une terre du Turc... en Égypte, dit Jean-Baptiste avec quelque hésitation. Voilà : j'ai tué un janissaire.

— Est-ce possible ! s'écria Daoud Pacha.

— C'est une affaire malheureuse, et à vrai dire je n'avais pas le choix. J'étais en train d'enlever ma femme...

— Enlever votre femme ! Ah ! pas un mot de plus. Voilà un récit qui va tout à l'heure réjouir notre dîner. Enlever votre femme !... Je vous retrouve tout à fait... Eh bien, en tout cas, raison de plus pour ôter cet accoutrement qui ne sied guère à la dignité d'un homme si chevaleresque...

— Je m'étais fait arménien, dit Jean-Baptiste, pour éviter certains problèmes avec les Turcs, au cas où cette affaire...

— Arménien, vous ne l'êtes plus : tout le monde a vu que vous étiez franc. Mais ne vous faites aucun souci : les Turcs, ici, c'est moi.

— Et pour continuer notre chemin ?

— Il n'y a pas plus mauvaise identité. Ces Arméniens sont des drôles et leurs voisins les détestent. Aussi, avez-vous vu leur religion ? Tous ces saints que personne ne connaît. Aviez-vous entendu parler de sainte Caiane ou de sainte Repsime, vous, avant de venir dans ce pays ? Eh bien, allez au monastère des Trois-Églises, à deux heures d'ici, on vous montrera les reliques de ces malheureuses : un bras de l'une et une cuisse de l'autre, rien que cela. Il y a aussi, si vous voulez, une côte de saint Jacques, un doigt de saint Pierre et deux de saint Jean-Baptiste... Non, franchement, on ne peut faire aucun crédit à des gens qui vous débitent ainsi le sacré par quartiers.

— Eh bien, que nous conseillez-vous ?

140

— Soyez des Francs, tout simplement. Avez-vous des papiers ?

— Une lettre de l'ambassadeur russe pour son gouvernement.

— Gardez-vous de la montrer avant d'être arrivés là-bas ! Dans ces contrées, soit vous êtes ambassadeur et, à condition d'être dûment accrédité, on vous respecte ; soit vous êtes marchand, et on vous laisse libre. Mais ils ne détestent rien comme les gens qui sont entre les deux. Avez-vous un peu d'argent ?

— Suffisamment.

— En quelle monnaie ?

— En tomans de Perse.

— Allez sur le marché, changez tout cela pour des sequins de Venise, qui ont cours partout. Ensuite, achetez quelques pièces d'étoffe, du beau damas, ce genre de choses que les Francs aiment rapporter. Vous direz que vous êtes venus de Perse où vous avez vendu des bijoux. Vous trouverez, dans le même bazar, une couturière qui vous fera dans la journée un pourpoint sur le modèle de l'un des miens. Les Arméniens sont fort habiles à ce travail. Dès que vous serez passés en Géorgie, vous verrez : ces gaillards-là respectent tout ce qui porte un beau chapeau et un habit au goût de l'Europe. Il n'y a pas de peuple plus simple que les Géorgiens. Le plus grand signe de noblesse, là-bas, est d'être bourreau de père en fils.

— Charmant.

— Non, non, vous verrez, ils vous feront un accueil superbe. D'ailleurs, ils méprisent tout à fait l'argent. Pour obtenir de vous un de ces colliers que leurs femmes mettent en cinq ou six rangs autour de leur cou, ils vous donneront ce que vous voudrez.

— On les dit fort belles, hasarda Jean-Baptiste, qui ne renonçait pas à découvrir un sujet sur lequel d'Ombreval n'eût point d'opinion destructrice.

— À Ispahan, sans doute, répondit le terrible Lorrain. Les

Géorgiennes que vous avez là-bas sont enlevées tout exprès à l'âge de cinq ou six ans. On choisit les meilleures pour cet usage et les parents se laissent facilement convaincre. Celles qui restent sont impossibles à regarder sans dommage pour la vue et on ne les approche qu'à ses risques.

— Sont-ils jaloux ?

— Au contraire. Mais ces demoiselles s'étalent un méchant fard sur les joues qui les parfume tout à fait à la bouse de vache.

— Et… où trouverons-nous des chevaux ? demanda George, toujours pratique et qui souhaitait de surcroît quitter un sujet où sa pudeur risquait d'être mise à mal.

— Quant aux montures, je m'en occupe, répliqua Daoud Pacha. Vous n'aurez pas à vous en plaindre. Je sais bien que les étrangers admirent les petits chevaux d'ici. C'est au point que les Turcs pensent que nous n'en avons plus chez nous puisque tout le monde leur en achète et les emporte. Eh bien, moi, je trouve leur trot sec et il me fait mal au dos. J'ai fait venir de France des bretons, que j'ai croisés à leurs petits barbes. Ma foi, vous verrez le résultat : on y est en selle comme au fond d'un cabriolet. Je vais dire à mon palefrenier d'en préparer deux pour vous et un petit turcoman pour votre valet.

Jean-Baptiste remercia chaudement. Il s'acquitta de cette dette en donnant à Daoud Pacha un extrait de colchique pour sa goutte et en instruisant le chirurgien turc d'une recette propre à renouveler autant qu'il faudrait le traitement. Ils restèrent encore deux jours à Erivan et y trouvèrent du plaisir à s'y promener dans des habits qui leur étaient naturels ; le soleil leur en parut plus chaud et la ville moins austère…

Le marquis d'Ombreval passa en leur compagnie deux excellentes soirées. Il les régala de carpes et de truites pêchées dans le fleuve et qui font la renommée de l'Arménie dans tout l'Orient. Sans s'interrompre un instant, il leur conta toutes les méchantes histoires qu'il savait à propos des grands personnages d'Europe. La dénonciation de ces ridicules lui avait coûté si cher et il mettait tant d'esprit à les raconter que cette passion de l'anecdote, payée de toute une vie, faisait de lui une espèce de martyr de la caricature, un de ces prophètes immolés pour avoir eu le courage de dire toute leur misérable vérité aux hommes.

Enfin, ils furent prêts. Jean-Baptiste avait relâché ses longs cheveux bouclés, George tondu les siens et posé sur cette brosse blonde un élégant tricorne de feutre dont leur hôte lui avait fait cadeau. En revenant à la vie par le détour de ce cachot obscur, George semblait avoir appris à sourire et, sans être devenu familier, il avait détendu quelque peu sa discipline avec Jean-Baptiste. Après cette courte mort, une nouvelle naissance avait fait d'eux non plus un père et un fils, ce qu'ils ne s'étaient jamais résolus à être, mais comme deux frères séparés par l'âge et réunis par l'épreuve. Pour autant, le jeune homme n'alla pas jusqu'à faire l'aveu de ce secret qu'il avait laissé entrevoir et Jean-Baptiste, pour ne pas le gêner, n'en parla pas non plus.

Ils s'apprêtèrent au départ en parlant de choses sans importance et en chantant. Les chevaux que d'Ombreval leur avait préparés étaient, en effet, des bêtes extraordinaires, nerveux comme des arabes, robustes et hauts comme les races de labour.

Daoud Pacha les accompagna jusqu'à la sortie de la ville. Les janissaires les entouraient avec leur air mauvais et une foule immobile bordait les rues pour les voir passer. Chose remarquable, ce défilé se déroulait dans un impressionnant silence. On n'entendait que le bruit sourd des sabots sans fer sur la chaussée de pierre.

— Voilà quelque chose que j'aime bien, par exemple, dit Daoud Pacha. Quand on veut vous honorer, chez nous, on braille, on applaudit et cela est bien désagréable. Ici, la plus grande marque de respect est de se taire.

143

Parvenu aux faubourgs, la troupe s'arrêta et d'Ombreval donna à son inusable ami une chaleureuse accolade. Le vieil homme ne put dissimuler une violente émotion en voyant partir les trois hommes. Des larmes lui vinrent à l'idée, sans doute, qu'il leur avait rendu une liberté dont il ne disposait plus lui-même.

Tant qu'ils furent en vue de la ville, Jean-Baptiste se contint et laissa sa monture aller au petit trot. Mais quand ils eurent laissé loin derrière eux les sinistres rides que l'Ararat porte à ses flancs, ils plongèrent dans les moites vallées de Géorgie. En quelques heures, ils atteignirent des paysages nouveaux ; les cigales chantaient dans les hautes herbes des chemins, le contour bleu sombre de l'horizon suivait un mol arrondi de collines que couvraient des maquis de châtaigniers vert pâle et des cyprès noirs. Les seuls régiments qui vinssent à leur rencontre étaient, alignés, immobiles, en rang de bataille, les innombrables plants de haute vigne, décorés de feuilles vernies et chargés de gros raisins violets. À leur assaut montaient en chantant les premiers vendangeurs.

*

Comblé de richesses et d'honneur et désirant toujours en acquérir plus, il arrivait parfois que le nazir, quand il marchait dans la nuit étoilée et chaude d'Ispahan, en vînt à regretter la vie simple de ses montagnes natales. C'est avec la perspective de s'abandonner à cette douce nostalgie qu'enveloppé dans un simple manteau noir il sortit de son palais cette nuit-là par une porte du jardin dont il possédait seul la clef. Le Char Begh était sombre et désert mais quand il parvint aux ruelles de la ville orientale, il constata avec déplaisir qu'elles étaient malgré l'heure encombrées de flâneurs. Il choisit les passages les plus obscurs et ce souci, lui ôtant la sérénité du rêveur, le ramena à ses ruminations.

Ce diable de Poncet avait bien mal choisi son heure pour

mourir ! Il lui avait mis entre les mains un trésor et s'était enfui au paradis ou en enfer — en enfer certainement — avec la clef. Alberoni avait réapparu à Rome, le nonce du nouveau pape lui-même l'avait proclamé. C'était le moment de faire entrer en scène la concubine et voilà que cette engeance ne voulait point collaborer. Le nazir était allé la voir fort poliment et elle lui avait répondu sur le ton le plus aimable qu'Ispahan était le meilleur séjour qu'elle pût rêver. Son cardinal ne lui manquait pas et elle n'entendait pas lui écrire. Le nazir eut beau insister et même menacer un peu : rien n'y fit.

Il marchait tête basse et, pour favoriser sa méditation, tenait le bout de ses moustaches dans ses poings fermés. Ainsi tendus, ces deux crocs de poils lui arrivaient au bas du ventre.

Perdu dans ses pensées, il se trompa de chemin, remonta en soufflant un escalier, passa sous des voûtes puantes qui couvraient les ruelles.

Jamais on ne l'avait vu renoncer devant la perspective d'un gros gain. Or, cette affaire, il le sentait depuis le début, était prometteuse. Elle laissait espérer de l'argent, bien sûr, mais aussi et peut-être surtout d'utiles protections à l'étranger. Qui pouvait dire ce qu'il resterait de la Perse demain, avec tous ces dangers au-dehors et ce monarque imprévisible ? Un homme raisonnable devait se préparer au pire, c'est-à-dire sans doute à la fuite. Il fallait vraiment qu'un tel intérêt fût en jeu pour que le nazir consentît à aller voir une fois de plus cet affreux Leonardo, chez lui de surcroît.

Était-ce cette porte ou l'autre, en face ? Les deux étaient également misérables ; une rigole d'eaux usées passait sous chacune d'elles et rejoignait l'émonctoire central, laiteux, écœurant qui dégringolait au milieu de la venelle.

Il essaya d'ouvrir une des portes. Elle résista. C'était donc l'autre. Leonardo ne s'enfermait jamais, pour la simple raison qu'il n'avait personne pour ouvrir et qu'il ne pouvait pas se déplacer lui-même. Le nazir monta au premier étage par une sorte d'échelle de meunier dont les ais étaient dangereusement cintrés.

Leonardo était assis devant une table recouverte d'un tapis noué. La lumière d'une lampe à huile faisait flotter quelques livres dans une lueur jaune. Le nazir reconnut Leonardo à son bonnet de dentelle et à son nez cabossé, luisant, taillé sur plusieurs faces comme un monstrueux diamant de chair aux arêtes vives. En suspension dans la même poix, le nazir reconnut hélas plusieurs paires d'yeux de chats et ce n'était pas la moindre des singularités de Leonardo que d'avoir fait de ces animaux maudits les pensionnaires d'abord et les maîtres désormais de son cloaque.

Le seul événement certain, et encore était-il maintenant fort lointain, dans la vie de Leonardo, était sa naissance. Il était venu au jour dans l'île de Chio. Ensuite, tout se troublait. Il prétendait avoir été marin. Avait-il fait une carrière paisible dans des flottes de commerce ? Peut-être mais il se disait aussi militaire et même corsaire. Rien ne permettait d'exclure qu'il eût été plutôt galérien. D'ailleurs, il pouvait avoir été tout cela et encore flibustier, marron, naufragé. Il racontait des histoires de tous les continents mais un cabaretier de Chio aurait pu en faire autant rien qu'en écoutant ses clients. Ce passé lointain gardait donc son mystère. Leonardo était apparu en Perse sur l'âge. Les Portugais l'employaient déjà depuis plusieurs années dans leurs comptoirs du Golfe. Un jour, pour des raisons inconnues, il passa à Bandar Abas et demanda à servir chez les Persans. Ses membres étaient déjà bien déformés mais il n'était pas encore tout à fait perclus. Il mit une seule condition à sa requête : qu'on lui laissât apporter ses deux chats. Les Portugais l'utilisaient comme truchement. Les Persans lui confièrent le même emploi puisqu'il affirmait avoir la pratique de toutes les langues de la terre.

À mesure que son rhumatisme gagnait, Leonardo monta plus en hauteur sur les plateaux de l'intérieur. Finalement, il échoua à Ispahan. Quand il ne put presque plus bouger, il garda encore deux organes fort agiles : sa langue pleine d'insolence et une main droite très déformée. Il y coinçait péniblement un calame et le faisait ensuite courir pendant des heures sur les feuilles qu'il noircissait d'une écriture restée fort belle.

Ses œuvres les plus lucratives, en dehors des traductions, étaient les faux documents, fausses quittances, fausses lettres de change dont il faisait commerce. Dénoncé, traîné devant le nazir pour être jugé, Leonardo obtint sa grâce par la démonstration qu'il fit à ce prince non point de son innocence mais d'une culpabilité complète, habile, rare, par ce qu'elle supposait d'art et d'instruction et dont il donna volontiers des exemples à la demande de son juge. Il eût été stupide de se priver de tels dons. Le nazir gracia le faussaire et se l'attacha discrètement.

— Monseigneur, dit Leonardo de sa voix nasillarde en accueillant son bienfaiteur, votre coureur m'a prévenu cet après-midi de votre visite et, vous voyez, j'ai fait de mon mieux pour rendre ma demeure digne de vous recevoir.

Cela signifiait qu'il avait fait débarrasser la table. Le nazir buta sur des ballots de chiffons posés à terre et invisibles dans l'obscurité. Il se saisit d'une chaise et s'y affala sans faire de commentaires. À vrai dire, une odeur d'urine de chat le réduisait toujours au silence d'abord qu'il entrait dans cette maison. Leonardo remplit volontiers ce vide :

— En quoi, dit-il, puis-je être utile au maître vers lequel s'élèvent chaque matin mes pensées reconnaissantes, lorsque mes yeux éblouis croient distinguer son image dans le soleil nouveau qui paraît en pleine gloire ?

Le nazir, au vrai, devait beaucoup à Leonardo en matière d'éloquence et son aisance de courtisan s'était approfondie au contact de cet athlète du compliment.

Filtrant l'air à travers ses moustaches, le nazir prit une grande inspiration et dit :

147

— J'ai besoin de toi pour une lettre d'une extrême importance.

— En quelle langue, Monseigneur, sera écrite cette missive ?

— En français.

— Ah ! Ah ! fit Leonardo.

Ces deux petits spasmes pointus indiquaient un rire et signifiaient que rien n'était plus facile.

— Ne ricane pas. Tu devras te donner du mal. L'affaire n'est pas courante.

Leonardo prit une expression d'attention extrême et déférente.

— Il s'agit d'une femme qui écrit à son amant, dit le nazir.

Le faussaire rit de nouveau et beaucoup plus fort. D'après ce qu'en savait le nazir, il ne semblait pas que Leonardo se fût jamais intéressé aux femmes et la rumeur lui prêtait même des goûts opposés. Mais les ragots d'alcôve, surtout s'ils concernaient la cour, le passionnaient. Un des chats, réveillé par le rire bruyant de son maître, s'étira et se mit à marcher lentement sur la table, vers le nazir. Leonardo supportait tout pour lui-même ; on l'aurait piétiné sans l'entendre se plaindre. Mais il était capable des pires fureurs et de caprices interminables si l'on touchait à ses chats. Le nazir laissa donc la bête faire ses lentes évolutions près de son visage, tout en le surveillant du coin de l'œil.

— Oui, mais ce n'est pas n'importe quelle femme et pas n'importe quel amant, reprit-il avec autorité. Lui est cardinal et elle est sa concubine.

La bouche grande ouverte, Leonardo riait à gorge déployée.

— Un cardinal ! Oh ! Comme je suis heureux. Ouille ! Monseigneur, mes pauvres reins ! Aïe ! La concubine d'un cardinal !

— Attention, Leonardo, dit patiemment le nazir, ce ne sera pas facile. Il faudra y mettre de la politesse et du sentiment…

— De la politesse. Ah ! Ah ! répéta le faussaire en hurlant

tout à fait de rire. Oui, oui, et du sentiment... Un cardinal...
Oh ! Oh !

Le chat regardait son maître et tournait le dos au visiteur
en soulevant la queue. Le nazir ferma patiemment les yeux
pour se soustraire à cette vision de l'enfer. Puis, n'y tenant
plus, il frappa sur la table du plat de la main.

Le chat sauta au loin ; Leonardo renferma ses chicots dans
leur gousset. Dans le silence apeuré retentit la voix caver-
neuse du nazir :

— Prends une plume et un papier, imbécile. Nous allons
nous y mettre ensemble. Et je ne partirai d'ici qu'avec
quelque chose de bien !

CHAPITRE 15

Küyük le Mongol avait toujours cheminé à pied, en trottant derrière les mules, jusqu'à ce que Daoud Pacha fît cadeau à ses maîtres de trois beaux chevaux. Jean-Baptiste s'était même demandé si le petit Tartare saurait tenir dessus. Sitôt qu'il le vit en selle, il comprit que le cheval n'était pas seulement pour Küyük une monture familière mais le complément, le double, sans lequel il n'était qu'une larve rampante. Küyük montait à la perfection, bien que d'une manière peu académique : il tenait ses jambes raides dans les étriers, écartées comme des fusils dressés au bivouac et gardait les mains très haut devant lui. La bête obéissait si bien qu'il était impossible de déceler par quels mouvements il se faisait entendre d'elle.

Le visage de Küyük n'avait jamais marqué la moindre expression lorsque ses maîtres étaient passés devant ses yeux par des accoutrements divers et des fortunes opposées mais il rayonnait depuis qu'il était posé sur le dos d'un cheval. Ses yeux d'habitude mi-clos étaient écarquillés et il tenait en galopant la bouche ouverte. On aurait dit une vieille terre desséchée qui s'abreuve d'un déluge.

Ils ne s'arrêtèrent qu'une nuit à Tiflis. Malgré tous les agréments de cette capitale, ils souhaitaient quitter la Géorgie au plus vite. Un incident faillit les y retenir. Le soir de leur arrivée, dans une de ces maisons qui servent le café, le tabac, George avait été curieux de consommer cette boisson forte que l'on fait avec le suc du pavot. Ce breuvage lui avait fait visiter toute la nuit des mondes étranges et, après avoir beaucoup ri, crié de terreur et gémi d'aise, il s'était réveillé le matin fort malade. Jean-Baptiste lui avait administré un antidote et à midi ils étaient en route.

En allant vers le septentrion dans la plaine de Géorgie, le terrain se haussa d'abord doucement, ondulé en petites collines, puis s'escarpa franchement. Les cousins qui leur piquaient la peau toutes les nuits depuis Erivan disparurent à cause de l'altitude. Enfin, dans la brume de chaleur qui chargeait l'horizon, ils virent apparaître la haute et claire masse du Caucase. C'était une muraille continue, sans véritable faiblesse. Une ligne de neiges annuelles dominait le relief des sommets. La route pour joindre la Moscovie à travers ce rempart était unique et peu fréquentée ; mal entretenue, elle cheminait fort en altitude. Ils ne croisèrent pas dix caravanes pendant les trois premiers jours. Parvenus en haut, au point de découvrir déjà la croûte effrayante des glaces que le gel avait figées sur les sommets, ils distinguaient encore en contrebas derrière eux le vert nuageux des pins maritimes, les hautes pointes des cyprès et les traits de peigne des vignes sur la nuque rase des collines de Géorgie.

Tout changea au premier col. En quelques mètres, l'air encore tiède et parfumé de cette Provence les quitta et ils entrèrent dans un vent froid venu du nord, une de ces bises de terre, amaigries par les steppes et les déserts, qui mord tout ce qu'elle rencontre et se repaît des nuages jusqu'au dernier.

Küyük, droit sur sa selle, pointait son nez plat vers le vent et l'absorbait profondément, sans doute pour en tirer de lointaines et délicieuses particules familières. Son cheval, donc lui-même, trottait gaiement sur place, faisait des voltes, marchait de côté, agitait son encolure.

George, après toutes ces épreuves, était plus naturel et plus amical avec Jean-Baptiste, qu'il s'était même mis à tutoyer.

Mais c'était sans avoir renoncé à ses convictions. De même qu'il exprimait mieux ses sentiments, il osait formuler des contradictions et les argumenter.

Poncet regardait la métamorphose du Mongol avec une curiosité pleine de respect :

— Notre chaman retrouve les esprits de la steppe, disait-il.

George haussait les épaules et se lançait dans une savante explication à propos des climats, de leur influence sur les humeurs et les fluides animaux qui irriguent les tubes nerveux. Jean-Baptiste le laissait dire, comptant sur la nature pour lui faire découvrir un jour en elle non seulement des lois et des systèmes mais des beautés et des mystères.

Les hauts alpages, en septembre, sentaient l'herbe pourrissante et les laissées de troupeaux. La nuit tombait tôt et très vite, précédée d'un souffle gelé qui dégringolait des glaciers. Les voyageurs dormaient dans des cabanes de bois louées à prix d'or par les bergers. Les fruits secs qu'ils avaient apportés de Géorgie servaient de base à leur ordinaire et mêlaient leurs doux parfums colorés à l'amertume grisâtre des fromages achetés sur place. À mesure qu'ils avançaient dans les hautes vallées, ils rencontraient de nouvelles langues et des races humaines sans cesse différentes. Chaque campement, car on ne pouvait même pas parler de village, était une nation à lui seul avec sa religion propre et son idiome particulier. Des haines invisibles chargeaient l'air et faisaient vivre chacun dans la terreur de l'autre. C'était comme si les hommes eussent d'abord été créés dans ces hauteurs glacées, d'où ils seraient peu à peu descendus pour gagner la douce et chaude corruption des vallées. Ceux qui étaient restés si près du ciel paraissaient encore tout proches de leurs origines, tutoyaient les dieux et employaient leurs courtes vies à vider les querelles éternelles qu'ils leur prêtaient.

La chaîne du Caucase est très large et en son centre, comme un donjon dont les autres sommets n'eussent été que les redoutes, s'élève la masse immense du mont Kasbek. Ses glaces brisées en murs et en lames gigantesques brillent en plein jour. Elles se détachent la nuit sur le ciel noir. Leur masse vitreuse avait absorbé dans la journée le corps épais et tiède du soleil et en rejetait dans l'obscurité le squelette refroidi et bleuté.

À mesure qu'ils approchaient des pentes du Kasbek, les campements se faisaient plus rares et les prairies plus désolées ; le monstre avait dégagé tout l'espace autour de lui pour ménager une demeure à ses sortilèges et non point aux simples hommes. Ceux qui s'y aventuraient étaient sans doute les plus intrépides à défier les esprits, à moins qu'ils n'en fussent entièrement possédés.

Küyük montra pendant ces dernières étapes des signes de nervosité. Il ramassait pendant toute la journée ce qu'il trouvait dans ces vallées nues qui pût alimenter un feu. Au soir, il l'allumait dans un lieu découvert, dominant légèrement le chemin. Pendant que ses maîtres dormaient, enroulés dans des peaux, le Mongol veillait, les pieds croisés près des braises, le dos tourné vers la montagne, scrutant l'obscurité des alpages en plissant les yeux.

Cette vigilance ne fut pas suffisante pour éviter l'attaque. Elle eut lieu à la troisième étape, qu'ils firent autour du Kasbek, pendant l'aube. Küyük s'était assoupi. Quand il entendit hennir les chevaux, il était trop tard. Les douze hommes qui avaient surgi de la nuit étaient maîtres des voyageurs, qu'ils ficelèrent, de leurs bagages et de leurs bêtes.

Le petit clan de brigands qui s'était emparé d'eux parlait une langue tartare que Jean-Baptiste ne comprenait pas et il ne pouvait pas interroger le chaman à son propos car il marchait séparé de lui par deux hommes. Les voleurs n'étaient d'ailleurs pas loquaces et leur chef, qui fermait la colonne, s'adressait à eux en faisant claquer un long fouet et en grognant de manière expressive. Ils n'eurent pas à faire beaucoup de chemin car le groupe avait son repaire à peu de distance de la route. Cette proximité ne rassurait pas car l'endroit était si désert qu'il ne fallait espérer aucun secours.

Le jour pointait comme ils arrivaient au campement. Quatre des hors-la-loi s'employaient autour des chevaux de Jean-Baptiste et de George. Ils n'en avaient sans doute jamais vu d'aussi grands et en approchaient avec beaucoup de crainte. Quelques femmes boudinées dans des peaux de bêtes qui les rendaient tout à fait semblables à leurs maris sortirent de la caverne en tenant des enfants par la main ou dans les bras. N'eût été la façon dont ils y avaient été conduits, ils auraient presque eu l'impression d'arriver comme chaque soir dans un campement de bergers. Tout en leur laissant leurs liens autour des poignets, les bandits les prièrent d'entrer dans la grotte avec des gestes fort civils. Mais l'air méfiant de Küyük montrait que ces politesses n'étaient en rien incompatibles avec le projet de les égorger. Jean-Baptiste se prit à regarder avec un certain malaise les gros coutelas que ces montagnards portaient à la ceinture.

Ils quittèrent finalement le seuil de la grotte et s'engouffrèrent dans son obscurité après avoir chacun jeté un dernier regard en arrière, vers le flanc verdoyant du Kasbek, sur lequel étaient disséminés d'énormes rochers blancs, aussi dérisoires que de petits cailloux. Ils purent voir que le ciel s'était chargé pendant la fin de la nuit. Le temps change vite dans ces montagnes. La barrière abrupte du Caucase fait rempart aux orages qui montent de la mer Noire. Dès que les nuages s'élèvent de quelques pieds au-dessus des crêtes, c'est en moins d'une heure une tempête qui déborde, comme un lait bouillant.

La caverne était peu profonde et beaucoup plus large que son ouverture. Elle formait une véritable salle où les Tartares avaient disposé leurs pauvres richesses. Un feu de brindilles et d'herbes sèches était supposé réchauffer, sécher et éclairer ce logis. Il ne parvenait qu'à l'obscurcir de sa fumée grise qui faisait tousser les enfants.

Quand ils furent tous assis autour du feu, que les chevaux furent entravés et les bagages déposés à l'entrée de la grotte, une gêne s'empara de tout le monde. Il parut à Jean-Baptiste que les brigands n'étaient pas les moins indécis. Il est probable que l'aspect des voyageurs qu'ils avaient capturés les déroutait beaucoup. Seuls des indigènes s'aventuraient d'ordinaire sur ces routes en un équipage aussi réduit. Les Russes, qui ne passaient guère, ces derniers temps, prenaient soin de s'armer, de se grouper et d'avoir des éclaireurs, des escortes. Ces deux beaux gentilshommes avec leurs habits bleu et rouge, leurs bottes fines, leurs bagages pleins d'or cachaient certainement autre chose. Peut-être précédaient-ils une troupe plus grande, peut-être allaient-ils faire usage d'armes cachées et même de maléfices ? L'élément le plus familier pour eux parmi ces otages était Küyük. Le chef, dans une langue saccadée et pleine de sons gutturaux, lui adressa rudement la parole.

Küyük ne semblait hélas pas comprendre et il secouait la tête sans cesser de regarder le feu. Un long silence suivit l'échec de ce dialogue. Par l'ouverture de la grotte, on voyait maintenant que le ciel était tout à fait noir et qu'une pluie épaisse tombait sur l'herbe grasse. La lumière d'un éclair blanchit un instant le rideau de pluie. Küyük releva la tête et tendit l'oreille comme s'il cherchait à évaluer la distance du coup de tonnerre lointain qui suivit.

L'orage, spectacle complet avec ses couleurs, ses bruits, et les odeurs qui chargent l'air humide, fut bienvenu ; il soulagea la tension qu'avait fait naître la mésalliance gênante de ces ravisseurs trop modestes avec ces otages trop bien nés. Küyük choisit le moment où tout le monde avait fixé bien stupidement son attention sur l'orage. Avec une soudaineté qui glaça l'assistance, il poussa alors un cri profond, aigu, monté du fond de ses entrailles et qui résonna sur les parois noircies de la grotte.

Ce cri levait le rideau sur une scène bien plus extraordinaire encore. Küyük modula d'abord son ululement en longues ondulations, puis retomba, prostré, recroquevillé sur lui-même et secoué de spasmes silencieux. Quand enfin il releva la tête, ce fut pour offrir à l'assistance terrifiée un visage d'extase qui n'avait plus rien d'humain. Ses yeux étaient révulsés et par les fentes grandes ouvertes de ses paupières bridées on voyait deux globes bleutés, avec cette teinte de nacre livide qui tapisse les entrailles des moutons fraîchement éventrés. Il se leva d'un bond, les membres tendus comme si les vêtements matelassés qui lui couvraient le corps se fussent soudain figés dans la glace, et se mit à frissonner de haut en bas. On entendait ses dents claquer.

L'orage au-dehors s'était rapproché. Les éclairs plus fréquents franchissaient l'ouverture sombre de la grotte et ricochaient sur ses parois en la faisant luire comme une gigantesque ampoule d'opale. De violents coups de tonnerre les suivaient de fort près et résonnaient contre la roche. À chaque explosion, Küyük sautait littéralement en l'air, sans effort. Les éléments semblaient avoir fait de lui leur jouet. Et à vrai dire, il n'avait plus guère l'apparence d'un être humain pendant tous ces instants. Il était la créature de la colère céleste, l'esprit de la foudre et du vent manifesté devant des spectateurs médusés.

Les Tartares s'étaient vivement éloignés de lui et ils se serraient de l'autre côté du feu en un groupe compact où les enfants étaient poussés en première ligne. Ces peuples tiennent en effet pour certain que la nature peut parfois s'apaiser en recevant l'offrande de tels innocents ; elle aime s'en repaître pour régénérer sa force épuisée par le vieillissement du monde.

Mais Küyük n'eut pas un regard pour ces proies. Quand le tonnerre commença d'espacer ses coups, le Mongol parut reprendre une volonté qui n'avait toujours rien d'humain mais qui lui faisait accomplir de véritables gestes. Il approcha du feu, tendit les mains et fit brûler à sa courte flamme les liens de chanvre qui lui joignaient les poignets.

Jean-Baptiste jeta un coup d'œil vers les brigands pour voir si cette solennelle libération déclenchait une réaction. Les malheureux étaient bien trop terrifiés. Küyük, sans leur laisser le temps de s'interroger, était d'ailleurs passé à autre chose. Il avait ôté prestement les fourreaux de mouton qui lui servaient de bottes et avait sauté, pieds nus, sur les braises rougies. Ses cris prenaient maintenant la modulation rythmée d'une incantation qu'il accompagnait en dansant sur les cendres ardentes. Autant son visage avait été tordu de douleur au début de la scène, autant son entrée sur ce gril avait détendu ses traits. Il tenait la tête légèrement en arrière, les sourcils haussés, et mâchonnait en faisant ressortir ses lèvres avec une expression toute semblable à celle que prenait Daoud Pacha pour goûter son bourgogne. Cette danse du feu dura longtemps. Sa mélopée étrange, la vue de ces pieds humains caressant les braises étaient envoûtantes comme un jeu érotique où la chair serait restée chair et le désir devenu feu.

Tous les assistants, les yeux grands ouverts sur ce spectacle, semblaient contempler, au-dessus d'eux, d'autres images de volupté. La grotte entière flottait dans le surnaturel. George lui-même restait bouche bée. Jean-Baptiste souriait d'aise.

Küyük, transfiguré, royal, sanctifié, était le maître absolu de ce monde. Pendant de longues minutes, des heures peut-être, il enchaîna les invocations, dialogua avec de mystérieux esprits que tous semblaient voir aussi bien que lui. À l'apogée de cet envoûtement, il se saisit d'un poignard à la ceinture du chef des hors-la-loi et s'en transperça l'avant-bras droit puis le sein sans laisser paraître autre chose qu'une légère grimace de contentement.

Quand tout cela prit fin, la matinée était fort avancée. Le soleil, revenu sur la prairie, frappait l'ouverture de la grotte et lui faisait un plafond d'or.

Küyük regagna ce monde juste assez pour apercevoir la

présence des Tartares et leur intimer des ordres, qu'ils exécutèrent avec une soumission totale. À la vérité, il parlait une langue fort voisine de la leur et Jean-Baptiste comprit que c'était par feinte qu'il ne leur avait pas d'abord répondu.

Le chaman leur fit seller et charger les chevaux, accommoder un cuisseau d'agneau qui pendait dans un coin de la grotte et dont ils emballèrent les morceaux dans des sacs de peau. Deux outres de lait de brebis furent attachées aux côtés de sa selle sur son ordre. Jean-Baptiste et George, libérés de leurs liens, montèrent à cheval sur un signe de leur valet magicien. Il les imita et, sans accorder aux brigands agenouillés un dernier regard, prit la tête de la petite colonne.

Ils rejoignirent la route. Ils firent encore une lieue au trot. Après une grande courbe sur la droite, ils parvinrent à un bosquet de rhododendrons sauvages, piquetés du mauve de leurs dernières fleurs. Au beau milieu de ce couvert d'arbustes, ils découvrirent une clairière herbeuse où ils mirent pied à terre. Küyük, qui avait repris en chemin son allure chiffonnée et sinistre, ne fut pas plus tôt descendu de cheval qu'il s'effondra de tout son long sur le sol. Ils le laissèrent dormir jusqu'au lendemain matin.

CHAPITRE 16

En façade de la mosquée de l'imam, avec son dôme immense, en faïence turquoise, pâle comme une eau claire à peine voilée d'algues, s'étendait une grande esplanade appelée la place Royale. Elle servait deux fois par semaine pour les marchés et les autres jours restait vide. Quiconque la traversait sentait sur sa personne les regards avides de tous les hommes désœuvrés assis alentour, aux heures chaudes, à l'ombre des murs. Alix redoutait ce passage, où une étrangère constituait plus encore qu'ailleurs un spectacle et une proie. Elle allongeait toujours le pas dès qu'elle s'y engageait. Cet après-midi-là, tandis qu'elle venait de quitter les bazars où elle avait revêtu sa nouvelle tenue, elle fut plus émue encore qu'à l'ordinaire à l'approche de la place Royale. Elle entendait ses pas crisser sur le sable de rivière qui couvrait le sol. Sa marche était si précipitée qu'elle faillit trébucher. Était-ce l'émotion d'avoir cru perdre un instant son équilibre et sa dignité ? Était-ce seulement l'effet de cette inhabituelle tiédeur, rendue moite par son haleine, que le voile refermé sur elle maintenait autour de sa tête ? En tout cas, elle éprouva d'un coup toute une délicieuse sensation de volupté à la pensée que, pour la première fois de sa vie, elle était entièrement cachée aux regards.

En face d'elle, brouillées par le tulle à travers lequel elle regardait et qu'elle sentait plaqué sur son visage comme une compresse douce, venaient d'autres silhouettes sombrement voilées et qui, elles aussi, ne donnaient à voir que de mystérieux replis de toile.

Alix ralentit le pas, flâna presque jusqu'à l'autre bord de la grande place tant cette sensation d'être invisible lui procurait de plaisir. Elle qui s'était toujours occupée passionnément de varier son apparence découvrait soudain, avec un joyeux étonnement, la jouissance de ne plus en avoir du tout.

C'est avec cette humeur agréable qu'elle approcha de la résidence du Premier ministre. Le grand vizir était évidemment logé dans la verdure du Char Begh. À côté de l'entrée d'apparat, fermée par une grille ouvragée, s'en ouvrait une autre, plus modeste, qu'elle emprunta. Elle franchit deux cours où déambulait tout un personnel de valets et de servantes, puis elle se dirigea sur la droite vers le harem. Un simple huissier en défendait la première entrée, laquelle était encore accessible à beaucoup d'hommes, domestiques, officiers, gens du palais, pourvu qu'ils eussent quelque raison de la franchir. Auprès de la seconde porte était assis un vilain vieillard qui tenait les fonctions de capitaine de la porte. Il s'en acquittait de mauvaise grâce, assisté de deux domestiques larges d'épaules, qui avaient l'air fort désireux de faire usage de leur musculature. Alix déclina son identité en farsi sans quitter son voile et le vieillard la laissa passer. Elle parvint alors dans une dernière galerie formée d'une enfilade de patios éclairés par des ouvertures du plafond. On n'y voyait que la silhouette effrangée de palmiers en jarres. La troisième porte, qui donnait sur les appartements des femmes, était dérobée à la vue par l'angle d'un mur. Alix s'y présenta et fut arrêtée par un eunuque replet, à la peau laiteuse et ridée, coiffé selon l'usage d'un haut bonnet pointu, légèrement incliné vers l'avant et retenu par une mentonnière. Alix dut se découvrir devant lui et ce retour du regard lui eût paru fort désagréable si au même instant Nour Al-Houda, qui l'avait aperçue de loin, ne l'eût appelée joyeusement. La favorite vint l'embrasser sans façon et, en la tenant par la main, la conduisit jusqu'à son appartement.

Ces précautions d'huissiers, de gardes et d'eunuques faisaient du cœur du harem un lieu plus mystérieux qu'il ne l'était en réalité pour celle qui y pénétrait sans obstacle. La cour des femmes était de taille un peu plus réduite que celle des hommes mais construite sur le même plan : un grand impluvium central entouré de salles hautes surmontées d'une galerie. Les mosaïques émaillées sur les murs, les jets d'eau murmurants, les plantes en pot y avaient la même qualité qu'ailleurs. L'absence d'armes, de moustaches et de voix graves y était avantageusement comblée par de fins tissus et des rires clairs. Somme toute, c'était encore le monde et, pourvu qu'on ne les vît pas à travers les filtres obscurs du désir et de l'interdit, ces choses étaient simples et paisibles.

Le salon où Nour Al-Houda fit entrer Alix était une haute pièce sans fenêtre éclairée par des impostes. Des peintures à la fresque disposées sur tous les murs ouvraient la perspective sur des jardins fleuris où jouaient toutes sortes de musiciens. De même que les Persans s'autorisent les plaisirs du vin au nom du noble élan de la poésie, de même ils n'ont pu tout à fait se résoudre à interdire aux artistes la représentation du monde et même de la figure humaine. L'agrément qu'ils y trouvent les dissuade de s'en priver, avec cette explication que Dieu ne peut avoir disposé sur terre de telles délices sans le dessein d'en récompenser ses serviteurs. Dans le combat qui, dans toutes les religions, oppose le plaisir et le péché, les Persans ont eu le courage de désigner un vainqueur et s'y abandonnent avec une délectable résignation.

Nour Al-Houda assit Alix près d'elle sur une banquette, devant une petite table chargée de pâtisseries à la rose et de dattes.

— Je suis vraiment heureuse que vous soyez venue, dit-elle et, tout emportée par sa joie, elle embrassa son amie. Il nous reste à peine une heure pour nous préparer. Au fait, avez-vous les remèdes ?

Alix sortit un paquet ficelé de sous son voile et le montra.

— Parfait !

Elle fit servir du thé, congédia sa petite esclave et dit en se penchant vers Alix :

— D'abord, débarrassons-nous des nouvelles fâcheuses. La situation est mauvaise. Mon cher mari a encore reçu plusieurs pantoufles sur le nez. Le roi est furieux de ce qu'on lui apprend. Figurez-vous que rien n'arrête les Afghans. Les voilà qui se lancent à travers le désert du Seistan avec je ne sais combien de mercenaires de ce pays, qu'ils appellent des Baloutches. Se peut-il que des gens aient un nom pareil !

Elle rit et Alix ne put s'empêcher d'être gagnée par cette gaieté.

— Cela, reprit-elle, joint au tremblement de terre de Tauris...

— Un tremblement de terre !

— Comment ! Vous l'ignoriez, il n'y a plus une pierre debout, là-bas. La grande mosquée Bleue est tout à fait détruite. N'avez-vous point senti de secousse ? J'ai vu moi-même ce lustre bouger.

— Quand était-ce ?

— La semaine passée. Oh ! ne soyez pas inquiète pour votre Jean-Baptiste, dit Nour Al-Houda en posant sa main sur celle d'Alix. Il y a longtemps qu'il y est passé. À l'heure qu'il est, je le crois déjà en Moscovie.

— Espérons-le, dit Alix, qui n'était pas apaisée.

— Avec ce coup du ciel, les devins s'agitent au palais. Leurs efforts, joints à ceux de mon cher mari pour rendre les étrangers coupables de tous nos maux, pourraient bien aboutir. Croyez-moi, il est prudent de préparer discrètement ce que vous voudrez emporter. Tenez-vous prête, c'est tout. Si les dangers se précisent, je vous le ferai savoir.

Alix était troublée par ces nouvelles.

— Bon, reprit Nour Al-Houda gaiement. Nous n'allons pas

laisser assombrir nos pensées par ces choses. Le monde s'occupe bien tout seul de nous envoyer des malheurs ; employons-nous plutôt à être heureuses.

En entendant le rappel des principes qui avaient guidé sa propre vie, Alix regarda la jeune fille avec une attention mélancolique. Elle avait le sentiment que cette étrangère était en vérité plus sa fille que sa fille elle-même car jamais Saba, si sérieuse et si raide, n'aurait proféré de telles paroles.

Elles répétèrent alors ensemble tout le plan qu'elles se proposaient d'exécuter et quand l'heure fut passée Nour Al-Houda frappa dans les mains en appelant son eunuque Achmet.

On entendit le pas de ses mules de cuir sur les dalles du patio et il entra. C'était un solide gaillard, avec un visage étroit, des pommettes saillantes et un menton pointu. Il tenait ses longues mains fines posées l'une sur l'autre et se baissa pour saluer jusqu'à les disposer entre ses genoux.

— Relève-toi, Achmet, lui dit en souriant Nour Al-Houda. Vois-tu bien cette dame ?

Alix se tenait droite ; elle s'était de nouveau enveloppée du voile bleu nuit sous lequel elle avait dissimulé sa silhouette pour venir mais elle en tenait le devant relevé pour laisser voir son visage.

— Il ne faut pas te charger inutilement la mémoire, cher Achmet, dit Nour Al-Houda. Je le sais bien : voilà pourquoi, quand je t'en parlerai, je dirai seulement « la dame bleue ».

L'eunuque fit de nouveau glisser ses deux mains devant ses genoux.

— Nous allons accompagner cette dame bleue jusqu'au palais royal car elle doit y livrer des remèdes. Cela nous fera sortir un peu. Pendant qu'elle vaquera, nous ferons le tour du Char Begh et nous reviendrons la chercher ensuite. Maintenant, laisse-nous. Tu attendras à la porte que nous y paraissions et, je t'en prie, ne marche pas trop près de moi dans la rue. Je ne veux pas me sentir pressée.

163

Nour Al-Houda tenait bien en vue sur ses genoux le voile rouge dont elle faisait mine de vouloir se couvrir. Sitôt l'eunuque disparu — et elle alla vérifier à la porte qu'il avait quitté le patio —, elle saisit le voile bleu qu'Alix avait ôté et lui donna le rouge. Chacune s'étant ainsi dissimulée sous la couleur de l'autre, elles se couvrirent le visage et, pressant une dernière fois leurs mains, se dirigèrent vers les trois portes, qu'elles franchirent dignement l'une après l'autre, l'eunuque sur leurs talons. Une fois dans la rue, celui-ci laissa dix pas entre les promeneuses et lui-même de façon à ne point entendre leur conversation.

— Mon mari ne me laisse jamais sortir sans ce drôle, dit Nour Al-Houda tout en marchant.

— Est-ce toujours le même ?

— Fort heureusement, et c'est moi qui l'ai choisi. Celui-ci n'est pas un méchant bougre. Il ne tient cet emploi que pour nourrir ses trois enfants…

— Ses trois enfants !

— Oui. Pourtant, il est eunuque depuis l'enfance, à ce qu'il affirme. Je ne sais pas trop comment ces opérations se pratiquent, qui les font tels, mais il arrive qu'elles soient incomplètes. Et je puis t'affirmer que celui-ci est moins inerme qu'il le prétend.

Alix jeta par-dessus son épaule un coup d'œil de curiosité à l'homme qui enfermait de tels secrets sous son inoffensif uniforme.

— Voilà en tout cas un détail que je suis seule à connaître, reprit Nour Al-Houda, et cela fait de nous des complices. Pourvu que j'agisse avec discrétion, il ne demande qu'à se taire.

En prenant un pas de flâneur, Nour Al-Houda les avait conduits comme au hasard jusqu'à une place carrée, au milieu d'un quartier occupé par les plus vénérables édifices de la ville. Des minarets turcs et mongols dépassaient des toits ; on apercevait le fronton en ogive et le dôme outremer de la mosquée du Vendredi. Sur cette place d'armes, la tradition voulait que chaque jour un officier de la garde du palais royal vînt prendre la tête du détachement qui assurait la relève et le menât jusqu'au palais.

Elles débouchèrent sur la place comme cette cérémonie s'achevait et Alix n'eut pas le sentiment que cette coïncidence fût fortuite. Le peloton était à cheval et venait dans leur direction. Elles se plaquèrent contre le mur pour le laisser passer. Rien ne semblait pouvoir couvrir le roulement assourdissant des sabots renvoyé en écho par les murs de la place ; pourtant on entendait distinctement le bruit sec des gourmettes de métal et des anneaux de sabre. En tête, sur un cheval bai qui haussait nerveusement l'encolure, venait l'officier commandant la garde. Il portait l'uniforme blanc, sa taille mince était ceinte de six tours d'une large étoffe verte. La tradition voulait qu'il eût fait un même nombre de tours à son turban bleu pâle, où était plantée une aigrette.

Il passa, sans leur jeter un regard, devant les deux femmes rendues invisibles par leurs voiles. Alix aperçut par en dessous le visage de l'officier et n'en distingua que deux choses : les angles vifs de ses mâchoires rasées, car il ne portait pas de barbe, et sa jeunesse. Son visage mêlait les traits éphémères de l'enfance au profil éternel des anciens Parthes dont les stèles de Persépolis avaient gardé l'image. L'ensemble lui conférait une beauté millénaire et palpitante, grave et plaisante à la fois.

Cette vision ne dura qu'un instant. Elles en étaient encore émues que la place était déjà vide, où flottaient encore des odeurs de crin et de cuir.

— L'avez-vous vu ? dit Nour Al-Houda.

Alix comprit. Elle en sentit à la fois du bonheur pour son amie et un léger déplaisir, sur lequel elle s'interdit de s'interroger.

Tout se passa par la suite comme prévu. Elles descendirent lentement jusqu'au palais royal en suivant le même chemin que les cavaliers. La dame en rouge conduisit la dame en bleu jusqu'à la porte par où circulait la garde et, au billet qu'elle lui tendit, un soldat la laissa y pénétrer, son paquet de remèdes à la main.

Puis la dame en rouge poursuivit sa promenade, escortée par son eunuque jusqu'à ce que le muezzin appelle à la prière. Alors, elle retourna vers le palais.

*

Le Caucase, sur son ubac, descend vers la Russie en une pente interminable que creusent des vallées couvertes d'épicéas et de mélèzes. Sur ce nonchalant relief, même les torrents flânent et changent à tout instant de direction ; les sentiers qui les longent, pour épouser ces caprices, font des virages serrés sur les crêtes. Dans la descente, et cependant que l'on peut se croire déjà tout en bas, on découvre souvent, à un détour du chemin, l'immense panorama de la chaîne sauvage, avec ses cimes de glace, l'abandon gris de ses moraines et, noir, serré, opiniâtre, l'assaut têtu des forêts de pins.

Les voyageurs firent de longues étapes sans rencontrer une âme. Souvent, ils durent marcher en tenant leurs chevaux par la bride car les branches basses des résineux formaient une voûte à hauteur d'homme au-dessus du sentier. Le sol, illuminé en taches par le pâle soleil qui atteignait avec peine ces grands fonds, était tapissé d'aiguilles sèches et de pignons rongés par les écureuils. Aux endroits où le couvert s'éclaircissait, ils découvraient des buissons de groseilles, d'airelles et de framboises sauvages. Sans doute Jean-Baptiste et George manquaient-ils déjà des sucreries de l'Orient car ils faisaient des festins de ces fruits sous l'œil réprobateur de Küyük, qui, en rigoureux carnivore, n'y touchait pas.

Depuis la séance où le chaman avait révélé ses dons, une certaine gêne s'était insinuée dans le groupe. Elle n'était pas

166

le fait du Mongol, qui continuait à se conduire comme avant, aussi sombre et peu loquace. Jean-Baptiste aurait voulu marquer à Küyük sa reconnaissance et peut-être entamer avec lui une véritable conversation sur les esprits de la steppe, ses croyances et son histoire. Il ne parvint jamais à créer l'occasion pour le faire. Et d'ailleurs dans quelle langue ? Küyük parlait un peu suédois et russe, mongol... le turc peut-être ?

George, lui, s'il reconnaissait que le chaman leur avait sauvé la vie, le considérait comme un prestidigitateur habile, et il priait Jean-Baptiste de l'interroger sur ses tours.

— J'ai bien vu, disait George en riant — car il riait désormais —, qu'il ne se perçait pas vraiment avec la lame du poignard. Il la tenait dans la main, comme cela, toujours un peu de dos, note-le bien. Quand il faisait semblant de se l'enfoncer dans le corps, il se contentait de glisser son poing de haut en bas jusqu'à la garde.

Küyük voyait ces gestes du coin de l'œil et comprenait que l'on parlait de lui. Jean-Baptiste en prit le prétexte pour faire taire le garçon. Cela lui évita une discussion ridicule et qui n'aurait convaincu personne. Car Jean-Baptiste avait beau convenir que ce chaman était un malin, il avait beau ne pas croire non plus à l'existence des esprits, ce qu'il avait éprouvé dans la grotte illustrait à son avis la capacité de l'esprit humain à créer le surnaturel. Il ne pensait pas que cela pût s'expliquer seulement par des jeux de mains.

Mieux valait, pour dissiper ces nuages, que leur isolement prît fin rapidement. Or ces maudites vallées étaient interminables. Les jours se succédaient. Ils eurent un peu de pluie et de nouveau un beau ciel d'automne avec des vents d'ouest tièdes. Enfin, au début d'octobre, les mélèzes se firent rares ; ils entrèrent dans des boulaies denses qui épousaient les contours d'un sol sableux, presque plat, tapissé de fougères et de genêts. En passant près des petits étangs qui criblaient la région, ils faisaient lever des canards et des sarcelles.

Une fin d'après-midi, dans un sous-bois de noisetiers, ils

découvrirent un large chemin fraîchement percé, où le passage de lourds tombereaux avait creusé des ornières profondes dans la boue. Une heure plus tard, en le suivant, ils parvenaient en vue d'un petit camp construit en rondins. Là, dans la fumée des brûlis, des paysans russes avec leur veste boutonnée jusqu'au col, des barbes sales et des casquettes rondes, piochaient le sol, un fusil à l'épaule.

CHAPITRE 17

La poule, avec le bout de ses ailes rousses et son poitrail blanc tout frémissant, picorait des grains d'avoine sur le sol sans craindre d'approcher les hommes. Jean-Baptiste et George, assis sur le même banc en rondins, chauffés par un pâle soleil qui venait de sortir après une averse, lui tendaient leurs mains ; elle venait y planter de petits coups de bec gourmands et déçus.

Les voyageurs en étaient à leur quatrième cour de ferme. Depuis qu'ils s'étaient péniblement expliqués avec les premiers paysans, on ne cessait de les emmener sous escorte d'une isba à une autre, toujours séparées par des distances considérables, sans leur donner la moindre explication. Avec un mélange étonnant de cordialité et de soupçon, de rigueur et d'improvisation, les Russes se repassaient les uns aux autres ces étrangers. On avait d'abord tenu pour suspects ces inconnus qui arrivaient d'une zone considérée comme ennemie. Mais il semblait désormais qu'on les retenait parce que d'autres les avaient retenus auparavant et sans plus avoir aucun souvenir de ce qui pouvait leur être reproché. Ils avaient même l'impression très nette qu'on les avait oubliés et commençaient à nourrir des projets d'évasion. Rien ne paraissait plus aisé : il leur suffirait pour s'échapper de profiter des longues heures où ils étaient seuls et de marcher droit devant eux. Mais pour aller où ? La Russie a inventé cette forme

169

étrange de captivité où le prisonnier n'est pas contraint par les murs d'une cellule mais au contraire par l'immensité de l'espace nu qui l'environne. Leurs chevaux étaient restés à la deuxième étape, confisqués sans doute par un de ces notables qui venaient de temps en temps les regarder sous le nez et donner aux paysans terrifiés des ordres à leur propos. Pour l'instant, leurs bagages n'avaient pas encore disparu : ils ne pouvaient pas les toucher mais les voyaient, apparemment intacts, entassés sur une table de moisson, dans une remise. S'en emparer, fuir, prendre un cap vers l'est en observant l'orientation des lichens sur le tronc des bouleaux, atteindre la Caspienne... ils en étaient là de leur rumination. Ils s'apprêtaient à en faire part à Küyük par gestes pour recueillir son opinion, quand ils entendirent approcher de fort loin un bruit de galop. Une troupe de cosaques déboucha finalement dans la cour de l'isba. Ils étaient vêtus de longs manteaux de laine, un sabre au côté. Deux d'entre eux tenaient à la main une longue et fine lance, et faisaient devant les chariots de ferme des voltes menaçantes. Celui qui semblait être leur chef se détacha du groupe et mit pied à terre souplement malgré sa taille impressionnante. Il marcha jusqu'aux étrangers et les toisa à deux mètres d'un air indigné. Comme ses compagnons, il manifestait dans ses traits l'influence des deux races tartare et slave, dont les courants puissants produisent, en se mélangeant, un bouillonnement de sang et de tempérament. Ayant achevé son examen et sans avoir prononcé un mot, l'ataman se remit en selle sans prendre la peine d'immobiliser son cheval et toute la troupe s'éloigna du même galop qu'elle était venue.

Tout cela paraissait si contraire au sens commun que Jean-Baptiste et ses compagnons regardaient cette agitation avec une moue indifférente qui les faisait de plus en plus ressembler à des paysans russes.

Une heure plus tard environ, le même détachement revenait. Il entourait cette fois un jeune officier vêtu d'un beau

170

pourpoint de velours rouge. Lorsque celui-ci descendit de cheval et approcha d'eux, les prisonniers notèrent avec satisfaction qu'il portait à la main la lettre d'accréditation que l'ambassadeur russe en Perse avait remise à Jean-Baptiste. Saisi par les paysans dès le premier jour, ce document leur semblait définitivement égaré. Voilà que par le détour de la plus extrême confusion, l'Empire russe venait leur administrer une preuve de son incompréhensible mais réelle efficacité.

— Lequel d'entre vous est-il monsieur Jean-Baptiste Poncet ? demanda le militaire dès qu'il fut près d'eux.

Son français était excellent et plein de charme, avec les amples voyelles d'opéra que sème l'accent russe sur chaque mot.

Poncet, debout, se désigna.

— Très honoré, dit l'officier en inclinant la tête. Je suis le colonel Saint-Août.

Et il ajouta pour expliquer son nom :

— Ma famille a quitté la France au siècle passé.

Jean-Baptiste lui rendit son salut puis il présenta George (« Mon fils ») et Küyük (« Notre valet »). Il fut presque tenté de présenter aussi la poule qui leur était devenue familière et s'était placée sans vergogne dans le cercle de la conversation.

L'officier, à l'invitation de Jean-Baptiste, s'assit sur un billot de bois et eux reprirent place sur leur banc.

— Vous venez de Perse... ? commença le jeune colonel.

— Oui, convint Poncet, par le Kasbek.

— C'est courageux.

— Merci.

— Ignoriez-vous que toute cette région est une zone militaire ? Elle a été conquise par nos troupes récemment et l'affaire n'est pas terminée.

Le visage ouvert de l'officier, avec ses courtes mèches ramenées en avant sur le front et les tempes, créait un naturel sentiment de confiance. Jean-Baptiste lui répondait sans crainte ni réticence.

171

— Nous ne l'ignorions pas mais comment faire autrement, pour rejoindre la Moscovie ?

— Où comptez-vous donc vous rendre ?

— D'abord à Moscou, sans doute. Nous voulons obtenir justice pour notre ami...

— Je sais, dit le colonel en dépliant le sauf-conduit d'Israël Orii. Tout est écrit ici.

Il fit mine de relire un passage de la missive puis poursuivit :

— Moscou est loin. Le tsar, la cour, l'administration de l'empire, tout se déplace ici au gré des campagnes militaires. Êtes-vous sûrs de trouver là-bas ce que vous cherchez ?

Il souriait de manière énigmatique. Jean-Baptiste répondit par un geste qui signifiait : « Que faire d'autre ? »

L'officier laissa ce sujet en suspens et passa à autre chose :

— La Perse nous intéresse. Vous connaissez sans doute beaucoup de choses sur ce pays. Vous avez traversé ses provinces du Nord. J'ai toujours rêvé de m'y rendre et j'aimerais beaucoup vous entendre m'en parler.

Jean-Baptiste avait l'illusion d'être dans un combat d'escrime. Il s'agissait pour chacun d'explorer les faiblesses de l'adversaire et de couper court tout de suite aux attaques par de petits contres.

— Avec l'âge, mon colonel, fit-il en souriant, la vue baisse. Quant à mon fils, c'est l'expérience qui lui manque. Nous sommes passés à travers toutes ces contrées comme des aveugles et ne saurions rien vous en dire.

Saint-Août marqua le point en inclinant la tête, avec un sourire.

— Puis-je à mon tour vous poser une question ? demanda Jean-Baptiste. Sommes-nous libres ?

— Comme les nuages, fit l'officier avec un grand cercle du bras.

— Sans bagages ? Sans chevaux ?

— Nous allons vous apporter tout cela sur-le-champ et vous

irez où vous voudrez. Toutefois, si vous avez un peu confiance en moi, vous m'écouterez : je vais me rendre auprès de quelqu'un qui serait fort honoré de vous rencontrer et pourrait sans doute vous aider dans votre recherche. Rien ne vous empêche, puisque vous êtes libres de vos mouvements, de suivre le même chemin que moi et même de m'accompagner.

Voici, se dit Jean-Baptiste, un geôlier plein de bonnes manières. Il me plaît.

Une heure plus tard, sur trois chevaux sellés pour eux et chargés de leur portemanteau, ils suivaient un chemin de terre rectiligne et plat jusqu'à l'horizon. Saint-Août allait en tête. Jean-Baptiste et George l'encadraient en conversant plaisamment avec lui.

*

L'armée impériale de Russie avec sa masse immense et ses milliers de bivouacs leur apparut d'un seul coup, lorsqu'ils eurent franchi une crête. George eut un cri d'étonnement et Jean-Baptiste lui-même ne put se défendre d'être saisi. Dans ces espaces infinis, couverts d'un ciel tourmenté, ils n'avaient jusqu'à présent vu personne ou presque : de rares maisons, parfois un cheval, la famille d'un colon, une troupe clairsemée de Tartares. Et soudain toute l'humanité était là, multiple, disséminée en particules humaines, en chevaux minuscules vus d'aussi loin, en chariots, en armes, en tas de boulets, mais unique en vérité, rassemblée dans le corps de la grande armée dont on pouvait distinguer le tronc, les membres, la tête et les ailes, posée comme un oiseau de proie sur la rugueuse surface des landes et des bois.

Ils étaient au vent quand ils reçurent cette première apparition ; aucun bruit ne leur parvenait de cette multitude. Le silence rendait la foule plus imposante encore. Eux ne parlèrent pas non plus tandis qu'ils descendaient lentement vers les avant-postes.

Ces sentiments de respect et même de crainte se dis-
sipèrent vite dès qu'ils se furent mêlés aux premières unités.
À l'ordre qu'on pouvait supposer, de loin, se substituait une
confusion inimaginable. Composée de toutes les nations de
l'empire, cette grande armée n'était forte que de misères
rassemblées. Tout y prenait sa place en vertu de miracles invisibles mais permanents qui permettaient à des hommes de se
comprendre sans parler la même langue, à des ordres d'être
transmis sans que personne n'en prît la responsabilité, à la
faim et aux maladies d'être évitées sans qu'aucune organisation ne vînt expliquer comment. On comprenait mieux que
les oriflammes frappées de l'aigle, les bannières figurant une
croix orthodoxe et même de sinistres toiles représentant le
martyre du Christ fussent sans arrêt brandies en l'air, fichées
au sol pendant les haltes, portées à bout de bras au cours des
marches : il n'aurait pas fallu que la protection divine,
accordée au nom de la tradition et de la foi, fît un instant
défaut car c'était bien sur elle et sur elle seule que reposait le
soin de faire battre ce grand cœur et combattre ce corps sans
substance.

On était au début de l'après-midi ; ce n'était pas l'heure où
ce spectacle était le plus pitoyable ; il fallait venir à l'aube. Là,
dans toute la plaine où s'étalait l'armée montaient des
plaintes déchirantes. À cette heure redoutée, les soldats, deux
par deux, l'un assis et l'autre penché sur sa victime, exécu-
taient le seul des ordres de Pierre Ier qu'ils détestassent
unanimement : certains avec le tranchant d'un sabre, d'autres
avec un tesson, un éclat de malachite ou d'obsidienne et fort
rarement hélas avec une véritable lame, ôtaient de leurs
peaux rougies et gercées par ce soin quotidien toute trace de
ces barbes que l'empereur avait prohibées. Ainsi, cette armée
martyre joignait-elle à sa bravoure et à son anarchie le
ridicule d'être la seule au monde à se lancer à l'assaut déjà
couverte des balafres qu'elle s'était infligées elle-même.

La présence du colonel Saint-Août était un sésame dans ce

chaos. Il y était connu ; on le saluait et, plus extraordinaire, il paraissait y retrouver son chemin. Après avoir traversé tout un campement de cavalerie puis deux régiments de marche bouriates, ils parvinrent à un hameau de pierre qui devait constituer le seul habitat de cette plaine avant que la nuée vînt l'envahir. Les toits de ces chaumières n'avaient pas de gouttière et le bas des murs portait la trace noire des pluies du printemps. Par une fenêtre ouverte, ils virent une chambrée bien tenue, garnie de deux lits sur lesquels étaient posés des casques de cuivre à crinière. Sans doute était-ce le logement de campagne des officiers. Saint-Août fit asseoir les trois étrangers sur le rebord de cette fenêtre, ordonna de décharger les bagages le long du mur et s'éloigna un instant. Il conféra avec deux personnages galonnés qui jetaient des coups d'œil en direction des voyageurs. Le débat entre eux était vif : on entendait des éclats de voix. Les interlocuteurs de Saint-Août montraient une direction avec de grands mouvements comme s'ils eussent jeté des trognons de pomme par-dessus un mur. Enfin, tout le monde se salua aimablement et Saint-Août revint.

— Laissez vos effets ici, ils ne craignent rien. Je vais faire une petite promenade à pied et, si vous me suivez, vous verrez qu'elle peut vous intéresser.

Jean-Baptiste et George acceptèrent mais en laissant Küyük, pour plus de prudence, à la garde des bagages.

Aux abords du hameau étaient plantées des barrières de bois qui limitaient un enclos de choux moisis et de salades montées en graine. Au-delà commençait la forêt. Ils s'y engagèrent. C'était une dense futaie de châtaigniers avec, par places, l'espace d'une hêtraie aux troncs nus, à travers laquelle on voyait loin. Ils dépassèrent deux cantonnements dispersés dans les sous-bois puis ne rencontrèrent plus personne. Peu à peu, au chant des coucous et des alouettes se mêlèrent des coups sourds qui vibraient en écho sur les gros fûts. Saint-Août continuait de discourir en souriant. Des rais de soleil glissaient de bon appétit leur lame blanche dans de larges tranches de forêt. Tout était pur et gai ; pourtant le bruit régulier, très lent, de plus en plus proche, éveillait dans leurs cœurs un émoi sinistre.

Ils furent bientôt tout près et entrèrent dans la clairière d'où il provenait. L'espace, en un grand cercle, avait été dégagé par la coupe des arbres qui y poussaient. Le sol était occupé par d'énormes souches entre lesquelles on voyait encore, abattues, raides, de longues grumes écorcées. À l'autre bout de la clairière, une couronne silencieuse d'officiers, bras croisés, observaient, immobiles, les efforts du géant qui s'employait de toutes ses forces sur un chêne. L'entaille qu'il lui avait faite à la hache était profonde sur le devant, formant un coin pour guider la chute de l'énorme fût. Le bûcheron attaquait maintenant l'autre face. La cognée vibrait dans l'air et s'abattait avec précision en rendant le bruit sec que les marcheurs avaient entendu de si loin.

L'homme était couvert de sueur. Sa silhouette, près de l'arbre, paraissait fragile comme la condition humaine lorsqu'on la compare aux grandes forces. Mais en proportion des autres personnages il était imposant. Sur sa peau laiteuse flottaient des éclats d'écorce et des grains de beauté. Il avait aux épaules des muscles saillants que l'effort roulait. Une graisse un peu raide lui entourait le ventre et effaçait ses hanches. Sans cet obstacle, sa ceinture glissait et découvrait le haut de ses fesses. Après chaque coup, il crachait dans ses mains, remontait ses culottes et reprenait la hache.

Il fit signe de loin aux nouveaux arrivants de se garer avec les autres. Cinq efforts suffirent pour que le chêne, droit de fil, large à sa base comme trois bœufs, quittât lentement la verticale et, dans un déchirant adieu de branches tendues et de feuilles arrachées, s'abattît sur le sol de la clairière, avec un grondement de canonnade.

Des applaudissements nourris, bien maigres pourtant après ces emportements, montèrent du cercle des assistants. Le géant embrassa le manche de la hache et l'envoya d'une main se planter sur le plat de la souche. Il prit la serviette qu'on lui tendait et s'en épongea le haut du corps. Plusieurs officiers vinrent le féliciter et faire des commentaires. Un homme vêtu en civil et ressemblant vaguement à un presbytérien anglais avec son habit noir boutonné de haut en bas s'approcha et lui dit un mot à l'oreille.

Le géant hocha la tête puis, regardant dans la direction de Saint-Août, lui fit signe d'approcher.

— Venez, dit le colonel à l'adresse de ses deux compagnons. Je vais vous présenter au tsar.

CHAPITRE 18

Des branches brisées, couvertes de feuillage, jonchaient le sol et rendaient difficile une marche protocolaire. À grandes enjambées précautionneuses et pourtant hâtives, Jean-Baptiste et George atteignirent enfin le lutteur qui achevait de se rhabiller et recevait les derniers compliments de sa petite cour. Saint-Août fit les présentations en russe et le tsar, avec un sourire muet, tendit la main du bout de son interminable bras. Jean-Baptiste comprit qu'il serait ridicule de la baiser ; il la serra avec respect et la jugea bien fine et bien douce pour avoir tout juste abattu un si grand arbre. George manqua de s'étaler parmi la brande mais se tira honorablement de cette forme de salutation à laquelle ne l'avaient préparé ni sa vie en Orient ni ses origines britanniques.

Suivit un assez long silence, entrecoupé des craquements que provoquaient tout autour les officiers en déambulant sur le tapis de branchages. Pierre Ier regardait les étrangers du haut de sa masse et cherchait quelque chose à dire. Saint-Août attendait. Enfin, tel un boulet laborieusement chargé, explosa cette exclamation royale :

— Bonjour, Messieurs !

La main à plat tranchant un arbre imaginaire, le souverain fit comprendre que son effort s'arrêterait là et il éclata d'un rire caverneux coupé de quintes profondes. Deux télègues de bûcherons firent entendre leurs grelots à ce moment-là. Elles venaient chercher la petite troupe pour la ramener au camp. Dans une joyeuse bousculade, tout le monde grimpa sur les vieux chars de bois et l'on se tassa sur les bancs. Le tsar était quelque part vers le milieu, parmi les autres. Jean-Baptiste ne le voyait pas car il était assis dans le sens opposé à la marche et n'avait devant les yeux que l'alignement fuyant des chênes que le monarque avait pour le moment épargnés. Une gourde de porcelaine circulait de main en main et bientôt trente voix mâles jetèrent dans l'innocente forêt les notes affreusement graves d'une chanson à boire.

Jean-Baptiste se demandait avec inquiétude pourquoi le tsar avait décidé de les recevoir en personne. Il craignait que l'interrogatoire sur la Perse ne reprît de plus belle et cette fois avec l'autorité d'un souverain qui n'aimait guère être désobéi.

Le trajet n'était pas long. On fut tout de suite au hameau où ils avaient laissé leurs paquetages. Tous les passagers sautèrent joyeusement des voitures et contournèrent les bâtiments pour en gagner l'entrée située de l'autre côté. La porte était à la dimension des maisons : basse, étroite, avec un seuil de pierre et un linteau vermoulu. Jean-Baptiste et George suivirent Saint-Août et se mêlèrent à la petite foule qui entrait lentement. Le couloir auquel on accédait d'abord était noir et ses plâtres tombaient par plaques. Il distribuait deux salles dont le plafond, soutenu par des poutres qui flânaient dangereusement, était à peine plus haut que la tête du tsar. Chaque salle était occupée par une longue table entourée de bancs. Les convives prenaient place gaiement. Une femme donnait des ordres en criant et déclenchait de grands rires d'hommes. Jean-Baptiste désigna à George un coin de table, dans la salle de droite, loin du centre de l'agitation. Ils s'y glissèrent et restèrent cois. Mais quand tout le monde fut à peu près installé, on entendit tonner dans la pièce voisine l'énorme voix du tsar et ils comprirent avec terreur qu'il réclamait les Fransuski. Leurs lâches voisins les dénoncèrent bruyamment

179

et ils durent aller se placer à la table impériale, vis-à-vis le tsar. Saint-Août, qui les avait quittés dans la mêlée, était réapparu à leur côté.

Avant tout, on apporta à boire. De grandes bonbonnes emmaillotées d'osier passaient autour de la table. Le tsar à son tour se servit, d'une seule main, sans rien renverser. Au premier toast, Jean-Baptiste eut un dernier regard vers le passé et se dit qu'il n'avait sans doute pas mesuré toutes les épreuves qu'allait lui réserver ce voyage. Les verres retombèrent bruyamment sur la table et un petit silence d'aise suivit.

Des servantes fort mal vêtues s'affairaient tout autour de la table et près de la grande cheminée d'où venaient des odeurs de viandes. Jean-Baptiste remarqua qu'une de ces femmes, un peu plus âgée que les autres et pas mieux vêtue, servait personnellement le tsar et lui seul. Elle lui apporta dans une longue poêle de fonte une omelette molle qui regorgeait de champignons. La boisson aidant, et surtout quand elle vint s'asseoir à table à côté de l'empereur et l'embrasser dans le cou, Jean-Baptiste se rendit compte enfin que c'était la tsarine Catherine.

Pierre Iᵉʳ engloutit l'omelette et la noya dans une autre pinte de vodka. Jean-Baptiste vit alors qu'il fixait son attention sur lui. Conformément à ses principes, l'empereur était rasé, guère mieux d'ailleurs que ses soldats, mais il portait sur la lèvre une très fine moustache dont les coins étaient relevés. Tout ce qui sortait de la bouche royale était ainsi placé entre ces guillemets de poils. « L'interrogatoire va commencer », pensa Jean-Baptiste.

Le tsar formula une question et Saint-Août la traduisit.

— Sa Majesté voudrait que vous lui racontiez votre entrevue avec Louis XIV.

Poncet était frappé de consternation. Comment diable l'empereur pouvait-il savoir ? La lettre d'Israël Orii ne mentionnait rien de tel. Qui avait bien pu lui dire qu'autrefois, lui, Jean-Baptiste... ?

Il formula à voix haute quelques-unes de ces interrogations et Saint-Août en résuma le sens en russe. Le tsar eut un grand rire et répondit.

— L'empereur vous demande, dit Saint-Août, à quoi sert sa police — évidemment, il ne faut rien répondre.

Jean-Baptiste s'inclina. Sa police ! Depuis qu'il avait quitté l'Europe, c'est-à-dire fort longtemps, il avait oublié l'existence de cet instrument. L'Orient connaissait les armées, la dénonciation, l'arbitraire, tout ce que l'on voudra pour dire du mal de son voisin ou lui en faire, mais sans qu'existât un corps dédié à ce seul usage ; un corps payé pour surveiller, arrêter, faire juger et surtout savoir, passionnément toujours et sur tous : la police !

Jean-Baptiste commença à raconter prudemment son voyage en Abyssinie et les circonstances qui l'avaient amené à en rendre compte à Versailles.

Le souverain écoutait silencieusement mais semblait s'impatienter quelque peu.

— Sa Majesté, traduisit Saint-Août en ajoutant son commentaire, voudrait plutôt que vous insistiez sur Louis XIV. Vous l'avez, paraît-il, très bien connu...

Jean-Baptiste opina poliment en souriant mais c'était là justement tout ce qu'il craignait. L'entrevue de Jean-Baptiste avec Louis XIV à son retour d'Abyssinie avait été en vérité fort courte. Un incident ridicule l'avait interrompue et il n'avait pas approché le monarque plus de trois minutes. En Perse, lorsque cette audience avait été révélée par la lettre du régent, la rumeur avait enjolivé l'affaire. Poncet avait acquis la réputation d'avoir vu Louis XIV longuement et peut-être même souvent. Il n'avait pas jugé utile de démentir puisqu'il ne pouvait pas, sans faire rire de lui, raconter le fond véritable de l'histoire. Sans doute était-ce ces rumeurs que la police du tsar lui avait rapportées. Jean-Baptiste eut tout à coup la révélation, bien tardive hélas, que ce madré d'Israël Orii avait sûrement fait précéder les voyageurs d'un rapport indiscret sur leurs identités et leurs desseins. Mais il était trop tard pour s'en émouvoir. Immergé maintenant jusqu'aux yeux dans son conte, Jean-Baptiste n'avait d'autre choix que de le poursuivre, sauf à mécontenter le souverain dont il voulait au contraire s'assurer le concours. George, qui connaissait toute l'affaire, la véritable, était épouvanté. Il le fut encore plus en entendant Jean-Baptiste commencer sans se troubler :

— Ennuierai-je cette société fort gaie, Sire, dit le médecin, avec le récit trop long des audiences particulières que le roi Louis XIV — comment le cacher puisque Votre Majesté sait tout — a bien voulu m'accorder quotidiennement pendant trois mois ?

— Trois mois ! s'exclama l'empereur quand il eut reçu la traduction.

— C'est beaucoup, je sais, mais que voulez-vous, il tenait à entendre la relation de mon ambassade d'Afrique dans tous ses détails. Vous me demandez de parler de lui, Majesté. Laissez-moi d'abord donner quelques détails sur la cour de France et ses usages.

Jean-Baptiste se lança dans une interminable description du peu de choses qu'il avait vu de Versailles et ces riens prirent dans sa bouche des allures d'épopée. Il voulait gagner du temps. À en juger par l'odeur des rôtis, il escomptait qu'ils fussent bientôt servis. Les toasts se succédaient et chauffaient l'assistance, dont on entendait le sourd grondement derrière le silence. Il fallait tenir jusqu'à l'explosion sans démériter.

— Sa Majesté dit, avec un peu d'impatience, je vous le signale, qu'elle connaît tous ces décors, traduisit Saint-Août. Le tsar est allé à Versailles. Hélas, il n'a jamais pu rencontrer Louis XIV car le roi était déjà mort. C'est de lui, de sa personne, qu'il veut que vous l'entreteniez.

Étrange lubie de monarque ! Celui-là était obsédé par Louis XIV, dont il avait voulu dépasser la gloire et qui l'avait à jamais mortifié de ne pas le recevoir lorsqu'il visitait l'Europe dans sa jeunesse. Quand il y était retourné en pleine gloire, son idole avait déjà succombé. Il ne se lassait pas de recueillir les témoignages de ceux qui avaient eu la chance d'approcher le Roi-Soleil et cette quête le laissait visiblement inconsolable de n'y être pas parvenu lui-même. Jean-Baptiste considéra un instant le cas en médecin. N'était-il pas temps d'appliquer sur cette vieille plaie le baume apaisant du deuil? Après les éloges, il se risqua dans une autre direction.

— La personne de Louis XIV? dit-il pensivement et dans un silence attentif. Eh bien, si je puis faire un aveu, Majesté, ce grand roi, à mon avis, était... sinistre.

L'assistance murmura, en entendant la traduction. Les plus prompts lancèrent des exclamations indignées : « Sinistre! »

Pierre Iᵉʳ prit une grande inspiration dans son verre qu'il vida en se penchant en arrière. Puis il le posa brutalement, au point d'en ébrécher le fond, et tout le monde se tut.

— Il a raison! dit-il d'une voix mâle.

Et la tsarine, avec une mimique de cantinière, arrondit le bras sur la hanche et recula pour admirer son homme.

— Laissez-moi vous dire une chose, vous tous, reprit Pierre Iᵉʳ. C'était un grand roi, celui-là, un très grand roi. Le plus grand? Peut-être. Il y en eut d'autres, sûrement. Mais à notre époque? J'en doute. Ses palais : des splendeurs. Ses artistes : des génies. L'étiquette de sa cour : un modèle. Pourtant cet homme a raison : il était triste.

Les rôtis arrivèrent sur les tables posés sur de longs plats d'étain. « Ouf! » pensa Jean-Baptiste.

— Un exemple? poursuivit l'empereur. Son protocole : sinistre en vérité! Se lever, se coucher, tenir sa robe de chambre, ses chandelles, imaginez-vous cela ici?

Des cris de révolte montaient des convives.

— Moi, dit le tsar, je préfère que vous m'emmeniez abattre un beau chêne, voilà! C'est un protocole aussi, si l'on veut, et ma cour a des manières, mais au moins on s'y amuse, qu'en dites-vous ?

Un nouveau toast, sur ces mots, déclencha une explosion de rires et de joie. La viande bien rôtie fumait dans les assiettes et transpirait d'ail. Jean-Baptiste, soulagé, servit George et prit sa part copieusement. Il mourait de faim. Plus tard dans la soirée, il eut une brève alarme car le tsar revint sur Versailles pour raconter sa visite à madame de Maintenon, lors de son second voyage à Paris, après la mort de Louis XIV. Il se leva même pour mimer la scène.

— Je voulais la voir absolument, criait l'empereur, passablement échauffé. Elle refuse ! Sans doute veut-elle cacher sa vieillesse ! J'insiste tant et plus. J'affirme que son âge m'indiffère, que la gloire n'est pas sujette à ces outrages. Enfin, elle consent à me recevoir. On m'amène à son couvent. J'entre. Elle est au lit, les rideaux de la chambre sont tirés tout à fait et ceux du baldaquin à moitié. Elle veut me traiter dans la pénombre. Que cache-t-elle ? Ah ! C'est ainsi ? Je ne peux pas m'expliquer : il y a bien des courtisans avec moi mais aucun de ces drôles ne parle le russe. Elle non plus, bien entendu, et mon français ne vaut rien, vous le savez. Je dis : « Bonjour, madame. » Que pouvais-je faire d'autre ? Elle gémit, au fond de son cube tout obscur et qui sent la dentelle aspergée de lavande. Je n'ai pas fait tout ce chemin pour cela. Je veux voir la femme de Louis XIV, que diable ! Je veux voir qui il a pu aimer, vous comprenez cela, vous autres ? Mais elle a peur. De quoi ? Il se passe un moment ; je n'y vois toujours pas mieux. Alors, tant pis, je vais jusqu'à la fenêtre et je tire les rideaux tout en grand. Puis je vais au lit et je fais de même avec les tentures du baldaquin. Elle pousse un petit cri. Petit, notez bien. Pas un hurlement comme elle y avait droit, non, une plainte, un miaulement. Alors, je me plante devant elle et je la regarde. Cela a duré deux minutes, trois peut-être. Je n'ai pas dit un mot, elle non plus, ni personne dans la pièce.

Croyez-moi, personne ne l'avait jamais regardée comme cela. Personne ne l'a vue comme je l'ai vue.

— Eh bien ? dit la tsarine, qui s'accrochait des deux mains au bras de Pierre, qu'as-tu vu ?

Il réfléchit un instant, en regardant le fond de son verre où roulait un reste de vodka et dit :

— Qu'elle l'a rendu sinistre !

Il finit son gobelet d'un trait, éclata de rire et pour ce soir-là on n'en parla plus.

Le vaisseau amiral, au cœur de la grande armée qu'il était censé commander, s'enfonça doucement dans l'ivresse. Il fut d'abord roulé par une houle de cris et de chansons lestes puis bercé par des musiciens et leurs instruments aux formes bizarres. Dans la nuit d'automne, claire et sans lune, retentit longtemps, venu de la compagnie du tsar comme des simples campements de soldats, l'écho de voix nostalgiques qui chantaient les sombres mélodies de la peur et de la tendresse.

Avant que le naufrage fût complet, Jean-Baptiste était parvenu à faire traduire à l'adresse de l'empereur quelques mots à propos de Juremi. Pierre Ier répondit qu'il était au courant, qu'il avait signé un laissez-passer pour le protestant qui leur serait remis le lendemain et pourrait être utile si d'aventure ils retrouvaient leur ami. Puis, désignant un homme tout au bout de la table, celui-là même qui ressemblait à un clergyman et qui, dans les bois, l'avait prévenu de leur arrivée :

— Par précaution, vous n'irez pas seul. Bibitchev, qui est ici, vous accompagnera.

Jean-Baptiste croisa le regard de ce personnage et, bien que celui-ci fît mine d'être avachi et débraillé, il lut dans ses yeux qu'il n'avait pas bu.

*

Ils se réveillèrent le lendemain à la fin de la matinée, la tête prête à éclater, l'habit plein de taches et sans aucun souvenir de la fin du festin. Quelqu'un les avait installés sur des lits de camp sous un petit auvent construit avec des perches et couvert de tapis. Leurs effets étaient près d'eux et Küyük, assis tranquillement sur ses talons, les regardait en mâchant une herbe. Ils se lavèrent dans un grand tonneau qui servait à alimenter la cuisine d'un régiment de cosaques cantonné à côté d'eux.

Saint-Août passa les voir vers midi. Il leur annonça que l'empereur s'était montré satisfait de les avoir rencontrés et qu'il lui avait remis le laissez-passer pour Juremi. Malheureusement, le tsar ne pouvait les revoir car il était parti à l'aube visiter des ouvrages militaires en construction sur la route du Daghestan. Saint-Août confirma, comme une chose bien normale, que le souverain s'était levé à cinq heures, sans déroger à ses habitudes, et qu'il avait d'abord entendu une messe.

Le colonel les emmena dans une cantine d'officiers manger une brochette qui leur servit de premier déjeuner. Il s'était renseigné pendant la matinée. Pour retrouver les prisonniers suédois — et tous ceux qui, comme Juremi, combattaient avec la Suède — déportés pendant les derniers mois, mieux valait chercher d'abord dans les régions qui bordent la Caspienne et la mer d'Aral. Les premiers capturés pendant cette longue guerre avaient d'abord été envoyés plus loin vers Tobolsk et l'Extrême-Orient. Les derniers suivaient la progression des conquêtes russes : l'empire s'étendait vers le Caucase et l'on envoyait les nouveaux colons dans cette direction. C'était un indice plutôt encourageant bien qu'incertain. Il permettait d'espérer que Juremi ne s'était pas égaré trop loin dans les profondeurs de la Sibérie et qu'ils le découvriraient sans avoir à parcourir un trop long chemin.

— D'après ces renseignements, leur précisa Saint-Août, vous devriez rencontrer votre ami au nord de la grande mer qui descend tout près d'ici et que nous appelons la Caspienne. Le plus simple pour la remonter est encore de prendre un bateau. Vous éviterez de mauvaises routes et des régions de marais autour d'Astrakhan où vous prendriez des fièvres.

Il proposa de les conduire vers la côte la plus proche, un peu au sud de la ville de Derbent, qui n'était distante que de trente verstes.

— Je ferai seulement la moitié du chemin avec vous, car on a besoin de moi ici. Mais, ensuite, Bibitchev sera avec vous.

Bibitchev ? Ils l'avaient oublié, celui-là. Dans le carillon de leurs pauvres têtes, Jean-Baptiste et George avaient tout mêlé.

Pourtant, au moment de partir, quand ils virent approcher sa silhouette noire, sur un cheval sibérien à poils longs, avec son crâne plat et dégarni où survivait péniblement un îlot de cheveux en équilibre sur le front, ils le reconnurent avec le même déplaisir qu'on éprouve à sentir une pointe de moisissure dans la pulpe d'un bon fruit.

CHAPITRE 19

Depuis son arrivée à Ispahan, Françoise était d'une grande lassitude. Ce n'était pas une maladie, une affection localisée et conforme à ce qu'autorise la médecine. Elle était plutôt terrassée par une langueur qui montait en elle après les immenses efforts de la fuite et les privations de l'exil. La tendre douceur d'Ispahan, le confort paisible de son séjour chez Alix et Jean-Baptiste, étaient venus à bout des remparts de sa volonté mieux que toutes les épreuves précédentes.

Elle passait ses journées dans le jardin, sous un figuier de pharaon dont elle aimait l'ombre épaisse. Elle prenait un ouvrage qu'elle laissait sur ses genoux sans y toucher et rêvait. Sa vue avait baissé. Saba continuait de lui tenir compagnie et ne se lassait pas de lui entendre raconter ses vieilles histoires. La jeune fille rousse, elle aussi, s'était mise aux confidences, après un long apprivoisement.

Françoise s'épouvantait d'entendre la fille juger si durement sa mère. Alix avait toujours l'illusion que Saba lui ressemblait : l'erreur était patente au physique. Françoise découvrit bientôt qu'au moral le fossé était encore plus formidable.

À peine Saba était-elle devenue une jeune fille aux yeux de sa mère que celle-ci lui avait offert naturellement toute l'instruction dont elle n'avait disposé elle-même que de haute lutte. Elle l'avait emmenée chez les couturières des bazars et lui avait fait faire toute une panoplie de toilettes dont elle lui avait enseigné l'usage. Saba l'accompagnait partout où elle allait, chez les Persans comme chez les étrangers, chez les riches et chez les pauvres. Et pour compléter cet armement, Alix lui avait fait apprendre l'équitation, la vraie, celle qui permet de fuir, de voyager ou de combattre ainsi que le maniement de l'épée et même du sabre. Saba s'était pliée de bonne grâce à tous ces exercices. L'adresse qu'elle y mettait avait fait conclure à sa mère que la ressemblance était désormais complète.

Or la jeune fille, qui possédait maintenant les armes des deux sexes, ne comptait nullement en faire le même usage qu'Alix. Françoise était seule à comprendre que le masque grave de cette enfant ne cachait ni tristesse ni timidité mais une rage morale qui lui faisait condamner la frivolité de ses parents, les libertés qu'ils prenaient avec la vérité. Elle détestait par-dessus tout la propension qu'ils avaient à rire de tout et d'eux-mêmes. Chercher le bonheur ne lui paraissait pas un but digne pour une vie, en comparaison de ces principes véritables qu'étaient le sens du devoir, l'effort et la maîtrise de soi. D'où ces idées lui venaient-elles ? Nul ne le savait. Mais il n'est pas rare que les enfants, quand leurs parents dressent devant eux le rempart d'un parfait bonheur, préfèrent en rejeter l'exemple par crainte d'échouer à le reproduire.

Presque chaque après-midi maintenant, Alix sortait couverte de son voile. Et ces promenades avaient remplacé les fêtes et les réjouissances que l'absence de Jean-Baptiste et son veuvage supposé lui avaient interdites.

— Regarde ! dit sombrement Saba, qui tenait compagnie à Françoise pendant sa méridienne.

Alix traversait le boulingrin et le plein soleil lui cachait les deux silhouettes dans l'ombre du sycomore. Elle avait relevé sur son front le voile bleu épais qu'elle abaisserait dès qu'elle serait dans la rue.

— Ta mère rajeunit, dit Françoise en souriant quand Alix eut disparu.

— C'est cette peste qui l'influence.

— Qui donc ?

— La dernière femme du grand vizir. Voilà ce que j'ai fini par apprendre la semaine dernière. Ma mère prétend qu'elle va livrer des remèdes en ville mais auparavant, elle passe toujours chez cette engeance.

— Garde un peu de respect pour les amies de ta mère, dit Françoise en passant doucement sa main sur la chevelure de la jeune fille.

— Du respect ! Pour cette Nour Al-Houda ! L'avez-vous vue ? Une momie, bien sûr, quand elle trotte dans la rue. On lui donnerait le bon dieu des Turcs sans confession. Mais je l'ai croisée à découvert ici même. Elle a le visage le plus faux qui se puisse imaginer.

Saba fit à Françoise un portrait complet, où se mêlaient le souvenir de ce qu'elle en avait aperçu pendant cette fugace rencontre et toute la méchante imagination dont une vierge est capable à l'endroit d'une courtisane.

*

L'esprit répugne à concevoir l'idée d'une mer fermée comme l'est la mer Caspienne. Les deux termes se marient mal. Comment une mer, cet espace infini, plein de souffles sans limites, une mer qui engloutit tout, en quoi les montagnes et toutes les terres devront un jour se dissoudre, peut-elle être fermée ? Une mer fermée, c'est un coursier entravé, un espoir trompé, une liberté sous condition. Pour tout dire, c'est une idée révoltante. Heureusement, ce n'est qu'une idée ; il faut lire une carte pour savoir qu'une mer est enclose, mais sitôt qu'on la met de côté et qu'on marche sur ses rivages, on l'oublie. Le vent souffle ; les flots se rident ; on

190

n'imagine plus avoir en face de soi autre chose que le grand large.

Quand les voyageurs arrivèrent en vue de la mer Caspienne, Bibitchev, qui parlait italien avec fort peu d'accent, leur dit de descendre jusqu'à une crique bien visible de loin et d'attendre qu'il revienne avec une barque de louage. Jean-Baptiste et George furent bien heureux d'être délivrés de lui et purent jouir, sans être incommodés par sa silhouette noiraude, du paysage sublime qu'offrait la côte. L'arrière-saison était encore bien chaude et le ciel, d'un bleu dense, couvert de petits nuages immobiles. Ils laissèrent les chevaux choisir leur chemin tout seuls pour descendre des collines jusqu'à la plage par des sentiers de mules et de troupeaux qui se ramifiaient sans cesse mais se rejoignaient toujours. Des buis serrés et des lentisques couvraient le mauvais sol de ces pentes où affleurait, sous la poussière du chemin, la tranche piquetée de soleil des micas et des schistes. De gros agaves presque gris poussaient en contrebas sur les sables. De temps en temps, dans la descente, un pin tout droit, haussant le col hors de ces multitudes rampantes, glissait son panache cotonneux parmi les nuages et, comme un cordage tendu, arrimait la terre fuyante au ciel immobile. La crique sur un côté était bordée de dunes, sur l'autre ombragée par des mangliers. Ils attachèrent les chevaux sous ce couvert et les laissèrent en garde à Küyük, que la mer ne semblait guère intéresser. Puis ils ôtèrent leurs bottes et marchèrent pieds nus dans le sable des dunes le long du rivage. Après ces longues épreuves de terre et de montagne, l'eau, l'immensité vivante de la mer, ridée par de courtes lames d'écume, leur donna tout à coup le sentiment d'une délivrance. George, lui-même, ne songeait plus à mesurer la densité de l'air ou la salinité des eaux. Il était debout sur le sable un peu rouge qui lui caressait les pieds et, le nez vers le large, les cheveux rabattus par la brise, il prenait de profondes inspirations d'infini et de douceur. Un moment, cette volupté lui donna l'envie

191

d'ouvrir toute grande la fenêtre de son âme et de livrer à Jean-Baptiste le secret qui lui pesait. Mais s'il en conçut le désir, il n'en trouva pas la force et se tut.

Les vents d'est, qui leur venaient de face, étaient descendus de l'Himalaya et s'étaient asséchés au-dessus des grands déserts. Au tout dernier instant, la Caspienne les avait chargés d'une moiteur salée, parfumée par ses côtes. C'était un pur bonheur d'en recevoir la caresse. Ils s'assirent là, au plus haut point des dunes, dans le fond de la crique, et attendirent en laissant aller leurs pensées.

Au bout d'un long moment, Jean-Baptiste se fit à lui-même ce commentaire qu'il n'avait pensé jusqu'ici ni à Alix, ni à sa fille, ni à rien qui concernât sa vie à Ispahan. Non qu'il ne fût ému au souvenir de les avoir quittées, mais leur place était dans sa mémoire et jamais dans ses rêves. Le voyage l'avait reconduit vers ces régions du songe qui sont comme en amont de tout amour particulier et qui, à l'image de ce ciel et de ces vents, forment la matière primitive du désir et de la vie. Il se sentait ramené à cet âge lointain où tout est encore possible et rien advenu, âge qui n'existe sans doute pas et qu'on atteint par le détour du temps, en s'arrachant à soi-même.

Ils en étaient là de leurs rêveries lorsqu'une voile déboucha lentement du promontoire qui fermait le golfe vers le sud. Elle était rouge, triangulaire, mal bordée et poussait lentement un petit cotre auquel était attachée une minuscule annexe. Le bâtiment mouilla au centre de la baie. Deux hommes sautèrent dans l'esquif et ramèrent vers la côte. L'un d'eux, tout de noir vêtu, était Bibitchev. Jean-Baptiste et George allèrent à sa rencontre au bord de l'eau. Le marin sauta de la barque en arrivant aux dernières vagues et la tira puissamment sur le sable de sorte que Bibitchev pût descendre dignement et à pied sec.

— Dites à votre valet d'apporter vos bagages, cria-t-il pour couvrir le souffle du vent. Tout est prêt. Nous partons.

— Et les chevaux ? demanda Jean-Baptiste.

— Laissez-les où ils sont avec les selles et les brides. J'ai négocié le rachat du tout. Quelqu'un les prendra dans la journée.

C'étaient de beaux chevaux tartares, offerts par le tsar en remplacement de ceux que lui avait donnés d'Ombreval et Jean-Baptiste eut un instant le regret de les abandonner. Il n'avait pas le choix et se résolut à faire ce que Bibitchev avait demandé. Une demi-heure plus tard, ils étaient dans le cotre et appareillaient.

Le bateau servait ordinairement au transport des marchandises le long de la côte. Rien n'était prévu pour les passagers. Ils durent s'asseoir sur des cordages, au bord d'une cale à ciel ouvert où brinquebalaient, au gré des tangages, quelques sacs de toile remplis de dattes. L'équipage était composé de quatre Russes qui ignoraient les oukases de leur empereur et portaient les cheveux et la barbe longs, collés par la sueur et le sel. Un bon vent de travers les poussa d'abord régulièrement. Küyük, qui n'avait pas caché sa crainte de monter à bord, s'était placé à l'avant et tenait une boucle de cordage dans les mains. Quand le bateau se levait sur les vagues et retombait dans les creux, le Mongol, qui gardait les yeux fermés, avait l'impression rassurante de chevaucher la mer. George, livide les premières heures, s'amarina rapidement et s'enhardit jusqu'à se tenir debout sur les plats-bords, agrippé au cordage des haubans.

La traversée dura cinq jours. Les dattes, contrairement à ce qu'ils avaient cru, n'étaient pas là comme fret mais comme ordinaire, avec de grosses olives qui flottaient dans un tonneau gluant. Personne ne se plaignait de ce régime et ils le subirent sans rien dire.

Au soir du troisième jour de mer, ils approchèrent d'une côte et virent, sur les hauteurs du cap Ourdiouk, les remparts et même le drapeau du fort Alexandre, puis ils retrouvèrent la haute mer.

Enfin, le cinquième jour, ils arrivèrent en vue d'un rivage

criblé d'îles désertes et de bans verdâtres à fleur d'eau. Bibitchev, qu'ils interrogèrent, leur indiqua que c'était là le fond de la gigantesque baie que dessine la Caspienne à son angle nord. Ils aborderaient à cet endroit, malgré l'inconvénient de ne pas y rencontrer de ville. De là, ils pourraient sans obstacle cheminer vers la province de Tourgaï, où Bibitchev avait ordre de les emmener.

Les Russes manœuvrèrent avec prudence entre les affleurements de récifs. L'un des marins, à la proue, lançait la sonde dans un silence impressionnant et comptait à voix haute les brasses de fond. Enfin, ils parvinrent à une embouchure dont les eaux étaient douces. Le cotre mouilla à cet endroit. Ils y passèrent encore une nuit et débarquèrent au petit matin, déposés par l'esquif plus en amont, au bord d'un rivage envahi par les roseaux.

Une discussion s'était élevée entre Bibitchev et l'équipage. Jean-Baptiste crut comprendre qu'elle portait sur l'existence d'un village de pêcheurs dont ils ne voyaient pas trace. Les marins indiquaient une direction à suivre à pied et Bibitchev, de mauvaise grâce, se rendit à leurs vues. Ils répartirent les bagages et se mirent en route sur un sol spongieux où les bottes s'enfonçaient légèrement.

Ils marchèrent une heure sans rien distinguer d'autre que la surface ondulante des roseaux et des ajoncs qui montaient parfois jusqu'à leurs têtes. Des sternes blanches tournaient au-dessus d'eux en faisant de grands cercles silencieux. Le sol devint dur puis reprit sa souplesse à cause du tapis de sphaigne qui le couvrait et indiquait la proximité de marécages. L'aube du monde avait dû se lever sur un paysage semblable, où l'Esprit n'avait pas encore partagé les éléments. Il n'y avait ni nord, ni sud, ni ciel, ni terre, ni étendue, ni durée mais seulement le magma désert de l'air et des eaux mêlées dans ce désordre de tiges creuses.

Enfin, il leur sembla que le rideau végétal s'éclaircissait et ils débouchèrent au bord d'un étang noir, étale et silencieux.

C'est Küyük qui le premier pointa le doigt vers la forme. Oui, à la limite du bord, trop petite encore pour qu'en apparussent les détails, était une silhouette humaine. Ils s'en approchèrent silencieusement. Le doute n'était pas permis : c'était un homme assis. Il devait les avoir vus mais ne bougeait pas. Quand ils furent plus près encore, ils virent qu'il tenait à la main une longue canne à pêche dont la ligne était plongée dans l'étang. Enfin, ils furent devant lui et l'homme les regarda paisiblement en souriant. Il était petit et sans âge ; ses cheveux, d'un blond clair, presque blanc, se dressaient sur sa tête comme une crête ébouriffée ; ses yeux, bleus, paraissaient tout à fait vides tant leur pâleur absorbait tout reflet et leur donnait une teinte de porcelaine. Mais le plus surprenant était son habit, jaune d'or, d'une coupe extrêmement élégante quoiqu'un peu démodée, paré d'aiguillettes d'argent et de manches de dentelle fort insolites en ce lieu.

Bibitchev s'adressa à lui en russe et l'inconnu secoua la tête d'un air navré. George essaya l'anglais puis Jean-Baptiste l'italien et le français sans plus de succès. Bibitchev dit alors à l'inconnu en pointant l'index vers son épaule :

— Svenski ?

Le Suédois sourit et opina largement. Le petit groupe se réjouit de cette découverte mais resta perplexe quant au moyen d'aller plus loin. Enfin, Jean-Baptiste, pris d'une inspiration, demanda à l'inconnu :

— Juremi ?

L'autre baissa sa canne à pêche et prit l'air soucieux.

— Juremi, répéta plusieurs fois Jean-Baptiste, en prononçant ce nom de toutes les manières possibles.

Soudain, le Suédois s'illumina :

— Aaaah ! dit-il, Chüråmi. Tak ! Tak !

Et avec une intonation qui parut bien familière à Jean-Baptiste, il ajouta en riant.

— An afant, Sakreblø, pande dø Køchons !

III

LE COMPLOT ALBERONI

CHAPITRE 20

L'orange, entourée de trois petites feuilles pointues, vernissées, se détachait sur le pastel d'un ciel de fin d'automne. L'homme la contemplait par la haute croisée ouverte. Soudain il se retourna et fixa sur le mur opposé une imposante *Adoration des bergers*. C'étaient vraiment les mêmes tons ; les couleurs des fresques de Raphaël étaient bien les couleurs du pays de Raphaël, hier et aujourd'hui, dans les siècles des siècles. Il regarda de nouveau par la fenêtre. Des couleurs de cuisine, voilà ce qu'étaient les couleurs de l'Italie, voilà ce qui faisait leur charme : une saveur qui mettait dans l'œil les plaisirs du toucher, de l'odorat et de la bouche en même temps. L'orange de l'orange par exemple ; et le rose à peine mauve sur la ligne où le ciel rencontre le relief des ifs taillés, couleur des jambons du pays de Parme, que son père l'envoyait chercher à pied, et il fallait marcher une heure, dans une ferme de la montagne ; et encore ce vert sombre, comme cet inoubliable persil qu'il avait fait pousser dans le jardin de sa première cure.

Tout cela le remplissait d'aise car ce tableau mêlait les deux passions de sa vie : libérer l'Italie et bien cuisiner les soupes.

Le cardinal Alberoni soupira, referma la fenêtre et traversa la vaste pièce à pas menus. Il alla s'asseoir derrière son bureau toujours vide dont le plateau était couvert d'un maroquin rouge frappé en son milieu d'une tiare d'or entourée de lauriers.

Libérer l'Italie ! L'œuvre était suspendue, pour le moment ; elle triompherait un jour ; le char de l'Indépendance était sur sa voie. Il avait fait, lui, ce qu'il pouvait. C'était un échec ? Peut-être. Mais sa vie ? Ah ! non, sa vie était une belle chose, c'était une patiente, une laborieuse mais une incomparable vie.

Il ferma un instant les yeux. Le grand silence du Vatican l'enveloppait. Était-ce un véritable silence ? Il tendit l'oreille. Au loin montait le tumulte de la ville, ses cris, le bruit des chevaux et des voitures. Quel plaisir en surcroît ! Que serait le silence du Vatican s'il ne régnait pas sur l'agitation du monde ? Il était indispensable qu'un doux murmure rappelât en une imperceptible sourdine les rugissements du monstre dompté.

Il regardait le tableau de Raphaël, ces galbes nus, la chair. La chair ? Tant de gens cherchaient le pouvoir pour cela. Lui avait un goût plus modeste, celui non pas de la chair et sous aucune de ses formes, mais de ce qui se fait chair, de ce qui la nourrit, la chauffe, la meut et l'émeut. Les belles viandes, leur tendresse ; la rondeur pulpeuse des légumes et des fruits. Le vin... Et avant encore, plus en amont toujours, la terre, la terre d'Italie, travaillée par les hommes, qui porte ses récoltes. Et puis le ciel qui l'entoure de la ronde des saisons, la chauffe de son astre, l'abreuve de ses orages... Ah ! Le ciel !... Le ciel ?... Hum !

Le cardinal posa ses deux avant-bras sur un creux, une gouttière qui se dessinait au-dessus de son ventre quand il était assis. Geste aimé ! Comme il avait savamment sculpté son embonpoint pour le rendre confortable ! Jamais il n'avait cédé à la goinfrerie, qui est un péché, mais il avait cultivé avec science la gourmandise, cette haute qualité. Il s'était toujours promis de faire rectifier ce point dans les Écritures, si jamais un jour il était pape. Et qui pouvait affirmer qu'il ne le serait pas ? Innocent XIII l'était bien, lui. Innocent ! Un bon choix vraiment, pour le nom de ce pontife, faute de mieux d'ailleurs. Quand ils étaient petits, il lui criait des « *coglione* », « *testadura* », et autres « *cretino* » qui auraient aussi bien pu faire l'affaire... Coglione XIII ! Hé ! Hé ! Alberoni toussa dans son poing fermé.

Voilà déjà une marque du destin : qu'il fût allé à l'école avec le pape. Et, de plus, que celui-ci devienne pape au moment précis où son ancien condisciple avait dû quitter l'Espagne et se réfugier au Vatican, où on l'avait d'abord accommodé dans une cave, comme un proscrit. Innocent XIII l'en avait providentiellement sorti. Un destin, oui, vraiment ! Une vie !

Le cardinal Alberoni se releva. Cette évocation du pape avait mis fin à la douce béatitude qu'il s'autorisait par hygiène pendant un quart d'heure au début de chaque après-midi.

Déjà lui revenaient en tête mille projets, des lettres à écrire, tous les tracas redoutés et chéris de son infatigable vie. Il sonna.

Un secrétaire en soutane avec un grand col blanc rectangulaire entra et salua en baissant la tête silencieusement.

— Ai-je des visites, Pozzi ?

— Plusieurs, répondit le secrétaire.

— La première ?

— À quatorze heures.

— Mais il est quatorze heures trente ! Qui est-ce ?

— Monsieur de Maillet.

— Inconnu. Que veut-il ? Qui lui a donné rendez-vous ?

Le secrétaire haussa le menton et marqua un temps avant de répondre. Ce Pozzi était un homme d'âge mûr, que des décennies de Vatican avaient desséché comme un très vieux et très délicat jambon. À jamais il s'était figé à la façon d'une momie sous ses bandelettes dans une expression qui tenait de l'indignation, de l'étonnement et de la reconnaissance ; ses interlocuteurs avaient la commodité de choisir eux-mêmes ce qu'ils voulaient lire sur ce masque énigmatique.

— Eh bien, Pozzi, dit le cardinal, ne faites pas l'étonné. Qu'y a-t-il ?

— Vous l'avez inscrit vous-même, Éminence, car il vous est recommandé par le cardinal F***.

Pozzi sentit son cœur battre un peu plus fort. Les entremetteurs dans les affaires vaticanes, comme ce Mazucchetti à qui monsieur de Maillet avait confié ses intérêts, agissaient le plus souvent par l'entremise des secrétaires. Dans ce cas particulier, c'était bien Pozzi qui avait lui-même glissé ce rendez-vous dans l'agenda d'Alberoni à la demande de l'entremetteur. Il prenait donc à l'affaire un intérêt qui lui serait sans doute compté dans l'autre monde mais dont il espérait bien être rétribué d'abord dans celui-ci.

— Le cardinal F***, dit Alberoni en hésitant.

Le nom avait sans doute été bien choisi car il dit finalement :

— Bon, faites entrer ce... Maillet.

— Un dossier qui concerne ce personnage est préparé sur le haut de la pile des visiteurs dans l'armoire de Votre Seigneurie, ajouta Pozzi sans laisser paraître son soulagement.

Le cardinal prit le dossier, marcha jusqu'à un immense fauteuil à pattes de lion, où il s'assit en croisant les jambes, sous sa robe de moire pourpre. La porte s'ouvrit à cet instant et Pozzi laissa entrer le visiteur.

Monsieur de Maillet fit deux grands pas dans la pièce, aussi raide qu'il le pouvait malgré ses douleurs de hanche, et tout à coup s'arrêta.

Ce haut plafond, ce grand bureau vide sous des toiles monumentales, le lustre... toutes ces choses qu'emprunte l'homme à ces géants que sont les États — fût-ce l'État du Christ sur terre — et dont ils ont tant de jouissance à se rendre les esclaves... Quels souvenirs ! quels regrets ! Une émotion souleva d'un coup l'ancien consul du Caire et le figea sur place, au bord des larmes qu'il n'était heureusement plus, depuis longtemps, en état de faire couler.

Alberoni, toujours assis dans son fauteuil à griffes, vit du respect dans cette immobilité et comme il en imposait peu, avec ses rondeurs débonnaires et sa petite taille, il fut favorablement disposé.

— Eh bien, cher Monsieur, entrez, et prenez place en face de moi.

Monsieur de Maillet retrouva l'usage de ses sens et s'exécuta. Le cardinal écouta les civilités, signala qu'il avait peu de temps et invita son visiteur à en venir au fait. Le consul, qui avait déjà maintes et maintes fois répété son plaidoyer, le renouvela avec toute la ferveur que l'on peut mettre dans une dernière tentative : le livre, la condamnation, le pardon du pape, etc. Le cardinal parcourait toujours le dossier.

— Ainsi, vous êtes l'auteur d'un ouvrage intitulé *Telliamed*.

— Oui, Monseigneur, je m'honore...

— Et à quoi se résumerait en quelques mots votre ouvrage ?

— Monseigneur, c'est un dialogue philosophique avec un être imaginaire appelé Telliamed...

— Telliamed... Telliamed ? Un nom étrange, où l'avez-vous déniché ?

Le consul toussa dans son poing osseux. De son ouvrage, c'était sans doute le seul détail qu'il regrettât.

— C'est-à-dire, prononça-t-il avec un peu de gêne, Demaillet, Telliamed...

— Ingénieux, fit le cardinal avec un sourire mauvais.

Pourquoi diable ses collègues lui imposaient-ils de recevoir d'aussi grotesques personnages ? Sans doute connaissaient-ils l'admirable patience dont il faisait preuve avec ces fâcheux.

— Dans ce livre, poursuivit le prélat en consultant rapidement le dossier qui lui avait été préparé, vous semblez affirmer que l'homme est né de la mer. Une étrange idée, en vérité, et bien scandaleuse si on la compare à la doctrine de

Notre Seigneur Jésus-Christ. Vient-elle de Telliamed ou de Demaillet ?

— Mais... des deux, Monseigneur. Ce n'est pas une idée étrange, c'est au contraire un fait qu'il est facile de constater dans la nature. Chaque espèce n'a-t-elle pas son correspondant avec les eaux ? On connaît des chiens de mer, des araignées de mer, ainsi que ces bêtes que l'on appelle des phoques et que les marins surnomment des veaux de mer.

Pendant que le vieux diplomate pérorait, Alberoni pensait à son dîner du soir. Il avait convié trois archevêques fort importants pour ses projets et comptait bien comme à son habitude les régaler de sa cuisine. « Du veau, pensa-t-il. Il a raison. » Et il se mit à choisir mentalement une recette.

— ... et c'est dans les régions tempérées, là où l'air est chargé d'humidité et diffère peu des eaux de la mer, que les races marines sont passées sur la terre. D'où il vient que les premiers hommes sont apparus au pourtour des mers chaudes de l'Europe et...

— C'est entendu, dit Alberoni en faisant claquer son dossier, et, en effet, il venait de se décider pour une blanquette. Bon, Monsieur le consul...

— Hélas... je ne suis plus...

— Je sais, je sais, mais le titre est à vie, n'est-ce pas ? Donc, Monsieur le consul, je dispose de peu de temps : je vous prie d'en venir sinon à l'essentiel, car tout cela est fort intéressant, mais au moins à ce qui me concerne directement. Comment pourriez-vous résumer... ce que vous voulez ?

— Ah ! Éminence, je ne veux rien, j'implore. J'implore votre intervention auprès du pape pour faire lever la condamnation qui a frappé ce livre, audacieux, peut-être, mais sincère et qui ne heurte pas le Saint Enseignement de notre mère l'Église. Je suis prêt à tout, m'entendez-vous, Éminence, à tout pour faire reconnaître la sincérité d'un homme dont la foi...

Alberoni, sans lien avec cette litanie, se leva d'un bond et se mit à parcourir la pièce. Une idée lui était venue. D'où sortait-elle ? Il n'aurait pas su le dire, sans doute d'une image aperçue, d'un choc fortuit de mots, de souvenirs : c'est par ces incessantes associations que procédait cet esprit toujours en mouvement. En tout cas, peu importait, l'idée était là. Il la tournait dans sa tête comme on retourne un fruit pour voir s'il n'est pas piqué d'un ver. Non, elle paraissait bonne. Il revint s'asseoir.

— Monsieur le consul, combien de temps avez-vous passé en Orient ?

— Mais... dix-neuf ans, Monseigneur.

Alberoni réfléchit encore un long instant.

— Laissons de côté votre affaire pour le moment, nous en reparlerons tout à l'heure. Il ne me paraît pas impossible de faire valoir à Sa Sainteté quelques arguments qui lui permettraient de revoir sa position. MAIS, et il prononça ce mot très fort, en tendant les bras pour éviter que le vieillard n'exécutât quelque saut de carpe ou d'autre espèce aquatique, MAIS, MAIS, MAIS, je voudrais d'abord solliciter votre conseil à propos d'une autre affaire, confidentielle et fort délicate.

— Éminence, bredouilla monsieur de Maillet, ma loyauté n'a jamais été prise en défaut...

— Je sais. J'ai pris connaissance de votre dossier et, du reste, j'ai toujours su distinguer à qui j'avais affaire.

Le consul eut un pâle sourire.

— Donc, voici, reprit le cardinal dressé comme par un ressort et qui marchait lentement en rond, les mains derrière le dos. Le nonce apostolique récemment envoyé en Perse m'a rapporté personnellement d'étranges et scandaleuses nouvelles. La Perse est loin, c'est entendu, et je me soucie peu de ce qui s'y passe. Mais tout de même, je ne voudrais pas que cette affaire parvienne jusqu'aux oreilles du pape. Elle me desservirait gravement dans ce moment critique où Sa Sainteté a bien voulu me rendre toute sa confiance et me

nommer protonotaire apostolique *ad instar participandum*.
Connaissez-vous la Perse, monsieur de Maillet ?

— J'ai eu l'occasion de visiter Ormuz et Gambroon, sur les côtes.

— Fort bien ! Sachez donc que dans ce pays où je n'ai jamais, moi, mis les pieds, quelqu'un a entrepris de me diffamer.

— Qui donc, Monseigneur ? s'exclama monsieur de Maillet en montrant une sincère indignation.

— Je l'ignore et c'est là toute l'affaire. Il s'agit probablement d'une femme. Mais il est à craindre qu'elle ait des comparses.

— Et... que fait-elle ?

— Elle affirme me connaître, monsieur de Maillet, oui, me connaître, moi, le cardinal Alberoni.

— Eh bien, en somme, il se peut..., hasarda monsieur de Maillet conciliant.

— Il ne se peut rien, répliqua vivement le cardinal en saisissant un petit bronze et en frappant la table de son socle. Vous ne comprenez pas. Il ne s'agit pas de me connaître... en général. Cette femme prétend avoir de moi... une connaissance... particulière. Me suivez-vous bien ?

Sans attendre une réponse, Alberoni avait trotté jusqu'à un grand secrétaire et en actionna le mécanisme compliqué avec plusieurs clefs dont une qu'il portait autour du cou sous sa tunique. Il le laissa ouvert, et revint vers Maillet, un pli à la main.

— Monsieur le consul, le document que je vais vous confier est hautement confidentiel. Je veux que vous preniez l'engagement solennel de ne vous en ouvrir à personne, vous m'entendez bien, à personne, jamais.

— J'en fais le serment, dit monsieur de Maillet au comble de l'émotion.

— Eh bien, tenez, voici ce qu'on m'envoie.

Monsieur de Maillet saisit la lettre à l'enveloppe sale et tachée qui portait un cachet sans armoiries. Il lut :

« À Sa très gracieuse, très sage, très docte Éminence le cardinal Alberoni, illustre entre tous dans le peuple qui suit la loi de Jésus, bras droit du grand seigneur qui règne à Rome, et mon tendre Jules,

Mon âme a été saisie d'un bonheur si grand que toutes les douceurs du Paradis, la verdure parfaite qui le couvre, les beautés qui en font les délices nuit et jour ne sont rien en comparaison du temps bon, heureux et favorable où a été versée dans mon oreille, comme un lait de jeune chamelle coloré du miel des plus sublimes abeilles, la nouvelle bénie de l'arrivée dans la cité de Rome sainte et pleine de magnificence, puissante comme nulle autre sur la terre, de Votre Seigneurie dont je suis l'esclave aimante.

La Perse et son très sublime, savant et omnipotent souverain, l'adorable Chah Hussein, astre de grâce, de miséricorde, de confiance, de clairvoyance et de perfection, m'ont fait l'immense faveur, à moi son humble et nullissime esclave, d'accorder le droit de demeurer dans ce royaume le plus puissant de la terre, auquel les hommes de toutes les nations rendent un hommage sonore et sincère.

Puissé-je bientôt rejoindre Votre Sainteté resplendissante et fidèle dans la beauté, la sécurité et la luxure d'un séjour comme la ville bénie de notre pape. Le très puissant et adorable prince, que l'on nomme ici le nazir, se tient à votre disposition, mon chéri digne de tous les sacrifices et dont l'image est sans cesse devant mes yeux, pour rendre possible, *dans les meilleures conditions,* mon retour auprès de votre chaleureux et généreux cœur. Vite, vite, répondez-moi.

Votre adorée F. »

— Ne trouvez-vous pas cela scandaleux ? dit le cardinal en se plantant devant le lecteur, les bras croisés.

— En effet, répondit prudemment le consul. Le style est fort lourd.

— Comment le style ! s'écria Alberoni en reprenant vivement la lettre des mains du consul. Il s'agit bien de cela ! Je vous parle du texte lui-même.

Le consul se recula sur sa chaise et prit un air de dignité et de cautèle.

— Il ne me revient pas de juger les relations que Votre Éminence entretient avec cette personne.

Alberoni resta un instant interdit de fureur. Il commençait à regretter de s'être confié à une telle mule.

— Monsieur le consul, martela-t-il fermement, je n'entretiens aucune relation avec cette personne, ni avec aucune autre de cette sorte d'ailleurs. Sachez-le une fois pour toutes.

Un peu effrayé par ce ton, monsieur de Maillet s'inclina respectueusement.

— On veut me nuire, voilà tout. Je subis encore une de ces infâmes cabales qui n'ont cessé de me poursuivre, ourdies par des jaloux, des lâches et surtout par des ennemis de la liberté italienne.

Pozzi entra discrètement dans le bureau avec des dossiers. Avec de grands gestes d'impatience, le cardinal lui commanda de sortir immédiatement. Il se rassit sur le bord de son fauteuil, se tourna pour être bien en face de monsieur de Maillet et lui fit signe de se pencher.

— Quelqu'un, chuchota-t-il tout près de l'oreille du consul avec une bienveillance de pédagogue, se fait passer pour ma concubine. Est-ce assez clair comme cela ? Cette lettre, les renseignements du nonce et d'autres témoignages recueillis récemment ici le prouvent.

Monsieur de Maillet acquiesçait sans expression à chacune des phrases comme s'il était en train d'écouter le rappel des règles du jeu de piquet.

— Dans quel dessein, ces calomnies ? continua le cardinal. S'agit-il d'un chantage ? Certains termes de ce texte abscons le laissent supposer. On veut de l'argent. D'autres ont essayé dans le passé de me faire de telles menaces. Je ne les crains pas. Mais enfin, il faut le savoir. S'agit-il plutôt du premier coup d'un vaste mouvement politique, où je reconnaîtrais bien la marque du régent de France et de son ministre. On me préviendrait d'abord, pour m'alarmer et me faire commettre une bévue, avant de verser le fiel de ces prétendues confidences sur le pape lui-même, cela afin de me discréditer et d'annuler ma personne après avoir ruiné mon œuvre ?

Le cardinal quitta cette position penchée en avant pour laquelle son embonpoint n'avait pas été sculpté et il reprit, bien assis et à voix haute, car le reste était moins confidentiel :

— À moins, à moins qu'il ne s'agisse du message crypté d'un de nos fidèles amis dans la détresse. Les vents contraires que nous avons essuyés ces dernières années ont dispersé mon petit équipage. Il est plusieurs de mes compagnons dont je suis encore sans nouvelles. Je m'en voudrais de ne pas avoir répondu à un ami, si d'aventure l'auteur de ces lignes en était un, un ami qui chercherait seulement par ce subterfuge à tromper la vigilance des mahométans et à entrer en contact avec moi. L'hypothèse est peu probable mais je ne veux pas la négliger.

Monsieur de Maillet, pendant ce discours, ne cessait de ruminer intérieurement la bonne, la grande, l'excellente nouvelle : Alberoni allait intervenir pour lui. Il attendait patiemment que finisse cette digression de confidence pour en revenir à son fait. Tout cela, à vrai dire, ne le concernait guère et il espérait s'en tirer avec un simple conseil quant à la façon de traiter avec les Persans.

Le cardinal, après sa péroraison, se remit à déambuler et considéra une dernière fois le vieux consul, avant de se jeter tout à fait à l'eau. Bien sûr, pensait-il, on aurait pu rêver meilleur agent : celui-ci pouvait à peine marcher, il était maigre comme un coucou. Tiendrait-il seulement six mois encore ? Bah ! ces vieux vaisseaux ne sombrent pas si facilement. Et puis, Alberoni se dit qu'il n'avait guère le choix. Il n'était plus, comme avant, au sommet d'une nation toute dévouée à sa volonté et qui mettait des armées de gentilshommes à son service. Et surtout, et ce dernier argument emporta tout, ce vieux diplomate discret, d'excellente famille et qui avait les usages du monde et de l'Orient, ne lui coûterait rien ; il voulait seulement être payé d'une indulgence, c'est-à-dire dans la monnaie du ciel, la seule dont le cardinal ne fût point avare.

— Monsieur de Maillet, dit-il, nous allons nous engager solennellement l'un envers l'autre en hommes d'honneur que nous sommes. Je ferai, quelles que soient les difficultés, et je les sais immenses, lever la condamnation qui pèse sur vos innocents travaux.

— Ah ! râla le consul.

— Mais vous, en tant que gentilhomme et plénipotentiaire du roi de France, me donnez-vous l'assurance... que vous partirez au plus tôt pour la Perse afin d'éclairer cette compromettante affaire ?

Le consul reçut cette proposition comme un coup de masse sur les pieds. Il sauta en arrière.

— Partir pour la Perse ! Moi !

Le cardinal, bonhomme, gardait les yeux baissés et les bras le long du corps comme un pénitent. Il laissa le vieillard se débattre avec le marché qu'il lui avait soumis, gémir, pâlir, bredouiller et enfin, sous l'emprise de l'immense espoir de pardon que le prélat avait fait naître en lui, capituler et accepter. Alors le cardinal Alberoni se leva et avec une générosité qu'il ne parvenait jamais à dissimuler, il paya le consul d'avance et pour solde de tout compte d'une chaleureuse accolade.

CHAPITRE 21

Magnus Koefoed était un de ces hommes que la vie gratifie de titres successifs, qu'ils endossent l'un après l'autre avec naturel : il avait été d'abord chevalier, puis baron à la mort de son père ; ensuite Charles XII, dont il était le favori, l'avait fait général ; depuis qu'il était prisonnier, le pasteur, en lui, avait pris le dessus et nul ne l'appelait plus que Révérend.

À lui et à deux mille autres Suédois capturés en même temps, les Russes n'avaient donné d'autres geôliers que les taillis débonnaires, les étangs sauvages et le ciel immobile des steppes du Tourgaï. Arrivé une année auparavant dans cette extrémité du monde, le révérend Magnus avait tout de suite pris la tête de son petit troupeau et s'était courageusement mis au travail.

Lorsque Jean-Baptiste et ses compagnons furent conduits auprès de lui par l'homme rencontré au bord de l'étang, le révérend, qui parlait fort bien le français, leur fit fête et se réjouit de montrer à ses visiteurs l'œuvre accomplie en quelques mois. Mais ces furieux ne voulaient savoir qu'une chose : s'il connaissait Juremi et où il vivait.

— Le hasard a voulu, dit le révérend Magnus, vexé mais conservant son ton aimable, que vous rencontriez d'abord Lars, qui était artilleur dans le régiment de votre ami. Nous avons ici plusieurs autres de ses soldats. Mais lui-même n'est pas, hélas, dans notre communauté.

Jean-Baptiste ne put cacher son intense déception ; depuis l'étang, il était bien convaincu que la Providence les avait guidés droit au but et que c'en était fini de leurs tourments.

— Rassurez-vous, dit le révérend, nous saurons vite où il est et je vous y ferai conduire. Tous nos petits camps — nous préférons les appeler des villages — sont reliés maintenant par un système de poste qui nous permettra de les alerter commodément. Vous verrez, ce n'est pas la moindre des améliorations que nous avons apportées dans ce pays.

Jean-Baptiste le pressa d'envoyer un message sur-le-champ. Guère habitué à cette précipitation, le révérend accepta pourtant d'écrire devant eux une lettre qui appelait les chefs des autres communautés à lui communiquer le lieu où Juremi avait sa résidence. Il la tendit ensuite à un jeune homme qui lui servait de secrétaire pour qu'elle soit copiée et lui commanda de l'envoyer sans délai dans tout le Tourgaï et l'Oural.

— Il ne vous reste plus maintenant qu'à vous installer ici et à attendre, conclut aimablement le Suédois, satisfait de pouvoir enfin s'entretenir de l'essentiel avec ses visiteurs, c'est-à-dire de son village.

Il leur fit attribuer une petite maison de bois attenante au temple qui marquait le centre du village. Jean-Baptiste, George et Bibitchev prirent chacun pension dans une chambre et insistèrent pour aller se coucher immédiatement. Küyük, lui, dédaigna les deux pièces restantes pour aller dormir dehors, sur la large galerie de planches qui entourait le baraquement.

Le lendemain matin, le révérend vint les saluer en apportant un copieux déjeuner composé de poissons séchés, arrosés d'une tisane de baies et accompagnés de galettes d'orge. Il était visiblement ravi que le ciel, à qui il l'avait souvent demandé en secret, eût fait tomber à sa portée ces visiteurs inattendus, les premiers auxquels il pût faire admirer les efforts de ses ouailles. Dès qu'ils eurent terminé leur repas, il les emmena visiter le camp.

Les malheureux exilés suédois manifestaient un état d'esprit à la fois désespéré et entreprenant, à la manière de ces naufragés volontaires que les premiers navigateurs laissaient jadis sur des îles lointaines et désertes, en leur promettant un prompt retour. Ils étaient seuls, au milieu d'une nature vierge.

La plupart des prisonniers étaient des hommes trop âgés pour oublier leur culture et abandonner leurs usages mais pas assez pour renoncer à les reproduire. Pour leur malheur, leur pays, avant de sombrer dans la défaite, pouvait s'enorgueillir de cultiver la civilisation la plus raffinée et la plus brillante de l'Europe. C'étaient les bris de ces joyaux, épars au milieu des steppes, que le révérend avait entrepris de leur montrer avec une fierté touchante.

Le village était disposé sur une aire bien dégagée où la terre ratissée dessinait des allées et des places. De petites maisons y étaient semées avec ordre. Elles ouvraient sur ce qui tenait lieu de rue par un pignon couvert de bardeaux et badigeonné de boues sèches de différentes couleurs. Malgré leur aspect souillé, ces enduits faisaient de jolies oppositions de tons vifs. Tous les savoir-faire étaient requis dans ce désert et la troupe n'en manquait pas. Cependant, à cause de l'extrême rareté du métal, la plus grande partie des artisans ne pouvait employer convenablement ses talents.

Si la technique était encore limitée, les arts, eux, s'épanouissaient. Les visiteurs admirèrent tout un étalage de portraits inspirés de Vélasquez, peints à l'huile de lin et qu'il fallait faire sécher plusieurs semaines au soleil faute de térébenthine, selon les très anciennes techniques de Van Eyck. La musique était fort répandue parmi les captifs, dont le principal souci était plutôt de se procurer des instruments. Ils visitèrent un atelier obscur où un vieil artisan, qui était tambour-major dans les armées royales, avait construit de ses mains un petit orgue à musique. Ses tubes étaient en bambou, bien alignés et liés entre eux par des lamelles d'osier. Le mécanisme était actionné par la rotation d'un gros rouleau de bois sur lequel étaient plantés des milliers de petits clous. L'ensemble faisait le bruit d'une charrue roulant sur des pavés mais en prêtant l'oreille on entendait, comme un souffle lointain, le murmure émouvant d'une cavatine de Lully.

— *Le Triomphe de l'amour*, annonça fièrement le révérend.

La chance avait voulu qu'un luthier fît partie du groupe. Il avait fourni la communauté en violons, qu'il construisait avec adresse. Hélas, il ne disposait ni de colle ni de vernis, et ses instruments, chevillés et cloués, ressemblaient à des cercueils pour nourrissons. Les cordes faites en nerfs tendus rendaient un son étrange, rauque et plaintif. Pourtant, trois musiciens, convoqués tout exprès, exécutèrent sur ces instruments plusieurs pièces de chambre, belles à tirer des larmes.

La grande affaire du révérend était cependant la danse et il en réservait la démonstration à ses visiteurs pour la fin, une fois qu'il les aurait conduits partout, de la laiterie aux écuries, de la boulangerie à la brasserie. Tout le monde se dirigea donc vers une salle vaste et basse qui servait aux assemblées, aux conseils et aux fêtes. C'est là que le révérend avait demandé aux femmes de se placer, pour les présenter aux visiteurs.

Les Russes n'ayant déporté que des hommes, ces communautés de prisonniers n'avaient par conséquent que la disposition naturelle d'un seul sexe. Sans doute auraient-ils encore pu, dans ce domaine comme dans les autres, se secourir les uns les autres au point d'en éprouver certainement du soulagement et peut-être même du plaisir ; mais la propension de l'être humain à donner une postérité à ses œuvres avait fini par l'emporter : ils s'étaient accouplés à des femmes indigènes.

La plupart des Tartares qui vivaient dans la région se donnaient à eux-mêmes le nom de Kalmuks. Ces Mongols bouddhistes étaient venus de l'extrémité de l'Asie un siècle plus tôt, en bousculant tout le monde. Étrangement, leur arrivée au contact des populations russes avait produit sur eux un complet apaisement. Les Kalmuks étaient devenus sédentaires, s'étaient groupés dans des villages ; ils pêchaient, pratiquaient même un peu de culture et s'étaient aisément mêlés aux étrangers. Ils avaient fait bon accueil aux déportés suédois. Désormais, ils leur étaient même apparentés par les femmes, qu'ils leur avaient cédées sans cesser toutefois d'en avoir discrètement l'usage.

Rien n'était surprenant comme le voisinage de ces deux races. Les Suédois, lisses, blancs comme des navets, au mieux rougis par le soleil d'été, avec leurs yeux pâles et leur long nez, considéraient avec plus d'étonnement que d'intimité leurs épouses cuivrées, au visage carré, au nez plat et qui, pour la plupart, manquaient tout à fait de dents. On a vu dans l'histoire humaine des unions plus étranges encore et que rien n'interdit d'être heureuses, pensait Jean-Baptiste. Il avait du mal à s'expliquer son malaise.

Les premières danses débutèrent. C'étaient de lents menuets et des gigues que le révérend dirigeait lui-même, en brandissant dans le rythme une longue canne de cérémonie.

Les hommes, que Jean-Baptiste avait vus circuler dans le village vêtus de grossiers costumes en toile, s'étaient parés de leurs habits militaires. Selon les régiments, les uniformes variaient de couleur et de coupe. La Suède à ses grandes heures avait eu les moyens d'équiper somptueusement ses armées. Hélas, la défaite avait usé les étoffes. Les combats les avaient déchirées et l'exil avait achevé de les ruiner. Les danseurs avaient sur le dos des loques dont la coupe élégante et l'étoffe précieuse rendaient plus horribles encore, comme des ulcères sur un beau membre, les innombrables ravaudages. Les femmes kalmuks étaient plus mal traitées encore. Les tailleurs du village, avec ce qu'ils avaient rassemblé de toile à sac ou de peaux convenables, avaient confectionné aux cavalières des robes de cour du modèle le plus compliqué et le plus récent, gonflées de paniers et de jupons, sur la matière desquelles il valait mieux ne pas s'interroger. On avait poussé l'exigence — et la cruauté — jusqu'à leur poser sur la tête des perruques de filasse, ingénieusement faites d'ailleurs, mais qui achevaient de les outrager.

Jean-Baptiste s'expliquait enfin son malaise mais n'en continuait pas moins de l'éprouver : ces Suédois n'avaient point épousé des femmes kalmuks, ils avaient seulement tenté, à partir de cette matière première indigène qu'ils traitaient avec dépit et résignation, de fabriquer des femmes suédoises avec la même application et les mêmes moyens qui leur faisaient prendre des bourriches pour des violons et leurs carrioles branlantes pour des carrosses.

— Sont-ils jolis ! souffla avec attendrissement le révérend à l'oreille de Jean-Baptiste, en désignant les danseurs.

Il avait laissé le soin à un autre musicien de diriger le dernier galop.

— Quelle grâce ! Quelle émotion ! reprit-il presque aux larmes, les imaginez-vous à Versailles ou à Charlottenburg ?

— Oui, justement... dit Jean-Baptiste, rêveur, sans pouvoir cacher tout à fait sa consternation.

Ce spectacle éprouvant dura encore plus d'une heure et ils eurent à le subir plusieurs fois pendant leur séjour. Contrairement à ce qu'ils avaient cru, ce n'était pas une fête donnée en l'honneur de leur arrivée mais un divertissement, le seul en vérité, qui constituait l'ordinaire de toutes les journées du camp.

Jean-Baptiste était à vrai dire le seul à en être affecté. Küyük se réjouissait fort de ces bals, comme d'ailleurs les autres Tartares. Ignorant l'original que ces rituels prétendaient copier, ils n'y voyaient qu'une manière amusante de faire tourner les femmes et de dévoiler leurs bras nus. Quant à George, il était en admiration devant l'œuvre de ces hommes. Il ne cessait de décrire à Jean-Baptiste de nouveaux exemples de leur ingéniosité, rapportés des visites qu'il faisait seul dans tous les ateliers du village. Selon lui, la Raison était portée en triomphe sur cette table rase de la steppe et il était bien près de considérer ces hommes heureux.

Chaque jour, des coursiers allaient et venaient dans l'archipel des autres camps. Le révérend les interrogeait dès leur arrivée. Hélas, aucun d'eux n'avait connaissance du séjour de Juremi. Enfin, au bout de trois longues semaines, parvint la réponse attendue ; Magnus Koefoed leur annonça avec dépit qu'ils allaient enfin pouvoir reprendre leur route. Elle ne serait pas très longue, d'ailleurs. Avec les rigueurs de l'hiver qui commençait, il fallait toutefois compter quinze journées de marche sur des chevaux normalement chargés pour rejoindre l'endroit où Juremi avait été repéré. Son village était aux abords de la mer d'Aral, plein est. Ils devaient seulement prendre garde à ne pas provoquer les hordes de nomades, s'ils en croisaient. En dehors des Kalmuks, devenus sédentaires, circulaient dans la région des Kirghizes nomades. Ils vivaient en hordes et rôdaient au gré de leurs campements dans l'intervalle des communautés de prisonniers, qu'il leur prenait parfois l'envie d'attaquer, en y faisant de grands dommages. Les voyageurs devaient veiller à ne pas s'écarter d'un chemin tracé où ils rencontreraient de loin en loin d'autres camps de déportés.

La veille du départ, quand tout fut prêt, le révérend saisit un prétexte pour s'emparer de Jean-Baptiste et lui parler seul à seul. Un instant, dans l'intervalle désert entre deux maisons de bois, délivré de son exquise politesse, le pasteur montra un visage plus politique.

— Pardonnez-moi, dit-il en chuchotant. Je vous avais d'abord tous confondus et cela explique la façon bien protocolaire et bien froide avec laquelle je vous ai reçus.

— Tous confondus... ?

— Oui, avec cet homme, ce Russe en noir.

— Bibitchev ?

— Sans doute. Vous m'avez mis à la torture, avec lui, quand vous me posiez vos questions : « Pourquoi ne vous enfuyez-vous pas ? Pourquoi ne construisez-vous pas des armes pour vous en servir contre les Russes ? », etc. Croyez-vous que je pouvais répondre devant lui ?

— Mais...

— Peu importe, en tout cas. Puisque nous sommes seuls un instant, laissez-moi seulement vous dire ceci : nous ne partons pas parce que le pays est cerné d'agents tels que cet individu, voilà la vérité. Si nous bougions, ils appelleraient tout de suite les cosaques... Mais, au fait, ce... Bibitchev, d'où le tenez-vous ?

— C'est le tsar qui nous l'a confié comme guide et drogman.

— Le tsar ! Je comprends. Eh bien, je ne sais pas quelles sont vos intentions une fois que vous aurez retrouvé votre ami mais, croyez-moi, vous feriez mieux de vous défier de ce Russe et, si cela vous est possible, de vous en débarrasser. Il n'est jamais très bon de dormir aussi près d'un fonctionnaire de l'Okhrana.

CHAPITRE 22

L'hiver est une des plus belles saisons d'Ispahan. Le ciel y garde une pureté et une profondeur de saphir, poli par des vents légers, adroits, qui liment le visage et les doigts des passants jusqu'à les rougir. Toute chose apparaît absolument nette, dans la proximité comme dans les lointains, et les couleurs, même celles des tissus ou de la chair, prennent sous les rayons du soleil pâle l'éclat froid des métaux et des gemmes.

Il était à peine deux heures de l'après-midi quand Alix, tout essoufflée de sa course, entra dans la chambre de Nour Al-Houda. Elle pensait la trouver prête pour leur promenade puisqu'elles étaient convenues trois jours avant de se rejoindre à cette heure-là. Mais la jeune fille était sans bijoux, sans maquillage, vêtue d'une robe d'intérieur en coton beige autour de laquelle était simplement jeté un grand châle de laine.

— Je croyais être en retard, s'étonna Alix, et vous n'êtes pas encore apprêtée ?

— Il était inutile de vous presser, dit Nour Al-Houda sur un ton lugubre, je suis clouée ici par la volonté de ce monstre.

— Qui donc ?

— Quelle question ! Mon cher mari, bien sûr.

— Pardonnez-moi, Nour, mais je n'ai pas d'exemple

jusqu'ici que votre cher mari, comme vous dites, fût parvenu à rien vous interdire.

— Eh bien c'est fait ! dit la jeune fille en se levant. À moi seule, en effet, il ne peut guère imposer ses fantaisies mais je ne puis m'opposer à des mesures collectives. Aujourd'hui et pendant une semaine, c'est tout le harem, euneuques compris, qui est consigné dans ces murs.

— Une semaine. Quelle idée !

— Oh ! ce n'est pas une idée de lui, rassurez-vous. C'est un grand remue-ménage qui va concerner toute la ville et dont nous avons le privilège, pour être aux premières loges, d'éprouver avant tout le monde les désagréments.

— Mais enfin, en quel honneur ? demanda Alix qui saisissait de moins en moins.

— En quel honneur ! Alix, Dieu m'est témoin que je vous aime, et cela m'autorise à vous dire que vous me posez des questions bien bêtes. En l'honneur du désastre, tout simplement.

— Du désastre ?

— Du désastre qui se prépare à l'est. Les Afghans sont autour de Kirman. Le roi s'est décidé, bien tard, à envoyer une grande armée contre eux et, si elle est battue, le pays n'aura plus de protection.

— Tout cela est bien connu, dit Alix un peu piquée.

— Ce qui ne l'est pas, c'est l'issue de la bataille qui doit avoir lieu cette semaine. Dans ce cas-là, les astrologues et les religieux se déchaînent d'autant plus qu'ils sont en concurrence. C'est à qui, de ceux qui écoutent Dieu ou de ceux qui lisent les astres, prédira les plus grandes catastrophes et exigera les plus terribles pénitences. Le roi s'est donc décidé à décréter des purifications publiques : les filles des rues et les danseuses vont être jetées en prison, le vin va être plus sévèrement interdit que d'habitude et, pour faire bonne mesure, les femmes honorables seront priées de rester dans les harems. Comme les filles publiques se réfugieront chez leurs protecteurs et que les barriques de vin ne craignent pas grand-chose avec le roi, c'est finalement les femmes innocentes qui feront les frais de ces rigueurs. Mon cher mari n'a pas voulu perdre l'occasion, sachant cela avant les autres, de montrer son zèle et de nous imposer cette réclusion dès aujourd'hui.

— Eh bien, tant pis, fit Alix en commençant d'ôter complètement le grand voile qu'elle avait seulement rabattu. Espérons que tout cela sera utile, et buvons un thé bien chaud...

— Non, non, dit Nour Al-Houda en se précipitant sur son amie. Gardez votre voile. Vous êtes étrangère, vous pouvez sortir ; vous allez faire comme si j'étais avec vous.

Puis, à voix basse :

— Et vous porterez ces nouvelles en même temps que vos remèdes à l'endroit habituel.

La proposition surprit Alix, qui était maintenant accoutumée à son rôle de complice et n'avait jamais pensé à entrer plus avant dans les secrets des rencontres que son amie faisait au palais royal. Même dans leurs conversations, toujours gaies et pleines de rires, Alix n'avait jamais osé l'interroger sur ce sujet. Nour Al-Houda, qui parlait volontiers de tout et se racontait elle-même sans détour quand elle le voulait, n'avait avoué que fort peu de chose concernant son bel amant.

Alix connaissait son nom depuis peu de temps et elle ne l'avait jamais prononcé. Au garde qui ouvrit la porte du palais quand elle eut frappé, dissimulée sous son voile, Alix demanda avec une étrange émotion à voir Reza Alibegh. Elle suivit le soldat le long d'une galerie froide, éclairée par de simples ouvertures sans fenêtres et situées trop haut pour qu'on pût rien voir que le ciel. Cette entrée devait donner sur l'arrière des casernes et permettre aux officiers d'aller et de venir sans être vus par la grille d'apparat. Le garde fit traverser deux cours à la visiteuse puis monter un escalier. Elle eut un instant d'hésitation quand il s'offrit de la faire passer devant lui dans un couloir. Bien sûr, elle était censée venir souvent et connaître le chemin... Elle simula un éternuement et ce léger retard lui fit conserver sa place en arrière. Enfin, elle entra dans une pièce carrée, haute de plafond mais dont la superficie très modeste était presque entièrement couverte par quatre banquettes adossées au mur et une table ronde en cuivre repoussé. Reza l'y attendait, debout. Dans cet espace étroit, il lui parut curieusement moins grand qu'elle ne l'avait supposé en le croisant à cheval. Mais sa tête était plus imposante que ne le laissait prévoir son corps. Deux yeux immenses, d'un vert d'eau, l'éclairaient, surmontés de sourcils calligraphiés comme à l'encre de Chine en une courbe élégante et précise.

Il prit les remèdes qu'elle tenait stupidement dans leur paquet et les posa sur la table ; du même geste il saisit ses mains et les porta à sa bouche pour les couvrir de baisers. C'est à cet instant seulement et avec un retard dont elle se fit immédiatement le reproche qu'Alix se souvint qu'elle était dissimulée par un voile opaque et que cet homme la croyait une autre. Elle découvrit vivement son visage et Reza recula de surprise.

Dans cet étroit cabinet, cependant, on ne pouvait reculer bien loin ni s'éloigner beaucoup. L'étonnement passé, il l'invita à s'asseoir pour entendre ses explications. Elle s'exécuta en prenant garde de se tenir le plus modestement qu'elle put. Mais elle n'avait pas été accoutumée à baisser les yeux.

— Je puis... parler ? dit-elle en jetant un regard vers la porte.

— Comme dans un désert, répondit-il.

Sa voix était agréable, point trop grave pour un Persan, et faisait chanter les longues voyelles de sa langue.

Sans se nommer, elle dit qu'elle venait de la part de Nour Al-Houda et exposa ce que la jeune fille lui avait commandé de dire.

— Une semaine d'absence, résuma-t-il pensivement.

Il resta un instant profondément silencieux, les yeux

vagues. Alix ne s'étonnait pas qu'il fût triste. Après tout, elle était porteuse de mauvaises nouvelles. Mais à son expression, elle jugeait cette tristesse plus profonde et plus permanente que ne l'expliquait la contrariété présente.

— Vous êtes étrangère ? dit-il enfin en regardant Alix.

— Oui.

— Comme elle...

— Mais pas du même pays, coupa-t-elle vivement. Non, je suis seulement... son amie.

Vraiment, à cet instant, elle aurait bien voulu qu'il la libérât car la peine de cet homme était un spectacle fort affligeant pour quelqu'un qui n'avait pas la ressource de le secourir.

— Vous a-t-elle raconté notre histoire ? demanda-t-il au bout d'un long silence.

— Non, répondit Alix, et ses yeux clairs bien droits disaient qu'elle ne mentait pas.

Il attendit un long instant. La fenêtre, couverte d'un vitrail opaque jaune et rouge, ne laissait passer aucun bruit. Alix cherchait un mot pour quitter cette pièce et couvrir sa fuite.

— Elle a eu tort, reprit-il. Si vous savez notre secret, autant le savoir jusqu'au bout. Je vais vous dire, moi, pourquoi nous nous voyons ainsi.

— Monsieur, dit Alix, je préfère...

— C'est moi, coupa-t-il, qui vous demande de m'écouter. Vous n'êtes pas indiscrète, vous rendez seulement service à un homme qui en a un grand besoin et vous prie de le soulager d'une confidence qu'il ne peut faire à personne.

Derrière la courtoisie extrême de ces paroles, elle sentait le ton d'une autorité qui ne souffrait point d'être contredite. Alix, qui, par ailleurs, mourait de curiosité, capitula poliment et de bonne grâce.

— Ma famille, commença-t-il, vient d'Astrabad, au sud de la Caspienne. Ce sont les confins de l'Empire perse, sans cesse attaqués par des pillards et des voisins turbulents. Mon père gouvernait cette province et son père avant lui. Le grand roi Abas l'avait nommé à ce poste au lendemain de la conquête. Je suis le second fils et mon frère aîné prendra la suite de nos ancêtres dans cette charge, si toutefois notre terre garde sa liberté. Les enfants de notre pays, comme vous le savez peut-être, connaissent moins les castes que vous. Ils savent qui ils sont, bien sûr. Mais le fils du savetier peut jouer avec celui du gouverneur sans que personne en conçoive de gêne. Nous étions une petite bande de garçons de huit ans qui partaient pêcher au printemps dans les grandes rivières qui vont nourrir la mer, en contrebas de notre ville. Nous rentrions tard et parfois pas du tout. Les maisons étaient si grandes qu'on ne s'en apercevait pas tout de suite. Au cours de nos explorations, nous avons découvert dans un mauvais champ piqué d'ajoncs une troupe de Circassiens qui continuaient à se dire nomades, mais n'avaient pas l'air de vouloir quitter cet endroit paisible. Nous allions souvent pêcher par là, non qu'on y prît plus de poissons mais parce qu'on entendait leurs tambourins et leurs chansons. Nour Al-Houda faisait le lien entre ces Gitans et nous. Quand elle ne dansait pas avec eux, elle nous rejoignait dans nos cabanes. C'était une petite fille assez ingrate avec de grands cheveux bouclés qui étaient tout ce qu'elle avait de beau. Elle parlait mal le farsi et ne portait pas encore le nom que vous lui connaissez. Nous l'appelions Ozan, c'est-à-dire la rouge. Pourquoi ? Je ne l'ai jamais su, car elle n'a jamais été rousse. Elle était vive comme le feu, peut-être ? Surtout, elle mordait les cœurs comme la flamme.

Alix ne bougeait pas, de peur de rompre le fil de ces confidences.

— Nous nous battions entre nous et j'étais un rude chef. Je voulais déjà devenir soldat et nous parlions de batailles et d'armées, le soir, en rentrant vers la ville. Chacun disait pourquoi il voulait combattre : pour son pays, sa famille, des conquêtes, des richesses, pour la gloire. Et moi, j'inventais quelque chose. Mais je me disais que je voulais me battre pour Ozan. Un souvenir d'enfant est toujours un peu bête. Il ne faut pas trop juger. D'ailleurs, il n'y a pas longtemps que celui-là m'est revenu.

Les Bohémiens sont partis avant le troisième hiver, continua-t-il. Ozan ne nous avait pas prévenus. Ils n'ont rien laissé derrière eux. Il est tombé de la neige au mois de janvier et elle a repeint tout ce passé en blanc. J'ai oublié. J'ai grandi. Du bout de ses longs doigts, il tournait et retournait le paquet de remèdes, qu'il avait fini par ouvrir. Il jouait maintenant avec les petits sachets de poudre.

— Je l'ai revue il y a quatre ans à Téhéran. C'est elle qui m'a reconnu, sans doute parce que quelqu'un lui a dit mon nom. Elle était devenue danseuse. Vous savez le pouvoir que ces femmes ont chez nous et leur détestable réputation. Elle est venue me voir, m'a rappelé quelques souvenirs communs. Elle se faisait appeler Nour Al-Houda. Ces courtisanes n'ont pas l'habitude de se voiler. Sa beauté m'était révélée sans obstacle, d'autant plus troublante que s'y ajoutait le souvenir de l'enfant qui m'avait ému jadis. Je suis tombé amoureux d'elle, plus amoureux que je ne l'avais jamais été. Fou. Ivre d'elle, pensant sans cesse à la rejoindre, souffrant en la voyant et souffrant aussi quand j'étais séparé d'elle. Enfin, je ne vous décris pas cela, vous avez aimé, sans doute...

Alix baissa les yeux et se troubla.

— Pardon, dit-il en prêtant soudain attention à son voile sombre. Seriez-vous veuve ?

— Oui, répondit-elle, et elle s'en voulut tout de suite d'avoir marqué si peu d'hésitation pour mentir.

Il garda un temps de silence respectueux puis reprit :

— J'en finis, car c'est fort simple : mon père m'avait déjà marié deux ans plus tôt avec la fille de l'intendant des monnaies, qui est chez nous un personnage considérable. Il m'est impossible de la répudier. D'autre part, ni ma famille ni la sienne n'accepteraient que j'ajoute à ce premier mariage un autre qui me lierait à une danseuse.

— Il me semble, dit Alix prudemment, que la loi persane ne manque pas d'accommodements dans ces cas...

— Ah ! pour parler ainsi, il faut que vous connaissiez encore bien peu Ozan, enfin, votre Nour ; elle n'a jamais rien voulu de tel. Elle est d'une jalousie brutale et n'entend pas partager. Ce sujet est vite devenu la cause de violentes querelles, presque quotidiennes, et il a été à l'origine d'un fatal malentendu. J'ai fini par croire qu'elle s'intéressait plus à mes biens et à mon titre qu'à moi-même. Et elle ne cessait de répéter que je ne la jugeais pas de mon rang. Voilà comment elle a conçu et réalisé le plan diabolique qui a fait d'elle la femme de cet infâme Hootfi-Ali-Khan. La différence des âges atténue chez nous la différence des conditions. Tout Premier ministre qu'il soit, il a pu l'épouser sans déclencher de scandale. Elle a montré par ce coup qu'elle n'avait pas besoin de moi pour atteindre à la fortune et qu'elle peut tout autant qu'une autre être une grande dame.

Le pauvre Reza avait achevé ces paroles au bord des larmes. « C'est fort injuste, pensa Alix, mais la beauté rend la tristesse infiniment plus pitoyable. » Elle plaignait cet homme sincèrement.

— Et maintenant ? dit-elle.

— Eh bien, chaque fois qu'avec votre aide — car je suppose que vous êtes la complice dont elle m'a parlé — elle peut entrer ici, c'est pour m'entendre lui dire que je l'aime et me répondre la même chose, à quoi je ne peux rien objecter : elle m'affirme qu'elle me suivra où je voudrai l'emmener, à condition que je quitte tous mes attachements.

Sur ces mots, il releva vers Alix ses grands yeux gonflés par une émotion contenue avec peine :

— Le roi m'a confié le commandement de sa garde personnelle. Mon pays est menacé et je peux avoir à me battre d'un moment à l'autre. Ozan me demande de trahir tout cela, sans parler de ma famille et de mes engagements. Pour aller où ? Si je m'exécute, je serai poursuivi de tant de haines et de vengeances, à commencer par celle du roi, qu'il nous faudra aller à l'autre extrémité de la terre pour y échapper. Oh ! pourquoi ne veut-elle pas le comprendre ? Madame, je vous le demande, dites-lui de respecter ma souffrance et de ne point me demander l'impossible.

L'heure avait passé. Ils arrivaient au bout du temps que duraient d'ordinaire ces entretiens et sans doute le jeune homme avait-il quelque obligation à remplir car il formula rapidement une conclusion.

— Elle ne viendra pas pendant huit jours, me dites-vous ? C'est une terrible nouvelle : je voudrais y voir un soulagement. Pendant ces huit jours, elle n'allumera pas devant moi des feux que ne peuvent éteindre nos serrements de main car vous devez savoir qu'elle ne consent désormais à rien d'autre. Voilà ce que je me dis, mais je sais que ce sera en vérité une souffrance et que je vais me désoler d'attendre.

Après avoir prononcé ces mots, Reza parut un instant contempler une image intérieure puis tout à coup il reporta son regard sur Alix. Ce regard était si intense, si avide, si affamé par les privations du malheur qu'elle se troubla.

— Je vous remercie de m'avoir écouté, dit-il en lui prenant la main et en la regardant fixement.

Perçut-il qu'elle tremblait ? Il garda cette main dans la sienne.

— Vous m'avez fait beaucoup de bien, ajouta-t-il.

Et quoiqu'elle sentît qu'il aurait eu envie, peut-être, de prolonger cet instant, elle le vit saluer et prendre congé rapidement. Il ne lui avait pas demandé son nom. Elle trouva ce tact parfait et, dans le même moment, éprouva comme l'amertume d'un léger regret.

Alix fut longue, pendant la soirée qu'elle passa chez elle, à quitter cette image pénible d'un jeune homme si noble et si malheureux. En elle-même, elle ne faisait à Nour Al-Houda aucun reproche : elle la comprenait et pourtant ne pouvait se défendre tout à fait de lui donner tort. Tard dans la nuit, elle parvint à une sentence qui résumait tout et la fit rire : « On ne peut montrer à une femme un bel homme qui pleure sans qu'elle pense : allons, je l'aurais mieux aimé, moi. » L'instant d'après, elle rêvait tout à fait.

CHAPITRE 23

Monsieur de Maillet poussa un long soupir en voyant le changeur romain poser sur le haut de la dernière pile la dernière pièce de son dernier or. À travers deux larges croisées qui ouvraient sur le flot rougeâtre du Tibre et le palais Sacchetti, un pâle soleil blondissait les trois petits tas de pièces, alignés sur le cuir presque noir du bureau. La somme provenait de la vente de cette dernière propriété, qui avait appartenu à son épouse. Un fermier du voisinage l'avait achetée en gémissant pour la moitié de son prix. Ensuite, courtiers, notaires et banquiers avaient pris leur part, royale comme il se doit. Restaient ces mille écus dont le chiffre avait résonné si fort dans l'esprit du pauvre vieillard les dernières semaines, ces mille écus qui n'étaient finalement que ce misérable petit tas de pièces rognées.

Le consul serra ce pécule dans un sachet de toile muni d'un long cordon qu'il passa autour de son cou. Ainsi sentait-il l'or contre son cœur ; il faudrait le lui percer pour s'en emparer.

Il descendit les deux étages du haut escalier de marbre en tenant fermement la rampe. Avant de sortir dans la rue, il avisa un gamin qui jouait dans la cour avec un chat. En lui promettant un liard, il lui demanda d'aller voir d'abord dans la rue si personne de mauvaise mine n'était posté pour l'attendre. L'enfant le rassura ; il sortit.

À vrai dire, la situation était des plus critiques pour le consul et la vue de cet or ne l'avait nullement apaisé. Dans le feu de sa bonté, le cardinal Alberoni, ô saint homme — monsieur de Maillet ne prononçait jamais son nom sans se signer et bénir sa charité —, avait oublié un seul détail : l'ancien diplomate, dont il défendait désormais les intérêts spirituels, n'avait, au matériel, plus un sou pour entreprendre le voyage en Perse.

Monsieur de Maillet avait eu un instant l'idée, avant de quitter le prélat, d'attirer son attention sur ce point. Mais, jusqu'à ce qu'il fût sorti de son cabinet, le grand homme l'avait entretenu de choses élevées, de vastes projets, on oserait même dire d'affaires d'État ; le consul, éperdu d'admiration, aurait commis une faute de goût en faisant entrer sa poissarde de misère au milieu d'un conclave si distingué.

Les rues étaient assez peu fréquentées : à cette heure de midi et par ces journées d'hiver, les Romains restaient chez eux. Le consul regarda plusieurs fois derrière lui, fit demi-tour, changea de trottoir brutalement : personne ne le suivait.

Tout était clair ; il avait retourné suffisamment l'affaire dans sa tête pour le savoir. Les possibilités se réduisaient à une sèche alternative. Soit il remettait ses mille écus à Mazucchetti, auquel il les avait promis, pour le prix de son entremise auprès du cardinal. Dans ce cas, il n'irait pas en Perse et perdrait sa dernière chance de salut dans ce monde comme dans l'autre. Soit il conservait cette somme par-devers lui, prenait la route, se sauvait mais en courant le risque d'être occis par le truand.

Qui aurait pu dire qu'un jour un homme de son élévation serait réduit à une aussi sordide extrémité ? Monsieur de Maillet soupira. La perspective du péché seul le désespérait car pour la décision, elle était prise. Il était résolu à conserver ses mille écus et à exécuter coûte que coûte les volontés du cardinal. Après tout, ce Mazucchetti lui suçait le sang depuis plusieurs mois sans résultat et s'était repu de sa fortune : il était payé. La seule erreur du consul avait été de lui promettre plus, ce qui conduisait aujourd'hui à un mensonge ; la confession était heureusement là pour l'en absoudre.

Depuis l'entrevue avec le cardinal, l'ignoble entremetteur venait chaque jour réclamer son dû. Chaque jour, le consul lui faisait espérer l'arrivée des fonds pour le lendemain et devait endurer des menaces de plus en plus violentes. À la force, qu'opposer sinon la ruse ? Monsieur de Maillet avait élaboré un plan qu'il jugeait de la plus extrême habileté : il allait ponctuellement tous les matins chez son changeur et repartait bredouille. Ainsi le jour où il aurait touché son trésor serait-il un jour comme les autres. Lui-même, comme dans l'Évangile, ignorait ce jour et cette heure. Il tenait ses hardes prêtes dans un sac et n'aurait, le moment venu, qu'à s'en saisir et à prendre la route discrètement. Le problème était ce velu de Paolo dans sa niche. Pour qu'il ne voie pas le sac, il faudrait partir à la nuit, lorsqu'il allait laper sa puante soupe dans sa cuisine, sur l'arrière de l'hôtel.

Le grand jour était arrivé. Ému de sentir les mille écus sur son cœur, mais moins toutefois qu'il ne l'avait prévu en répétant auparavant son rôle, le consul exécuta le plan qu'il avait arrêté. Il fit, comme à son habitude, de longs détours de flâneur par les ruelles en direction de la colonne Trajane et du Colisée. Ses rhumatismes rendaient ces promenades un peu pénibles et il n'était pas de ceux que soulage la beauté des monuments. Au reste, il avait désormais la vue bien basse et les distinguait à peine. Heureusement, c'était Rome et, lorsqu'il déambulait sur ses pierres abattues, au forum de César ou au portique d'Octavie, il se sentait traversé par la raideur morale de la ville. La grande consolation stoïcienne de la tradition latine coulait autour de lui une cuirasse d'airain. L'exemple de Marc Aurèle l'aidait à supporter l'idée de Mazucchetti.

Il alla s'asseoir ensuite dans un café, près du palais Montecitorio, où il regarda les joueurs d'échecs. Il prit soin de ne commander rien de plus qu'à l'ordinaire afin que nul, dans ce tripot, s'il était d'intelligence avec son bourreau, ne pût l'alerter sur la nouvelle prospérité de son débiteur.

Vers cinq heures, il clopina jusqu'à l'hôtel du Taureau Qui Rit. À l'ouest, le crépuscule avait jeté sur l'épaule du Vatican une étole mauve. L'entrée de l'hôtel était déserte, à l'exception de Paolo affalé dans sa guérite. Le consul salua aimablement le tenancier comme chaque jour. Mais que se passa-t-il ? Eut-il l'air trop pressé, trop dégagé, trop confiant ? Ou est-ce tout simplement parce que ces bêtes-là sentent l'or ? En tout cas, le mufle de Paolo s'éclaira d'un regard un peu trop vif. Sans qu'un mot fût prononcé, le consul, qui était déjà dans l'escalier, comprit que tout était découvert.

Il monta jusqu'au quatrième, ne vit personne dans le couloir et en refermant sa porte tira un verrou qui ne lui avait jamais paru aussi frêle. Que fallait-il faire ? Paolo n'était pas assez mauvais pour courir le dénoncer. Il attendrait que Mazucchetti vienne pour tout lui dire. Combien de temps cela laissait-il ? Peu, sans doute. Le consul s'assit sur le lit ; son vieux cœur battait à en faire vibrer les pièces d'or sur sa poitrine. Lui qui avait toujours été un homme d'action ! Ah ! saint des saints ! En être là ! Tout à coup, de se voir ainsi sans secours et menacé, il céda à la plus complète panique. Il tira son lit, poussa, souffla comme un vieux bœuf et cala le meuble de fer derrière la porte. Tout, mais ne plus voir ce misérable ! Une petite armoire vide occupait un angle : il la renversa sur sa paillasse pour faire bon poids. Restaient près de la fenêtre une méchante table et une chaise ; il les coinça au pied du lit ; la pile de meubles appuyée ainsi sur le mur vis-à-vis la porte faisait un obstacle convenable. Le vieillard s'assit, haletant, sur un coin du matelas et aurait presque ressenti un apaisement si au même instant des pas précipités n'avaient résonné dans l'escalier puis dans le couloir. Lui, c'était lui, derrière la porte ! Et qui la heurtait avec sa canne.

— Je vous dérange ? braillait l'infâme.

La poignée tourna et le verrou exprima une éloquente mais éphémère réponse.

Perdu ! pensa sombrement le consul. Le seigneur m'est témoin que j'ai tout essayé, tout. Ô mon Dieu, si votre miséricorde est telle que je la crois, vous m'accueillerez parmi les Justes !

Il se leva et alla comme un somnambule vers la fenêtre. Mazucchetti avait eu raison du verrou. La porte, entrebaîllée d'un doigt, butait sur le tas de meubles.

— Votre résistance est inutile, Maillet ! Personne ne viendra vous secourir ici, criait le sicaire, et l'on voyait briller, par la fente de la porte, la lame d'un couteau. Allons, ouvrez-moi ! Vous l'aurez voulu. Je casse tout.

Il reculait pour prendre son élan. Pendant ce silence, le consul avait ouvert la fenêtre et enjambé sa base. La nuit d'hiver romaine, claire et froide, frémissante de tintements et de soupirs, offrit à ses yeux myopes une dernière vision bleutée et pure.

— Justice, cria-t-il en serrant son paquetage où était glissé son cher et innocent *Telliamed.*

Et il sauta.

*

Fédor Nicolaïevitch Bibitchev aurait aimé être prêtre. Mais à dix-sept ans, cet orphelin avait trompé sa solitude avec une pauvresse qui lui avait fait huit enfants. Le service du ciel, dans la religion orthodoxe, exige de longues études et ne nourrit pas richement une famille : il était entré plutôt dans la police. Pour ne point contrarier sa vocation, on l'avait affecté à la surveillance du clergé. Il était assidu aux offices de plusieurs églises, où il rangeait, nettoyait et aidait même parfois au service divin.

Sans doute pour s'être observé lui-même, Bibitchev était profondément convaincu de l'imperfection de l'homme. Sa déférence pour les titres n'avait d'égale que sa sévérité pour les individus. Voilà bien, selon lui, ce qu'était la police : un moyen de défendre les institutions contre les êtres qui ont la charge de les incarner ; sauver le mécanisme en surveillant les rouages, pour changer au plus vite ceux qui se révèlent défectueux.

Grâce à cette philosophie, il ne montrait aucun état d'âme à pratiquer la dénonciation. Il servait d'un même geste deux vocations : rendre grâce à Dieu et au tsar ; purifier l'Église et l'État de leurs faiblesses humaines.

Son zèle lui fit monter rapidement les échelons. Il savait assez de théologie pour devenir pope. Mais pour répondre aux besoins du moment, on préféra lui donner un faux titre diplomatique et l'envoyer espionner au Vatican. Il en était revenu deux ans plus tard. L'Okhrana l'affectait depuis à des missions spéciales à caractère diplomatique et religieux. On l'avait expédié dans l'entourage du tsar sur la Caspienne pour s'assurer de l'état d'esprit des religieux dans ces régions. Il ne s'agissait pas que des troubles éclatassent sur les arrières des armées quand elles entreraient en Perse.

Plusieurs semaines auparavant, une dépêche d'Ispahan avait alerté les bureaux russes d'une conspiration dans laquelle était mentionné le fameux Alberoni. Bibitchev avait appris à l'étranger combien cet homme était dangereux. Il s'était trouvé opportunément dans l'entourage du tsar quand les individus signalés par la dépêche avaient cherché à prendre contact avec la cour. C'est à cette fâcheuse coïncidence que le policier devait d'être désormais affecté à la surveillance de ces personnages.

Lui qui avait espéré rentrer à Moscou pour passer Noël avec son interminable famille était finalement à la remorque d'une affaire d'État compliquée, dangereuse et qui était loin d'avoir livré son mystère.

Bibitchev ne voyait pas de limites aux insuffisances des hommes qui avaient l'audace de prétendre servir Dieu, l'État ou de faire le bien. Il était au contraire toujours prompt à parer l'espèce humaine des plus grands pouvoirs dès qu'elle s'employait à servir le mal. C'est ainsi qu'il avait tout de suite reconnu, en la personne de ces suspects, d'inquiétantes qualités, on pouvait même dire un certain génie.

La première était naturellement celle de la dissimulation. Pour avoir longuement fréquenté les milieux ecclésiastiques, il pouvait affirmer qu'il n'y avait jamais croisé d'aussi singulières figures : ce bellâtre d'apothicaire, toujours de bonne humeur, souriant comme un âne, élégant avec trois guenilles sur le dos et qui avait le toupet de prétendre guérir avec ses juleps... L'autre gamin, son fils. Son fils ! Comme si une girafe pouvait présenter un ragondin en disant sérieusement : « mon fils ». Et pour couronner l'ensemble, le Mongol. Très fort, en vérité ! Un personnage si mystérieux et si redoutable qu'il n'était même pas parvenu à cerner sa véritable religion.

Par tous les tsars ! On pouvait dire que cet Alberoni montrait dans la défaite des talents intacts : dénicher de tels spécimens pour exécuter ses desseins, voilà qui était d'un maître !

Et puis, il y avait le plan lui-même. Quelle audace ! La Perse : un premier coup de génie. Revenir par là où on l'attendait si peu, il fallait l'imaginer. Et maintenant les conspirateurs se plaisaient même à déjouer toutes les prévisions, en prenant la direction de l'Asie centrale quand on les aurait plutôt situés vers l'Europe.

Bibitchev avait d'ailleurs été singulièrement pris au dépourvu par la nouvelle tournure de ce voyage. Il n'avait aucune pratique des pays désertiques, encore moins s'ils étaient froids. Qu'un spécialiste des affaires vaticanes en vînt à se diriger plein est dans la steppe, qui aurait jamais pu l'envisager ? Il en était là pourtant et les ressources de son bagage de cour n'y suffisaient plus. Ses bottes étaient trempées et celle de droite fendue sur le côté. Son habit noir, collé au-dedans par la sueur, était cartonné au-dehors par les pluies boueuses ; le gel commençait à prendre l'ensemble en masse.

Si bien qu'il avait été contraint d'accepter les offres de service du tailleur que lui avait obligeamment présenté le révérend Koefoed.

L'habile Suédois lui avait confectionné des braies en petit-gris, coupées sur ce même modèle simple et confortable qui accompagna les Gaulois dans leurs triomphes jusqu'à Alésia. Par-dessus, et malgré son refus d'abord catégorique, Bibitchev avait dû enfiler l'innovation dont le tailleur était le plus fier : une veste matelassée en mouton retourné doublée à l'extérieur de queues de loutre. Au repos, l'ensemble avait l'aspect d'une banale fourrure mais au moindre geste les appendices se dressaient et donnaient au policier l'air inquiétant d'un mille-pattes.

Il passa les deux premières étapes à les arracher discrète-ment une par une et à les jeter dans les fossés. Bientôt, il n'en resta plus que sur le dos. Mais, Dieu sait pourquoi, l'idée de ressembler encore à un porc-épic le choquait moins.

Chaque soir, Bibitchev rédigeait une courte note qui relatait les faits et gestes des suspects. L'Okhrana disposait sur tout le territoire russe de ses relais propres. Même les camps de déportés suédois étaient infiltrés d'agents que Bibitchev, grâce à des signes convenus, appris aux plus secrètes écoles de la police, pouvait reconnaître. Il leur confiait ses missives, qu'ils se chargeaient de faire parvenir rapidement à leur des-tinataire.

Grâce aux rapports réguliers de cet agent zélé, Moscou put suivre, non sans perplexité, sa lente progression dans les steppes.

Partie à cheval du village où Koefoed les avait accueillis, la petite troupe essuya deux fortes tempêtes de neige puis fut retardée par un terrain accidenté où les traces étaient effacées. Malgré tous les efforts pour amoindrir la résistance des suspects en créant ce qu'il est convenu d'appeler dans les manuels une fraternité de voyage, Bibitchev n'avait jamais pu les prendre en défaut. Le plus faible en apparence, ce jeune fils prétendu de Poncet, avait tenu avec l'agent d'interminables conversations d'une désarmante naïveté pendant lesquelles il exprimait sa foi dans le progrès et les sciences. Mais il était parvenu à ne jamais prononcer le nom d'Alberoni ni à l'évoquer d'aucune manière indirecte. Très fort, décidément !

Enfin, peu avant le Noël catholique, ils étaient arrivés au camp où devait être détenu celui qu'ils prétendaient être partis chercher.

Il fallut presque trois semaines pour que parvînt à Moscou la dépêche suivante :

« Avons atteint cet après-midi le village de pionniers de G***. Nous sommes allés déposer comme toujours nos bagages dans la salle des hôtes, près du temple. Un révérend suédois nous a indiqué que le suspect était à cinq cents mètres hors du village. Nous l'avons trouvé derrière une dune gelée, sur un terrain piétiné qui sert aux jeux. Il était en train d'exercer huit jeunes Suédois à l'escrime (endoctrinement ? recrutement ?)

C'est un homme de haute taille, corpulent, les cheveux et la barbe bouclés et gris, les yeux noirs. Il est très marqué de rides. Son énergie est intacte. Quand nous l'avons vu, il escrimait seul dans le vide en poussant des cris en plusieurs langues (italien : certain ; arabe : probable, et français qui paraît sa langue naturelle). Les Suédois souriaient (mais on sait que ce peuple conserve en permanence cette expression, même dans la déportation).

Le dénommé Ponc*** a pris son soi-disant fils par la main et ils ont regardé d'abord la scène de loin (précaution ? signal ? hésitation sur la personne ?). Puis il a appelé d'une voix forte le dénommé Jur***. Le suspect n'a pas entendu. Ponc*** a recommencé. Votre agent a pu alors assister lui-même à la scène suivante. Le dénommé Jur*** d'abord qu'il s'est entendu interpeller est resté coi. Il avait manifestement reconnu la voix. Après un long instant, il est entré dans une très violente colère. Il a brisé son épée sur son genou et en a lancé les morceaux au loin. Il s'est mis à trépigner, à arracher ses vêtements, à lever le poing vers le ciel. Le vent a emporté certains mots. Il disait : " Je ne voulais pas " (répété plusieurs fois) ; " Je t'avais demandé de ne pas les envoyer " (à l'adresse d'un invisible correspondant dans le ciel, au-dessus de lui) : " Tout cela était ma faute " et encore : " Je suis un vieux bonhomme. " Le suspect a usé toutes ses forces dans cet éclat. Il est finalement tombé à genoux dans la neige. Des larmes coulaient sur son visage.

Ces gestes ont convaincu votre agent que de graves dissensions doivent exister dans le groupe. Mais la tendance représentée par Ponc*** a paru l'emporter. Ce dernier suspect s'est avancé. Il s'est mis à genoux en face de Jur***. Ils se sont tombés dans les bras et ont pleuré, étroitement serrés, l'un sur l'épaule de l'autre. Tous les assistants pleuraient, y compris les Suédois.

Le plus étonnant est que tout le monde est finalement rentré en riant fort. Le suspect Jur*** a paru fort intéressé de faire la connaissance du soi-disant fils de Ponc***, qu'il n'avait apparemment jamais vu (cloisonnement ? feinte ? substitution de personne ?). À l'heure où je termine cette dépêche, ils sont tous dans le hall des spectacles. Comme dans chaque village, nous allons devoir endurer un ballet donné par les Suédois avec leurs femmes kalmuks. Mais les suspects paraissent ce soir s'y résigner de bonne grâce. Ils ont déjà vidé une bouteille d'aquavit offerte par le révérend. Je suppose que la situation va prendre dans les prochains jours un tour critique. Votre agent surveille plus que jamais les conversations. Il vous informera à mesure des développements.

Signé : B***

P.-S. : Voulez-vous transmettre à mon épouse et à nos enfants les vœux de leur père pour la Noël. Il va bien. »

CHAPITRE 24

— Embrassez-moi, Lorenzo !

Marcellina était plus belle que jamais cette nuit-là. Deux jours durant, elle avait fait peigner et travailler ses lourds cheveux de blonde aux yeux noirs. Des tresses compliquées, nouées et renouées, lui donnaient la pureté géométrique et sensuelle des beautés romaines de la Renaissance.

Ils étaient debout maintenant, près des lourdes tentures damassées qui entouraient les croisées. Au loin, le Vatican découpait ses lignes brisées entre les deux nuits de la terre et du ciel. Les miroirs du cabinet jouaient à faire vibrer, sur une basse sombre de trumeaux, la mélodie claire des chandeliers d'argent.

— Allez-vous vraiment partir ? murmura Marcellina quand elle eut séparé ses douces lèvres de la bouche de son amant.

— Vraiment, dit-il.

— Demain ?

— Demain.

Elle tenait son regard dans ses yeux sombres puis elle posa lentement sa main sur le col de son habit bleu. On ne pouvait imaginer plus de raffinement, d'élégance chez ce jeune homme qui n'était pas beau peut-être, mais infiniment charmant.

— A-t-on idée d'aimer un militaire ? dit-elle en riant.

— Je vous le demande !

Ils riaient maintenant tous les deux et d'autant plus volontiers que l'un et l'autre se savaient infidèles et s'aimaient tels. Un été de fêtes les avait rapprochés. Rome leur avait donné les plus doux plaisirs. Marcellina, fille d'une riche famille de banquiers, s'était retrouvée seule, l'année précédente, lorsqu'une épidémie avait emporté ses parents et ses frères. Elle avait gardé ce palais pour elle-même. Rien ne dispose à faire un usage joyeux des maisons comme de les avoir reçues par la fortune d'une tragédie. La gaieté de cet été romain avait donné à Marcellina le sentiment qu'elle ne connaîtrait plus jamais d'hiver. Pourtant Lorenzo allait partir.

— Le dernier soir..., dit-elle avec une douce nostalgie dans la voix et elle allait entraîner son amant par la main.

Soudain, un bruit sourd ébranla la pièce et fit tinter les pendeloques de cristal du grand lustre. Ils se figèrent, prêtèrent l'oreille silencieusement : plus rien.

— Quelle ville étonnante ! dit Lorenzo, rêveur. Dire qu'en décembre, il se rencontre encore des fous pour tirer des fusées d'artifice.

Il attira Marcellina vers lui. Ils s'enlacèrent et restèrent ainsi, poitrine contre poitrine, à se bercer d'une mélodie qu'ils étaient seuls à entendre.

Soudain Lorenzo sentit sa maîtresse étouffer un cri et devenir plus lourde dans ses bras. Désemparé, le jeune homme soutint sa compagne évanouie, en jetant des coups d'œil désespérés autour de lui.

C'est alors que retentit, venue de derrière son dos, une horrible voix d'homme, éraillée, puissante et lugubre.

— Justice ! criait-il.

Le jeune militaire se retourna, son tendre fardeau dans les bras, saisi d'une terreur qu'il n'aurait pas eue au feu.

Une silhouette, debout, s'encadrait dans l'ombre de la porte. L'inconnu tenait un paquet dans les bras. Le flambeau du vestibule qui l'éclairait à contre-jour lui faisait autour de la tête une auréole de cheveux dressés.

Cette vision ne dura qu'un instant. L'homme répéta, mais moins fort :

— Justice !

Puis le spectre fit quelques pas en boitillant dans la pièce. Quand il entra dans la lumière des bougies, il prit la forme d'un vieillard déguenillé, qui alla s'asseoir à la table où brillaient encore les reliefs d'un repas fin.

Lorenzo reprit conscience, posa Marcellina délicatement sur l'autre chaise. D'ailleurs, elle revenait à elle et, devant ce charmant témoin, le jeune homme redressa le col. Il prit un ton martial pour demander au vieillard hirsute qu'il avait en face de lui ce qu'il venait faire dans cette maison.

— Je suis consul de France, dit monsieur de Maillet en étendant la main pour apaiser ses hôtes. Enfin, je l'étais. Mais tout cela n'a plus beaucoup d'importance. Je réclame justice, voilà tout.

— Monsieur, dit Marcellina, qui revenait de sa peur et en voulait à ce mendiant de venir troubler son bonheur, allez-vous m'expliquer comment vous êtes entré chez moi ?

— Le sais-je moi-même ! dit monsieur de Maillet en haussant les épaules.

Il poussa un grand soupir de lassitude :

— J'ai voulu mourir, Madame. Y a-t-il quelqu'un dans cette ville qui puisse respecter la souffrance d'un vieillard ?

Vraiment, le pauvre homme était si pitoyable que Marcellina s'apaisa.

— Au moins, racontez-nous par où vous êtes passé, dit-elle doucement. D'où venez-vous, d'abord ?

— De l'hôtel maudit qui porte le nom ridicule de Taureau Qui Rit.

— C'est un affreux bouge qui ouvre dans la petite rue de l'Ours, en arrière d'ici, dit Marcellina en regardant son amant.

— J'ai voulu échapper à un reître qui en voulait à mon

241

bien, continua monsieur de Maillet comme s'il se parlait à lui-même.

Sur ces mots, il palpa son habit à l'endroit du cœur et parut soulagé.

— Un reître ! Oui ! J'ai préféré mourir. Ah ! vous êtes jeunes. La vie vous sourit. Plût à Dieu que vous n'en arriviez jamais là. Sauter par la fenêtre pour sauver son honneur, à défaut de son existence.

— Vous avez sauté par la fenêtre ? s'écria Marcellina.

— Parfaitement !

— Et vous n'êtes pas mort ?

— Croyez, Madame, que je le regrette vivement, dit le consul avec dignité. Je m'y suis employé de mon mieux. Pouvais-je savoir, moi, qu'il existait une terrasse sous la fenêtre de ma chambre ?

— N'aviez-vous donc jamais regardé par votre fenêtre ? s'étonna Marcellina.

— Si, Madame, mais toujours vers le ciel ! répondit le consul en joignant les mains.

Il marqua un temps puis poursuivit :

— Quoi qu'il en soit, les choses sont ainsi : une terrasse était sur mon chemin, deux étages plus bas...

— Deux étages ! s'exclama Lorenzo.

— ... et une servante, enfin je le suppose, y avait disposé du linge, des malles en osier, enfin toutes sortes de choses qui m'ont privé de la fin que j'espérais.

— Vous êtes tombé sur des malles ? fit Marcellina, et les jeunes gens, à ces mots, ne purent s'empêcher de pouffer.

Monsieur de Maillet haussa les épaules.

— Et de la terrasse... jusqu'ici ? demanda la jeune fille en reprenant avec peine son sérieux.

— J'ai voulu ruser avec la mort, Madame, voilà la vérité et ce qui m'a puni. Au lieu d'enjamber encore cette terrasse et d'en finir, j'ai eu peur. Oui, je le confesse. Je m'étais heurté le bas du dos sur ces malles et c'était bien douloureux. J'étais venu pour mourir, comprenez-moi, pas pour me cabosser les membres.

— Donc ?

— Donc, j'ai avisé un pignon sur la maison voisine avec deux pentes de toit comme il s'en fait chez nous.

— C'est la mienne ! dit Marcellina. Elle a été construite par mon grand-père, qui admirait les Fugger et avait voyagé dans les Flandres...

— J'ai saisi une échelle qui était sur cette terrasse et, sans lâcher mon précieux *Telliamed*...

Les jeunes gens prirent l'air étonné. Monsieur de Maillet tapota son paquetage.

— Un livre, Madame, mais peu importe. Sans lâcher mon bagage, donc, je suis monté à califourchon sur le faîte, j'ai rampé bien au milieu du toit et j'ai choisi mon côté : la gauche. Vers le couchant et la résidence de notre très Saint-Père.

— Le châssis ! s'écria Marcellina. Oui, vous savez bien, Lorenzo, ce châssis qu'a brisé le dernier orage de grêle... J'ai oublié de le faire remplacer et l'eau entre maintenant dans la mansarde. Pauvre homme ! dit-elle à l'adresse de monsieur de Maillet, vous avez fait comme la pluie. En glissant, vous êtes tombé... dans mon grenier.

Fort amusés par ce récit, les deux jeunes gens donnèrent à boire et à manger au malheureux vieillard. La fatigue du jour, l'émotion, le vin peut-être, l'assoupirent bientôt et ils l'étendirent avec douceur sur une banquette.

Alors, reprenant le geste interrompu quand ce météore avait atterri parmi eux, Marcellina entraîna son amant dans sa chambre. Lorenzo trouvait cet intermède si drôle qu'il ne pouvait s'empêcher de soupçonner sa mutine maîtresse de l'avoir organisé tout exprès. Elle nia sincèrement en riant. En tout cas, que l'idée vînt d'elle ou de la Providence, la présence d'un homme, fût-il hors d'âge, dans la chambre

243

attenante n'en donna que plus d'ardeur et de volupté à leurs ébats.

Ils se levèrent à onze heures le lendemain matin, réveillés par un grand soleil qui forçait, par en haut et par en bas, l'épaisse barrière des tentures de velours. Le consul les attendait, coiffé et brossé, debout devant les croisées du salon.

— Alors, cher hôte, lui dit en riant Marcellina, plus resplendissante encore au jour qu'à la nuit, voulez-vous toujours sauter par la fenêtre ?

— Non, Madame, répondit gravement le consul, mais je vais partir pour la Perse.

Les jeunes gens le crurent tout à fait fou et ne l'en aimèrent que plus. C'est ainsi qu'à deux heures de l'après-midi, sous un ciel pâle et griffé de longs nuages blancs, un confortable cabriolet quittait Rome et prenait la route de Naples. À son bord, un jeune homme, le corps à moitié passé par la portière, lançait des baisers vers sa maîtresse dont la silhouette s'éloignait à vive allure. Le vieillard, à ses côtés, restait prudemment dans l'ombre, comme il sied à la dignité d'un émissaire du cardinal.

*

— Sacrebleu ! comme c'est bon de parler sa langue, s'écria Juremi.

Il marchait, encadré par Jean-Baptiste et George, encore tout endolori de la longue nuit qu'ils venaient de passer à vider des bouteilles et à raconter leur vie. Le village était déjà loin derrière eux. Bas sur l'horizon, un soleil blanc brillait dans un ciel vitrifié par la bise.

— Foi de parpaillot, il y a des jours où j'entends un mot dans ma vieille tête et je lui dis : qui es-tu, toi ? Un verbe turc, une ville arabe, un bout de français ? Parfois c'est un de ces débris de langue qui flottent ici comme de vieilles planches dans l'eau des ports : du mongol, du russe, du chinois, que sais-je ? Les gens se débrouillent en cousant tout cela comme les Suédois leurs vieilles fourrures. Au fait, Jean-Baptiste, en parlant de fourrure, ce sbire dont je ne goûte pas trop la mine va-t-il nous suivre ainsi tout le temps ?

Bibitchev trottait à dix mètres, le dos toujours criblé de ses queues de loutre noires. Le gel les avait maintenant tendues et fichées horizontalement comme des poignards que trente lâches lui eussent plantés par-derrière. Il se dandinait pour rattraper son retard sur les causeurs, dont il n'entendait plus les paroles.

— Je crains bien que oui. C'est un espion au service du tsar, dit Jean-Baptiste.

— Un espion ? s'écria Juremi, qui maintenait le train pour être toujours protégé par la distance. Et qu'espionne-t-il, corne de bique ?

— Je ne sais pas. Nous... toi !

— Il m'a posé beaucoup de questions sur la religion, ces derniers jours, dit George.

— Ce serait donc encore cela ! s'écria Juremi. Ils se défieraient eux aussi des protestants. Il n'y aurait donc pas un seul endroit sur cette terre, même au fin fond de ces contrées pelées, où l'on nous laisserait vivre en paix !

— C'est possible mais dans ce cas pourquoi s'occuperait-il de toi en particulier ? dit Jean-Baptiste avec perplexité. Tous ces Suédois sont protestants aussi et nous, qu'il a suivis jusqu'ici, ne le sommes pas.

— Oui, c'est étrange, fit le vieux géant en grattant sa rude barbe où pendaient de petits glaçons brillants. En tout cas, si j'ai appris une chose avec les Russes, c'est qu'il ne faut pas chercher à comprendre ce qu'ils font. Ils sont tombés directement de la lune dans ces steppes. Le tsar peut bien leur faire couper les cheveux, la barbe et même tous les poils qu'il voudra jusqu'au dernier, il n'en fera pas des gens comme nous.

Bibitchev avait enfin rattrapé son retard ; ils sentirent la vapeur qu'il soufflait bruyamment leur tiédir le cou.

— Un beau pays, vraiment, dit bien fort Juremi. Et que je regretterai. Savez-vous, mes amis, que j'ai découvert ici quelque chose de bouleversant ? Le désert. Oui, un désert qui ne ressemble pas à ces étuves de sable de l'Afrique que l'on traverse bien vite en chameau. Non, ici, c'est un désert avec une végétation, une lande infinie.

— Ma parole, dit Jean-Baptiste, tu es devenu poète.

— Peut-être bien ! En tout cas, tous les jours je suis allé me promener dans ces solitudes. Oui, tous les jours sans exception. On vous dira que c'est dangereux, n'est-ce pas, Monsieur... ? Monsieur comment, s'il vous plaît ?

— Bibitchev, bredouilla l'espion, vers qui Juremi venait de se retourner.

— Eh bien, c'est faux, monsieur Bibitchev, archifaux. Il est prudent d'observer certaines précautions, c'est entendu. Mais les nomades que l'on rencontre sont pour la plupart aimables. Il y a bien des bandes de pillards qui rôdent de temps en temps. Mais si l'on prend garde de ne pas se faire voir d'eux, il n'y a rien à craindre avec les autres. Ils sont même hospitaliers et vous donneraient volontiers tout ce qu'ils ont. Ah ! les nomades ! vraiment ce sont des gens qui parlent à mon cœur. Rien n'est solidifié en eux comme chez nous, les sédentaires. Même leurs dieux ne sont pas figés. Ils ne les enferment pas dans des temples. Ils les laissent courir dans les vents, dans les nuages, dans la neige. Ce n'est pas un hasard si de temps en temps cette marmite déborde et jette à l'autre bout du monde une horde hallucinée ; les Gengis Khan, les Tamerlan, les Baburs, les Huns viennent d'ici... Au fait, j'y pense, où est donc notre Mongol ?

— Küyük ? dit Jean-Baptiste en riant. J'ai l'impression qu'il a trouvé une âme sœur dans ton village.

— Eh bien, tant mieux pour lui.

Tout en conversant, ils avaient fait un bon bout de chemin.

On ne voyait plus le camp, caché par un repli du sol. Le désert froid scintillait tout autour d'eux, plat jusqu'à un horizon qui semblait beaucoup plus lointain qu'en tout autre endroit du monde.

— Regardez, dit Juremi, qui écartait les bras et tournait sur lui-même. Vous êtes au centre du monde, dans l'atelier où naissent les dieux, là où l'homme les fabrique lui-même pour son usage...

Une immense nuée, étalée en griffe, traçait une mystérieuse rune sur la première page du livre céleste.

En embrassant tout l'horizon, Juremi finit par tomber sur Bibitchev. La vue de cette créature qui, par son arrière au moins, n'était pas encore tout à fait détachée du règne animal, le fit redescendre sur terre.

Ils reprirent leur marche silencieusement. Un peu plus loin, au gré d'une lente ondulation de la steppe, ils prirent un peu de hauteur et découvrirent un surprenant relief dans le lointain.

— Savez-vous ce qu'est cette montagne ? demanda Juremi à ses deux compagnons.

Ils l'ignoraient.

— Une tombe, reprit-il. Une gigantesque tombe de terre, grande comme une colline de chez nous. Les anciens hommes de la steppe l'ont élevée pour enterrer leur roi ou quelque grand personnage. Tout autour, il y a des pierres dressées, un peu à la manière de nos menhirs. Les indigènes appellent ces montagnes des kourganes et ils pensent qu'elles renferment leurs ancêtres qui, évidemment, sont sacrés.

Jean-Baptiste et George, la main en visière, regardaient l'étrange monument de terre qui dépassait sur la ligne verte de l'horizon.

— Comment ont-ils construit de telles choses ? demanda George.

— « Comment ! », répéta Juremi d'un air sévère. Voilà bien une question de ces temps de cuistres. À ton âge, mon garçon, j'aurais demandé : « Pourquoi ? » Le reste n'a aucune importance.

— Tout de même, dit le jeune homme, vexé, la technique...

— Quoi donc, la technique ? Crois-tu que ces Scythes aient été embarrassés de leurs mains ? Regarde.

Le protestant tira de sa poche un petit objet brillant qu'il prit entre le pouce et l'index et le leva dans le ciel. C'était un bijou d'or en forme de boucle, d'une étonnante pureté, qui représentait un fauve stylisé, replié sur lui-même en courbes élégantes et dépouillées.

— De l'or ! s'écria George.

— Oui, de l'or. Le plus pur. Et travaillé avec plus d'adresse que n'en montrent nos meilleurs joailliers. Pourtant, il y a là-dedans quelque chose de plus et qui n'a rien à voir avec la technique. C'est beau, comprends-tu ? C'est inspiré. On y a mis un morceau de cette substance immatérielle qui est le génie de l'homme et qui lui fait créer des choses plus grandes que lui.

Juremi fit scintiller le bijou quelques instants puis le remit dans sa poche.

— Ces tombes en sont pleines, ajouta-t-il. Hélas ! chaque printemps, des misérables viennent les piller. Ce sont de pauvres paysans russes la plupart du temps. Ils y vont en bandes, avec des pelles, des pioches, creusent n'importe où, fourrent ce qu'ils trouvent dans des havresacs. Ensuite, ils rentrent en courant dans leurs villages et vont tout fondre en lingots au feu de grands bûchers qu'ils allument dans les forêts. Les nomades sont fort cruels avec eux, s'ils les attrapent. Ils sont persuadés que les profanations dérangent les esprits de la steppe et déclenchent des malheurs. Quand ils mettent la main sur les pillards, on ne les revoit jamais.

— Donc, ces sépultures sont vides maintenant ? dit pensivement Jean-Baptiste en regardant le kourgane au loin.

— Pas complètement, répondit Juremi. Les paysans sont mal équipés. Ils percent seulement en surface. Mais les grandes chambres funéraires sont au cœur du tumulus, et restent souvent intactes. Il paraît que ce sont de pures merveilles.

— Mais qui peut en témoigner, objecta George, puisque nul n'y a accès ?

Ils avaient repris leur marche en retournant vers le village car le soleil commençait à approcher de l'horizon. Bibitchev s'était éloigné un instant pour une nécessité. Il mit plusieurs minutes à combler son retard.

— J'ai rencontré un Écossais, dit Juremi doucement en profitant de son absence. Un vieux briscard comme moi qui s'est fait prendre en Pologne, il y a presque dix ans. On l'a mis dans un camp plus au nord, il s'est échappé et vit maintenant tout à fait comme un naturel. Je l'ai apprivoisé en me promenant. Vous savez ce que c'est : les hommes ont toujours une maladie qui les poursuit, quand même tout le monde a perdu leur trace. Je l'ai soigné. Il m'en a su gré. Désormais, il me fait ses confidences.

Jean-Baptiste et George se retournèrent et regardèrent vers la steppe. On avait du mal à croire que quiconque pût survivre dans ces solitudes.

— C'est le seul homme à connaître ces sépultures comme sa poche, poursuivit Juremi. Bien sûr, il trafique, mais il ne pille pas. En tout cas, il s'y connaît. Quand il découvre un tombeau intact, il retire les bijoux les plus remarquables sans rien déranger. Ensuite, il rebouche l'ouverture par laquelle il a pénétré, et retire avec soin toutes les traces de son passage.

— Et que fait-il de ces trésors ? demanda George.

— Il les confie à tout un réseau qui passe par les Suédois et aboutit, paraît-il, en Hollande, où l'on trouve les grands collectionneurs.

— Il doit être richissime, dans sa cabane, dit Jean-Baptiste.

— Je crois qu'il ne vend pas ces bijoux le dixième de ce que vaut leur poids en or.

— Pourquoi fait-il cela, alors ? fit George, un peu méfiant car il craignait désormais les réactions du géant.

— Parce qu'il aime cette vie, voilà tout. De surcroît, il est persuadé qu'en sortant ces bijoux d'ici, il les sauve. Il est peut-être tout simplement fou. En tout cas, si vous n'étiez pas arrivés, je l'aurais accompagné, la semaine prochaine, dans ses explorations. Il a découvert, paraît-il, une nouvelle sépulture royale de toute beauté et il lui reste encore plusieurs chambres à visiter.

— Eh bien, s'écria George, allons-y !

— Oui, confirma Jean-Baptiste, pourquoi pas ?

— Ah, ça ! mais, fit le protestant tout en secouant la tête, je pensais que vous étiez pressés de retrouver Ispahan. Je n'aurais pas voulu...

— Combien de temps cela prendrait-il ? demanda Jean-Baptiste.

— Une petite semaine peut-être si je le préviens cette nuit.

— Nous en sommes ! dit Jean-Baptiste et tous trois claquèrent bruyamment leurs mains pour sceller cet engagement.

Bibitchev les rattrapa au milieu de cette joyeuse effusion. Il les regarda de travers, furieux d'avoir été tenu en dehors d'un épisode qui risquait d'être essentiel.

En rentrant, il s'arrangea pour marcher en arrière avec George, au bras duquel il avait demandé de s'appuyer : une vieille boiterie, disait-il, le reprenait. Par d'habiles questions, il sut travailler le jeune homme qui, tout à son enthousiasme, parla des kourganes, de l'or, d'un Écossais et qui, sans livrer complètement leur projet, en laissa peu ignorer à l'habile espion.

Il fallut plus d'une heure à Bibitchev pour rédiger ce soir-là sa dépêche. La conclusion en était :

« Jonction faite avec un protestant au service de la Suède et un Écossais possiblement stuartiste. Extraction planifiée d'un

250

trésor appartenant au sol de notre patrie. Le complot prend forme. Son motif apparaît enfin : se procurer des fonds. Les suspects s'abstiennent de le mentionner mais la griffe d'Alb*** est bien visible dans cette haute combinaison. »

CHAPITRE 25

Certains hommes, nés à la lisière de l'humanité, ne se persuadent jamais tout à fait qu'ils en font partie. Tel était Malcolm Halquist. La Providence, un jour de colère, l'avait jeté au monde dans l'île de Foula. Cette minuscule périssoire de terre échappée de l'archipel des Shetlands tente en vain, contre des courants éternellement hostiles, de rejoindre le vaisseau amiral des îles Britanniques.

La vie de mercenaire de Halquist, à bord de diverses flottes de guerre, n'avait été qu'une longue suite d'erreurs. Il était revenu dans le vrai depuis qu'il avait été fait prisonnier par les Russes. Cet exil sibérien l'avait remis à sa place : au bord de l'espèce humaine, seul au milieu d'un sinistre océan de terres.

Juremi, la nuit suivante, alla le visiter dans sa tanière pour savoir s'il consentirait à emmener deux autres personnes dans les tombes. Le protestant, se portant garant de leur loyauté, fit de George et de Jean-Baptiste une description pleine d'avantages. Halquist l'écouta sans bouger un cil, comme un animal à l'affût. Après cette longue immobilité, l'Écossais se leva, alla décrocher du mur en rondins de sa cabane un fusil à pierre dont il entreprit en silence de graisser le chien.

— D'accord, prononça-t-il finalement. Mais personne d'autre que moi ne portera d'arme. Et celui à qui prendrait l'envie de toucher l'or...

Il appuya sur la détente et le silex percuta sèchement sa butée. Heureusement, il n'y avait ni amorce ni charge. Le message était clair.

— Départ avant l'aube, la nuit prochaine, conclut-il.

Au camp, il fallut préparer les esprits à cette absence. Jean-Baptiste expliqua tant bien que mal à Küyük que ses compagnons et lui-même allaient faire un petit voyage dans la steppe et qu'ils ne pourraient pas l'emmener. Il était inutile et même dangereux d'alerter qui que ce fût de cette disparition momentanée. Le chaman regarda Jean-Baptiste avec une étrange expression qui montrait assez sa préoccupation et sans doute sa réprobation.

Le Mongol avait beaucoup changé depuis leur arrivée. Peut-être était-ce l'influence de sa compagne kalmuk, auprès de laquelle il obtenait un réconfort joyeux, sans provoquer trop de réaction du Suédois auquel elle était mariée. Juremi observait avec attendrissement ce ménage à trois et faisait valoir que, si les protestants ne donnent guère, on les a rarement vus refuser de prêter. La renommée de Küyük comme chaman lui procurait une clientèle de plus en plus nombreuse. Il recevait le matin, après l'office du temple, auquel il assistait scrupuleusement comme tout le monde. Aucun des Tartares qui le consultaient ne semblait voir d'incompatibilité entre l'adoration de Jésus-Christ et le recours aux esprits de la steppe. Malgré ce confort, Küyük restait prêt à tout quitter pour suivre ses amis, pour peu qu'il eût la certitude qu'ils couraient un grand danger sans lui. Mais il préférait de beaucoup s'en dispenser et mener tranquillement ses affaires sentimentales et ses affaires tout court.

Küyük savait que Jean-Baptiste allait partir avec Halquist, qui se méfiait des Mongols. Il n'insista pas pour venir et fut rassuré de savoir que ses amis seraient en compagnie d'un homme aussi familier de la steppe que les indigènes. Le Mongol souhaita bonne chance à ses compagnons. Il les salua pourtant le soir avec un peu plus de solennité que d'ordinaire, comme si, parmi les hypothèses qui agitaient son esprit, celle de ne jamais les revoir n'eût pas été l'une des moins solides.

Bibitchev fut, lui, très facile à persuader. Il goba sans difficulté une assez grossière histoire de chasse à la martre. Jean-Baptiste prétendit avoir loué un traîneau dans un village indigène et affirma qu'à son grand regret ce véhicule ne pouvait transporter plus de trois personnes...

Le Russe connaissait suffisamment l'apothicaire, son fils et le protestant pour savoir qu'ils n'avaient aucun goût pour la chasse et auraient encore moins l'usage de martres si, d'aventure, ils en abattaient. Il fallait posséder un grand fond d'indulgence pour ne pas rire d'un mensonge aussi stupide et aussi gauchement présenté. Il eut toutefois la bonté de paraître convaincu. Il poussa même la courtoisie jusqu'à inventer une fable presque aussi ridicule, déclarant qu'il avait une forte fièvre et resterait couché.

La nuit arriva. Les trois exilés tout agités de rêves prirent un peu de repos et se levèrent doucement à deux heures du matin. Ils se préparèrent en silence, sortirent dans la nuit froide. La date avait été bien choisie : une lune presque pleine éclairait leur marche en file indienne dans le désert gelé ; sa lumière pâle et bleutée semblait pénétrer la glace, au point d'en rendre la surface translucide et comme phosphorescente. Ils avançaient d'un bon pas. En moins d'une heure, ils furent à la cabane de l'Écossais. Ils la découvrirent en arrivant sur elle car elle était posée sur le socle de rocher, sous les glaces, et recouverte d'un toit plat, fait de troncs d'arbres dissimulés par la neige.

Le solitaire ne leur fit d'ailleurs pas les honneurs de son terrier : il les attendait devant la porte. Quand Juremi le présenta à Jean-Baptiste et à George, ils eurent l'impression d'être déjà en présence d'une des momies qu'ils allaient visiter sous la terre. Les chairs gelées et dégelées mille fois de l'Écossais avaient pris la consistance parcheminée de ces animaux des temps lointains retrouvés intacts dans les tourbières. Rien ne semblait plus pouvoir l'atteindre. Malgré le froid vif, ses avant-bras décharnés et son cou maigre étaient exposés à l'air sans qu'il en fût incommodé. Un large anneau de cuivre pendait à son oreille gauche. Le trou par lequel il s'accrochait, au beau milieu du lobe, était si large qu'il pouvait sans préjudice y passer le petit doigt. Son visage, quant à lui, joignait l'impassibilité des Écossais à la rigidité de la congélation : c'est à peine s'il clignait parfois des paupières.

Tout figé qu'il parût, le terrible Calédonien était cependant très agile : il galopait comme un renne et ils eurent beaucoup de mal à le suivre. Au terme de deux heures de course qui les laissèrent épuisés et trempés de sueur sous leurs fourrures, ils arrivèrent au pied de l'immense tumulus où étaient enfouies les tombes scythes. Tout autour de ce kourgane étaient dressés d'énormes blocs de rocher aux formes allongées et pointues. Ces pierres paraissaient minuscules de loin, comparées à la masse de la colline artificielle. Pourtant, quand ils passèrent au pied de l'élévation, elles les dominaient de toute leur masse. Ces monuments lugubres avaient visiblement la faveur de Halquist. Sans aller jusqu'à sourire, l'Écossais montra une animation perceptible à leur approche. Il insista même pour faire suivre son exemple à Juremi et à ses compagnons : il posa à plat sur les roches froides, à la surface cristalline et rugueuse, ses deux paumes, et prit une grande inspiration, comme s'il s'emplissait d'une force tellurique qu'auraient recelée les pierres. À vrai dire, ces alignements étaient tout à fait semblables à ceux que les Celtes ont laissés en Europe. Par l'intercession de ces dolmens, le druide égaré retrouvait sans doute la trace de ses ancêtres.

Une fois franchi le cercle imaginaire tracé par la ligne des pierres dressées, ils eurent la certitude troublante d'avoir pénétré dans un espace sacré. La fascination qui en émanait était toute spirituelle. Si le kourgane avait été une colline naturelle, ils l'auraient jugée modeste et même petite. Mais ils savaient que des hommes avaient, par milliers, charrié cette montagne de terre. Il était admirable qu'ils l'eussent dressée si haut, certes, mais il était plus pathétique encore de voir que, malgré leur effort désespéré pour laisser une trace sur cette immensité, ces hommes n'étaient finalement parvenus qu'à imiter un simple frisson de la nature, en érigeant cette modeste voussure, ce dérisoire bombement, cette verrue posée sur la gigantesque peau du monde.

Ce permanent va-et-vient des perceptions, entre l'impression de grandeur et celle de petitesse, produisait un malaise dans les âmes. Tout à l'heure, en approchant du kourgane, ils s'étaient convaincus de ses modestes dimensions. Maintenant ils n'étaient plus des observateurs hautains qui se mesurent à l'univers, mais de minuscules silhouettes accrochées à cette pente abrupte, écrasées par la majesté de ce monument de terre créé jadis par des hommes vivants pour ensevelir leurs rois morts.

La surface de la colline était lisse pour l'œil quand on la regardait de loin. Quand ils prirent pied sur le kourgane, ils découvrirent qu'elle était en réalité très accidentée, semée de pierres petites et grosses. Les pas s'enfonçaient par endroits dans des creux, des ornières, des traces profondes. Il fallait surtout veiller à ne pas se précipiter dans une des nombreuses galeries que les pillards avaient creusées. Certains orifices étaient dangereusement cachés par de hautes herbes, des bouquets de genêts ou de houx. Halquist, qui marchait devant, connaissait chaque pouce du relief et signalait du doigt les embûches.

À mi-pente environ, ils parvinrent à une galerie que rien ne distinguait des autres mais qui était apparemment leur destination. L'Écossais posa à terre le sac en toile de jute qu'il portait à l'épaule ; il en sortit une lampe de laiton munie d'une chandelle, un briquet d'amadou et une pioche en bois dur de Sibérie. Il entra à mi-corps dans le tunnel, frotta le briquet à l'abri du vent et alluma la lampe. Les trois autres explorateurs, sans un regard pour le magnifique panorama de la steppe au clair de lune, gardaient les yeux fixés sur la bouche obscure où leur guide les invitait à le rejoindre. George, qui n'était guère peureux, se mit à trembler de tous ses membres et à claquer bruyamment des dents. Il était raide et tenait les yeux écarquillés. On voyait qu'il était la proie d'une de ces terreurs sans objet rationnel mais violente comme une tempête et qui déracine toutes les constructions de l'esprit, une véritable terreur sacrée. Jean-Baptiste crut que le garçon allait hurler. Il était inquiet de le voir si mal en point, soucieux d'éviter un incident avec l'Écossais et, en même temps, au fond de lui, secrètement heureux que George eût commencé à voir apparaître quelque chose derrière les choses.

La lourde paupière du ciel s'entrouvrait sur un nouveau jour. Des vents glacés tourbillonnants accompagnaient cette mauve ascension de l'aube et sifflaient sur les pentes du kourgane.

L'Écossais ressortit de son trou pour voir ce qui retardait ses maudits comparses. Il jura en anglais. Cette langue, familière pour George, eut pour effet de le ramener sur terre. Ils purent entrer tous, les uns derrière les autres, dans le boyau. George suivait Halquist et Juremi fermait la marche.

L'intérieur du souterrain était un peu moins effrayant que l'entrée. L'étroit tunnel, gris et friable, était soutenu à certains endroits par des étais de bois. Une tiédeur rendait l'air de plus en plus agréable à mesure qu'ils s'enfonçaient dans les profondeurs. De nombreuses bifurcations ramifiaient le réseau des galeries.

— Ces Scythes vivaient dans l'Antiquité, au temps d'Hérodote, et même avant, commentait Juremi d'une voix forte, et l'on sentait que ce rôle de guide le rassurait. D'après Halquist, ces peuples allaient de la Grèce jusqu'à la Chine. Ils chevauchaient dans la steppe. C'étaient des hommes libres.

L'Écossais leur fit signe de s'arrêter. Ils devaient être déjà parvenus très profond vers le centre du tumulus. L'endroit n'avait rien de remarquable. C'était une portion de galerie semblable aux autres. Halquist se mit à frapper le sol avec le talon en différents endroits. Soudain, un des coups rendit un son creux. L'Écossais s'agenouilla, frotta la terre avec les doigts pour disperser la poussière qui couvrait le sol. Une dalle en pierre apparut. Avec sa pique de bois, il fit levier dans un angle, la souleva et la rabattit de côté sur le sol. Par le trou que cette effraction avait découvert, on entendait l'écho clair de leurs moindres chuchotements, réverbérés dans l'obscurité par des parois invisibles. Jean-Baptiste et Juremi regardèrent George, dont ils craignaient la réaction. Mais en surmontant la grande panique qui l'avait terrassé à l'entrée du kourgane, George paraissait avoir franchi la surface du miroir. Il avait appris d'un seul coup à se mouvoir sans crainte dans l'envers du monde ; il fut le premier à se pencher, les yeux brillant de curiosité, au bord du carré obscur, au point que l'Écossais dut fermement le retenir. Il le fit même reculer et, pour le consoler de cette rudesse, lui confia la lampe. C'est alors que Halquist, sans la moindre hésitation, passa son long corps de momie emmaillotée de peaux par l'ouverture du caveau et s'y laissa glisser. En un instant, on ne vit plus que ses deux mains, agrippées de chaque côté de l'orifice. On entendait cogner ses pieds à la recherche d'un appui. Dès qu'il l'eut trouvé, ses mains lâchèrent leur prise et il disparut dans le noir. Un instant s'écoula, chargé de beaucoup d'angoisse du côté des trois novices. Puis retentit la voix de Halquist, résonnant comme sur les murs d'une chapelle, qui demandait la lampe. George la lui tendit à bout de bras et, quand l'autre s'en fut saisi, le rejoignit sans hésitation. Jean-Baptiste et Juremi suivirent.

Quand ils furent rassemblés, Halquist promena la lampe autour de lui. Ce qui résonnait comme une chapelle était en vérité un vaste couloir rectiligne, aux parois de pierre parfaitement taillées, que couvrait une voûte également maçonnée, en forme d'escalier renversé. La dalle qu'ils avaient ôtée pour entrer était située au faîte de cette voûte, là où se rejoignaient les deux volées de marches qui se faisaient face pour constituer le plafond. Dans l'air ne flottait plus l'atmosphère douceâtre, chargée de poussière, qu'ils avaient respirée depuis l'entrée dans les boyaux de terre. Ce n'était pas pour autant, comme ils s'y attendaient, l'odeur humide et pétreuse d'une crypte d'église. On aurait dit plutôt, refroidi et confiné, le parfum domestique, fait d'humeurs mêlées, de relents de table, de tissus imprégnés d'exhalaisons de peau, qui est à la fois commun à tous les gîtes humains et particulier à chacun d'eux. Aucun doute n'était permis : ils étaient chez quelqu'un.

Halquist se mit en marche et les autres le suivirent sur le sol parfaitement propre qui résonnait sous leurs pas. Le couloir se terminait en T. L'Écossais s'avança dans la branche de droite et leva la lampe. Ses trois compagnons poussèrent un cri. Devant eux, à portée de main, une dizaine de chevaux étaient figés dans la mort. Leur pelage était presque intact, tendu sur les os, et moulait le corps des animaux dans la position où ils avaient été abattus. Le plus proche, soutenu par la masse de ceux qui avaient été immolés juste avant lui, était presque debout et sa tête énorme, percée d'un coup de pic au front, dominait les intrus et les fixait avec une expression de terreur, de colère et de reproche éternel. Halquist approcha de ce premier cheval aussi familièrement qu'il l'aurait fait s'il avait été vivant et, comme pour le caresser, il posa sa main d'os sur son encolure décharnée. À tous ceux qui fixent à l'homme les limites de la vie, ce groupe étonnant venait infliger un troublant démenti, comme un signe d'intelligence adressé par des complices d'une rive à l'autre de la mort.

Sans laisser à ses compagnons le temps de revenir à eux, l'Écossais abandonnait sa fantomatique écurie et se dirigeait vers l'autre côté du couloir. Cette branche-là était plus longue. Une partie de la voûte s'y était éboulée et ils durent enjamber les blocs brisés qui jonchaient le sol. Dans les murs de pierre rigoureusement plats étaient ménagées, à ras du sol, des ouvertures qu'on avait sommairement pratiquées en descellant un ou deux moellons.

— Il a visité toutes les chambres, ces dernières semaines, expliqua doctement Juremi.

L'endroit était suffisamment lugubre pour qu'on évitât d'imaginer ce que pouvait y ressentir un homme seul. Parvenus au bout du couloir, ils virent Halquist se disposer pour une nouvelle fouille. Il commença par explorer minutieusement la paroi, tapant de petits coups secs avec le manche de sa pioche contre les pierres, effleurant les joints entre les blocs, à la recherche sans doute de quelque infime décalage qui pût indiquer la présence d'une chambre funéraire. Enfin, il circonscrivit ses recherches autour d'un endroit, et traça un rectangle sur le mur avec l'arête d'un caillou. Très tranquillement, il ôta alors sa tunique de peau, révélant un sous-vêtement percé de plus de trous qu'il n'y restait de coton. Il saisit sa pioche et, avec la paume, commença de gratter les joints entre deux pierres. Faute d'outil et peut-être de courage, les trois visiteurs s'étaient persuadés qu'ils ne pouvaient rien faire. Ils regardaient Halquist avec un mélange d'admiration et d'horreur, en prenant bien garde de tourner le dos aux cavales qui les dévisageaient toujours méchamment, du fond du couloir. L'appareil de la tombe était d'excellente qualité et il fallut du temps pour en dégager la première pierre. Ensuite, tout alla beaucoup plus vite. Bientôt, une ouverture semblable aux autres était achevée. Halquist se redressa, rangea sa pioche, épousseta ses mains et enfila sa veste de peau. Craignait-il le froid de ce sépulcre ou tenait-il plutôt à se présenter dans une tenue correcte devant ces témoins de l'au-delà ? Il semblait en tout cas prendre ses précautions avant de franchir ce seuil sacré. Il sortit de son sac une galette de seigle et mordit dedans. Personne n'ayant d'appétit dans la compagnie, il mangea seul, but trois gorgées à sa gourde en peau et se décida seulement à pénétrer dans la chambre funéraire qu'il venait de tirer d'un sommeil de trois mille ans. Il entra à quatre pattes dans le goulet noir mais ne put s'y engager d'abord plus profond que la ceinture. Une ultime résistance l'arrêtait. Juremi, à la demande de l'Écossais, lui fit passer un poignard qu'il avait apporté dans son sac. On entendit l'explorateur gratter et percuter une cloison de bois. Elle céda dans un craquement soudain. Halquist disparut alors dans le trou, demanda la lampe et fit savoir à ses acolytes qu'ils pouvaient le suivre. Ils le rejoignirent l'un après l'autre. Chaque nouvel arrivant, en se redressant, marquait une pause, et restait muet de saisissement.

La pièce dans laquelle ils étaient parvenus était rectangulaire, de petites dimensions, très encombrée, et pouvait à peine les contenir tous les quatre. Son plafond touchait leurs têtes et obligeait Juremi à se tenir les genoux pliés. Des planches, sur les parois et le sol, donnaient au décor une teinte sourde et répandaient une odeur vivante de résineux fraîchement sciés. Leur lugubre amphitryon avait posé la lampe sur un rebord de bois. En écartant les bras, comme s'il les eût introduits dans sa salle à manger, il dit en français :

— Voilà, Messieurs.

Une expression de jubilation se lisait sur ses traits sans qu'ils eussent vraiment bougé. Mais son œil brillait d'une intense excitation.

— C'est la chambre royale, murmura Juremi, celle qu'il cherchait.

Dans ce silence millénaire, la voix du géant, même assourdie, sonnait comme les trompettes du Jugement.

Cette annonce solennelle était bien nécessaire pour que Jean-Baptiste et George prissent conscience de la valeur d'une telle découverte. Car, au premier abord, l'impression de désordre était tel, dans cette pièce, qu'ils craignaient d'être arrivés trop tard et que des pillards l'eussent déjà retournée de fond en comble.

Plusieurs dizaines d'amphores, dont le temps avait fait disparaître le contenu, étaient penchées l'une contre l'autre. Près de deux gros chaudrons de cuivre s'empilaient toute une vaisselle, des vases et des phiales de cérémonie. Le long d'un mur, on reconnaissait les deux hautes roues d'un char dont le timon sculpté était posé sur le sol. En vérité, et ils purent vite s'en convaincre, cet entassement ne paraissait hétéroclite qu'en raison de l'exiguïté du lieu. Il était pourtant très rigoureusement ordonné et prenait son sens dès que l'on rapportait ces ustensiles à leur fin, qui était l'accompagnement du défunt dans son voyage éternel.

Voilà justement ce qui manquait, dans ce sanctuaire : le défunt. Cette maison bien pourvue était à l'usage d'un maître. Où reposait-il ? Dans cette atmosphère surnaturelle, l'idée vint un instant aux visiteurs que ce roi trépassé avait peut-être gagné un autre séjour en s'évadant, pourquoi pas, à moins qu'il n'eût rejoint quelque subtil paradis des Justes.

Halquist les ramena à la réalité en faisant grincer le lourd couvercle d'un sarcophage de bois.

— Voulez-vous m'aider, Juremi ?

Le protestant saisit l'autre côté et avec son aide l'Écossais put rabattre le grand panneau. Le roi apparut, ou plutôt ses parures. Le cadavre était littéralement couvert d'or et de bronze, de la tête aux pieds. Il portait un casque, des jambières, un plastron. Ses armes étaient disposées à son côté droit. Un large torque en or ciselé était attaché autour de son cou. Le visage était la seule partie du corps à être visible. Le temps ne l'avait nullement décomposé mais seulement séché et tanné, selon ce même processus dont Halquist avait subi les premières étapes. Ses paupières étaient ouvertes sur des orbites vides.

Cette rencontre était affreusement gênante. Non que la dépouille fût horrible à voir. On aurait même pu lui reconnaître une certaine grâce. Le malaise venait de ce que la présence de la mort, révélée par ces chairs momifiées, rendait absolument inutiles et même absurdes, révoltantes, les attentions dont le défunt était entouré. Cette vaisselle, ce char, ces victuailles : pourquoi ? Et surtout, pour qui ? La croyance humaine qui les avait disposés recevait un démenti cruel. En aucun lieu du monde, l'imposture de la foi n'était plus manifeste. Et pourtant, cette construction de l'esprit était tout ce qu'il restait des Scythes. Leur éternité n'existait pas mais elle ouvrait étrangement sur une autre : l'éternité des hommes, celle qui faisait se rencontrer en cet instant un roi disparu depuis des millénaires et quatre gaillards bien vivants.

Ce roi seul, dans une tombe, n'aurait pas témoigné si puissamment de son humanité s'il n'avait pas été recouvert d'objets et d'œuvres d'art qui célébraient la vie, les joies, les combats de ceux sur lesquels il avait régné. Toute la poignante émotion de cet endroit gisait dans cette évidence : le kourgane tout entier était un hymne à la force, à la royauté et aux dieux. Or ce n'étaient ni cette force, ni cette royauté, ni ces dieux qui avaient permis à ces hommes de survivre à travers les siècles, mais la grandeur de leurs rêves, la beauté de leur imagination et la puissance de leur art.

À mesure qu'ils se faisaient ces réflexions, les visiteurs se sentaient de plus en plus à l'aise dans ce lieu. Après tout, il était fait pour des morts qui ressemblaient furieusement à des vivants. Juremi tripotait les amphores, ramassait les noyaux d'olives qui en tapissaient le fond, dénichait un peigne qu'il enfonçait dans sa barbe bouclée. Jean-Baptiste et George contemplaient le dessin des bijoux, la ronde-bosse des plats. Ce n'était pas une profanation, plutôt une fraternelle communion, de part et d'autre des siècles.

Cependant, Halquist avait procédé à l'inventaire des pièces qui l'intéressaient. Il demanda à George d'aller chercher son sac, qui était resté dans le couloir. Les trois compagnons furent frappés par le rappel de cette terrible réalité : leur entrée dans ce lieu n'était pas pacifique. Ils venaient pour opérer un pillage, même si celui-ci prenait des formes savantes et si Halquist veillait à ne pas permettre à d'autres de

marcher sur ses traces et d'achever la destruction de ces sanctuaires.

L'Écossais, qui n'avait pas ces états d'âme, approchait
du sarcophage et commençait d'opérer le minutieux dépouillement du mort. Il allait d'abord s'attaquer au torque.
Ses deux mains sèches glissèrent de part et d'autre du cou
royal, pour atteindre par-derrière le fermoir du collier. Il était
sur le point d'y parvenir lorsque George, qui avait rampé vers
le couloir pour chercher le sac, appela du dehors :

— Venez, criait-il, venez vite.

Halquist lâcha le joyau. Ils passèrent chacun à son tour
dans la chatière. Dans le couloir, George leur fit signe de se
taire et d'écouter.

— Des cris ! confirma Juremi en tendant l'oreille.

Ils coururent jusqu'à l'ouverture par laquelle ils étaient
descendus. Répercutés en un écho sourd dans les boyaux de
terre, leur parvenaient des appels répétés.

— Une voix d'homme, précisa Jean-Baptiste.

George, qui s'était hissé le premier jusqu'à la trappe, hocha
la tête et s'écria :

— Bibitchev !

CHAPITRE 26

La bataille de Kirman eut lieu au dernier jour de la semaine de purification et de pénitence que les Persans s'étaient imposée. Il se vérifia une fois de plus à cette occasion que la guerre n'est décidément pas morale. Les Afghans, auxquels étaient ouvertes d'ignobles mais séduisantes perspectives de pillage et de viol, se battirent avec passion. Les Persans, que le zèle de leurs prêtres venait de priver des bons vins et des femmes libres dont ils auraient pu espérer être récompensés en cas de victoire, montrèrent beaucoup de mauvaise volonté. La bataille fut longue et confuse : les Afghans, pleins d'audace, exposaient leur courage à découvert ; les Persans, pleins de prudence, protégeaient leur découragement derrière des remparts. La ville tomba au bout de trois jours de ce chassé-croisé.

Des courriers partaient le soir à cheval vers Ispahan pour porter au roi des nouvelles du combat. Chaque message qui arrivait à la cour avait déjà cinq jours d'âge ; il fallait ce temps pour rejoindre la capitale même au grand galop et en relayant sans délai. Comment consommer de confiance une nourriture si peu fraîche ? Malgré les proclamations triomphales que publiait le palais, le plus profond pessimisme régnait dans la population. Les rues de la capitale restaient désertes et lugubres. Les hommes étaient au combat ou craignaient d'y être envoyés s'ils se montraient en public. Les femmes étaient consignées dans les harems. Alix fut une des seules, en sa triple qualité d'étrangère, de veuve et de femme d'apothicaire appelée à livrer des remèdes, qui pût aller et venir librement pendant cet épisode.

Elle rendit visite à Nour Al-Houda à deux reprises et s'effraya de voir son amie si inconsciente et si gaie. À vrai dire, jamais le harem du Premier ministre n'avait été le théâtre de si longues réjouissances. Les quatre autres épouses du malheureux homme, si elles avaient pu jadis nourrir entre elles des jalousies, étaient âgées maintenant et ne rivalisaient plus entre elles que par l'abondance de leurs moustaches qui, chez les Persans, était accueillie comme un signe bienvenu de maturité et d'expérience. Elles traitaient la Circassienne comme leur fille et regardaient ses fantaisies avec attendrissement. Une telle unanimité privait leur commun mari de la moindre possibilité de police à l'intérieur de son gynécée. Le lieu était si protégé de ses sanctions, si tôt prévenu de ses moindres intentions de visite, en un mot si sûr et si secret, que Nour Al-Houda avait eu l'idée d'y recueillir plusieurs danseuses de ses amies que les nouvelles rigueurs de la loi menaçaient au-dehors. Cinq femmes de tous les âges, travesties en servantes, saisissaient leur tambourin à la tombée de la nuit et faisaient régner dans les petites salles aux tentures closes la plus joyeuse animation. Quand elle ne dansait pas elle-même, Nour Al-Houda, allongée sur des coussins, fumait un petit narguilé bourré de cinnamome et de farine, qui lui tournait agréablement la tête.

Elle présenta ses protégées à Alix en riant. L'une d'elles était apparentée au patriarche Nersès. Elle raconta à la fausse veuve dans quel désarroi s'était trouvé le vieillard en apprenant la disparition de Jean-Baptiste. Il avait compté sur l'apothicaire pour le sauver en intercédant pour lui auprès d'Alberoni et n'avait finalement dû son salut qu'au déclenchement de la guerre avec les Afghans, qui avait donné d'autres soucis à sa communauté et permis d'obtenir son pardon.

C'est ainsi qu'Alix apprit par quelle indiscrétion Nour Al-Houda avait su que Jean-Baptiste voulait quitter la Perse. Elle tenta de percer ce mystère plus au fond et demanda :

— Mais qui donc vous a dit que Jean-Baptiste avait... l'intention de mourir ?

— Mon cher mari, avoua Nour Al-Houda en riant, a rapporté devant moi la conversation que votre Jean-Baptiste a eue avec le roi. Je savais qu'il voulait partir ; on l'en empêchait. Je vous l'ai dit : j'étais intéressée à revoir mon bienfaiteur. J'ai voulu apprendre ce qu'il allait faire dans cette situation critique. Il m'a suffi de poster un de nos petits mendiants jour et nuit devant chacune de vos portes.

Cet aveu n'avait plus guère d'importance et Nour Al-Houda le livra nonchalamment en suçotant le tuyau d'ambre de sa pipe à eau. Alix ne put s'empêcher de juger bien excessive la sollicitude de la jeune fille pour un médecin qui l'avait soignée dans son enfance. Elle se demanda un instant s'il ne fallait pas voir dans cet intérêt des arrière-pensées moins avouables. Cette idée lui déplut. Pourtant, il s'y mêlait une imperceptible pointe de satisfaction, comme si la jalousie, en se découvrant un début de motif, était venue recouvrir la légère honte qu'elle éprouvait d'avoir écouté avec tant d'indulgence les confidences de Reza.

Alix avait pris garde de ne laisser paraître devant son amie aucun des sentiments que lui avait fait éprouver sa rencontre avec l'officier. Elle s'était toutefois acquittée scrupuleusement et jusqu'au bout de sa mission en lui faisant un compte rendu exact de son entretien avec le malheureux chef de la garde royale. Nour Al-Houda avait écouté ses propos sans laisser paraître de contrariété ni de satisfaction.

— Pourquoi vous a-t-il raconté tout cela ? avait-elle conclu finalement.

— Je crois... qu'il est très malheureux, avait risqué Alix. Il vous aime passionnément. Mais la situation dans laquelle il est plongé...

— Quelle situation ? avait murmuré Nour Al-Houda, en montrant beaucoup d'impatience. Il n'a toujours pas choisi, voilà tout.

— Mais le choix que vous lui demandez n'est-il pas trop rigoureux...

Nour Al-Houda, sans répondre, avait seulement haussé les épaules. Puis, pour changer de sujet, elle s'était levée vivement et avait entraîné les danseuses à reprendre leurs jeux.

Alix n'avait rien pu en tirer d'autre. Nour Al-Houda ne lui demanda pas de retourner au palais royal pendant cette semaine de réclusion. Quand il lui arrivait de passer en vue de la petite porte par laquelle on l'avait conduite jusqu'à l'officier, Alix se surprenait à penser longuement et avec attendrissement à cet homme qui souffrait tandis que celle qui l'aimait vivait dans le plaisir et les fêtes. Alix traversa même une fois la place où s'opérait la relève de la garde et vit Reza de loin, et par hasard fort heureusement.

Dès que la nouvelle de la chute de Kirman fut connue, Ispahan reprit un aspect ordinaire : des passants, hommes et femmes, allaient et venaient de nouveau dans les rues. Toutefois, dans le rythme des pas, le ton des voix et l'éclat apeuré des regards, on pouvait comprendre que cette foule n'avait de ses habitudes que l'apparence : un profond désarroi s'en était saisi. La seule nouvelle, sinon bonne du moins quelque peu rassurante, était la fuite d'une grande partie de l'armée. Plutôt que de combattre jusqu'au dernier et de laisser l'empire sans défense, les soldats persans avaient préféré déserter en masse et se replier par petites étapes vers la capitale. Cette lâcheté prenait, après la défaite, des allures de ruse et presque d'audace. Ce fut tout juste si on n'applaudit pas ces débandés à leur entrée en ville.

Malgré la conservation de ses troupes, le roi n'en était pas moins dans une situation difficile. Les Afghans allaient refaire leurs forces à Kirman et ensuite rien ne les arrêterait jusqu'à Ispahan. S'ils l'en jugeaient digne, ils s'arrêteraient peut-être pour prendre au passage la ville de Yezid. Ils pourraient aussi sans dommage la dédaigner. On devait donc s'attendre, dans quelques semaines, à les voir paraître aux abords du Char Begh. Comment les Persans leur résisteraient-ils et qui pourrait-il encore les sauver ? La défaite rend une armée vulnérable non tant par l'amoindrissement de ses moyens que par le démenti qu'elle inflige à ses protections divines. Les Persans avaient fait de violents efforts contre eux-mêmes pour châtier leur corruption et contenter Dieu, ces dernières semaines. L'échec de Kirman n'en était pas moins advenu. Les hommes de peu de foi en concluaient que tout cela ne servait à rien ; ils se voyaient seuls et sans secours à attendre du ciel. Les plus croyants reconnaissaient dans cette défaite le verdict de Dieu et se jugeaient condamnés au-delà de toute pénitence. Seuls les mages et les prêtres ne désarmaient pas. Ils cherchaient le moyen de reprendre les choses en main et des raisons d'accroître encore les rigueurs de l'expiation. D'étranges phénomènes apparus dans le ciel vinrent providentiellement à leur secours. Ils leur fournirent des arguments pour exiger d'abord de nouvelles notifications et ensuite la grande, l'imprévisible sanction, dont nul ne sut jamais qui l'avait d'abord inventée.

Tout commença trois jours après la défaite de Kirman, que l'on n'avait pas encore apprise dans la capitale. Le ciel, au petit matin, s'était voilé d'une nuée grise, que le soleil irisait sans parvenir à la dissoudre. D'ordinaire, Ispahan ne connaît guère qu'une alternative : un ciel bleu pur ou des grains d'orage. On s'étonna de cette vapeur fixe qui tendait son vilain rideau entre les hommes et l'astre qu'ils avaient si longtemps vénéré dans ces hautes terres. Au soir, le soleil plongea vers l'horizon en faisant brasiller tout l'Occident. C'était une de ces journées que l'on a hâte de voir finir, puante de présages indéchiffrables et probablement funestes. Mais le lendemain, le voile était toujours là. Il avait gardé la terre au chaud pendant la nuit et la piquante fraîcheur de l'hiver faisait place à un air tiède et mollet qui n'était pas de saison. Au crépuscule, l'immolation du soleil fut encore plus sanglante que la veille, comme si des millions de moutons de l'Aïd eussent éclaboussé tout le ciel de leurs carotides tranchées. La nouvelle de la défaite arriva le lendemain sous le même linceul et l'on comprit enfin ce que le ciel essayait de dire. Pour un peu, tout le monde lui en aurait été reconnaissant. Il avait la pudeur, en présence de tant de douleurs, de ne pas rire de tous les éclats d'un grand soleil. La ville entière, le soir venu, monta sur les toits en terrasse des maisons pour voir l'horizon honorer le sang des morts.

La persistance de ces phénomènes les deux jours suivants brouilla les premières certitudes. Tout d'abord, avec la description de la défaite, les habitants entendirent le récit de la bataille qui avait été rien moins que sanglante : l'armée persane avait eu la sagesse de s'éclipser. On ne voyait pas là matière à une telle célébration céleste. Ensuite, en faisant concorder les dates, on calcula que le voile n'était pas apparu le jour de la défaite mais bien après. Ce manque d'exactitude n'était pas conforme à l'idée que les hommes en général et les Persans en particulier se font de la rigoureuse et ponctuelle providence des astres. Pourquoi ce retard ? Les devins et les astrologues se consultèrent. Nul ne sut rien de leurs débats. On peut seulement conjecturer qu'ils eurent le souci légitime de préparer l'avenir, le leur, bien entendu, en inventant de nouvelles frayeurs propres à rendre leur intercession aussi indispensable que coûteuse.

On en était au cinquième jour de cette disparition du soleil, quand le mage Yahia Beg vint révéler au roi les conclusions auxquelles lui et ses pairs étaient parvenus.

— Sire, annonça-t-il, la situation est d'une extrême gravité.

Si ces phénomènes persistent encore à la prochaine aube, il faudra craindre l'imminence... de secousses de la terre, comme celles qui ont détruit Tabriz le mois dernier.

Le malheureux Hussein avait consciencieusement jeûné jusqu'à la bataille de Kirman. Il se remettait à peine, par deux jours de libations, de ces privations d'autant plus intolérables qu'elles avaient été inutiles. Il craignait surtout qu'on vînt le contraindre à en subir de nouvelles. Il fut finalement très soulagé d'entendre Yahia Beg émettre son diagnostic.

— Nous pensons qu'à moins d'avoir retrouvé un état normal du ciel demain matin, il faudra... évacuer la ville.

— L'évacuer ! s'écria le roi, fort étonné. Que voulez-vous dire ?

— Faire sortir toute la population de ces murs, que Dieu peut précipiter sur les têtes d'un moment à l'autre. Et recommander à tous les pécheurs d'attendre, en prenant le ciel comme abri, que Dieu ait lui-même achevé la purification de cette cité. Nos efforts, hélas, n'ont pas pu la curer dans toutes ses profondeurs.

Le lendemain matin, l'atmosphère tiède était devenue moite sous son couvercle. Le voile, gris et lisse comme une voûte de pierre, s'étendait dans les quatre directions de l'horizon. L'air n'était animé d'aucun souffle et même les oiseaux ne volaient pas. À midi, un ordre venu du palais royal et crié du haut des toits puis repris en écho jusqu'aux derniers recoins de la ville commanda à tous, jeunes ou vieux, hommes ou femmes, étrangers ou persans, de se charger du plus petit nécessaire et de se regrouper pour partir vers la campagne.

Cette fois, Nour Al-Houda, recluse et occupée à ses plaisirs, n'avait pas pu avertir Alix du danger. La nouvelle parvint à la maison de l'apothicaire avec la même soudaineté qu'ailleurs. Il fallut se hâter, prendre en un instant de sérieuses décisions : devait-on par exemple laisser sur place, en les cachant, l'argent et les bijoux, au risque de voir des pillards s'en emparer, ou était-il plus raisonnable de les emporter dans une fuite qui risquait de les livrer à la violence et à la confusion ? Saba, avec son calme habituel, qui semblait renforcé encore par l'épreuve, persuada sa mère qu'il fallait partager ces valeurs en deux lots et n'en emporter qu'une moitié. Alix se rangea à l'avis de sa fille et, par cette minuscule capitulation, confirma qu'elle lui abdiquait ses droits à commander les opérations. Françoise refusa d'abord de partir : elle n'en avait pas la force et risquait de retarder tout le groupe. Saba eut l'idée de faire promptement transformer un brancard dont les jardiniers se servaient pour transporter les objets les plus lourds, la terre, les pierres par exemple. Deux hommes, l'un devant, l'autre derrière, soutenaient les montants ; Saba fit asseoir Françoise sur le carré de tôle un peu creux qui était cloué au milieu de cette rude litière et sur lequel elle avait fait ajouter un petit coussin et un dossier en bois.

Alix, pendant ce temps, courait d'une pièce à l'autre, son angoisse augmentait à chaque minute ; la perte de sa maison, à laquelle elle s'attendait si peu, lui fit tout à coup éprouver sa solitude et les dangers qui l'entouraient. En entrant dans le laboratoire, elle eut la pensée soudaine de Jean-Baptiste mais ce fut pour lui en vouloir de l'avoir abandonnée. Elle se retint de pleurer et continua à remplir au hasard un grand sac de cuir qui recueillait le superflu tandis que l'essentiel était négligé. Elle ne prit même pas la précaution d'emporter une arme tant l'idée de se battre lui était dans ce moment étrangère. Ce fut Saba, cette fois, qui lui recommanda ainsi qu'à Françoise de se vêtir d'un voile, tout en gardant le visage découvert. Mieux valait apparaître le moins possible comme étrangères à l'heure où la populace pouvait être tentée de chercher des boucs émissaires pour apaiser la colère du ciel.

En moins de deux heures, tout était prêt. Saba et Alix, à pied, entouraient le brancard de Françoise. Derrière venait la petite troupe des domestiques, que des restrictions liées au départ de Jean-Baptiste avaient limitée à quatre personnes, auxquelles s'ajoutaient les deux porteurs. Le vieux portier referma la grille derrière ce cortège et resta seul dans la maison, conformément aux ordres du roi, qui avait autorisé deux gardes à rester dans les palais, un seul dans les riches maisons, et personne parmi le peuple.

Aucun animal ne devait accompagner les fuyards, cela pour éviter que d'encombrants cortèges de mulets ou même de chameaux vinssent mêler aux piétons un déménagement de meubles qui aurait accru encore la confusion. La foule à pied était si dense, si agitée de larmes et de cris, si nerveuse et sujette à des querelles si violentes que plusieurs heures furent nécessaires pour parvenir, en piétinant sur place, aux portes de la ville. Le moutonnement de voiles et de turbans de ce flot humain était égal, uniforme, rompu seulement par quelques ballots qui flottaient à la surface des têtes. Rarement, un cavalier de la garde fendait cette onde poisseuse en frappant de part et d'autre avec le plat de son sabre, comme un rameur.

Qui dirigeait cette masse ? Nul n'aurait pu le dire. Elle cherchait instinctivement à sortir de la ville. Si improbable que cela parût, s'emprisonner dans cette foule, c'était aller vers la liberté. Certains égarés ne le comprenaient pas et tentaient de cheminer à contre-courant. Peut-être avaient-ils oublié quelque indispensable objet, perdu un proche, ou seulement fuyaient-ils après avoir commis un larcin ou provoqué une rixe. Ces nageurs à rebours étaient en tout cas les plus dangereux.

L'un d'eux, qu'Alix et son groupe croisèrent peu avant d'arriver en vue des remparts, était un géant au crâne rasé, qui avait perdu son turban dans la mêlée ; il brandissait au-dessus des têtes un grand poignard effilé qu'il menaçait d'abattre sur quiconque ne lui laisserait pas le passage. De temps en temps, il l'abattait à bout de bras sur le bois d'une porte ou d'un poteau et tirait sur cette amarre pour se hisser vers l'avant. Parvenu à la hauteur de Françoise, cet exalté planta sa lame dans un des montants du brancard. En tirant sur son arme, il déséquilibra les porteurs ; Françoise ne put se rattraper et tomba lourdement à terre. La mêlée fut courte et violente. À l'approche des portes de la ville, le courant de la foule devenait plus impétueux ; il était presque impossible de marquer un arrêt. Saba et Alix, en un instant, furent séparées du reste du groupe et crurent Françoise perdue. Heureusement, le géant qui avait été la cause de tout, en continuant de s'enfuir, ralentit un peu la presse derrière le brancard et, bien malgré lui, permit aux porteurs de relever Françoise et de la jeter vivement sur son siège de fortune, où elle se coucha en chien de fusil, toute gémissante. Il fallut attendre d'avoir franchi la haute porte des remparts et de cheminer librement dans la campagne pour que la petite troupe pût se regrouper. Saba installa Françoise sur le talus d'un jardin, lui donna à boire et l'interrogea sur les dommages qu'avait causés cette chute. La courageuse femme assurait que tout allait bien. Mais à voir son visage altéré, ses lèvres pincées et bleuies, il était évident qu'elle souffrait. En écartant doucement le voile de l'accidentée, Saba découvrit qu'elle soutenait son bras droit avec l'autre main, comme le font ceux qui viennent de se briser un os. Elle passa la main sur l'épaule de Françoise et découvrit un point si douloureux que le moindre contact arrachait un cri à cette femme pourtant dure au mal et qui faisait les plus grands efforts pour ne rien laisser paraître.

— Hélas ! s'épouvanta Alix, en constatant cette souffrance, nous avons oublié d'emporter nos remèdes.

Saba, sans dire un mot, était allée fouiller dans les ballots que les domestiques avaient posés à terre sur le talus. Elle en sortit une fiole d'eau de saule qu'elle avait songé à y placer et qu'elle fit boire à Françoise.

Pendant que la foule prenait du repos dans les jardins, le coucher du soleil avait commencé sa parade sanglante. Des muezzins, montés sur des murets de pierre ou sur des toits de cabanons, lançaient leurs lancinants appels, faisaient monter vers le ciel à vif cette apaisante vapeur d'incantations et étalait sur la terre rougie tout alentour le gigantesque baume de milliers de fidèles prosternés à la gloire du vrai Dieu.

À la fin de la prière, la foule reprit son piétinement à perte de vue. Alors, par la porte de la ville que venaient de franchir Alix et ses compagnes, parut la litière royale soutenue par douze esclaves et drapée d'une indienne teintée au bétel. Le cortège passa lentement devant elles, au pas régulier des porteurs. Un détachement de gardes à cheval lui ouvrait la voie. Derrière la couche du souverain en venait une demi-douzaine d'autres, qui contenaient ses femmes. Pour fermer cette marche silencieuse, une autre compagnie de soldats, à pied cette fois, entourait un cavalier impassible. Alix reconnut Reza, dont les yeux mobiles scrutaient les alentours pour capter le moindre signe menaçant de désordre ou de danger. Leurs regards se croisèrent et il marqua en souriant légèrement qu'il l'avait reconnue.

CHAPITRE 27

Un rideau de collines dénudées, disposées en fer à cheval, entourait Ispahan au nord-ouest, à une demi-heure de marche de la ville. Les habitants, de leur propre initiative ou conduits par on ne sait qui, prirent la direction de ces hauteurs et installèrent des campements de fortune sur leurs pentes. L'air restait chaud dans la journée et gardait une tiédeur la nuit, ce qui parut providentiel tant il était difficile de se procurer sur ces sols ravinés de quoi nourrir des feux. Il fallut attendre le second soir que des charrois de bois fussent envoyés des jardins irrigués en contrebas, où l'on avait ordonné d'abattre les haies et jusqu'aux arbres fruitiers pour en consumer les troncs.

L'aube du huitième jour parut sans que le soleil eût été délivré de sa molle captivité. Sa lumière laiteuse semblait venir de tout le ciel et c'était à peine si l'on distinguait un emplacement plus aveuglant que le reste, où l'on pouvait supposer que l'astre se tenait dissimulé. Saba avait choisi pour leur campement un carré de terre à mi-pente. Il n'était pas tout à fait confortable car le sol y était irrégulier et semé de pierres vives. Il avait cependant la commodité d'être sur le chemin des attelages qui apportaient l'eau, le bois et les fruits. Surtout, de cet endroit surélevé, s'offrait une large vue sur Ispahan en général et sur leur maison en particulier, dont on apercevait les toits au milieu des branches dénudées du jardin.

La journée passa rapidement, remplie des mille nécessités que découvrent des sédentaires rejetés par force à la vie nomade. Françoise souffrait de son bras, qu'Alix et Saba avaient immobilisé le long de son corps en déchirant une chemise en bandes et en l'en emmaillotant. Vers quatre heures, leur pâle feu de camp vint finalement à bout de la cuisson d'une marmite de légumes et de pain dur qu'elles avaient emportés. Elles partagèrent cet unique repas du jour avec les serviteurs. À cinq heures, dans un pesant silence, le même crépuscule de cinabre renouvela dans tout le ciel son mystérieux et angoissant sacrifice. Une habitude s'était maintenant installée chez les Persans, qui leur faisait regarder comme normale cette singulière tragédie céleste. Au contraire, Saba, Alix et Françoise, qui n'avaient pas d'abord été excessivement frappées par ces curiosités de la nature, en éprouvèrent ce soir-là une frayeur sans précédent. À leurs pieds, Ispahan déserte, sans une lumière, sans un feu, subissait douloureusement les ardeurs du ciel qui rosissaient les minarets, enflammaient la muraille ocre des remparts et faisaient crépiter de lumière les coupoles d'émail vert des mosquées. Quelle nouvelle page du Livre Saint ce peuple en exode au seuil de ses maisons était-il en train d'écrire ? Ses prophètes l'avaient convoqué au terrifiant rendez-vous du châtiment. Mais d'où viendrait le coup ? Du ciel, qui pour l'heure retenait encore son feu mais n'aurait peut-être pas longtemps cette patience ? De la terre irritée par le long prurit de péché que les hommes lui avait fait subir et dont les devins annonçaient la vengeance prochaine ? Des hommes eux-mêmes, car nul ne savait, depuis la défaite de Kirman, si les Afghans n'étaient pas déjà en route pour faire rendre gorge à l'Empire ?

La nuit vint enfin, très noire. L'impression était étrange d'entendre cette ville muette et cette campagne pleine de voix. Ceux qui avaient pu faire des feux les étouffèrent pour en économiser la substance. Sans ces âmes, les campements étaient sinistres et ne laissaient d'autre désir aux fuyards que de fuir encore plus loin dans un profond sommeil. Après quelques rumeurs de paillasses étalées, de peaux dépliées, d'enfants calmés par des paroles douces, un grand silence s'étendit sur la colline. Françoise et Saba, l'une par l'épuisement et la douleur qui avaient outrepassé ses forces, l'autre par un reste de fragilité qui la rattachait encore à l'enfance, s'endormirent tout de suite et bien solidement.

Alix avait gardé quelques tisons à part du feu, qu'elle avait éteint, et elle rêvait en regardant rougir lentement ces brindilles vertes, qui se consumaient en fumant. Elle ne pouvait penser à Jean-Baptiste sans ressentir une singulière rancune à son égard ; elle lui en voulait de l'avoir quittée et au-delà d'avoir imprimé cette direction à sa vie faite de rupture et d'exil. Peut-être même l'avait-il tout à fait privée de jeunesse... Ce sentiment était à la fois si injuste et si puissant qu'elle préférait le chasser de son esprit. D'autres images lui venaient, plus lointaines et nimbées du merveilleux des choses enfouies et qui ne sont point altérées par le temps : son enfance dans les pensionnats de France, son arrivée au Caire et la vie qu'elle y avait menée avec ses parents. Elle qui n'avait pas un instant regretté d'avoir quitté cette cage dorée l'évoquait maintenant avec attendrissement. Sa mère, si douce, si soumise, pauvre femme ! Elle ne lui avait jamais écrit, de crainte qu'elle ne montrât cette lettre à son mari et que leur cachette d'Ispahan fût découverte. Et son père, son pauvre consul de père ! Était-il vivant ou mort ? Avec le temps, les ridicules de cet homme lui apparaissaient comme de dérisoires faiblesses qui cachaient sa pudeur et sans doute une grande bonté.

Elle était perdue dans le dédale de cette mémoire souterraine quand elle s'aperçut que des silhouettes allaient et venaient sur le chemin laissé libre pour les charrois. Bientôt, elle distingua dans ces ombres des tenues blanches de soldats. Certains tenaient à la main des torches de résine qui enroulaient dans l'air immobile leurs torons de flammes sombres. Ils allaient de groupe en groupe, approchaient les lumières des dormeurs comme à la recherche de quelqu'un. Elle s'effraya de voir un de ces gardes venir vers elle et n'eut même pas la présence d'esprit de se voiler le visage. Le soldat la vit et courut vers le chemin en appelant les autres. Un regroupement se fit, dont sortit un homme que cachait la lumière d'un flambeau. C'est au tout dernier moment, quand il fut près d'elle et la salua respectueusement, qu'elle reconnut Reza. Françoise et Saba dormaient toujours paisiblement. Alix se leva et à l'invitation de son visiteur gagna avec lui le chemin creux. Il donna l'ordre à ses hommes de rentrer à leur camp. Alix et lui s'assirent l'un à côté de l'autre sur le talus le plus escarpé du chemin et Reza planta son flambeau, un peu à l'écart, dans la poussière sablonneuse.

— J'ai vu tout à l'heure que vous étiez accompagnée par une blessée, dit le Persan à voix basse.

Au moment où il passait avec la litière royale, Saba achevait d'enrouler le bras de Françoise dans son bandage.

— Merci, dit Alix touchée de cette attention et qui éprouvait un violent plaisir à sentir la protection de cet homme. C'est une parente qui demeure avec moi à Ispahan et qui a fait une mauvaise chute dans la bousculade.

— Voulez-vous que nous la fassions porter auprès de nos médecins ? Celui qui est attaché à la garde royale n'est pas mauvais. Il a établi un petit poste de secours de l'autre côté de cette colline, près des tentes du roi et de la cour.

— Non, s'écria vivement Alix, c'est inutile. Nous avons des remèdes. Tout va bien, je vous remercie.

Elle ne voulait à aucun prix que Françoise fût précipitée involontairement dans la proximité du nazir et de cette cour superstitieuse où la prétendue concubine du cardinal, en apparaissant à un moment si critique, pouvait encore faire naître on ne savait quelle idée calamiteuse dont elle serait la victime.

— Acceptez au moins que je vous fasse porter demain

matin de quoi tenir un bon feu et faire trois repas chaque jour.

La sollicitude de Reza était si sincère, si naturelle, si touchante qu'Alix accepta sans réticence et le remercia avec une visible émotion.

Ce sujet conclu, ils quittèrent le plancher solide de la conversation pour s'élever, par la grâce de longs silences, jusqu'à des régions plus vaporeuses et moins exprimables de leurs pensées.

— Avez-vous... revu Nour ? demanda timidement Alix.

Reza, comme il l'avait fait au palais, gardait les yeux fixés sur le sol et laissait courir le bout de ses longs doigts sur le fin cailloutis qui en occupait la surface.

— Non, avoua-t-il.

Il marqua un temps puis, levant le regard, poursuivit :

— D'ailleurs, il me semble que je suis en train de guérir. Voyez-vous, cette semaine, je n'ai pas souffert. Pas comme avant en tout cas.

— Je suis heureuse pour vous, dit Alix sincèrement. Et qu'avez-vous fait pour atteindre enfin cette sérénité ?

— J'ai suivi vos conseils, voilà tout.

— Mes conseils ! Vous ai-je donné des conseils ?

Elle se souvenait n'avoir rien pu répondre lorsqu'elle avait entendu le récit qu'il lui avait fait. Elle l'avait quitté en bredouillant seulement quelques tournures d'encouragement, de remerciement et de politesse.

— Je ne sais si vous me les avez donnés, dit-il. En tout cas, je les ai entendus.

En prononçant ces paroles, l'officier gardait ses yeux fixés sur Alix. L'obscurité cachait ses prunelles ; elle voyait seulement la ligne pure de ses sourcils et ne pouvait en détacher son regard.

— Et quels sont, demanda-t-elle d'une voix mal assurée, ces conseils que je vous aurais laissé entendre ?

— C'est fort simple : qu'il ne faut pas souffrir et...

— Et ?

— ... en aimer une autre.

La torche figeait la scène dans sa lumière rouge qui sentait le camphre et le goudron de résine. Le moindre geste, en rompant ces charmes, les eût précipités loin l'un de l'autre tandis que cette distance vermeille et parfumée les tenait unis et comme étreints dans ses lèvres palpitantes. Des milliers d'ombres abattues, tout autour d'eux, figées bleues dans le sommeil, semblaient déjà victimes du châtiment annoncé. Eux seuls avaient survécu et portaient, pour l'humanité tout entière, ce qu'il restait sur la terre de désir et de volupté.

Peut-être les dieux n'ont-ils créé des innocents que pour garder les imprudents de succomber à de trop grands dangers. C'est à quoi parvint en tout cas un brave homme au visage simple qui approcha de Reza pour lui demander la permission d'allumer un brandon à sa torche. Son enfant avait de la fièvre et il voulait ranimer son feu.

Cette effraction ramena les causeurs à la conscience d'eux-mêmes, du lieu et de l'heure. Après quelques paroles embarrassées — et ils avaient maintenant le sentiment que tout le monde autour d'eux les écoutait et pouvait les entendre —, ils se séparèrent jusqu'au lendemain en se saluant avec gêne.

Le jour suivant, toujours voilé, fut morne et interminable. Des soldats vinrent apporter du bois et des vivres pour Françoise, mais Reza ne parut pas. Alix en fut presque soulagée tant le plaisir qu'elle avait d'abord ressenti en le voyant s'était mêlé d'inquiétude au cours de la journée. Qu'était-elle en train de faire ? L'ambiance d'apocalypse de ces crépuscules et de ces nuits avait tout mis sens dessus dessous et donné aux exilés le sentiment qu'ils étaient déjà dans les limbes d'un au-delà, où le temps était aboli. Mais le plein jour venait dissiper ces illusions, ramener la faim, la soif, l'inquiétude, les cris des enfants, l'effort des lourds convois qui grimpaient la côte à grands coups de fouet. Alix se demanda avec une légère crainte où pouvait être Nour Al-

Houda. Puis elle oublia tout cela. Le soleil n'était pas encore tout à fait couché qu'après ces deux nuits de veille elle s'endormait profondément.

Le lendemain, à la fin de la matinée, au bout de dix jours dans son linceul, le soleil parut de nouveau, tout pur, au beau milieu d'un ciel indigo. La ville retrouva ses couleurs et l'air son fond de fraîcheur mordante. Le crépuscule secoua gaiement quelques jupons roses et laissa monter la nuit familière de l'hiver iranien, criblée d'étoiles et semée d'un copeau de lune. Les devins tinrent conseil jusqu'à l'aube, firent de savants calculs d'orbite et de constellations. Enfin, ils déclarèrent au roi que les prières avaient fait leur effet. La terre, soulagée du poids de cette population repentante, avait finalement décidé de suspendre son châtiment. À midi, d'un camp à l'autre les habitants hagards, noircis de poussière et de cendre, se répétèrent le décret royal : tout le monde pouvait retourner dans la ville.

*

Bibitchev n'était pas un pleutre. À trois heures du matin, sortir dans la nuit glaciale, sans lumière, suivre à distance prudente, c'est-à-dire en restant hors de vue, une petite troupe agile qui laissait une seule trace dans la neige, cela n'était ni aisé ni dépourvu de risque. Mais un agent tel que lui n'allait pas renoncer aussi près du but. La grandeur de son métier était sur ce faîte, là où se rejoignent les deux pentes de la théorie et de la pratique, qui s'étayent l'une l'autre mais précipitent dans leur abîme quiconque prétendrait se laisser glisser d'un seul côté. La théorie, dans cette affaire, était claire : il avait puissamment reconstruit pour ses chefs le plan de cette conspiration. Restait à obtenir des preuves concrètes. Ces fruits ne se récolteraient qu'à trois heures du matin dans une steppe glacée. C'était ainsi.

Il fut plusieurs fois à deux doigts d'être découvert par ceux qu'il poursuivait, notamment quand ils opérèrent leur jonction avec ce diable d'Écossais qui était sorti d'on ne savait où. Une autre fois, Bibitchev avait lutté contre un éternuement qui l'aurait trahi et il avait vaincu. À l'approche du kourgane, tout avait été plus facile : il lui avait suffi d'attendre derrière une pierre dressée, de repérer la galerie où étaient entrés les suspects et d'y monter ensuite tranquillement. S'y engouffrer à leur suite aurait présenté trop de risques. Il savait que ces taupinières étaient pleines de ramifications et, de toute façon, il n'avait pas de lampe. Il s'accroupit près de l'entrée du boyau et décida d'attendre. Le froid était vif mais les peaux cousues par ces damnés Suédois lui tenaient chaud. Les queues de loutre, il fallait l'avouer, apportaient un surcroît de confort par ces températures ; il en sentait d'ailleurs le manque sur son ventre, là où il les avait arrachées. Pour ne pas laisser perdre de chaleur, il se recroquevilla, ne laissant au contact de la nuit froide que son dos hérissé de fourrure noire. Cette position fut cause de sa perte.

À l'heure où le soleil se leva sur les immensités blanches de la steppe, une troupe de Kirghizes cheminait lentement aux abords du kourgane, l'arc bandé sur une flèche à pointe d'acier, l'œil aux aguets. Ces nomades appartenaient à une petite tribu qui, à la différence des paisibles Kalmuks, était fort crainte pour ne connaître que la chasse et le pillage le plus brutal.

En arrivant au cercle des pierres levées dont l'aube bleuissait une face, les nomades se disposèrent près de ces obélisques et chacun marcha en étoile à partir de là, en laissant le tumulus dans son dos. C'était un moyen commode de se retrouver au milieu du jour, lorsque tous les chasseurs auraient rebroussé chemin et remonté leur propre piste. Un seul indigène suivait dès le départ la direction inverse et avait la charge de chasser le gibier qui pouvait se dissimuler sur le kourgane lui-même. Cette nuit-là, on avait envoyé par là un garçon d'une quinzaine d'années appelé Iakach, qui participait en adulte à la seconde chasse de sa vie.

Iakach connaissait bien tous les usages des coureurs de la steppe. Il savait se déplacer sans bruit, par bonds et se fondre dans l'immobilité générale grâce à de longues stations près d'un rocher. Il savait reconnaître de très loin les saïghaks, qui sont des antilopes sauvages, et aussi les renards, les loups et même la grosse alouette noire du désert.

Mais une bête comme celle qu'il aperçut à mi-pente du kourgane, tapie à l'entrée de son terrier, il n'en avait encore jamais vu. Les plus fabuleux récits des Anciens lui revenaient en mémoire tandis qu'il s'approchait. Pour se placer sous le vent, il avait contourné le tumulus par le haut et ne voyait de l'animal que son dos arrondi de fourrure noire. Faute de repère, il n'avait aucune idée de sa taille : ce pouvait être une de ces grosses tarentules qui tendent leur toile entre des pierres, aussi bien qu'un ours énorme qu'on ne voyait pas dans la région mais que son père affirmait avoir aperçu, longtemps auparavant, près du rivage de la Caspienne. L'animal ne bougeait pas. Iakach tendait son arc à en rompre la corde tandis qu'il avançait lentement. Il en était maintenant à moins de deux enjambées. En dépit de sa jeunesse, le garçon savait qu'il ne faut jamais viser le dos d'une bête inconnue. Beaucoup d'espèces sont dotées de carapaces qui résistent aux meilleures flèches et profitent de l'alerte que leur donne ce coup inutile pour se jeter sur le chasseur désarmé. Au contraire, il n'y a guère d'exemple dans la nature que la tête et le ventre ne soient des cibles possibles pour une blessure mortelle. Quelque crainte que cette manœuvre pût causer, il fallait d'abord se signaler par un bruit et faire en sorte que l'animal, surpris, se dressât et se découvrît. Iakach cria un juron kazakh. La forme noire se déplia. Pendant un instant crucial, le jeune homme s'immobilisa.

Bibitchev ne fit pas un geste non plus, ne leva même pas les mains. Cette impassibilité lui sauva la vie car le chasseur, avant d'avoir formé une décision consciente, agit par mimétisme. Il se figea lui aussi et ce délai lui permit de se rendre compte de ce qu'il avait capturé. Il espérait un aurochs ; c'était un fonctionnaire.

Cette découverte parut le rassurer quelque peu. Il se recula de trois pas, diminua la tension de son arc tout en tenant la flèche pointée vers l'homme et se résolut à appeler ses compagnons en poussant un cri convenu.

Bibitchev fut bientôt entouré par une dizaine de sauvages circonspects qui le dévisageaient en silence. Après une conversation à voix basse, ils approchèrent du trou et l'un d'eux y passa la tête pour écouter s'il y percevait du bruit.

Ils avaient visiblement compris que Bibitchev n'était pas seul et le prenaient pour le guetteur d'un groupe de pillards. Ces tribus ne détestent rien comme les personnages qui se livrent à ces profanations. S'ils montrent le plus grand mépris pour la vie, la leur et celle des autres, ils font preuve d'un rigoureux respect envers les morts, qui gisent dans ces tombes et auxquels ils se croient, à tort d'ailleurs, apparentés.

Toujours tenu en joue par Iakach et deux autres chasseurs, Bibitchev fut poussé sans ménagement vers l'entrée du tunnel et, par des gestes fort compréhensibles, les nomades lui ordonnèrent d'appeler ses compagnons. Il le fit d'abord d'une voix blanche. Un coup de pied agile, bien ajusté sur ses braies, le fit continuer avec plus de cœur. Il choisit les mots les plus sonores et bientôt on entendit résonner dans les invisibles tunnels ce cri répété :

— Au secours, Juremi ! À moi, Poncet ! Venez vite !

IV

CAPTURES ET DÉSASTRES

CHAPITRE 28

Au vi^e siècle avant Jésus-Christ, la redoutable Ninive, capitale de l'Empire assyrien, fut prise par une nuit chaude du mois d'août. Les ordres des vainqueurs mèdes étaient clairs : ni vol, ni viol mais pas non plus de survivants. Les trois cent mille habitants furent égorgés pendant des jours et des jours de carnage. La destruction des lieux fut aussi cruellement menée que celle de la population. Aucune maison ne fut épargnée. La bibliothèque de cèdre d'Assourbanipal elle-même s'effondra dans les flammes sur ses milliers de tablettes d'argile.

Peu de cités gardent, mortes, tant de puissance sur l'âme des vivants. De Mossoul, construite sur l'autre rive du Tigre, on contemple ce squelette de murailles sur lequel, depuis trois millénaires, nul n'a osé poser une pierre sur une autre. En arrivant sur ce site célèbre entre tous, le premier soin de monsieur de Maillet avait été de se faire conduire sur l'ancienne capitale et d'y méditer, en marchant sur les tas de pierres que recouvrent les chardons et les pariétaires. Le consul découvrit dans ce terrible spectacle beaucoup d'encouragements pour lui-même. Le passage des Mèdes manifestait déjà la proximité de la Perse dont ils étaient les ancêtres : il touchait au but. Ensuite, la progression du désert, visible dans cette colline de poussière et de larmes, et dans la ville nouvelle construite en contrebas, de l'autre côté du maigre fleuve, confirmait le lent assèchement de la terre, commencé bien avant les temps historiques et qui constituait le fond de la géniale et inoffensive conviction du *Telliamed.*

Monsieur de Maillet respirait plus librement. Tout lui avait réussi, depuis son départ de Rome. L'audace avait décidément payé. Il avait traversé l'Italie, pris une tartane à Manfredonia, qui l'avait conduit jusqu'en Grèce. Diverses barcasses, toujours rapides et fraîches, plusieurs escales dans des îles accueillantes lui avaient permis de gagner finalement Jounieh, au Liban.

Les caravansérails de ces régions étaient confortables et sûrs. Il n'eut aucun mal à rejoindre Alep puis Mossoul. L'hiver n'était pas trop rigoureux. Le consul se portait à merveille et l'idée qu'il cheminait vers son paradis lui permettait d'endurer toutes les fatigues.

Partout, monsieur de Maillet se logeait chez l'habitant ou dans des auberges et évitait scrupuleusement tout contact avec les consulats francs. Sa mission était secrète et ne regardait pas les diplomates officiels, parmi lesquels il ressentait désormais un malaise et comme une honte de sa dégradation. À Mossoul, la légation de France était fort heureusement installée à l'écart de la ville, sur une colline, comme si les diplomates ne se fussent pas tout à fait convaincus que Ninive avait été détruite à jamais et eussent jugé prudent de se placer à égale distance des deux villes.

Renseignements pris, monsieur de Maillet avait le choix pour s'accommoder à Mossoul de plusieurs caravansérails d'excellente renommée. On lui signala entre autres l'existence d'une auberge à l'européenne pourvue de quelques chambres et dont la cuisine, quoique étrange, était réputée. Le consul fut vivement frappé par la dénomination de cet établissement ; il portait un nom français que les Turcs entendaient fort mal mais qu'ils avaient appris à répéter comme une sentence exotique. C'était l'auberge À l'Ami du Négus.

Monsieur de Maillet s'y fit conduire. Le bâtiment était situé dans un des recoins de la ville turque, au-dessus des bazars.

Par un petit perron décoré de plantes grasses, on accédait à un rez-de-chaussée qui, sur l'autre versant, était en réalité très en hauteur et permettait par ses quatre fenêtres de découvrir tout le panorama du fleuve et jusqu'à la ligne ocre des remparts de Ninive dans le lointain. Une servante blonde fort âgée mais coiffée de deux nattes qui lui pendaient gaiement autour de la tête, à la manière des petites filles, mena le nouvel hôte à l'étage supérieur. Elle lui présenta une chambre modeste mais propre, carrelée de rouge, meublée d'un lit de bois et d'une coiffeuse, sur laquelle étaient posés un broc et une cuvette de faïence décorés de lambrequins bleus à la manière de Rouen. Tout cela était engageant et le prix raisonnable. Le consul se montra fort satisfait, n'eût été la légère inquiétude que suscitaient en lui les cris rauques qu'il avait entendus en montant l'escalier. Ces bruits redoublèrent pendant qu'il visitait la chambre. La servante, dès qu'elle sut qu'il en était satisfait, se montra surtout empressée de répondre à ces appels véhéments. Elle s'excusa avec une révérence qui fit danser ses nattes et disparut à toute vitesse dans le couloir. Le consul n'avait même pas eu le loisir de lui demander l'explication du nom singulier de l'hôtel.

Le jour déclinait rapidement. Monsieur de Maillet s'accorda un peu de repos sur le lit, en regardant rosir les ruines à l'horizon. Puis, il prit conscience qu'il avait faim, que la chambre n'était pas pourvue de chandelle et que mieux valait s'enquérir de ces nécessaires avant que la nuit fût noire.

Il sortit dans le couloir déjà obscur, descendit l'escalier et trouva la salle du bas occupée par une demi-douzaine de dîneurs silencieux, assis sur des tabourets autour de petites tables basses. Chacun se servait dans un plat commun disposé pour deux ou trois personnes dans une cuvette. Monsieur de Maillet eut le privilège d'en recevoir une pour lui tout seul et il prit soin de remonter sa manchette de dentelle avant d'y plonger les doigts. Les guides turcs avaient dit vrai : c'était une cuisine étrange. Sur une large crêpe qui tapissait le fond de la bassine étaient déposés en petits tas les mets les plus mystérieux et les plus inattendus. Certains étaient reconnaissables : un vol-au-vent, une truite aux amandes, un sorbet à la mangue. D'autres, quoique fort accidentés, laissaient encore paraître des ingrédients familiers : une boule de riz pilav avec des raisins, une purée d'épinards, un tas émietté de fromage sec. Mais d'autres de ces bouchées laissaient tout ignorer de leurs origines sinon que leur teinte rouge était trop ardente pour qu'on pût les considérer sans précaution comme inoffensives. Toutes les cuisines de l'Orient avaient inspiré ces mélanges, selon des critères qui tenaient moins aux exigences du goût qu'aux nostalgiques réminiscences du cuisinier.

Pour apporter ces plats et les boissons, deux servantes aidaient celle qui avait accueilli monsieur de Maillet. Les malheureuses étaient vêtues et coiffées de manière aussi juvénile que la première, bien qu'elles fussent plus qu'en état d'être grands-mères. Elles tâchaient de faire supporter, par des civilités encourageantes, le terrible spectacle de leurs restes de poitrine exhaussés par des corsages à lacet, et qui répandaient sur les malheureux dîneurs plus de mélancolie que les ruines de Ninive.

Monsieur de Maillet fit un accueil honorable à la cuisine, avec ce qu'il lui restait d'appétit. Il était satisfait de cette halte qui pourtant ne laissait pas de lui inspirer quelques inquiétudes. À deux reprises pendant le dîner retentirent, venus du haut de l'escalier, les mêmes appels caverneux qu'il avait entendus dans sa chambre. Ses voisins, de paisibles marchands étrangers pour la plupart, dont un grand nombre de Grecs, n'en paraissaient pourtant nullement incommodés et continuaient de manger sans même relever la tête. Il calqua sa conduite sur celle de ces habitués mais cet anonymat ne devait pas durer. À peine eut-il terminé son repas et bu un dernier verre de thé, que la servante aux nattes s'approcha de lui et se pencha vers son oreille :

— Monsieur, dit-elle, l'ambassadeur vous attend au premier étage.

L'ambassadeur ! Monsieur de Maillet conçut une vive alarme. Il rajusta ses manchettes, épousseta son habit. Allait-il se présenter sans perruque ? Il s'agitait déjà quand soudain une autre évidence le frappa : que faisait un ambassadeur dans un tel lieu ? Et d'abord de quel pays était ce diplomate ? Il était hélas inutile de s'ouvrir de ces questions à la malheureuse servante, dont toutes les économies de français venaient d'être dépensées en une seule phrase. Monsieur de Maillet se leva et, rassemblant sa dignité, suivit bravement la goton dans l'escalier.

À l'étage, en face du couloir qui ouvrait sur les chambres, une porte basse cachée par une tenture menait à une autre aile de la bâtisse. En y pénétrant, monsieur de Maillet comprit qu'il s'agissait d'une ancienne terrasse en pergola. Les poutres en avaient été recouvertes, au plafond et sur les murs, d'un ramassis de planches et de vieilles tôles qui ne suffisaient pas pour tout clore. Des toiles rêches, bombées par le vent, comblaient les vides. L'ensemble tenait à la fois de la maison et du campement, en un mélange aussi bizarre que la cuisine de l'établissement. À la poutraison de cette nef étaient suspendus des objets hétéroclites et d'allure africaine : des boucliers en peau d'hippopotame, deux lances entrecroisées, la dépouille d'un tigre qui s'était chargée de poussière. Au milieu de la pièce était installé un monumental meuble de bois recouvert de tapis souillés et de châles en coton imprimé, usés jusqu'à la trame. Cela tenait du lit, du trône et du catafalque à la fois ; deux ou trois personnes auraient pu s'y allonger côte à côte mais celle qui y était étalée suffisait pourtant à l'occuper tout entier. Le cafetan gigantesque qui la couvrait, et qui aurait pu envelopper deux chevaux, ne permettait pas de distinguer les contours de ce corps monstrueux. Mais on en voyait sortir, étendues dans la direction de la porte, deux jambes laissées nues à partir du genou, qui ressemblaient tout à fait à des trompes d'éléphant : même taille saisissante, même peau épaisse et ridée, même teinte noirâtre tirant sur le violet. Un bonnet de laine en couvrait l'extrémité. Quand il put détacher ses yeux horrifiés de cette vision, monsieur de Maillet les porta jusqu'à l'autre bout de ce singulier échafaud. Ses mauvais yeux lui indiquèrent la présence, au sommet de ces masses, d'une tête chargée de graisse, elle aussi, et munie d'impressionnantes badigouinces mais qui, contre toute attente, restait humaine et même souriait aimablement.

— Prenez place, je vous en prie, dit cette même voix rogommeuse que le consul avait entendue crier ses ordres dans l'après-midi. J'aime rencontrer mes nouveaux hôtes.

Monsieur de Maillet posa une fesse prudente sur l'extrémité d'une chaise en bois.

— Comment avez-vous trouvé ma cuisine ? demanda l'homme, en faisant vibrer par ses intonations les boucliers de peau suspendus.

— Mais… excellente !

— À la bonne heure ! Voilà un homme de goût. Savez-vous que je ne supporte aucune offense sur ce sujet. Le motif en est bien simple : ces recettes m'ont été confiées par un grand roi, oui, le plus grand des rois, qui est établi sur terre par la volonté de Dieu et qui en exécute les décrets.

— Et quel est donc ce monarque ? demanda monsieur de Maillet, qui jugeait prudent de laisser paraître une enthousiaste curiosité.

— Ah ! Ah ! rugit l'homme. Se peut-il encore que ceux qui viennent ici l'ignorent ? Mais le négus d'Abyssinie, voyons, le roi des rois, dont je suis l'ambassadeur et même, comme le proclame cet établissement, l'ami.

Monsieur de Maillet, à ces mots, se pencha sur sa chaise pour mieux voir celui que de mauvaises lampes à huile n'éclairaient pas suffisamment pour ses yeux fatigués. Il parvint seulement à discerner que l'homme allongé était entouré de plats en poterie remplis d'amandes, de pistaches et de fruits séchés. Ces victuailles occupaient toute la place restant libre autour de lui sur le lit. Il y plongeait ses mains boudinées tout en parlant et fourrait dans sa bouche, en même temps qu'il reprenait sa respiration, de grandes bouffées de cacahuètes qu'il avalait tout rond.

— Et vous-même, mon cher Monsieur, poursuivit cet hôte étrange sans cesser de mastiquer, je sais que vous êtes un Franc, d'une nation que je connais bien. Puis-je savoir votre nom ? Et ne m'en veuillez pas si d'aventure nous nous connaissons déjà : je n'y vois presque plus du tout.

— Mon nom est Maillet.

— Maillet ?... Maillet ? J'ai connu dans le temps au Caire un chenapan qui portait un nom semblable, quoique avec une particule. Celui-là m'a conduit bien près de l'enfer et j'espère qu'il y est aujourd'hui lui-même.

Le consul s'était dressé et maintenant reconnaissait tout. Murad ! Le cuisinier arménien que cet imposteur de Poncet avait ramené d'Abyssinie. L'homme qui avait eu le front de vouloir aller jusqu'à Versailles et qu'il avait fort heureusement arrêté dans sa course. Ce goinfre était reparti vers l'Abyssinie avec une escouade de jésuites et monsieur de Maillet espérait bien qu'il s'y était fixé. Mais voilà, ces aventuriers sont sans feu ni lieu et il le retrouvait sur sa route.

— Je dis cela, reprit Murad d'une voix plus sereine, mais à vrai dire j'ai pardonné depuis longtemps. Les heures que j'ai passées à cette époque en Abyssinie et au Caire me sont si chères... Et dire que je n'ai plus personne aujourd'hui qui puisse les partager avec moi.

Le pauvre homme montrait une sincère émotion et assaisonnait de ses larmes ses saladiers de fruits secs.

— Dois-je en conclure, prononça monsieur de Maillet avec toute la vigueur qu'il mettait jadis à traiter ce malfaisant, que vous êtes ce même Murad qui a séjourné au Caire, il y a quinze ans ?

— Est-ce possible ? s'écria l'Arménien, et il fit en même temps un horrible effort qui projeta la masse de ses entrailles en avant et lui permit de s'asseoir pour de bon. Maillet ! Monsieur de Maillet ! Oui, je reconnais votre voix maintenant. Ah ! Monsieur le consul, comme je suis heureux ! Comme vous m'honorez !

Puis poussant un cri qui fit presque basculer le vieux diplomate, il ajouta en claquant dans ses mains :

— À moi, les filles ! Allons, à boire pour monsieur de Maillet ! Vite, Cathy, Leandra ! À moi ! Du vin, tout de suite, et du meilleur, pas de vos infâmes sirops.

Cet effort accompli, Murad retomba sur sa couche et murmura d'aise. Le consul ne savait quelle contenance prendre. Il faisait nuit noire ; la fuite était imprudente, impossible sans doute. D'autre part, pour déplaisante qu'elle fût, cette rencontre ne s'annonçait point dangereuse. Il n'eut pas le temps de délibérer. Les poupées usées avaient jailli toutes les trois et s'empressaient à remplir deux verres. Murad, qui, d'émotion, engouffrait les raisins secs à poignées, porta un toast bruyant et un délicieux bordeaux détendit la gorge nouée de monsieur de Maillet.

— Pouvais-je m'attendre à vous avoir un jour pour témoin de ma prospérité ? s'écria Murad encore tout à sa surprise. Dans cette maison que j'ai achetée de mes deniers, par mon labeur ! N'est-elle pas magnifique ? Et toutes ces beautés, qu'en pensez-vous ?

Il avait passé chacun de ses bras autour d'une croupe et attirait vers lui deux des malheureuses qui frémissaient sous leurs tabliers de dentelle et riaient en découvrant toutes les dents qu'elles n'avaient plus.

Le consul dut s'armer d'une grande patience pour attendre le terme de ces effusions. Enfin, ils restèrent seuls et Murad, en entamant sa seconde bouteille de vin, reprit un calme suffisant pour que s'installât une véritable conversation.

— Donc, cher Monsieur de Maillet, dit-il en mâchant

voluptueusement ce nom, je suppose que vous faites étape ici en direction de l'Égypte.

— Non, répondit l'ancien diplomate avec un peu de gêne, je n'habite plus au Caire.

— Vous ne seriez plus consul là-bas ?

— Ni là-bas, ni nulle part, fit sèchement monsieur de Maillet. J'ai quitté la carrière, voilà tout.

— Et... que faites-vous ici ? demanda Murad sans malice.

— Je voyage, répondit le consul sur un ton définitif.

L'Arménien prit une grande aspiration de noisettes pilées, réfléchit un instant puis cligna toute une moitié de face, au point que monsieur de Maillet lui-même aperçut cette mimique complice :

— Mission secrète ! Hein ! Allons, vous ne le direz pas. Vous avez raison. Mais entre diplomates...

Le consul ferma un instant les yeux. Que l'homme fût sorti de la mer, voilà qui était une belle idée de Dieu. Mais pourquoi avoir tiré au sec cet ignoble cachalot ?

— Au moins, insista Murad, est-il possible d'apprendre où vous comptez vous rendre ?

— En Perse, avoua le consul, qui savait ne pas pouvoir dissimuler longtemps sa destination.

— En Perse ! Avec ce qui s'y passe !

Murad n'avait pas pu se redresser et il gesticulait tout en tenant la tête en arrière.

— Savez-vous que les Arméniens se sont emparés d'Erivan l'an dernier, que les Russes viennent d'attaquer sur la Caspienne, conduits par le tsar en personne ? et surtout, surtout, que les Afghans sont aux portes d'Ispahan ?

— Je sais, dit le consul sans faire paraître d'émotion.

— Il le sait ! J'aurais mal entendu. Mais, Monsieur le consul, croyez-moi : tout cela n'est pas à négliger. Cette fois, la fin est proche. La Perse a vécu, croyez-moi. Je vois passer beaucoup de monde, j'interroge, j'écoute. Eh bien, je vous le dis tel quel : aujourd'hui les étrangers raisonnables quittent ce pays à toutes jambes. Et vous, vous parlez d'aller vous jeter dans la gueule du loup !

— À combien de journées sommes-nous d'Ispahan, avec un bon équipage ?

— Ispahan ! Mais combien de fois devrais-je vous répéter que cette ville est à la veille de subir un siège. À l'heure qu'il est, les Afghans sont peut-être déjà sous ses murs.

L'échange continua longtemps sur ce ton mais rien n'y fit. Le consul était décidé, quoiqu'il n'en avouât pas la raison, à s'enfermer coûte que coûte dans le piège persan. Murad, la mort dans l'âme, finit par accepter de servir ce dessein tragique. Il offrit au consul l'usage d'une voiture qu'il avait fait construire jadis à ses mesures et qui restait désormais inemployée dans l'écurie de l'auberge. Il y mit une seule condition : que ce véhicule n'entrât point dans la ville d'Ispahan et revînt avec son postillon après avoir déposé le consul à ses portes.

Avec l'avancée de la nuit, une manière de confiance avait fini par s'installer entre les deux hommes. Monsieur de Maillet était désormais convaincu que le pauvre Murad était inoffensif et même bienveillant. Il se décida à lui demander son aide sur un point qui le préoccupait depuis son départ de Rome. Monsieur de Maillet avait dit vrai : être enfermé à Ispahan ne lui faisait pas peur, dût-il y trouver la mort. Il ne voulait cependant pas que disparût avec sa personne toute trace de sa mission et des engagements qu'avait pris le cardinal auprès de lui. Il avait conçu les termes d'un mémoire secret dans lequel il exposerait toute l'affaire, depuis le douteux chantage de la concubine jusqu'à la requête qu'il adressait au pape à propos de son livre. Mais où déposer un tel document en sûreté ?

— Je vous suis reconnaissant de vos bontés, mon cher Murad, dit le consul après une longue réflexion. Oserais-je vous demander encore une faveur ?

— Je vous en prie. Tout, tout pour vous être agréable.

— Voilà : pourriez-vous mettre à ma disposition un coffre à secret, dont vous me confierez la clef ?

— Une cassette ? Choisissez-en une sous le lit. Il y en a deux, de différentes tailles.

Monsieur de Maillet saisit le plus petit des deux coffres et le souleva péniblement jusqu'à le poser entre les auges de pistaches presque vides. Murad fouilla sous sa tunique et en tira deux petites clefs.

— Mettez les papiers qu'il contient dans l'autre, le plus gros. Et gardez celui-ci. Il est à vous.

— Je vous en remercie très vivement, dit monsieur de Maillet, tout ému d'avoir trouvé la solution à ses difficultés. Demain matin, je vous le remettrai fermé et je conserverai la clef sur moi. Si quelque malheur m'arrivait, si je sentais autant de dangers que vous en prévoyez, je vous ferais parvenir cette clef et je compterais alors sur vous pour publier ces documents et les faire parvenir à l'adresse que j'y ferai figurer.

Murad promit tout. La surprise et l'excitation des retrouvailles l'avaient fatigué. Le consul le laissa s'assoupir et en profita pour regagner sa chambre afin de mettre son projet à exécution immédiatement.

Une demi-heure plus tard, sans doute envoyée par son ambassadeur de maître, Leandra vint frotter doucement le bout d'une natte contre la porte du consul avec des gémissements sans équivoque. Mais celui-ci, tout occupé à écrire, l'entendit à peine et n'ouvrit pas.

CHAPITRE 29

Mieux vaut être enlevé par des riches, tous les otages vous le diront. La petite troupe de pillards kirghizes qui s'était emparée de Bibitchev et de ses acolytes à la sortie du kourgane ne l'était pas. Leur aoul était un rassemblement de petites tentes rondes, comme en construisent tous les nomades de la steppe. Mais sur leurs perches de bois réunies en faisceau n'étaient disposés que de pauvres morceaux de feutre de chameau, gris jaunâtre et fort minces, qui laissaient passer des vents coulis glacés et même un peu de pluie. Aucun tapis ne couvrait le sol, seulement de répugnantes fourrures habitées de poux et qui perdaient leurs poils. La plus misérable de ces huttes appelées kibitka servait à entreposer la sellerie et les instruments de traite sans utilité pendant l'hiver. Les quatre prisonniers y furent logés, toujours entravés, liés les uns aux autres et les mains attachées dans le dos. Dans cette immensité glacée, il était inutile de les surveiller de près : tous les nomades les abandonnèrent là pour fêter leur capture dans la tente de l'aîné.

— Cet Écossais est un malin, tout de même, dit Jean-Baptiste pour meubler le pesant silence de l'abri. Nous aurions dû le suivre.

— Comment cela, le suivre ! s'écria Juremi, qui bouillait de colère depuis le matin. Quand on m'appelle au secours, je viens, moi.

Et il jetait des coups d'œil mauvais en direction de Bibitchev, qui gardait un air digne et absent. À vrai dire, ils s'étaient fait cueillir tous les trois sans la moindre résistance tant ils s'étaient portés de bon cœur et groupés au secours du policier. Halquist, lui, avait eu la sagesse de rester en arrière ; il avait filé en entendant Juremi crier quand on l'avait capturé. Bien que les Kirghizes eussent allumé un feu d'herbes à l'entrée du tunnel pour l'enfumer, l'Écossais ne se montra pas. Il avait une si parfaite connaissance de la taupinière qu'il était sans doute ressorti de l'autre côté, à moins qu'il s'y fût installé pour huit jours.

— À l'heure qu'il est, dit méchamment Juremi, j'espère qu'il est en train de bouffer du cheval scythe.

Le vent glissait en bourrasque sur la croûte enneigée de la steppe et traversait la tente de feutre en chatouillant indiscrètement l'échine des prisonniers. Cette fois, l'affaire était autrement sérieuse qu'avec leurs premiers ravisseurs du Caucase. Surtout, Küyük n'était plus avec eux pour les sauver par ses transes. Et comment convoquer les esprits du désert quand on n'est pas un habitué de leur langage ?

Par moments, au gré des courants d'air, leur parvenaient des éclats de rire, et des notes de chansons venues de la tente où leurs nouveaux maîtres festoyaient.

— Ah ! Ah ! s'écria tout à coup George, qui n'avait encore jamais aussi nettement perdu patience, il est beau, le centre du monde, n'est-ce pas ! L'atelier des dieux, hein ! Une fameuse idée, cette tombe. Nous y voilà pour de bon.

Et il continua de marmonner dans sa fourrure.

— Est-ce à moi que ton rejeton s'adresse ? demanda Juremi en se tournant vers Jean-Baptiste.

Puis, comme il n'obtenait pas de réponse, le géant interpella directement le jeune homme.

— Je suis allé cent fois parmi les tribus, m'entends-tu, innocent ?, et je n'ai jamais rencontré la moindre hostilité. Si ce grotesque ne les avait pas provoqués en se déguisant en mistigri.

Bibitchev faisait mine de ne rien entendre.

— Cela suffit, à la fin, explosa George, et son beau visage encore tout noirci par la poussière du tunnel faisait peur à voir. Depuis que nous sommes partis, c'est nous qui ne cessons pas de nous déguiser. Nous avons écouté les superstitions des Arméniens, les farces d'un prétendu chaman, et bientôt on va nous faire croire que nous sommes aux mains de braves gens débonnaires et pacifiques...

— Et alors, dit le protestant en attendant la suite avec un air sévère, que proposes-tu ?

— Oh ! de me laisser égorger tranquillement, rassurez-vous. Mais au moins, au moins, reconnaissez que je pourrais avoir raison : ces terres seront hospitalières le jour où l'on en aura extirpé la superstition, pour y faire venir les lumières de la raison. Je veux bien mourir mais je veux pouvoir dire de quoi. Eh bien, voilà : je meurs victime du fanatisme et de la barbarie.

— Les lumières de la raison ! Petit drôle ! Écoutez-le...

— Allons, allons, dit Jean-Baptiste, qui voulait s'interposer et souffrait de ne pas pouvoir écarter les mains. Par compensation, il éleva fortement la voix. Nous sommes assez mal en point comme cela sans avoir besoin de nous déchirer entre nous.

Peut-être avait-il crié trop fort ; les chants s'arrêtèrent dans la tente voisine et ce silence eut pour effet de calmer aussi la discussion des captifs. Quelques minutes passèrent puis la portière de feutre de la kibitka fut brutalement soulevée et trois Kirghizes y pénétrèrent. Échauffés par la fête, ils avaient ôté leurs fourrures. Ils portaient des tuniques bigarrées faites de morceaux d'étoffes variées cousus grossièrement entre eux. Leurs larges faces aux pommettes hautes et saillantes étaient rougies par le joyeux entraînement de la cérémonie et leur peau tannée par les vents prenait les reflets brillants d'une poterie vernissée. Bien qu'ils fussent tous les trois assez semblables d'aspect et vêtus du même khalat bariolé, deux des nomades se révélèrent être des hommes et le troisième une jeune fille. Elle sourit en regardant les prisonniers l'un après l'autre ; ils virent avec effroi qu'elle avait les dents soigneusement teintées de noir. Ses bras pendaient paisiblement le long de son corps ; elle tenait dans la main droite un objet qu'ils découvrirent seulement au moment où elle le brandit devant elle. C'était un de ces lourds ciseaux d'acier, en forme de compas, aux lames tranchantes et pointues qui servent à tondre les moutons.

Les deux hommes l'encourageaient en riant pendant qu'elle scrutait chaque otage. Enfin, elle s'approcha de George et les deux Kirghizes applaudirent bruyamment. Jean-Baptiste était au comble de la terreur. Il avait fait tout son possible pour attirer l'attention de cette Parque dont il n'attendait rien de bon. Quand il la vit prendre George pour cible, il ne put réprimer un cri. Mais la jeune fille n'en fut nullement troublée. Elle s'agenouilla devant George, saisit la tête du jeune Anglais et la plaça avec vigueur sur ses genoux. Tous les assistants retenaient leur souffle. Les mains carrées et potelées plongeaient dans la tignasse blonde et en saisissaient des mèches que la sauvageonne regardait pensivement. Enfin, elle brandit les ciseaux et trancha à la base un gros toupet. En un instant, elle était debout et s'enfuyait avec un grand éclat de rire, suivie par les deux hommes, hilares.

— Qu'est-ce encore que cette histoire ? demanda Jean-Baptiste quand la tente eut repris sa tranquillité.

George, encore tout ébouriffé, avait eu si peur qu'il en restait muet d'accablement.

— Une de ces dangereuses superstitions que notre jeune compagnon se propose d'extirper, dit Juremi, toujours piqué.

— Parle, que sais-tu ? insista Jean-Baptiste, inquiet.

— Ils croient que les cheveux des étrangers, d'autant plus qu'ils sont blonds, ont des vertus particulières, voilà tout, expliqua Juremi d'un air vexé. Les miens sont gris ; ils n'ont guère trouvé d'amateurs. Mais j'en ai parfois cédé quelques-uns à des indigents qui n'avaient point d'Anglais à tondre.

— Tu me rassures, cela ne veut pas dire qu'ils aient marqué George pour un sacrifice ou je ne sais quel tourment à venir.

— Hélas, non, dit Juremi, bien qu'il le mérite assurément. La chose la plus probable est qu'ils attendent un accouchement dans l'une des tentes de cet aoul. La gracieuse personne que nous venons de voir va aller suspendre la mèche qu'elle a coupée sous le nez de la parturiente. La délivrance en sera hâtée car ces inconscients supposent que le nourrisson éprouve le même attrait qu'eux pour ces poils couleur d'endive.

George haussa les épaules. Quoiqu'il se forçât à ne pas sourire, il était bien soulagé.

— Non seulement il n'y a rien à craindre, reprit Juremi que l'incident avait mis en verve, mais tout cela me paraît même de bon augure.

— Comment diable ? demanda Jean-Baptiste.

— As-tu vu seulement de quelle manière elle a regardé George ? Quel soin elle a pris pour poser sa tête entre ses fermes cuisses de jeune bisonne. Croyez-moi, mes amis, cette fille est touchée au cœur.

Jean-Baptiste jugeait ces commentaires fort déplacés et craignait qu'ils ne fussent au départ d'une nouvelle querelle avec George. Mais ils étaient attachés tous ensemble pour le meilleur comme pour le pire et ne pouvaient se soustraire aux élucubrations de Juremi.

— Vous ne me croyez pas ? reprit celui-ci. Je parle sérieusement. Regardons les choses froidement, c'est bien le moment de le dire. Nous sommes perdus. Voilà la vérité. La malchance a voulu que nous tombions sur ces voyous. Savez-vous ce qu'ils vont nous faire ? Ils vont nous traîner jusqu'à Boukhara ou à Khiva et nous vendre comme esclaves. Les Turcomans se feront un plaisir de nous acheter et nous passerons le reste de nos vies, qui heureusement seront courtes, à porter des fers et à recevoir des coups de bâton.

Bibitchev, qu'avait épuisé sa course dans le petit matin glacé, s'était assoupi dans sa fourrure.

— À moins, à moins, dit Juremi avec un air gourmand, que nous utilisions notre raison, notre intelligence, nos lumières en quelque sorte.

— Je t'en supplie, laisse cela, dit Jean-Baptiste.

— Je suis sérieux ! coupa le protestant.

Puis il poursuivit à voix basse :

— Demain et les jours suivants, quand ils vont former une caravane, nous reverrons cette fille. La troupe de ces gueux ne doit pas être bien nombreuse. Que George lui sourie ! Qu'il cultive l'empire que son charme lui a donné sur elle !

— Cela suffit, Juremi, s'écria George, et aussi loin que ses liens serrés le lui permirent, il s'éloigna et se tourna dans sa fourrure pour présenter le dos à ses compagnons.

— Je suis sérieux, te dis-je. Tu ne veux pas entendre parler de superstitions ? Soit. Je le comprends. Mais il s'agit ici du cœur humain et de ses lois les plus universelles. Ajoute à cela que les jeunes filles de ces peuples sont absolument capables de tout. On en voit qui s'enfuient à cheval et galopent pendant des jours, poursuivies par les cavaliers de leur père, pour rejoindre celui qu'elles aiment.

Il continua longtemps sur ce thème mais les autres n'écoutèrent plus. George boudait et Jean-Baptiste, saisi par l'évocation de ces enlèvements, pensait à Alix, au Caire, à des moments de chaleur et d'amour qui lui faisaient venir des larmes et des images de bonheur.

*

Tout se passa comme Juremi l'avait prédit. Un accouchement eut bien lieu le lendemain de leur capture. Les

Kirghizes laissèrent deux jours de répit à la jeune mère puis démontèrent les huttes. La troupe des nomades comptait huit hommes, douze femmes et une dizaine d'enfants. Pour transporter les perches de bois des kibitkas, les pièces de feutre qui les couvraient et les coffres de bois pleins d'ustensiles de vaisselle, les pillards ne disposaient que de six grands chameaux, des bêtes courtes sur pattes, aux bosses ramollies par le manque de fourrage. Les hommes montaient chacun un petit cheval de la steppe, qui portait de surcroît une femme sur l'arrière-main et deux ou trois enfants sur l'encolure. À tour de rôle, un homme ou une femme restait à terre pour faire claquer un grand fouet autour du troupeau des moutons noirs à longs poils qui suivait le convoi sans montrer de discipline. Les prisonniers, toujours entravés, étaient reliés les uns aux autres et le premier, en général Juremi, était attaché à la selle de l'ancien, chef de la troupe, par une corde qui lui passait autour du cou.

Ces rigueurs n'allaient pas sans des marques d'attention et même de sympathie. Les Kirghizes tenaient à leurs otages, qu'ils espéraient monnayer chèrement. Ils les nourrissaient avec soin, sacrifiant chaque semaine un mouton pour leur en offrir les meilleurs morceaux, grillés à point.

La steppe renouvelait chaque jour son paysage à la fois immobile et mouvant, impossible à reconnaître et sempiternellement familier. C'était, à longueur de semaine, des dunes gelées, des herbes grises et, tant qu'ils longèrent vers le sud la mer d'Aral, des fourrés de saksaoul, arbrisseaux au tronc rabougri, si durs qu'on ne pouvait pas les tailler et cassants au point qu'il était impossible d'en faire autre chose que du charbon de bois.

Ils marchèrent pendant de longues étapes sur des étendues de saumure qui brûlaient leurs bottes en huit jours. Les nomades leur en cousaient de nouvelles avec une grande sollicitude. La nuit, lorsqu'ils s'étendaient sur ces marécages de sel, d'horribles démangeaisons les saisissaient au visage et aux mains et leurs ravisseurs souffraient des mêmes irritations.

Ces épreuves communes, la mort, en route, de deux enfants, le silence d'éternité du désert, finirent par créer entre tous ces humains, de quelque côté qu'ils fussent de la corde qui les unissait, un lien où l'habitude avait presque les couleurs de l'amitié.

Chacun restait pourtant habité de rêves opposés et les captifs s'obstinaient à guetter les moindres occasions pour s'enfuir.

Il n'y en avait aucune. Sans aide, sans équipement, sans nourriture et sans monture, il était illusoire de vouloir survivre dans ces solitudes. À mesure que passaient les semaines, il devenait plus évident que le seul plan raisonnable était cette folie qu'avait d'abord exposée Juremi.

La jeune Kirghize qui avait tondu George était l'unique fille à marier de la troupe, ce qui se marquait par sa chevelure laissée longue et libre. Koutouloun, c'était son nom, et il signifiait « la fortunée », ne manquait jamais avec trois autres femmes d'apporter le soir la nourriture aux prisonniers. Pour ne pas courir le risque de défaire leurs liens, ils étaient nourris à la main par ces auxiliaires. Koutouloun n'acceptait jamais de remplir une autre bouche que celle de George et le regardait mâcher avec des yeux attendris.

Koutouloun serait mariée un jour. Pour le moment, elle était libre et son père, un des frères du vieux chef, ne voyait aucun mal à ce qu'elle prît soin de ce bétail humain qu'ils allaient vendre. Nul n'imaginait sans doute que la jeune fille pût avoir d'autres désirs que ceux auxquels la préparait son destin de future mère. Les Kirghizes sont d'ailleurs sûrs d'être obéis car les châtiments qu'ils infligent sont cruels.

Juremi lisait un peu plus loin dans les âmes des femmes, tout au moins y déchiffrait-il autre chose. Il persuada ses compagnons que celle-là était digne d'une grande passion qui lui ferait briser ses chaînes et surtout les leurs. Mais George ne voulait toujours rien entendre.

— Est-ce parce qu'elle a les dents noires ? demandait le protestant, qui cherchait où pouvaient bien être les résistances de cet impossible gamin. La belle affaire ! La mort a-t-elle des dents blanches, selon toi ?

Il faisait la plupart du temps ces commentaires entre deux bouchées, que lui servait la terrible maritorne préposée à son gavage.

— Compare-la seulement aux trois autres, insistait Juremi. Doucement, Madame, s'il vous plaît, avec cette bouillie !

La Mongole, qui n'entendait rien à cette langue, le faisait taire d'une bouchée plus grosse encore que la précédente.

George, lui, n'avait qu'un regret : ne pas avoir fait l'aveu de son secret à Jean-Baptiste, quand il était seul avec lui. Ils le laisseraient en paix, si seulement ils avaient su... Mais maintenant, comment laisser paraître quoi que ce fût de son âme devant ce terrible Juremi qui tournait tout en dérision ?

La saison avançait et, à leur rythme, ils atteignirent des latitudes plus méridionales. La neige disparut et la steppe prit d'un jour à l'autre des couleurs plus vives de pâturages printaniers. Des touffes d'absinthes naines et d'aurones trouaient la monotonie des prairies. L'air se teintait de senteurs d'ail et d'oignon sauvage. De grands vols de cigognes noircissaient le ciel au-dessus des marais de sel que la mer d'Aral laissait derrière elle vers le sud. Ils atteignirent enfin la vallée de l'Amou-Daria, fraîche et verte, pleine de troupeaux et de bergers. C'était le moment d'agir.

CHAPITRE 30

Avec le retour de la douceur, de l'humidité et des bons pâturages, le troupeau qui accompagnait les Kirghizes avait repris rapidement des forces. Chaque soir, de nouveau, résonnaient les bruits clairs de la traite. Le lait des brebis, des juments et des chamelles coulait dans des seaux de cuir, enrichissait la cuisine des hommes, et fermentait en fromages et en boissons fortes.

À chaque station, l'aoul tout entier s'imprégnait de cette odeur de petit-lait et l'emportait d'étape en étape. Les kibitkas, chauffées par le soleil, exhalaient de terrifiants parfums de feutre animal, de sueur et de graisses cuites, à quoi s'ajoutait le goût douceâtre des laitages et des ferments. La plupart des nomades dormaient maintenant dehors. Dans ces belles nuits où le monde semblait avoir chaviré, l'étendue sombre et déserte de la terre couvrait un ciel peuplé de milliers de feux.

Sur les injonctions de Juremi, les prisonniers, eux, continuaient de préférer le couvert de leur hutte. Les nomades prenaient trop soin de leurs otages pour leur refuser cette satisfaction. À la nuit tombée, le petit cortège entravé, le cœur au bord des lèvres, après une dernière inspiration d'air pur, se laissait glisser dans les entrailles fétides de la kibitka.

Tout le plan de Juremi reposait sur ce camouflage nocturne. Il avait surveillé les progrès de la passion dans le cœur de la jeune Koutouloun et jugeait qu'on était fort proche des moments décisifs. Ce lourdeau de George aurait aisément pu les hâter, s'il avait été moins stupide. Enfin arriva la nuit que le protestant attendait. Ils étaient couchés depuis deux heures environ quand le pan de feutre de l'entrée se découvrit un instant sur le noir d'une nuit sans lune. Une forme se glissa dans la tente, dans laquelle il était facile sinon de reconnaître, du moins d'imaginer Koutouloun.

Les captifs, toujours entravés aux mains et aux pieds, étaient de surcroît liés les uns aux autres à moins d'un mètre de distance. Quelque discrétion qu'ils voulussent observer à l'égard de ce qui allait suivre, leurs liens les empêchaient de s'éloigner. À tâtons mais avec une grande sûreté, Koutouloun rejoignit George, dont elle saisit amoureusement les cheveux. Les mains réunies derrière le dos comme ses compagnons, l'objet de ses attentions était dispensé de montrer la même ardeur à les rendre. Il était d'ailleurs fort loin d'en avoir l'intention. Juremi lui avait longuement parlé, ces derniers jours, de ce qui, selon lui, allait arriver ; il s'y était préparé sans perdre tout à fait espoir d'y échapper. Et maintenant, il y était.

La jeune fille avait fait glisser son khalat à terre et s'était faufilée nue sous les fourrures de George, ajoutant à la symphonie des odeurs animales quelques notes nouvelles, aigrelettes, dans le registre du hautbois.

— Je vais crier, chuchota le jeune homme.

Les sons caressants de la langue française, reçus par une femme habituée aux âpretés de la steppe, déclenchèrent de sa part une sorte de ronronnement tout empli de désir et peut-être déjà de satisfaction.

— Songe, avait dit Juremi chaque fois qu'ils avaient évoqué cette scène à venir, que si tu cries, tu la condamnes et tu nous condamnes aussi.

Il fallait toute sa répugnance à commettre ces meurtres pour retenir le jeune Anglais de dénoncer l'attentat perpétré sur sa personne. Ce déchirement moral lui arracha des râles dans lesquels sa maîtresse crut distinguer les adjectifs les plus tendres de l'idiome tartaresque.

Les autres prisonniers et surtout Bibitchev, qui n'était pas de la famille, s'honorèrent de leur parfaite discrétion bien que la scène fût fort prolongée et, à certains moments, légèrement indiscrète. Le jeune Anglais sut accepter sa défaite en gentilhomme et donna même finalement l'impression d'apporter un concours loyal à l'entreprise.

Au matin, lorsqu'ils eurent pris place en cercle autour du petit feu où les nomades préparaient une première collation, Juremi était rayonnant et George tenait les yeux baissés. La jeune Koutouloun allait et venait dans le campement, l'air morne, et nul n'aurait pu deviner que c'était la même ombre qui avait quitté la kibitka à la pointe de l'aube.

— J'ai calculé, dit Juremi, qu'il nous reste à peu près dix étapes jusqu'à Khiva. Il n'est pas sûr qu'ils veuillent nous vendre là. Ils peuvent poursuivre jusqu'à Boukhara. J'ai pourtant l'impression qu'ils choisiront d'aller au plus près. Il va donc te falloir agir rapidement, mon cher George.

Le jeune homme, s'il s'était résigné à subir, ne paraissait pas encore sur le point de passer à une action volontaire.

— Nous allons t'aider, lui dit Juremi pour l'encourager. D'abord, il importe de faire comprendre à cette gourmande qu'elle fera un meilleur profit de la situation en te déliant les mains. Crois-moi, les femmes n'ont pas de mal à se représenter ces choses-là. Laisse ensuite passer deux nuits à ce régime, puis parle-lui de chevaux et fais-lui signe que tu veux aller jusqu'à l'horizon avec elle. À ce sujet, tu peux déjà me remercier ; j'ai travaillé pour toi. Depuis trois jours, j'écoute toutes leurs conversations et je commence à maîtriser un joli petit vocabulaire. Tiens, par exemple, le désert qui est près d'ici se dit Kara-Koum, ce qui signifie « les sables noirs ». Les chevaux, à ce que j'ai appris, s'appellent koulanes et tu peux lui parler aussi de la kamtcha, qui est le grand fouet des cavaliers.

Jean-Baptiste était partagé. Il mesurait bien tout le désagrément que causait cette situation à son pauvre fils. S'il n'était pas fâché de lui avoir vu prendre un acompte sur la vraie vie, il craignait de sa part un mouvement de désespoir ou de révolte. Il lui fallait pourtant reconnaître la clairvoyance de Juremi. Dans la position critique où ils étaient, ils n'avaient guère d'autre solution.

— Mais comment vois-tu notre fuite ? demanda Jean-Baptiste au protestant. Nous sommes quatre, l'oublies-tu ?

— Trois, dit vivement Juremi en jetant un coup d'œil mauvais à Bibitchev. Donc, trois chevaux suffiront. Elle en prépare un pour George, un pour elle, un dernier pour les bagages. Le compte y est. Aussitôt qu'elle l'a délié, il lui emprunte son couteau et coupe nos liens en signe d'adieu. Elle ne s'y opposera pas. Ensuite, ils sortent et vont jusqu'aux chevaux. Nous les suivons. Au dernier moment, nous nous emparons d'elle, nous la bâillonnons et nous la laissons attachée quelque part à dix minutes de l'aoul. Ensuite, nous sommes libres.

— Tu veux faire mourir cette malheureuse ! s'écria George.

— J'en étais sûr ! fit le protestant. Hier, Monsieur n'en voulait pas ; elle avait les dents noires, elle ressemblait à une armoire bretonne, que sais-je ? Aujourd'hui, le voilà amoureux et on ne peut plus toucher un cheveu de sa belle.

— Amoureux ! répéta le jeune homme en levant les yeux au ciel.

— George a raison, intervint Jean-Baptiste, cette pauvre gamine ne mérite pas cette trahison. Pourquoi ne pas l'emmener avec nous quand même ?

— Bon, comme vous voudrez. Ils seront deux sur leur cheval. Je vous préviens que si l'on nous poursuit...

— Il faut courir ce risque, dit Jean-Baptiste après avoir scruté un instant le visage fermé de George.

Même à cette condition, il n'était pourtant pas certain

que le jeune homme accepterait de se livrer à une telle machination.

La nuit venue apporta cependant de nouveaux progrès. Koutouloun, sans qu'on eût à lui dire quoi que ce soit, trancha les liens que George avait aux mains et les remplaça en repartant par une menotte de chanvre plus facile à nouer et à dénouer. Avec un tact remarquable, la jeune fille laissa passer une autre nuit sans apparaître, ce qui permit à tout le monde de prendre un repos nécessaire. Le soir suivant, Juremi renouvela ses exhortations : le moment était venu pour George de parler. Hélas, la nuit se passa en silencieux froissements de fourrure, dans l'habituelle tourmente de toisons fauves et de caséine.

Toute la journée, George garda l'air boudeur et se refusa à la moindre déclaration. Risquant le tout pour le tout, Juremi prit alors sur lui d'intervenir lorsque parut leur visiteuse nocturne. Elle s'était à peine glissée dans la couche de George que le protestant se mettait à chuchoter avec insistance.

— Kara-Koum, Mademoiselle. Koulanes ! Koulanes ! et clac, clac, kamtcha, en avant, kamtcha !

Les nomades ne s'offusquent pas de la promiscuité. L'entassement des familles sous leurs tentes les accoutume dès l'enfance à être les témoins discrets des ébats qui prolongent l'espèce. La jeune fille n'ignorait pas la présence toute proche et solidaire par leurs liens des trois compagnons de son amant. Elle se figea pourtant en entendant Juremi lui parler. Fût-ce l'indignation d'entendre ce vieil homme dont elle connaissait l'œil malicieux évoquer à son oreille des sables chauds, des montures sauvages et le fouet ? En tout cas, elle lui retourna sans hésitation une vigoureuse paire de claques puis disparut.

La nuit fut morne. Les captifs, désormais convaincus que le sacrifice de George avait été inutile, n'échangèrent pas une parole.

Les jours suivants, la caravane fit de longues étapes loin

du fleuve, au milieu de dunes molles sur lesquelles ne poussait plus aucun arbuste. Pour faire du feu, les Kirghizes cherchaient sur le sol de minuscules plantes à fleurs jaunes dont les racines ligneuses, plongées dans les sables, atteignaient la grosseur du bras. Les nomades semblaient tout à coup saisis de hâte. Ils imposaient des marches interminables, déchargeaient un minimum d'ustensiles pour la nuit, et ne montaient plus de tente, ce qui interdisait tout à fait le petit manège de Koutouloun. Elle était d'ailleurs maintenant l'objet de toutes les attentions. Le troisième soir dans ces déserts, les autres femmes rasèrent complètement la tête de la supposée vierge et cet apprêt, loin d'être une sanction, s'accompagnait de rires et de préparatifs de fête. Le lendemain, ils obliquèrent vers le sud et se rapprochèrent du fleuve. Au milieu de la journée, ils parvinrent à un grand aoul entouré de riches troupeaux, où un groupe nombreux de Tartares les reçut avec des youyous. Les khalats de ces hôtes étaient taillés dans des samits colorés, ornés de broderies d'or. Les captifs reconnurent parmi les hommes de ce nouveau groupe un des cavaliers qu'ils avaient rencontrés non loin de la mer d'Aral. Il avait séjourné à l'époque en leur compagnie pendant trois jours et les avait passés en longs conciliabules avec l'ancien de la troupe. Ils en comprenaient seulement maintenant le sujet : une alliance s'était conclue, dont Koutouloun serait un des instruments.

Dans le grand aoul, tout était préparé pour une noce. Un jeune homme fort gras, jaune de teint et les yeux si bridés qu'ils restaient presque continuellement fermés, était le parti destiné à l'amoureuse de George. À la manière admirative dont leurs hôtes vinrent les examiner, les prisonniers comprirent que c'est seulement grâce à un escompte sur leur vente à venir que l'ancien avait pu négocier un aussi riche parti pour sa nièce. Deux pauvres hères, qui servaient de valets à la riche tribu qui les accueillait, furent affectés jour et nuit à leur garde, la lance à la main et l'œil mauvais.

Pendant trois jours, les malheureux otages, toujours attachés, eurent à subir le spectacle d'interminables réjouissances, auxquelles ils ne prirent part que sous la forme de pièces d'agneau dégoulinantes qu'on leur tendit à becqueter. L'épousée, la tête revêtue maintenant du grand voile blanc qui couvre le crâne tondu, la nuque et le menton des femmes mariées, n'eut pas un regard pour celui qu'elle avait encore si récemment assailli.

Juremi n'avait pas digéré son soufflet ni surtout le naufrage de son plan. Il accablait la jeune mariée de murmures indignés et vengeurs. Selon lui, cette affaire prouvait, s'il en était besoin, que les sauvageonnes ne sont nullement inférieures aux femmes dites civilisées, à tout le moins dans le registre de la perversité.

Il n'avait pourtant pas encore tout vu. Au moment de repartir, la petite troupe fit d'émouvants adieux à celle qui quittait sa première famille pour rester auprès de son mari. On lui souhaita bonne chance. Il y eut des bénédictions sans fin au nom d'Allah car ces nomades se déclarent musulmans bien qu'ils ne fassent aucune des prières de ce culte et ne semblent pas se douter de l'existence ni encore moins de la direction de La Mecque. Les cavaliers étaient déjà en selle, les chameaux bâtés et les prisonniers en ordre de marche quand la terrible Koutouloun poussa un cri. On la vit entrer en courant dans une kibitka, en ressortir tout aussi vite et s'approcher de George. Alors, brandissant ses ciseaux à mouton, elle lui trancha une dernière mèche sous les vivats attendris des deux hordes et revint se serrer contre son époux en tenant ce talisman sur son ventre, gage de fécondité à venir.

— Ainsi, commenta sombrement Juremi en chemin, si la maligne met au monde un enfant blond, le mérite en reviendra à tes cheveux, mon cher George, et non pas aux cornes du mari.

Deux jours de marche leur suffirent pour atteindre Khiva où régnait sans partage un Khan farouche. Nul infidèle n'y entrait autrement que captif et n'en sortait autrement qu'esclave. La ville leur apparut d'abord cachée derrière un rideau d'arbres. Ils cheminèrent, pour l'atteindre, entre les hauts murs de vergers d'où dépassait le feuillage des aulnes et des saules. Enfin, ils virent la première enceinte de la cité, redoutable muraille faite de brique près du sol et d'argile à son sommet, si haute qu'elle laissait à peine paraître l'extrême pointe des minarets peints et des dômes recouverts de tuiles multicolores. Ils entrèrent par une porte massive à crampons de fer et découvrirent d'abord un large espace de sable séparant cette première enceinte d'une seconde, moins haute, où était construite la ville elle-même. Cet espace inhabité servait de marché sur un côté tandis qu'on voyait de l'autre, dispersées sans ordre, une multitude de tombes mahométanes. Dans les riches ruelles de la cité s'ouvraient d'innombrables boutiques pourvues de tout. Par contraste, leur équipage n'en était que plus misérable. Mais si les prisonniers baissaient les yeux et montraient qu'ils avaient honte de leurs hardes en fourrure, trop chaudes pour ce climat et souillées par les épreuves du voyage, leurs geôliers marchaient la tête haute tant ils se sentaient honorés de promener à la vue de tous leur considérable butin.

Soit qu'ils connussent mal les bazars, soit pour faire durer le plaisir de cette parade, les Kirghizes firent de nombreux détours pour arriver à leur destination. Le soleil déclinait déjà derrière les remparts lorsqu'ils aperçurent les échoppes où se vendaient les esclaves.

CHAPITRE 31

Rien n'avait été touché à Ispahan pendant le court exode de ses habitants vers les collines. On ne déplora aucun pillage, pas la moindre disparition. Pourtant, la ville n'était plus comme avant. La vie n'y reprenait pas son cours habituel. Les gestes restaient les mêmes, les odeurs et les cris aussi, mais pour s'être vus ainsi de l'extérieur, pour avoir contemplé la finitude, la fragilité et la dérision, peut-être, de leur vie, les citadins sentaient leur âme changée, au point de les rendre étrangers à eux-mêmes.

Alix subissait plus que quiconque ces transformations. Dans sa maison, elle retrouva tout et ne reconnut rien. À quoi, du reste, s'accrocher ? Ce qu'elle avait partagé avec Jean-Baptiste était désarticulé par son absence. Ce qui l'avait occupée depuis son départ lui paraissait puéril et fade.

Françoise, éprouvée par sa fracture, restait alitée et souffrait silencieusement. Les domestiques avaient repris leur place mais marquaient par un discret changement de leur attitude qu'ils avaient reconnu Saba comme seule capable de prendre les grandes décisions et donc seule légitime pour commander également les petites. Les rosiers avaient besoin de soins, ainsi que les plantes médicinales, car Alix les avait beaucoup négligées ces derniers mois. Saba leur donna tout son temps et passa le plus clair de ses journées dans ce jardin qui n'était ni tout à fait sa maison ni tout à fait le monde extérieur.

Pendant près d'une semaine après leur retour, Alix évita de penser à Nour Al-Houda et plus encore à Reza tant elle sentait qu'elle s'était aventurée là sur des voies dangereuses. Avec une naïveté d'enfant, elle se persuadait qu'en chassant ces souvenirs de son esprit elle parviendrait à effacer leur existence même.

Elle y était si bien parvenue pendant cette semaine qu'elle ressentit une violente émotion en voyant paraître, un après-midi, le bonnet pointu de l'eunuque Achmet au-dessus du mur du jardin. Au même instant, on sonna à la grille et Nour Al-Houda, que précédait son chaperon, entra en trottant dans le jardin.

Elle embrassa Alix dès qu'elle eut ôté son voile et entraîna son amie à l'intérieur de la maison comme si elle était chez elle.

— Brr, fit la jeune Circassienne, mettons-nous à l'abri, c'est encore l'hiver et je ne sais pas comment vous supportez d'avoir les bras nus.

Toutes deux s'assirent autour d'une petite table octogonale incrustée de nacre. La robe de taffetas bleu roi de Nour Al-Houda était fermée à ras du cou et sur ce plastron bombé par sa gorge brillait un double rang de saphirs et de diamants.

— Quelle horrible semaine ! dit-elle vivement. Déjà pendant ce déménagement ridicule, j'ai été privée de mes compagnes car, vous pensez bien, elle sont restées cachées dans le harem. Et pour ajouter à une tristesse, voilà que depuis mon retour je ne reçois plus une visite de vous. Que vous ai-je fait ? Dites-le-moi. Ne m'aimez-vous plus ?

Tant de sincérité se peignait sur ce fin visage, une peine si vive était perceptible dans cette voix qu'Alix éprouva soudain une grande honte et l'envie de demander pardon à son amie.

— Ne craignez rien de tel, dit-elle péniblement. C'est seulement le temps, croyez-moi, qui m'a manqué. La maladie de Françoise, le tracas du retour, la crainte aussi de sortir...

— Je sais tout cela, dit Nour Al-Houda en lui prenant les mains, et c'est pourquoi je suis venue moi-même. Allons, je ne vous en veux pas...

Alix, cherchant à garder une contenance, appela pour commander du thé et des gâteaux.

— Du reste, poursuivit la visiteuse, ce n'est pas le moment de nous plaindre ni de nous quereller. Le pire est devant nous. La chose est maintenant certaine : il faut s'attendre à voir paraître les Afghans sous les murs de la ville d'un jour à l'autre.

Ils avaient beau le savoir tous depuis des semaines et en avoir la preuve formelle depuis la défaite de Kirman, les habitants d'Ispahan ne parvenaient pas à imaginer trente mille de ces brutes de bergers afghans campant devant leur capitale si raffinée. Dans les sentiments que faisait naître cette invasion, l'effroi tenait moins de place que l'indignation.

Dans la véranda doucement baignée par un soleil gris qui filtrait entre des ifs cette imminence avait encore moins de réalité qu'ailleurs.

— Vont-ils donner l'assaut ou faire un siège ? demanda Alix.

— Nul ne le sait et mon cher mari moins qu'aucun autre. L'armée elle-même n'a pas reçu d'ordre. Officiellement, on se prépare. En vérité, on attend. Si les Afghans attaquent, on se défendra mais ils peuvent prendre leur temps. Un véritable siège, paraît-il, est impossible à cette saison car la ville n'est pas de celles que l'on peut encercler, à cause du fleuve qui la protège et dont nous gardons les ponts.

— Une chance !

— Oui et non. Mon cher mari, que j'approuve pour une fois, est partisan de négocier et d'offrir à ces pillards une somme qui les fera tranquillement rentrer chez eux. Hélas, son opinion est en minorité. Un parti grandit autour du roi, qui le pousse à tenter avec le reste de l'armée une action de vive force. Il se pourrait que la garde elle-même...

Alix tressaillit. Nour Al-Houda s'était arrêtée et montrait une grande émotion, au point que pour la première fois son amie voyait un vernis de larmes couvrir ses yeux.

— Reza ne veut plus me rencontrer, dit-elle d'une voix brisée.

— Mais comment... comment pouvez-vous le savoir ? demanda Alix en se troublant.

— Par la voie habituelle, celle qui m'a servi à préparer les entrevues que j'ai eues grâce à vous. La femme d'un de ses subalternes, tout simplement, accepte de lui passer des messages et transmet les réponses.

Puis après un temps :

— Quand il y en a.

Alix était bouleversée par la peine de son amie. Pour ne pas céder à un aveu qui n'aurait soulagé qu'elle, elle tenta de concevoir des objections qui, du même coup, la disculperaient.

— Peut-être est-il empêché par tous ces événements.

— Il n'est empêché par rien. Cette femme l'a vu. C'est lui-même qui a affirmé le plus tranquillement du monde qu'il n'avait rien à me dire.

— Je ne comprends pas, Nour, dit Alix un peu trop vite. Vous sembliez si détachée tous ces jours. Quand je vous ai rapporté ses paroles...

— Eh bien, répliqua la jeune fille en relevant la tête, que vouliez-vous que je vous dise ? Oui, je pouvais avoir l'air détachée puisque lui ne l'était pas. Que m'avez-vous appris sinon qu'il souffrait. Il m'aimait donc. Quelle alarme aurais-je dû laisser paraître ?

— Mais, argumenta Alix, qui ne pouvait supporter cet aveu, ce qu'il m'a dit... La passion qu'il vous a témoignée et que vous avez repoussée, votre mariage...

— Alix, je vous en prie. Ne m'obligez pas à perdre mon honneur devant vous...

— Que voulez-vous dire ?

— Ne m'obligez pas à vous faire un récit complet qui me montrerait dans ma grande faiblesse et qui serait en tous points l'opposé du sien. Sa passion ! Tenez, ce seul mot me fait bouillir de colère. Car je sais, moi, ce qu'est une passion. Je sais qu'elle n'a pas de limite, qu'on se damne, qu'on se perd pour elle. Depuis l'enfance, m'entendez-vous, je suis dévorée par cette fleur vénéneuse. Depuis l'enfance, je n'ai pu supporter l'idée de vivre sans lui ni de le partager, ni de me voir méprisée, traitée en maîtresse, aimée peut-être, oui, mais clandestinement, dans les limites de la bienséance familiale. Je me suis perdue pour échapper à cette douleur. Le malheur a voulu que je le rencontre de nouveau, et je ne cesse depuis de me perdre encore. Mon mariage ! Pensez-vous que je serais allée m'unir ici sous son nez et avec un tel personnage, si c'était pour fuir vraiment, si je n'avais pas eu envie de lui lancer un appel, de lui faire comprendre à quel point je pouvais mépriser ce à quoi il attache tant de prix. Je n'avais évidemment qu'une chose en tête : lui ! Lui qui n'a jamais fait ce petit pas qui serait de me choisir, de me préférer à tout et à toute autre. Aujourd'hui encore, il va risquer sa vie pour défendre ce roi taré. Est-ce là ce que vous appelez une grande passion ?

Nour Al-Houda acheva sa phrase dans un sanglot et cacha son visage dans ses mains. Alix se leva pour ne point la regarder pleurer, vint se placer debout derrière elle. Quand la jeune fille eut repris contenance et essuyé ses larmes, elle revint s'asseoir.

— Excusez-moi, dit Nour Al-Houda. Aucune de mes amies ne peut comprendre cela ; ce sont des femmes qui ont eu trop de malheur peut-être pour s'attendrir comme je le fais.

« Et moi, pensa Alix, n'en ai-je pas assez ? » Jamais elle ne s'était sentie si coupable de ne pas avoir connu d'amour malheureux. Peut-être était-ce là tout simplement ce qu'elle avait cherché.

— En tout cas, reprit Nour Al-Houda en se redressant et

avec un ton nouveau, énergique et méchant, je saurai ce qu'il en est. Il n'a pas changé ainsi sans raison. Chaque fois qu'il a mis une distance entre nous, il a laissé une porte entrouverte. Pour qu'il me chasse de la sorte, il faut qu'une autre l'ait détourné de moi. Qui ? Je l'ignore mais, croyez-moi, je le saurai et ma vengeance...

Elle n'acheva pas. Alix avait laissé échapper sa tasse de thé bouillant sur ses genoux. Le reste de la visite se passa à prendre soin de cette brûlure légère mais étendue ainsi qu'à saluer Françoise, pour la distraire.

*

Le caravansérail de Kachan était à peine remis du tumulte qu'y avait fait naître la découverte d'une femme déguisée en voyageur. Le nom du marchand Ali, qu'on n'avait plus revu depuis lors, venait encore souvent, le soir, dans les conversations qui se tenaient au frais de la grande cour. Mais les rumeurs de la guerre avaient peu à peu pris le relais et, maintenant que les Afghans étaient en vue de la capitale, l'attraction principale de l'établissement était constituée par les attelages d'étrangers qui fuyaient la Perse à toute bride. Depuis le début de ces événements tragiques on ne les voyait jamais passer que dans un sens : ils quittaient Ispahan et se dirigeaient vers la frontière turque. Ce détail seul suffit à rendre singulière l'arrivée d'une berline qui suivait la direction inverse.

Ce véhicule, de construction rustique et d'aspect vétuste, était remarquable par ses énormes ressorts à lames qu'un maréchal-ferrant habile avait doublés, voire triplés, pour qu'ils pussent amortir sur les pires cahots un poids considérable. Mais au lieu du mastodonte ou de la foule nombreuse qu'on s'attendait à voir sortir d'un tel coche, parut à la portière un petit homme sec qui sauta à terre en montrant la plus mauvaise humeur.

— Enfin ! s'écria monsieur de Maillet en posant le pied sur le perron du caravansérail.

Il cria au cocher de descendre aussitôt son maigre bagage, un simple ballot à vrai dire, mais qu'il ne jugeait pas digne de porter lui-même.

En entrant dans l'établissement, le consul fut beaucoup désappointé de ne pas y provoquer autre chose qu'une curiosité un peu méprisante et en tout cas aucune marque d'empressement. Il se fit attribuer de mauvaise grâce et en payant fort cher une petite chambre à l'étage. Après y avoir jeté un rapide coup d'œil, il redescendit prendre les dernières nouvelles parmi les marchands. Mais les conversations s'interrompaient à son approche et il finit par se tenir tout seul, les bras croisés, près d'un des jets d'eau qui ornaient les angles de la cour. C'est là que le cocher vint le rejoindre.

— Vous m'avez l'air bien inquiet, Beugrat, dit méchamment le consul.

— Inquiet, moi ? répondit le cocher en regardant autour de lui si la remarque pouvait concerner quelqu'un d'autre.

Ce postillon était un gigantesque Suisse, à la tête entourée de poils rouges. Il avait échoué au service de Murad après une mauvaise carrière de mercenaire qu'une fracture dans le genou pour cause d'ivresse avait conclue sans gloire.

Il mettait désormais tout son honneur à s'affirmer vaudois et, bien qu'il ne fût pas lui-même exempt de ces défauts, il brocardait sans cesse ses voisins et ennemis les Valaisans pour leur bêtise et surtout leur saleté. Sa meilleure plaisanterie, au demeurant la seule et qu'il répétait sans cesse, tenait en une phrase : « Pourquoi l'air est-il pur dans le Valais ? Parce que les habitants n'ouvrent jamais les fenêtres. »

Quand il eut enfin saisi à qui s'adressait le consul, Beugrat fit un grand progrès dans la conscience qu'il avait de lui-même.

— Oui, Monsieur, dit-il, vous avez bien raison : je suis inquiet.

Puis, affinant son introspection, il poursuivit péniblement :

— Non, d'ailleurs, je ne le suis pas. Enfin plus. Plus du tout, même.

— Expliquez-vous, Beugrat, dit le consul avec impatience.

— Eh bien, voilà, mon maître, l'ambassadeur d'Éthiopie...

— Dites « Murad », nous sommes entre nous.

— Mon maître, donc, m'a recommandé d'épargner sa voiture. J'ai pris mes renseignements. La route à compter d'ici est fort mauvaise et la guerre menace. Voilà, il faut me comprendre : je n'irai pas plus loin.

Rien ne pouvait faire fléchir une décision de ce scrupuleux cocher qui ne connaissait qu'une seule chose dans la vie : le soin de la voiture qu'on lui avait confiée. Monsieur de Maillet s'en rendit compte. Ni les menaces, ni de magnifiques promesses d'argent, ni les supplications n'y firent. Tout ce qu'il put obtenir fut l'assurance que Beugrat l'attendrait au moins deux semaines à Kachan. Monsieur de Maillet jugeait que son affaire ne devait pas l'occuper plus longtemps et que, s'il était retenu au-delà, ce serait, comme il le disait familièrement, « pour ce rendez-vous auquel chaque homme doit se préparer sans en connaître ni le jour ni l'heure ».

En vérité, le caprice du postillon était presque une bonne chose : ce coche trop voyant n'aurait pas permis d'entrer facilement dans une ville menacée. Monsieur de Maillet avait acquis la certitude qu'un simple mulet le mènerait plus facilement au but. Pendant qu'il s'employait à négocier l'acquisition d'une monture, un fier équipage fit une entrée bruyante dans le caravansérail. Renseignements pris, il s'avéra que c'était un détachement de la gendarmerie royale de France. Ces soldats avait gardé jusqu'à la dernière limite les locaux de leur ambassade. Ils obéissaient finalement à un ordre de repli.

Les prévôts, en uniforme bleu et blanc, s'emparèrent de la

meilleure table dans la salle voûtée où l'on servait les repas et avec des cris de soudards réclamèrent du vin. Monsieur de Maillet laissa cette escouade se désaltérer puis, suivant une intuition, s'approcha de l'homme qui, au bout du banc, avait l'air d'en être le chef. La perruque réglementaire de cet officier, aplatie comme un béret, était posée de travers sur son énorme tête carrée, qu'on était heureux de contempler juste avant qu'elle n'explose. Le vin rouge que ce brave homme enfournait dans sa bouche n'avait pas besoin de faire le détour par ses entrailles pour lui éclairer par l'intérieur le visage et injecter ses gros yeux. Une plante arrosée de la sorte ne peut pas pousser dans une mauvaise direction et, pour résumer ce que pensait monsieur de Maillet, « ce brave homme inspirait confiance ».

L'ancien diplomate demanda la permission, au nom de leur patrie commune, de s'asseoir à la table des soldats. Il trinqua à leur santé mais malgré tous ses efforts il faisait tache au milieu d'eux comme une marguerite dans un champ de coquelicots.

Heureusement, ces braves garçons fort simples se levèrent presque aussitôt et partirent s'étendre pour dormir. Seul l'officier resta à table car il lui fallait, en raison de son âge, une double dose.

— Ainsi, dit monsieur de Maillet plein d'admiration, vous quittez la Perse, pauvre pays ! Et qui donc va protéger maintenant l'ambassadeur de France ?

— L'ambassadeur ! Mais il y a belle lurette qu'il est parti et tous les diplomates avec lui. C'est bon pour des cochons de gendarmes, de prendre la mitraille.

— Vous avez laissé l'ambassade vide ! Vous ne craignez point les pillages ?

— Nous les craignons, mais surtout pour nous-mêmes. S'ils pillent l'ambassade, eh bien, on en reconstruira une autre, ou pas du tout. D'abord, ce n'est pas notre affaire. Ensuite, il faudra attendre que tous ces excités se mettent d'accord entre eux, ce qui prendra des années.

Jusqu'ici le militaire avait répondu malgré lui et sans prêter beaucoup d'attention à ce vieillard sentimental. Mais la seconde carafe entamée, il le regarda mieux et s'étonna :

— Comment se peut-il que vous ignoriez tout cela ? Il n'y a pas un Franc d'Ispahan qui ne le sache.

— C'est que..., dit monsieur de Maillet..., je ne suis pas d'Ispahan. J'y vais.

— Vous y allez ! Au fou ! Voulez-vous perdre la vie ?

Le consul était satisfait. Depuis qu'il agissait pour le salut de son âme et sa réintégration dans le corps sacré de l'Église, il se sentait capable de tout. Il n'était aucun moyen que cette juste cause ne rendît légitime. Le plan qui prenait forme devant lui supposait un gros mensonge : il le proféra sans la moindre contrition.

Pendant près d'un quart d'heure, il fit à l'officier une description poignante de sa condition. Non seulement il s'inventa un nom et cacha ses anciennes fonctions, mais il se prétendit touché par un nombre considérable de malheurs effroyables qui s'étaient abattus sur lui-même, ses enfants, ses frères et sœurs et jusqu'au chien préféré de sa meute. Pour se délivrer de ce cycle infernal de malédictions, l'évêque de sa paroisse lui avait en personne recommandé un pèlerinage à Ispahan où saint Thomas avait répandu la parole du Christ. Pour l'efficace de cette intercession, il lui fallait se trouver dans la crypte même où avait prêché l'apôtre le matin de l'équinoxe de printemps, qui était dans quinze jours.

Ce récit fut si long et rendu avec tant de talent, d'émotion et de douleur, que le soldat dut s'aider de deux autres carafes pour ne point éclater en sanglots et même, à vrai dire, éclater tout court. À la fin, il saisit le bras du consul :

— Je vous comprends, lui dit-il. Mieux, je vous approuve.

Puis, en regardant prudemment autour de lui, il ajouta :

— Et si vous m'y autorisez, je veux vous aider. Vous allez à

Ispahan ? Soit. Mais où logerez-vous ? Les caravansérails sont des coupe-gorge dans cette ville et aujourd'hui plus que jamais, surtout pour un étranger.

Monsieur de Maillet clignait des yeux et laissait venir sa prise.

— Cette damnée baraque d'ambassade est vide, poursuivit le gendarme. Nous l'avons laissée à la garde d'un Persan qui n'est honnête que par paresse. Dès qu'il entendra les premiers pétards, il se réveillera et sera le plus enragé à tout mettre à sac dans la maison. Allez-y !

— Que voulez-vous dire ? demanda monsieur de Maillet en feignant la plus extrême surprise.

— Allez-y, vous dis-je. Dites à ce Hassan, c'est son nom, que vous venez de ma part : Chauveau, vous vous souviendrez ? Et, tenez, prenez la clef de la légation, si, si, prenez-la, nous n'avons pas eu l'imprudence de la lui laisser. Au moins le temps que vous habiterez dans ces murs, vous les protégerez et ils vous protégeront. Enfin, un peu car je ne crois pas que ces Afghans sachent beaucoup des usages diplomatiques. De toute manière, vous verrez bien. Et puis, tenez, je vous souhaite bonne chance.

Sur ces mots, le pandore quitta le simple domaine des réflexions terrestres. Il finit son verre puis, les yeux fixes, la démarche ferme bien qu'un peu ample sur les côtés, il traversa la cour et alla s'étendre près de ses hommes.

CHAPITRE 32

Dans le silence de cette matinée de printemps, tous les habitants d'Ispahan, muets, juchés sur leur toits en terrasse, et toute l'armée sur le remblai du sud regardaient, par-delà le scintillement du fleuve, la masse noire qui s'était immobilisée dans la plaine. Les Afghans étaient là ! Eux ! Les barbares ! La mort ! Les mères serraient leurs enfants, les maris leurs épouses, les vieillards secouaient la tête. Chacun jugeait tout à coup qu'il y avait trop de bleu dans ce ciel, trop de soieries sur ces corps, trop de délicieux vernis sur les majoliques des murs et les feuilles des magnolias. Ispahan la beauté, Ispahan la tendresse, Ispahan la sensualité et le raffinement, comme une jeunesse amoureuse, comme une heureuse enfant, avait tout simplement oublié la mort qui était maintenant là, noire et figée, dans la plaine.

Les Afghans n'approchaient plus. À la distance où ils étaient, on ne distinguait rien d'eux. Construisaient-ils un camp ? Aucune fumée de bivouac ne s'élevait dans l'air. Étaient-ils même descendus de leurs chevaux ? N'était-ce qu'une avant-garde, qui attendait le gros des troupes ?

Des éclaireurs persans, à cheval, faisaient de larges boucles qui les rapprochaient un instant des envahisseurs et venaient rapporter les nouvelles dans la ville. Quatre buses de mauvais aloi imitaient ces cercles dans le ciel et, comme si l'heure de la tragédie avait été aussi celle des oiseaux, des tourterelles s'étaient emparées du silence des jardins, pour y jeter leurs roulantes imprécations.

Du palais royal, le plus large panorama se découvrait depuis le haut d'une tour de guet attenante aux cuisines. C'est sur cette terrasse, protégée par un dais rouge tenu par quatre esclaves, que Hussein, roi de Perse, fixait la semence noire au loin, dans la plaine, qui contenait en germe le désastre et sans doute sa chute. Les courtisans et les plus hauts dignitaires formaient un cercle à distance ; chacun s'employait, pour une fois, à ne pas être sur la première ligne de cette petite foule. C'étaient de cruels assauts de politesse pour parvenir à se dissimuler les uns derrière les autres. À rebours des apoplectiques, qui respirent mieux quand on les saigne, le souverain était soulagé de ses mauvaises humeurs lorsqu'il voyait saigner les autres. Il était à craindre qu'il n'eût un urgent besoin, ce matin-là, de voir découper quelques têtes.

En vérité, Hussein était au-delà de ces divertissements. Le vin, son seul secours, avait pris tout l'empire sur lui et le gouvernait dans le sens d'un apaisement ahuri et presque indifférent. Il regardait fixement l'horizon et nul n'aurait su dire ce qu'il pouvait bien y voir.

La terreur de la cour, la gravité du moment n'avaient pas pour autant éteint les complots et les rivalités qui divisaient l'entourage royal. L'imminence d'une catastrophe sonne l'heure de ceux dont un quotidien trop paisible a jusque-là limité les ambitions. Si la paix donne carrière aux hommes raisonnables, à la pensée convenue et aux mœurs délicates, la tragédie, le chaos libèrent l'initiative des grands fauves du surnaturel, de ceux qui ont tenu serré dans les coffres trop étroits de la vie ordinaire leur immense corps de prophète ou de héros et qui, alors, saisissent enfin l'occasion de le déployer loin au-dessus des autres hommes.

Tel était Yahia Beg, mage et astrologue, favori, certes, mais qui avait souffert de devoir partager son emprise sur le roi avec tant d'autres et d'abord les mollahs, toute la clique chiite de la cour. La superstition persane, omniprésente, emprunte ses formes à l'islam mais vient de bien plus loin, de ces âges primitifs où régnaient les cultes de Mithra et les sacrifices humains. Les mages, gardiens de ces anciennes traditions divinatoires, n'avaient partagé leur pouvoir que de très mauvaise grâce avec les dignitaires musulmans et n'avaient jamais renoncé à leur contester cette influence. Un grand drame pouvait être la grande occasion de régler ces comptes.

Pendant que reculait, en frémissant de peur, le cercle des courtisans, Yahia Beg, lui, s'avança sur la terrasse et osa se planter seul devant le roi.

— Majesté, dit-il d'une voix forte, je dois vous annoncer d'importantes nouvelles.

Hussein tourna vers l'astrologue ses yeux noirs à peine visibles derrière des paupières gonflées semblables à de petites saucisses.

— Que veux-tu ? grogna-t-il.

— Vous parler, Sire, mais ce que j'ai à vous dire ne souffre aucune indiscrétion et ne regarde que le souverain.

Le ton du devin était si ferme et contenait une menace si nette que le roi, malgré l'effort que lui coûtait un geste un peu ample, leva les deux bras et fit signe à toute la cour de se retirer. Restaient seulement les quatre esclaves qui tenaient le dais. Yahia Beg insista pour qu'ils partissent aussi et Hussein, qui frissonnait un peu dans cette ombre, accepta de bonne grâce de se chauffer au soleil de cette belle matinée.

— Parle, dit-il.

— Sire, ce que j'ai à vous dire est d'une gravité extrême. Croyez bien que j'ai longuement hésité et que je ne prends ce parti qu'après avoir lu et relu la preuve formelle de ce que j'avance, en lisant des astres.

Au loin, dans la plaine, deux fumées bleues montaient dans le ciel au voisinage des Afghans. Avaient-ils enfin dressé leur campement ?

— Voilà, prononça Yahia Beg, et sa haute silhouette maigre se détachait sur la ligne lointaine des hauts plateaux enneigés de l'Iran. Je parlerai sans détour : le prophète Mohamed et son gendre Ali nous ont-ils protégés contre nos ennemis ?

Il fit durer le silence et le souverain répondit avec embarras.

— Pas assez, j'en conviens, murmura-t-il. Il faut croire que nous avons beaucoup péché...

— Non, Sire. Votre aïeul Chah Abas n'avait point d'autres mœurs que les nôtres, en particulier en ce qui concerne les plaisirs de la table et du corps. Pourtant, il a vaincu. On nous a demandé des pénitences, nous les avons faites. Elles n'ont servi à rien.

— Voudriez-vous dire que Dieu... ? s'effraya Hussein.

— ...existe, Sire, je ne le conteste pas. Il n'y a d'autre Dieu que Dieu, c'est une affaire entendue. Mais...

— Dire « mais » est déjà se renier.

— Non, Majesté, ce « mais » ne concerne pas Dieu, dont la puissance est infinie et le pouvoir sans limites. Il s'applique seulement à ceux qui s'en prétendent les interprètes.

— Les mollahs !

— Majesté, voici ce que j'affirme. Ce pays n'est pas pour Dieu une terre comme les autres. Il a fait venir ici un grand prophète...

— Zoroastre.

— Lui-même, et qui nous a montré la voie pendant des siècles. Il nous a révélé le nom sacré d'Ahouramazda ; il nous a instruits des plans diaboliques d'Ahriman, dieu du Mal. Pendant des siècles, les grands rois de Perse ont tiré leur force de ce dieu du Soleil et du Feu qui éclaire, réchauffe et rend invincible.

Avec ses cheveux noirs laissés longs jusqu'aux épaules et ses yeux fixes, Yahia Beg était terrifiant de grandeur.

— Ne serions-nous pas punis pour avoir oublié ce Dieu qui nous avait élus ? Ne sommes-nous pas coupables d'avoir fait disparaître son image derrière le Dieu très vrai mais très général des musulmans ? À vrai dire, celui-ci a recouvert l'autre. L'a-t-il remplacé ? N'est-ce pas seulement la nouvelle forme qu'a choisie Ahouramazda pour nous apparaître et manifester sa puissance dans le monde ? Allah, c'est le nom derrière lequel se cache Dieu pour tous les peuples de la terre. Ahouramazda est le nom par lequel il se dévoile au seul peuple qu'il a élu entre tous. N'est-ce pas cela qu'il a voulu nous dire en étendant cet immense feu sur nos têtes, à l'heure de la défaite ?

Alors, pivotant un peu de côté, Yahia Beg, d'un ample geste du bras droit, désigna l'ombre menaçante des Afghans dans la plaine.

— Ceux-là ont le même Dieu que celui de nos mollahs. Pourquoi devraient-ils vaincre ?

Il laissa à Hussein le temps de s'interroger, pendant un long silence.

— Parce que, Majesté, reprit-il, nous n'employons pas notre vraie force. Il est temps de déchirer le voile et de montrer que nous sommes fidèles au seul Dieu de ce pays. Il est temps, pour conjurer ces malheurs, d'en appeler au Dieu éternel qui a conclu une alliance avec ce pays, au Dieu millénaire de nos ancêtres, Ahouramazda.

— Mais, murmura Hussein sous le charme, qu'exige-t-il de nous ?

— De le révérer dans les formes, Majesté, et de consentir les sacrifices qu'il demandera.

— Des sacrifices… ? Lesquels ?

— Je l'ignore, Sire. Nous le saurons cette nuit même si vous le décidez.

— Terrible choix, en vérité ! Entre le reniement et la défaite, dit Hussein en se mordant une main.

— Non, Majesté, c'est la victoire et la réconciliation avec les sources mêmes de votre dynastie qui sont à portée de votre main.

Hussein, au comble du malaise, se trémoussait en gémissant sur son trône. Les quatre busards, à cet instant, vinrent faire leur cercle au-dessus du palais. Peut-être y vit-il un signe ?

— Et où ferons-nous cette cérémonie ? demanda-t-il.

— L'idéal, répliqua vivement Yahia Beg, qui sut cacher son triomphe, eût été de nous rendre à Persépolis sur les autels de vos ancêtres. On ne peut y songer aujourd'hui. Mais dans les faubourgs d'Abas Abad, il y a un ancien temple qui peut convenir.

— Et... quand cela ?

— Le temps presse. Nous commencerons cette nuit même, à quatre heures, pour atteindre l'aube.

*

Hassan n'aimait qu'une chose : se faire tailler la barbe. Il ne se sentait jamais si bien qu'à l'instant où il était allongé sur le fauteuil du barbier, le cou caressé par une serviette chaude, au milieu des flacons de parfum et des miroirs... Il n'avait décidément qu'un regret : que ses poils ne poussent pas assez vite pour qu'il ait matière à retrouver plus souvent ces délices. Comme la sagesse populaire veut que cette croissance soit plus rapide pendant le sommeil, il en tirait argument pour prolonger ses siestes jusqu'à cinq heures de l'après-midi. Il avait arrangé un tapis et des coussins à l'abri de la galerie de bois qui servait auparavant aux gendarmes : de là, on voyait la grille d'entrée, le premier jardin et le perron de l'ambassade de France avec ses cinq portes-fenêtres. Hassan crut d'abord avoir rêvé en découvrant cet après-midi-là à son réveil que la porte du milieu était restée entrouverte. Il approcha prudemment de la haute croisée, la poussa tout à fait et entra. C'était la première fois qu'il pénétrait dans cette légation depuis le départ des Francs. Tous les gros meubles étaient à leur place et c'était bien beau à voir, ces commodes galbées, ces longues tables, ces grands fauteuils recouverts de velours de soie. Les diplomates n'avaient emporté dans leurs coffres que les petites choses, l'argenterie, les chandeliers, les tableaux de dimension raisonnable. Les pièces étaient à la fois somptueusement meublées, dans le goût européen, et dépouillées de ces détails qui font paraître un décor habité.

Le dernier soleil rebondissait de salle en salle en allumant au passage des éclats d'or sur les moulures et des irisations bleutées dans le cristal des lustres. Par prudence, Hassan avançait silencieusement et à pas feutrés. Il ne vit personne dans l'entrée ni dans le grand salon, passa une tête dans les cuisines, qui étaient vides. Enfin, il se dirigea vers le bureau de l'ambassadeur, qui donnait de plain-pied sur le jardin. Par un dernier souci d'étiquette, les meubles de cette pièce avait été recouverts de housses en toile écrue. Le majordome de l'ambassade s'était résigné en partant à ce qu'elle fût pillée, mais il n'avait pas pu supporter l'idée que les meubles prissent la poussière. Hassan mit un moment, en scrutant la pièce, à distinguer au milieu de ces fantômes blancs la silhouette d'un petit vieillard digne et sec qui avait pris place sévèrement derrière le grand bureau de style Boulle.

Hassan avait obtenu son emploi grâce à un usage convenable du français, qu'il avait appris en jouant dans son enfance avec la progéniture d'un commerçant. Pourtant quand monsieur de Maillet lui dit assez sèchement d'avancer et de s'asseoir, le Persan le fit répéter trois fois, persuadé qu'il était de ne point entendre la langue des spectres.

— Le brigadier Chauveau m'avait bien dit que vous étiez honnête, poursuivit le consul sans laisser au malheureux le temps de revenir sur son étonnement. Mes compliments ! Rien n'a bougé. Vous avez fait bonne garde.

— Mais, qui… qui êtes-vous ?

— Monsieur de Maillet, consul de France.

En prononçant ces paroles, les mains à plat sur le plateau de cuir du bureau, sentant au-dessus de lui le portrait du roi

Louis XIV, car les tumultes de la Régence n'avaient pas encore permis de le remplacer, monsieur de Maillet sentit trembler un peu sa lèvre mais sut contenir l'émotion qui le terrassait.

— Avez-vous un coureur ? dit-il pour en venir à d'apaisantes choses pratiques.

— Un quoi, Excellence ?

— Un messager, quelqu'un qui puisse aller et venir dans la ville et porter des plis.

— Le fils aîné de ma sœur, s'il vous convient...

— Parfait. J'en aurai besoin dès aujourd'hui. Dites-moi, savez-vous lequel des personnages de cette cour est appelé le nazir ?

— Le nazir ? Bien sûr, Excellence. C'est le grand surintendant des domaines du roi.

— Eh bien, je veux lui faire tenir un message ce soir même. Lit-il le français ?

— Je ne le pense pas, Excellence, mais je puis traduire si ce n'est pas secret.

Monsieur de Maillet avait trouvé au fond d'un tiroir presque vide une plume, de l'encre et un petit morceau de papier. Il traça ces lignes :

« Monseigneur,
Voulez-vous avoir l'obligeance de vous rendre le plus tôt possible à l'ambassade de France. Il s'agit de l'affaire Alberoni.

Signé : B. de M. »

Il plia la feuille et, faute de découvrir une enveloppe dans les autres tiroirs, la confia telle quelle au portier.

— Dites à votre neveu de vous remplacer dans le jardin et allez porter ce message tout de suite.

Hassan courut dans la rue avec le pli, un peu dépité de ne pas avoir profité du court répit de ces deux derniers jours pendant lesquels il aurait pu s'emparer de quelque chose dans l'ambassade. Pourtant, au fond de lui, il était plutôt heureux que la vie eût repris son cours normal.

Une heure plus tard, le carrosse du nazir pénétrait par la double grille ouverte de la légation française et le lourd dignitaire montait prestement les marches du perron.

Le billet du consul lui avait fait abandonner sur-le-champ toutes ses autres affaires. Dans l'ambiance de déroute que l'arrivée des Afghans avait installée dans la capitale, chacun avait le souci de rassembler ses biens, de préparer des cachettes pour les dissimuler et d'organiser sa fuite éventuelle. Cette panique provoquait la demande de remboursement de toutes les créances. Le nazir était occupé jour et nuit à recouvrer celles qui lui étaient dues et à tenter d'échapper au paiement de celles qu'on lui réclamait. Le solde était pour le moment catastrophique. Et voilà que soudain Alberoni, en se rappelant in extremis à son souvenir, venait lui offrir la perspective d'un secours à l'étranger : dans un tel moment, c'était la fortune, la liberté, la vie peut-être. Il fallait négocier tout cela au mieux.

Le nazir fut d'abord surpris de découvrir à quel homme le puissant cardinal avait confié le soin de représenter ses intérêts. Était-ce l'effet de la guerre ou une ruse suprême que ce costume élimé, rapiécé, jauni par les lavages et pourtant sale aux manches et au col que portait ce vieillard, sans que fût altérée la haute conscience qu'il montrait de sa propre dignité ? Et que dissimulaient donc ces voiles blancs dont les meubles de son bureau étaient mystérieusement couverts ? Le nazir prit place sur un petit canapé que sa housse couvrait jusqu'à terre. Il eut immédiatement la désagréable sensation qu'un homme pouvait très bien s'être glissé sous ce jupon d'ameublement. Il redoubla de prudence.

— Je serai direct, commença le consul après de brèves salutations. Le cardinal Alberoni souhaite savoir au plus vite la vérité concernant... la lettre qu'il a reçue de Perse, adressée par une femme qui prétend le connaître et vous mentionne expressément.

Le nazir tirait sur une de ses moustaches et la lâchait quand ce long ressort gris avait atteint le bout de sa course. Il se rembobinait aussitôt sous son nez. Hassan servait de truchement et le nazir marquait seulement qu'il comprenait en hochant la tête.

— Les ordres du cardinal, reprit le consul, que j'exécute aveuglément, sont formels : je dois rencontrer cette femme.

« La rencontrer ? pensa le nazir à toute vitesse. Il le faudra bien. Mais pas chez Poncet. Il ne faut pas que cet émissaire sache où elle se cache. Sinon, il l'emmène et elle m'échappe. Garder le contrôle de l'affaire. Voilà l'essentiel. »

Il fit traduire par Hassan hors d'haleine une réponse ampoulée d'où il ressortait qu'il était aveuglé par la gloire d'Alberoni, que le consul n'avait pas à sa disposition sur terre d'esclave plus soumis et enfin qu'il ferait en sorte que dès le lendemain matin le consul pût apercevoir la très considérable concubine de Sa Sainteté.

« L'apercevoir ! pensa monsieur de Maillet. Finaud, va. Tu veux m'empêcher de lui parler et de percer à jour son imposture. »

— Au moins, protesta-t-il à haute voix, permettez que je lui dise un mot et que je la rassure sur le soin que le cardinal prend d'elle.

— Ah ! Excellence, se récria le nazir. Vous la tueriez. Non, non, croyez-moi. Nous allons d'abord nous entendre tous les deux ici, fixer toutes les conditions de son départ, et ensuite je la préparerai avec toute la douceur voulue.

Pendant le long silence qui suivit, le nazir sortit une tabatière à priser et y plongea ses moustaches.

— Qu'il prenne garde aux housses ! s'écria monsieur de Maillet en voyant sauter les grains de poudre noire.

Le nazir trouvait décidément cet endroit étrange et cet homme fort agité.

337

— Tant pis, dit finalement le consul. Si je ne peux lui parler, il est inutile que je la voie. Ma mission, je le crains, est terminée.

Il fallut près d'une heure de ce manège pour que les deux renards se missent d'accord. Rendez-vous fut pris pour le lendemain matin, chez le nazir. L'entretien se ferait par l'entremise du Persan lui-même avec deux interprètes en sorte que le consul ne pût faire passer directement aucun message qui ne fût pas entré dans les plans du surintendant.

Cette affaire réglée et son visiteur parti, monsieur de Maillet congédia Hassan et resta seul dans le bureau où entrait déjà la pénombre violette du soir. Il ouvrit la porte qui donnait sur le jardin et sortit un instant dans son frais. Il faisait cela, au Caire, après une journée de labeur. Les mêmes cris, les mêmes aboiements de chiens montaient de la ville. La volupté du pouvoir était tout entière contenue dans cette amère solitude. Une petite brise du soir le fit frissonner. Il rentra. Les fauteuils levaient les bras sous leurs voiles et se détachaient sur la naissante obscurité. Tous les flambeaux avaient disparu. C'est à tâtons, entre ces fantômes, que le consul gagna la porte puis le palier, le large escalier, enfin l'étage. Dans la première chambre venue, il palpa le matelas d'un grand lit, dont on avait retiré les draps. Il s'allongea tout habillé et la grande main douce de la nostalgie l'emporta tout aussitôt dans le sommeil.

CHAPITRE 33

Si l'envie vous prend un jour de fonder une grande religion, parlez, enseignez, vivez, donnez-vous en exemple mais surtout n'écrivez rien. Aucun des grands précurseurs que furent Jésus, Mahomet ou Bouddha n'a tracé quoi que ce soit de sa main. Sans doute est-ce là ce qui préserve la force originelle, jaillissante et vitale de leur message. Par la suite, de laborieuses générations de prêtres ont eu tout loisir de figer cette source dans la glace de leurs écrits et de leurs interprétations. Zoroastre n'a pas eu ce malheur ou cette chance. Son enseignement n'a pas été codifié et les plus extravagantes pratiques magiques ont pu se réclamer de lui sans que rien permette de les démentir.

À l'époque où Yahia Beg entreprit d'en restaurer l'usage officiel, ces cultes étaient tombés dans un oubli propre à permettre toutes les innovations. Le temple d'Abas Abad était un banal autel en pierre au milieu d'un terrain libre de constructions et qui, pour cette raison, servait de lieu de rendez-vous et de dépotoir. En prévision de la cérémonie, l'astrologue envoya une petite troupe de ses esclaves nettoyer l'endroit et couvrir le pourtour de cet enclos avec des branches de palmier. Il fallait surtout écarter les habitués et les curieux. On publia que la peine de mort punirait le premier qui oserait approcher et même seulement regarder de loin. À minuit, tous les fagots étaient entassés, les bûches prêtes derrière un muret. Yahia Beg, revêtu d'une simarre rouge, alla lui-même un peu plus tard chercher le roi dans le somptueux carrosse qui était sa propriété. Le temps de préparer le souverain et de le ramener — seul, c'était une condition essentielle —, il était quatre heures et demie du matin. Un énorme bûcher avait été allumé par les nombreux sbires de l'astrologue. De grosses braises de pin, crépitant de résine et parfumées, brûlaient sous les flammes et ne laissaient paraître qu'une grande lumière rouge. Yahia Beg installa le roi sur un tapis, près du brasier et dans l'axe de l'autel. En quelques instants, le malheureux Hussein était ruisselant de sueur. Mais la sarabande qu'avait déclenchée le devin autour de lui dissuadait le roi de bouger. Le claquement de nombreuses mains sur un tempo lent, l'entêtante psalmodie des voix graves et le rythme saccadé des tambours à pied, la peau tendue à l'extrême, se conjuguaient à la chaleur et au rougeoiement des braises pour rendre la scène fascinante. Un flacon contenant une liqueur bénite fut bientôt remis au roi, qui sentit avec plaisir s'allumer un autre incendie, dans la profondeur de ses entrailles.

Au bout d'une heure de ces transes, le soleil pointa. Le roi était placé par rapport à l'autel de telle sorte que le disque rouge affleurât pour lui juste à la surface de cette large pierre plate ; il avait l'illusion de le voir sortir tout sanglant d'un sarcophage.

— Regarde, Hussein, murmurait Yahia Beg, fils du Soleil. Regarde-le.

Le roi voulait cligner des yeux mais le devin de toute sa force l'obligeait à les écarquiller.

— La lumière chasse le mal, criait le mage. Ahriman recule. Il faiblit. Il s'enfuit. Regarde, Hussein.

Le soleil était tout à fait sorti de son tombeau. Il dominait l'autel et mêlait sa lumière à la chaleur des braises qui se consumaient aux pieds du roi.

— Maintenant, s'écria le devin, il va nous dire ce qui peut l'apaiser. Ahouramazda, que veux-tu ?

Le roi, les yeux toujours grands ouverts sur l'astre, était complètement aveuglé, ruisselant de sueur et fort amolli. C'est dans cet état second qu'il reçut communication des désirs de l'astre maître du monde. Une voix éraillée s'éleva de derrière l'autel, celle d'un comparse de Yahia Beg soigneusement choisi pour clamer la divination : une angine à membranes, mal guérie dans l'enfance, entravait sa gorge et lui faisait rendre un son à peine humain.

— Je veux, brailla la voix surnaturelle, que trois vasques de cinabre bien rouge brûlent jour et nuit dans le palais de mon fils Hussein.

— Trois vasques de cinabre bien rouge ! reprit Yahia Beg en hurlant dans l'oreille du souverain égaré.

— Je veux que Hootfi-Ali-khan soit fouetté en public jusqu'à ce que sa peau ne soit plus qu'une plaie rouge.

— Le grand vizir, fouetté à vif, cria Yahia Beg.

— Je veux cent rubis de vingt carats pour orner la robe des prêtres de Persépolis.

— Cent rubis de vingt carats ! reprit Yahia Beg.

Le soleil brillait désormais de toute sa force mais le roi, les yeux toujours grands ouverts dans la direction de l'astre, ne paraissait même plus sentir sa brûlure.

— Est-ce tout ? cria Yahia Beg.

— Non pas ! Je veux que toute la garde royale de son fils Hussein donne l'assaut en grand uniforme rouge dès demain.

— Assaut demain pour la garde.

— Ma garde…, murmura Hussein tout à fait dans un autre monde.

— Est-ce bien tout ? conclut Yahia Beg qui n'attendait plus d'autre requête.

— Non ! Je ne serai contenté que si dans trois lunes on immole ici même une vierge rouge.

— Une vierge rouge ? s'écria Yahia Beg en regardant à son tour vers l'autel.

Il faut croire que son acolyte s'était laissé envoûter lui-même par la scène. Il était convenu que l'astre demanderait le châtiment du Premier ministre et l'élimination de la garde, c'est-à-dire des rivaux que Yahia Beg craignait le plus. Et voilà que celui qui, dans l'ombre, parlait au nom du Soleil, s'était pris d'une soudaine inspiration personnelle et en rajoutait. La doctrine de Zoroastre, pour autant qu'on la connût, réprouvait les sacrifices de cette nature et avait adouci sur ce point les rudes traditions du mazdéisme. Emporté par son zèle, cet imbécile avait laissé parler en lui le vieil instinct de l'ancien Iran et avait inventé cette absurde histoire de vierge rouge. Hélas, comment la démentir, maintenant ?

— Une vierge rouge, répéta Hussein, montrant, hélas, qu'il avait entendu.

— Oui, Majesté, dans trois lunes, confirma Yahia Beg, furieux mais contraint de se soumettre aux avis du Soleil. Il me semble cette fois que c'est tout, reprit-il bien fort afin de mettre un terme aux fantaisies de son comparse.

— C'est tout ? dit encore le roi en mettant les mains sur ses yeux. C'est bien tout ! Merveille, ô merveille !

Et soudain, il retomba de ses transes, plus désarticulé qu'un pantin, dans les bras de son victorieux astrologue.

*

Dans le chaos qu'avait provoqué à Ispahan l'arrivée des Afghans, le moindre événement prenait un relief inquiétant. La convocation de Françoise chez le nazir mit toute la maison en émoi, en laissant craindre quelque mesure de force contre la malheureuse, mal remise de son traumatisme au bras.

Les autorités persanes, humiliées par leur défaite, prenaient les décisions les plus extravagantes. Ne disait-on pas que le roi était désormais complètement sous l'influence de son mage, au point qu'on en venait à regretter la rigueur des mollahs les plus extrémistes ? À quelle ignominie allait encore se livrer ce nazir, que l'on savait capable de tout pour garder sa place et ses privilèges ?

C'est dans cet état d'esprit fort alarmé que Françoise monta dans la voiture envoyée par le grand-surintendant pour la chercher. Alix et Saba lui firent des adieux comme pour un long voyage, alors qu'elle avait à peine la largeur des Quatre-Jardins à parcourir. La pauvre femme faisait peine à voir. Fatiguée, les traits tirés, elle était encore encombrée d'une planchette de bois enroulée de bandelettes qui servait d'attelle à son bras. Il était difficile de la dévêtir et elle portait depuis plusieurs jours la même robe simple, en drap marron, qui montrait de déplaisants signes de négligence.

En l'aidant à descendre de voiture, le nazir prit un air affligé pour détailler ces dommages.

— Comment, pensait-il, vais-je pouvoir faire monter les enchères autour d'un si pauvre article ?

Avec des grimaces courtoises, il montra le chemin à la visiteuse. Ils n'entrèrent pas dans le palais proprement dit et se dirigèrent vers le petit pavillon circulaire où Poncet avait coutume autrefois d'attendre son client. Construite à claire-voie, assez obscure quoique ouverte de toutes parts, cette folie de jardin était entourée d'un fossé où flottaient des nénuphars. Un petit pont de bois l'enjambait, en se redressant au milieu, à la mode chinoise. Le nazir y précéda gracieusement Françoise, l'installa sur une chaise longue dans cet abri puis disparut.

À peine fut-elle assise que Françoise sursauta. Quelqu'un était derrière elle et sanglotait. Elle se retourna et vit, à l'autre bout du petit pavillon, un être si horriblement déformé qu'elle ne l'avait pas d'abord distingué des pampres qui grimpaient le long des colonnettes. Elle se sentit tout à coup dans la plus parfaite santé, comparée à un personnage que l'impi-

toyable poing de la vie avait chiffonné sans la moindre merci.
L'homme était recroquevillé dans un fauteuil à roulettes et
pleurait.

— Mon Dieu ! chuchota Françoise tout près de lui. Mon
pauvre monsieur. Pourquoi donc êtes-vous si triste ?

Elle se reprocha cette question ; comme si, dans un tel état,
l'âme la plus optimiste eût pu garder la moindre lueur de
gaieté.

— C'est mon chat, gémit Leonardo en reniflant.

— Votre chat ! Mais où est-il donc ? Vous l'avez perdu ?

— Il est mort, brailla le pauvre invalide en ouvrant une
bouche rose d'hippopotame.

— Quel malheur... Et quand est-ce arrivé ?

— Il y a huit jours.

— Eh bien, suggéra prudemment Françoise, il est temps
de l'oublier un peu...

— L'oublier ! coupa Leonardo en la regardant comme il
aurait fait d'une vipère. Sachez, Madame, que Piano est à
l'heure qu'il est dans une caisse en bois, sur ma table de travail et que rien au monde ne me décidera à la refermer.

Françoise recula d'horreur.

— C'était, Madame, la bête la plus tendre, la plus exquise...

Tout en parlant, Leonardo avait saisi la main valide de
Françoise et la serrait dans les siennes, celles-là mêmes, pensa-
t-elle avec dégoût, qui fourrageaient voilà peu une carcasse
inerte.

— Et peut-on savoir, dit Françoise en retirant discrètement
sa main, quelle nécessité vous a poussé à quitter ce cher disparu pour venir sous le frais de cette tonnelle ?

— Mais le nazir ! Qui d'autre, Madame, aurait eu cette
cruauté ? Imaginez-vous qu'il a besoin aujourd'hui de deux
truchements. Je suis, pour mon malheur, l'un d'entre eux.

Il allait se remettre à sangloter quand un mouvement se fit
dans le jardin. Le nazir ébranla le petit pont en courant
presque. Il saisit le fauteuil à roulettes de Leonardo, le poussa

en travers de l'entrée du pavillon qui faisait face au pont. Françoise se rassit sur sa chaise longue et le nazir, après avoir vérifié cette installation, revint se placer sur le pont, en son milieu pointu. De l'autre côté du fossé étaient apparus deux hommes, un Persan à la barbe impeccablement taillée et un vieillard franc qui mettait la main en visière et plissait les yeux en regardant vers le pavillon.

Le Persan criait des mots vers le nazir dans leur langue.

— Que disent-ils ? demanda Françoise à Leonardo, qui lui cachait la vue.

— Je n'ai le droit de vous traduire que les paroles du nazir, dit celui-ci avec dignité.

Qu'était-ce encore que cette pantomime ? Françoise n'y comprenait rien. Enfin le nazir se retourna, dit une courte phrase.

— On vous salue de la berge, fit Leonardo en essuyant ses larmes.

— Mais enfin, qui cela ?

— Et l'on vous demande si vous êtes en bonne santé.

— Oui, oui, je suis en bonne santé, mais me direz-vous...

Leonardo renvoya la traduction qui parvint en écho jusque dans le jardin, où le Persan barbu la traduisit de nouveau. Une réponse chemina vers l'autre sens.

— Aimeriez-vous revoir l'Europe ?

— Mais enfin, Monsieur, allez-vous me dire...

Françoise, impatientée par cet interrogatoire ridicule, bouscula un peu Leonardo et se dressa à la porte du pavillon.

— Mon Dieu ! s'écria-t-elle. Le consul !

Elle retourna vivement dans l'ombre. Cependant, elle était restée interdite un moment de trop et la lumière du printemps pur d'Ispahan avait dessiné si précisément ses traits que même monsieur de Maillet avait pu les apercevoir. Il recula lui aussi puis posa une question à voix basse, traduite pour le nazir, et que Leonardo délivra finalement.

— Vous appelez-vous bien Françoise ?

Le nazir savait son nom. Il avait jugé seulement plus politique qu'elle répondît elle-même à la question.

— Oui, dit-elle, en fermant les yeux.

Sitôt cet aveu transmis, une grande agitation saisit tout le jardin. Le vieillard s'était mis à crier et elle pouvait entendre des éclats de voix :

— Une blanchisseuse ! hurlait-il... Ma servante du Caire... Tout est découvert... Ah ! Ah ! Imposture !...

Le nazir avait fait un signe et des gardes dissimulés derrière les arbres étaient sortis de toutes parts, emmenant prestement le vieil homme vers la maison. Son interprète subit le même sort avec moins de ménagement.

Quand tout fut calmé, le nazir revint, présenta des excuses sans éclaircir l'incident.

— Un vieux fou, dit-il. Il tenait à vous voir mais je me doutais bien que c'était pour un scandale. Soyez tranquille, Madame, et rentrez chez vous en acceptant de ne me pas tenir rigueur de ce dérangement.

Françoise resta muette, remercia ses hôtes et remonta dignement dans la voiture qui la reconduisit.

*

Un peu plus tôt, dix minutes à peine après que Françoise était partie se rendre chez le nazir, un personnage inconnu avait sonné à la porte du jardin d'Alix. C'était un soldat persan qui avait jeté un manteau de feutre par-dessus son uniforme. Mais au pantalon blanc qui dépassait sur les chevilles, on pouvait voir qu'il appartenait à la garde royale.

Alix le reçut sur le boulingrin car il refusait d'entrer plus avant. Il lui remit une lettre, salua, puis disparut dans la rue. Après avoir regardé autour d'elle, Alix déplia le billet et lut :

« Madame,
Le roi vient d'ordonner un assaut que nous mènerons

demain, en grand uniforme rouge. Nous aurons peut-être la victoire. J'y contribuerai de toutes mes forces. Mais si j'en suis l'acteur, je n'en serai en tout cas pas le témoin car je serai en première ligne et le combat ne m'épargnera pas.

La certitude de disparaître comporte des privilèges : celui d'être sincère est le plus grand. Vous m'avez guéri d'un amour en m'en découvrant un autre. Aurais-je vécu qu'une seule pensée serait encore en moi : quand et comment vous dire ce que je ressens ? En disparaissant, j'ai la chance infinie de pouvoir laisser cette simple trace derrière moi. Grâce à vous, j'ai aperçu le bonheur, je lui ai souri, je sais qu'il existe et je vais mourir sans regret.

R. »

Alix froissa la lettre comme pour la faire disparaître. Elle aurait voulu la jeter au loin, courir après le soldat pour la lui rendre, que rien de tout cela n'ait eu lieu.

Mais elle n'eut pas le temps d'approfondir ses sentiments car au même instant la cuisinière et le cocher entraient dans le jardin et se précipitaient vers elle.

— Où est mademoiselle Saba ? demandèrent-ils d'une seule voix.

— Je ne sais pas. Dans sa chambre, je suppose... Que se passe-t-il ?

— Je reviens du marché, dit la cuisinière.

— Et moi de la mosquée, renchérit le cocher.

— Du calme, expliquez-vous.

La cuisinière saisit le dé de la conversation.

— Les agents du roi ont proclamé partout qu'ils cherchent une vierge rouge et donnent l'ordre à quiconque en connaît une de la livrer pour l'usage de sa majesté.

— Une vierge rouge ! s'écria Alix avec une grimace d'effroi.

— Oh ! Madame, nous ne la livrerons jamais. Mais elle ne doit pas sortir.

— Oui, ajouta le palefrenier, heureusement que l'autre

semaine, quand le ciel était en feu, vous avez toutes pris la précaution de vous voiler.

— De qui donc parlez-vous ? demanda Alix.

— Mais de mademoiselle votre fille, si pure et avec ses cheveux rouges.

— Saba, répéta Alix pour elle-même. Une vierge rouge.

Elle n'aurait jamais eu l'idée de désigner sa fille comme cela mais pourtant, oui, on pouvait la voir ainsi. Et c'était sous ce vocable qu'elle était menacée.

— Personne ne la connaît, dit Alix. Elle ne sort jamais d'ici.

— Il faut être très prudent, Madame, insista le cocher, une dénonciation...

— Une dénonciation ! s'écria Alix stupéfaite.

Tout lui revint d'un coup : la lettre qu'elle venait de recevoir, les soupçons de Nour Al-Houda. Elle poussa un gémissement d'effroi. Une dénonciation... Elle se dirigea à grands pas vers la cuisine et jeta dans un fourneau le billet qu'elle avait déchiré en petits morceaux. « Allons, se dit-elle, il n'y a pas lieu de s'alarmer ; elle ne saura rien. » Et, rassurée, elle rentra dans la maison pour chercher sa fille.

Pendant ce temps, le soldat qui avait apporté cette lettre était enfin arrivé devant la porte des gardes, au palais royal. Il savait ce qui l'attendait pour le lendemain et n'était pas pressé de quitter la ville, ses ruelles, ses odeurs fraîches. Avant de rentrer à son quartier et en geste d'adieu pour la vie, il fouilla dans sa poche et en tira trois pièces de cuivre. Avec un sourire, il les tendit à la petite mendiante en haillons qui l'avait suivi dans les rues.

— Tiens, et tu chanteras demain pour moi, bohémienne.

CHAPITRE 34

En cette fin d'hiver, à Khiva, les échoppes d'esclaves n'étaient pas très bien approvisionnées. Les grandes razzias de pillards se pratiquaient un peu plus tard dans la saison quand des paysans ou des chasseurs s'aventuraient trop loin dans les champs. La demande n'était pas non plus très forte. Le marchand qui fit l'acquisition des quatre hommes tira presque des larmes aux Kirghizes en leur comptant leur dû tant il se plaignait de consentir un gros effort. Mais en privé il avouait volontiers qu'il avait fait une bonne affaire.

Malgré le long chemin qu'ils avaient parcouru, les quatre nouveaux esclaves étaient gaillards. Le printemps douillet de l'oasis leur avait redonné des couleurs. Nourris pendant ces longues semaines de moutons de la steppe et de lait cru, ils n'avaient pas une graisse superflue et leurs corps étaient rompus aux exercices de plein air.

Ils quittèrent avec un regret sincère les Kirghizes qui les avaient capturés, tant ils avaient fini par se sentir familiers de ces compagnons de peine. Eux, bien qu'esclaves, restaient dans une ville prospère peuplée de leurs semblables tandis que ces pauvres hères repartaient pour leurs terribles déserts. Ils leur souhaitèrent bonne chance.

Dès le premier jour, le marchand prit soin de ses nouvelles acquisitions. Il leur fit d'abord ôter leurs hardes : elles sentaient si fort la fourrure et le lait caillé qu'ils auraient fait fuir l'acheteur le plus convaincu. Il les emmena ensuite dans un hammam, toujours attachés les uns aux autres, et ils se savonnèrent avec bonheur dans les eaux chaudes qui sortaient de la terre. Le soir, le marchand leur permit de s'envelopper dans des tuniques de toile. Il leur fit comprendre le lendemain que, durant la journée, ils seraient présentés à la vente dans un appareil plus restreint, fait d'une pièce de coton blanc enroulée trois fois autour des reins et de l'entrejambe. Ainsi pourrait-on apprécier loyalement leurs défauts et leurs qualités, au moins pour le physique.

La baraque où ils étaient exposés pouvait contenir une vingtaine de modèles. Elle était vide à leur arrivée, à l'exception d'un petit homme très maigre, voûté, les côtes saillantes, qui faisait peine à voir. Il était monténégrin, race robuste d'ordinaire mais cette règle montrait là son exception. Car ce Nicolas n'avait jamais été ni plus gros ni plus fort. La captivité l'avait même, d'après ses dires, plutôt engraissé. Il ne voulut pas raconter comment il avait échoué sur ce marché et cette discrétion pouvait faire craindre qu'il fût un mouchard. En revanche, il était prolixe en conseils de maintien.

— Si vous voulez bien vous vendre, il faut vous tenir tout droit, là, comme cela, regardez.

Il bombait son pauvre petit torse et tapait de ses poings osseux sur le bréchet que l'on voyait saillir à fleur de peau.

— Mais pourquoi devrions-nous chercher à nous vendre ? demanda Jean-Baptiste. Est-ce un sort bien enviable que d'être un esclave ?

— Enviable, peut-être pas. Mais préférable en tout cas, croyez-moi, à la condition d'esclave sans maître. Au moins, dehors, on se promène, on s'active. Les gens de ce pays ne sont pas trop durs avec leurs serviteurs. J'en ai vu passer beaucoup et tous les témoignages concordent. D'ailleurs, vous l'avez entendu vous-même : en Orient, tout le monde se dit l'esclave de tout le monde et il n'y a pas de titre plus honorable que d'être celui du roi. Attention, redressez-vous, voilà du monde.

Trois ou quatre acheteurs passaient, l'air morne, s'arrêtaient devant la boutique puis repartaient.

— Si vous voulez mon avis, ils ont peur de payer trop cher. Regardez-moi cela aussi, ces musculatures, ces dentures, ces cheveux. A-t-on idée d'être bâti comme vous autres ? Vraiment, j'ai hâte que vous partiez. À ce compte-là, je ne vais bientôt plus servir à rien.

— Servir à rien ? dit Juremi avec étonnement.

— Allons, vous êtes bien gentils. Mais ne faites pas semblant de ne pas vous en être aperçus : je suis invendable. On a même failli m'affranchir tellement j'encombre. Mais un marchand a eu l'idée, pas si mauvaise en vérité, de m'acheter pour rien et de m'utiliser comme faire-valoir. À côté de moi, le moins doté paraît déjà plus robuste. Pourquoi croyez-vous donc que je me place toujours à côté de celui-ci ?

Il montrait Bibitchev. Avec ses genoux cagneux et son interminable torse glabre, creux sur le devant comme s'il avait été enfoncé par un coup de poing, il est vrai que le policier dénotait sur l'insolente santé des trois autres.

George, qui avait écouté silencieusement la conversation, intervint :

— C'est que nous n'aimerions pas être séparés.

— Pour ça, affirma le Monténégrin en hochant la tête, on ne peut pas faire grand-chose. Le sort décidera. Notez que vos intérêts sur ce point rejoignent ceux du commerçant qui vous vend. Il va sûrement tout faire pour que vous partiez en lot.

— En lot ! répéta sombrement Juremi.

Il lui revenait des idées nostalgiques d'évasion, des images de kibitka dans la neige. Il revoyait Koutouloun et les occasions manquées par ce nigaud de George. Il soupira.

Les jours suivants passèrent au même rythme ralenti et l'ennui, en effet, s'installait. Faute d'amateurs, une semaine avait passé, ce qui leur donna au moins le plaisir de retourner une fois au hammam.

— Par curiosité, j'ai demandé votre prix, leur dit un matin Nicolas. C'est très raisonnable. Mais je n'en démords pas : les clients s'enfuient parce qu'ils pensent que vous valez des fortunes. Je me permets de changer mes premières recommandations. Ne vous redressez pas trop ; cela donne l'air insolent et martial. Ils peuvent craindre une rébellion. Avachissez-vous même un peu. Ils vous croiront plus abordables.

Sauf Bibitchev, qui ne pouvait se tenir autrement que raide, les trois candidats s'affaissèrent le plus qu'ils le purent, au point d'en paraître négligés.

— Ce n'est pas mieux comme cela, dit Nicolas avec perplexité au bout de deux nouveaux jours infructueux. Mais ne vous découragez pas. Avec le printemps, on va voir arriver des paysans, ils sont moins exercés et pour peu que l'un d'eux ait la vue un peu basse...

Il faut croire que le vieux malin avait un sixième sens. Deux jours n'avaient pas passé qu'ils virent un beau matin la perle rare se planter devant eux. C'était un petit vieillard tout sec, vêtu d'une longue tunique de laine d'où dépassait une paire de pantalons serrés aux chevilles. Il tenait à l'horizontale une grosse canne de bois qui passait derrière ses épaules et son cou. Ses mains étaient suspendues à chaque extrémité du bâton comme s'il était crucifié. Son bonnet plat en feutre, bien enfoncé sur sa tête, ressemblait à un soufflet.

— Tiens, chuchota Nicolas, un Afghan.

Le vieillard était toujours immobile et les regardait. C'était bien fâcheux parce que depuis deux jours une brise qui descendait des montagnes leur donnait la chair de poule et leur bleuissait les mains. Ils se forcèrent pour prendre une allure moins transie.

— Ne faites pas trop d'efforts ; il n'y voit rien, remarqua Nicolas.

En effet, les paupières desséchées du paysan ouvraient sur des prunelles blanchies par des taies. Il n'était pas aveugle car il se dirigeait sans tâtonner mais il ne devait pas distinguer beaucoup de détails. Au bout d'un long moment, il appela, d'un cri de berger, roucoulant et entêtant. Le marchand apparut à la porte de la maison de thé où il passait ses journées et se mit à la disposition du client. Les Turcomans et les Afghans, quoique voisins, parlent des langues bien différentes, mais le vieillard devait venir d'une région frontalière. Il s'exprimait assez couramment en turc. Le marchandage se déroula dans cette langue.

— Combien vous en faut-il ? demanda le détaillant.

— Deux.

— Dans ce cas, n'hésitez pas, prenez les meilleurs.

Il saisit Nicolas le Monténégrin et Bibitchev par un bras et les poussa devant l'Afghan. Celui-ci posa sa canne contre le rebord de la boutique et approcha des deux esclaves pour les tâter avec sa main osseuse, experte en moutons. Il les regarda l'un après l'autre en tournant un peu la tête en contrebas, ce qui les plaçait dans l'axe du seul pertuis que la lumière pouvait encore emprunter pour atteindre le fond de ses yeux malades. Il repoussa tout de suite et avec humeur le malheureux Nicolas.

— Que vous avais-je dit ? triompha le Monténégrin. Même les aveugles...

Après avoir examiné Bibitchev, l'Afghan revint vers le marchand.

— Celui-là à la rigueur mais n'avez-vous rien d'autre, pour comparer ?

— Ah ! Je vois que l'aga est un connaisseur. En voici un dont vous me direz des nouvelles.

Il poussa Juremi sur le devant de l'échoppe. Le vieil Afghan passa la main à plat sur le gigantesque torse du protestant, tout ravaudé par d'horribles coutures. Mais ces cicatrices impressionnèrent moins le paysan que les dimensions du poitrail et la dureté des muscles.

— Un géant, ma parole ! s'écria-t-il avec alacrité. Oui, oui, celui-ci me va tout à fait. Mais pour l'accompagner, en avez-vous d'autres ?

— Ceux qui me restent, hélas, vont par paire, fit le marchand avec un ton d'importance. Si vous les prenez tous les deux avec le géant, nous nous entendrons. Mais je ne veux pas les séparer car je ne tirerai pas moitié prix d'un seul.

Ce disant, il conduisit à l'étal Jean-Baptiste et George. L'Afghan se montra fort satisfait de leur examen. Il se mit ensuite à réfléchir.

— C'est-à-dire que je ne viens pas pour mon compte, précisa-t-il. Dans ma vallée, nous avons perdu beaucoup d'hommes. Chez nous cet hiver a été très froid et plein de miasmes. On m'a chargé d'une commande. J'en emmènerais bien trois mais les prix…

Une longue discussion commença. Heureusement, la matinée avait avancé et le soleil, en frappant le toit de palme, avait réchauffé la boutique au point de rendre suffisantes et même confortables les culottes bouffantes des hommes exposés. L'idée de partir tous les trois réjouissait beaucoup Jean-Baptiste, George et Juremi. Le seul qui montrait un visage sombre et même désespéré était Bibitchev.

Dans toute cette aventure, l'espion n'avait pas renoncé à découvrir un fil conducteur, un indice, bref la trame soigneusement dissimulée mais nécessairement présente d'un complot. Les Kirghizes qui les avaient enlevés étaient-ils arrivés là par hasard ? Certainement pas. D'ailleurs, les trois autres avaient rapidement fraternisé avec ces nomades. On pouvait se demander s'ils ne les attendaient pas tout simplement, au fond de leur trou. N'était-ce pas la voie choisie pour faire sortir l'or qu'ils avaient ramassé dans le kourgane. Par où auraient-ils pu l'écouler plus commodément ?

Tout cela était prodigieusement habile, pensait le policier,

354

mais les suspects n'avaient qu'un tort : miser sur sa naïveté. Chaque soir, depuis qu'ils s'étaient mis en route vers Khiva, Bibitchev rédigeait mentalement une dépêche pour Moscou et l'apprenait par cœur. Dès qu'il aurait la disposition d'une plume et de papier, il transmettrait tout cela. En attendant, il lui fallait déjouer ce nouveau piège. À leur manière hypocrite et bonhomme, ces redoutables conspirateurs étaient tout simplement en train de se débarrasser de lui.

Le marchand et l'Afghan allaient conclure l'affaire. Ils en étaient au dernier alésage pour que l'argent de l'un s'ajustât exactement au prix de l'autre. Le Russe remarqua alors que le vieil Afghan portait souvent ses yeux blancs dans sa direction.

Le marchand avait mis Bibitchev à l'écart des trois autres, dont la vente était presque faite. Pourtant, aucun doute n'était possible : c'était vers lui que lorgnait l'acheteur. Peut-être avait-il l'intention de l'inclure dans le lot pour faire bon prix. En tout cas, le Russe se remit à espérer. Il prit une pose avantageuse, bomba tant qu'il le put son maigre torse, fit rouler comme un gymnaste les muscles fibreux de ses bras, arrondit la jambe, sourit en montrant toute sa denture. Les autres étaient attendris de voir ce policier zélé faire tant d'efforts pour trouver un acquéreur.

Le vieil Afghan s'était approché pour contempler ces exercices et Bibitchev avait redoublé de mimiques glorieuses et de gestes athlétiques.

— Non, fit enfin l'Afghan en secouant la tête, celui-là est agité. Il mangera trop.

Il sortit sa bourse pour payer les trois autres.

Si près d'avoir été sauvé, Bibitchev prit soudain la physionomie d'un homme accablé. Il en appela à l'humanité de ses compagnons bien qu'il n'y crût guère.

— Ayez pitié de moi, leur dit-il. J'ai huit enfants. Que vais-je devenir seul ici ?

Le Monténégrin vint providentiellement à son secours. Il

n'avait aucune envie de se voir supplanter par ce Russe dans le rôle de faire-valoir. Après un si long séjour à Khiva, Nicolas parlait assez le dialecte des Turcomans pour interpeller le marchand dans cette langue et lui glisser quelques mots, que l'Afghan ne comprit pas.

— Votre prix est excellent, même un peu exagéré, murmura-t-il. Demandez-lui deux tomans de plus et lâchez le Russe. Vous ne ferez pas une meilleure affaire avec lui tout seul.

Le marchand sans rien répondre se rangea à cet avis fort sage, d'autant qu'en sortant son or l'Afghan lui avait donné une furieuse envie de conclure et de s'en emparer. À midi, l'affaire était faite. Jean-Baptiste, George, Juremi et Bibitchev, rhabillés, suivaient tout joyeux, dans les ruelles du khanat, l'Afghan qui les avait acquis.

Il les emmena dans un autre coin des bazars, chez un ferronnier qui leur fixa des chaînes retenues aux chevilles par deux anneaux d'acier rivetés. Elles étaient suffisamment longues pour permettre de grandes enjambées mais trop lourdes pour courir et si sonores qu'ils ne pouvaient bouger sans les faire tinter. Cette disposition permettait de s'assurer d'eux sans qu'il fût besoin de leur lier les mains ni de les attacher les uns aux autres. Les trois hommes, dès qu'ils furent dans ces fers, eurent de nouveau le sentiment d'être nés libres.

Ils accompagnèrent leur nouveau maître dans le caravansérail où il avait laissé ses deux ânes. Le lendemain à l'aube, ils se remirent en route le long de l'Amou Daria. Le fleuve, vers le sud, était entouré d'une vallée fertile plantée de tamariniers et d'aloès. Des troupeaux gras pataugeaient autour des puits et s'abreuvaient de l'eau claire que des gamins rieurs, à demi nus, tiraient de la terre au moyen de chèvres de bois qui manœuvraient un seau en cuir.

Mais ce fleuve, à mesure qu'ils le remontaient vers sa source, s'amenuisait, prenait des aspects de rivière de montagne. Les nuits, d'abord fraîches, étaient devenues vraiment froides, traversées de bourrasques glacées qui dégringolaient des sommets. Bientôt, ils bifurquèrent plein sud vers Herat, à travers des plateaux désolés.

Toute l'allégresse de Khiva les avait quittés. Ils étaient de nouveau ramenés à cette condition de voyageurs qu'ils connaissaient trop bien ; elle avait d'abord enthousiasmé leurs vies, autrefois, avant de faire aujourd'hui leur malheur. Ils n'avaient plus de liberté, plus d'espoir. Même le divertissement que leurs âmes captives pouvaient éprouver en contemplant l'humanité et la vie dans les grandes cités ou seulement les petits villages avait pris fin. Restait le désespoir pur, aussi rugueux et froid que les rochers plantés, en lieu et place de la végétation, dans ce décor de montagne lunaire.

C'est en préparant un campement, par une fin d'après-midi, que Jean-Baptiste fut frappé par une vision atroce. Saba, sa fille chérie, apparut devant lui, aussi vraie que nature avec ses cheveux de feu, ses yeux noirs, sa tendresse d'enfant. Elle était en grand danger, elle criait. Il s'arrêta, fixa le désert de pierre sur lequel des lames de vent couraient, au ras du sol, avec un bruit flûté. Il avait envie d'étendre les mains pour toucher sa fille, la prendre dans ses bras, la défendre.

— Je suis en train de devenir fou, pensa-t-il.

*

Il ne pouvait pas savoir qu'au même instant, à Ispahan, des acolytes de Yahia Beg forçaient sa porte et, avec la sûreté des gens bien renseignés, allaient jusqu'à la chambre de Saba se saisir de la jeune fille qui hurlait. Et pourtant, il l'entendait. Comme il entendait, sans en distinguer l'origine, ces sanglots et ces malédictions qu'Alix, à genoux au milieu de ses roses, proféra jusqu'à la nuit en inondant de larmes la tombe vide de Jean-Baptiste. Était-ce bien elle qui l'appelait, ou le vent descendu de l'Himalaya, tout chargé du murmure

357

des Tibétains dont il avait survolé d'abord les sanctuaires ? Et ces mots consolants, doux et ronds comme des galets, dont il ne percevait pas le sens, comment aurait-il pu savoir que c'était Françoise qui les prononçait, en caressant les cheveux de son amie désespérée. Alix se maudissait, s'accusait de tout, criait le nom de Jean-Baptiste. Mais son âme, encore trop étrangère à l'Orient, ne pouvait concevoir que les plus profondes douleurs pussent se mêler aux éléments, parcourir toute la terre, au point d'être entendues jusqu'à ses confins.

Jean-Baptiste, lui, commençait à croire en de tels mystères. Il ne put se défaire de l'idée que ce qui lui était apparu ne vivait pas seulement dans le rêve et s'était peut-être produit réellement quelque part.

Il faut dire que pendant ces longues marches, ces nuits vides, les rêves étaient devenus pour eux des compagnons. Ils se les racontaient le matin et parfois même jusqu'à l'étape du soir. Juremi pensait à Françoise, vivait avec elle des moments heureux et imaginait de grands voyages où il l'emmènerait. Jean-Baptiste ne cessait plus, depuis cette brutale apparition, de voir Alix et Saba et il ne quittait plus, entre passé et présent, leur permanente compagnie. George lui-même s'abandonnait à ses songes. Mais comme ils concernaient son fameux secret, il refusait d'en parler et gardait ses chimères pour lui seul.

Ils ne se préoccupaient pas trop de savoir où ils étaient, si Herat était encore loin ou non, si même cette ville était bien leur destination. Ils cheminaient comme on vit : sans concevoir d'arrêt, ni de but, même pas de fin. Peut-être se seraient-ils persuadés qu'ils étaient déjà morts tout à fait si Jean-Baptiste, un soir, ne leur avait rappelé ce proverbe qu'un Abyssin lui avait autrefois confié : « Si le mendiant ne voyait pas de beurre dans ses rêves, il mourrait de faim. »

V

LE DERNIER BONHEUR
D'ISPAHAN

CHAPITRE 35

Rien ne serait arrivé si l'on n'avait pas fait tant de misères à Mir Vais quinze ans plus tôt.

Les Afghans de Candahar étaient sujets de Perse depuis les conquêtes d'Abas le Grand au siècle précédent. Bien que sunnites, ces tribus féodales s'accommodaient calmement de leurs lointains maîtres. Dans les faits, ils s'administraient eux-mêmes et le kalentar, ou premier magistrat d'une ville, détenait le véritable pouvoir. Mais les rois aiment se rassurer sur leur puissance, d'autant plus qu'ils en ont peu. Celui de Perse avait un beau jour eu l'idée d'envoyer à Candahar un gouverneur à poigne, Géorgien devenu mahométan et qui montrait le zèle inquiet et maladroit des convertis. Mir Vais, paisible kalentar de Candahar, en avait fait les frais. Le Géorgien l'avait arrêté et conduit à Ispahan pour y être détenu. Peu de décisions eurent d'aussi funestes conséquences.

Les maîtres gagnent toujours à être vus de loin. Sitôt dans la capitale, Mir Vais prit la mesure de la décadence de cette cour persane qu'il avait jusque-là respectée. Il la vit faible, corrompue, indécise. Non seulement il sut observer ses vices mais il se montra immédiatement habile à en tirer parti. Il charma, obtint sa libération, fit sa cour au roi et finit, en étalant ses qualités, par jeter le plus grand opprobre sur l'homme qui s'était montré assez aveugle pour les ignorer et le faire prisonnier. Mir Vais rentra à Candahar la tête haute : le roi lui restituait sa charge.

Le gouverneur géorgien, pour montrer qu'il capitulait et voulait sceller une alliance de sang avec son ancien ennemi, crut habile de demander sa fille en mariage à Mir Vais. Celui-ci accepta et envoya son enfant avec une bonne grâce surprenante. Il poussa même la bienveillance jusqu'à organiser un grand festin, auquel il convia tous les chefs de la tribu dont il était le grand seigneur. Pendant trois jours et trois nuits, les rudes guerriers afghans descendirent de leurs montagnes pour se rendre à cette noce. Une tente immense, dressée au milieu de la ville, accueillit cette multitude grave, à laquelle se mêlèrent en confiance les soldats persans de la garnison. Au milieu de la soirée, le gouverneur se leva pour célébrer son union. Il comprit tout en un instant, mais trop tard. La jeune fille qu'il tenait par la main n'était évidemment qu'une comparse envoyée par l'Afghan à la place de sa véritable fille. Elle prit la fuite aussitôt. Le Géorgien n'eut pas le temps de faire un geste que déjà le poignard de Mir Vais lui tranchait la gorge. À ce signal, tous les Persans présents sous la tente et dans la ville furent mis à mort. La guerre commençait.

Après avoir rejeté la tutelle d'Ispahan puis déclaré Candahar un royaume, Mir Vais n'avait eu de cesse que d'humilier la Perse. Au principe de sa haine n'était ni un désir de conquête, ni une vision de bâtisseur, ni un prosélytisme religieux, ni une mission sacrée que lui aurait transmise le ciel. La seule question pour lui était l'honneur ; son seul moteur l'offense subie. Le mépris dans lequel Mir Vais tenait ceux qui y avaient attenté le rendait inexpiable.

Mir Vais accumula les succès contre les Perses jusqu'à ce que la maladie vienne inopinément le terrasser. Après la mort accidentelle de ce grand révolté, son frère lui succéda et eut le tort de montrer plus de modération dans l'exercice de sa vengeance. Son règne dura trois ans. Le temps pour Mahmoud, fils aîné de Mir Vais, d'atteindre dix-huit ans, de porter un jugement d'homme sur son oncle. Il en exécuta la sentence en l'égorgeant lui-même : telle semblait être désormais la cérémonie fondatrice d'un règne digne de ce nom dans cette mâle dynastie.

Acclamé pour sa résolution, Mahmoud dirigeait Candahar depuis trois ans lorsque la faiblesse des Persans, plus que sa propre force, l'avait finalement conduit devant Ispahan. Cette longue marche sur le corps de l'ennemi atavique l'avait d'abord rendu fier ; il commençait à être maintenant fort embarrassé par ce cadeau de la Providence.

Que faire au pied de cette capitale fortifiée ? Parmi ses trente mille hommes, Mahmoud ne pouvait compter que sur un petit tiers de guerriers véritables, issus de sa tribu et loyaux. Les autres étaient des supplétifs ramassés au passage, achetés, loués, ou qui, parfois, avaient prêté leur concours gratuitement, en comptant se rembourser sur les pillages. Tout ce monde était épuisé, brûlé par le soleil des déserts ; les chevaux étaient efflanqués, couverts d'ulcères ; la troupe n'avait pas une tente pour cent hommes. Il fallait toute la lâcheté des Persans pour ne pas réduire ces gueux en charpie. Mais dans l'esprit des rudes montagnards afghans cette cause-là était entendue : la déchéance des Persans était sans limites. Ne leur avaient-ils pas encore, la semaine précédente, envoyé une de ces grotesques ambassades pour implorer grâce ? Un courtisan en robe chamarrée, monté sur un superbe cheval tout tintant de grelots, entouré d'une garde de soldats bien nourris et bien armés, était venu se prosterner devant Mahmoud, noir de crasse, couvert de la même puante tunique depuis Candahar. Ce messager du roi de Perse proposait quinze mille tomans pour le prix desquels les Afghans épargneraient la ville.

Comment les Persans pouvaient-ils s'étonner que Mahmoud eût égorgé lui-même cette hideuse estafette et sa petite cour ? C'était bien là le genre de proposition qui lui faisait honorer la clairvoyance de son père et redoublait son désir de le venger. Il décida donc le siège.

Mais ne pas se retirer était une chose ; prendre cette maudite capitale en était une autre. Les six cent mille poltrons qu'elle abritait ne comptaient guère ! La grande affaire était les remparts. La ville en était entourée et Mahmoud ne disposait d'aucun canon capable d'y faire des brèches. Tout au plus avait-il emporté ces petites couleuvrines que l'on appelait zumbooruke et qui étaient ficelées au flanc de chameaux. Elles tiraient des boulets d'une livre tout juste bons à arracher une tête mais qui rebondissaient sur un mur comme des cailloux.

Les Afghans n'avaient pas non plus les moyens d'affamer la ville tant qu'ils n'avaient pas franchi le fleuve qui la coupe. À cette saison de printemps, ce cours d'eau est large, puissant, et on n'y rencontre aucun gué.

Mahmoud fit mettre à sac toute la campagne alentour, du côté de la rivière où il stationnait, mais on apercevait, sur l'autre rive, les jardins fleuris de lilas bleus et les arbres ployant sous les cerises mûres.

Pour la première fois depuis qu'il était roi, Mahmoud se sentait indécis. Cet état d'esprit lui convenait mal. De petite taille, osseux, le creux des joues comblé par de mauvaises pelotes de poils châtains, cet homme à la fois intrépide et inquiet était sans cesse en mouvement. Il allait et venait, tenait conseil en marchant, les mains derrière le dos, mangeait debout. Si les circonstances, le danger par exemple ou la surprise, le figeaient un instant, ses yeux noirs continuaient d'aller de droite et de gauche comme des chiens de berger qui rassemblent un troupeau. Sa prodigieuse activité, de jour comme de nuit — il dormait à peine trois heures et sans cesse de bouger —, lui permettait de remplir toutes les tâches. Il donnait ses ordres et les contrôlait, visitait chacune des unités de son armée, interrogeait lui-même les prisonniers, les voyageurs, les traîtres qui quittaient constamment la ville et venaient proposer leurs services. Aucun de ces renégats n'avait d'ailleurs apporté jusqu'ici de renseignements bien intéressants. Mahmoud se reprochait parfois ses scrupules. Au lieu de mener avec patience ces longs interrogatoires de pleutres, on aurait gagné un temps précieux à les égorger tout de suite.

Après deux semaines de ces hésitations, l'Afghan finit par penser qu'il pouvait s'estimer satisfait d'être parvenu jusqu'à Ispahan : ce succès lui permettait de rentrer chez lui la tête haute. La Perse était enfoncée jusqu'au cœur, humiliée au-delà de l'affront premier, une moitié de son territoire était ravagée par le pillage. Les Turcs et les Russes, au nord, s'employaient à compléter la besogne. On pouvait épargner Ispahan. Cette énorme tête qu'un corps infirme n'avait plus les moyens de nourrir finirait bien par pourrir d'elle-même.

Mahmoud était à la veille de commander le retour quand, coup sur coup, trois fugitifs de différentes origines livrèrent les mêmes indices. Le roi Hussein, sous l'influence de son astrologue — son astrologue ! —, avait éliminé le grand vizir, celui-là même qui envoyait des émissaires acheter la clémence afghane. La garde royale était sur le pied de guerre. Le général qui la commandait avait reçu autorité sur toute l'armée et préparait une sortie en force.

La garde royale ! Le corps d'élite de l'Empire perse. C'était là enfin un ennemi digne de Mahmoud. Il n'avait eu droit jusqu'ici qu'à des troupes ordinaires, d'une affligeante faiblesse. L'affaire devenait sérieuse et risquée. L'Afghan connaissait le pauvre état de ses propres forces : allaient-elles résister à ce choc ? Ne valait-il mieux pas, puisque rien n'était encore publié, donner tout de suite le signal d'un retour qui ne serait pas encore une retraite ? Mahmoud, à vrai dire, ne délibérait en lui-même que pour justifier son excitation perpétuelle, qui redoublait. Car son âme de guerrier des montagnes lui commandait, sans dérobade possible, de courir à cet ennemi formidable pour laver à jamais son honneur dans le sang ou dans le triomphe.

Dès le lendemain, il mit son armée en ordre de bataille. Elle comptait trois corps, l'un central, qu'il commanderait lui-même, et deux ailes de cavaliers. En arrière attendrait sa maigre artillerie mobile, c'est-à-dire les cinquante chameaux qui portaient une couleuvrine le long de chaque flanc, un panier de boulets de pierre sur le dos et deux desservants, assis sur leurs bosses. Ce renfort de feu se porterait au secours de la partie de l'armée qui subirait l'assaut le plus dur.

Deux jours passèrent avant que les Persans fussent prêts. Enfin, le troisième matin, profitant de l'obscurité qui précède l'aube, les troupes assiégées sortirent par les portes de bronze de Julfa, aussitôt refermées derrière elles. Le soleil se leva sur un spectacle imposant. La garde royale, toute de rouge vêtue, sabre courbe brandi en main, faisait une première ligne de cavaliers impassibles. Derrière et sur les côtés, à cheval ou à pied venait tout ce que l'armée persane avait préservé d'elle-même après la chute de Kirman. Ce peu était encore beaucoup, le double à peu près de l'effectif afghan. Des canons étaient installés à demeure sur les remparts. Ils n'avaient encore jamais tiré car les Persans, tant qu'ils n'avaient pas perdu espoir de négocier, s'étaient gardés de prendre la responsabilité d'ouvrir les hostilités. À ces batteries fixes s'ajoutait une artillerie de campagne, sortie en même temps que les soldats et promptement installée, répartie en deux corps, droit et gauche, à chaque extrémité de l'armée de Perse.

En face, Mahmoud était au comble de l'exaltation. Il allait de l'un à l'autre de ses maigres corps d'armée. À ses cris répondaient des clameurs enragées et sauvages. Pour dépenaillée qu'elle fût et sans doute parce qu'elle manquait de tout, cette troupe mal nourrie, nu-pieds, grelottante était piquée par l'insupportable et nécessaire aiguillon de la haine et du dénuement à la vue de ces ennemis chamarrés encombrés de tous les luxes de la prospérité. Il n'était pas un de ces cavaliers afghans ou de leurs supplétifs venus des confins de l'Inde qui ne ressentît comme une nécessité personnelle l'envie de châtier ces hommes amollis, efféminés par une vie trop douce et trop heureuse. Ceux qui n'avaient rien ressentaient à la fois un grand mépris pour les richesses et pourtant le violent désir de s'en emparer. Ils avaient l'espoir de les acquérir à vil prix ; ce n'était rien pour eux de sacrifier leur vie qu'ils exposaient chaque jour sans motif, sans profit et sans crainte.

Au moindre geste de Mahmoud, ses ordres étaient exécutés au grand galop. Les chevaux des Afghans piaffaient, sautillaient sur place. Les montures étaient usées mais tous en avaient une ; presque aucune piétaille ne venait entraver l'impatiente mobilité de ces corps de cavaliers.

Les rangs persans étaient plus figés et plus indécis. Le mouvement lent des nombreux hommes à pied, les lourds canons à traîner, et peut-être de subtiles dissensions dans le commandement ralentissaient les évolutions de cette masse. Il fallut plus de trois heures pour qu'elle étendît ses deux ailes et les collât aux murailles couleur de liège, comme un papillon piqué sur la planche d'un naturaliste. Mahmoud craignait l'artillerie ; il fut vite rassuré. Les pièces des remparts tiraient trop loin. Le temps de les régler, le combat serait déjà engagé et elles seraient inutilisables. Quant aux batteries mobiles avec la troupe, elles commencèrent par ajuster leur hausse avec un ou deux boulets. Il suffisait aux Afghans de se déplacer légèrement et de s'éloigner de cette direction pour que tous les calculs des canonniers fussent à refaire. Bref, cet instrument n'était pas adapté à une telle guerre. L'affaire se réglerait entre cavaliers.

À midi, l'assaut de la garde sonna le début des choses sérieuses. Les Persans avaient choisi d'enfoncer l'aile droite des assiégeants. C'est sur elle que porta le choc. Les cavaliers rouges de la garde royale étaient solidement armés, protégés par de bonnes cuirasses, dont ils avaient même recouvert leurs chevaux. Leur vaillance n'était pas au-dessous de leur réputation. Avec leurs lances et leurs sabres courts, les Afghans eurent le plus grand mal à résister à une telle pression. Aucun ne recula mais ils succombaient par dizaines sous les coups violents qui leur étaient portés. En quelques minutes, la garde avait fait un carnage dans l'aile droite des Afghans. Les chevaux piétinaient les cadavres et les uniformes garance, imbibés de sang, avaient perdu leurs reflets satinés pour devenir une pourpre détrempée, redoutable à voir. Tout à leur besogne de meurtre, les Persans ne pensaient qu'à la victoire, qui approchait, avec les derniers rangs de l'armée afghane. Ils ne s'alarmèrent pas de l'absence de Mahmoud sur le champ de bataille.

L'Afghan, devant ce désastre, bouillait d'impatience et du désir de frapper. Il faisait pourtant un immense effort pour se retenir et figer son corps d'armée central qui piaffait lui aussi pour entrer dans la mêlée. Il fallait toute la crainte qu'inspirait Mahmoud pour qu'aucun de ses soldats n'eût encore franchi la ligne invisible de son commandement, et ne fût allé secourir ses frères assassinés. Tous se demandaient ce que leur chef attendait.

Rassuré par le succès de la garde royale, le gros de l'armée persane s'était décidé à voler au secours d'une victoire qui lui paraissait acquise. Elle quitta le bord des remparts et s'avança à son tour vers l'aile droite de l'ennemi. Les premiers combattants de la garde royale l'avaient presque complètement anéantie. Mais les Afghans, avant de périr, s'étaient si bien battus que la garde persane elle-même avait vu tomber près de la moitié de ses hommes. Son général était mort dès les premiers engagements. À la suite de cette disparition, Reza, chef du détachement particulier du souverain, avait pris le commandement des assaillants. Maintenant, derrière la ligne des cavaliers qu'il lui restait à vaincre, ultime lisière de cette forêt d'hommes, il pouvait apercevoir la campagne libre, la terre indomptée de ses ancêtres. Le dernier adversaire de Reza était un gros Baloutche qui portait sur la tête le bonnet brodé de cette province. Le pauvre était plus à l'aise sans doute dans les pillages. Malgré sa fatigue, le Persan en vint à bout en deux mouvements énergiques. C'est au moment où le lourdaud tombait bruyamment à terre que Reza se figea devant une vision. Était-ce la violence du combat, la faim et la soif qui le tenaillaient, l'effet d'un coup de sabre qu'il avait reçu à l'épaule et le faisait saigner lentement ? Le jeune officier, droit sur sa monture à l'extrémité de ce champ de cadavres sur lequel entrait maintenant le gros de l'armée persane exerçant son courage à poignarder les blessés et à sabrer les morts, eut un instant de désarroi et de terreur en regardant le désert ouvert devant lui. À quelques pas, une cinquantaine de sphinx étaient alignés, leurs genoux gris posés sur le socle de poussière de la plaine. Leurs yeux sombres portaient sur le carnage humain et sur lui, Reza, qui en était le vainqueur, le regard réprobateur de la nature animale, avec ses millénaires de patience et de sagesse ; l'artillerie mobile de Mahmoud, disposée là pour faucher les assaillants !

— Qu'ai-je fait de ma vie ? pensa Reza en baissant instinctivement les yeux vers sa main vermeille.

Il cria :

— Ozan !

Cinquante chameaux lâchèrent leur feu à cet instant. Les couleuvrines attachées à leurs flancs envoyèrent sur la garde ahurie, qui croyait avoir vaincu, cent boulets de granit qui firent un affreux carnage. Aucun officier n'en réchappa. Reza, transpercé d'outre en outre à la hauteur du ventre, tomba mort les yeux ouverts. C'est le moment que choisit Mahmoud pour lancer enfin son centre et son aile gauche sur le côté et sur l'arrière des Persans. Eux qui, un instant plus tôt, croyaient la victoire acquise se virent pris dans une nasse, toute retraite vers les remparts coupée, sans ordre, privés du corps d'élite de la garde.

Le massacre dura deux heures et fut atroce. Aucun fuyard ne fut épargné. Les trois quarts de l'armée périrent. Mahmoud ne consentit à faire des prisonniers qu'à l'approche du soir, moins par miséricorde pour les survivants que par lassitude de les achever. La victoire était totale pour les Afghans. Seule manqua à leur triomphe la capture des canons car les Persans avaient eu la prudence de les faire rentrer dans la ville pendant la mêlée. Ce détail était bien fâcheux pour Mahmoud. Ispahan n'avait plus de défenseurs mais elle n'était pas prise pour autant. Les troupes s'adonnèrent bruyamment à des actions de grâces pour Dieu et son prophète, puis au partage tumultueux de l'immense butin arraché à la dépouille des morts. Mais le roi vainqueur restait sombre : il se retrouvait placé devant le même irritant problème. Comment s'emparer de cette capitale désarmée, avec ses immenses richesses à portée de main, mais que ses maudits remparts protégeaient toujours ?

CHAPITRE 36

Alix était restée prostrée pendant trois jours, après la capture de sa fille. Cette nouvelle avait produit sur elle une véritable sidération, qui l'empêchait d'agir, de penser et même de se lever ou de se nourrir. Si elle reprenait connaissance un instant, c'était pour éprouver la douleur d'un remords si violent, si inexpiable qu'elle reculait tout aussitôt en hurlant et regagnait son refuge dans le rêve. Françoise la veillait, malgré la grande fatigue qu'elle ressentait elle-même. Trois fois, chaque nuit, elle appelait la cuisinière et une autre servante pour faire changer les draps du lit qu'Alix mouillait de sa fièvre.

Dans sa carapace de songe, Alix ressentait pourtant une paix qu'elle avait oubliée. Elle était au Caire, se préparait à rejoindre Jean-Baptiste. Elle le retrouvait à son retour d'Abyssinie, touchait son corps, embrassait ses lèvres. De lui ne restaient que les premiers moments de passion, d'absence, de retrouvailles. Rien ne les avait altérés ; ni leur vie à Ispahan dans la médiocrité des actions quotidiennes, ni l'incroyable légèreté qui les avait fait se séparer, lui pour courir au souvenir d'une amitié, elle pour goûter à une liberté dont elle n'avait jamais manqué. Au bout de trois jours et trois nuits dans la paix tourmentée de cet âge d'or rêvé, Alix revint lentement à elle, se leva, s'habilla, donna des ordres dans la maison et se fit un seul reproche : n'avoir point encore tout tenté pour faire sortir Saba.

Elle reprit avec Françoise le fil rompu de ces terribles journées. D'abord, lui revint l'incroyable nouvelle du retour de son père. Françoise avait formellement reconnu monsieur de Maillet. Que faisait-il ici ? Alix éprouvait une grande envie de le revoir. Elle craignait toutefois que le terrible vieillard n'eût encore mis sa pompeuse naïveté au service de quelque cause calamiteuse. N'était-il pas en compagnie du nazir ? N'avait-il pas crié que Françoise était sa blanchisseuse ? On pouvait craindre qu'il exerçât contre elle une tardive vengeance en la dénonçant aux Persans qui lui avaient accordé l'hospitalité sur la foi d'un mensonge. À supposer qu'elle pût l'approcher — et rien n'était moins sûr —, Alix risquait de ne pas avoir été pardonnée et de décupler les extravagances revanchardes de son père. Mieux valait laisser cette affaire-là pour l'instant. L'urgence était Saba. Où l'avait-on emmenée ? Par des indiscrétions de domestiques, la cuisinière croyait savoir que la vierge rouge était dans une aile du harem au palais royal. On l'y garderait sans violence jusqu'au jour du sacrifice, que les mages avaient annoncé pour la troisième lune, qui surviendrait dans cinquante jours. Cette immolation exigée par le Dieu-Soleil, roi du monde, aurait lieu quoi qu'il arrive et même si la ville, à cette date, était épargnée. Elle prendrait alors la valeur d'une action de grâces.

Aucun visiteur n'était admis auprès de la prisonnière. Les comparses de Yahia Beg gardaient eux-mêmes la première porte du harem royal nuit et jour. Alix se rendit chez d'innombrables Persans de haute condition, certains fort introduits à la cour. Ils se déclarèrent tous attristés pour elle et leurs regrets étaient sincères mais ils ne pouvaient rien faire. Pour sauver sa fille, Alix était prête à tout, y compris à aller s'humilier devant Nour Al-Houda, à qui elle ne doutait pas qu'il fallût imputer la dénonciation. Tout avait bien changé en si peu de temps. L'armée était détruite maintenant, et Reza avait trouvé la mort pendant ces jours qu'Alix avait vécus prostrée et coupée du monde. Ce fut une des premières nouvelles qui l'avaient atteinte à son réveil. Elle n'en avait rien ressenti. La honte était derrière elle, maintenant. Les choses sérieuses rejetaient dans l'insignifiance les enfantillages de cette passion mort-née, bien étrangère à ce qui comptait vraiment pour elle. Au reste, Reza l'avait avertie de son destin dans le dernier billet qu'il lui avait adressé. La nouvelle officielle de sa disparition n'ajouta rien à cette connaissance pour Alix sinon le léger apaisement de savoir qu'une page était tournée. Elle se demanda si Nour Al-Houda aurait, elle aussi, autant de détachement ? Saurait-elle pardonner, aider ? Il n'y avait aucun risque à s'en assurer. Alix chercha à la rencontrer.

Mais le Premier ministre, son « cher mari », comme disait la Circassienne, était en disgrâce. Il avait, malgré son âge, subi le châtiment public de cinquante coups de fouet. On l'avait ensuite jeté en prison. Son palais était fermé aux visiteurs et placé à la garde de sbires du nazir. Officiellement, ce bâtiment, qui avait été offert jadis par le roi à son grand vizir, était revenu à ses domaines. Les domestiques, les eunuques placés à son service avaient été dispersés. Qu'étaient devenues ses femmes ? Elles avaient, assura-t-on à Alix, regagné leurs familles. Nour Al-Houda n'avait aucun parent en Perse et demeurait introuvable.

Restait une dernière carte : la miséricorde du roi. Alix lui fit passer vingt suppliques émouvantes, proposa même de prendre, sous le fer du bourreau, la place de sa fille. Elle ne reçut aucune réponse. Par désespoir, elle alla même jusqu'à se faufiler dans le palais royal en trompant la vigilance des gardes. On l'arrêta à la seconde cour et, eu égard à sa douleur de veuve, on la remit dans la rue sans autre châtiment qu'une sévère remontrance.

Françoise essayait chaque soir de la consoler. Mais le temps n'était pas où, si récemment encore, Alix pouvait faire absoudre ses folies par sa paisible aînée. Françoise n'était plus désormais qu'une femme âgée, désarmée et très lasse. L'expérience n'est que le masque dont on affuble son optimisme, quand on veut le faire partager à plus jeune que soi, et ce masque était désormais tombé du masque vieilli de Françoise. En vérité, Alix était seule pour imaginer une solution, seule pour décider et seule pour agir. Deux longues journées, elle déambula dans la roseraie, tout attendrie par la renaissance de ses chères fleurs. Le dernier soir, elle s'assit sur le banc de pierre, prit une rose-thé dans les mains, entrouverte, lourde, et inspira longuement son parfum. C'était une odeur improbable, et qui pourtant tenait en échec autour d'elle la corruption du monde, comme si certains êtres, à quelque règne qu'ils appartiennent, pouvaient par leur beauté, leur pureté et leur paix être plus forts que l'immense mouvement de la mort, qui pourtant les détruira. Elle sentit tout à coup que le doute avait disparu. La vie lui ouvrait de nouveau ses portes au seul énoncé des mots magiques : « Je veux » et « Je ferai ».

*

Nersès, le patriarche des Arméniens, n'était pas un méchant homme ; il n'avait pas tenu rigueur à Jean-Baptiste de son décès. Pour être tout à fait précis, on peut même affirmer au contraire qu'il lui en était reconnaissant. L'affaire Alberoni avait sombré, certes, mais la mort inopinée de cet apothicaire avait marqué comme un coup de cymbales dans le destin du malheureux patriarche. Tout s'était éveillé à partir de là, avait changé de rythme, de couleur et aujourd'hui, après avoir connu l'opprobre et la fuite, Nersès était revenu à sa gloire. La guerre avait délivré les Arméniens de leurs créances à l'égard des Turcs et effacé les erreurs passées de leur maladroit patriarche. Les défaites devant les Afghans avaient resserré les rangs de la communauté et redonné du prix aux protections divines que leur monnayait une Église compréhensive et secourable. Depuis que Mahmoud et ses soudards campaient sous les murs de la ville, et plus précisément devant les murailles du faubourg arménien de Julfa, le patriarche était redevenu l'emblème du salut, l'étendard couvert d'or que les marchands agitaient désespérément pour attirer l'attention de Dieu et lui demander de les épargner.

Nersès accueillit Alix dans le presbytère qu'il avait dignement réintégré. Située tout en haut du faubourg, au milieu d'un bouquet de cyprès noirs, cette cure, attenante à une grande chapelle, consistait en quatre bâtiments de pierre, disposés en carré. Deux allées pavées dessinaient une croix au milieu de ce petit jardin central et séparaient des massifs de coloquintes et de melons d'eau.

— Vous serez deux, me dites-vous ?

— Oui, Monseigneur, répondit Alix.

— Eh bien, il me semble que cela pourra se faire... disons... demain soir. Cela vous convient-il ?

— Le plus tôt possible.

— Demain est le plus tôt, confirma le patriarche.

— Alors, soit.

Le vieillard frappa dans ses mains. Deux servantes légèrement vêtues, bien jeunes et bien jolies, vinrent verser du thé au patriarche et à sa visiteuse. La prospérité revenue n'avait pas chassé tout à fait l'avarice : on avait ordre en cuisine de ne pas apporter de gâteaux à tout propos et d'épargner le sucre. Nersès vérifia en goûtant le breuvage brûlant qu'il était bien amer comme il l'aimait. Et puisqu'il était aussi économe de ses gestes que de tout le reste, il acheva sa tasse du même mouvement.

— Mais, Madame, attention ! reprit-il, stimulé par le crépitement de ses entrailles autour du liquide bouillant qu'il venait d'y jeter, j'espère que celui ou celle qui vous accompagnera est agile. Ce n'est pas une partie de plaisir. Vous-même peut-être...

— J'y parviendrai, croyez-moi, coupa Alix. J'ai toujours pratiqué des exercices physiques, l'escrime, l'équitation, la chasse. Je ne crois pas que l'affaire, cette fois-ci, sera plus impressionnante. Quant à celui qui sera à mes côtés, Monseigneur, n'ayez crainte : c'est un homme de peine, un jardinier, qui a porté les armes autrefois...

— Bon, si vous l'affirmez, fit le patriarche, que ce sujet n'enthousiasmait pas. En tout cas, je vous aurai prévenue. Ce qui arrivera est de votre responsabilité.

— Le prix que vous m'avez indiqué, Monseigneur, est-il pour notre passage ou pour chaque personne ?

— Pour chaque personne. Grâce à moi, je me permets de le signaler. Ceux qui font ce travail prennent un gros risque. Il se monnaie le double, d'ordinaire.

Alix souriait pour montrer qu'elle pardonnait ce mensonge. Elle sortit d'un sac de cuir la somme demandée. Le patriarche la fit disparaître sous sa tunique.

— Vous étiez au courant, bien sûr, des affaires de votre regretté Jean-Baptiste Poncet ? demanda-t-il pour changer rapidement de sujet.

— La plupart.

— Alberoni ?

— Oui, admit Alix avec une légère impatience.

Il lui semblait que cette première facétie était au principe de tous les malheurs qui avaient suivi : elle n'aimait pas se la remémorer.

— Eh bien, figurez-vous que votre mari avait vu juste, souffla le patriarche en se penchant et en baissant la voix, j'ai appris que ce diable de cardinal est bel et bien attaché à sa maîtresse, comme Poncet me l'avait affirmé. Au fait, cette courtisane est-elle toujours chez vous ?

— Toujours, dit Alix en montrant de l'humeur, mais Monseigneur, ce n'est pas une courtisane. La pauvre femme est bien malade, d'ailleurs.

— Elle est chez vous, répéta le patriarche perplexe, et... vous ne savez rien ?

— Mais que devrais-je donc savoir ?

Nersès, le regard brillant car rien ne l'esbaudissait comme une indiscrétion, surtout lorsqu'il s'agissait de la révéler à la dernière personne à l'ignorer et qui était la première à être concernée, ajouta :

— Mais que ce cardinal Alberoni a envoyé jusqu'ici même, à Ispahan, un émissaire pour s'enquérir de sa concubine.

Voilà donc ce que le vieillard avait appris et qui portait un peu de chaleur sur son visage, là où l'eau bouillante ne provoquait pas le moindre frisson. Ce terrible patriarche, décidément, savait tout et la visite de monsieur de Maillet ne lui avait pas échappé. Alix ne prenait aucun plaisir à cette affaire. Mais elle ne pouvait renoncer à essayer d'en savoir un peu plus à propos de cet émissaire d'Alberoni. Et elle s'amusait d'une seule chose : elle avait dans cette affaire un petit point d'avance sur le vieil Arménien car il ignorait apparemment que monsieur de Maillet fût son père.

— Savez-vous ce qu'est devenu cet émissaire, puisqu'il ne s'est pas rendu chez moi ? demanda-t-elle ingénument.

— Le nazir s'en est emparé, voilà ce qu'on m'a rapporté. Il l'a enfermé dans son palais pour une raison que j'ignore. Sans doute a-t-il l'idée de tirer parti de cet otage par la suite, surtout si la ville tombe et qu'il doit couvrir sa fuite.

— Est-il au moins... bien traité ?

— Très bien, à ce qu'il paraît. Le nazir vient tous les jours avec son horrible truchement de Lorenzo pour lui faire signer des papiers. Cet homme refuse et ils le laissent tranquille. Qu'en dites-vous ? Tout cela n'est-il pas étrange ?

Alberoni ! pensait Alix. Telle était donc la raison qui avait conduit son malheureux père jusque-là. Qui arrêterait jamais la machine infernale de ce mensonge ?

— En tout cas, ajouta Nersès, je veux avoir le cœur net de tout cela. Je vais envoyer demain un messager à cet otage du nazir. Nous avons des intelligences dans cette maison et mon homme pourra lui parler.

— Que voulez-vous lui dire ?

— Mais que la concubine du cardinal est saine et sauve, que Poncet l'a recueillie, qu'il était mon ami et avait pris l'engagement de faire intervenir Alberoni en notre faveur.

— À quoi cela peut-il servir ? dit Alix, qui voyait avec horreur toutes ces fables se nouer les unes autour des autres.

Le patriarche, au comble de l'excitation, lui saisit la main.

— Ce que va devenir cette ville, Madame, nul ne le sait. Ce que nous allons devenir nous-mêmes, pauvres chrétiens, est plus incertain encore. Imaginez un instant que l'on puisse faire évader cet homme... Comme vous allez vous évader vous-même, demain, bien que dans une autre direction, naturellement. Supposez qu'avec notre aide il rentre à Rome. À votre avis, qui s'emploiera-t-il à remercier : le nazir ou votre serviteur ?

Alix ne voulut pas contredire le vieil homme. Car sous cet enchaînement d'erreurs et de malentendus vivait encore un espoir. Faire évader son père ? Pourquoi pas. Elle ne pouvait rien pour lui. Au moins devait-elle préserver les autres bras du destin qui pouvaient lui être secourables.

— Votre plan est excellent, Monseigneur, mais puis-je vous faire un aveu, et vous donner un conseil ?

— Volontiers.

— Je ne vous ai pas dit tout à fait la vérité, au début de cette conversation, car je ne vous savais pas si bien renseigné.

Le patriarche sourit finement.

— Je connaissais l'existence de cet homme, poursuivit Alix. Il a rencontré la personne qu'il était venu voir.

— Ah ! oui, la concubine ?

— Si vous voulez. Mais par prudence, pour ne pas céder au

378

chantage du nazir qui veut monnayer la liberté de cette personne au prix d'un passeport pour Rome...

— Pour qui, le passeport ?

— Mais pour lui-même, bien sûr.

— Pourceau !

— ... pour ne pas céder à ce chantage, disais-je, cet émissaire feint de n'avoir pas reconnu la personne qu'il a vue. Il prétend qu'elle n'est pas la concubine du cardinal.

— Je comprends ! fit Nersès en plissant les yeux.

— Quant à mon défunt mari, cet homme prétend pour la même raison ne lui vouloir que du mal.

— Dieu ait son âme ! dit Nersès, machinalement.

— Donc, conclut Alix, s'il me paraît fort politique de votre part de secourir ce très influent personnage et de l'aider à recouvrer la liberté, faites-le sans lui demander trop d'explications, sans lui parler de concubine ni de Poncet, ni de rien. Dites-lui seulement que vous agissez au nom... de la fraternité chrétienne par exemple.

— Votre conseil est des plus avisés, murmura le patriarche, qui mesurait mieux l'imbroglio de la situation et la nécessité d'être le plus discret possible. Je vais le suivre scrupuleusement.

Il serra chaleureusement le bras d'Alix et se leva pour prendre congé d'elle. C'était l'heure du grand office dans la chapelle voisine et le son aigre d'une petite cloche avait déjà commencé de retentir dans l'air immobile du soir. Au moment de quitter le vieil Arménien, Alix eut une hésitation. Elle retint la main sèche du vieillard dans la sienne et ajouta :

— Monseigneur, j'allais oublier un détail capital. Une chose en vérité peut vous ouvrir à coup sûr la confiance de cet émissaire du cardinal.

— Et laquelle, Madame ?

— Cet homme est le père d'une fille unique, qui vit en Orient à l'heure qu'il est. La vie les a séparés. Le temps a passé, c'est une femme maintenant ; il est sans nouvelles d'elle. Or, cette femme, je l'ai bien connue. Si je ne partais pas demain, je serais allée moi-même dire à son père ceci : elle est en bonne santé, heureuse, et elle l'aime.

— C'est entendu, fit le patriarche, que la douceur de cette main chaude tenait sous son charme. Je le lui ferai savoir.

— Elle l'aime, répéta Alix. Et vous ajouterez : elle souhaite qu'il lui ait pardonné.

Tandis qu'elle descendait la colline de Julfa, sur le chemin poussiéreux, la cloche tintait au rythme de ses pas. La ville, en ces jours tragiques, était si bouleversée que personne ne se retourna au passage de cette jolie femme qui pleurait.

*

Ispahan, cette année-là, avait vu arriver en même temps les Afghans et le printemps. Les uns campaient devant la ville ; l'autre s'en était entièrement saisi. Le Char Begh était aussi dense qu'une forêt. Les grands platanes d'Orient jetaient une ombre épaisse sur l'avenue et teintaient de noir son étroit canal, où s'éparpillaient les rondes taches des nénuphars. Les sycomores et les cèdres, qui avaient veillé pendant l'hiver, subissaient l'assaut de toute une jeunesse d'ormeaux et de saules qui faisaient entendre les ricanements de leurs feuilles fraîches dans les bourrasques de printemps. De fines cordes de lumière, oblique dans ces sous-bois, tendaient cette voûte de feuilles sur des piquets de gros troncs noirs. Dans les massifs, autour des allées, au milieu de mille clairières ménagées alentour de jets d'eau, les jardiniers continuaient de faire éclore des tapis de pavots et de cinéraires, de tulipes, de lys et d'œillets blancs. Partout éclataient les roses et cette année de malheur leur était particulièrement favorable. Elles étaient précoces, abondantes, plus parfumées que jamais. La ville en était couverte, bien au-delà du centre et des Quatre-Jardins. Le moindre mur dans les plus pauvres ruelles se faisait une fierté de soutenir ces beautés qui appuyaient contre les pierres leurs têtes alourdies.

La chambre de Françoise, qui ouvrait sur la roseraie, était pleine de ces consolations des sens. Alix vint l'embrasser gravement, en cette fin de matinée. Toutes les dispositions étaient prises pour que la pauvre femme, dont le bras était toujours fragile et la santé faiblissante, fût pourvue du nécessaire par les domestiques qui restaient. Françoise ne craignait ni la solitude, ni la mort, seulement de ne pas revoir son amie. Mais elle voulait par-dessus tout la laisser accomplir ses desseins sans traîner le boulet d'un remords. Elle fut aussi gaie qu'elle le put, écourta les adieux, remercia Alix et, en guise de chance, lui donna cette bénédiction des femmes vieillies qui est un baiser déposé les yeux fermés sur le haut du front.

Alix portait un sac de toile à l'épaule, assez grand pour loger ce dont elle avait besoin, assez petit pour ne pas avoir l'air d'un bagage. L'entrée du pont à arche qui enjambait le Zainderood était sévèrement gardée par une milice civile recrutée à la hâte après le massacre de l'armée. Les boutiques construites sur le pont étaient fermées et des vigiles, juchés sur leurs toits, surveillaient les eaux bouillonnantes qui scintillaient sous le soleil. Les Afghans faisaient si peur qu'on les attendait partout, même dans le courant impétueux du fleuve par où ils auraient pu se glisser dans la ville.

Alix, de loin, scruta l'entrée du pont. Elle fut rassurée de reconnaître, mêlé à la foule, celui qu'elle cherchait avec anxiété : Dostom, appuyé au parapet et qui fixait l'eau claire. Elle passa à sa hauteur sans lui dire un mot et continua jusqu'au barrage installé à l'entrée du pont. Fort heureusement, les miliciens n'arrêtaient personne et se contentèrent de la laisser passer en la dévisageant méchamment. Parvenue à l'autre extrémité, elle jeta un bref coup d'œil derrière elle et vit que Dostom s'engageait à son tour sur le pont de son pas nonchalant. Elle obliqua vers Julfa. Dans le dédale des rues, où les échoppes pleines continuaient de grouiller de badauds et de marchands, elle tourna deux fois à droite, une à gauche et arriva à une petite place dont le sol dallé était en pente. À chaque angle ouvraient des venelles couvertes de voûtes de pierre. Dostom la rejoignit là.

— Tout va bien ? demanda-t-elle.

— Tout, répondit le jeune homme avec un léger sourire.

Un gamin, qui les observait, vint à leur rencontre, et dit les trois mots convenus que Nersès lui avait confiés. Ils répondirent dans les formes appropriées. Le gamin leur fit signe de le suivre dans une des ruelles. Après un long chemin, destiné sans doute à les égarer, ils parvinrent à une petite maison enduite de chaux, ouverte sur la rue par une porte étroite peinte en bleu. L'enfant frappa. Une servante les introduisit dans une petite cour où du linge trempait dans des cuvettes en terre. Ils attendirent là près d'une heure. Enfin, un Arménien parut, vêtu d'un ample pantalon de laine et d'une veste matelassée. Il ne se présenta pas et annonça directement :

— La garde des remparts est relevée à cinq heures. Nous les entendrons passer devant cette porte. Ensuite, ce sera le moment.

L'homme avait pris un ton plein de mépris pour parler de cette garde. Comme tous les Arméniens, il était blessé que les Persans leur eussent dénié le droit de défendre eux-mêmes Julfa. Ce faubourg portait le nom d'une ville du Caucase, conquise jadis par Abas le Grand, qui en avait déporté les habitants vers Ispahan, sa nouvelle capitale. Beaucoup d'Arméniens avaient péri pendant ce voyage forcé. Mais depuis lors, ils avaient accepté leur destin, reconstruit une nouvelle Julfa à Ispahan et, en se consacrant au commerce qui était toute leur vie, ils s'étaient montrés loyaux envers le souverain de Perse. Devant le danger afghan, ils s'étaient préparés en toute bonne foi à combattre pour sauver son trône et épargner sa capitale. Hélas, leur condition de chrétiens n'avait pas paru digne de confiance. On leur avait imposé de rendre leurs armes et, dans Julfa, une garde persane avait pris place sur les remparts. Maintenant que l'armée était détruite, cette garde était composée tant bien que mal de novices et de chenapans. Les Arméniens se sentaient le droit de les jouer, s'ils le pouvaient.

À cinq heures, on entendit des pas désordonnés devant la porte, une bousculade, des jurons. La troupe persane quittait sa faction. Alix et Dostom sortirent avec l'Arménien, grimpèrent à sa suite un escalier raide jusqu'au chemin de ronde crénelé. En un instant, l'homme avait noué une corde autour d'un ressaut de pierre et en lançait l'autre extrémité en bas des remparts. Il faisait encore grand jour, bien que le soleil déclinât déjà et fit allonger les ombres. Au loin, dans la campagne dévastée, s'étalait le camp des Afghans d'où montaient des fumées bleues de bivouac. En contrebas de la muraille, lointain et redoutable, on voyait le sol de pierrailles. L'homme fit descendre Dostom d'abord. Il lui recommanda une dernière fois de rester tapi au pied du rempart, en attendant que la nuit tombât tout à fait. La garde montante, trop occupée à s'installer pour sa veille, regardait rarement au-dehors en arrivant. Elle n'inquiétait pas les fuyards et quand les ténèbres seraient bien épaisses ils pourraient sans risque quitter leur abri de muraille et s'éloigner à découvert.

Dostom se lança dans le vide et disparut. La corde était nouée à intervalle de deux coudées, pour aider à la descente. Quand elle fut libre, l'Arménien la tendit à Alix. Sans hésiter, elle la saisit et monta sur le créneau. Un vent tiède lui apporta, en une dernière bouffée, des odeurs de rose et de pierre chaude. Elle s'élança dans le vide et commença à descendre.

CHAPITRE 37

Après son triomphe sur l'armée persane, Mahmoud connut un bref répit. Fêtes et partage des dépouilles suffirent à occuper sa troupe impatiente. Cependant, comme il ne se résolvait toujours pas à donner l'assaut aux remparts de la capitale, l'Afghan sentait de nouveau un flottement inquiet autour de lui. L'idée lui vint de gagner encore un peu de temps en lançant ses lansquenets à l'assaut d'une petite citadelle, à deux milles seulement d'Ispahan. Ce fort de Ferrahabad abritait de beaux jardins et un palais du roi de Perse. Les soldats de sa garnison, affolés, se rendirent sans combattre, ce qui donna aux assaillants la commodité de pouvoir les égorger un par un, en prenant leur temps, au frais des grands pins parasols qui ornaient le parc. Les Afghans se partagèrent les meilleures places dans le casernement et Mahmoud eut l'occasion, pour la première fois de sa vie, de s'allonger sur des coussins de soie, dans un palais digne de ce nom. Il se sentit roi pour de bon. Par ce mouvement même qu'il avait dénoncé chez ses ennemis et qui avait causé leur perte, il s'abandonna à ce luxe. C'est avec moins de colère, et presque du plaisir, qu'il regardait rosir Ispahan chaque soir, accoudé à sa fenêtre. Les hirondelles tournaient en criant au-dessus du parc ; nulle montagne ne heurtait l'œil de ses rugueuses solitudes ; on ne voyait que la calme ondulation du haut plateau.

Pour un peu, le mot haïssable de « paix » aurait paru doux aux oreilles de Mahmoud.

Un incident lui permit de se ressaisir. Les transfuges étaient plus rares, ces derniers temps. Sans doute savait-on désormais dans la ville à quoi devaient s'attendre ceux qui avaient parié sur la mansuétude de l'ennemi. Cette nuit-là, on en avait pourtant capturé deux. Ils attendaient dans une antichambre du palais que Mahmoud donnât l'ordre de les lui présenter. À midi, Alix et Dostom parurent devant le roi.

La grande salle où avaient lieu les audiences était un ancien patio auquel avait été ajouté un plafond en bois de cèdre orné d'arabesques de laque. Il donnait beaucoup d'obscurité à la pièce, qui était seulement ouverte à l'autre bout par une immense verrière orientée vers le parc. Mahmoud déjeunait. C'est-à-dire qu'une grande bassine de viande et de légumes fumait près de la baie lumineuse et qu'une aiguière en argent était posée sur la même table. L'inquiétant souverain allait et venait devant le panorama, prenait une bouchée au vol, une gorgée d'eau quelquefois, et continuait à déambuler. Il ne prêta pas tout de suite attention aux prisonniers, qui le voyaient à contre-jour. Pourtant, dès qu'il les aperçut, il s'arrêta, immobile de stupeur. Alix, qui avait ôté son châle, était vêtue d'une tenue de chasse taillée au plus près du corps qui, sous la serge et la toile rêche, coupée à la rude manière masculine, n'en révélait que davantage la douce singularité de ses formes. Ses cheveux blonds laissés libres tombaient jusqu'à ses épaules. Elle crut d'abord être l'objet de l'étonnement du roi et tint braquée sur lui la pauvre défense de ses yeux clairs. Mais Mahmoud, à grandes enjambées, traversa toute la pièce sans prêter la moindre attention à elle et vint se poster devant Dostom. Il marqua un temps, regarda le jeune homme intensément et, quand il fut certain de l'avoir reconnu, le prit fraternellement dans ses bras en éclatant de rire.

Après cette chaleureuse embrassade, il les fit détacher tous les deux et les conduisit à ses côtés jusqu'à une terrasse où ils prirent place. Alix, qui n'entendait pas la langue afghane, devina aisément de quoi les deux hommes pouvaient s'entretenir si bruyamment.

À Ispahan, elle était l'une des seules personnes à connaître l'histoire de Dostom ou plutôt à s'en souvenir et c'est ce qui lui avait donné l'idée d'en faire le complice de sa fuite. Le père du jeune homme était un Afghan, compagnon de Mir Vais. Il avait suivi le kalentar dans sa captivité et lui était resté fidèle. Sa femme et ses enfants l'avaient rejoint à Ispahan. Quand Mir Vais était rentré en grâce, il l'avait accompagné à Candahar. Mais son fils aîné, Dostom, était resté en Perse. Était-ce une prudence au cas où on leur ferait mauvais accueil chez les Afghans ? Ou Mir Vais avait-il déjà commencé à tisser sa toile autour du roi de Perse ? Quoi qu'il en fût, Dostom, à Ispahan, sut faire oublier ses origines. Il prit femme et enfants sur place, s'installa dans un quartier modeste de la ville. Pour tout le monde, il était un commerçant honnête, bien que peu doué, qui s'absentait souvent pour ses affaires et n'en revenait jamais plus riche. Jean-Baptiste l'avait connu là en venant soigner son premier enfant. Dostom avait pris un nom persan, s'habillait en persan, vivait comme un Persan, nul ne se souvenait plus d'où il venait. Dans les longues conversations qu'il avait avec Jean-Baptiste, ils parlaient souvent des plantes de la montagne. Dostom fit preuve d'une science étonnante en la matière. Il connaissait des espèces qui ne poussaient pas dans le climat de la Perse. Son fils guérit. Il montra la plus grande reconnaissance pour ce médecin qui ne lui avait jamais demandé un toman pour ses soins. Il lui proposa de lui rapporter quelques-unes des plantes rares dont ils avaient parlé et que Jean-Baptiste recherchait pour certaines préparations. Sous le sceau du secret, Dostom découvrit à son médecin le motif de ses longues absences. Le commerce n'était qu'un prétexte ; il faisait en vérité des allées et venues avec Candahar, où il apportait des nouvelles de la

Perse. Ces renseignements avaient été fort utiles à Mahmoud dans sa campagne contre la Perse. Depuis le siège d'Ispahan, Dostom était resté enfermé dans la ville, n'ayant pas le moyen d'y retourner s'il sortait. Il attendait le dernier assaut sur la ville pour favoriser de l'intérieur l'action des attaquants. Pourtant dès qu'Alix était venue lui demander de la conduire devant Mahmoud, Dostom n'avait pas hésité. Elle s'était bien gardée de parler à l'espion de sa parenté avec la vierge rouge. Il lui avait suffi de dire qu'elle était en possession d'un terrible secret et qu'elle devait l'exposer d'urgence au roi des Afghans.

Quand les retrouvailles eurent pris fin, Dostom présenta Alix à Mahmoud en s'offrant à traduire leurs paroles.

— Ainsi, Madame, déclara le roi, vous êtes la veuve d'un médecin franc ?

Il n'était pas accoutumé à s'adresser de la sorte à une femme. Il n'en recevait guère dans ses montagnes, sauf des captives, auxquelles il réservait un autre accueil. La crainte de faire un geste inopportun le figeait et il avait tout à fait l'air d'un bûcheron qui vient de s'abattre lui-même un arbre sur la tête.

— Oui, Majesté, prononça Alix, elle-même fort intimidée.

Elle avait longuement pensé à cet entretien. Comment convaincre ce guerrier non seulement de prendre Ispahan mais de le faire de toute urgence ? La raison voulait qu'il attendît l'été et les basses eaux pour guéer le fleuve, encercler les deux côtés de la ville et l'affamer pour de bon. D'ici là Saba serait morte. Que dire pour qu'il essaie de s'emparer au plus vite de la capitale ? Et quels moyens lui conseiller pour qu'il y parvienne ? Aucune trahison n'était envisageable. Même Dostom, qui y songeait depuis des semaines, employant toute son intelligence, jugeait qu'on ne pouvait pas l'espérer. Les Arméniens acceptaient bien d'empocher quelques pièces pour jeter des fous par-dessus leurs murailles. Mais quant à livrer leur ville à l'ennemi, aucun de ces chrétiens, si mal traités qu'ils fussent par les Persans, n'y consenti-rait. Depuis le début du siège, toute la population de la ville était sur le pied de guerre. Tant que l'armée avait été là, les civils s'en étaient remis à elle pour leur sécurité. Désormais, ils l'assuraient eux-mêmes avec un zèle et une vigilance que nul ne pouvait espérer tromper.

Il fallait espérer que Mahmoud lui-même, en chef avisé, découvrirait quelque faille dans la défense de la ville ou le moyen de se procurer une artillerie. Mais combien de temps faudrait-il pour traîner des canons jusque-là ? Restait une dernière solution et Alix l'appelait secrètement. Que le désir de conquérir la capitale fût assez fort pour que le roi y sacri-fiât la moitié de son armée. Alors, en déferlant avec des échelles, cinq vagues, dix vagues seraient décimées mais la onzième finirait bien par triompher.

Elle ne pouvait déclencher un tel massacre en demandant simplement que l'on délivrât sa fille.

— Majesté, reprit-elle, résolue à tout tenter, toutes les fonc-tions de mon défunt mari auprès du roi de Perse...

— Ses fonctions ! On me dit qu'il était apothicaire. Aurait-il soigné ce chien ?

— Croyez-moi, il s'en est gardé longtemps car ce roi est fort injuste et mon mari ne l'aimait guère, mais on l'y a finale-ment contraint. Vous savez dans quelle situation sont les étrangers... Donc, disais-je, ses fonctions me sont échues après sa disparition.

— Êtes-vous médecin aussi ?

— Disons que je sais préparer des remèdes. J'ai continué à les porter au palais royal.

Mahmoud avait fait asseoir ses hôtes. Lui-même s'était allongé sur un tapis, ce qu'il faisait rarement. Il n'en éprou-vait pas de déplaisir, plutôt un grand étonnement d'avoir ignoré si longtemps ce confort. Le fait de tenir devant lui cette belle étrangère qui était, il y a peu, dans la même élégante conversation avec Hussein de Perse le plongeait dans une extase qui lui eût paru bien improbable un mois plus tôt.

— C'est là, Majesté, reprit Alix un peu rassérénée par cet accueil, que j'ai eu vent de l'opération qui se trame. Dostom lui-même, à qui je l'ai dévoilée, l'a jugée suffisamment grave pour que nous venions vous en avertir.

— Une opération ! s'écria Mahmoud en se tournant vers l'espion.

— Allons, Dostom, fit Alix soulagée de faire livrer son pauvre mensonge par un autre, vous expliquerez mieux cela dans votre langue et Sa Majesté épargnera son temps.

Elle regarda tranquillement les hirondelles pendant que le jeune Afghan restituait l'invention qu'elle lui avait confiée en arrivant à Ferrahabad. Le palais du roi de Perse, dit-il, recelait un trésor considérable, le fabuleux butin que Chah Abas avait amassé jadis au fil de ses conquêtes. Ces merveilles, enfermées dans quatorze coffres scellés, étaient dissimulées en un endroit que le hasard seul avait révélé à l'étrangère. Aidé par le nazir, Hussein avait entrepris de faire sortir ces richesses d'ici un mois et de les mettre en lieu sûr, hors de portée des Afghans. Ensuite, il abandonnerait la capitale.

Alix jugeait l'histoire si simple et si stupide qu'elle aurait eu scrupule à la raconter elle-même. Son manque d'imagination la désespérait. Elle pouvait bâtir en songe de longs romans mettant en scène les personnes qu'elle aimait ou celles qui lui avaient fait du mal mais elle ne valait rien pour concevoir ces belles machines abstraites que Jean-Baptiste ficelait si bien.

Sa chance était que le rude esprit afghan, s'il n'est point exempt de subtilité, aime les idées bien carrées et bien claires. Celle-là l'était. Elle avait convaincu Dostom, pourtant frotté de culture persane. Elle enflamma Mahmoud, qui n'en put tenir plus longtemps assis.

On ne peut pas dire qu'il fut, lui non plus, transporté par cette ridicule affaire de trésor. Bien entendu, un tel butin serait bon à prendre. Mais le plus intolérable pour lui était d'apprendre que ce chacal de Persan essayait encore de le jouer. L'honneur était son véritable moteur et Alix, en croyant exciter sa cupidité, avait, sans le savoir, fait vibrer cette corde secrète.

— Un mois, dites-vous ? interrogea le roi.

C'était le terme de la troisième lune, à compter de la prophétie de Yahia Beg. Alix confirma.

— Le délai est fort court, répéta Mahmoud en marchant de long en large.

Soudain, un dernier doute lui vint. Il se planta devant Alix.

— Et quel intérêt prenez-vous, Madame, à venir me raconter cela ?

Elle avait prévu la question.

— J'espère, Sire, obtenir votre reconnaissance.

— Et de quelle manière ?

— Lorsque vous aurez pris la ville, car vous la prendrez, j'en suis sûre, et dans des délais qui confondront les pires de vos ennemis, eh bien... je vous demanderai la vie de trois personnes.

— Leurs vies ? Et pour quoi faire ?

— Pour les sauver... ou les faire mourir, comme il me plaira.

Mahmoud reconnut là une folie de femme, avec toute la couleur de l'authenticité. Il ne douta plus qu'elle fût sincère. Sans même demander les noms des trois personnes, que sans doute il ne devait pas connaître, il accepta.

— Laissez-moi seul maintenant, dit-il. Installez-vous à votre aise dans le camp.

Puis il ajouta en afghan pour Dostom :

— Qu'allons-nous faire maintenant de cette étrangère ?

— Majesté, c'est une personne courageuse, répondit le jeune homme. Elle prendra part elle-même au combat, s'il le faut.

Mahmoud prenait un si vif plaisir à sa nouvelle civilité de souverain parvenu, qu'il se sentait plein de reconnaissance pour cette femme élégante qui venait d'inaugurer les nouvelles manières de sa cour. Il était un peu tôt toutefois pour imposer publiquement ces nouvelles mœurs. Un reste de prudence fit apercevoir à Mahmoud une solution provisoire.

— Dans ce cas, qu'on lui donne des habits d'homme, un uniforme comme nous en portons tous et qu'elle reste dans ce palais. Nous la traiterons... en officier. Traduis-lui ces paroles.

Alix remercia et se retira avec Dostom. Elle ne put s'empêcher aussitôt d'interroger l'espion. Quelle décision selon lui le souverain allait-il prendre à propos de l'attaque de la ville ?

— Lorsqu'il vous a raccompagnée, dit l'Afghan, le roi parlait pour lui seul, avez-vous remarqué ? Il proférait des malédictions à l'égard de Hussein. Mais il disait aussi : « Ah ! pourvu qu'ils arrivent à temps... » J'ignore de qui il voulait parler.

*

L'Afghanistan est un désert en colère.

Il a la rudesse, le dépouillement, l'aridité du désert, gris, uniforme, avec sa friable surface de cailloux. Mais au lieu d'être plat comme la steppe, ondulant, soumis, le désert afghan se cabre et s'enroule violemment sur lui-même. Il n'est que failles, à-pics, arêtes vives. Plus on monte, plus cette ire venue des profondeurs le soulève et l'agite. Rien ne l'apaise. On n'y rencontre jamais ces hauts et tranquilles sommets, bien d'aplomb sur leurs quatre pentes, qui font la sérénité des Alpes ou du Caucase. Tout au plus la montagne montre-t-elle d'horribles dents, brisées par les coups de vent, des cols déchiquetés où les bourrasques glacées hurlent leur désespoir et se jettent en contrebas dans des gorges humides, noires comme des ventres de gargouilles.

Les quatre esclaves suivaient leur maître en silence sur les chemins étroits de ces terres hostiles. L'altitude, qui faisait tourner les têtes, le froid vif des pentes ombreuses qui bleuissait les mains, la sécheresse de ces adrets dans la lumière blanche du soleil de printemps, tout contribuait à les rendre étrangers à ce monde et même à leur propre corps. Ils rêvaient, sans s'adresser trois mots dans la journée. Ils en disaient encore moins à leur propriétaire. Depuis qu'ils étaient partis de Khiva, à chaque village où ils avaient fait halte les esclaves avaient entendu des conversations déplaisantes qui les prenaient pour sujets. Le vieil Afghan ne se fiait ni à sa vue ni au marchand qui lui avait vendu ces douteux spécimens. Il demandait partout confirmation de son choix. Une méchanceté fort commune, qui emprunte à la bêtise autant qu'à la jalousie, veut que les mortels soient souvent enclins à dénigrer ce que les autres ont acquis et qu'ils n'auraient pas eu les moyens d'acquérir eux-mêmes, dès lors qu'on a l'imprudence de montrer des doutes et de solliciter leur avis.

Ces conseillers avaient fini par persuader au vieil Afghan que ces esclaves étaient de piètres recrues, qu'ils avaient des tares, certaines cachées, d'autres fort apparentes, comme les cicatrices de Juremi ou les genoux de chameau de Bibitchev, enfin qu'il les avait payés trop cher.

Ces calomnies avaient eu pour effet pratique, d'abord, de réjouir ceux qui les avaient proférées et surtout de rendre plus rude la condition de la petite troupe serve. Le vieillard rognait maintenant sur les rations qu'il octroyait deux fois par jour à son troupeau humain, un peu de riz, quelques légumes, des fèves cuites. Il faisait passer sa mauvaise humeur sur les pauvres captifs, les bousculait, leur interdisait de parler entre eux. Jean-Baptiste était persuadé que le vieil Afghan craignait surtout d'arriver chez lui en leur compagnie. Il avait dépensé l'argent de sa communauté ; on allait lui en faire le reproche. Leurs détours dans la montagne avaient sans doute pour but de retarder l'heure des comptes. Peut-être même le vieillard cherchait-il le moyen de se débarrasser d'eux à bon prix et de récupérer tout ou partie de son argent. Mieux valait pour lui rentrer bredouille, en déclarant qu'il n'avait rien trouvé de bien à Khiva, que de rapporter une marchandise avariée qui lui vaudrait beaucoup d'ennuis.

Le printemps était venu sur les montagnes afghanes mais il tournait dans le ciel avec sa palette de couleurs sans trouver sur le sol rien à peindre : pas un buisson à verdir, pas une fleur à parer de pétales, nulle bête dont la fourrure eût pu quitter ses tons d'hiver et s'égayer. Un matin, pourtant, après un long raidillon de pierrailles, ils atteignirent une haute vallée évasée au milieu d'un cirque de crêtes déchiquetées qui leur offrit un spectacle moins sinistre et même tout à fait riant. Un lac occupait le fond de cette combe. Depuis qu'ils cheminaient dans ces régions, ils n'en avaient encore jamais vu. Celui-là était d'une beauté bouleversante de fraîcheur et de pureté. Ses eaux, lorsqu'on s'approchait à les toucher, étaient noires comme l'obsidienne. Mais cette obscurité en faisait un parfait miroir, qui reflétait le ciel et lui donnait de loin la même teinte d'azur pâle. On aurait dit un grand puits aérien au milieu des pierrailles. À l'extrémité de ce lac, là où venait le nourrir un étroit torrent caché sous des galets, des nappes d'algues vert sombre et des éclats jaunes de nymphéas soulignaient le bord du grand cirque de pastel liquide.

Les esclaves, en gémissant et en montrant beaucoup de mauvaise volonté, finirent par contraindre le vieil Afghan à installer un campement près de ce point d'eau. Ils firent un feu avec de la bouse séchée que Juremi portait dans un sac sur son dos. Jean-Baptiste fournit la marmite à laquelle il était préposé, George versa les légumes secs et le riz. Bibitchev devait, lui, puiser l'eau, tâche qui cette fois n'était guère difficile, et ensuite remuer la potée à l'aide d'une longue cuiller. Le policier, qui ne rêvait pas moins que les autres, imaginait tenir à la main une grande plume ; il touillait ce brouet en traçant, sur l'éphémère de sa surface, les dépêches immortelles qu'il continuait de composer dans sa tête.

Après leur maigre repas, ils étaient là, tous les quatre avec leur maître, assis par terre, les jambes repliées, à contempler silencieusement le spectacle du lac. Tout à coup, un grand bruit attira leur regard vers le fond de la vallée, là où le sentier s'élevait jusqu'à un col d'altitude. Un énorme bloc de rocher dévalait la pente. Il se brisa en trois éclats dès qu'il toucha le fond de la gorge. Sans doute une caravane était-elle en train de franchir la passe et venait-elle dans leur direction. Il fallait que ces voyageurs fussent bien maladroits ou trop chargés pour précipiter de telles masses. Une minute n'avait point passé qu'un autre roc, plus grand encore que le premier, roulait en contrebas. Il en tomba quatre de la sorte, déclenchant à chaque fois de véritables explosions qui se répercutaient sur les parois du cirque, autour du lac. On apercevait maintenant la caravane. Les quatre esclaves, debout, plissaient les yeux et tentaient de distinguer comment elle était composée.

— Est-ce avec des chevaux qu'ils font un tel dégât ? demandait le vieil Afghan qui ne pouvait voir si loin.

— Non, reprit Jean-Baptiste. Ce ne sont ni des chevaux ni des mules.

— Des chameaux ?

— Non, attendez, on dirait, oui, je crois bien. N'est-ce pas, Juremi ? Ce sont des éléphants.

On les voyait de mieux en mieux, maintenant qu'ils s'étaient engagés dans les lacets qui descendaient du col. Les bêtes étaient huit, à la queue leu leu, et se dandinaient sur l'étroit chemin en bousculant les grosses pierres qui le bordaient. Deux hommes seulement gardaient cette troupe imposante et couraient, l'un devant, l'autre derrière, en poussant des cris et en faisant force gestes pour diriger le train. Enfin, la caravane parut au bord du lac, et rejoignit l'endroit où Jean-Baptiste et ses compagnons avaient monté leur petit bivouac. Le pas des animaux fit résonner le sol et le lac lui-même frissonna. Le conducteur du troupeau, un Afghan tout en bras et en jambes, maigre, agité, arrêta les bêtes en faisant de grands gestes devant elles puis les dirigea doucement vers le bord du lac. Huit trompes s'allongèrent et plongèrent leur extrémité dans l'eau. Aux bruits de succion qui retentirent dans la vallée, on pouvait craindre que le lac tout entier fût bientôt absorbé par les pachydermes.

L'Afghan, sans quitter de l'œil ses mastodontes, approcha du bivouac et vint saluer son compatriote. Les esclaves assistèrent à ces salamalecs sans les comprendre car ils se firent en langue afghane. À la différence des costumes, ils pouvaient noter cependant que le nouvel arrivant était d'une autre tribu que leur vieux maître. L'Afghanistan est une mosaïque féodale sans grande unité. Chaque région a ses coutumes, son type. Celui-ci était un Pachtoun qui devait venir du sud, vers Candahar. Au fond propre de la culture afghane se mêlent des influences persanes et même hellénistiques puisque Alexandre le Grand a traversé le pays en chevauchant vers la Sogiane. Les cheveux blond ambré du nouvel arrivant étaient peut-être le lointain héritage du Macédonien et de ses guerriers.

Le vieil Afghan, au bout de quelques minutes, fit signe à ses esclaves d'aller aider l'autre membre du convoi à nourrir les éléphants. Sur les flancs de ces bêtes étaient liées de larges malles d'osier. Certaines étaient pleines de fourrage. Le petit homme qu'ils devaient seconder était grimpé sur l'une d'entre elles et avec une fourche de buis lançait à terre des bottes de paille et de foin sec. Il descendit et montra aux autres comment répartir les rations entre les bêtes. Ils virent qu'il portait des chaînes aux chevilles, tout comme eux. Il ne parlait ni le persan, ni l'arabe, ni le turc, ni le français, ni l'italien, ni l'anglais et toute communication semblait impossible avec lui. Mais soudain Bibitchev employa le russe et l'autre répondit. C'était un Bulgare.

Les deux Afghans cependant s'étaient éloignés et conversaient avec animation. Le nouveau venu jetait souvent des coups d'œil en direction du groupe de Francs. Traduits par

Bibitchev, les propos du Bulgare apportaient à tout cela un début d'explication.

Le grand Afghan blond, qui s'appelait Aman-Ullah, était parti avec deux de ses compatriotes et cinq esclaves de Candahar deux semaines plus tôt. Ils avaient chevauché à bride abattue jusqu'à Samarcande où ils avaient acheté ces éléphants. Ils retournaient maintenant tout aussi vite mais se dirigeaient vers la Perse. Hélas, les jours précédents, une mystérieuse fièvre, contractée sans doute dans les plaines fétides des Ouzbeks, avait emporté coup sur coup deux Afghans et quatre esclaves. Seuls avaient survécu le plus robuste, Aman-Ullah, et le plus chétif, c'est-à-dire lui-même. C'était fort insuffisant pour tenir en respect un tel troupeau de pachydermes. Ils ne pouvaient plus les cornaquer un par un et avaient dû les lier par une patte les uns aux autres. Qu'un seul fît un faux pas et toute la cordée irait au précipice.

— Ton maître a-t-il de l'or ? demanda Jean-Baptiste.

— Il lui en reste beaucoup, fit le Bulgare, car il en avait emporté pour acheter quinze éléphants et n'a pu malgré tous ses efforts n'en rassembler que huit à Samarcande.

— Alors, tout ira bien.

La conversation des deux Afghans prenait un tour animé et décisif. Ils ne tardèrent pas à se frapper gaiement dans les mains. Après s'être éloignés derrière un rocher pour dissimuler leur transaction, ils revinrent, radieux, vers les éléphants. Le vieillard était visiblement heureux.

— Holà, vous autres, cria-t-il à sa petite bande, j'ai une grande nouvelle pour vous. Vous n'êtes plus à moi. Désormais vous servirez le grand seigneur que voici et qui se nomme Aman-Ullah.

Les quatre Francs s'inclinèrent respectueusement.

Aman-Ullah n'était pas homme à prolonger les urbanités. Dès que les bêtes furent abreuvées et nourries, il les fit détacher, sauf un couple qui resta solidaire. Les esclaves et lui-même grimpèrent sur l'encolure des bêtes et saisirent la pique qui permet de les diriger.

Aman-Ullah fit un bref adieu au vieil Afghan et, sans se préoccuper de savoir si ses nouvelles recrues avaient l'usage d'aussi surprenantes montures, il s'élança dans la pente. La nuit était tout à fait tombée quand il donna enfin le signal de l'arrêt. Au terme de cette longue chevauchée, les nouveaux cornacs étaient perclus de courbatures. Ils étaient pourtant tout heureux de s'être honorablement tirés de ce baptême pachydermique. Ils s'endormirent comme des souches. C'est seulement le lendemain, tandis qu'ils chargeaient les bêtes pour repartir vers l'ouest, qu'ils s'enquirent auprès du Bulgare des raisons de cette précipitation.

— Il dit, traduisit Bibitchev avec l'expression ironique de celui qui informe son interlocuteur d'une chose bien connue, que nous sommes attendus en renfort. Pour prendre Ispahan.

CHAPITRE 38

Aman-Ullah, ce diable de grand Afghan blond, menait sa troupe d'éléphants vers Ispahan à tombeau ouvert. Presque debout sur sa bête, il lui labourait la trompe de coups de pique pour qu'elle aille à la plus vive allure possible. Les mastodontes, d'ailleurs, ne se faisaient pas prier ; ils soulevaient leur masse en un galop puissant, décomposé comme un pas de danse, avec d'autant plus de plaisir et moins d'efforts qu'ils descendaient maintenant les pentes afghanes pour fondre vers les terres plus basses de la Perse.

Toujours entravés par leurs chaînes, Jean-Baptiste et ses compagnons étaient assis en amazone sur le dos des éléphants et s'agrippaient de toutes leurs forces à la longue sangle de cuir qui entourait leur encolure. Dans un virage, un chargement se rompit et deux malles d'osier volèrent en éclats sur des rochers. Mille fois, les cornacs novices crurent tomber de leur monture ou être précipités avec elle dans des à-pics. Aman-Ullah ne s'arrêtait jamais. Ils voyaient devant eux sa crinière épaisse et blonde flotter dans l'air et l'entendaient hurler des cris de guerre et des chants de montagnards.

Il n'était ni fou ni cruel, comme ils l'avaient craint d'abord. C'était un guerrier afghan, voilà tout. Et comme ils n'en avaient jamais vu, les pauvres esclaves francs n'imaginaient pas que de tels hommes pussent exister : absolument dédiés à l'honneur et au combat, indifférents à la mort, connaissant des ivresses sacrées nées du danger, de la solitude et entretenues par toutes sortes de décoctions de pavot. Excepté le rythme d'enfer qu'il faisait tenir à sa compagnie, Aman-Ullah la traitait plutôt bien. Il ne montrait pas le moindre mépris à l'égard de ces infidèles, partageait également avec eux le peu qu'ils avaient à consommer. Il les considérait moins en esclaves qu'en soldats et ils communiaient tous dans cette rude fraternité. Pour les aider à oublier leurs fatigues et leurs douleurs et à se contenter du peu de nourriture et de sommeil qui leur était accordé, l'Afghan fit volontiers partager à ses compagnons les résines miraculeuses qu'il fumait. À l'exception de Bibitchev, qui refusa avec dédain, tous les cornacs, l'Afghan le premier, et les Francs sans être en reste, grimpaient le matin sur leur bête après avoir tiré de longues bouffées de ces huiles célestes ; elles leur donnaient l'impression de chevaucher non pas des éléphants mais des aigles et ils partaient en n'ayant plus peur.

Les huit bêtes, chargeant à vive allure, faisaient vibrer le sol bien avant d'apparaître. Les villageois des piémonts de l'Afghanistan prenaient ce sourd grondement de la terre pour les premières secousses d'un séisme. Ils sortaient précipitamment de chez eux et tiraient en dehors des maisons les objets les plus précieux. La troupe hurlante d'Aman-Ullah les surprenait pendant cette panique : elle ne passait pas près d'un village sans que ses habitants fussent debout, hagards, une paillasse sur la tête et un berceau dans les bras. Ils regardaient avec une expression de terreur cette improbable apparition de bêtes libres et d'hommes entravés.

Aman-Ullah choisissait toujours de faire étape dans des endroits déserts, sans doute parce qu'ils n'étaient pas sur le territoire de sa tribu et qu'il ne voulait pas avoir à rendre de comptes. Ils s'arrêtaient seulement à l'extrême fin du jour, écartant les pierres plates sur le sol des maquis pour s'étendre et dormir. Les bêtes, lâchées dans les buissons de chênes-lièges ou de lauriers-roses, passaient la nuit à les piétiner. Un flambeau de lune éclairait ce festin de feuillages parfumés, dégustés avec de grands craquements joyeux et de lourdes bousculades. Une nuit, ils virent passer au loin une longue procession de chameaux bâtés : c'était la grande caravane qui rejoignait Candahar et les Indes du Grand Moghol. Ils se gardèrent de faire le moindre signe qui pût attirer l'attention. Aman-Ullah ne se tenait donc pas seulement à l'écart de ses ennemis : il n'aurait pu espérer que des secours d'une caravane où devaient cheminer nombre de ses frères. En vérité, il éloignait tout ce qui pouvait, si peu que ce fût, les retarder, tant sa mission semblait exiger de promptitude.

Quand la descente prit fin, ils abordèrent le grand désert salé. Aman-Ullah sans hésiter prit au plus court plein ouest, c'est-à-dire dans la direction où depuis des millénaires la croûte de sel a raison de toute vie, à l'exception de vautours noirs qui ne peuvent guère s'y repaître que d'eux-mêmes.

L'Afghan connaissait les moindres puits. La plupart étaient saumâtres ou pourris de tain. Heureusement, cette pointe du printemps n'était pas encore trop chaude et les bêtes allaient si vite qu'ils ne séjournèrent pas longtemps dans cet enfer.

Ce changement de climat, la disparition des montagnes et le ralentissement du troupeau sur ce sol meuble firent quitter à Jean-Baptiste, à Juremi et à George leur première insouciance. Ils revinrent à des préoccupations bien terre à terre et, pour s'y plonger plus à fond, refusèrent les drogues consolatrices de l'Afghan. Comme sa réserve avait beaucoup diminué, il n'insista d'ailleurs pas pour la leur faire partager.

Les cornacs, pendant qu'ils se balançaient sur le garrot de leurs monstres, s'étaient d'abord réjouis de rentrer à Ispahan ; ils se désolaient maintenant que ce fût pour apporter à l'armée afghane un renfort décisif pour s'emparer de la ville et cherchaient le moyen de ne pas hâter ce désastre et même de l'empêcher.

Le petit Bulgare était fort bavard. Il avait raconté sa vie par le menu à Bibitchev et insistait pour que le Russe traduisît ce récit aux trois autres. Mais, à son grand dam, ni Jean-Baptiste ni ses compagnons ne prêtaient la moindre attention aux péripéties de cette vie placée sous le signe des hasards malheureux. Ils en avaient tout simplement assez de rencontrer l'extraordinaire, le pittoresque, a fortiori le tragique. Leur seule idée était de rentrer chez eux. Les questions qu'ils posaient au Bulgare ne portaient que sur le siège d'Ispahan et les intentions afghanes. Le pauvre homme savait fort peu de choses, sinon que la ville ne pouvait pas être encerclée, à cause des eaux trop grosses du fleuve qui la défendait. Il avait entendu Aman-Ullah parler du massacre de l'armée persane et là se bornait toute sa science.

— J'ai compris ! s'écria Jean-Baptiste, une nuit qu'ils étaient allongés sur un sol de pierraille et de saumure sans pouvoir dormir.

Il secoua Juremi à son côté. Le protestant grogna.

— Le gué aux chèvres ! dit Jean-Baptiste.

Il regarda dans la direction d'Aman-Ullah. L'Afghan dormait, les yeux ouverts sur les étoiles. George se souleva sur un coude et interrogea son père.

— Le gué aux chèvres ?

— Oui, reprit Jean-Baptiste, c'est à un mille à peu près de Julfa, en amont sur le Zainderood. Quand les eaux baissent, en été, c'est le premier endroit guéable à cheval. Quelques jours plus tard, les bergers le font traverser à leurs chèvres.

— Et alors ? grogna Juremi, qui n'avait pas perdu espoir de dormir.

— Alors, en ce moment, on ne peut y faire passer ni des chevaux ni des chèvres mais peut-être...

— Des éléphants ! s'écria George.

— Voilà ce que nous sommes en train de faire, confirma Jean-Baptiste. Nous apportons à Mahmoud le moyen de faire passer la rivière à ses troupes.

— Avec huit bêtes ? objecta Juremi, de mauvaise humeur.

— On peut charger dix hommes sur chacune : cela fait

quatre-vingts à chaque voyage. Dix fois dans la journée, huit cents. En trois jours assez pour encercler la ville, piller les convois qui la ravitaillent, détruire toute la campagne aux environs. As-tu entendu le Bulgare ? Les Persans n'ont plus d'armée. Les malheureux regarderont ce désastre de derrière leurs remparts sans pouvoir rien faire.

— Il faut découvrir un moyen d'empêcher cela, dit George, qui s'était assis et ressentait une vive angoisse.

Les grandes ombres des pachydermes étaient disseminées assez loin dans le désert autour d'eux, à la recherche de succulents petits acacias dont le feuillage plat rampait au-dessus du sol.

— Si nous les cornaquons nous-mêmes là-bas, nous pourrons les retourner contre les Afghans..., commença George.

— N'y compte pas, coupa Juremi. Le Bulgare en a parlé à Bibitchev : dès que nous arriverons à Ispahan, des soldats afghans grimperont là-haut à notre place. Nous aurons tout juste le droit de courir derrière et de donner le fourrage du soir.

Sur ces mots, ils gardèrent tous les trois un silence gêné. Il était clair qu'une seule solution s'offrait à eux, s'ils voulaient priver les Afghans de ce renfort. Sur l'immense lac de sel qui prenait sous la lune des éclats de diamant, les grands animaux promenaient leurs silhouettes paisibles, amicales. Ils ignoraient superbement les minuscules querelles des hommes, qui venaient pourtant de les condamner à mort.

Pendant les journées suivantes, Jean-Baptiste n'osait plus regarder ses compagnons et il sentait en eux la même gêne. Avec une courageuse franchise, les bons pachydermes avançaient toujours sans faiblir, malgré la chaleur croissante et l'irritation que les cristaux causaient à leurs pieds. C'étaient de robustes éléphants d'Asie, avec de courtes oreilles qu'ils gardaient plaquées contre leur cou, un front bombé et de longues défenses qui avaient été sciées au tiers pour le combat. Une véritable familiarité était née entre eux et les petits hommes qui se pendaient à leur cou depuis tant de jours.

George, en particulier, avait noué avec son éléphant des liens de camaraderie ; tous deux jouaient comme des enfants et faisaient même des bras de fer, l'un avec le bout de sa trompe, l'autre avec son poing, à la manière de vrais matelots. Sans doute parce que l'animal en était excessivement friand, George l'avait baptisé Garou, du nom de cet arbrisseau de montagne que les Français appellent aussi malherbe ou sainbois. Garou répondait docilement à ce sobriquet lorsqu'il était en train de mâchonner avec les autres.

Quels moyens allaient-ils utiliser pour éliminer ces pauvres bêtes ? Ils ne pouvaient même pas espérer qu'elles prissent la fuite devant leurs bourreaux : on n'avait pas besoin de les attacher le soir tant elles s'étaient habituées à leurs maîtres. Toutes les autres solutions supposaient des actes horribles dont l'idée même leur répugnait.

Depuis le lieu où Aman-Ullah avait acheté les esclaves, il leur avait fallu à peine trois semaines, à ce rythme infernal, pour traverser le désert salé et gagner le contrefort des plateaux où est construite Ispahan. Dans cette montée, les éléphants balançaient la tête en soufflant. Ils étaient tout heureux, le soir, de retrouver des fourrés d'aubépines et de sorbiers. Des prés en pente, couverts de fleurs d'alpage, leur offraient des haltes plus douces et plus fraîches. Avec l'effort de la déclivité, même Aman-Ullah était contraint de laisser reposer les bêtes à deux ou trois reprises dans la journée, sinon elles s'arrêtaient, à demi étouffées, une mousse rose aux lèvres qui pouvait faire craindre pour leur vie.

Au cours d'une de ces haltes, par un bel après-midi ensoleillé, Juremi, tout excité, appela ses compagnons. Il leur désignait du doigt un talus, à la lisière des bois, couvert de hautes fleurs violettes chargées de baies.

— Voyez-vous la même chose que moi ? dit le protestant.

— Des morelles furieuses ! fit George.

— Qu'en Italie, ton père et moi avons appris à appeler

plutôt des belladones. Les riches Vénitiennes en utilisent l'extrait en collyre pour dilater leurs pupilles et prendre ces yeux noirs profonds que leurs amants adorent.

Ils se regardèrent en souriant : la même idée venait de traverser leur esprit et d'y faire naître un même espoir. Le poison de la belladone brouille la vue et rend très malade. Mais si on l'utilise à bonne dose, il ne tue pas et même ne laisse aucune trace. Ils jetèrent un coup d'œil vers les pachydermes. Combien faudrait-il leur en donner pour les mettre hors d'état de remplir la tâche qu'on attendait d'eux, sans les faire périr ? Ils eurent une brève discussion et George s'éloigna pour calculer.

— Une demi-livre par tête, annonça-t-il en revenant.

— Deux kilos en tout, conclut Jean-Baptiste.

Aman-Ullah était en contrebas, derrière une haie. Il avait entamé sa prière. Le Bulgare mâchonnait une herbe et persistait à raconter sa vie à Bibitchev, qui sommeillait.

— Allons-y tout de suite, dit Juremi.

Il ôta le gilet de toile qu'il portait par-dessus sa chemise, l'étendit à terre et commença d'y jeter à poignées des baies de belladone. Les deux autres l'imitèrent. Ils en arrachèrent une bonne quantité, que Juremi soupesa.

— À peine deux livres, dit-il en faisant une moue.

Ils reprirent de plus belle la cueillette. C'était un travail minutieux, qui les absorbait tout entiers. Ils sursautèrent en entendant la forte voix d'Aman-Ullah. L'Afghan était debout à trois pas du gilet et les regardait s'activer.

Ils se redressèrent, pris de panique, laissant tomber les baies qu'ils avaient encore dans les mains. Le guerrier blond répéta la même phrase. Les sons rauques de la langue afghane lui donnaient toujours l'air d'être en colère mais cette fois plus que jamais. Il fallut attendre que le Bulgare fût arrivé pour que Bibitchev pût traduire sa traduction.

— L'Afghan demande si cela se fume, dit-il enfin.

Un grand soulagement parut sur les traits des trois herboristes.

— Dis-lui que oui, fit Juremi avec empressement. C'est même fameux. Je m'étonne qu'il ne connaisse pas cela. Il nous suffira de quelques jours pour faire sécher ces semences, les piler et les préparer d'une manière dont il nous dira des nouvelles...

L'Afghan leur laissa ramasser deux bons kilos, peut-être trois, en les regardant avec attendrissement et gourmandise.

*

Les deux jours suivants, ils traversèrent des campagnes désertées. Jean-Baptiste avait voyagé bien souvent jadis dans les environs d'Ispahan ; ces parages étaient désormais méconnaissables. Les jardins étaient en friche, les arbres fruitiers abattus au ras du sol, les puits empoisonnés, les cabanes brûlées. La terre de ces régions est très fertile mais elle manque tout à fait d'eau. En l'irriguant avec soin, on peut y faire venir les plus belles fleurs et les meilleurs fruits. Mais que ces efforts viennent à s'interrompre, tout périt et les friches sont envahies par l'épine blanche et l'herbe de bouc. Ces ignobles ronces étaient la seule récolte que la terreur semée par les Afghans permettait désormais d'obtenir sur cette rive du fleuve. Grâce aux éléphants d'Aman-Ullah, ils se proposaient maintenant d'étendre cette désolation à l'autre berge. Devant une telle cruauté, Jean-Baptiste pensait à Alix, à Saba, à Françoise, à l'horreur qui les menaçait et il se sentait capable de tout. Le sac de baies représentait plus que jamais le seul salut.

À une heure de l'après-midi, le second jour, ils approchèrent d'Ispahan. Les trois Francs laissèrent couler des larmes à cette vue. Par-dessus les remparts éclatant de majesté sous le soleil du haut plateau, les minarets mongols, les coupoles de faïence, les hauts peupliers en ligne du

Char Begh faisaient aux captifs des signes d'amitié et d'intelligence. Leurs amours étaient là ; là étaient la beauté et le raffinement, la joie de vivre et le plaisir. Le malheur voulait seulement qu'ils fussent du mauvais côté de ces murailles et que leur arrivée en signifiât la fin.

Ils se proposaient de mettre immédiatement leur plan à exécution. Hélas, ce premier jour, tout alla plus vite qu'ils l'auraient voulu. Mahmoud, le roi de Candahar, averti de leur arrivée, vint à leur rencontre avec un détachement de cavaliers. Les grands bivouacs de l'armée afghane étaient visibles au loin, noirs sur l'horizon. La troupe des éléphants ne fut pas conduite dans cette direction. Aman-Ullah, qui était allé s'entretenir avec Mahmoud, ne donna aucune explication à ses esclaves. Ils comprirent seulement que la plus grande impatience régnait dans l'entourage du souverain. Sans faire prendre aux bêtes ni à leur équipage aucun repos, Aman-Ullah dirigea sa crinière blonde vers le nord à la suite du roi. En quelques minutes, ils avaient tous atteint le bord du fleuve un peu en amont de la ville. Jean-Baptiste avait raison. Des trous de sabot dans la boue sèche indiquaient qu'ils étaient bien à l'emplacement du gué de la chèvre. Le fleuve, gonflé par de fortes pluies, était plus infranchissable que jamais. Mais comme ils l'avaient prévu, les Afghans se préparèrent à y faire passer un éléphant. Il s'agissait pour eux de mettre à exécution immédiatement un plan qui les travaillait depuis des semaines.

Conformément au dire du Bulgare, les serfs furent priés de descendre de leurs montures et de laisser place à de véritables soldats. Jean-Baptiste et les trois autres, à pied, prirent place sur la rive qu'encombraient des bouquets de bambous. Ils étaient aux premières loges pour observer l'affaire. Prudemment, les Afghans n'envoyèrent d'abord qu'un éléphant. C'était celui d'Aman-Ullah et, fièrement, celui-ci était resté à son poste de cornac. Il piqua la bête et elle s'engagea lourdement sur la berge boueuse, jusqu'au bord de l'eau. Aman-Ullah se retourna, salua le roi et d'une nouvelle impulsion engagea l'éléphant dans les eaux à l'endroit supposé du gué. La bête avançait avec précaution. En un instant, fort près encore de la rive, elle eut de l'eau jusqu'à mi-corps et chaque pas l'enfonçait plus lourdement. Le roi était livide. Jean-Baptiste reprenait espoir.

L'éléphantaire parut hésiter un instant ; si la déclivité du lit de la rivière ne changeait pas, le pachyderme serait englouti bien avant d'atteindre le milieu. Courageusement, Aman-Ullah donna le signal à la bête de continuer de l'avant. Un pas et l'eau couleur d'ardoise monta encore plus haut le long de ses flancs. Toute l'assistance était muette sur la rive. On entendait seulement le bruit soyeux des eaux et les cris d'Aman-Ullah, qui encourageait son animal.

Après un long instant d'hésitation, le pachyderme, peut-être guidé par quelque mystérieux instinct que le danger avait éveillé en lui, décida de ne plus suivre les exhortations de son cornac à se porter en avant. Il se mit à tâter le fond de la rivière à droite et à gauche, la trompe relevée. Soudain, l'animal pivota un peu de côté et sembla buter sur quelque chose de solide. Il fit un autre pas dans cette direction et son corps s'éleva de plus d'un mètre au-dessus de l'eau. Il avait rejoint sous les flots l'étroite bande solide et invisible du gué. À partir de là, l'éléphant se retourna vers le milieu de la rivière et l'atteignit en quelques foulées sans s'être plus enfoncé dans l'eau. Parvenu au mitan des eaux, Aman-Ullah poussa un cri de triomphe, se redressa en brandissant sa pique et dirigea vers le souverain un visage radieux. Une clameur de joie salua cette victoire de la berge. Les esclaves francs n'y prirent évidemment aucune part.

Mais il était dit que rien ne se déroulerait simplement, en cet après-midi crucial. On n'avait vu jusque-là que les Afghans. Les Persans entrèrent en scène. On sait qu'ils surveillaient jour et nuit le fleuve et craignaient une attaque par cette voie. Leur imagination avait conçu les plans les plus hardis, avec le recours possible du surnaturel ; ils n'avaient cependant pas eu l'idée des éléphants. Heureusement, en prévision de ce qui adviendrait quelques semaines plus tard, quand les eaux commenceraient à baisser et que le gué de la chèvre serait de nouveau praticable, les Persans avaient préparé un dispositif ingénieux, qu'ils déclenchèrent plus tôt que prévu, en voyant approcher les éléphants. Ce gué, situé en un endroit découvert, n'était pas défendable depuis le bord. Mais un peu plus haut en amont, la rive était bordée d'ormeaux, plantés comme il se doit par Abas le Grand. Centenaires, robustes, vénérables, ces arbres n'en avaient pas moins été abattus par les Persans qui se jugeaient fondés à utiliser tous les moyens pour épargner leur capitale. Sitôt Aman-Ullah parti pour son audacieuse traversée, des guetteurs, côté persan, avaient donné le signal de larguer en amont cinq ou six de ces troncs que l'on avait alignés le long de la berge et retenus avec des cordes. Trois coups de hache avaient demarré ces madriers et le courant les emportait maintenant au fil des eaux, droit sur l'éléphant. La pauvre bête en évita un, qui passa devant lui. Deux autres la frappèrent de côté ; elle perdit l'équilibre et se coucha comme une caravelle soufflée par la tempête. Aman-Ullah passa directement du triomphe à l'eau froide. On le vit surnager un instant puis sombrer dans le flot boueux. L'éléphant, incapable de reprendre un appui, dériva comme une énorme bouée grise. Les Persans qui gardaient le pont du Char Begh eurent la surprise de le voir passer sous une des arches un peu plus tard. Il y resta bloqué et la foule apeurée le cribla de lances et de projectiles avant de se rendre compte que la pauvre bête était noyée. Elle sombra pendant la nuit et on ne la revit plus.

Cet échec remplit Mahmoud et tous les Afghans d'amertume et de colère. Les autres éléphants, avec les esclaves chargés d'en prendre soin, furent installés dans un campement situé non loin de la rivière, à l'écart des autres troupes pour ne pas susciter trop de curiosité.

Toute tentative de franchir le fleuve fut momentanément suspendue. Il fallait éviter que ce revers n'affectât le moral des assiégeants et ne les conduisît de nouveau à murmurer contre l'indécision de leur chef. Celui-ci ordonna donc, pour restaurer son autorité, qu'un grand défilé fût organisé le lendemain afin de saluer dignement l'arrivée des mastodontes et de rendre hommage au courageux Aman-Ullah, qui les avait ramenés si vite, de si loin et pour si peu.

CHAPITRE 39

Ce n'était pas une prison, le nazir avait bien insisté sur ce point. Le petit pavillon était seulement à l'écart des autres qui composaient le palais du grand-surintendant. Bien sûr, l'espace qui l'entourait était clos de murs mais on avait eu le bon goût de les dissimuler par des charmilles taillées. Une inévitable fontaine clapotait au milieu de la pelouse carrée qui faisait face au petit bâtiment. Ce lieu charmant, que le printemps enveloppait du parfum des clématites qui grimpaient sur la façade, avait été construit pour abriter une favorite. Ce détail arrachait des soupirs au nazir chaque soir lorsqu'il tournait la clé de la grande porte bleue pour aller rendre visite à monsieur de Maillet. Les temps avaient décidément changé. En cette période où tout chancelait, on enfermait un vieillard anorexique là où la nature eût plus volontiers célébré la jeunesse et ses appétits. Il fallait s'y faire.

Certes, il aurait été plus simple et peut-être plus raisonnable de supprimer immédiatement ce personnage que la mort, de toute manière, ne tarderait pas à visiter. Puisqu'il ne voulait se taire à aucun prix, qu'il affirmait avoir disposé à l'extérieur de la ville des instructions qui ne laisseraient pas sa disparition inaperçue, qu'enfin il se disait déterminé à faire éclater à tout prix la vérité, le nazir aurait pu en finir une bonne fois pour toutes avec cet encombrant consul. Dans l'atmosphère de chaos que connaissait Ispahan, nul n'aurait prêté attention au destin de ce vieil étranger à moitié fou.

Pourtant, sans qu'il fût question là d'humanité, le nazir jugeait plus habile de garder cet otage. Un tel émissaire était un atout simple et commode. Les renseignements qu'il avait fournis montraient à l'évidence qu'il était bien l'envoyé d'Alberoni. Si le prélat n'était pas prêt à payer pour son hypothétique concubine, il donnerait bien quelque chose, le jour venu, pour récupérer cet incontestable messager. Si la ville tombait, si la fuite s'imposait, le nazir avait arrêté son plan, il prendrait monsieur de Maillet avec lui et partirait pour Rome.

En attendant, il continua d'abord à rendre visite à son prisonnier pour essayer de le fléchir. C'était peine perdue. Le vieillard s'entêtait à affirmer que cette prétendue concubine de cardinal était en réalité sa servante au Caire, qu'elle s'était enfuie de cette ville avec un aventurier, qu'elle avait fait maintes fois la preuve de sa nature malfaisante et menteuse... Bref que tout cela était une imposture. Le nazir finit par se lasser et n'y alla plus désormais que deux fois par semaine.

Monsieur de Maillet occupait son temps dans le jardin, près de la fontaine, à lire et à relire son cher *Telliamed*, en en goûtant toujours davantage les beautés. Ce n'était pas pour lui un livre de philosophie mais l'histoire même de sa vie. Il se rappelait le tout premier jour, celui de la grande, de la première intuition : il marchait ce matin-là dans les rues du Caire et, sans s'en apercevoir, était sorti de la ville. Il faisait déjà chaud. Après avoir longé le petit chantier où des charpentiers à demi nus construisaient des felouques, il avait atteint cette falaise minuscule qui borde le fleuve. Il s'était assis et avait vu les coquillages. Des coquillages ! Si loin de la mer ! Tout était sorti de cette vision.

Le consul refermait le livre et prenait une grande inspiration. Quel bonheur ! La pensée ! L'idée pure ! Le mouvement même de l'intelligence ! Pourtant, une amertume pointait au

milieu de ces suavités, qui en dénaturait le goût. Qu'était-ce ?
Il l'avait déjà ressentie plusieurs fois sans se l'expliquer
jamais. Il réfléchit. Une tourterelle de jardin roucoulait dans
un taxus, à l'angle du mur. Quel cri bizarre, tout de même !
On eût dit une question lancinante. L'oiseau répéta. À la
troisième fois, le consul se redressa. Il avait compris. « Que
faisiez-vous dans les rues du Caire, ce jour-là ? », demandait la
tourterelle. C'était bien vrai. Il n'avait guère l'habitude de
sortir à pied, à cette époque. Sans doute était-ce même... la
première fois.

La première fois ! Pourquoi ? Mais parce qu'*elle* venait de
partir. Monsieur de Maillet avait répondu tout naturellement
et soudain cette évidence le frappa en même temps qu'une
grande douleur. Oui, Alix venait de partir, ou plutôt il venait
d'apprendre la vérité : elle s'était enfuie avec cet apothicaire,
ils avaient tué un janissaire et les gardes du consulat, il était
trahi, déshonoré par sa propre fille. Et il était parti droit
devant lui dans les rues du Caire.

Sa théorie ! Les coquillages !

Le vieil homme eut un sanglot sec, un hoquet plutôt, qui
secoua ses entrailles. « Alix ! » Il serra son cher *Telliamed* dans
ses mains.

— Se peut-il que ce petit ouvrage, que dis-je, ce grand
ouvrage, m'ait épargné jusqu'ici cette douleur...

Le volume couvert de cuir échappa de ses mains trem-
blantes, tomba sur l'herbe ; il le ramassa et se ressaisit :

— Allons, il faut lutter contre les abandons !

Tout venait de l'inactivité que lui imposait cette inique
détention. Il se leva et déambula les mains derrière le dos.
Il avait fait à peine deux tours qu'un domestique s'avança sur
le seuil du jardin et salua respectueusement. Le consul
approcha et ne reconnut pas le camériste habituel.

— Mon nom est Grégoire, Excellence, déclara l'homme
d'une voix douce. Je suis nouveau à votre service.

— Tu veux dire « à ma garde » ? ricana monsieur de Maillet.

— Non, Excellence, j'ai bien dit « à votre service ».

Et à voix plus basse :

— Je compte sur votre indulgence pour ne pas me dénoncer au nazir.

— Te dénoncer ! Et à quel propos ?

— Mais pour ce que je vais dire à Votre Excellence.

Le consul dévisagea ce serviteur. Il était jeune mais son embonpoint et sa calvitie lui donnaient un air de maturité. Les hommes ronds semblent tous avoir rejoint, quel que soit leur âge, un rivage de sagesse où le temps s'écoule au rythme des plaisirs et non pas à celui de la vie. Quelque chose dans cette délectation touche à l'éternité. Ce Grégoire, dans la longue tunique que tendait son ventre, avait la silhouette d'un moine et arborait un fin sourire bien en harmonie avec cet état.

— Et que veux-tu me dire ? poursuivit le consul, auquel l'autre avait visiblement décidé de faire pratiquer la maïeutique.

— Que je suis un Arménien, Excellence.

— Tant mieux pour toi. Il y en a d'honnêtes. Ne crains rien, le nazir n'apprendra pas de moi que tu es chrétien.

— Il le sait, Excellence. Et nous sommes plusieurs de cette nation à son service.

— Eh bien, tout est pour le mieux, s'écria le consul avec humeur. N'y a-t-il rien d'autre que tu veuilles m'avouer et que tout le monde sache déjà ?

— Non, Excellence, mais il y a en revanche quelque chose que personne ne sait en dehors de moi et bientôt de vous.

Ce diable d'Arménien aurait fait perdre patience à un gisant de pierre.

— Vas-tu enfin parler ? cria le consul, hors de lui.

— Chut ! Excellence. On peut vous entendre.

Le consul, abattu, se laissa tomber sur une chaise.

— J'écoute, murmura-t-il, résigné.

— Voici, Excellence, notre patriarche Nersès est un saint

413

homme. Il est navré de l'injustice commise contre un chrétien, en votre personne. Hélas ! nous sommes accoutumés à ces avanies, particulièrement de la part de celui qui vous les fait subir.

— Tu remercieras ton patriarche pour ses pensées, dit monsieur de Maillet sincèrement ému.

— Ce ne sont pas seulement des pensées, ajouta Grégoire d'un air énigmatique. Il peut y avoir des actions, si Votre Excellence le souhaite.

— Des actions ? Lesquelles ?

— Votre Excellence souhaiterait-elle par exemple... rentrer à Rome ?

— Si je souhaite rentrer à Rome ! s'écria le consul en sursautant. Mais j'y compte bien, mon ami. C'est ma plus ferme intention.

— En ce cas, nous pourrions arranger... une sortie.

Le consul regarda fixement cet étrange serviteur. Il se pencha vers lui et répéta :

— Une sortie ?

— Oui, confirma Grégoire en chuchotant. Je veux dire, bien sûr, une évasion.

Monsieur de Maillet, frappé par ce mot, se redressa d'un bond.

— Jamais ! s'écria-t-il.

— Mais...

— N'insistez plus, Grégoire. J'ai dit « jamais ». Je veux obtenir justice, comprenez-vous ? J'y parviendrai. Ma mission suppose que soit percée à jour certaine imposture que j'ai découverte et que je suis sur le point de ruiner tout à fait. J'ai demandé une audience au roi de Perse. Ce nazir est un bandit, soit. Mais il a bien été obligé de prendre mes requêtes en considération. Je lui ai transmis trois lettres pour son souverain. J'attends l'audience.

Le serviteur, au bout d'un instant d'étonnement, reprit son mince sourire.

— Croyez-vous sérieusement que le nazir ait l'intention de faire parvenir vos requêtes ?

— Bien sûr ! Son honneur, mon ami, qu'en faites-vous ?

— L'honneur... Évidemment..., opina l'Arménien avec la patience du commerçant qui voit son client choisir un vêtement fort cher mais beaucoup trop petit. Pourtant, il se peut que le nazir s'en fasse une autre idée que Votre Excellence.

Le consul était irrité par la tranquille assurance de ce personnage. Auprès de lui il avait le désagrément de se sentir naïf, ce qui était un comble.

— N'insistez pas, coupa-t-il avec humeur. Je resterai ici jusqu'au terme de ma mission.

Puis, après avoir réfléchi un instant, il ajouta :

— La seule chose qui pourrait m'être utile serait...

— Je suis à votre entière disposition, dit Grégoire en voyant l'hésitation du vieillard.

— ... que vous fassiez parvenir cette clef à quelqu'un qui m'attend, à l'heure qu'il est, au caravansérail de Kachan.

Le consul saisit autour de son cou, au bout d'un petit cordon, la clef du coffret qu'il avait confié à Murad.

D'un Arménien à un autre..., pensa-t-il et peut-être fut-ce cette plaisante idée qui le décida.

Grégoire saisit la clef et écouta les instructions du diplomate.

— Je serais heureux de rendre ce service à Votre Excellence, dit-il. J'ose espérer que je m'en montrerai digne et que Votre Excellence saura faire valoir auprès du cardinal Alberoni combien les chrétiens arméniens de ce pays fondent d'espoir sur son appui.

— Je m'engage solennellement à lui rendre un compte exact de votre dévouement, dit le consul avec autorité. Vous me remettrez si vous le pouvez un mémoire sur les difficultés de votre Église et, s'il m'est donné de revoir le cardinal...

Grégoire s'agenouilla et baisa la main de monsieur de Maillet, qui se laissa faire. Il était accoutumé depuis longtemps à ne jamais opposer de résistance, en Orient, aux manipulations obséquieuses les plus singulières commises sur sa personne.

Le serviteur se releva, fit quelques pas pour se retirer puis, revenant en arrière, ajouta :

— J'oubliais. Le patriarche m'a chargé de transmettre à Votre Excellence des nouvelles de votre fille. Elle va bien, paraît-il, elle est heureuse et... excusez mon indiscrétion... elle espère que vous lui avez pardonné.

À six heures, quand tomba la nuit fraîche, monsieur de Maillet était encore immobile dans le jardin, tout bouleversé par le trouble qu'avait fait naître en lui cette nouvelle.

*

Selon Juremi, qui s'y connaissait, les cornacs afghans qui s'étaient emparés des éléphants étaient maladroits et piètres manœuvriers. Le mariage éternel de l'incompétence et de la vanité était une fois de plus célébré en eux ; ils traitaient les esclaves chargés de nourrir et de soigner les bêtes avec rudesse et mépris. Fort heureusement, convaincus d'être d'importants personnages, ces soldats passaient le plus clair de leur temps à la caserne de Ferrahabad, dans la proximité du roi Mahmoud et de sa cour. Jean-Baptiste et ses compagnons étaient tranquilles la plus grande partie de la journée. Ils pouvaient aller et venir où ils le voulaient car les chaînes bruyantes qui les entravaient suffisaient à leur interdire la fuite. En commentant entre eux le naufrage d'Aman-Ullah, ils convinrent que cet échec serait sans doute suivi d'autres tentatives : il ne fallait pas renoncer à immobiliser les bêtes. Dès la première matinée qui suivit le funeste naufrage, ils entreprirent de nouveau discrètement la préparation de leur poison. Ils étalèrent les grains frais sur une large bassine, qu'ils laissèrent en plein soleil. Juremi, en les regardant sécher, les mélangeait amoureusement à pleines mains.

— Je me demande, disait-il avec un sourire mauvais, si ces tire-au-flanc de cornacs n'en mériteraient pas leur part, eux aussi.

Jean-Baptiste, lui, était parti à la recherche d'un rocher concave, comme il en affleurait parfois, qui pût servir de mortier et George taillait un pilon de buis. Bibitchev observait ces préparatifs avec discrétion et sans paraître s'y intéresser. À vrai dire, son état d'esprit avait beaucoup changé. Il ne pouvait se défendre désormais d'admirer profondément ces suspects. Avoir accompli un tel périple, noué des contacts avec tant de relais et d'agents tous mieux travestis les uns que les autres, pour se retrouver finalement, à l'heure de la prise de la ville, pile en place aux côtés des Afghans, c'était décidément très fort. Il attendait sereinement la suite, comme quelqu'un qui se rend de confiance au nouveau spectacle d'un artiste qui ne l'a jamais déçu.

Leur arrivée parmi cette armée hétéroclite avait permis à Bibitchev de glaner d'utiles informations auprès des Slaves mercenaires ou serfs qui traînaient par là. Il sut ainsi que l'Empire perse, outre qu'il était menacé devant sa capitale par les Afghans, avait été la victime d'un véritable dépeçage opéré par ses voisins. Les Ouzbeks s'étaient saisis du Khorassan ; les Turcs s'étaient avancés vers l'Azerbaïdjan ; quant aux saintes armées du tsar Pierre le Grand — les larmes lui venaient en y pensant —, elles avaient mené une campagne victorieuse vers Bakou puis suivi le rivage de la Caspienne et s'étaient emparées du pourtour de cette mer. Pour l'instant les Russes semblaient vouloir s'en tenir là. Bibitchev calcula qu'il était donc fort près de ses lignes et qu'une fois le fleuve franchi, il trouverait aisément le moyen de faire passer une dépêche qui parviendrait jusqu'à Moscou.

Le déjeuner se borna pour les captifs à du riz grisâtre et à quelques morceaux d'un animal singulier entre tous puisqu'il avait la particularité de ne comporter que des os mais pas la moindre trace de chair. Peu après, ils virent revenir les cornacs.

Ces fiers soldats portaient la même éternelle tunique de feutre que tous les autres Afghans mais ils avaient ciré leur ceinturon, et s'étaient peigné la barbe. Leur casquette plate était posée avec recherche et cachait soigneusement des cheveux moins en désordre qu'à l'accoutumée. Bref, ils étaient apprêtés pour la grande parade. Deux d'entre eux tenaient par une anse une malle carrée, qu'ils posèrent à terre près des éléphants. Elle contenait des étoffes entassées sans soin mais qu'ils déplièrent avec des yeux admiratifs. C'étaient, à n'en pas douter, des produits de pillages recueillis après le massacre de l'armée persane. Les cornacs sortirent d'abord sept couvertures chamarrées, en samit du Cachemire, ornées à leur pourtour d'une frange dorée. À en juger par leurs dimensions, elles avaient dû servir à couvrir les destriers de prix des officiers persans. Les esclaves eurent la tâche de disposer ces étoffes sur le dos des éléphants comme des tapis de selle. Les bêtes portèrent ces attributs avec élégance. Par un dispositif compliqué de lanières empruntées à des filets de chevaux, ils leur confectionnèrent ensuite une sorte de casque qui s'arrimait sur les défenses et sur le garrot. Il permettait d'accrocher des grelots et de tendre sur le front des animaux un large fanion en indienne verte. Cornacs et esclaves se montrèrent fort satisfaits du résultat. La suite fut plus pénible. Restait au fond de la malle, tassé et chiffonné, l'accoutrement que devaient revêtir les Francs car il était de tradition que les éléphants défilassent toujours montés par leur conducteur et accompagnés à pied par leur valet.

Juremi s'écria qu'il ne pourrait jamais entrer dans de telles tuniques. C'étaient d'étroits fourreaux sans manche qui descendaient jusqu'aux chevilles sans s'élargir. Ils durent se mettre à deux pour faire coulisser cette housse à la surface robuste et accidentée du protestant. Bibitchev et le Bulgare y entrèrent sans difficulté ni répugnance. George et Jean-Baptiste se préparèrent les derniers et l'exemple des autres ne les encourageait guère. Ils furent bientôt tous les cinq emmaillotés dans leur étui de mousseline blanche. Ces tenues eussent mieux convenu à une procession de vierges conduites à leur communion solennelle. La tête lugubre et dégarnie de Bibitchev, ou la toison grise en bataille de Juremi étaient fort incongrues au sommet de ces aubes. Les cornacs, sans y mettre d'ironie, se déclarèrent satisfaits de leurs auxiliaires. Les captifs eurent beau protester, rien n'y fit. C'est à peine si les Afghans consentirent à découdre ces tuniques jusqu'aux genoux pour permettre aux esclaves de courir à côté des bêtes. L'outrage n'était pourtant pas complet. En plongeant dans le fond de la malle, un des cornacs en sortit cinq paires de ces ballerines indiennes colorées, dont le bout est redressé en pointe et orné d'une clochette. Issus du pillage d'une caravane, ces articles n'avaient pas trouvé preneur, et pour cause ! Un lacet permettait de les ajuster : les Francs n'eurent même pas le recours de prétendre qu'ils étaient trop larges.

Après la prière, qui devait être le signal convenu pour se rendre au défilé, les cornacs montèrent sur les éléphants et se dirigèrent vers Ferrahabad. À côté de chaque bête trottait son desservant dans un concert de chaînes au son grave et de grelots cristallins.

Le palais de Ferrahabad, depuis que s'y était installé Mahmoud, subissait deux évolutions opposées. Dans l'ordre du matériel, il périclitait. La rage de destruction des troupes occupantes s'était déchaînée sur les bâtiments, même ceux qui servaient de casernement. Les portes, les fenêtres, sans parler des meubles et des étoffes, tout avait été arraché, réparti, revendu, dispersé, brûlé. Même le parc, où les chevaux étaient mis à paître, commençait à ressembler à une steppe. Un projet de radeau, vite abandonné, avait justifié l'abattage des pins parasols qui l'ombrageaient. La trace noire de grands feux de camp souillait les anciens parterres. Mais dans l'ordre diplomatique, Ferrahabad avait pris une importance inversement proportionnelle à sa ruine. Le camp de Mahmoud était devenu une cour et même une manière de capitale. Des émissaires du grand seigneur des Turcs s'y étaient rendus pour présenter leurs hommages au futur vainqueur. Les Ouzbeks et la tribu afghane qui régnait à Herat avaient également envoyé des messagers. Même la compagnie des Indes avait jugé nécessaire à ses intérêts d'offrir ses services en désignant auprès du roi de Candahar, et bientôt peut-être de Perse, un résident hollandais fort policé.

Mahmoud recevait ces hommages dans la salle où il avait d'abord rencontré Alix et Dostom et qui restait la seule du palais qui ne fût pas réduite à l'état de décombres.

On s'illusionne beaucoup sur ce qu'éprouvent les égorgeurs. Certains trouvent sans doute du plaisir à cette activité. Mais la plupart, et Mahmoud en faisait partie, s'y résolvent sans enthousiasme. Ils s'en font une obligation, mais, que la vie les en dispense et l'on reverra les mêmes, convertis à la plus douce humanité. Le jeune roi de Candahar n'en était peut-être pas tout à fait là. Il continuait de nourrir à l'égard des Persans la plus grande haine et cette ville intacte sous ses yeux la ravivait chaque matin. On sentait pourtant que, cet obstacle franchi, il serait un roi paisible, peut-être même débonnaire. Un décalage préoccupant était d'ores et déjà sensible entre lui et sa troupe brutale et sanguinaire. Mahmoud, pour l'atténuer, se donnait deux visages. En tant que chef d'armée, il restait un guerrier impitoyable. En tant que roi, il faisait des efforts quotidiens pour apprendre les usages du monde. Hélas, autour de lui, fort peu de gens pouvaient l'y aider. C'est pourquoi Dostom, qui avait longuement vécu en Perse, et Alix, cette étrangère pleine d'expérience, lui apparaissaient comme des conseillers précieux. Il les sollicitait à tout propos sur des points de protocole, ou pour rédiger des messages diplomatiques. Habillée à l'afghane, Alix était traitée en officier et même en homme par le roi. Mahmoud disposait d'assez de femmes légitimes, d'esclaves et de captives pour assouvir des envies qu'il n'éprouvait d'ailleurs point devant cette étrangère au regard troublant. C'est tout juste s'il ne se sentait pas un petit garçon devant elle et, de fait, elle devait lui apprendre le b.a.-ba des usages d'un roi.

Ce défilé était supposé célébrer la force des armées afghanes, bien qu'il eût été décidé après l'échec d'Aman-Ullah. Le roi, pour l'occasion, avait convié autour de lui les émissaires étrangers. On les disposa sur des sièges en haut d'un des remparts de la forteresse de Ferrahabad. Alix et Dostom furent placés immédiatement derrière le roi afin qu'il pût solliciter discrètement leur avis en cas d'incident.

Les premières troupes apparurent sous les murailles à trois heures de l'après-midi. Elles les longèrent à quelques pas de distance et saluèrent en passant devant le roi. Le gros de l'armée était composé de cavaliers. L'idée même de se présenter en rang ne les avait pas effleurés ; ils arrivaient par paquets hurlants, soulevant des nuages de poussière, se bousculaient, faisaient hennir leurs chevaux ; les bêtes se cabraient, la bave aux lèvres, les yeux affolés par le fracas des armes et les coups de sabots. Des effets volés à l'armée vaincue ornaient çà et là cette misère ; le cuir neuf d'une selle, un cafetan de brocart, des lances ouvragées flottaient sur cette marée de haillons et de trognes grimaçantes. Alix était épouvantée par cette masse violente et fruste et n'osait imaginer à quelles extrémités elle se livrerait si la délicate Ispahan tombait entre ses mains. Pourtant le sort avait voulu que son espoir reposât désormais dans cette apocalypse et même lui faisait désirer qu'elle vînt en hâte. Il restait cinq jours avant le délai imposé par Yahia Beg.

Enfin, les derniers chevaux passés, sur la poussière mêlée de ce fumier s'avancèrent, en un grondement sourd et majestueux, les éléphants, leurs cornacs et leurs valets.

CHAPITRE 40

La tunique faisait boudin sous les aisselles. Malgré les efforts de Jean-Baptiste par le haut, de George et même de Bibitchev en dessous, le fourreau de mousseline était bloqué. On entendait sous cette cloche de coton jurer et brailler Juremi.

— Tirez, sacrebleu, tirez donc, bande de cochons !

Un grand craquement couronna l'effort de toute l'équipe. La tunique, fendue en deux, libéra le protestant rouge de colère et, tomba mollement à terre, le laissant en caleçon, toutes cicatrices dehors, chaussé de ses ballerines à grelots.

Un jeune Afghan regardait la scène en souriant. Jean-Baptiste se retourna, vit cet homme et se précipita sur lui.

— Dostom ! Cher Dostom !

Ils s'embrassèrent, tout émus. Jean-Baptiste présenta George et Juremi qui cherchait à se rhabiller. Bibitchev fit un salut poli, tout occupé à noter ce nom dans sa tête, pour sa dépêche : « D-O-S-T-O-M ».

— Vous étiez beaux, vraiment, plaisanta le jeune homme, qui tenait toujours Jean-Baptiste par l'épaule, courant à côté de vos éléphants, un gland d'or dans la main et saluant le roi de l'autre.

Poncet haussa les épaules.

— Ceci explique tout, dit-il sans sourire.

Il montrait ses fers, aux chevilles.

— J'ai vu et c'est ce qui m'a d'abord fait douter de vous reconnaître. Ah ! Jean-Baptiste, quelle émotion quand je me suis convaincu malgré tout que c'était bien vous. Heureusement, j'ai eu cette conscience assez vite. Je lui ai mis la main sur le bras et c'est pourquoi, quand elle vous a vu à son tour, elle a eu la force de ne pas crier.

— Elle ? qui donc..., murmura Jean-Baptiste, qui n'osait imaginer la réponse.

— Mais Alix, mon cher ami ! Alix, elle-même qui est là, près du roi Mahmoud. Je comprends que cette nouvelle vous saisisse. Elle ne l'a pas moins été elle-même d'apprendre que vous êtes esclave et que vous gardez des éléphants.

Ce coup était trop fort. Jean-Baptiste, usé par les fatigues du voyage, les espoirs, les peines, ressentit un immense accablement. Il tomba dans les bras de George et se mit à sangloter. Tout le monde était fort ému et si les cornacs n'avaient pas craint cet Afghan qu'ils avaient souvent vu dans l'entourage du roi, ils auraient dispersé en hurlant cet attroupement sentimental. Mais rien ne vint mettre un terme à cet affligeant tableau ; au contraire Juremi, George et même Dostom avaient joint leurs larmes à celles de Jean-Baptiste. Bibitchev, lui, ne savait qu'admirer le plus chez ces suspects, de l'ingéniosité de leurs plans ou de la feinte sincérité de leurs mimiques.

Premier touché, Jean-Baptiste fut aussi le premier à se ressaisir.

— Allons la voir ! s'écria-t-il. Vite, Dostom, conduis-moi auprès d'elle.

— Ah ! hélas ! fit l'Afghan en essuyant ses dernières larmes. Les choses ne sont pas si simples.

— Comment ! gronda Juremi, elle est ici, nous aussi, et nous ne pourrions pas la rencontrer... Ce Mahmoud la garderait-il prisonnière ?

— Ah ! soupira Dostom, il faudra beaucoup de temps pour

vous conter tout cela en détail ; sachez seulement qu'Alix est libre, que le roi lui a accordé sa protection...

Jean-Baptiste fronçait les sourcils.

— ... sans rien exiger d'elle, rassurez-vous.

— Eh bien, allons-y, cria George, qui s'impatientait lui aussi et regardait cet Afghan avec un reste de méfiance.

— Pour dire les choses en deux mots, coupa Dostom, car vous en saurez plus par la suite, Alix est présentée ici sous son état, c'est-à-dire comme votre veuve. Nous autres montagnards sommes des gens simples : les morts, pour nous, sont morts et le restent. Nous n'avons point les commodités des peuples de l'Inde qui croient à l'éternel retour des êtres dans le cycle de la vie. Pour Mahmoud, vous êtes mort et enterré, Jean-Baptiste, suis-je assez clair ? Il ne comprendrait pas que vous réapparaissiez soudain, a fortiori dans la condition où l'on vous voit aujourd'hui.

— Mais c'est... affreux ! s'écria Jean-Baptiste.

Puis en se redressant et de toute sa force :

— Je veux la voir, m'entends-tu ! Je dois la voir ! Je mourrai pour de bon si je n'y parviens pas...

— Calmez-vous, dit Dostom en étendant ses deux mains, la chose est possible. Je suis venu accommoder certains détails avec vous afin d'éviter tout incident. Alix va venir ici dans quelques minutes.

Jean-Baptiste crut défaillir d'émotion.

— Ici ? s'écria-t-il, en regardant les haillons qu'il avait remis en rentrant du défilé. Maintenant ! N'y aurait-il pas un lieu et un moment plus...

— Écoutez-moi bien, reprit Dostom, et il fit signe aux trois Francs de le suivre un peu à l'écart, il ne s'agit plus de vous aujourd'hui. Le Poncet, apothicaire d'Ispahan, est mort, est-ce compris ?

— Hélas !

— Non, attendez. Vous êtes des esclaves francs, des soldats captifs, peu importe d'où vous venez. Cette belle étrangère vous voit. Elle élit l'un de vous dans son cœur. Quelque chose me dit que son choix pourrait se porter sur votre personne, Jean-Baptiste. D'ailleurs, vous porterez ce même nom et cette coïncidence, qui lui rappellera son défunt mari, jouera en votre faveur.

— Ensuite ? murmura Jean-Baptiste, accablé.

— Ensuite, vous vous reverrez, elle vous recherchera et moi, je m'emploierai à favoriser cette union. Le roi, qui apprécie cette étrangère dans sa cour, n'aura pas de raison de lui interdire un caprice...

— Un caprice !

Jean-Baptiste était abasourdi. Depuis des semaines qu'il imaginait des retrouvailles avec Alix, il avait tout envisagé : la sauver des flammes dans la ville mise à sac, la retrouver en exil, captive, cachée dans des caves, tout, vraiment tout lui était venu à l'idée, sauf qu'il aurait à la séduire déguisé en valet d'éléphant, les pieds entravés par une chaîne d'infamie.

Il n'eut guère le temps de délibérer car déjà une troupe de cavaliers approchait du campement des pachydermes.

— La voici, annonça Dostom. Deux officiers de la cour l'accompagnent. Soyez extrêmement prudents.

Les esclaves, sans plus s'interroger, coururent au fourrage et commencèrent à déambuler autour des bêtes en leur tendant des fourches de paille.

Alix, vêtue du même uniforme de feutre que les deux officiers, était tenue à une attitude d'autorité et de décision. Pourtant, elle se sentait trembler intérieurement de toute sa pauvre âme. La vue de Jean-Baptiste, de George et de Juremi depuis les remparts lui avait d'abord donné l'impression d'être devenue tout à fait folle. Ensuite, des vents opposés en bourrasque avaient fait souffler sur son cœur l'espoir, le désir de tout aller avouer au roi, puis la résignation au plan de Dostom et, depuis un instant, la honte. N'avait-elle pas maudit Jean-Baptiste de l'avoir abandonnée, tandis que lui traversait des mondes pour ramener sain et sauf son ami et son fils, jusqu'à connaître le plus horrible esclavage ? N'était-elle pas allée jusqu'à le trahir, sinon en actes du moins en pensées, en laissant naître et grandir un penchant coupable pour ce malheureux officier persan ? En vérité, rien de tout cela ne pesait très lourd en face du sentiment qui la submergeait : l'immense désir qu'elle avait de se jeter dans les bras de l'homme qu'elle aimait. À tout cela s'ajoutait la peur de fondre en larmes et ne pas supporter la vue de ses proches dans leur terrible condition. Cette crainte lui faisait tenir les yeux baissés. Elle mit tant d'ardeur à regarder les pachydermes et si peu les esclaves que Dostom crut bien tout le plan ruiné.

— Voudriez-vous monter sur une de ces bêtes, Madame ? proposa-t-il pour animer l'entreprise.

Alix accepta et Dostom, d'autorité, la conduisit auprès de l'éléphant que Jean-Baptiste était en train de nourrir. Le grand corps de ces animaux exhale des humeurs lourdes, piquantes comme la chair des herbivores, où les parfums du végétal, fussent-ils digérés et même putréfiés, sont suffisamment étrangers à l'être humain pour ne point éveiller en lui de dégoût et même évoquer dans son esprit la poésie des espaces sauvages et des bêtes libres. Le jeune Afghan espérait bien que ces relents primitifs éveilleraient dans ces trop paisibles Occidentaux ce qu'il restait en eux de fauve et de carnassier.

Les cornacs se tenaient à distance respectueuse de cette étrangère. Dostom appela rudement Jean-Baptiste et lui fit signe d'aider la passagère à gagner le dos du mastodonte. Jean-Baptiste, d'un petit coup sur l'épaule de l'éléphant, lui fit comprendre qu'il devait abaisser sa trompe afin qu'elle servît de marchepied. Alix saisit la défense d'une main, le bras de Jean-Baptiste de l'autre et se haussa sur le rugueux colimaçon que lui tendait l'animal. L'éléphant l'éleva doucement jusqu'à son garrot, qu'elle enfourcha. Elle y resta un instant, parut ravie du spectacle, voulut redescendre. Hélas ! Au moment de poser le pied sur la pointe de la trompe, elle la manqua et glissa jusque dans les bras de Jean-Baptiste.

Cet incident fortuit fit l'affaire de Dostom, qui ne savait comment précipiter l'un vers l'autre des amants si gauches, que vingt ans de vie commune n'avaient pas préparés à cet emploi.

D'abord qu'elle fut dans les bras de Jean-Baptiste, qu'elle sentit sa chair, son souffle, vit ses cheveux, ses yeux, sa bouche si proche, Alix ressentit un émoi qui faillit la jeter de l'extrême de la honte et de la prudence jusqu'à un périlleux excès de tendresse et d'abandon. Lui-même n'était pas moins éprouvé par un vif et total ébranlement de tous ses sens.

Ils eurent pourtant l'un et l'autre assez de retenue pour ne laisser paraître sur leurs visages qu'une volupté, perceptible, certes, mais décente. Cette expression fut suffisamment manifeste pour que tous ceux qui assistaient à la scène fussent attendris par cette charmante rencontre. Une inclination si soudaine confirmait l'attrait puissant que les sexes exercent l'un sur l'autre, par-delà les écarts de conditions, pour le plus grand bonheur de tous.

Dostom fit passer à Jean-Baptiste le soir même un message qui le prévenait d'une visite identique le lendemain. L'esclave s'y prépara en allant prendre un bain dans le fleuve : il se frotta avec des pains de cendre et de stéarine, lava ses cheveux, se fit couper la barbe par Juremi. Quand les officiers afghans arrivèrent au camp, arborant un sourire complice autour d'Alix, Jean-Baptiste vit qu'elle avait pris des soins aussi attentifs sur sa personne sans toutefois pouvoir quitter son triste uniforme. Ils échangèrent de longs regards qui les comblaient de désir. Alix fit une petite promenade sur l'éléphant, dont Jean-Baptiste tenait, en marchant sur le côté, le collier de cuir. Ils auraient pu se dire quelques mots en s'éloignant ; ils n'y songèrent même pas tant la force de leurs regards mêlés exprimait de choses secrètes, qu'aucune parole n'aurait traduites.

Hélas, cette volupté fut immédiatement suivie d'une nouvelle séparation et ils se demandèrent s'ils se reverraient jamais. Ils attendaient ces instants avec les mêmes affres que deux adolescents qui viennent de s'apercevoir pour la première fois. La routine d'Ispahan avait fait d'eux mari et femme sans incertitude et sans surprise, ensevelissant ces émois d'amour naissant qu'ils retrouvaient intacts, par la grâce d'un procédé qu'ils eussent été bien en peine de recommander à quiconque.

La troisième visite, cependant, montra les limites de cet échange muet et public. Elle leur parut très courte et très convenue. Le sourire équivoque des spectateurs, auxquels ils n'avaient pas d'abord pris garde, leur fut désagréable. Les mille choses qu'ils avaient à se dire affleuraient à peine à leurs lèvres sans qu'ils découvrissent le moyen convenable de mettre de tels mots dans la bouche d'un valet d'éléphant et d'une femme officier chez les Afghans. La vie ne prépare pas à tous les rôles et ils ne surent pas jouer ceux-là autrement que muets.

Ce cadenas, sur leurs bouches, était plus intolérable que toutes les chaînes portées par un esclave. Il fallait que quelque chose se passât.

Dostom s'y employait de son mieux, en nourrissant d'abord une rumeur, puis en en parlant directement à Mahmoud. Le matin du quatrième jour, Alix fut convoquée chez le roi.

Elle s'y rendit, en proie à une incertitude folle qui ressemblait à la passion inquiète d'une innocente amoureuse.

— Mes compliments, Madame, dit Mahmoud en accueillant Alix avec un gracieux salut qu'il avait appris d'elle. On me dit que votre veuvage est oublié. Le printemps revient dans votre cœur.

— C'est-à-dire, Majesté, voilà...

— Pas d'aveu, pas de confidences ! Je sais tout et je vous donne raison. Vous dirais-je que je suis moi-même dans l'attente d'une vingtaine de captives dont mes soldats se sont emparés à Kirman et qui doivent arriver ici pour mon usage d'un jour à l'autre. Par Dieu ! nous sommes des soldats !

— Oui, dit Alix en se tenant bien droite dans son uniforme, et elle saisit d'un air martial le pommeau du sabre qu'elle tenait au côté. « Tout de même, pensa-t-elle : vingt ! »

— Donc, reprit Mahmoud, allons au fait : ce Franc vous plaît-il ? Il est à vous.

— Oh ! Majesté ! Merci. Je vous suis extrêmement reconnaissante de la grâce que vous me faites. Ainsi, vous allez affranchir cet homme ?

— Qui vous parle de l'affranchir ? Non, croyez-moi, ce n'est pas votre intérêt. Dès que ces gens-là sont libres, ils n'ont qu'une idée : disparaître et vous trahir. Prenez-le tel quel. C'est tout simple : à partir d'aujourd'hui, je l'attache à votre service. Vous en ferez l'usage qu'il vous plaira.

Alix eut un instant l'idée d'intercéder également pour George et Juremi. Mais bien que trois fissent peu en face de vingt, elle craignit que cet étalage d'appétit donnât d'elle au roi une image un peu trop libre, dont il pourrait avoir l'idée d'abuser. Elle salua en remerciant longuement et se retira.

Depuis son arrivée, elle était logée dans une aile du palais proche des appartements de Mahmoud et qui, pour cette raison, n'était pas encore trop dévastée. Sa chambre était une ancienne cellule de cuisinier ; son seul meuble, un étroit bat-flanc de bois qui pouvait être relevé contre le mur. Le sol était dallé, les murs enduits de plâtre et sonores. Dostom, à sa demande, lui apporta une autre paillasse et des couvertures. Elle passa l'après-midi à préparer cette mauvaise couche, en s'épouvantant de son inconfort.

À cinq heures, Jean-Baptiste parut entre deux soldats. Elle leur commanda de le laisser. Le bruit de sa chaîne résonna horriblement contre les murs quand il entra. Il s'affaira autour du verrou pour bien clore la porte. Cette diversion épuisée, ils restèrent un instant l'un en face de l'autre, stupides, éperdus, figés par la crainte du premier geste. Puis elle se jeta contre lui, l'enlaça, lui donna sa bouche, le fit tomber sur le moelleux du nid qu'elle avait préparé. Un moment, ils prirent garde de ne pas trop agiter la chaîne du prisonnier, qui retentissait comme un carillon. Mais nul n'aurait pu affirmer qu'irrités d'abord par cette entrave les amants n'y trouvèrent pas dans la suite quelque secret agrément. Bientôt ils laissèrent prendre toute sa puissance à ce voluptueux angélus, qui fut entendu dans le palais pendant une longue partie de la nuit.

*

Le patriarche Nersès était debout sur sa terrasse et regardait au loin, dans la direction de Ferrahabad. Depuis la noyade de l'éléphant, les Afghans semblaient indécis. On les voyait parader, d'abord pour eux-mêmes, désormais au nez et à la barbe des Persans. Chaque jour, ils venaient faire près des remparts d'incompréhensibles évolutions de cavalerie et d'éléphants, sans doute pour impressionner les assiégés et les pousser à capituler. Mais ce n'était pas l'état d'esprit qui prévalait dans l'entourage du roi Hussein. Celui-ci était plus que jamais confiant dans les astres. On savait qu'une spectaculaire action de grâces serait rendue le lendemain, jour de pleine lune. Le mot de « sacrifice » avait été officiellement prononcé. Certains, mieux renseignés, parlaient de la vierge rouge. Le paganisme revenait. Nersès n'avait guère eu à se louer des mahométans mais il préférait encore leur commerce à celui des mages. Il soupira.

Annoncé par un vieux derder qui lui servait de sacristain, Grégoire entra, tout en nage, sur la terrasse.

— Alors, interrogea le patriarche, as-tu remis cette clef ?

— Au dernier moment, Monseigneur. La route de Kachan est fort encombrée, avec tous les fuyards. Je suis arrivé comme il partait.

— À quoi ressemble-t-il ?

— C'est un Franc comme je n'en avais jamais vu et j'ai eu beaucoup de mal à entendre son langage. Il se nomme Beugrat. Quand je l'ai rejoint, il était sur le point de quitter le caravansérail.

— À pied ?

— Non, figurez-vous qu'il conduit une voiture dont il ne doit pas exister deux exemplaires sur toute la terre. On pourrait, tenez...

Le diacre regarda au loin, dans la direction des Afghans. La troupe des éléphants y était bien visible, en première ligne.

— ... y asseoir une de ces bêtes !

— Plaisantes-tu ?

— Non, Monseigneur, c'est un carrosse, mais à la taille d'un monstre. J'ai regardé à l'intérieur : il n'y a pourtant qu'une place, gigantesque.

— Passons, fit le patriarche en chassant ce sujet d'un revers de la main. Que t'a-t-il dit ?

— Il a pris la clef que le prisonnier du nazir m'avait confiée. Il a seulement ajouté qu'il était grand temps car il repartait pour Bagdad.

— Bagdad, vraiment ? Ces gens-là ont décidément des relais partout. A-t-il parlé du cardinal ?

— Non, c'est moi qui lui ai fait la recommandation de le saluer de votre part.

— Et qu'a-t-il répondu ?

Grégoire quitta son habituel sourire et rougit un peu.

— Monseigneur va croire que je plaisante...

— Dis toujours.

— J'ai peut-être mal compris, quoique je lui aie fait répéter.

— Eh bien ?

— Il m'a demandé si l'air qui se trouve à l'intérieur d'un valet est pur.

Le patriarche se redressa sous l'effet de l'indignation.

— De l'air ? Dans un valet ? Pouah ! Non, décidément, ces Romains ne sont pas des gens avec lesquels on puisse s'entendre. Qu'as-tu répondu ?

431

— Rien. Alors il m'a dit en riant d'ouvrir les fenêtres. Sur quoi, il a fouetté son cheval et sa monstrueuse diligence est partie en cahotant.

— Avec la clef ?

— Oui, Monseigneur.

Mais le patriarche n'eut pas le loisir d'écouter cette réponse tant le spectacle avait pris soudain un tour singulier, au pied des murailles.

CHAPITRE 41

Dès qu'il s'était réveillé, Jean-Baptiste, avec la permission de celle qu'il servait désormais, avait couru jusqu'au campement des éléphants. Jamais, au prix des plus grands efforts, des amants ne parviendront à se lever aussi tôt que des militaires. Quand il les eut enfin rejoints, Jean-Baptiste trouva ses anciens compagnons tout prêts et actifs depuis plus de deux heures. Profitant de la confusion qui régnait dans cette armée indécise, Juremi avait fini d'accommoder la potion de belladone et George la tournait lentement dans un grand pot en terre. Pour en vérifier l'efficace, le garçon s'en était posé une goutte sur chaque paupière : il avait les pupilles dilatées à l'extrême et voyait tout flou.

Jean-Baptiste leur commanda de laisser cette préparation et de le suivre immédiatement. Bibitchev rôdait comme toujours à proximité. Ils les emmena hors de portée des oreilles du Russe. Par où commencer ? Il y avait tant de choses à leur révéler qu'Alix lui avait confiées pendant la nuit, pendant les calmes de leurs étreintes. Jean-Baptiste conta tout pêle-mêle. La présence de Françoise, sa maladie, la fuite d'Alix et ses raisons, au premier rang desquelles venait l'horrible, la terrifiante capture de Saba, et la menace qui pesait sur elle.

— Quand doit-elle être exécutée ? demanda George, hors de lui, et ses grands yeux noircis par le collyre lui donnaient un air effrayant.

— Demain, jour de pleine lune, dit sobrement Jean-Baptiste.

Ils restèrent un instant silencieux. Non seulement leurs plans étaient bouleversés, non seulement ils ne devaient plus faire absorber aucune potion aux éléphants mais leur énergie à tous trois, leur imagination, leur intelligence, leur ruse, pour ne pas parler de leur force, qui était dérisoire et enchaînée, devaient être utilisées pendant quelques heures à réaliser ce qu'ils avaient voulu éviter : il fallait prendre cette ville et au plus vite.

La masse des Afghans tout autour d'eux leur parut soudain désordonnée, incohérente, manquant d'audace et de direction. Mais que faire, grands dieux ! Juremi se mit à marcher de long en large. En passant près de la marmite de belladone, il en renversa le contenu dans le sable par un coup de pied rageur. George, toujours agenouillé, accablé, les yeux dans le vague répétait :

— Saba ! Demain, jour de pleine lune ! Demain !

Jean-Baptiste se mordait les poings.

Soudain, ils se rendirent compte que, depuis un bon moment déjà, les cornacs afghans les appelaient. L'un d'eux vint les chercher sans ménagement et les tira de leur hébétude. Comme chaque jour, une absurde manœuvre allait commencer, destinée à montrer aux assiégés des muscles dont on était incapable de se servir. Les éléphants avaient une grande place dans cette mise en scène de terreur. On les faisait approcher des murailles, montés par leur cornac et suivis par leur valet et un petit coup sur les oreilles provoquait un affreux barrissement ; les Afghans espéraient que ce bruit minerait le moral de leurs ennemis. Heureusement, les cornacs étaient trop loin des murailles pour entendre les éclats de rire qui fusaient chez les Persans chaque fois qu'ils tiraient ainsi les oreilles de leurs montures.

Ce matin-là, le manège reprit. C'était au moment où le patriarche arménien discutait avec Grégoire sur sa terrasse.

Tout commença comme d'habitude. Rien ne prit pourtant la tournure prévue. Au moment où ils allaient commander à leurs esclaves de faire hurler les mastodontes, les cornacs furent pris sous un feu de mousqueterie. En l'absence d'armée du côté persan, les assaillants s'étaient persuadés qu'ils ne craignaient plus de telles ripostes. Il fallait croire que les choses avaient changé et que la population d'Ispahan avait commencé à s'armer elle-même. À moins que ce fût un coup monté par Yahia Beg et ses mages surexcités, qui voulaient justifier le sang qu'on sacrifierait le lendemain. Quoi qu'il en fût, deux cornacs tombèrent à terre, touchés à mort : celui qui accompagnait le Bulgare, lequel s'enfuit immédiatement en courant, et celui que servait George. Le garçon reçut l'Afghan presque sur ses pieds. Il mit un instant à se déterminer. Jean-Baptiste lui cria de se mettre à l'abri. Il vit alors le jeune Anglais tourner la tête de tous côtés mais la belladone n'avait pas encore dissipé son effet ; il ne devait distinguer que des formes floues. La suite ne prit qu'un instant. Déjà agrippé à la sangle de son éléphant, George n'eut que deux mouvements à faire pour se retrouver à califourchon sur son garrot. Garou connaissait le jeune garçon et avait l'habitude de lui obéir. Sous son impulsion, l'animal se mit à courir en libérant toute la puissance de sa musculature. Suivant une longue courbe vers la droite, Garou mit finalement le cap en plein sur les remparts. Les Afghans, dont ils s'éloignaient, restaient interdits et n'osaient rien tenter contre cette bête qui leur appartenait. Les assiégés et tous les habitants qui, comme le patriarche, obser-vaient la scène de leur toit, restaient muets d'étonnement devant la charge solitaire de ce pachyderme. Son cornac, boucles au vent, hurlait des cris en anglais que l'animal sem-blait comprendre et il bondissait droit devant lui. En tendant la main sur le front de la bête, George lui faisait baisser la tête et rentrer la trompe. Ils galopaient maintenant à pleine vitesse et il n'y avait plus à douter : cet éléphant dompté par un gamin chargeait les remparts d'une ville entière.

Un grand silence s'était fait dans le désert et sur la ville. On entendait seulement la lourde vibration de l'animal sur le sol. Quelle que fût l'impression de puissance qui se dégageait de sa course, Garou mit plus d'une interminable minute à parcourir la longue distance qui le séparait des fortifications. L'émoi de tous les assistants, dans les deux camps, était extrême. Enfin, le pachyderme atteignit le talus de pierrailles sur lequel étaient posées les remparts. On le vit rentrer encore plus les épaules, abaisser à la verticale son immense front bombé, muraille vivante et mobile lancée contre l'autre, la muraille inanimée qui ne semblait plus du tout majestueuse mais figée dans cette crainte que les objets laissent parfois paraître au moment où va tomber leur réputation de beauté, d'éternité ou de force. Le choc fut terrible. Les murs tremblèrent et ceux qui n'avaient pas vu venir l'assaut crurent à une explosion. Une poussière de crépi vola tout autour de l'animal et retomba au sol en une pluie de cailloutis qui ressemblait à de la mitraille. Instinctivement, la garde et la foule, sur le chemin de ronde, avaient fermé les yeux. Quand ils les rouvrirent et se penchèrent, ils aperçurent Garou, assis sur son arrière, ses petits yeux levés vers le ciel, qu'il ne voyait sans doute pas tout à fait à sa place. George, à moitié renversé sur le côté de la bête, n'avait cependant pas lâché le collier. Lui aussi mit un moment à se reprendre. Mais avant que les assiégés eussent le temps de penser à jeter quoi que ce soit sur lui, le garçon était remonté sur l'éléphant, l'avait fait se relever, pivoter et partait vers le désert aussi vite qu'il était venu.

Jean-Baptiste et Juremi reprirent enfin leur respiration. Sur les remparts, des cris fusèrent, qui parlaient d'un fou, d'une bête malade... Les Afghans, eux, se taisaient. Comme tous ceux qui étaient dans la plaine, ils avaient vu la fissure fraîche de dix coudées qui entrouvrait maintenant la muraille de haut en bas. Jean-Baptiste connaissait bien les défenses de Julfa. Le patriarche s'en était souvent plaint à lui. Elles résistaient à un boulet de couleuvrine, bien entendu. Mais on les avait élevées beaucoup trop haut pour leur épaisseur. Les Persans affirmaient que la faute en revenait aux maçons arméniens qui avaient volé les moellons au lieu de les utiliser pour le chantier. Et après les fortes pluies des dernières semaines, le bas de ces murailles de brique, de torchis et de paille, imbibé d'eau, était devenu friable. Si bien qu'en un seul coup cette grande fissure s'était formée. George le savait-il ? Sa vue troublée lui avait donné l'audace de ce premier assaut ; lui permettait-elle d'en mesurer le résultat ? Il galopait toujours vers le campement des Afghans. Juremi jurait à se damner pour l'éternité. Soudain, la course de Garou s'infléchit, il amorça une courbe puis exécuta une volte complète. Le protestant poussa un grand cri de joie en levant les bras : il allait de nouveau charger.

Cette fois, les Afghans ne songeaient plus à retenir ce cornac intrépide et sa bête. Des messagers étaient partis en hâte prévenir Mahmoud, qui arrivait maintenant de Ferrahabad au grand galop. Tous les cavaliers afghans étaient en selle et attendaient le choc.

Les Persans disparurent en courant du rempart. Conduit par son instinct plus que par George cette fois-ci, Garou, artilleur méthodique de lui-même, vint frapper exactement au même endroit que la première fois. Un pan de muraille s'effondra de part et d'autre de la fissure, sur une largeur à peu près égale à celle du front de l'éléphant. Un rugissement de triomphe monta du camp afghan et la cavalerie se mit en marche pour rejoindre la brèche. Garou, qui avait repris ses esprits plus vite qu'au premier assaut, était occupé, sous l'impulsion de George, à élargir le trou en effondrant les briques à coups de défense et de trompe. Quand l'ouverture fut assez large, l'éléphant recula et revint tranquillement auprès des autres. Mahmoud et ses cavaliers, au grand galop, sautaient ce qui restait de muraille et s'engouffraient en hurlant dans la ville.

*

De petites algues rondes, vert clair, dissimulaient par places l'émail bleu et or du bassin. Il avait été construit sans rebord et la surface frémissante de l'eau, au même niveau que le sol, occupait l'espace de quelques carreaux de marbre, au point qu'on avait envie de croire la pierre liquide et de tâter du pied la résistance de l'onde. Saba, les genoux ramenés sous le menton, passait des heures assise par terre près de ce carré limpide, une main abandonnée à la fraîcheur de l'eau. Deux poissons rouges, qui vivaient dans ce reste de pluie, étaient désormais si familiers de cette peau blanche qu'ils venaient se frotter contre elle comme des chats. Ce patio, situé quelque part dans le dédale du palais royal, était entouré d'une galerie aveugle, au soubassement de faïence. Au-dessus, les murs étaient ornés, à hauteur d'homme, d'arabesques de plâtre qui égaraient l'œil. Une immense porte en bois travaillé devait donner sur les autres cours ; Saba ne l'avait jamais vue que fermée. Elle avait à sa disposition pour dormir une petite pièce couverte d'une voûte de pierre basse et sombre. La nuit elle s'étendait sur des tapis, posait la tête sur un coussin de velours et guettait les moindres bruits. Elle entendait jusqu'au souffle du vent d'est dans les peupliers des jardins environnants, dont la séparaient pourtant de hauts murs. Deux fois par jour, un verrou tiré résonnait dans le patio comme un coup de canon. Les savates d'une servante crissaient sur le sol et le plateau qu'elle déposait par terre devant la chambre de la prisonnière faisait un bruit de vaisselier brisé, quand à peine deux tasses et une carafe s'y étaient entrechoquées.

Deux mois de cette effrayante solitude avaient bouleversé l'esprit de la jeune fille. La honte, d'abord, l'avait occupée entièrement. La vierge rouge ! Voilà comme on l'avait

438

désignée. Ce monde de sentiments, de peurs, d'espoirs, de souvenirs, de qualités, qui étaient en elle, ce qui en faisait un être humain palpitant de faiblesse et de volonté, tout cela était résumé par ce placard obscène qu'on avait posé symboliquement sur sa porte : la vierge rouge. Elle était désignée par sa couleur comme une bête, comme une chose. Quant au nom de vierge, il étalait le plus intime de sa chair à la face du monde comme si rester telle ou cesser de l'être n'était pas d'abord une liberté qui ne regardait qu'elle. Avec le temps, elle avait quitté ces premières pudeurs et avait envie de s'enorgueillir de ce titre dont on l'avait parée. Vierge, oui. Pure, innocente, intacte, insolente, passionnée, elle était bien tout cela. Vierge donc. Et rouge. Quelle autre couleur aurait-elle voulu faire sortir d'elle, comme une laine née de sa peau, comme une parure, comme une cuirasse rutilante ? La vierge rouge. Soit. Ils l'avaient voulu.

Hélas, le malheur était que toutes ses qualités préparaient au combat et qu'elle allait offrir sa tête au couteau comme une agnelle.

Le soleil de printemps chauffait tour à tour les côtés du patio. Elle le suivait dans sa course et ne se sentait bien qu'irradiée par cette chaleur légère ; derrière ce voile les couleurs s'atténuaient, devenaient floues et ne heurtaient point le rêve. Une telle solitude lui rappelait son enfance et cette réminescence la surprit. On ne pouvait être pourtant plus entourée qu'elle l'avait été pendant ses premières années. Dans les grandes maisonnées orientales, il se rencontre toujours quelqu'un pour prendre soin des petits enfants, les caresser, les bercer, leur faire entendre d'interminables contes. Saba avait été nourrie de ces fabuleux récits où des diamants poussent sur les arbres, dans des vallées égarées, au sol pavé d'or, où de beaux amoureux sont retenus captifs par des sortilèges. Il lui avait fallu longtemps pour s'évader elle-même de cette douce prison de légendes et se rendre compte qu'elle y avait été enfermée par ses propres parents. Elle avait six ans, sept peut-être, et commençait à se lasser de la compagnie des servantes et des nourrices. Elle prit soudain conscience qu'Alix, cette belle princesse qu'elle voyait si peu et qui ordonnait sans cesse une parade de fêtes et de visites dignes des mille et une nuits, était sa mère, à qui elle aurait aimé se confier. L'affection qu'Alix portait à son enfant était profonde et sincère : elle ne s'était seulement pas donné le souci de la lui témoigner. Elle voyait sa petite fille entourée de serviteurs, courant après les papillons dans un jardin plein de fleurs et d'oiseaux. Il ne lui venait tout simplement pas à l'idée qu'elle pût avoir besoin d'autre chose. On l'aurait bien étonnée en lui disant que sa fille, qu'elle embrassait chaque jour, se sentait aussi délaissée qu'elle-même l'avait été jadis lorsque ses parents l'avaient envoyée en pension en France.

De cette époque datait la farouche solitude de Saba. Elle était demeurée à l'écart du rêve comme de la vie et sa seule consolation était de voir, de comprendre et de juger. Avec ses cheveux rouges et ses yeux d'escarboucle, elle se prit à croire qu'elle était une manière de djinn sorti des forêts du songe pour contempler sans complaisance la vie et les mœurs des humains. Ses parents devinrent le principal sujet de son observation. Elle apprit le détail de leur vie passée, la passion qu'ils avaient de soigner sans regarder à la fortune du malade. Mais toutes ces raisons qu'elle avait de les aimer et de les admirer davantage lui rendaient plus amère l'impossibilité où elle était de le leur témoigner.

Saba, bridée pour aimer, s'était découvert une plus grande liberté pour détester. Elle haïssait tous ces grands personnages qui venaient chez eux et qu'elle apercevait dans leurs riches habits ; elle vomissait les fêtes, les dépenses, cette vie de plaisir, de mensonge et d'artifice qui la privait du simple bonheur d'avoir des parents.

Maintenant, sur l'écran lisse de sa geôle, ces moments lui revenaient devant les yeux. L'idée de mourir bientôt lui faisait voir tout cela, non plus à l'aune de l'éternité, au long de laquelle les jeunes gens se croient destinés à vivre, mais comme des gestes humains, éphémères, maladroits mais dignes de compassion. Elle croyait ses parents occupés à chercher futilement le plaisir, quand c'était plutôt le bonheur qu'ils tentaient de vivre. Cette idée toute simple fit sourire Saba et appela bientôt ses larmes. Alix et Jean-Baptiste avaient conjuré jadis les immenses peines qui rendaient leur amour impossible. Ils avaient fait le choix de tout fuir et d'être libres. Cette perpétuelle agitation de fête n'avait qu'un but : justifier ce choix déchirant, se montrer l'un à l'autre qu'ils n'avaient pas à regretter un destin qui leur avait apporté tant de joie. Au fond, pensait-elle, ils avaient peur. Si leur choix avait été démenti par le malheur ou simplement l'ennui, ils n'auraient pu accuser rien ni personne de les y avoir contraints. Il fallait que tout fût beau, facile, drôle, luxueux, vivant. Leur enfant, dans ce décor, était une parure supplémentaire du bonheur ; elle ne devait point l'entraver. Peu à peu, ils s'étaient rassurés mais l'indignation de leur fille n'avait pas pour autant décru. Il avait fallu cette réclusion et l'attente d'une mort imminente pour qu'elle pût faire disparaître ses reproches et les aimer, tout simplement, convaincue de leurs sentiments et submergée par l'envie de les voir et de les étreindre.

Et George ? Où était-il ? Que faisait-il ? Elle l'imaginait de nouveau à l'époque où il était arrivé chez eux ; elle ressentait aussi fort qu'hier l'immense plaisir de voir entrer ce compagnon dans sa vie. La vie lui avait fait en la personne de George ce cadeau inouï : quelqu'un qu'elle pût aimer simplement, un frère, son aîné de surcroît, à l'égard duquel elle pouvait ouvrir sans retenue le lac de sa tendresse accumulée, le débordant réservoir de son amour inemployé. George, au cours de son voyage, avait-il avoué à Jean-Baptiste leurs jeux si purs et si gais, dans le jardin d'Ispahan, les jattes de lait frais bues le soir en rentrant des longues courses dans le Char Begh, les promenades sur la rive du fleuve et dans les îles qu'y découvrent en été ses basses eaux, et les parties de pêche, les après-midi d'absence, les premières caresses ? Lui avait-il avoué ce secret qu'ils s'étaient juré, un soir d'avril, de ne révéler jamais que le jour voulu, quand ils auraient l'âge ? Un secret ! Elle souriait. La promesse de s'aimer toujours, de n'aimer jamais moins, jamais personne d'autre. Un secret d'enfant. Le seul qu'elle eût jamais avec quelqu'un. Et cette part dérisoire de sa vie, minuscule, inconnue, inaccomplie, était, à l'heure où elle allait mourir, celle qui lui donnait le plus grand bonheur.

Un matin, Saba, toujours assise dans le patio de sa geôle, entendit résonner dans l'air, venu de loin et porté par la bise, des bruits de canonnade, mais secs et brefs. Elle ignorait qui était Reza ; elle n'eut pas plus connaissance de sa mort ni de la destruction de l'armée persane cet après-midi-là. Tout redevint calme. Les jours passaient. Elle savait, avant d'être désignée pour ce sinistre emploi, que la vierge rouge devait être immolée à la troisième lune. Elle guettait l'apparition de cet astre, chaque nuit, dans le patio où le porphyre brillait encore des rayons du jour, qu'il tenait captif dans ses cristaux.

Voilà. La fin était pour le lendemain. Sa solitude l'avait déjà privée des personnages, il lui restait à quitter le décor. Le spectacle était terminé dès son premier acte.

À la fin de cette matinée de recueillement, elle fut presque irritée d'être importunée par des clameurs, qui venaient de loin, en provenance du sud. Encore quelque trouble chez les Arméniens, sans doute, une querelle de commerçants ou d'autres choses sans importance ! Puis il y eut des silences et des coups sourds, qui n'étaient pas du canon, cette fois, à deux reprises, comme un gigantesque choc.

« Ah ! gémit-elle, qu'on cesse d'importuner la vierge rouge, puisqu'elle se prépare à mourir. »

Mais la rumeur ne cessa pas. Au contraire, elle parut bientôt plus diverse, lointaine, toujours vers le sud, mais aussi plus proche. Saba guettait le moindre bruit. Son ouïe de solitaire était si prompte à capter les plus imperceptibles souffles qu'elle poussa presque un cri lorsque le verrou de la porte fut brutalement tiré. Ce n'était pas l'heure du repas. Elle se dressa et, d'un bond léger, se cacha dans l'ombre violette de la galerie, derrière un pilier.

Une femme entra et courut jusqu'à la petite chambre. Saba avait à peine vu sa silhouette mais ce n'était pas celle de la servante. Ne découvrant personne dans le réduit, l'intruse revint vers le patio et sortit dans sa lumière. Elle tenait à la main un poignard sanglant. Saba poussa un cri : c'était Nour Al-Houda.

— Approchez, Saba ! dit la Circassienne, aveuglée par le soleil tout autour d'elle et qui ne pouvait voir la prisonnière.

La jeune fille hésita un instant. Elle n'avait pas imaginé sa mort ainsi. Elle s'était préparée à un bûcher, à des incantations, à un rituel. Ce serait finalement une vengeance. Il n'y aurait que le silence, le soleil et une lame.

— Ne craignez rien ! reprit Nour Al-Houda sans élever la voix. Et je vous en supplie, ne tardez pas.

Saba fit deux pas vers la lumière. La vierge rouge ! Il ne serait pas dit qu'elle se serait dérobée.

Son visage était si grave et si fier que ce fut Nour Al-Houda, cette fois, qui étouffa une exclamation. Mais elle se reprit vite, approcha de la jeune fille, la prit doucement par la main et l'entraîna derrière elle.

— Me direz-vous... ? fit Saba en hésitant à la suivre.

— Plus tard. Pour le moment sauvons-nous.

Saba perçut la sincérité de ces paroles et la peur maîtrisée qu'elles trahissaient. Elle accompagna Nour Al-Houda.

Au moment de sortir du patio, la Circassienne déplia un grand voile bleu qu'elle portait à la main, en couvrit le visage et tout le haut du corps de Saba puis ouvrit la porte qui donnait sur l'extérieur. Un cadavre gisait à terre sur le seuil, baignant dans son sang. Saba reconnut un des acolytes de Yahia Beg qui l'avaient capturée et qui se relayaient à sa garde. Le couteau de Nour Al-Houda ! C'était cela ! Elles échangèrent un bref regard et la danseuse, nullement gênée, arrangea les plis de son voile pour y dissimuler la sanglante dague qu'elle tenait toujours dans sa main droite.

— Ne perdons pas de temps, dit-elle à voix basse.

Elles étaient dans une cour plantée d'orangers nains au tronc lisse et droit, sans le moindre recoin pour se dissimuler. Heureusement, elle était vide. Elles la traversèrent d'un pas rapide mais sans montrer de précipitation. Par une grille entrouverte, elles atteignirent le grand jardin du harem, touffu à cette saison ; elles suivirent une allée de figuiers, à l'ombre de leurs larges feuilles opaques. Malgré l'excitation de la fuite, Saba entendait toujours, de l'autre côté des murs, par-delà des cours et des jardins invisibles, de sourds éclats de voix et des grondements.

Un groupe d'eunuques sur lequel elles tombèrent par hasard au moment de sortir de cet enclos était absorbé par une discussion fort animée. Il ne prêtèrent aucune attention aux fugitives. Elles passèrent dans une galerie obscure, couverte d'une voûte en ogive où étaient les offices des soldats et du capitaine du harem. Elles ne virent ni les uns ni l'autre. À l'extrémité de ce boyau, elles retrouvèrent les communs du palais, où déambulait d'ordinaire tout une foule de fournisseurs, de servantes et de visiteurs. Elles n'y croisèrent presque personne sinon des gardes apeurés qui couraient sans but et sans ordre. Enfin, elles furent à la grande grille du palais qui ouvre sur le Char Begh. Nour Al-Houda serra un peu plus fort la main de la jeune fille et celle-ci comprit qu'un dernier obstacle avait surgi.

Les grilles étaient fermées. Un rang de gardes les protégeait. De l'autre côté s'écoulait une foule qu'on voyait mal mais dont on entendait maintenant les cris et les menaces. Des tombereaux, des carrioles pleines de simples gens en colère grondaient sur les dalles de pierre de l'avenue. Sans doute Nour Al-Houda n'avait-elle pas rencontré en arrivant les grilles fermées car elle parut très surprise. Elle approcha d'un soldat et lui demanda à sortir. Il secoua la tête et lui montra la foule. Elle en interrogea un autre et obtint la même réponse. Supplier ne servait à rien ; le palais était bouclé, on ne passait pas. Telle était la consigne. Nour Al-Houda cherchait des yeux un officier. La ville n'en comptait plus guère depuis le massacre de l'armée. Des hommes du rang les avaient remplacés tant bien que mal et sans porter d'uniforme particulier. La jeune femme avisa un soldat de petite taille pourvu d'une énorme moustache noire et qui criait des ordres, le menton levé. Les autres semblaient lui obéir. Elle alla jusqu'à lui, tenant toujours Saba par la main. L'homme était plein de sa minuscule importance. Il écouta cette femme avec dédain : elle expliqua que son amie était fort malade. Il la regarda du coin de l'œil, ne parut pas la juger à l'agonie et secoua la tête. La foule s'écoulait toujours en hurlant. Nour Al-Houda haussa elle-même le ton, puis supplia. Il s'agissait d'une affaire de femme, disait-elle, un accident qui se déroulait sous le voile de son amie et qui était une question de vie ou de mort. Alors, faisant discrètement passer le poignard qu'elle dissimulait de la main droite à la main gauche, elle approcha de Saba, fit mine de glisser la main sous le vêtement de la jeune fille et la brandit, sanglante, sous la moustache du caporal.

Tous les sangs ne se valent pas. Celui des hommes fascine les autres hommes, fait tout l'attrait du combat et ruisselle fièrement sur le bras des vainqueurs. Les sangs de femmes, tirés de leur chair par de mystérieuses luttes auxquelles les dieux prennent sans doute une part, exercent sur les hommes, et tout particulièrement dans cette Perse musulmane, une indicible répulsion, faite moins de dégoût que de peur sacrée. Ce sang-là, toujours caché, produit lorsqu'il paraît au grand jour autant d'effet que les cataclysmes auxquels, par l'intercession de la lune qui gouverne les marées et les éclipses, il semble d'ailleurs apparenté. Le petit officier recula de deux pas à la vue de cette onction rutilante. Surmontant sa frayeur, il brailla un ordre et les deux femmes, dignement mais à toute vitesse, franchirent la grille entrouverte et se mêlèrent à la foule.

CHAPITRE 42

Jean-Baptiste et Alix, Juremi et George, tous les quatre assis, les jambes ballantes, sur les remparts de Julfa conquise, regardaient le ciel pur avec des mines lugubres. Dans le faubourg arménien, on entendait des bruits de ripaille, quelques rires, des cris. Moins de bruit, en vérité, que n'aurait pu en susciter une complète victoire. Mais voilà : la victoire en effet était loin d'être complète. La chute de Julfa n'avait pas été, comme les Afghans l'avaient pensé, la chute d'Ispahan. Cette ville sans armée, forcée en un de ses faubourgs, aurait dû se livrer tout entière aux assaillants. Or en apprenant l'ouverture des remparts du quartier arménien, quelque chose d'extraordinaire s'était produit. Toute la population, dans les quartiers de la ville situés de l'autre côté du fleuve, s'était armée de couteaux, de masses, de tessons, de pioches et avait dévalé vers le Char Begh. Une foule immense s'était assemblée au débouché du pont de trente-trois arches qui joignait Julfa à la ville proprement dite. Les Afghans, en arrivant sur ce pont, l'avaient trouvé en flammes, encombré de poutres et de murs de boutiques effondrés. Des milliers de projectiles lancés par des femmes, des enfants, de simples civils avaient désarçonné les fiers Afghans qui s'étaient crus vainqueurs et se retrouvaient par centaines frappés à mort, emportés par le courant du Zainderood. Trois charges menées par Mahmoud lui-même n'avaient pu venir à bout de cette résistance. Le pont n'offrait aucune possibilité de manœuvre : c'était un défilé mortel pour les cavaliers et, de l'autre côté, la foule grossissait toujours. Au soir, le roi de Candahar avait finalement donné l'ordre d'établir le cantonnement à Julfa. Il avait interdit les pillages qui avaient déjà commencé mais ne prirent pas trop d'ampleur. Lui-même s'installa dans le palais du patriarche, qu'il ordonna de jeter dehors.

Alix et Jean-Baptiste étaient passés en un même jour de la plus grande exaltation à un désespoir horrible. L'audace de George ouvrant une brèche dans la ville leur avait fait croire Saba sauvée. Et maintenant la troisième lune était venue. Ils passèrent cette interminable nuit sur un toit en terrasse, tout en haut du faubourg, à scruter le reste inaccessible de la ville. Ils guettaient la moindre lueur, le moindre bruit, comme si, pour déclencher vraiment la souffrance, il leur eût fallu un signal concret, un cri, des feux, une bousculade capables de donner à la mort de Saba un début de réalité. Ils parlèrent d'elle toute la nuit et, en emplissant le vide de sa présence, il leur semblait protéger sa vie, faire autour d'elle un rempart de leurs corps penchés et murmurants. La troisième lune monta dans le ciel, parcourut son orbite, disparut dans une aube limpide où les étoiles continuaient de briller. Rien ne s'était passé. La nuit avait été parfaitement calme, du côté de la ville. George, peu avant l'aube, s'était décidé à livrer, d'une voix sourde, son pesant secret. Cette longue pudeur d'enfant, conclue par un drame, était bien digne de compassion. Il fallut cette confidence pour faire venir des larmes à tous les veilleurs.

Mais quand le jour fut tout à fait là, quand une agitation de troupes et de foule eut repris la ville et son faubourg ennemi, l'idée même que Saba fût morte leur parut à tous impossible et presque absurde. Les événements exceptionnels qui avaient mis la ville en convulsion le jour précédent devaient avoir bouleversé les plans criminels du roi et de ses mages.

Une étrange confiance revint, à laquelle Juremi administra un vigoureux baptême en s'écriant : « Elle vit, sacrebleu ! il ne peut en être autrement. » Et dans le même temps, il dressait un poing menaçant vers celui qu'il tenait à l'œil, là-haut, dans ses cieux éternels et qu'il ne manquait jamais de rappeler à ses devoirs.

L'abattement ne servait à rien, la douleur était prématurée, peut-être inutile et rendue presque impossible par l'incertitude des événements. Il fallait agir, se multiplier auprès des troupes, dans le faubourg conquis, interroger tous ceux qui pourraient savoir quelque chose. Malgré leurs efforts, ce second jour ne leur apporta guère de nouveauté. La seule certitude était que, du côté d'Ispahan, la populace s'organisait pour tenir fermement le pont. L'initiative ne semblait pas venir du roi et de ce qu'il restait d'État. Des volontaires s'étaient spontanément improvisés officiers pour encadrer la milice hétéroclite qu'une énergie inattendue avait cabrée contre les assaillants. Cette plèbe était, paraissait-il, commandée par un certain Achmet. Il criait aux avant-postes afghans des déclarations comminatoires exigeant la liberté, la levée du siège et affirmant que la population se battrait jusqu'à la mort.

Cette rébellion spontanée du peuple fut interprétée par Jean-Baptiste comme un signe de bon augure : le roi était débordé, son autorité abattue et les projets de ses mages certainement ruinés. Rien pourtant ne put être entendu qui se rapportât directement à Saba. Parmi toutes les rumeurs qui couraient dans le faubourg, aucune ne concernait la vierge rouge.

Juremi décréta que c'était bon signe. Malgré le chagrin et l'angoisse qui gagnaient les autres, aucun ne voulait donner le signal du désespoir. La seconde nuit fut pleine de propos aimables, d'une gaieté forcée. La fatigue et la difficulté de jouer longtemps cette comédie les firent sombrer dans un sommeil où ils pourraient s'avouer à eux-mêmes tous leurs désespoirs et toutes leurs craintes.

Juremi et George retournèrent auprès de leur cornac pour soigner les éléphants, désormais inutiles, qui se nourrissaient toute la journée d'aubépines sous les murailles de Julfa, près de la brèche qu'avait creusée Garou. Mahmoud convoqua Alix avec tous les officiers et les représentants étrangers qui servaient sa cour pour leur exposer la suite des opérations.

Il s'efforça de présenter les choses sous le jour le plus favorable. En premier lieu, il se félicita du courage de ses troupes et annonça qu'en remerciement de leur vaillance il affranchirait les esclaves francs qui gardaient les éléphants, à l'exception bien sûr de celui qu'il avait offert à Alix et qu'il tenait à voir rester auprès d'elle. Ensuite, le monarque mentionna comme une péripétie la résistance de la populace sur le pont du Char Begh. Il insista plutôt sur l'existence d'un second pont, un aqueduc en vérité, qui reliait Julfa non à Ispahan mais à la campagne qui l'entourait et servait à l'irrigation des jardins. D'ores et déjà, des contingents de cavaliers afghans l'avaient franchi, suppléant par ce moyen l'absence de gué et l'échec des éléphants à servir de bac. Plusieurs milliers d'hommes s'engageaient donc dans la campagne environnante avec ordre d'y semer la destruction, de ruiner les vergers et les jardins, de brûler les villages et de se saisir de tous les convois destinés au ravitaillement de la capitale.

La foule pouvait piailler sur son pauvre pont ; d'ici peu elle ne crierait plus que famine. On verrait combien de temps Hussein résisterait à ce régime.

Alix revint près de Jean-Baptiste, porteuse de ces sombres nouvelles. Au début de l'après-midi, les ordres du roi prirent leur effet : George, Juremi et Bibitchev arrivèrent libérés de leurs chaînes dont on ne voyait plus que la trace calleuse au-dessous de leurs chevilles. Le Bulgare avait disparu en leur souhaitant bon vent. Jean-Baptiste, dont le sort avait d'abord paru plus favorable, était désormais le dernier captif de la troupe. Mais ces désagréments n'étaient rien en comparaison de ce qu'allaient endurer les malheureux que le siège avait enfermés dans la ville : Françoise, le père d'Alix peut-être. Et Saba, qui n'aurait échappé à l'immolation, comme ils s'efforçaient toujours de le croire, que pour tomber dans les affres de la famine et des épidémies.

Les affranchis s'installèrent dans une boutique de ferblantier qu'ils trouvèrent ouverte et pillée. Ils s'en firent un abri commode, au milieu des arrosoirs en laiton et de tout un bric-à-brac de seaux, de louches et de pelles à poussière dont la soldatesque n'avait pas voulu.

Alix et son serviteur particulier étaient installés dans une aile du palais que Mahmoud avait improvisé à Julfa. Ils venaient chaque matin chez le ferblantier pour tenir un lugubre conseil de guerre. Après la bousculade et les angoisses de ces derniers jours, la nouvelle tactique du siège ne fournissait plus de nouveauté et ne réservait pas de surprise. Les Afghans serraient patiemment le nœud coulant autour de la ville. La population attendait. Les réserves diminuaient lentement. L'inaction rendait Jean-Baptiste et ses compagnons amers et sombres. Alix, pour briser cette douloureuse torpeur, proposa d'aller voir le patriarche Nersès, pour obtenir des nouvelles de son père. Cette idée apporta un peu d'animation. Ils se mirent en route à la fin de l'après-midi dans le dédale des ruelles du faubourg et atteignirent la petite porte derrière laquelle le vieillard se dissimulait quand les choses tournaient mal. Il vint se coller lui-même derrière son judas lorsqu'il entendit frapper.

— Poncet ? s'écria-t-il en ricanant. À qui voulez-vous faire avaler ce mensonge ? Passez votre chemin, brigand. Croyez-vous que j'ai oublié la mort de cet apothicaire ?

Jean-Baptiste insista et donna des preuves si convaincantes de son identité que le vieillard finit par ouvrir.

— C'est bien vous ! dit le patriarche les yeux écarquillés.

Puis, regardant Jean-Baptiste de haut en bas et en voyant la grosse chaîne qui lui liait les jambes, il ajouta :

— Misère ! Mon pauvre ami !

— Vous reconnaissez ma femme, dit Jean-Baptiste un peu gêné, en désignant Alix à ses côtés vêtue de l'uniforme afghan, une longue cravache à la ceinture.

— Grand Dieu ! gémit le patriarche. Quelle époque ! Enfin, chacun ses goûts. Entrez donc.

Ils le suivirent, accompagnés de George et de Juremi. Bibitchev était resté garder la boutique. À peine installé, Jean-Baptiste fit à Nersès un résumé de ce qui s'était passé, pour expliquer son accoutrement et celui de sa compagne, et présenter George et Juremi. Puis il lui demanda s'il avait entendu quoi que ce fût à propos d'une vierge rouge qu'on aurait livrée dans la ville à la folle superstition des mages. Le patriarche avait bien connaissance de cette affaire car il avait suivi, en s'en affligeant, la ridicule conversion du roi aux délires zoroastriques de Yahia Beg. Quant à l'exécution de cette malheureuse, il en ignorait tout. Les visiteurs se regardèrent silencieusement en s'efforçant de mettre dans leurs yeux le plus du pauvre espoir qui leur restait.

Alix prit alors la parole, remercia le patriarche pour l'aide qu'il lui avait apportée dans sa fuite. Sans mentionner le nom de son père, elle demanda à Nersès s'il était parvenu à faire s'enfuir de la ville le messager du cardinal Alberoni.

— Hélas, Madame, nous le lui avons proposé. Il n'a rien voulu savoir. Il est toujours détenu par le nazir et nourrit l'espoir absurde et d'ailleurs inutile de rencontrer le roi.

— Lequel ?

— Hussein, qui n'en a plus pour bien longtemps. Tout ce que nous avons pu faire, c'est porter de sa part une clef à un homme qui l'attendait à Kachan.

Ni Alix ni Jean-Baptiste, en entendant la description de ce commissionnaire, ne comprirent de qui il pouvait s'agir.

— Donc, mon pauvre père est encore dans la ville à l'heure qu'il est ! gémit Alix.

— Votre père ! s'écria Nersès. Cet homme serait votre père ?

— Je veux dire le père de mon amie, rectifia Alix, qui préférait ne pas avoir à donner d'autres explications.

— Oui, fit Nersès. Aux dernières nouvelles, ce malheureux était toujours chez le nazir hier après-midi et en bonne santé.

— Hier après-midi ? Vous recevez donc des nouvelles de la ville malgré le siège ? s'étonna Jean-Baptiste.

— Notre malheur est extrême, avoua le patriarche modestement avec un début de sourire. Toutefois nous ne sommes pas tout à fait privés de consolation : ces musulmans se détestent tout à fait, les Afghans sont farouchement sunnites et ceux-ci croient par Ali et les imams. Si bien que les chrétiens sont pour l'un et l'autre camp un moindre mal. Ils ne se donnent aucune merci entre eux mais acceptent pour nous autres Arméniens une trêve de Dieu.

— En quoi consiste-t-elle ?

— Eh bien, nous pouvons faire passer à pied chaque jour un messager sur le pont du Char Begh. Achmet, cet ancien eunuque, si tant est qu'on puisse jamais renoncer à cet état, laisse entrer et sortir ce courrier et Mahmoud fait de même. La condition est qu'il soit fouillé et n'emporte rien sur lui. Il part le matin et rentre ici le soir.

— Mais à quoi sert-il ? demanda Alix.

— Des ennemis ont toujours besoin d'un canal pour échanger des messages. Ils préservent entre eux ce lien ténu. Quant à moi, cet expédient me permet de ne pas abandonner nos frères.

Cette nouvelle plongea toute l'assistance dans une silencieuse méditation. Si Nersès disposait d'informations venues directement de l'autre côté, cela n'en donnait que plus de poids à ce qu'il avait dit concernant Saba. Par l'intermédiaire du patriarche, il serait possible de poursuivre les recherches de façon efficace. Jean-Baptiste se mit à réfléchir au moyen d'exploiter ces nouvelles possibilités. Comme le silence se prolongeait, Nersès parut tenté un instant de commander du thé. Mais en faisant le compte de toutes les personnes présentes, il préféra attendre leur départ pour se désaltérer.

— Monseigneur, n'y a-t-il personne, demanda soudain Juremi, qui était assis un peu en retrait, que vous souhaiteriez faire sortir de la ville ?

— Hélas oui ! fit le patriarche. Savez-vous que mon propre fils s'était rendu là-bas le jour de ces événements tragiques et qu'il est maintenant retenu parmi les assiégés ?

— Ne pouvez-vous le faire sortir par cette fameuse trêve de Dieu ? demanda Alix.

— Vous pensez bien que c'était mon intention. Mais non ! Le messager que j'envoie chaque jour doit venir d'abord d'ici. Ils sont sûrs ainsi qu'il ressortira et que ce moyen ne sera pas utilisé pour faire fuir quelqu'un. Si je veux revoir mon fils, il faut que je livre à la mort un de nos frères qui sont ici, opprimés peut-être, mais bien nourris et libres de leurs mouvements. Personne, vous l'imaginez, n'a envie d'échanger cette condition contre la certitude de mourir de faim.

— Et si quelqu'un en avait envie ? dit Juremi.

— Oh ! cela ne sera pas. Mais si c'était le cas je l'enverrais, bien sûr, dès demain matin.

— Eh bien, Monseigneur, annonça le protestant en regardant Nersès droit dans les yeux, envoyez-moi donc et votre fils sera chez vous dans une journée.

— Toi, Juremi ! s'écrièrent ensemble ses compagnons.

Le géant se dressa de toute sa masse et les regarda avec gravité :

— Sacrebleu ! Oui, moi, moi, vieille carcasse qui ne craint plus ni la vie ni la mort, moi que vous êtes allés chercher au bout du monde. Croyez-vous que je laisserais Françoise souffrir à deux pas d'ici, sans prendre ma place auprès d'elle ?

— Mais, Juremi, murmura Jean-Baptiste, c'est à la mort que tu vas...

— Nous y allons tous et si je vous précède, faites-moi confiance, je vous y attendrai. Adieu, mes amis. Votre parole, Monseigneur ?

— Mais... pour l'amour de mon cher fils... Ah ! Ce choix est affreux mais je ne puis en faire d'autre. Et c'est vous-même qui me le proposez. Eh bien, d'accord ! Je vous accompagnerai moi-même demain matin à l'entrée du pont.

Ils rentrèrent sans dire un mot. Le protestant marchait à grands pas, un peu en avant du groupe, pour éviter les questions.

Bibitchev les accueillit avec un pâle sourire. Il était tout fier d'avoir vendu deux gamelles et un réchaud. Le ferblantier avait eu tort de s'enfuir : les affaires reprenaient. Personne ne prêta attention à lui. Vexé, il se rassit derrière le comptoir, saisit le cahier qu'il avait découvert dans un tiroir et continua, de la belle écriture cyrillique qui avait fait son succès jadis à l'école de police, à noircir des pages et des pages avec les dépêches qu'il avait classées dans sa tête tout au long du voyage.

La soirée se passa en soupirs et en gémissements. Alix tressa autour de la tête de Juremi la couronne de cheveux à l'arménienne qu'arborait Jean-Baptiste lorsqu'il s'était enfui de la ville. Le lendemain matin, ils retrouvèrent le patriarche tout en contrebas de Julfa et accompagnèrent le vieux protestant jusqu'au pont. Tous avaient les larmes aux yeux, sauf Juremi, qui regardait droit devant lui.

Le passage du pont était un moment délicat. Les deux troupes qui se faisaient face guettaient la moindre provocation. Le messager fut fouillé au départ par un Afghan et à l'arrivée par Achmet lui-même. Il passa ces examens sans incident et se retrouva libre dans la ville encerclée.

Juremi n'était jamais venu à Ispahan. Il se dirigea d'abord vers les bazars, dans les environs du mausolée de Haroun Velayat, pour y rencontrer le fils de Nersès et lui dire de le remplacer, à la tombée de la nuit, en sens inverse. Le patriarche et Jean-Baptiste avaient mentionné quantité d'arbres remarquables, de belles maisons, de fontaines pour que le protestant pût se repérer dans la ville. Au lieu de cela, il ne vit que des troncs coupés à ras de terre, des façades criblées de projectiles, des fontaines cachées par des attroupements d'hommes et de bêtes qui venaient y recueillir les dernières larmes d'eau potable. Le Char Begh était dévasté. Les grands arbres avaient servi de madriers pour les barricades, leurs branches alimentaient les fourneaux des maisons. Les plates-bandes étaient piétinées ou cultivées en potager en prévision de la complète famine qui ne tarderait plus. Son message porté, Juremi descendit jusqu'à la maison d'Alix et de Jean-Baptiste. Son jardin était encore épargné, sans doute à cause du vieux concierge qui montait la garde derrière la grille. Le protestant se fit connaître. On lui ouvrit. La cuisinière, bouleversée, lui dit que Françoise était très faible et qu'elle dormait. Il insista pour entrer et la contempla d'abord longuement, en silence, dans la pénombre. La lumière est un des instruments dont dispose le temps pour nous infliger ses douceurs et ses supplices. Françoise, en plein jour, eût sans doute révélé ses rides, son épuisement, sa faim. Cette obscurité bleutée la protégeait de ces outrages et, aux yeux pleins d'amour de Juremi, la ramenait au temps de leur rencontre et du bonheur.

Il étendit sa grosse main sur le front de son amie. Elle ouvrit les yeux et ils entrèrent l'un et l'autre dans le même rêve.

CHAPITRE 43

L'eunuque Achmet avait installé sa petite famille tout en haut d'une maison située dans la plus ancienne partie de la ville. Construite en pans de bois sur trois étages, la bicoque en portait deux autres sur les épaules depuis le siècle précédent. Elle penchait dangereusement au-dessus des ruelles alentour. Ses habitants s'y étaient habitués et avaient même poussé l'audace jusqu'à coiffer sa terrasse d'un appentis, auquel des auvents de bois ajoutaient encore un peu de volume. Dans cette cabane entre ciel et terre, les jours de grand vent tout claquait, vibrait et tanguait comme sur le pont d'un navire. L'avantage du lieu, par ailleurs exigu et mal étanche, était qu'aux premiers beaux jours les enfants pouvaient s'égayer sur la grande terrasse entre les voiles tendues des draps mis à sécher. Enfin, fait appréciable, par temps d'émeute, on pouvait embrasser toute la ville d'un coup d'œil, du palais royal jusqu'à la colline de Julfa. La mosquée de l'imam et celle de Chah Lotfollah surprenaient l'œil en lui offrant, tout proche, les monstrueux bombements de leurs dômes de faïence vert émeraude.

Nour Al-Houda avait emmené Saba dans ce repère dès leur sortie du palais royal. La jeune fille y était accommodée sur une paillasse, dans le coin des enfants. Les trois petits garçons d'Achmet, turbulents, breneux, mais fort tendres, étaient tout heureux de jouer avec cette étrangère rousse, plus tout à fait enfant et qui pourtant riait volontiers avec eux. Leur mère n'avait guère de temps à leur consacrer. La femme de l'eunuque, petite et fort discrète, avait un visage triste et modeste qui montrait combien, dans tous les domaines, elle était habituée à se contenter de peu.

Nour Al-Houda et Achmet couraient toute la journée dans les rues, chacun de son côté, occupés à favoriser la résistance de la population. Ils rentraient le soir accompagnés de groupes pittoresques auxquels la Circassienne commandait de donner asile. La terrasse s'organisait pour une longue nuit de veille. On allumait des braseros avec les bois parfumés des vergers ; des chanteurs, des conteurs, des danseurs se relayaient pour faire oublier à l'assistance le peu qu'il y avait à manger et à boire. Ce peu était chaque jour moindre que la veille. Tant pis ! Il restait le rêve, pour se nourrir. Les grandes épopées poétiques des Masnavi faisaient mastiquer pendant des heures les péripéties héroïques d'Alexandre le Grand ou les amours impossibles des rois sassanides. Les bouches mâchonnaient les rondes paroles des poèmes mystiques de Saadi ; les corps oubliaient la fatigue en s'épuisant à danser ou à frapper dans les mains. De toute la ville montaient les mêmes bruits de récitation, de chanson ou de rires. Saba, qui avait été trop longtemps seule, était tout enivrée de ces voluptés de condamnés, si près du danger et de la mort que toute crainte les avait abandonnés.

Nour Al-Houda attendit deux jours pour l'approcher. Un soir enfin, elle s'assit à ses côtés, lui demanda des nouvelles de sa santé, lui parla de la nuit, des danses, d'autres futilités. La jeune fille l'écouta d'un air impénétrable puis tout à coup se redressa et intervint :

— J'ai deux choses importantes à vous dire, fit-elle.

Nour Al-Houda continuait de taper dans ses mains en cadence pour accompagner un joueur de cithare.

— D'abord, dit Saba gravement, je vous demande pardon car je vous avais fort mal jugée.

— Ensuite ? interrogea Nour Al-Houda, toujours ravie par la musique.

— Ensuite, je vous remercie de m'avoir sauvé la vie.

Le joueur termina son morceau. Tout le monde applaudit, des youyous fusaient.

— Eh bien, ce sont des choses dites, voilà, conclut la Circassienne sans cesser de sourire. Laissez-moi vous en avouer deux autres à mon tour et nous serons quittes. J'aime votre mère, Saba. Elle est ma plus chère amie quoi qu'elle ait pu dire, faire ou penser. C'est au nom de cette amitié que je suis venue vous chercher.

Le joueur de cithare avait tenu un instant suspendus ses quatre petits maillets. Il débutait maintenant une nouvelle mélodie. C'était un vieux refrain venu de l'Inde. Nour Al-Houda le fredonna quand elle l'eut reconnu.

— L'autre chose, reprit-elle, est toute simple et peu glorieuse. C'est le nazir qui vous a dénoncée. Sachez-le et oubliez-le. Occupez-vous désormais de choses sérieuses : chantez et dansez avec nous.

Toute l'assistance entonnait maintenant l'air joué par le musicien et couvrait de douces voix humaines les sons piquants de l'instrument. Nour Al-Houda articulait ostensiblement pour que Saba pût suivre les paroles sur ses lèvres. Au retour du refrain, la jeune rousse chanta d'abord doucement puis plus fort et bientôt elle riait avec tout le monde.

Sans entamer cette bonne humeur, les jours suivants apportèrent chacun une mauvaise nouvelle. Les convois de vivres qu'on attendait étaient pillés par les Afghans les uns après les autres, même ceux qui essayaient de se faufiler la nuit. Ensuite Mahmoud, pour terroriser la population, ordonna des tirs de couleuvrine à partir de Julfa. Heureusement, ces engins étaient vétustes, mangés par le sel qui s'y était infiltré pendant la traversée des déserts. L'un d'eux explosa au moment de sa mise à feu et perça comme une outre le chameau qui le portait. La pauvre bête fut la seule victime de ces démonstrations d'artillerie et le roi de Candahar jugea prudent d'y renoncer.

Ispahan, ville commerçante, lieu de passage et d'échange, n'avait que peu de réserves. Le rationnement les avait épargnées. Elles furent pourtant vite épuisées. La faim gagna. Elle procure une ivresse qui vaut celle des meilleurs vins, quoiqu'elle soit obtenue par des moyens moins agréables : les soirées redoublaient de gaieté. Mais on sentait les danseurs éprouvés. Il arrivait qu'un musicien perdît connaissance. Les enfants criaient parfois tout crûment : « J'ai faim » et le voile de l'allégresse se déchirait.

Un matin, Nour Al-Houda et Achmet tinrent conseil sur la terrasse. Saba s'approcha d'eux. Ils ne lui demandèrent pas de s'éloigner. Elle suivit leurs propos.

— Il faut agir aujourd'hui même, disait Nour Al-Houda. Nous avons résisté : ces chiens d'Afghans ne se sont pas lassés pour autant. Il est clair qu'ils ne renonceront pas à nous faire tous périr. Je ne sais pas ce que nous attendions de miraculeux mais il ne s'est pas produit et il ne se produira pas.

— Agir ? répéta l'eunuque, mais c'est au roi de le faire, avec ce qu'il lui reste de troupes.

Achmet, jusqu'à la disgrâce de son maître le Premier ministre, avait été un serviteur loyal quoiqu'il dût dissimuler une partie de son existence. Les événements avaient voulu qu'il fût jeté à la rue et contraint d'y survivre. Au fond de lui, il restait fidèle à son roi et continuait de lui témoigner sa confiance malgré tout.

— Le roi ! s'écria Nour. L'as-tu vu, ce pauvre Hussein ? D'ailleurs, existe-t-il encore ? Yahia Beg fait la loi à sa place. Et ce charlatan nous laissera tous crever jusqu'au dernier pourvu qu'il conserve son pouvoir. Non, non, je te l'affirme, Achmet, c'est à nous seuls d'agir pendant que nous tenons encore debout.

460

— Que voulez-vous faire de plus contre toute une armée ?

Nour Al-Houda saisit le bras de l'eunuque et se colla contre lui pour lui parler d'une traite, sans même reprendre sa respiration.

— Prendre Julfa, Achmet, j'y pense depuis trois jours et trois nuits, m'entends-tu ? Ce sont des ruelles pavées, étroites et glissantes. Leur cavalerie n'y a pas de supériorité, au contraire. Franchissons ce pont, surprenons-les, jetons-nous par milliers dans le faubourg, tuons tout ce que nous pouvons, faisons fuir le reste. Demain, ce ne sera plus le pont que tu garderas, mais la brèche qu'ils ont faite dans les remparts et qui n'est pas plus large.

Elle haletait. Mais l'homme n'était pas encore convaincu.

— Nous prenons Julfa, à supposer que ce soit possible, objecta-t-il. Et alors ?

— Alors, le quartier est plein de vivres.

— Trois jours de répit.

— Dix. Mais je compte plutôt sur les prisonniers.

— Les prisonniers ?

— Mahmoud s'y est installé, l'oublies-tu ? Si nous agissons assez vite, il sera entre nos mains. Et si ce n'est pas lui, ce seront des officiers, des parents peut-être. Tout cela s'échange, se vend.

— Se venge, plutôt, dit lugubrement Achmet.

Saba n'osait pas intervenir. Elle se sentait pourtant de toute son âme du côté de la Circassienne. Ce n'était pas le débat de deux consciences mais l'affrontement, simple et terrible, de la vie et de la mort, de la résignation et de la volonté.

— Je le veux, Achmet, dit soudain Nour Al-Houda en relâchant le bras de l'eunuque et en le regardant bien droit dans les yeux.

Saba observa cette audace avec épouvante. Cet homme n'allait-il pas se vexer mortellement ?

Au contraire, cette dernière parole, plus que tout essai de persuasion, rappela le serviteur à sa soumission. Tout en l'in-

461

quiétant sur les fins, elle le rassura sur les moyens. Il ne devait pas décider mais obéir. Saba comprit que l'étrange hiérarchie du harem avait survécu à sa dispersion.

Une heure plus tard, Achmet et Nour Al-Houda étaient en route pour soulever la foule. La vierge rouge avait obtenu de les accompagner, à la condition qu'elle resterait dissimulée par un voile car les mages la recherchaient toujours.

Le peuple, comme chaque matin, se rassemblait sur la place royale, pour guetter les rumeurs et, espérait-il, les proclamations. Des groupes de volontaires, le cafetan souillé, car ils avaient passé la nuit enroulés dans ses plis, remontaient du Char Begh et laissaient place à une relève hétéroclite. De grands vieillards au large turban, la barbe peignée, marchaient aux côtés de gamins à peine pubères qui prenaient un air méchant dans l'intention de paraître virils. Tout était bon pour faire une arme : un bout de corde servait de fronde ; un piquet, de hallebarde. Le plus simple était encore un bon gros caillou tranchant que l'on soupesait à pleine paume.

Nour Al-Houda jouait des coudes au milieu des groupes qui discutaient. Achmet et Saba la suivaient. Arrivée au bout de la place, du côté des bazars, elle entra avec eux dans une maison dont la lourde porte était entrouverte. C'était un des bâtiments des domaines royaux, évacués de ses bénéficiaires depuis les purges opérées par Yahia Beg. Un affidé du nazir, vieux soldat à moitié sourd, était assis sous la voûte. Nour Al-Houda avait dû observer les lieux ; sans un regard pour le gardien, qui n'avait d'ailleurs pas l'intention de bouger, elle se dirigea droit vers un escalier, et grimpa au premier étage. Une grande pièce aux murs nus ouvrait sur la façade par un balcon en avancée, clos par des volets de cèdre ajourés. Elle les poussa. Ils résistèrent. Elle insista. Ils s'ouvrirent en claquant violemment. Ce bruit qui se répercuta en écho sur toute la place établit immédiatement le silence dans les conversations. Toutes les têtes se tournèrent vers le moucharabieh.

— À toi, maintenant, dit Nour Al-Houda, en poussant Achmet vers la lumière.

La vue, de cette fenêtre, était impressionnante. De part et d'autre de la place, deux symboles monumentaux se faisaient face et, de ces piliers de la nation, il apparaissait clairement qu'un seul tenait encore bon.

Sur un côté, la Religion montait la garde sous la forme austère de la mosquée de l'imam avec son casque pointu, vert-de-gris. Les mailles serrées du vêtement de faïence protégeaient ses flancs et mille stalactites de pierres se dressaient autour de sa porte monumentale comme autant de poignards destinés à abattre l'infidèle. En face de ce puissant rappel des exigences martiales de la guerre sainte, la colonnade dite de la Haute Porte, qui servait d'entrée monumentale aux palais royaux et de tribune pour certaines cérémonies, paraissait d'autant plus vide et manifestait du haut de sa splendeur inutile l'écrasante absence de la royauté.

Nour Al-Houda n'avait pas peur. Elle aurait pu parler elle-même et tenait prêts dans son esprit les mots qui auraient frappé la foule. Pourtant, elle savait que seul un homme parviendrait à convaincre en un tel moment, un Persan de surcroît, qui parlerait à ces gens la langue de leur cœur. Achmet était le mieux à même de porter ce message. Depuis qu'il avait mené la défense du pont, l'eunuque était célébré comme un héros. On le voyait s'employer partout depuis le début du siège. Ses ordres étaient immédiatement exécutés. Cependant, il n'avait jamais encore prononcé la moindre déclaration publique.

Un grand silence se fit. Achmet s'avança, hésita un instant puis prit la parole. Dans son emploi passé, il ne s'était jamais exprimé qu'à voix basse en raison du protocole et pour garder les intonations d'un éviré. Cette fois, il força au contraire sa puissance et sa voix jaillit avec une gravité remarquable. Elle était un peu rauque, chaude, persuasive. Il employa les mots mêmes de Nour Al-Houda. Dans sa bouche, ils ne désignaient plus un projet mais une réalité, plus un rêve mais une prophétie. La foule s'épaississait. Le bruit courait dans les bazars qu'était enfin survenu ce que tous attendaient sans le pressentir ni même l'imaginer. L'attaque, voilà ce que proposait tout simplement Achmet ! La mort mais debout ! La vengeance portée au cœur de l'ennemi, dût-on périr pour l'administrer. Une immense ovation salua la fin de la proclamation. Chacun, sur la place, dressait son arme à bout de bras, criait son énergie et sa joie.

Achmet, suivi de Nour Al-Houda et de Saba, quitta le balcon et redescendit par le même chemin. Lorsqu'ils parurent à la porte cochère, la multitude les saisit tous les trois et les engloutit. L'eunuque dut agripper les deux femmes par les mains pour ne pas en être séparé. On les poussait, on les tirait. Ils parvinrent à grand-peine de l'autre côté de la place royale. Des hommes et des femmes continuaient d'affluer de toutes parts vers ce point de ralliement. Personne ne voulait manquer l'assaut. Certains chancelaient de faim ; les visages étaient hâves ; les traits, creusés par les privations et la veille. Pourtant, on voyait que les dernières énergies avaient été épargnées en vue de ce moment désiré. Ceux-là mêmes qui refusaient la mort dans l'ombre étaient prêts à l'accueillir sans broncher dans la pleine lumière de cette matinée de sang.

Achmet et ses compagnes, toujours ballottés par la foule, purent enfin prendre la direction du Char Begh. À son entrée, la bousculade se calma un peu, car la masse pouvait se disperser dans l'espace moins contraint des jardins. Mais pour atteindre le pont, il fallut de nouveau lutter. Les miliciens qui gardaient l'ouvrage ne comprenaient pas ce qui arrivait. Ils refoulaient les insurgés. On entendait des cris, des bruits de bagarre. Au milieu de cette bousculade, un grand escogriffe, vaguement peigné comme un Arménien, jouait des coudes en hurlant dans des langues incompréhensibles. Ce pauvre égaré faisait en vain des signes pour expliquer qu'il voulait seulement traverser le Char Begh et rentrer chez lui. Il défendait un poulet décapité qu'il tenait par une aile et qui avait déjà perdu l'autre et une patte dans la bataille. Achmet et les deux femmes s'approchèrent de l'endroit où se débattait ce malheureux étranger. Fut-ce un acte délibéré, une maladresse ? Nul ne saurait le dire. En tout cas, à ce moment précis, un vieux Persan, qui avait sans doute perdu l'équilibre dans cette cohue, empoigna le voile de Saba et le tira. La chevelure rouge de la jeune fille apparut en plein soleil.

Si dense que soit une foule, il n'y a pas d'exemple qu'un grand danger ne puisse en un instant y dégager un cercle vide de stupeur ou d'effroi.

— La vierge rouge !

Un murmure, un grondement, un cri parcourut la multitude. Les Esfahunis avaient entendu depuis plusieurs semaines la prédication des mages et l'annonce du sacrifice de cette vierge rouge mais personne n'avait su ce qu'il était finalement advenu de la victime. À la vue des cheveux de Saba, l'instinct de la foule lui avait fait immédiatement reconnaître celle dont Yahia Beg lui avait promis la mort.

Nour Al-Houda, sans lâcher la main de la jeune fille, cherchait à comprendre quel état d'âme cette découverte donnait à la foule.

— La vierge rouge ! grondait toujours la multitude.

Était-ce de l'étonnement, de l'indignation, de la peur ? La Circassienne se dit que tous ces gens n'avaient sans doute pas encore décidé eux-mêmes ce qu'ils voulaient éprouver. Elle fit grimper Saba à côté d'elle sur une haute souche de platane et harangua la foule en restant légèrement en retrait derrière la jeune fille, dont les cheveux relâchés brillaient au soleil comme des cuivres.

— Oui, cria Nour Al-Houda. La vierge rouge, sacrifiée et revenue parmi nous pour nous guider. Sauvons-la ! Sauvons Ispahan ! Vive la vierge rouge !

— Vive la vierge rouge ! reprirent mille voix, et l'onde de ce cri remonta jusqu'à la ville haute.

Saba, pendant cette proclamation, tenait ses yeux baissés. Un espace était toujours laissé vide devant elle. Seul un homme avait osé s'y avancer. Il était à un pas d'elle. Elle le regarda. Sa coiffure était étrange, à la manière arménienne ; il avait un visage européen, creusé de rides, portait une barbe grise, épaisse et bouclée. Il tenait toujours au bout du bras son poulet désarticulé. La jeune fille voyait qu'il murmurait quelque chose. Il approcha encore.

— Saba ? cria-t-il plus fort.

— Oui, répondit-elle.

Il la fixa étrangement. Elle crut qu'il pleurait.

— Juremi, dit-il. Je suis Juremi.

Elle sauta à terre et se jeta dans ses bras. Il lui semblait l'avoir toujours connu. Juremi ! L'homme que son père était allé chercher au bout du monde et qu'elle n'avait jamais vu. Elle ne s'étonnait même pas qu'il fût devant elle. Tout était si extraordinaire pendant cette journée.

— Vive la vierge rouge ! continuait de crier Nour Al-Houda, désemparée, et qui ne savait rien décider d'autre que de maintenir à vif l'excitation de cette multitude pour un dernier sursaut.

— Que vont faire tous ces excités ? demanda Juremi. Il tenait Saba par les épaules au bout de ses grands bras et la regardait avec attendrissement.

— Mais, je ne sais pas... Prendre Julfa, je crois bien.

— Prendre Julfa ! s'écria-t-il. Folie ! Ton père et ta mère sont là-bas. Vous allez les massacrer d'abord et vous faire tuer ensuite. Les Afghans ont tendu des pièges partout. Les rues sont coupées de barricades. Ils vous arroseront de mort depuis les toits.

— Vive la vierge rouge ! reprenait toujours la foule, indécise et tourmentée.

— Mais, dit Saba en se retournant un instant vers Nour

466

Al-Houda et en regardant de nouveau Juremi, que pouvons-nous faire d'autre ? Nous mourons de faim et on dit que les Afghans nous tueront tous si la ville tombe.

— C'est elle qui croit cela ? dit Juremi en désignant la Circassienne.

Sans attendre la réponse de Saba, le protestant se précipita vers Nour Al-Houda, et lui enjoignit fermement de descendre de sa souche. Dès qu'elle fut près de lui, il fit traduire ces quelques mots, qu'il prononça sans quitter la bohémienne des yeux :

— Alix et Jean-Baptiste sont auprès de Mahmoud. Je prends l'engagement qu'il n'y aura aucun massacre dans cette ville si elle se rend. Ce n'est pas sur Julfa qu'il faut marcher, c'est sur le palais royal, pour que cette moitié de roi capitule tout à fait.

Nour Al-Houda réfléchit un instant. La fermeté de cet homme la troublait. Elle était elle-même si peu sûre de son projet qu'elle ne pouvait opposer aucun argument.

La foule, tout autour d'eux, grondait. La disparition de ses meneurs la laissait désemparée, flottante, capable de tout, déjà perdue peut-être pour l'action. Nour Al-Houda appela Achmet, lui dit deux mots à l'oreille. Il y eut entre eux une brève discussion puis l'eunuque remonta sur la souche. Il leva les bras, rétablit le silence dans le peuple assemblé et finalement s'écria :

— Allons chercher le roi !

Après un instant d'hésitation, la foule murmura de nouveau. Il répéta :

— Au roi, au roi. Au palais royal !

Le cri résonna, roula dans l'air, revint en écho, plus fort, immense, une clameur qui enflammait tout le Char Begh :

— Au palais royal ! Au palais royal !

*

467

— Elle vit. Elle est heureuse. Oh ! oui, je lui pardonne, mon Dieu, je lui pardonne.

Monsieur de Maillet, seul, dans le silence de sa luxueuse prison, répétait ces mots toute la journée. Il ne buvait plus, ne mangeait plus, ne dormait plus mais aucune de ces privations ne semblait l'atteindre. Il était seulement un peu plus sec et un peu plus livide, voilà tout.

— Elle est heureuse, répétait-il tendrement. Alix ! Tu es heureuse !

De temps en temps, un engourdissement le saisissait aux jambes et il déambulait un peu sur la pelouse. C'est ainsi qu'il vit la porte ouverte.

— Un peu d'air, tiens, quelle belle idée !

Il poussa la porte. Le garde que le nazir avait placé derrière n'était plus là. Sa chaise était vide.

— Il se promène, il a raison, le brave homme, marmonna le consul. Alix, ma chère enfant, comme j'ai plaisir à savoir que tu vis !

Le vieil homme continua d'avancer tout seul dans le dédale déserté du palais. Un bourdonnement lointain venait de la ville, au-delà des murs. Il poussa d'autres portes, admira des meubles précieux, un paravent de laque chinoise. Il souriait à tout ce qu'il voyait.

— Belle chose, vraiment ! Il faut que ce nazir ait confiance pour laisser tout cela à ma garde. Il a raison.

Une dernière grille menait à la rue. Le consul la franchit en saluant une jeune sentinelle apeurée qui n'osa pas le retenir. C'est ainsi qu'il parvint jusqu'à la grande avenue qui traverse les Quatre-Jardins. Le Char Begh ressemblait à une clairière de coupe dans un bois. Des grumes étaient à terre et des souches pointaient sur le sol. Au loin, on apercevait une bousculade de foule qui s'éloignait.

— Où va donc toute cette humanité ? disait monsieur de Maillet. Elle retourne probablement à la mer, d'où elle provient.

468

Un sourire rida les joues du vieillard. Il haussa les épaules puis se mit à marcher. Le seul chemin qu'il connaissait était celui de la légation de France. Il l'emprunta sans y penser, arriva bientôt devant le bâtiment.

— Pas de concierge ici non plus. Un désert, cette ville, décidément !

Il entra, traversa la cour, monta les marches du perron. La grande porte-fenêtre n'était pas fermée à clef. Il appuya sur la poignée et la fit pivoter.

— Quelle fraîcheur ! Tiens, on a ciré. Ah ! la bonne odeur !

Il regardait les portes, comme si une jeune fille, en robe d'été, dût y paraître.

— Où es-tu, murmurait-il, puisque tu es vivante ?

Le grand salon était vide, le bureau entrouvert. Il entra.

— Bonjour, Majesté, prononça-t-il respectueusement à l'adresse d'une ombre qu'il était seul à voir.

Les meubles, sous leurs housses blanches, comme des courtisans en pyjama, attendaient le coucher du monarque.

— Des courtisans en pyjama !

Il s'autorisa un petit rire. Dès qu'il eut repris son sérieux, il fit le tour du bureau, tira le fauteuil, s'assit et posa les avant-bras sur le cuir du plateau. Il n'avait ni faim, ni soif, ni sommeil. Seulement envie de penser à elle.

— Vraiment, ils ont eu bien raison de me laisser partir. Je suis mieux ici.

CHAPITRE 44

Hussein, roi de Perse, était inquiet. Il ne confiait à personne le soin d'aller tirer son vin chaque matin, dans une des trois barriques pleines de son cellier. Il opérait lui-même à la lueur d'une bougie et faisait ensuite un trait sur la perche de bois qui lui servait de jauge. Or, malgré ces précautions, le niveau du précieux liquide baissait vite. Se pouvait-il qu'il eût absorbé tout cela lui-même ? Il portait à sa consommation une attention pourtant vigilante, il aurait même pu dire cruelle...

L'évidence était là, néanmoins : il arrivait presque au bout de ses réserves. La disparition de la vierge rouge avait confirmé pour Hussein la gravité de ses pressentiments : les choses tournaient mal. Il avait fait pourtant son possible. Toutes les têtes à couper l'avaient été. Yahia Beg pouvait compter sur son soutien dans tout ce qu'il entreprenait de violent et de radical. Le soleil n'avait pas désormais d'adorateur plus fervent que son fils le roi de Perse. Cependant, le niveau baissait inexorablement dans les cuves.

Le souverain en était parvenu là de ses méditations lorsque le nazir se fit annoncer pour une audience exceptionnelle. Hussein était bien convaincu que ce fourbe de grand-surintendant cachait encore quelques tonneaux chez lui pour son usage personnel. Il s'était promis de s'en saisir le jour où viendrait la complète pénurie. En attendant, le nazir était encore utile puisqu'il veillait sur ses barriques. Cela lui valait de garder sa tête.

— Une poire pour la soif, en somme ! ironisa pour lui-même le roi.

— Majesté, s'écria le nazir, à peine parvenu au milieu de la pièce. La foule !

— Quoi encore, la foule ?

— Elle se déchaîne.

— Laisse-la faire, elle n'ira pas bien loin. Hé ! Hé !

— Un eunuque l'excite...

— Chacun ses goûts, ricana Hussein en se regardant les ongles.

— Tous les gardes de ma maison ont disparu, Majesté, ajouta le nazir, qui haletait d'angoisse. Les cuisiniers, les jardiniers, tout le monde s'est précipité derrière la troupe.

— Pour aller où ?

— Au Char Begh, d'abord. Il semblerait que ces va-nu-pieds veuillent attaquer Julfa.

— Bon courage ! Les Afghans s'occuperont d'eux.

Une rumeur parvint tout à coup du jardin. Un garde entra, tout tremblant, sans même se prosterner.

— Sire, Sire !

— Quoi encore ? s'écria Hussein avec humeur. Quelle journée, par les yeux d'Ali ! Où est donc Yahia Beg ? Il mettra de l'ordre dans tout cela.

Le nazir et le garde firent signe qu'ils l'ignoraient.

— Mais, Majesté..., insista le soldat. Ils arrivent...

— Qui donc ?

La question n'était pas posée que retentit à l'entrée du palais le bruit d'une bousculade, des cris. Hussein prit peur, se réfugia derrière son trône. Soudain un petit groupe se pressa à l'entrée du pavillon. En tête marchaient Achmet et Nour Al-Houda, suivis de Juremi et de Saba. Apercevant sa chevelure, le roi s'écria :

— La vierge rouge !

— Elle-même, Majesté, dit Nour Al-Houda en s'avançant sans trembler à quelques pas du souverain.

Le silence de la pièce était seulement troublé par la bruyante confusion de la foule, qui continuait d'investir le palais. Le bâtiment où le roi séjournait ce matin-là était l'un des plus inaccessibles parmi ses palais. On l'appelait le pavillon des quarante colonnes et la légende voulait que cet alignement fût une des plus belles choses du monde. La foule qui avait forcé ce sanctuaire se bousculait pour l'admirer. Les plus lettrés eurent cependant tôt fait de compter les colonnes et de n'en trouver que vingt. Les vingt autres, rapportées par la tradition, étaient le reflet des premières dans la pièce d'eau qui longeait sa façade. Loin d'admirer ce poétique dédoublement, le peuple assemblé murmurait sa réprobation et cette supercherie entamait un peu plus dans les esprits le crédit déjà réduit de la royauté.

Nour Al-Houda savait qu'à cet instant il était inutile d'avoir recours à Achmet pour mener l'affaire. L'eunuque pouvait exalter une foule mais il restait glacé d'effroi et de respect devant son souverain.

— Majesté, reprit-elle d'une voix assurée et forte, votre peuple a faim. Qu'entendez-vous faire pour le nourrir, le défendre, pour le sauver ?

— Mais..., bafouilla Hussein.

Il pensait : « Où est donc Yahia Beg ? » Et en même temps : « Qui est donc cette femme ? » Puis, pour achever de le rendre vulnérable, lui revenait cette funeste idée : le niveau baisse.

— Votre peuple écoute, Majesté. Il vous obéira mais il attend vos ordres.

— Yah...

Le mot s'étouffa dans la gorge sèche du roi.

— Ne cherchez pas Yahia Beg, coupa Nour Al-Houda d'un air impitoyable. Nous l'avons rencontré en venant ici. Sur un mot de la vierge rouge, le peuple s'est jeté sur lui et l'a pendu. Cela n'a d'ailleurs aucune importance. Ce n'était pas Yahia Beg que la foule est venue entendre mais vous, Majesté.

Hussein fit avec précaution le tour de son royal fauteuil, s'assit lentement, ôta son turban et se frotta les yeux comme un homme épuisé.

— Que voulez-vous ? dit-il d'une voix éteinte.

Nour Al-Houda était trop éloignée pour voir ses larmes. Elle préféra quand même baisser un instant les yeux.

— La liberté, Majesté. La vie.

— Eh bien ! fit-il avec un geste qui signifiait « Prenez-les ! ».

— Mahmoud a gagné cette guerre, proclama la Circassienne. Le pays est ravagé, votre capitale en ruine. Il n'y a plus à sauver que ce peuple innocent, Majesté, et qui vous est resté fidèle. Donnez-le au vainqueur à la condition qu'il l'épargne.

La bohémienne appela Juremi auprès d'elle.

— Cet homme, dit-elle, est arrivé de Julfa il y a trois jours. Il connaît Mahmoud. Vous pouvez le renvoyer chez les Afghans. Confiez-lui le soin de préparer les conditions de votre... succession.

Il était inutile d'attendre une réponse. Hussein, accablé, inerte, ne paraissait plus rien entendre ni en état de rien refuser. La voie était libre pour agir à sa place. Il ne fallait plus perdre de temps.

Nour Al-Houda fit évacuer toute la garde du palais et Achmet y plaça une milice à ses ordres. Quelques courtisans, dont le nazir, furent détenus en même temps que le roi, en attendant le retour de Juremi. Quant à Yahia Beg, Nour Al-Houda avait menti. La foule le découvrit seulement en sortant du palais et c'est en vérité après cette dernière audience qu'elle le pendit.

*

Juremi, le drapeau de la trêve en main, revint au camp afghan. Alix l'accompagna chez Mahmoud. Elle obtint d'au-

473

tant plus facilement de la part du roi de Candahar une promesse de clémence que le siège avait produit sur lui une lassitude dont il était heureux de sortir à bon compte. Le profit des pillages pratiqués à Julfa, l'air si doux de l'été persan, une fierté née de la conquête avaient amolli le cœur des vainqueurs et surtout de leur chef. L'égorgement laissait apercevoir ses limites, comme méthode et comme divertissement. Les chants et les danses, dont le vent portait chaque nuit le joyeux bruit chez les tristes assiégeants, leur faisaient davantage souhaiter d'entrer dans la fête que de l'interrompre. Mahmoud promit la clémence, donna dans ce sens des ordres stricts, puis quitta Julfa pour Ferrahabad.

C'est là qu'il attendit Hussein. Celui qui était encore pour quelques heures le roi de Perse y vint à pied le lendemain, entouré d'une garde composée des plus humbles de ses sujets. Il faisait chaud ; l'air aurait été d'une grande pureté si la fumée âcre des incendies allumés sur les ruines, dans la campagne, ne l'avait troublé. Ivre de privations et fort ému, ce cortège d'un roi débellé, partant rejoindre la simple humanité, parut aux abords de Ferrahabad au début de l'après-midi. Mahmoud, ultime outrage, fit attendre le suppliant près d'une heure, car il prétendait dormir et ne voulait pas être dérangé. Enfin, il reçut Hussein. Le pauvre petit roi dut traverser seul sur toute sa longueur la salle où jadis il avait trôné. Mahmoud lui parla assis et tint à recevoir de ses mains l'aigrette royale, dont il se coiffa immédiatement.

— Mon fils, dit Hussein avec un reste de majesté, le souverain maître de l'univers a marqué le moment où tu devais monter sur le trône de Perse. Règne en paix !

Mahmoud, en cet instant, ne pensait qu'à Mir Vais, son père. Il était ému et, sur son visage de guerrier, cette expression se marquait par une douceur inattendue.

— Dieu dispose à sa volonté des empires ! dit-il. Il les ôte à l'un pour les donner à l'autre. Je vous promets cependant de

474

vous considérer comme mon père et de ne rien entreprendre sans vous demander conseil.

Il disait vrai. C'était un de ces hommes qui ne peuvent accomplir d'autre destin que celui qu'un aîné aurait tracé. Le destin de Mir Vais était achevé. Il gardait Hussein pour la suite. L'ancien roi fut installé dans un petit palais, près du Char Begh. On lui laissa cinq compagnons à demeure et cinq épouses. C'était compter au plus juste. Néanmoins Hussein aurait volontiers renoncé à quatre de ses femmes pourvu qu'on le débarrassât de ce nazir qu'il regrettait de n'avoir pas décapité à temps et qui figurait maintenant dans le dernier carré de sa suite. Mis à part ce désagrément, il ne manqua de rien et n'avait jamais été si heureux que délivré désormais de sa royauté.

*

Dans un grand silence, tous les obstacles furent patiemment levés sur le pont du Char Begh et les nouveaux maîtres afghans, à pied, intimidés, entrèrent dans cette ville à demi morte. Alix et Jean-Baptiste se rendirent directement chez eux en compagnie de Saba et de George. Mis à part le dépérissement des roses, les haies coupées et le grand mûrier abattu, tout était à peu près préservé. Ils firent, chacun de son côté, le tour du jardin, perdus dans leurs rêves, comme s'ils eussent voulu vérifier que ces lieux étaient bien ce qu'ils prétendaient être, les endroits parés de l'or de la nostalgie qui les avaient accompagnés pendant leurs épreuves. Ils mirent longtemps avant de se décider à entrer dans la maison et, quand ils le firent, ce fut avec la même lenteur qu'ils avaient visité le jardin. Enfin, ils arrivèrent silencieusement jusqu'à la chambre aux rideaux tirés où Françoise, qui avait survécu aux privations du siège, reposait.

On distinguait dans la pénombre la haute silhouette de Juremi, assis près du lit et qui tenait la main de la malade.

Saba courut se placer de l'autre côté et embrassa Françoise avec un sanglot. Alix, Jean-Baptiste et George se disposèrent autour de son lit. La pauvre femme était terrassée par le double assaut de l'épuisement et de la joie. Elle dit un mot à chacun, en remuant avec peine ses lèvres sèches et brûlantes. À la fin de l'après-midi, elle fit signe à Saba et à George d'approcher. Elle qui connaissait depuis longtemps leur secret, elle unit leurs mains et les bénit.

Les jours suivants, malgré la ruine de la ville et du pays, Alix et Saba accomplirent des prodiges pour dénicher les meilleurs fruits, des viandes délicates, de fins gâteaux sucrés, tout ce qui pouvait faire plaisir à la malade. La malheureuse était bien en peine d'absorber ces douceurs mais elle les approchait de ses lèvres et ces saveurs, toujours jeunes, fraîches, bariolées, défilaient pour elle comme des artistes qui viennent saluer sur la scène avant le tomber du rideau.

Juremi lui avait déjà raconté une bonne part de leur extraordinaire périple. George et Jean-Baptiste complétèrent ce récit et Saba y ajouta celui de sa réclusion. Le monde avait tourné autour de Françoise pendant ces mois de poursuites et de séparation. Elle était comme l'œil du cyclone, et chacun éprouvait une étrange délivrance à venir rapporter ses joies et ses tourments à cette source de tendresse d'où ils semblaient procéder.

Chargée de ces trésors, Françoise, de plus en plus affaiblie, fit comprendre à son tour qu'elle était prête pour le voyage. Bien qu'elle n'eût cultivé aucune religion particulière, elle avait besoin, en cet ultime moment, d'entendre parler de Dieu. Le patriarche Nersès vint lui apporter cette consolation et Jean-Baptiste, qui connaissait désormais les usages de cette Église, proposa à l'Arménien un bon poids d'or en paiement de son intercession. Nersès accepta en soupirant.

Alix avait demandé trois vies à Mahmoud en cas de victoire. Elle pensait alors à Françoise, à Saba et à son père. Monsieur de Maillet était introuvable ; Saba naturellement acquise à la reconnaissance des Afghans pour son rôle dans la reddition de Hussein, il restait à épargner Françoise. Son état était si désespéré qu'elle était au-delà de toute grâce humaine. Quand Mahmoud demanda à Alix ce qu'elle voulait, elle ne trouva qu'une seule vie à se faire remettre : celle de Jean-Baptiste. Le nouveau roi lui en fit bien volontiers cadeau et apprit comme une coïncidence bienheureuse que cet esclave n'était pas sans connaissances en botanique et pouvait même utilement seconder sa maîtresse dans son rôle d'apothicaire.

Jean-Baptiste retourna à Julfa dans le quartier des forgerons, où deux gaillards, suant près de leur enclume, n'eurent pas trop de deux heures pour faire sauter les cadenas d'acier que leurs habiles collègues de Khiva avaient scellés aux chevilles de l'ancien esclave.

Lorsqu'il rentra, Jean-Baptiste eut une étrange sensation, non pas de liberté, car il s'était accoutumé à tout faire avec sa chaîne, mais de légèreté et presque d'absence. Il effleurait à peine le monde, flottait plutôt qu'il ne marchait, approchait de ses semblables sans les alarmer par ses tintements. En arrivant chez lui, cette impression redoubla : tout était silencieux et, lorsqu'il découvrit la famille assemblée dans la chambre de Françoise, nul ne prêta attention à son arrivée. Personne ne bougeait. La malade était plus immobile que jamais et Jean-Baptiste mit un long instant à comprendre qu'elle aussi, délivrée de ses chaînes terrestres, ne pesait plus sur le monde et même l'avait quitté tout à fait.

Après l'avoir veillée un jour et une nuit, Saba proposa d'enterrer Françoise sur les collines hors de la ville, en ce lieu même où elles avaient attendu la convulsion du ciel. La jeune fille se souvenait que Françoise lui avait confié le plaisir qu'elle aurait à garder ce séjour pour l'éternité. On y était entre ciel et terre, la ville était toute proche, lumineuse et vivante. Elle qui n'avait jamais rien possédé, qui avait vécu libre et traversé le monde entier, ne pouvait supporter l'idée d'une tombe citadine qui ressemblerait à une petite maison

477

médiocrement serrée sur son lopin. Pour l'éternité, il lui fallait le grand large, une vue dégagée, la liberté, en somme. Alix n'exprima pas la légère réticence qu'elle ressentait et tout s'accomplit comme Françoise l'avait voulu. Nersès bénit le carré de pierrailles et la stèle où l'on avait fait à la hâte graver un nom. Après la courte cérémonie, tous retournèrent vers la ville. Ses dômes de jade et d'émeraude, dans le sein d'une campagne dévastée, sèche et grise, lui donnaient maintenant tout à fait l'air d'une cité de conte, née d'un sortilège, semblable à celles que les nourrices de Saba lui avaient si longtemps fait voir en rêve.

Ils redescendirent silencieusement, méditant avec amertume la cruelle magie qui, cette fois, n'avait pas fait apparaître des merveilles dans un lieu désolé, mais avait ruiné les alentours d'un trésor.

*

— Beugrat ! hurlait Murad du fond de son antre. Vous avez pris vos aises. Combien de temps vous a-t-il fallu pour revenir de la Perse ?

— Les routes sont mauvaises, Monsieur l'ambassadeur, et la voiture, un peu...

Le mot « lourd » était proscrit dans la maison.

— Monsieur de Maillet vous a-t-il confié quelque chose pour moi ?

— Cette clef, Monsieur l'ambassadeur.

— Tiens, la clef de la cassette ! Leandra !

La pauvre femme achevait à peine d'étendre de la teinture sur ses nattes pour en cacher les racines toutes grises.

— Me voici.

— Coquine, s'écria Murad, émoustillé par cette présence, plonge donc sous ma chaise et prends la petite cassette que j'ai prêtée au consul.

La soubrette, aussi simplement que le lui permettaient ses

rhumatismes, se mit à quatre pattes et regarda sous le lit. La main de Murad, pesante comme une batte de lavoir, courait sur ce qu'il restait de gras sous cette croupe.

— Humm ! Ne cherche pas trop longtemps, s'écria Murad, tu vas me mettre hors de moi...

— La voici, dit Leandra en se remettant péniblement debout.

L'Arménien prit la petite boîte cloutée de fer, la posa sur son ventre et l'ouvrit.

— Une lettre, fit-il. Est-ce tout ?

Il retourna la cassette.

— Rien d'autre. Et qu'a-t-il inscrit sur l'enveloppe ? « À Son Éminence le cardinal Julio Alberoni. Palais du Vatican, Rome. » Alberoni ! Ah ! Je reconnais bien là monsieur le consul, toujours familier des plus grands...

Il soupira.

— Mais comment vais-je faire parvenir cette missive, moi ? Il n'est pas question de confier ces secrets à la poste des Turcs, qui ont un cabinet noir.

Leandra, rejointe par une autre grâce, s'employait à secouer les poussiéreuses tentures de la pièce, à tapoter les cousins tachés. Murad la regarda.

— Je sais ! s'écria-t-il. Viens ici, Leandra.

Il lui prit la main.

— Beugrat va reprendre la berline. Après tout, il aime se promener. Eh bien, il ira jusqu'à Rome, cette fois, et il t'y conduira. Oui, toi, Leandra, n'ouvre pas ces yeux. Tu vas aller toi-même porter cette lettre. À Rome, m'entends-tu bien ? Ils en ont, de la chance, ces cardinaux !

Familièrement, Murad attira la servante et taquina sa gorge.

— J'espère que tu te tiendras bien, gorette...

La pauvre nymphe riait aux éclats mais en prenant soin de mettre son poing devant sa bouche. Le matin même, elle venait de perdre encore une dent sur le devant, ce qui lui faisait un vilain trou.

CHAPITRE 45

Après la chute d'Ispahan, les Afghans respectèrent leur promesse d'épargner les habitants. Cette clémence n'eut qu'un effet : accroître le nombre de ceux qui se déchaînèrent pour célébrer la victoire. Triomphateurs et vaincus étaient unis dans le même soulagement. Usés par l'attente et par des privations qui étaient dues pour les uns au voyage et au combat, pour les autres à l'enfermement et aux rigueurs du siège, ils firent sauter les portes des derniers greniers, allumèrent de grands bûchers avec le bois coupé pour la bataille et s'abrutirent de chants et de danses. Au troisième jour de cette frénésie, Ispahan s'éveilla, muette, affamée et lugubre.

Dans la campagne, l'œuvre d'irrigation qui, au prix de plusieurs siècles d'effort, avait fécondé la terre du Fars de fleurs et de fruits, était ruinée par la guerre. Le sol de ces régions peut être extrêmement fertile mais à la condition que les hommes n'y relâchent jamais leur industrie et l'abreuvent constamment. Or les Afghans ne surent ni ne voulurent jamais lui rendre ces soins. Ils ne firent rien pour réparer les canalisations de terre cuite que la guerre avait coupées ni pour assainir les puits empoisonnés. Au contraire, ils se méfiaient de tous ceux qui tentaient de déambuler librement dans la campagne et préféraient, pour mieux les surveiller, tenir les Persans dans leurs murs. Peu à peu la sécheresse vint, accentuée par plusieurs mois sans pluie. Ispahan, qui avait été baignée de verdure, devint à jamais une oasis au milieu d'un désert aride. Au lendemain de la prise de la ville, vainqueurs et vaincus découvrirent le tragique malentendu : chacun croyait que la richesse était chez l'autre. Or tout n'était, au-dedans comme au-dehors, que pénurie et pauvreté. Le commerce y suppléa lentement, mais la prospérité avait quitté le pays dans la valise des étrangers et des riches négociants que la guerre avait fait fuir, et leurs biens avec eux. La ville qui jadis s'était enivrée de superflu eut peine à se procurer désormais le nécessaire. Le Char Begh détruit, les palais outragés, les richesses disparues, Ispahan n'était plus une ville mais son ombre. Passé les lendemains de la victoire afghane, nul n'y avait plus le cœur ni les moyens d'y organiser des fêtes. Les nouveaux maîtres du pays ne disposaient que de la misère qu'ils y faisaient régner. Leurs principales distractions étaient de sombres ripailles où la chère était rare et le vin prohibé ; pour fuir cette désolante réalité, les convives en étaient réduits à chercher consolation dans les rêves où les plongeait la fumée de leurs résines miraculeuses.

Les Persans regardaient ces réjouissances avec dégoût. Rien ne marquait mieux leur condition de vaincus que l'obligation où ils étaient de supporter de tels spectacles. Eux qui pouvaient prétendre à bon droit savoir ce qu'étaient des fêtes dignes de ce nom, et qui avaient même payé cette luxure de leur liberté, étaient réduits à en célébrer silencieusement le souvenir. Après les premiers moments d'inconscience qui avaient suivi la reddition de Hussein, les habitants de la ville étaient revenus à une prudence propre aux humiliés. À supposer qu'ils en eussent envie, ils ne se seraient pas risqués à laisser éclater leur joie par des chansons ou des danses. Ils craignaient trop que les Afghans missent cette allégresse sur le compte d'une coupable prospérité et vinssent en demander leur part, léonine comme on le suppose. On n'entendait plus dans la ville ni musique, ni bruit de banquet, on n'y croisait que des silhouettes vêtues d'étoffes ordinaires. Après l'alacrité de la guerre était venue l'austérité de la paix.

Cet interdit du plaisir était dans tous les esprits mais nul ne l'avait édicté. Il suffisait que quelqu'un eût l'audace de le braver pour savoir si, vraiment, le temps des fêtes était révolu. Cette audace vint par où on ne l'attendait pas. La première à en faire preuve fut Saba.

Depuis la chute d'Ispahan et le retour des voyageurs partis à la recherche de Juremi, le secret de Saba et de George n'était ignoré de personne. Les jeunes gens n'étaient plus regardés comme frère et sœur ; on n'avait pourtant pas encore découvert une autre manière de les considérer. Eux-mêmes semblaient incapables de prendre publiquement une contenance en rapport avec les sentiments dont ils avaient fait l'aveu. Si bien qu'empêchés désormais de s'embrasser comme des enfants et trop timides pour montrer des tendresses d'adultes, ils restaient à distance l'un de l'autre dès qu'un témoin était à proximité. Dans cette maisonnée où étaient rentrés tous les serviteurs de jadis, où Juremi s'était installé, occupant le plus discrètement qu'il le pût — mais il ne le pouvait guère — le laboratoire de Jean-Baptiste, cette maison toute bruissante de visites, traversée de malades venant chercher des remèdes, de Persans en humeur de confidence, pleins d'amertume et de nostalgie, et même d'Afghans qui savaient pouvoir compter sur Alix pour intercéder auprès du nouveau roi, cette maison, pour grande qu'elle fût, n'offrait aucune intimité aux deux enfants qui y avaient connu jadis la quiétude et un tendre isolement. Ils attendaient le plus noir de la nuit pour se rejoindre au fond du jardin, sur la pelouse embaumée de roses, mais il n'était à peu près jamais d'occasion où ils ne fussent mis en alerte par des ombres qui cherchaient le même abri dans l'obscurité et finissaient par la rendre plus indiscrète encore que le jour.

Un matin, quelques semaines après la mort de Françoise, Saba vint s'asseoir près de sa mère dans une petite salle à manger située sur l'arrière de la maison et qu'éclairait le soleil du matin. Elles étaient seules et se faisaient face, au-dessus de la longue table où fumaient deux tasses de lait, den-rée rare par ces temps de privation. Un patient de Jean-Bap-tiste était venu à l'aube en apporter un bidon.

Depuis le deuil de Françoise, mère et fille s'étaient rarement parlé. Mais en pleurant la même amie, une nouvelle intimité était née entre elles. Alix, observant sa fille, sentait qu'elle avait changé. Elle ne savait pas exactement en quoi et aurait bien aimé interroger là-dessus Nour Al-Houda.

Saba n'attendit pas qu'Alix ait bu sa tasse de lait. Elle voulait profiter de ce qu'elles étaient pour une fois seule à seule. Avec le sourire qu'elle avait désormais si souvent aux lèvres et qui contribuait à la rendre méconnaissable, la jeune fille posa sur sa mère un regard amusé.

— Maman, demanda-t-elle, les fêtes ne vous manquent-elles point ?

— Les fêtes ! s'écria Alix.

C'était sa fille, austère et si pleine de réprobation, jadis, quand il était question de divertissements, qui lui posait une telle question ! Alix n'en ressentit pas de malaise, plutôt un apitoiement. Elle vit dans cette évocation des fêtes un nouvel exemple de ces nostalgies dont elle entendait chaque jour la confidence et qu'elle ressentait elle-même pour des temps révolus.

— Hélas ! soupira-t-elle.

Une vague honte de sa vie si heureuse l'effleura.

— Pourquoi soupirez-vous ? dit Saba, sans cesser de sourire.

Fallait-il qu'elle fût inconsciente ! pensait Alix, à moins qu'il ne s'agît d'une singulière cruauté...

— Saba, mon enfant, dit-elle tout émue, n'appuie pas plus sur ce point sensible. Chaque parent aimerait donner à ses enfants la meilleure existence possible, les faire vivre dans une époque heureuse...

— Mon intention n'était pas de vous faire ce reproche, dit

doucement Saba en prenant par-dessus la table la main tremblante de sa mère. D'ailleurs, voyez-vous, je ne sais pas du tout ce qu'est une époque heureuse.

— Saba ! s'écria Alix au bord des larmes.

— Mais non, dit vivement la jeune fille, en souriant largement, et son visage, illuminé par cette expression, prenait une force que ses cheveux rouges faisaient flamber. Quittez ces idées, cette mélancolie. Je ne sais pas ce qu'est une époque heureuse parce que pour moi toutes les époques le sont.

Alix était muette de surprise.

— Laissez-moi vous faire une confidence, Maman, dit Saba en se levant et en allant jusqu'à la fenêtre ensoleillée. Pendant le siège de la ville, vous savez que nous n'avions plus rien à manger. La mort était là, elle approchait chaque jour un peu plus. Pour apercevoir son hideux visage, il suffisait de monter le matin sur les remparts : on voyait ces incendies partout dans la campagne, le vent rabattait des odeurs de charnier...

Alix baissa les yeux. Sa fille, au bout d'un petit temps de silence, revint à sa chaise, y posa le genou, se pencha sur la table avec une expression passionnée.

— Eh bien, nous étions heureux. Je n'ai jamais senti un tel bonheur, m'entendez-vous ? Et pourquoi cela ? Parce que tous, nous l'avions décidé. Ah ! Comment faire comprendre cela à quelqu'un qui ne l'a pas vécu ? C'était le dénuement le plus complet, la fin. Mais une volonté de joie tenait la mort à distance et faisait brûler dans les corps affamés une ration de plus en plus copieuse d'allégresse, de fraternité.

— Nour Al-Houda..., murmura Alix.

— Oui, dit Saba en s'asseyant tout à fait. C'est de Nour Al-Houda que je tiens ces idées sans doute. Mais pas seulement d'elle. Jamais elle n'aurait pu m'en persuader s'il n'y avait pas eu tous les autres.

— Tous les autres ?

484

— Oui, les misérables, les pauvres, les affamés, tous ces gens sans espoir qui nous entouraient. Ah ! Maman, oui, j'ai besoin de vous avouer à quel point j'ai détesté vos fêtes, quand j'étais enfant. J'y voyais la manifestation la plus exécrable de la richesse, quelque chose comme un sacrifice rituel offert par les nantis au dieu de l'Or qui les avait comblés. Et tout cela dans l'espoir que le dénuement ne vînt jamais.

— Quelle étrange idée...

— Je vous la livre en complète sincérité comme un sentiment d'enfant. J'avais tort, peut-être, mais c'est ainsi que je voyais les choses. Il a fallu que je vive ces merveilleuses semaines du siège pour que tout m'apparût enfin autrement. Comment vous dirais-je cela ? J'ai compris soudain que la joie n'est pas seulement un attribut de la richesse, un don du monde, mais d'abord une faculté de nous-mêmes, une forme de notre volonté, voilà. Tout à coup, pour moi, la fête n'était plus un luxe mais un combat. Eh bien, je crois que nous avons plus que jamais aujourd'hui l'occasion d'en donner la preuve.

Singulière enfant ! Alix regarda sa fille avec un trouble qui n'était ni de la gêne, ni de la réprobation, peut-être une nouvelle admiration et le sentiment de ce qui pouvait à la fois les rendre si différentes et si profondément semblables.

— Ainsi, dit-elle sévèrement avec un sourire qui contredisait son ton et trahissait la conviction qui venait de naître en elle, nous devrions faire la fête dans cette ville dévastée où l'on se demande chaque jour s'il sera possible de se nourrir, où les nouveaux maîtres ne savent cultiver que la désolation et le châtiment des désordres ?

— Oui, dit crânement Saba.

L'étonnement leur fit garder un instant le silence. Puis elles partirent l'une et l'autre dans un long fou rire qui se termina en embrassades et en caresses.

— Je connais, dit Saba lorsqu'elles eurent repris leur

calme, un joueur de cithare, plusieurs conteurs, et même une danseuse qui n'a pas fui...

— Eh bien, nous pouvons commencer à y penser.

Elles envisagèrent mille détails, dressèrent en riant une liste d'invités.

— Mais, j'y pense, dit Alix avec une soudaine gravité. Quel motif publierons-nous pour justifier ces réjouissances ?

Saba avait patiemment attendu ce moment mais préférait que la question fût soulevée par sa mère. Sans quitter son beau sourire, elle suggéra :

— Ce pourraient être... vos fiançailles.

Pour surprenante qu'elle parût, l'idée n'était pas mauvaise. Depuis qu'elle était rentrée dans la ville maîtresse d'un ancien esclave, Alix vivait dans une situation fort irrégulière. Tous les Persans avaient évidemment reconnu Jean-Baptiste mais la soumission où ils étaient les rendait immédiatement complices d'un mensonge dont les occupants étaient les dupes. Pas un n'avait trahi l'apothicaire et Mahmoud continuait de croire à la fable qui avait réuni la veuve et le serf affranchi. On ne pouvait toutefois sans danger faire durer cette fiction. Comme il était trop tard pour tout avouer, le mieux était de s'enfoncer un peu plus dans l'illusion.

— Excellente idée, dit Alix tout à fait amusée, c'est cela : nous dirons que ce sont mes fiançailles.

Saba, admirable de patience, se sentit enfin soulagée. Elle eut une tendre pensée pour George et jugea le moment venu de placer ce qu'elle était venue dire.

— Vos fiançailles en effet, dit-elle en souriant... Et en même temps, ajouta-t-elle avec gravité, les miennes.

*

Alix et Jean-Baptiste, Saba et George, les parents et les enfants se fiancèrent donc le même jour, au début du printemps. La fête qui célébra ces unions fut la première que connaissait Ispahan depuis la chute de la royauté persane.

Alix annonça elle-même cette cérémonie à Mahmoud, qui n'y fit pas d'objection. Elle crut un instant qu'il déciderait même de s'y joindre. Un reste de timidité, chez le montagnard, lui fit craindre que ce geste fût déplacé. Il souhaita bonne chance aux promis et leur attribua de somptueux cadeaux. Pour qu'Alix pût dignement nourrir son ancien valet d'éléphants, le roi lui donna la propriété d'un jardin près de la rivière, où l'humidité des berges permettait encore de planter des légumes et de cueillir d'excellents fruits.

Les doubles fiançailles furent annoncées pour un dimanche, et au terme de deux semaines de préparatifs, le grand jour vint. À ne considérer que les mets et les parures, ce fut une bien pauvre cérémonie, en comparaison des fastes et de la fantaisie qu'avait connus autrefois cette ville et particulièrement cette maison. Mais si ces fêtes du temps passé se confondaient dans les mémoires en un magma indistinct et brillant, celle-là devait rester dans tous les esprits comme une nuit incomparable. Malgré l'accord de Mahmoud, nul n'était tout à fait certain que les Afghans ne se décideraient pas à troubler brutalement les réjouissances. Cette petite pointe de crainte irritait les esprits déjà à vif et leur faisait tout ressentir avec une délicieuse intensité. Au prix d'efforts inouïs, qui supposèrent même l'interception d'une caravane qui se dirigeait vers l'est, à deux journées de la ville, Alix et Saba parvinrent à se procurer les épices, les raisins secs, enfin les mille petites choses nécessaires pour que tout parût simplement normal, sans atteindre au luxe, mais le luxe s'ajoutait de lui-même à cause de la rareté même de telles occasions.

Beaucoup de riches Esfauni avaient fui, au moment de la chute de Julfa et même avant, lors de l'évacuation momentanée de la ville. Ceux qui restaient avaient vendu pièce après pièce leurs parures et leur vaisselle pour acquérir les moyens de la survie. Si ce malheur avait pu être bon à quelque chose, c'était à rendre désormais les riches et les pauvres presque semblables par l'apparence et à permettre de les inviter ensemble. La répugnance qu'ils avaient jadis à se côtoyer les faisait maintenant défiler au même pas, dans l'uniforme de la misère. Certains anciens dignitaires avaient encore de beaux restes d'étoffes et de fourrure, des turbans lourds en soie fine. Mais ils jugeaient imprudent d'en faire étalage. Tous les Persans vinrent à la fête parés de l'incomparable dignité propre à ce peuple mais vêtus de souquenilles aux couleurs éteintes. Alix avait fait battre le rappel de toutes les maisons pour rassembler une vaisselle brillante. De petites chandelles, dispersées partout dans des poteries, illuminaient le jardin et la maison, faisaient scintiller les plats d'argent et les compotiers de vermeil. Les invités, drapés de lourdes toiles, semblaient absorber ces éclats de luxe comme un corps noir le fait de la lumière du soleil. Seuls leurs yeux brillaient de volupté, ivres d'une soudaine et secrète revanche.

Les diplomates, les hommes des maisons de commerce, les changeurs et la plupart des religieux avaient disparu au moment des événements. Parmi les étrangers, peu nombreux étaient ceux qui n'avaient pas fui. Et ceux-là avaient tout à fait adapté leurs mœurs à la pénurie : celle du siège d'abord et celle de la ruine désormais. Un petit jésuite polonais nommé Krusinzki promenait dans les maisons sa silhouette modeste. On le voyait parfois s'éloigner et prendre des notes sur un calepin. Il avait entrepris d'écrire l'histoire récente de ce pays et amassait ces brindilles dans la perspective de les jeter un jour au feu d'un grand récit qui éclairerait l'humanité.

Quelques étrangers, avant même l'abdication de Hussein, avaient été envoyés à Ferrahabad auprès de Mahmoud mais l'anarchie qui régnait dans le pays depuis l'arrivée des Afghans, l'hostilité de ceux-ci à l'égard de tous leurs voisins avaient découragé ces plénipotentiaires et plus encore les commerçants. Le seul à s'être immédiatement mis au travail sans manifester la moindre impatience était Bibitchev.

Après avoir terminé la rédaction de son carnet de dépêches dans la boutique du ferblantier de Julfa, l'espion avait finalement trouvé le moyen de le faire parvenir jusqu'à Moscou. Ce méticuleux travail de délation envoyé par un agent que l'on croyait mort suscita dans les bureaux russes une admiration de connaisseur. Tout y était lumineusement démontré : on put comprendre en haut lieu comment le terrible cardinal Alberoni, grâce à l'or du sous-sol de l'Oural, avait réussi à renverser la monarchie de Perse et à placer ses fidèles auprès du nouveau roi. Un ordre exprès, par retour, enjoignit à Bibitchev de rester sur place et l'accrédita comme ambassadeur. Il était fier de pouvoir servir le tsar à un rang conforme à sa valeur et au dévouement dont il avait toujours fait preuve. Surtout, il n'avait plus désormais à craindre que ses analyses fussent contredites : si le complot qu'il avait décrit n'aboutissait à rien, nul ne songerait à en accuser son imagination et tout le monde rendrait grâce au contraire à sa vigilance.

Bibitchev avait quitté ses braies et remisé ses queues de loutre au profit d'un habit sévère, coupé dans les bazars sur ses indications, et qui lui donnait de nouveau son air favori de croque-mort. Le nouvel ambassadeur arriva l'un des premiers à la fête, bien décidé à mettre à profit ce qu'il y verrait. Il annonça à Alix que son épouse était attendue à Ispahan d'un jour à l'autre, en provenance de Moscou. Bibitchev espérait que la pauvre femme parviendrait à bon port sans égarer aucun de leurs huit rejetons car il avait atteint cet âge plus réfléchi et moins fécond où l'on ne se sent plus la force de réparer de telles pertes.

La fête débuta lentement : chacun posait des pas timides sur cette scène imprudente. Saba s'employait partout, dans les cuisines, au salon, de la maison au jardin. À mesure que les invités découvraient les compotiers fumants pleins de mets délicats, d'autant mieux dressés qu'ils étaient moins riches d'ingrédients, ils se laissaient aller à leur joie. Le joueur de cithare retrouvé par Saba prit possession d'une des terrasses, entouré d'un cercle de visages ravis. Deux poètes, l'un dans le jardin et l'autre près d'une cheminée dans un salon, commencèrent d'égrener les amples images de grandes et vénérables épopées.

Quand la soirée fut bien avancée, les deux couples de promis s'avancèrent sur le perron et tout le monde se rassembla autour d'eux en faisant silence. Le patriarche Nersès s'approcha en ami et fit un petit discours touchant qui unissait les fiancés. Il n'était pas question de véritable sacrement : l'un des deux couples s'y préparait pour le futur et l'autre l'avait déjà reçu dans le passé. La bénédiction qu'ils reçurent était toute de tendresse et de dérision car nul ici n'ignorait la parenté des conjoints et l'on riait que les Afghans ne pussent ni la connaître ni, si quelqu'un la leur avait révélée, la croire.

Si le rituel fut réduit, on n'en oublia pas l'onction sacrée. Les servantes emplirent les coupes et les invités, épouvantés et ravis, trinquèrent avec un excellent vin de Géorgie, sorti tout exprès d'une cave amie qui l'avait protégé de la guerre. Saba avait convaincu sa mère de cette dernière audace. Selon elle les Afghans sunnites considéraient de toute manière les Persans comme des hérétiques et se préoccupaient peu de la manière dont ils se damnaient. Tandis que le vin continuait d'abreuver les convives, des danseuses parurent dans le jardin, le bas du visage couvert d'un voile pudique mais qui n'allait tout de même pas jusqu'à cacher leur ventre nu.

La fête prit à partir de ce moment un tour nouveau. Les derniers restes de prudence avaient abandonné les participants. Une fois commis sans appel le premier péché mortel, tant vaut les perpétrer tous, afin de ne pas être condamné pour trop peu. Le Char Begh et les quartiers alentour se mirent à résonner de chants et de youyous comme aux plus beaux temps du siège.

Jean-Baptiste et Alix, main dans la main, s'éloignèrent de cette joyeuse mêlée et allèrent s'asseoir sur une souche, à la bordure de l'avenue. Eux qu'avait menacés la routine du quotidien et qui s'étaient éloignés l'un de l'autre pour la fuir retrouvaient ensemble et chez eux toute l'incertitude de la vie, son danger, ses beautés et la nécessité du combat, qui leur avaient un instant manqué.

Les Afghans, au fond, n'avaient peut-être pas tout à fait tort de les considérer comme des étrangers récemment unis. L'apothicaire d'Ispahan un peu mondain, rangé, apaisé était bien mort et Jean-Baptiste s'était souvent amusé à regarder sa tombe dans le jardin. Un autre homme était revenu, l'esprit arrondi comme un galet roulé à toutes les tempêtes, saturé d'épreuves, ivre des beautés du monde, plein d'un amour qui ne devait plus rien aux circonstances et tout au rêve et à la liberté. Quant à la jeune femme trop heureuse, conservatrice de l'unique transgression, qui l'avait livrée, encore enfant, à l'homme de sa vie, elle aussi n'était plus. Celle qui lui avait succédé était délivrée de la nostalgie de n'avoir pas suffisamment aimé. Elle ne craignait plus la fin des temps heureux. Elle se sentait assez forte pour faire naître partout le bonheur et ne dépendait plus de rien pour le créer.

Ils étaient là, un peu à l'écart de la fête, l'ancien éléphantaire et celle qui l'avait choisi, enlacés, émus, renouvelés, quand soudain le roulement d'une voiture qui dévalait l'avenue du Char Begh leur fit tourner la tête et ils pâlirent.

CHAPITRE 46

Les quatre chevaux lancés au galop s'arrêtèrent à la hauteur d'Alix et de Jean-Baptiste avec des hennissements apeurés et de grands mouvements d'encolure. Bien qu'ils fussent harnachés à la diable, la richesse de leur bride, un reste de plumet, bancal, dressé sur leur toupet rasé trahissaient assez le noble emploi de ces montures. L'avenue n'était plus éclairée depuis la guerre et c'est seulement en voyant s'ouvrir sa portière armoriée que Jean-Baptiste reconnut la voiture.

— Le carrosse de Hussein ! s'écria-t-il en serrant le bras de sa compagne.

C'était bien le luxueux équipage de l'ancien roi. Toutefois, au lieu des riches esclaves en livrées brodées d'or qui en assuraient jadis le service, le carrosse était conduit par deux gardes afghans barbus et dépenaillés. Trois autres montagnards à la trogne plus farouche encore sautèrent du banc des valets de pied et se disposèrent autour du véhicule avec des mines menaçantes.

— Mahmoud se le serait approprié... ? chuchota Alix.

Elle tremblait de voir paraître le nouveau souverain. Malgré le consentement qu'il lui avait donné pour cette fête, elle restait dans la crainte qu'il lui prît l'envie de la ruiner en y débarquant en personne. Mais l'homme qui s'extrayait péniblement de la berline en cherchant à tâtons le marchepied n'avait pas la silhouette nerveuse du maître de Candahar. Il était ralenti par sa masse, maladroit, et gémissait de la peine qu'il se donnait pour dresser son grand corps sur la terre ferme. Un ample ferèdjé l'enveloppait de ses plis et cachait le bas de son visage dans un col épais en fourrure. Enfin, il fut debout, avança vers eux et ils le reconnurent.

— Le nazir ! prononça Alix comme en hypnose.

Le vieux Persan, en entendant son titre, approcha encore et reconnut à son tour les deux promeneurs.

— On dirait que vous m'attendiez, fit-il en souriant et, sans leur laisser le temps de répondre, il les entraîna vers la maison. Allons, ajouta-t-il, ne restons pas ici. J'ai peu de temps. Laissez-moi goûter un peu cette fête que j'ai bien failli manquer.

Alix et Jean-Baptiste, tenus chacun d'un côté par une des serres du robuste vieillard, entrèrent dans leur jardin puis franchirent le perron où les convives, tout occupés à battre des mains à la cadence d'un musicien, ne prêtèrent aucune attention à eux.

Les bougies de couleur s'étaient tout à fait consumées : leurs mèches flottaient sur de petites mares de cire liquide qu'elles enflammaient en crépitant. Saba, tout en rires, promenait ses cheveux rouges d'une pièce à l'autre pour alimenter les petits brasiers de joie où les conteurs, les joueurs de tambour et les convives avaient jeté toutes leurs douleurs et toutes leurs peines pour les fondre en lingots de gaieté et d'espoir.

Le nazir rugit d'aise à la vue de cette animation.

— Et que boivent-ils, ces gens-là ? dit-il en se précipitant sur une servante qui passait, une cruche de grès à la main.

Il la saisit par l'anse et, s'en servant comme d'une tasse, la vida d'un trait.

— Tonnerre ! comme il est bon.

Et, rendant le broc à la pauvre fille tout étonnée, il lui demanda d'en apporter un autre au plus vite.

À la lueur des chandelles, Jean-Baptiste, qui dévisageait le vieux Persan, comprit enfin ce qui le rendait méconnaissable :

il avait coupé ses moustaches. Les interminables poils qui se tortillaient jadis en longues boucles jusqu'au milieu des joues avaient disparu. À la place de ces cordages paraissait désormais une lèvre nue, immobile et trop haute où brillaient encore deux petites gouttes du vin que le nazir avait absorbé goulûment.

— Voyons, dit Alix en pressant son nouvel hôte, ne restez pas debout. Allons nous asseoir dans le patio.

Le nazir, tout aux délices de ce qu'il voyait et entendait autour de lui, se laissa conduire jusqu'à un sofa, au pied duquel il s'affala, utilisant les coussins comme accoudoirs. Des servantes, sur un signe de leur maîtresse, apportèrent des plats qui tentaient de faire oublier par leur nombre et leurs couleurs vives la triste monotonie de leur contenu. Mais Saba avait raison et le bonheur décrété par les humains s'était incorporé aux choses : pour gris et froid qu'il fût, le riz que mangea le nazir fit pénétrer en lui plus de volupté que ne l'auraient fait les riches pilos des temps d'abondance.

Quand il fut restauré et rafraîchi de deux nouvelles flasques de vin, le nazir se détendit et marqua par un regard apaisé qu'il était prêt à parler.

— Je vous croyais... avec le roi Hussein ? osa Alix en choisissant ses mots.

— Dites « prisonnier », ce sera plus juste. Quant à Hussein, il est inutile de l'appeler roi. Eh bien, oui, je passe mes journées face contre face avec ce monstre.

— Et... vous pouvez circuler en ville ? demanda Jean-Baptiste.

— Rarement, trop rarement. Mais oui, j'ai ce bonheur. Les Afghans qui nous retiennent captifs acceptent qu'un des cinq malheureux qui forment la compagnie de ce misérable sorte pour régler ses affaires et transmettre ses messages. J'ai cette charge aujourd'hui.

— Hussein vous a donc chargé d'un message pour nous ? dit Alix avec un peu de crainte.

— Oh que non ! répliqua le nazir en lâchant un gros soupir. Une indiscrétion que j'ai surprise à l'occasion d'une de mes trop rares sorties m'a fait connaître il y a deux jours que vous donniez cette fête. Je me suis bien gardé d'en informer ce chien. Il ne m'aurait jamais laissé sortir. Tout ce qu'il peut faire pour me contrarier, vous pouvez être certains qu'il y a recours. Il me déteste. S'il en avait encore le pouvoir, il m'aurait fait couper la tête depuis longtemps. Les Afghans lui ont interdit ces privautés. C'est heureux. Vous avez vu qu'en compensation il a trouvé le moyen de me trancher les moustaches.

Le pauvre homme en avait les larmes aux yeux.

— Mais, risqua Jean-Baptiste, à quoi passez-vous vos journées, dans cette captivité ?

— Figurez-vous que nous sommes enfermés dans un palais qui ne serait pas déplaisant si l'on pouvait y goûter un instant de solitude. Hélas, c'est impossible. Dès le réveil, nous nous rassemblons dans la même cour et nous écoutons les fariboles de ce fou. Au début, la vie n'était pas trop pénible. On nous avait pourvus de cinq femmes. Nous en laissions volontiers l'usage au roi, dans l'espoir qu'il s'en trouverait moins furieux. Mais Hussein n'est pas un homme plus vigoureux qu'il n'a été un roi avisé. La captivité semble lui avoir ôté ses dernières forces à ces jeux. Il a finalement renvoyé toutes les femmes, ne supportant pas que nous en partagions les faveurs. Si bien que tout le monde est mécontent : elles qui sont recluses dans une petite cour, nous qui n'avons plus le secours de cet apaisant commerce et Hussein, plus déréglé que jamais et qui ne tire ses plaisirs que des vexations qu'il nous inflige. Au début aussi il recevait des visites. Mahmoud lui-même venait le consulter. Il ne lui a pas fallu longtemps pour se rendre compte qu'il n'apprendrait rien avec un personnage qui a été roi par le hasard et n'a pas même su le rester.

Le nazir était saisi d'une telle tristesse à l'évocation de

ce quotidien que Jean-Baptiste crut bon de ne pas le questionner plus avant sur ce sujet. Ils gardèrent un long moment le silence. Le rythme allègre des tambourins emplissait l'obscurité, courait sourdement du couvert des jardins jusqu'au tréfonds des cœurs.

— Nous ne nous étions pas revus... depuis ma mort, dit enfin Jean-Baptiste.

— Ah ! oui, votre mort ! Hé ! Hé ! une affaire qui ne vous a pas mal réussi.

— Je ne suis plus le même, vous savez.

— C'est ce que j'ai appris. Mes compliments. Votre nouvelle fiancée est encore plus charmante que votre ancienne femme.

Ils rirent tous et le nazir, pour cette mimique, retroussa sa grande lèvre plate comme un vieux chien contrarié.

— Savez-vous que j'ai pris le prétexte d'un mal de ventre pour venir jusqu'ici ce soir chercher des remèdes ? Hussein a dû se douter de quelque chose. Il m'a retenu autant qu'il l'a pu. À huit heures passées, il lui a pris l'idée de m'imposer une partie d'échecs. Il joue fort mal et je peux le battre en six coups mais alors il devient violent. Ce soir mon supplice a duré deux heures. J'ai bien failli manquer votre fête. Quel dommage ç'aurait été !

L'ancien grand-surintendant était maintenant tout à fait détendu. Le vin, auquel il n'était pas habitué, car les Afghans en livraient peu à leur royal prisonnier et celui-ci ne laissait rien aux autres, emplissait l'âme souffrante du nazir d'une torpeur mélancolique. Privé de toute combinaison, ruiné, sans espoir, l'ancien intrigant laissait paraître le fond de son âme, qui était étonnamment indulgente et philosophe.

— Un beau mensonge, votre mort, reprit-il rêveusement à l'adresse de Jean-Baptiste. Et tout le reste... Alberoni... Une invention aussi ?

— Oui, avoua Jean-Baptiste en baissant les yeux.

— Mes compliments.

Poncet prit un air modeste, un peu gêné.

— Si, si, je suis sincère. Croyez-moi, c'est quelque chose que l'on rencontre trop rarement chez les Occidentaux. Leurs mensonges sont nécessiteux, minuscules. Ils répondent oui à la question qu'on leur pose, alors qu'ils savent que c'est non. Leur artifice s'arrête là. Ce n'est pas cela que nous appelons, nous autres, un vrai mensonge.

Alix les avait quittés pour rejoindre sa fille, à l'appel d'un autre groupe. Le nazir fit signe à Jean-Baptiste de se rapprocher ; il s'animait de nouveau et faisait dans l'air de grands gestes circulaires avec sa grosse main couverte de poils grisonnants.

— Créer un beau mensonge, reprit-il avec un ton de gourmet, c'est pour nous autres inventer une belle histoire dont l'auditeur est la dupe. Ce que l'on tire de lui n'est que le salaire mérité de l'artiste qui lui a fait partager son illusion. Et pour qu'une illusion soit partagée, il faut qu'elle soit belle, qu'on la raconte avec talent, que le conteur sache utiliser les mille petits sons qui viennent du vrai et qui font du faux...

— Tout de même, protesta Jean-Baptiste mollement, appeler cela un art...

— Vous voyez : vous dévaluez vous-même la discipline dans laquelle vous êtes maître. Car vous êtes un maître, croyez-moi. Vous m'avez parfaitement égaré. Pourtant, il me faut vous l'avouer : auparavant, je doutais de vous, Poncet. Cette façon que vous aviez de toujours respecter votre parole me désolait. Je vous ai dit un jour, souvenez-vous : « Vous prenez-vous pour le Prophète, au point de considérer que votre parole soit sacrée ? »

Jean-Baptiste, qui n'avait toujours pas acquis la conviction que le nazir parlait sérieusement, s'excusa :

— Il ne faut pas m'en vouloir de toute cette affaire Alberoni, je ne pouvais pas vous dire la vérité, sinon...

— La vérité ! coupa le nazir, l'air tout à fait indigné. Croyez-vous un instant que je m'en soucie ? Rien n'est plus fade, plus décevant, en un mot plus inutile. Voyez-vous, Poncet, la vérité n'est pas pour les hommes. Quand même ils prétendent la découvrir ou la préserver, elle ne leur appartient jamais. Ils ne peuvent être que son esclave. Ils la subissent, la répètent, s'en affligent et finalement s'y résignent. Tandis qu'un mensonge ! Ah, Poncet, un grand, un vrai mensonge, voilà qui fait de chacun de nous l'égal des dieux. Nous créons des mondes par le mensonge, nous donnons vie à ce qui n'existe pas. Sans cette faculté, il n'y aurait ni génie, ni conquête, ni religion, ni amour.

Un poète, dans la pièce voisine, avait commencé la récitation d'une pièce épique. Ses paroles tombaient dans un respectueux silence.

— Pourquoi croyez-vous que nous autres Persans placions si haut les conteurs et les poètes ? dit le nazir en levant son gros doigt comme pour pointer dans l'air épaissi par la fumée des mèches la trajectoire diaphane des envoûtantes syllabes. Nous sommes à mi-chemin de l'Inde et de l'Occident, ne l'oubliez pas. Entre le cycle des réincarnations et le règne étouffant de la vérité unique, nous avons choisi notre voie : nous créons des mondes éphémères, des rêves, des contes, des mensonges si vous voulez. Le vent les disperse. Ils multiplient nos vies sans nous donner pour autant plus d'une vie.

— Jusqu'à ce que les Afghans viennent..., dit Jean-Baptiste, qui se reprocha immédiatement la dureté de cette remarque.

— Oui, admit simplement le nazir. Peut-être que nos rêves n'étaient plus assez forts, voilà tout. Mais croyez-moi, quand les Afghans auront tout détruit, ce qui ne saurait tarder, nos rêves auront repris de leur vigueur. Alors l'un d'entre nous se lèvera et il soulèvera des mondes.

Une lourde mélancolie s'empara du vieil homme. Jean-Baptiste crut un instant qu'il s'était endormi. Il sursauta quand le nazir lui demanda d'une voix plus forte :

— Au fait, si tout cela était faux, pourquoi cet Alberoni a-t-il envoyé un émissaire jusqu'ici ?

— Je l'ignore.

— Vous voyez : le mensonge, la vérité, allez démêler tout cela. L'avez-vous rencontré, au moins, cet hurluberlu ?

— Non. Mais je vais vous faire un nouvel aveu : il est le père d'Alix.

— Le consul ?

— Oui, l'ancien consul du Caire à qui j'ai fait jadis l'affront d'enlever sa fille.

— Était-il au courant de votre fable ?

— Je ne le pense pas. Mon avis est qu'il faut voir là un lointain écho du premier mensonge que je vous ai fait et qui a par la suite vécu sa vie propre.

— Étonnant ! Et... où est-il maintenant ?

— Nous ne l'avons jamais retrouvé. La ville entière a été fouillée.

— Avez-vous visité mon ancien palais ?

— Il n'y était plus. Nul ne sait ce qu'il est devenu.

— Vraiment ? Voyez-vous ces prodiges du mensonge : leurs conséquences ne s'arrêtent point. Au fait, j'y pense : l'avez-vous cherché à la légation de France ? Il logeait là quand il est arrivé.

— Non, dit Jean-Baptiste. Vous avez raison. Pourtant on nous aurait prévenus, je suppose, s'il y était toujours.

— Sans doute, dit le nazir pensivement.

Il eut un nouveau moment d'absence, plus long. Jean-Baptiste le laissa assoupi et alla rejoindre Alix.

À la pointe de l'aube, au moment où se dispersaient, ravis, les derniers convives, le nazir, éveillé d'un coup et terrifié par l'heure, salua ses hôtes en toute hâte et tira ses grègues. Ses geôliers afghans étaient d'ailleurs sur le point d'aller le chercher eux-mêmes pour le ramener dans sa prison avant l'inspection matinale. Le carrosse, fouetté vigoureusement, remonta l'avenue dans un fracas de timon et d'essieux.

*

499

Au lendemain de la fête, Jean-Baptiste était allé jusqu'à la légation de France. Hassan, le gardien, avait disparu pendant la prise de la ville. Il faisait sans doute partie des rares victimes de ces journées de tempête. Son neveu, un tout jeune garçon, l'attendait toujours à son poste, près de la grille de l'ambassade. Il n'avait jamais osé s'aventurer dans le bâtiment lui-même.

Jean-Baptiste le convainquit de le laisser entrer. La grande porte n'était pas fermée. Il pénétra dans le vestibule, fouilla les salons et parvint jusqu'au bureau. Le consul était assis, immobile dans son rêve, desséché, intact, sous le portrait de Louis XIV. Un poids, à son cou, le penchait un peu en avant. Jean-Baptiste découvrit en s'approchant que c'était un sac plein de pièces d'or. La mort avait figé le consul dans cette position solennelle. On lui fit faire un cercueil qui ressemblait à un trône. Alix vint le saluer quand il y fut installé. Les larmes qu'elle avait grande envie de verser furent retenues par cette audience protocolaire donnée par-delà la mort et qui n'incitait pas à l'abandon. Saba et George virent leur aïeul dans cette posture de majesté.

Un trou profond fut creusé dans le parc de l'ambassade. À la tombée du soir, devant ce public restreint, plus effrayé qu'ému, le cercueil biscornu fut glissé en terre. Ainsi le consul fut-il enterré debout, sa parure d'or autour du cou, comme un roi scythe.

*

La Perse, conquise par les Afghans, sombra peu à peu dans l'anarchie et perdit tout, sauf l'esprit de gaieté qui animait d'innombrables fêtes depuis que les fiançailles d'Alix et de Jean-Baptiste avaient ouvert une brèche dans la rigueur des conquérants.

L'ancien éléphantaire, qui s'était révélé peu à peu aux Afghans comme un habile apothicaire, n'eut aucun mal à exercer son art, et les clients, hélas, ne manquaient pas dans ce pays ruiné.

À l'audacieux George qui avait chargé tout seul les murailles de Julfa et à cette vierge rouge dont on avait tant parlé, Mahmoud donna une des résidences du domaine royal, qui était désormais remis à son bon plaisir. Elle était composée de deux pavillons principaux, séparés par un long jardin. Les jeunes gens, en apprenant cette nouvelle, décidèrent d'offrir l'un de ces deux bâtiments à Juremi. Le vieux protestant y accommoderait un laboratoire et vivrait au-dessus, dans une vaste mansarde éclairée par des lucarnes ouvertes sur les toits d'Ispahan. Juremi accepta d'autant plus volontiers qu'il était devenu tout à fait inséparable de George. Ils travaillaient ensemble dans le laboratoire de Jean-Baptiste et le vieux préparateur enseignait ses tours de main au jeune savant. De fréquentes disputes les opposaient encore à propos de la foi et de la raison. L'un soutenait que la plus grande puissance de l'homme est de créer du sacré et des dieux ; l'autre objectait que seules la raison et la loi peuvent limiter les excès à quoi conduisent naturellement la croyance et la volonté d'imposer sa foi au monde. Le voyage leur avait apporté assez d'exemples du bien-fondé de ces deux positions ; ils étaient bien convaincus que ce dialogue resterait sans vainqueur et serait aussi durable que les hommes. Ils ne le poursuivaient pas moins avec passion et en échangeant souvent les rôles. Malgré ses anciennes préventions contre le fantasme de la science, Juremi avait fini par s'intéresser aux disciplines arides de la raison et lisait même Leibniz avec plaisir. Quant à George, tout en cultivant sa foi dans le progrès, le calcul et la méthode rationnelle, il se gardait de les prendre désormais trop au sérieux. Il publia même, dans une très austère revue anglaise, un article savant qui décrivait une nouvelle espèce animale. On n'en connaissait à vrai dire qu'un seul spécimen, découvert en Perse par le jeune naturaliste : c'était un hybride d'éléphant et de rhinocéros, avec une bosse sur le front presque semblable à une corne. Une belle gravure à l'appui de cette monographie représentait Garou qui coulait des jours heureux dans une île du fleuve couverte de saules et de bambous.

Alix avait cherché Nour Al-Houda partout. Elle avait disparu depuis la chute d'Ispahan. La sévérité des Afghans, assouplie par leurs promesses à l'égard de la population, s'était donné libre cours avec les femmes de mauvaise vie, parmi lesquelles la Circassienne craignait à juste titre d'être comptée. Alix acquit finalement la conviction que son amie avait quitté la ville à l'heure même où abdiquait l'ancien roi, Hussein. Achmet, à qui le nouveau souverain n'avait pas pardonné d'avoir mené l'insurrection de la ville, avait accompagné Nour Al-Houda dans son exode, avec sa femme et ses enfants. En interrogeant les bohémiens qui arrivaient dans la ville, Alix recueillit quelques indices qui lui laissèrent penser que Nour, avec sa troupe, était partie loin vers l'ouest, jusqu'aux pays de l'Euphrate et même au-delà. Elle se consola de cette disparition par la pensée que l'avenir, toujours, réunit ce qui est séparé, pourvu que l'amour vive encore, et elle conserva Nour Al-Houda intacte dans son souvenir.

Quelques mois après ces événements, Alix, qui avait retrouvé ses garde-robes persane et occidentale, dut visiter des couturières pour faire élargir ses vêtements à la ceinture. Mais l'ampleur des voiles ne retarda que peu l'échéance : elle était enceinte, et put d'autant moins le cacher qu'elle prit une rondeur remarquable, impressionnante. Et comme il était dit que les enfants d'Alix et de Jean-Baptiste allaient par paires, elle mit au monde des jumeaux.

ÉPILOGUE

— Est-ce tout, Pozzi ?

— Oui, dit onctueusement le secrétaire, Votre Éminence peut partir tranquille. Elle n'a laissé ni courrier sans réponse ni affaires pendantes.

— Eh bien, tout est parfait ! souffla le cardinal Alberoni en regardant, pour la dernière fois peut-être, la fresque de Raphaël.

— J'allais oublier, intervint Pozzi, en prenant un air plus dégoûté qu'à l'ordinaire. Une personne... singulière... a déposé cette lettre à votre attention.

Il tendit un pli de mauvais papier, au cachet fendillé.

— Singulière... comment cela ? demanda le cardinal en saisissant le message.

— Votre Éminence épargnerait ma bienséance en ne m'obligeant pas à la décrire. Qu'il me soit seulement permis de dire que sans l'entremise de son cocher suisse, qui a trouvé des complicités chez les gardes, elle n'aurait jamais dû entrer jusque dans ces cours. Fort heureusement, elle en est promptement ressortie.

Le prélat parcourait la lettre en murmurant.

— Le brave homme ! s'écria-t-il. Et moi qui allait l'oublier...

Pozzi se haussa discrètement sur la pointe des pieds pour tenter de distinguer l'écriture.

— Ce Maillet, vous rappelez-vous ? dit le cardinal. L'ancien consul. Vous aviez insisté vous-même pour que je le reçoive.

Pozzi pencha la tête de côté avec la mimique de quelqu'un qui se repend d'un geste inconsidéré.

— Se serait-il montré ingrat ? fit Alberoni avec un mauvais sourire, révélant par ce dernier trait qu'il n'ignorait rien des pratiques de son secrétaire.

Pozzi pinça les narines.

— En tout cas, ajouta le prélat, ce pauvre homme m'a servi loyalement. Écoutez sa conclusion : « Si Votre Éminence reçoit cette lettre, c'est que j'aurai percé à jour l'imposture dont elle est la victime. Des circonstances contraires m'auront, hélas, empêché de lui en conter moi-même le détail. Mais j'irai jusqu'au bout de mes forces pour démasquer les infâmes qui ont voulu se jouer de votre personne sacrée. » Le malheureux ! Il se sera mis dans quelque mauvaise posture pour moi. En tout cas, me voilà rassuré et je n'ai pas à craindre que cette affaire me rattrape au moment où le souverain pontife me confie de nouveau un archevêché.

Par la croisée ouverte, le ciel d'automne, ocellé de petits nuages ronds, emplissait la haute pièce de sa grande paix.

— J'y pense, dit vivement le nouvel archevêque, avez-vous déjà rendu les sceaux du Saint-Père ?

— Non, Éminence. Je dois les rapporter tout à l'heure à la secrétairerie.

— Eh bien, rédigez rapidement un mémoire pour réhabiliter l'ouvrage de ce brave homme. Comment s'intitule-t-il, déjà ?

Il reprit la lettre, découvrit le passage :

— Ah ! Oui, le *Telliamed,* paru en Hollande et vendu à Paris chez Duchesne, libraire rue Saint-Jacques, au-dessous de la fontaine Saint-Benoît.

Le secrétaire disparut.

Trottant jusqu'à son grand coffre à chiffres, le cardinal l'ouvrit, déposa son contenu dans une épaisse serviette de cuir noir qu'il posa sur son bureau. Il fit un dernier tour de la grande salle, effleura son fauteuil du bout de ses doigts soignés, s'emplit une dernière fois les yeux de la scène peinte du plafond et de la grande *Adoration des bergers* de Raphaël. Il revint devant la cheminée, lança le petit balancier de la pendule de porcelaine, redressa la mèche d'une chandelle.

Le secrétaire rentra, il portait la feuille où étaient inscrites les quelques lignes qui sauvaient *Telliamed*. Alberoni y mit son paraphe.

— Portez-le tout de suite au bureau de l'enregistrement, aux fins de publication.

— Oui, Éminence.

— Je suis bien heureux de partir en envoyant quelqu'un au ciel, dit le prélat, à moins qu'il n'y soit déjà.

Il donna son anneau à baiser au clerc, saisit sa serviette et sortit.

Le carrosse l'attendait dans la cour des grandes galeries, toutes illuminées de verdure ensoleillée. Un ressort grinça quand il monta sur le marchepied. Les deux chevaux l'emportèrent au grand trot, l'allure la plus dansante et la plus gaie. Ils sortirent de la cour Saint-Pierre, empruntèrent les petites rues jusqu'au Tibre. Le cardinal posa ses bras, comme il l'aimait, sur la gouttière de son estomac rebondi.

En passant devant un palais, vis-à-vis le pont Saint-Ange, il aperçut une jeune femme qui faisait de même sur les rondeurs de son ventre de mère. Les yeux pleins de larmes de joie, elle tenait une lettre à la main et relisait : « Marcellina, mon amour... »

Même le violet des soutanes paraissait joyeux sous cette lumière d'octobre. Les façades ocre défilaient en douceur, presque monotones de délices. Par endroits, le rostre noir d'un cyprès venait frapper l'œil et l'éveiller à de nouvelles beautés. Une humeur plaisante envahit le cœur du cardinal et ne le quitta point de toute la route, jusqu'à Parme.

À PROPOS DES SOURCES
DE *L'ABYSSIN*
ET DE *SAUVER ISPAHAN*

Un roman historique reconstitue les pleins de l'Histoire, c'est-à-dire met en scène ce qui s'est réellement passé. Un roman d'aventures se situe plutôt dans les creux de l'Histoire. Il comble l'inconnu et donne une réalité (parmi d'autres) à ce dont on ignore tout.

C'est à cette seconde catégorie qu'appartiennent L'Abyssin et Sauver Ispahan. L'Histoire n'en est pas absente, au contraire : elle est là pour fixer des bornes, des repères solides, entre lesquels l'imaginaire se donne carrière.

De là vient pour le lecteur cette impression troublante de ne pas savoir ce qui est « vrai ». En romancier, j'ai tendance à répondre, quand on m'interroge sur ce point, que la plus haute vérité est celle de l'imagination. Elle ne s'appuie sur aucune autorité, et ne tire sa force que de la conviction qu'elle fait naître chez le lecteur. Cette vérité romanesque ne satisfait pourtant pas tout le monde. Certains se jugent dupés et veulent l'être de leur plein gré, en sachant ce qui est « historique » et ce qui ne l'est pas.

Cette révélation déçoit souvent et étonne toujours. Car ce qui paraît le plus romanesque dans L'Abyssin, par exemple, est souvent authentique : Le Noir du Roule et ses miroirs déformants, les oreilles d'éléphants moisies, le cuisinier arménien nommé ambassadeur...

En revanche, Poncet est un être hybride, véridique par un côté de sa vie (apothicaire, envoyé vers l'Abyssinie en compagnie d'un jésuite, jugé à Paris pour affabulation, etc.), il est imaginaire par tout un autre (ce qui explique qu'on lui ait laissé son nom mais changé son *prénom, qui était Charles-Jacques). Le vrai Poncet n'a pas rompu avec les jésuites, il est plutôt devenu leur instrument. Cette idée d'un personnage solaire, souverain, qui protège et referme derrière lui le pays qu'il a découvert, appartient en propre au projet romanesque de* L'Abyssin, *et non à l'histoire véridique.*

Alix, quant à elle, n'a pas existé. En écrivant cela, je me fais l'impression de mentir, tant il me semble que ce personnage est vivant, nécessairement vivant, et que mettre en doute sa réalité relève du mensonge, voire du crime. Mais cette idée n'appartient qu'au romancier et mon aveu, pour désagréable qu'il soit, reste vrai : Alix n'existe pas.

Monsieur de Maillet, son père, n'a pas eu d'enfants. Ce détail seul distingue le roman de la vie de ce personnage. Car pour le reste, Benoist de Maillet a bien été tel qu'on l'a représenté. Il est connu dans l'Histoire par deux sources : d'une part les archives diplomatiques, qui rendent compte de son activité au service du roi de France, et d'autre part par ses œuvres philosophiques, publiées presque clandestinement, qui lui ont valu bien des critiques. L'Abyssin *dessine un Maillet fidèle à ses dépêches consulaires.* Sauver Ispahan *insiste sur l'auteur du* Telliamed. *Cet ouvrage est bien paru en 1725 précédé d'une poétique dédicace à... Cyrano de Bergerac. Je dois au docteur Marcel Châtillon d'en connaître l'existence et d'avoir pu en consulter un exemplaire. Cette œuvre est d'une telle importance que dans les traités consacrés à l'histoire des idées, monsieur de Maillet est cité comme le précurseur européen des idées évolutionnistes. Avant Buffon, avant Darwin, Maillet a posé l'idée d'une transformation des espèces, dans un dialogue philosophique si audacieux qu'il a été publié d'abord à Amsterdam pour éviter la censure. Le « second » Maillet, celui de* Sauver Ispahan, *bien que très libre dans la description de ses actes, est fidèle à cette part méconnue du destin de ce singulier personnage.*

Sauver Ispahan, *qui rend sans doute une impression de plus grande liberté par rapport à l'Histoire, en est autant nourri que* L'Abyssin. *Le cardinal Alberoni, le roi de Perse et le nazir, les Suédois déportés dans l'Oural ou la vente des esclaves à Khiva sont tout droit sortis des témoignages historiques. La chute d'Ispahan, y compris l'étonnante action de l'éléphant Garou, est tirée, entre autres, des chroniques du père Kruzinski, que l'on voit traverser, à l'avant-dernier chapitre, le salon de Jean-Baptiste et d'Alix. Des transpositions de dates sont souvent opérées, qui par exemple situent Israël Orii légèrement après la période où il a été ambassadeur russe auprès du roi de Perse.*

Pour l'un comme pour l'autre des deux livres, qui constituent le cycle romanesque de L'Abyssin, *j'ai puisé largement dans le fonds magnifique des voyageurs du XVIIe et du XVIIIe siècle : Bruce, Chardin, Tournefort, lady Montaigu, Tavernier, Potocki, Arminius Vamberi et tant d'autres. Revisiter cette littérature d'époque, l'habiter de passions contemporaines, l'armer d'intrigues romanesques est un double plaisir pour l'auteur : celui de cheminer avec ces étonnants voyageurs, et celui, plus grand encore peut-être, de faire renaître au présent ces sources enfouies, toujours fraîches et nourries de mondes vierges qui n'existent plus qu'en elles.*